Ditalini lisci

Pennoni grandi

Stortini bucati

Farfalle

Quadrucci

Fiocci d'amore

Zitoni

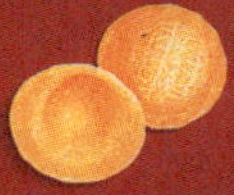

Orecchiette baresi

Stortini

Rigatoni

Maria Orsini Natale
Die Pastakönigin

Maria Orsini Natale

Die Pastakönigin

Roman einer neapolitanischen Nudeldynastie

Aus dem Italienischen von Linde Birk

Kabel

Die italienische Originalausgabe
erschien 1996 unter dem Titel
»Francesca e Nunziata«
bei Avagliano Editore Srl
in Cava de' Tirreni.

ISBN 3-8225-0536-6

Gesetzt aus der Stempel Garamond
Satz: KCS Buchholz/Hamburg
Vorsatz: Fotos von Andre Mühling, München,
Lithos von Lorenz & Zeller, Inning/Ammersee
Druck und Bindung: GGP Media GmbH
Printed in Germany

Meiner Mutter,
meiner Heimat
und meinen Brüdern im Norden
gewidmet

Dies ist ein »cunto«, eine der Phantasie entsprungene Geschichte. Und auch wenn die Anknüpfungen an vergangene oder verlorene Wirklichkeiten stimmen und beweisbar sind, so wird die Geschichte dadurch nur noch phantastischer.

FRANCESCA HATTE AM 6. Januar 1849 das Licht der Welt erblickt. Sie wurde auf einem jener Steilhänge an der amalfitanischen Küste geboren, wo die Erde abrupt in einen umgestülpten Himmel abstürzt, der in klaren Nächten von den Lampen der Nachtfischer bestirnt wird. Das Meer in der leuchtenden Tiefe ist von dort oben unerreichbar. Die azurne Transparenz schwebt unwirklich und geheimnisvoll wie ein Märchen lautlos in der Ferne.

Francesca verbrachte eine bescheidene, harte Kindheit in der Mühle des Großvaters unter dem Wasserfall. An besonders klaren Tagen, wenn sie, immer auf der Klippe über diesen schönen Abgründen, wie wild über die zerklüfteten Wege lief, bekam sie wahnsinnige Lust, das Fliegen auszuprobieren.

Übrigens war sie nicht die einzige, die hier, in diesem Dorf, das sich an den Felsausläufer und an das kleine Kloster anklammerte, diesen irren Wunsch hegte.

Einmal hatte jemand wirklich versucht, die Flügel auszubreiten, und hatte sich von dem Steglein hinabgestürzt, das zur Einsiedelei und zur Kirche führte und wo der Zauber der Luftspiegelung am stärksten wirkte.

Padre Angelo ließ aus Angst vor einem neuen Unglück die verehrte Statue des Heiligen, eines römischen Zenturio, der sich als Einsiedler in die Berge zurückgezogen hatte und von dem man nicht wußte, wie er da hinaufgekommen war, in einer Prozession bis zum Paß hinauftragen. Sie stellten diesen blutjungen, als Krieger verkleideten Seligen in die Mitte des kleinen Bergpasses auf den Splitt. Da stand er und zertrat, farbenprächtig in seinem silberglänzenden Harnisch und dem blutroten Mantel, wacker den Adler mit dem Fuß. Dabei schaute er geduldig zum Himmelszelt auf und zeigte mit einem Finger seines hochgereckten Armes nach oben.

Gewappnet mit seinem ein wenig blöden Lächeln, das aber die Transfiguration der Ekstase darstellte, schien es ihm zu gefallen, das Ritual des Mönchs zu überwachen. Um den Dämon zu vertreiben, schnitt dieser mit weitausholenden Armbewegungen rauchende Furchen in die Luft, beweihräucherte den Abgrund und bespritzte dann mit dem Sprengwedel die kleine Menge, die weinenden Angehörigen, die knieenden Träger, das Brückengeländer und das Meer in der Tiefe mit Weihwasser. Dieses verführerische Meer.

Francescas Großvater, der Müller Giuseppe, der dort oben aus seinem Mehl mit Hilfe seiner Frauen auch Nudeln herstellte, war dem Klausnersoldaten mit den Insignien der Legion, den geschminkten Wangen und der nach oben gerichteten Nase zutiefst ergeben.

Er hatte ihn zu seinem Schutzpatron erwählt, weil der Märtyrer die Standhaftigkeit des Soldaten mit der Heiligkeit des Gottesmannes vereinte. Geradeso wie er selbst, der arme Müller, der streng und stolz seine Befehle erteilte, in seinem Haus tobte, seine Frau und seine sieben Töchter und später auch die sieben Enkelinnen einschüchterte, sich aber dann beim heiteren Rhythmus der gemeinsamen Arbeit bald wieder friedlich stimmen ließ. Der große Tisch war nicht nur ihre Arbeitsplatte, wo sie die Orecchiette, die »Öhrchen«, und Bandnudeln herstellten, sondern auch die gemeinsame Tafel, an der sie sich abends zu einem Teller ebendieser Nudeln versammelten.

Wenn er darauf angesprochen wurde, erklärte der Großvater stets zufrieden und mit einem gewissen Stolz, der Herr habe ihm zwar nur Töchter geschenkt, doch seien alle gesund und gottesfürchtig. Er machte sich wichtig in seinem Haus und lebte richtig auf, wenn er, der Schutzgott, er, der Hüter des Wortes, abends die Litaneien und all die Gebete anstimmte, die ihm die Benediktiner der Einsiedelei beigebracht hatten:

»Kyrie eleison – Christe eleison – Christe audi nos, Christe exaudi nos …«

Francescas Großmutter Trofimena hingegen unternahm fast jedes Jahr Ende August die anstrengende Wallfahrt zur Madonna mit dem Granatapfel. Bei der einsam gelegenen Kirche angelangt, die wie aus dem Felsen herausgewachsen schien, kniete sie nieder und rutschte weiter von der Schwelle bis zur Altarstufe, und Francesca mit ihr.

Dort verharrte die Frau mit hochrotem Gesicht eine für die schmerzenden Knie des kleinen Mädchens endlose Zeit in vornübergebeugter Haltung. Großmutter Trofimena mit ihrem unterm Kinn gebundenen bunten Kopftuch, den frischen Wangen, den klaren und leuchtenden Augen betrachtete indes hingerissen das antike Bildnis auf vergoldetem Holz: die barmherzige Muttergottes mit dem Granatapfel in der Hand.

Sie erzählte, dies sei die Madonna der Güte und der Fülle. Doch sie wußte nicht, aus welch tiefen Wurzeln ihre Andacht stammte und woher diese Frucht in der Hand der Heiligen Jungfrau kam, aus welchem Gewebe von Erinnerungen und Traditionen antiker Kulturen, die sich hartnäckig in den Herzen der Menschen gehalten hatten.

Sie wußte nicht, daß die Griechen, die vor Urzeiten von der Küste heraufgezogen waren, um in den Bergen Schutz vor der Malaria und vor den Piraten zu suchen, in ihren Händen und in ihren Herzen das Bild der argivischen Hera gehalten hatten.

Die Göttin des Wohlstands, die Beschützerin der Geburten, die Lichtgottheit, die Gnadenspenderin, die würdevoll auf dem kleinen tönernen Thron saß, hielt in der hohlen Hand das Granatapfelopfer.

Ihr Leben lang waren der Großmutter die Früchte mit den roten Kernen heilig, und sie hängte sie zusammengebunden als Glücksbringer für das Haus und zum Zeichen der göttlichen Vorsehung an die Wände.

Francesca ließ sich davon anstecken und bewahrte später immer einige Früchte zum Trocknen auf; diese lagen dann bescheiden im Dunkel grobgezimmerter Schubladen oder in prunkvollen Schalen von Capodimonte-Porzellan auf dunklen, mit Intarsien versehenen Kredenzen, verborgen zwischen bunten Äpfeln und gelben Mandarinen aus Wachs, damit ihre Kraft im geheimen um so stärker wirkte.

Zu Francescas Unterkunft, einem an die Mühle unter dem Wasserfall angebauten einzigen großen Raum, gelangte man über einen Steilpfad.

Später, als sie fern von diesem Ort »Donna Francesca« geworden war, die sich Hüte und Kutschen leisten konnte, waren ihre Erinnerungen an den duftenden Steilweg und an diesen Ort der Stille mit den rosa Felsen zwischen den zwei tiefblauen Streifen von sonnendurchfluteten, farbenfrohen Bildern durchdrungen.

Überschritt sie in der Erinnerung die Hausschwelle, verdunkelten sich freilich im schwachen Licht, das vom Fenster hereinkam, die Bilder. Hier, in diesem Raum mit dem Steinboden, den Stapeln schwarz gewordener Bretter, auf denen die Nudeln trockneten, und dem abgegriffenen Holz des langen Tisches verschwanden die Erinnerungen hinter einem Schleier aus Mehl.

So sah sie die Gesichter ihrer Lieben vor sich, gezeichnet wie Masken: Sie siebten im Morgengrauen das Mehl, begleitet vom Knarren der Zahnräder und dem Rauschen des Wassers, das für sie Stille bedeutete. Langsam bewegten sie die runden Siebe mit Seidenbespannung hin und her, und der helle Staub stieg auf, hüllt sie ein, reizte sie zum Husten, und wenn er sich verzogen hatte, waren sie wie verschleiert.

So waren sie Francesca im Gedächtnis geblieben, überzogen von dieser weißlichen Patina, die auf dem gewellten Schnurrbart des Großvaters Giuseppe, auf dem schwarzen Kleid der Großmutter Trofimena und auf den langen gebogenen Wimpern ihrer Mutter besonders deutlich zu sehen war.

Im Haus wohnten und arbeiteten außer dem Großvater und einem Kater namens Guaglione, der bemerkenswerterweise schielte, nur Frauen.

Francescas Kinderwelt war wie ein Hühnerstall mit dem großen und starken, aufgeblasenen und noch rüstigen Gockel und vielen großen Brüsten, an denen sie Schutz suchen konnte. Abends, während die Betten gemacht und die Laken ausgebreitet wurden, schwangen diese Brüste frei umher und streiften später ihr Gesicht, wenn die Frauen über das Strohlager krochen und den ihnen zugewiesenen Schlafplatz einnahmen. Schlaftrunken und gedankenlos murmelten sie dabei *»Amen … Amen … Amen … Amen …«* vor sich hin. Dabei gaben sie mit diesem mysteriösen Wort an einen verborgenen Gott dem Großvater den Einsatz zu seinen geheimnisvollen Gebeten. Der lag einsam in der anderen Ecke, möglichst weit vom Kamin entfernt, denn ihm war immer zu heiß, und sprach:

»Kyrie eleison, Christe eleison, Christe audi nos, Christe exaudi nos …«

Francesca hatte auch einen Vater, einen Seemann, der zuerst Schiffsjunge war, dann Steuermann wurde und sich immer weit weg, immer außerhalb des Königreichs auf irgendeinem Handelsschiff befand. Ein blutjunger Mann, der flink wie eine Eidechse barfuß zwischen den Felsen hinablaufen konnte.

Wenn er von seinen Reisen oder aus Amalfi zurückkehrte, hörten sie ihn schon von ferne fröhlich rufen und pfeifen, und da scherte sich Francesca um keine Steine und keine Dornen und lief ihm immer als erste entgegen.

Anders der Großvater – der blieb, wo er war, oder schlurfte mit seinen Holzpantinen geräuschvoll in eine ganz andere Richtung. Er ging zum Wasserfall und zu den Mühlsteinen, oft aber auch auf die Terrasse hinauf, wo die Nudeln trockneten, so konnte er alle Begegnungen mit gespielter Gleichgültigkeit genau verfolgen. Er schüttelte die Orecchiette in den großen Weidenkörben auf, drehte die Holzbretter, auf denen die spiralförmigen Fusilli trockneten, in eine andere Richtung und ordnete die auf Holzgestelle gespannten Stoffbahnen um, über denen die Lasagne-Streifen hingen, und während er so geschäftig tat, beobachtete er alles.

Er begrüßte den Schwiegersohn immer als letzter, immer unfreundlich und mit mürrischem Blick, was der Seemann mit verlegener Unbefangenheit quittierte. Um den alten Peppe freundlicher zu stimmen, machte er sich dann unverzüglich als Müller und Nudelmacher nützlich.

Seine ganze Anstrengung mit den Säcken, das Schmieren der quietschenden Mühlsteine, das geduldige Teigkneten mit den Füßen im Mischtrog, das geschickte und genaue Schneiden des ausgewalzten Teigs in Lasagne und schmale Bandnudeln – damit erflehte er das Wohlwollen des Großvaters.

Abends erzählte er dem Schwiegervater von den Reisen, den Stürmen, den Delphinen, den fernen Ländern, Tunesien, Algerien, Marokko und von jenem Azowschen Meer, wo Hartweizen geladen wurde. Und er vertraute ihm seine Hoffnungen an und verriet ihm, was für Geschäfte er sich mit den Kaufleuten unten in Amalfi und den Bazars ferner Länder versprach.

Aber der Großvater ließ sich auf keine Vertraulichkeiten mit ihm ein.

Als aber dann unter den jungen Männern zwischen achtzehn und fünfundzwanzig ausgerechnet Salvatore De Crescenzo für den Militärdienst ausgelost wurde, zeigte er Solidarität mit dem Seemann und versuchte, einen Ausweg zu finden.

Der junge Mann besaß zwar ein bißchen mühsam erspartes Geld, aber nicht die beträchtliche Summe von 250 Dukaten, die gesetzlich vorgesehen waren, um sich »freizukaufen«. Es ging darum, einen Soldaten zu bezahlen, der schon fünf Jahre aktiv gedient hatte, damit er sich zu einer weiteren achtjährigen Dienstzeit verpflichtete. Also nahm der Großvater die Sache in die Hand.

Er führte den jungen Mann auf einer langen Kletterpartie über unwegsame Höhen und Tiefen bis zu jener Felswand, die der Abtei von Cava gegenüberlag. Mit seinem schwarzen Stein gegen Vipernbisse in der Tasche hatte er ihn bis hierher gebracht, um bestimmte sehr übelriechende Kräuter, sogenannte Stinkkräuter, zu suchen und zu sammeln, die, vor der ärztlichen Untersuchung gekaut, ihm einen so schlechten, einen wirklich übelkeiterregenden Mundgeruch bescheren würden, daß er sofort vollkommen vom Militärdienst befreit würde. So lautete eine Vorschrift im Dekret König Ferdinands zur Rekrutierung der Wehrpflichtigen im Königreich beider Sizilien.

Von dieser Vorschrift hatten die Mönche der Einsiedelei dem Großvater erzählt. Sie sagten zwar wenig darüber, kannten aber den vollen Wortlaut des königlichen Befehls vom 14. März 1834 und hatten das *Bestandsdekret für die Rekrutierung der nationalen Heereskorps insbesondere durch die Wehrpflicht* abgeschrieben und wohlverwahrt.

In einer besonderen Richtlinie waren darin alle Krankheiten aufgezählt, die zur Befreiung vom Wehrdienst führten, darunter »stinkender Atem, nicht ausgelöst durch schlechten Zustand der Zähne oder einen anderen behebbaren Schaden, sondern herrührend von unveränderbaren Gründen und dazu angetan, die Kameraden schwer zu belästigen«.

Als Salvatore nach Salerno zum ›Aufnahmerat‹ ging, wartete der Großvater zwei Tage und zwei Nächte auf ihn.

Danach trank er mit seinem Schwiegersohn darauf, daß sie der Gefahr entgangen waren, lachte und freute sich über den überschäumenden Jubel seiner Frauen, denn er hätte sich in seiner Welt, die aus einfachen Wahrheiten bestand, in Stücke reißen lassen, um sie zu unterstützen und zufriedenzustellen.

Aber ein paar Stunden später lachte er ganz für sich allein noch viel herzhafter, als er sich in der Stille der Nacht an alles erinnerte. Das ganze Haus schlief, nur er war noch auf, um nach dem Rechten zu sehen.

Er hatte natürlich genau bemerkt, daß sich der junge Mann wegen seiner Gestanksbehinderung seiner Frau nicht einmal genähert, geschweige denn, sich mit ihr in die Büsche geschlagen hatte. Außerdem war er früher als gewöhnlich in das Haus seiner Mutter zurückgekehrt, wo er noch immer die Nächte verbrachte.

Sogar am nächsten Morgen, als Salvatore zum Hafen hinabstieg, um sich anheuern zu lassen, rief er seine Frau nicht wie gewöhnlich mit seinem Erkennungspfiff zu sich und verabschiedete sich nicht einmal von ihr.

Als der Großvater durch die Büsche beobachtete, wie er sich schweigsam den Hang hinabstahl, zog ein Strahlen über sein Gesicht, und er stimmte grinsend eines seiner Spottliedchen an:

Bürschlein, Bürschlein, geh nur, geh,
du brauchst nicht mehr zu schmachten!
Auf die fleischfarbene Rose
Darfst du nicht mehr achten.
Und essen sollst du nicht
Die Erdbeere im Garten.

Aber der schöne Seemann besaß nicht nur das Herz von Francescas Mutter, sondern war bei allen Frauen im Haus beliebt.

Er verließ sie immer zu früh, dieser Bursche mit dem pechrabenschwarzen Haar.

»So ein schöner Kerl«, sagten sie über ihn, wenn er wieder weit weg war.

»Und diese schwarzen Haare!« schwärmten sie, und der Großvater entgegnete ärgerlich: »Schwarz wie eine Küchenschabe ist er, die reine Mißgeburt.«

Francesca war immer traurig, wenn dieser junge Mann mit seinen von den Tauen schwieligen Händen, die ihre Mutter aufblühen ließen, wenn er sich mit ihr ins Macchiagesträuch schlug, wieder aufs Meer hinauszog – dieser starke Vater, der sie mit angespannten Muskeln auf den Schultern trug und mit ihr herumtanzte …

Hüh, hüh Pferdchen, lauf.
Lauf Mönch, denn der Esel, der ist tot,
doch der Mönch lief nicht,
war zu fett zum Laufen.

… er war ein Spielkamerad, der ihr in die Handrücken zwickte

Zwicke, zwicke …

… und sie kitzelte …

Kille kille, sprach die Grille
ich bin schön und klein
werd' unsterblich sein
kriech' dir in den Hintern rein
fress' dich auf, kannst König sein

... und sie an den Armen packte und herumwirbelte,

Spiel, spiel Dudelsack
dann kauf' ich dir ein Röckchen
scharlachrotes Röckchen
spiel, spiel, dann kauf' ich's dir

Dann bekam sie vor Lachen den Schluckauf und bettelte: »Noch mal, noch mal ...«

Der Seemann brach wieder auf, an der Stockspitze baumelte das Bündel mit seinen vom Salz starren Kleidern. Er stürmte hinab, ohne sich auch nur einmal umzudrehen. Er war schon weit weg auf seinen staubigen Füßen, mit seinen dunklen levantinischen Augen voller Hoffnung auf Abenteuer und Reichtum. Er hatte einen gierigen Adlerblick und war bereit, sich auch auf die entfernteste Beute zu stürzen, und sei sie noch so hoch über seinem Kopf und schnell wie der Blitz.

Von der Anhöhe aus sah ihn seine Frau, stets mit der letztgeborenen Tochter im Arm, zwischen den Büschen verschwinden und blickte aufs Meer hinab, das in der Tiefe das Land säumte. Blaß kehrte sie zur Mühle zurück. Wenn sie die alltäglichen Worte sprach, war ihre Stimme rauh, ihre Gesten störrisch. Erst dann wurden sie sanft, wenn sie den Mädchen durchs Haar strich, um es aufzulockern.

Farbe und Heiterkeit gewann sie erst zurück, wenn sich ihr Bauch unmißverständlich wölbte und der Rock dies nicht mehr verbarg. Dann kam es zum großen Wutausbruch des Großvaters. Es war immer das gleiche, genau wie damals beim ersten Mal, als Padre Angelo gekommen war, um für die Tochter das Sakrament der Ehe zu fordern und ihm zu sagen, daß sie schwanger war.

Es war immer der gleiche polternde Zorn, der sein Gesicht und vor allem seinen Hals rot anlaufen ließ.

Er schwang das Nudelholz, so daß das ganze Haus bebte und wie ein Sturzbach drohte, in den Abgrund gerissen zu werden. Die armen Frauen erschraken zu Tode. Nicht aber Francesca.

Das Nudelholz, das den ärmlichen Hausrat und das wenige Geschirr zerschmetterte, schlug auf alles ein, nur auf sie nicht, deshalb hatte sie auch keine Angst: Nicht ein einziges Mal hatte der Großvater sie geschlagen; und übrigens auch die anderen nicht.

Nach seinem Ausbruch hüllte sich der Mann tagelang schmollend in stolzes Schweigen und stimmte abends nicht einmal die Litaneien an – was alle sehr schmerzte, weil sie außer ihm keiner kannte.

Aber sein immer so lodernder Zorn war auch bald wieder verraucht, dann kam das Friedenszeichen, und das war fast immer ein an die Großmutter gerichteter Satz, den er sagte, während er sich am Feuer zu schaffen machte:

»Noch ein Mund, der gestopft werden muß ...«

Worauf seine Frau mit sanfter Stimme fast immer die gleiche Antwort gab:

»Aber auch noch zwei Arme zum Arbeiten ...«, und er erwiderte halb verzagt und halb resigniert kopfschüttelnd:

»Dieser Salvatore hat doch nur seine Schiffe im Kopf, das ist das einzige, was ihn interessiert. Er setzt seine Kinder in die Welt, und dann schüttelt er jede Verantwortung ab und läßt die anderen für sie sorgen.«

In Wirklichkeit hatte er dieses Bedauern mit seinen eigenen Worten knapper und direkter zusammengefaßt:

»Der haut einfach ab mit seinem Schiff ... und scheißt auf alles!«

Aber der Sturm war schon vorüber, und so empfing er zu gegebener Zeit den ersten Schrei seiner siebten Enkelin, Ritucccia, mit einem Lächeln, und wie immer war er es, der der Neugeborenen während der Zeremonie, bei der zum ersten Mal die

Fingernägel geschnitten werden, die Symbole in die Hände gab, mit denen man die Welt beherrscht: einen Rosenkranz und ein Geldstück.

Er drückte die Fingerchen fest über den beiden Talismanen zusammen, während er seinen Glückwunsch aussprach:

»Werd schön und stark, reich und fromm, bis zum Sarg.«

Francesca und den Großvater verband eine tiefe Zuneigung.

Er hatte ihr die Hand geführt, als sie ihren eigenen Namen, den so schwierigen Namen der Großmutter und den ihres Königs Ferdinand schreiben lernte; alles lange Namen, aber sie hatte es geschafft und ihre ältere Schwester Concettina nicht.

Padre Gesualdo gab ihr gern ein bißchen Unterricht, er versicherte, ein so gescheites Kind sei eine Seltenheit, und ließ keine Gelegenheit aus, um zu betonen:

»Dieses Mädelchen hat Grips im Kopf ...«

Auch Padre Simone gab ihr, wenn er aus Montevergine herüberkam, die eine oder andere Unterweisung und lobte sie dann immer bei ihrem Großvater:

»Deine Enkelin kapiert im Flug ..., wirklich ein schlaues Köpfchen.«

Zuerst hatte ihr aber der Großvater das Zählen mit den zehn Fingern beigebracht, dann das Alphabet, und die gelegentlichen Unterrichtsstunden bei den Mönchen hatten sie im Lesen, Schreiben und Rechnen schnell vorangebracht.

Auch das Nähen hatte er sie gelehrt (er, der die Säcke herstellte und flickte, konnte auch Röckchen und Hosen nähen) und ihr gezeigt, wie man aus Gestrüpp Bündel für Ofen und Herd machte, Oregano und Bimssand und Johannisbrot sammelt und Ginster zu Sträußchen bindet, um damit die Seife wohlriechend zu machen, die sie aus Schweinefett siedeten. Vor allem aber hatte er sie in die Grundzüge der Körperpflege eingeführt und ihr erklärt, wie man sich durch Kauen von Salbei- und Minzblättern die Zähne reinigt und sich mit dem eiskalten Wasser abreibt, um sich abzuhärten, denn so hatte er es von den Mönchen gelernt, denen er seine ganze Kindheit über Tag und Nacht zu Diensten gewesen war.

Zur Fastenzeit und auch vor Himmelfahrt verlangte er jedes Jahr von der ganzen Familie, daß sie sich die Zähne mit einem Pulver einrieb, das aus getrockneten Auberginen zusammengesetzt war, die zusammen mit Meersalz geduldig im Mörser zerstoßen wurden. Das Pulver stellte er immer eigenhändig her, und er bestand auf Sorgfalt bei der Anwendung und überwachte das ganze Verfahren genau, das nach der Ansicht des seligen Padre Lorenzo Zahnschäden und Abszesse verhinderte.

Voller Stolz zeigte er dann auf die kräftigen und festverwurzelten Eck- und Backenzähne in den Mündern seiner Lieben.

Ganz besonders stolz war er auf das Gebiß der zweitjüngsten Tochter »Mimela«, Filomena, die beim pausenlosen ungezwungenen Plappern »eine königliche Perlenkette« zur Schau stellte. Das waren seine Worte.

Vor Himmelfahrt blieben sie nach der Zahnreinigung noch in Reih und Glied stehen, um sich das Gesicht mit Rosenwasser zu waschen.

Das Wasser hatten sie schon am Vorabend im Waschzuber draußen bereitgestellt, damit es die Engel, die Jesus um Mitternacht in den Himmel begleiteten, segnen konnten.

Ebenfalls mit Francesca hatte der Großvater tags zuvor die Rosen entblättert und dabei das »Gloria« hergesagt. Nach den Waschungen filterte er gemeinsam mit ihr das zart duftende Wasser und bewahrte es in zwei Korbflaschen auf, um damit an besonderen Feiertagen die Gesichter zu reinigen und zu segnen.

Zu Hause hieß es über die beiden: »Sie sind wie Santa Lucia und Sant' Aniello.« Damit spielten sie auf die zwei Geschwister an, die Schutzheiligen vom 13. und 14. Dezember, die unzertrennlich waren, genauso wie der Großvater und die stets an ihm hängende Enkelin.

Der Müller hatte alle seine Frauen in seine Kunst eingeweiht, aber nur Francesca hatte er, zum Zeichen, daß sie die Tradition weiterführen sollte, die kleinen Hände mit Korn gefüllt, ihre Stirn mit dem mehlbestäubten Daumen bekreuzigt und ihr eine fast religiöse Einstellung zu ihrer Arbeit vermittelt.

Damit sie mit Freuden lernte, hatte er versucht, ihre Neugier zu wecken und ihren Instinkt anzuspornen, aber immer mit praktischen und lustigen Beispielen. Manchmal führte er sie, bevor sie mit der Herstellung des Teigs begannen, vor die Tür und begann, komisch übertrieben zu atmen, die Nasenflügel zu blähen und wie ein Hund in der Luft herumzuschnuppern. Dadurch sollte sie sich merken, daß man Gespür für das Wetter haben mußte – war es trocken, war es feucht? –, wenn man das warme Wasser und den Weizengrieß in der richtigen Mischung verkneten und wissen wollte, ob man einen festeren oder weicheren Teig herstellen mußte.

Und wie zum Spiel hatte er sie auch mit in den Mischtrog steigen lassen, um den Teig zu kneten, nachdem sie zuvor fröhlich planschend die Füße in den Kupferkessel getaucht hatten. Der Kessel wurde dann kurz gespült und erhielt anschließend seine fast sakrale Funktion zurück: Er diente wieder zum Transport des heißen Wassers für den Backtrog. Daß sie auf diese Weise leichtfertig gegen die Regeln der Hygiene verstießen, kam ihnen natürlich nie in den Sinn, denn diese wurden in ihrem Handwerk immer sehr großzügig angewandt.

In der warmen, dampfenden Truhe hielt er Francesca an der einen Hand fest, während sie sich mit der anderen an der Wand abstützte, und brachte ihr den Takt bei, mit dem ihre Fußsohlen leicht und gleichmäßig stampfen mußten, damit die weiße Masse nicht verklumpte.

Mit lustigen Grimassen zeigte er ihr dann, wie wichtig die Knetaktion war. Der Teig aus dem Mischtrog mußte anschließend gerieben, geteilt und übereinandergelegt werden, bis er hart wurde und das ganze Wasser aufgesaugt hatte. Dann mußte man ihn mit dem kleinen Stock schlagen, kräftig aber doch maßvoll, damit die Körnchen, die sich ohne Luftlöcher miteinander verbinden sollten, bei dem Vorgang unversehrt blieben und das ganze Gemisch seine schöne körnige Struktur behielt. Dabei untermalte er die Arbeit musikalisch mit selbsterfundenen Kinderreimen:

Brot, Brot, Brötchen,
von den Schlägen wirst du schön
Brot, Brot, Brötchen

Oft verwandelte er die Arbeit in einen Wettbewerb: Man wetteiferte um die am schönsten gelockte Fusilli-Spirale, und fast immer gewann die Großmutter, nicht nur, weil sie die tüchtigste, sondern auch, weil sie ein wenig überempfindlich war und er sich auf ihre Seite schlug. Aber auch Francesca erntete, als sie die Orecchiette, die »Öhrchen«, mit ihren kleinen Fingern immer schöner formte, ein »Bravo«, was einer Medaille gleichkam; als weitere Auszeichnung erhielt sie ein Teigröllchen als Ring um den Finger; sie bewunderte ihn an der hocherhobenen Hand und vermied jede Tätigkeit, um ihn nicht zu zerdrücken.

Aber wie lachte der Großvater sie aus, und machte »Hi-hi«, wenn sie die berühmten »Bubenfischlein« nicht hinkriegte, sondern sie nur zerquetschte: Dies war eine Art Suppennudeln, die so hießen, weil ihre Form nicht nur an kleine Fische, sondern auch an kleine männliche Organe erinnerte.

Dieses Gebilde stellte man so her, indem man einen drei Zentimeter breiten Streifen ausgerollten Teigs um ein Stäbchen von einem Zentimeter Durchmesser wickelte und dann mit den Zähnen eines Kamms durchfurchte. Nach diesem Vorgang wurde das Röhrchen herausgezogen, und zwar mit geschickten flinken Fingern wie bei einem Taschenspielertrick.

Wenn die Exemplare von der Größe weißer Bohnenkerne dann auf den Brettern aufgereiht dalagen, erinnerten sie in ihrer runzligen Anmut, die ihnen von den Zähnen des Kamms verliehen worden war, tatsächlich an unschuldige zarte männliche Organe.

Eines Tages gab ihr der Großvater vertrauensvoll ein Messer, um damit die langen Teigschlangen in Stückchen zu schneiden und daraus Orecchiette zu formen. Francesca, die noch sehr klein war, schnitt sich damit böse in den Finger, verbarg aber tapfer ihre Tränen. Ohne übertriebenes Mitleid zu zeigen, kratzte er ein wenig Schimmel und Spinnweben aus der Mauer und legte das

Gemisch auf die Wunde, um das Blut zu stillen. Dann holte er, um sie zu trösten, eine Lakritzstange, mit der er normalerweise den Husten bekämpfte, und außerdem auch noch eine andere Leckerei zum Lutschen. Es war ein Zuckerpüppchen, das er aus einem viereckigen Stückchen altem Stoff gebastelt hatte. In der Mitte lag eine Prise Zucker, und ein Bindfaden war drum herum geschnürt. Er hielt den Zucker zusammen und formte ein Köpfchen.

Danach setzte er sie wieder an die Arbeit und gab ihr, ohne die Proteste der Großmutter zu beachten, die ihm als einzige irgendwie widersprechen durfte, das scharfe Werkzeug zurück.

Francesca hatte trockene Wimpern und den ernsten Ausdruck einer auf dem Schlachtfeld Ausgezeichneten, als sie ihre Arbeit wiederaufnahm und die langen Teigschlangen zerschnitt. Währenddessen saugte sie mit hohlen Wangen an dem Zuckerköpfchen, dessen Stoffzipfel ihr aus dem Mund hingen.

Es gab immer neue Abenteuer in der kleinen Makkaronifabrik, denn der Großvater suchte ständig nach neuen Absatzmärkten, und die Nachfrage der Kunden wuchs zusehends.

So mußten sie in regelmäßigen Zeitabständen hinunter an die Küste, wo Schiffe aus Neapel diese Ware, damals noch ein begehrter Leckerbissen, fast wie in einem Piratenangriff an Bord holten.

Das schönste Spiel bestand für Francesca dann darin, die Nudeln ans Meer hinunterzubringen. Zierlich, aber schon verständig, was die Verteilung der Lasten betraf, stieg das noch kleine Mädchen mit ihrer Mutter und den Tanten hinab. Diese schritten mit ihren Stoffschuhen, den langen, der Bequemlichkeit halber an der Seite hochgesteckten Röcken und den Körben, die sie auf dem Kopf balancierten, wie Königinnen voran.

Der Großvater schleppte an seinem quer über die Schulter geschnürten Riemen Säcke mit Orecchiette. Er ging mit dem schwerbeladenen Maulesel den Weg hinunter, während die Frauen über die unwegsamsten und steilsten Abkürzungen hinabschwärmten. Dabei schmetterte er fast pausenlos seine alten Schmachtfetzen.

Bin geboren
bin am Meer geboren
unter Türken und Mohren ...

Überlieferte Lieder, die er aber manchmal nach Lust und Laune umdichtete

Einmal ging ich spazieren am Meer,
da fiel mir das Herz in den Sand,
so daß es Trofimena dann fand.
Jetzt hat sie zwei Herzen und ich hab' keins mehr ...

Auf diese Weise hörten ihn seine Frauen, warteten auf ihn, trafen ihn, verloren ihn wieder aus den Augen und hörten ihn aufs neue, während sie vollgepumpt mit Sonne, Harzgeruch und dem frischen Südwestwind, der vom Meer heraufblies, ins Tal hinunterstiegen.

An dem engen Felseinschnitt, in den das Tal an der Küste mündete, an jener steinigen kleinen Bucht angekommen, die nur den Blick auf einen Meereszipfel offen ließ, trafen sie auf andere Familien aus anderen Ortschaften, die ebenfalls mit Teigwaren beladen waren; dann grüßten die Männer einander.

Die Schiffe tauchten unvermittelt hinter der Landzunge auf und umrundeten lautlos die einsame Klippe. Die ungleichseitigen Dreiecke der Lateinsegel wurden der Reihe nach eingeholt, und die Mannschaft, winzige Gestalten mit flinken Bewegungen, machte sich eifrig auf Deck zu schaffen und griff dann zu den Rudern.

Fast immer kamen fünf Schiffe. Francesca zählte sie. Sie leuchteten in lebhaften Farben – hellblau, braun, grellgrün –, mit schwarzer oder orangeroter Wasserlinie und der naiven weißen Aufschrift der Heiligennamen, die triefnaß aus dem Wasser auftauchten und wieder versanken.

Mit dem hochgezogenen und um die Taille gewickelten Rock stand Francesca im Wasser und wurde beim Weiterreichen der Ladung naß bis zur Hüfte.

Wenn die Boote dann wieder aufs Meer hinausfuhren, begeisterte sie besonders die Harmonie der stehenden Männer, der Rhythmus der glänzenden Ruder, die Übereinstimmung der schlagenden Arme und die von weitem tönenden Rufe, deren Klang so seltsam an ihr Ohr drang, als würde er von im Kielwasser rollenden Kristallkugeln hervorgebracht.

Wir sehn uns am Freitag, am Freitag
wenn die Sonne rauskommt,
das ist ein schöner Tag.

Wenn die Schiffe eines nach dem anderen hinter dem aus dem Wasser ragenden Felsbrocken am Ende der Bucht verschwanden, staunte sie, als wäre Zauber am Werk. Woher kehrten dann die leeren Körbe zurück? Wohin gingen ihre Müschelchen, die vorher da waren und jetzt verschwanden?

»Nach Neapel ...«, sagte der Großvater, aber Neapel war für sie ein Name, mit dem sie nichts verbinden konnte. Also stellte sie sich vor, daß sie ihre Orecchiette, die alle schief waren und die sie Stück für Stück kannte, im Meer verlor. Sie verlor sie, weil sie ihre Reise nicht im Geiste verfolgen konnte. Alles, was hinter der Klippe geschah, war für sie phantastisch und geheimnisvoll.

Der Großvater hingegen, der kannte sich genau aus auf all den Handelswegen.

Früher einmal gaben diejenigen, die das Korn in seine Mühle brachten, auch gleich die Bestellungen auf; dann kamen die »Botschaften«, von Ciommetella, die gleich neben dem Turm einen Laden für Teigwaren hatte. Bald bemühte die Frau sich aber dann selber herauf zum Wasserfall, kaufte die Ware und transportierte sie mit dem Maulesel nach Hause.

Ciomma, oder Gerolama, war eine auffallende Persönlichkeit, größer als die meisten, und wenn sie sprach, hatte sie einen singenden, fast arabischen Tonfall. Sie trug einen Rock aus grobem Stoff und orientalische Schlappen, die ihr ein armenischer Seemann aus der Türkei mitgebracht hatte, ihr Liebhaber, hieß es.

Das über der Brust gekreuzte blütenweiße Tuch, das typisch war für Frauen aus dem Volk, war ihre Fahne, und die zwei emporragenden Haarnadeln aus Elfenbein, die den zu einem Knoten gewundenen Zopf hielten, waren ihre Standarten, sie glichen den an einer Lanzenspitze befestigten Wimpeln.

Die vor dem Laden Ciommas in Körben ausgestellte Ware bekam öfter Spritzer von Salzwasser ab und lag immer ein ganzes Stück vor ihrem Laden ausgebreitet. Der war zugleich auch ihre Wohnung, wo sie ein schönes, hoch aufgepolstertes Bett besaß, das stets sauber und ordentlich bezogen und mit einem netzartigen Häkelüberwurf straff zugedeckt war. Eine Tasse Kaffee für die guten Kunden war auch immer bereit: für die Gäste von den Schiffen oder jene, die mit der Kutsche aus Richtung Cava von weither kamen, um in sauberen, zusammengeknoteten Tüchern oder feinen Körben die schmackhaften Nudeln von der Küste in weite Ferne mitzunehmen, ja regelrecht zu entführen.

Die Händlerin stieg sehr oft zur Mühle hinauf und klopfte dem Großvater vertraulich auf die Schulter. Der revanchierte sich mit einer Prise Schnupftabak, einem Glas Wein, einer Zigarre und aufgekratzter Freundlichkeit, was die eifersüchtige Großmutter mit scheelen Blicken verfolgte.

Vor allem dann regte sie sich auf, wenn Ciomma, die Hände in die Hüften gestützt, eine Zigarre paffte und zwischen ihren Lippen Rauchwolken ausstieß.

Eines schönen Tages wurde Ciommetella aber dann ausgeschaltet, weil die Köstlichkeiten, die bei »Gevatter Pepe droben am Wasserfall« hergestellt wurden, Liebhaber fanden, die wichtiger waren als Ciomma und ihr Kleinhandel.

Als wegen der Unruhen 1848 ganze Familien die Hauptstadt und die größeren Orte verließen und sich in die abgelegene und ruhigere Gegend von Amalfi zurückzogen, probierten viele dieser Fremden die Produkte vom Wasserfall und wollten danach nicht mehr darauf verzichten.

Auf diese Weise erhielt der Großvater immer größere Bestellungen direkt von den Fischern von Santa Lucia, die von jeher aus

Neapel kamen, um Teigwaren zu laden. Der Müller lieferte seine Körbe selber am Meer ab, und die Fischer bezahlten ihn mit den Einnahmen der vergangenen Woche und bestellten die Mengen und die Größen für die folgende Woche.

Die Bestellisten kamen von Gasthäusern in Toledo, von Corsea, vom Chiatamone, aber auch von Köchen vornehmer Familien und von herrschaftlichen Privathäusern, bekannten Rechtsanwälten, Ärzten und Staatsbeamten.

Als 1854 und '56 die Choleraepidemie ausbrach, entwickelten sich noch engere Bande zwischen den Verbrauchern der Hauptstadt und den Nudelherstellern der Küste. Vielleicht hoffte man unter diesen Umständen, daß Nahrungsmittel aus Orten, die von der Krankheit verschont geblieben waren, gesünder seien.

Die meisten Körbe, die auf die Schiffe verladen wurden, stammten vom Großvater und waren auch leicht zu erkennen: Sie waren mit blühenden Lorbeerzweigen und kleinen Zitronen geschmückt, was nicht nur der Reinheit und Bekömmlichkeit dienen sollte, sondern zugleich auch als Beschwörungsakt gedacht war, denn nach althergebrachten Zauberformeln gehörte die Zitrone zu den Sonnensymbolen und besaß allein schon in ihrer duftenden Essenz Zauberkraft.

Die Teigwaren des Großvaters fanden sogar in Militärkreisen Anerkennung.

Jene Zivilisten, die von der Verwaltung des bourbonischen Heeres den sehr begehrten, aber streng kontrollierten Auftrag erhielten, Kasernen und Lazarette mit Lebensmitteln, Geräten und Möbeln zu versorgen, wählten für die Schonkost der Offiziere im Falle einer langwierigen Genesung unter allen anderen Angeboten die Fusilli des Großvaters aus: Sie waren genauso gesund wie die anderen, aber schmackhafter und daher appetitanregender und für die prompte Wiederherstellung der Kräfte geeigneter.

Als das bourbonische Heer 1852 in Kalabrien ein großes Manöver abhielt, wurde von der Mühle aus der Proviant geliefert, der über Vietri und Cava zur kalabrischen Landstraße gelangte.

Dreimal stiegen acht Soldaten mit acht schwerbeladenen Mauleseln die Berge hinab.

Von jenem Jahr an wurde es für die Unteroffiziersanwärter der Schule von San Giovanni in Carbonara fast zu einer Tradition, den Abschluß ihrer vierjährigen Ausbildung, jenes schwierigen Ziels, das für die Besten den Zugang zur Königlichen Kadettenschule Nunziatella und damit zur Offizierslaufbahn bedeutete, mit einem großen Essen und den »Paccari« des Großvaters zu feiern.

Der Paccaro, der »Backenstreich«, war ein Pasta-Format, das große Sorgfalt beim Trocknen erforderte. Es wurde hergestellt, indem man einen sechs Zentimeter breiten Teigstreifen um einen Stock wickelte und so ein Röhrchen bildete. Abgekocht und angerichtet, sammelte sich in dem Röhrchen soviel Fleischsoße, daß man beim Kosten eine geballte Ladung in den Mund bekam, die wie eine Ohrfeige wirkte. Die Paccari des Großvaters wurden in der Schule von San Giovanni immer mit zu Triumphbögen erhobenen Gabeln begrüßt.

An den langen Festtafeln serviert, wo es immer auch ein wenig heftig zuging, wurden sie stets mit lautem Hurra empfangen, oft nach dem Hurra auf König Ferdinand, der häufig zu einem kurzen, aber leutseligen Besuch kam, um seinem Militär, dem er sich eng verbunden fühlte, viel Glück zu wünschen.

Einer Anekdote zufolge, die man sich in Militärkreisen erzählte, war es Oberst Liberato Quartuccio vom 2. Regiment »Regina« gewesen, der als erster hoher Offizier des bourbonischen Heeres die Nudeln aus der Mühle probiert hatte: Ein Soldat, der in seinem persönlichen Dienst stand, hatte ihm aus dem Urlaub ein Körbchen voll als Geschenk mitgebracht.

Nach der Dienstordnung hätte die Ordonnanz nur jedes zweite Jahr Anspruch auf einen Monat Urlaub gehabt, aber nachdem der Oberst Fusilli mit Käse und bestimmte Klößchen aus fettem amalfitanischen Hühnerfleisch gekostet hatte, wollte er auf den nächsten Hochgenuß nicht so lange warten und schickte seinen Untergebenen so oft auf Streifzug in sein Dorf, daß Verdacht und Gerede aufkam.

Daher war Oberst Quartuccio endlich gezwungen, als Gegenleistung für Stillschweigen, Orecchiette und Fusilli des Großvaters auf ausgelassenen Banketts mit den anderen zu teilen. Auf diese Weise brachte er Abwechslung in das langweilige Soldatenleben, und die tröstete über manches Unerfreuliche hinweg.

Von nun an gab es zahllose Reisen von Soldaten auch anderer Regimenter zur amalfitanischen Halbinsel. Die wurden stets mit größter Dringlichkeit abkommandiert, gerade so, als wäre an der Küste wie einst der Ruf erschallt: »Die Türken sind gelandet!«

Anderen Berichten zufolge, die vor allem von Hauptmann Raffaello Pacifico vom 7. Regiment »Napoli« stammten, begann die Beliebtheit der Teigwaren vom Wasserfall mit einer ganz frischen Lasagna, die einst in Posillipo mit großer Feierlichkeit kredenzt wurde und Feindschaften zu schlichten vermocht hatte.

Die Lasagna war in einer Backform mit Fleisch und Tomatensoße angerichtet gewesen, was damals eine noch nicht verbreitete Zubereitungsform war und eine Leckerei darstellte.

Zu dem Abendessen hatten sich der Befehlsstab des 5. Regiments »Bourbon« und des 7. »Napoli« zusammengefunden. Zwei der Offiziere, die in ihren jeweiligen Regimentern den gleichen Grad hatten und sich abwechselnd jeden zweiten Tag im zarten, üppigen Fleisch einer gewissen Donna Titta verloren, begannen einen rein akademischen Streit über die Potenz von Kanonen, Ladungen und Reichweiten.

Eben wegen der entbrannten Rivalität entwickelte sich ihr Streit zur Polemik, und bei Tisch wurden sie erst recht rauflustig, was besonders gefährlich war, weil sie einander gegenübersaßen. Der ganze Streit wurde aber schlagartig vergessen, als die Burschen die riesigen duftenden kreisrunden Bleche auftrugen, in denen leuchtendrot die überbackenen Lasagne glänzten.

Von da an verlor sich der Streit bei der Aufteilung in Portionen und blieb an den hochgereckten Gabeln hängen, die mit duftendem Teig beladen waren. Sobald sie dann die ersten Bissen im Mund hatten, löste sich die ganze Wut in Wohlgefallen auf.

So hatte dieses wunderbare Gericht womöglich verhindert, daß es zwischen den beiden zu einem Duell kam, was ja im übrigen verboten war und daher doppelt verderblich gewesen wäre.

Die Lasagne waren bei schwachem Kohlenfeuer auf den wagenradgroßen Kupferblechen zubereitet worden, und riesige Deckel hielten sie warm, so daß sie ihr ganzes Aroma behalten hatten, kräftig und elastisch geblieben waren und sich beim Essen harmonisch mit der Soße verbanden, ohne sich mit dieser zu vermischen. Sie waren glatt und fest wie junges Fleisch, schmackhaft und geschmeidig wie Meeresfrüchte.

In den Erzählungen wurde immer unterstrichen, was für ein Hochgenuß es sei, sie zwischen den Zähnen zu fühlen. Gewiß war die Sehnsucht nach diesem Genuß der Stern, dem alle über unwegsame Pfade zum Wasserfall und zur Mühle folgten.

Ende Dezember des Jahres 1856, als die Sonne noch warm wie im Oktober schien, wurde bei der Mühle eine für ihre Produktionsverhältnisse wirklich übermäßige Bestellung aufgegeben. Der Großvater nahm sie nur aus Respekt vor dem Besteller, Oberst Don Bruno Salerno, an.

Sie schufteten Tag und Nacht, denn der Liefertermin war äußerst knapp.

Die Nudeln waren für eine Tafelrunde von Regimentern bestimmt, die den Geburtstag des Königs mit einem ganz besonders prunkvollen Festessen begehen wollten, da der Herrscher gerade einem schweren Attentat mit einer nur leichten Verletzung entgangen war: Er hatte lediglich eine Schramme davongetragen.

Eines Abends, als die Tanten und Schwestern Francescas von der übermäßigen Anstrengung so zu Tode erschöpft waren, daß sie sich schlafen legten, blieb sie noch mit den Großeltern auf, die immer noch bei der Arbeit waren.

Im Morgengrauen wurde auch sie zu Bett geschickt. Aber sie war so überdreht, daß sie nicht einschlafen konnte, und so hörte sie, was der Großvater Großmutter Trofimena erzählte.

Er berichtete ihr, daß ein Soldat des 11. Jägerregiments, ein »Frevler«, wie er sagte, am 8. Dezember, während König Ferdinand ungeschützt und zu Pferde feierlich die Parade einiger Regimenter auf dem Marsfeld abnahm, plötzlich aus der Reihe trat, sich auf den Herrscher stürzte und ihm mit dem Bajonett einen Schlag versetzte.

Der Attentäter, erklärte Giuseppe seiner Trofimena, hieß Agesilao Milano, war aus Kalabrien und stammte von jener widerspenstigen, wilden albanischen Rasse ab, die dorthin verpflanzt worden war. Vielleicht war der Kalabrier nur ein unverständiger Einzeltäter, der alles selber ausgeheckt hatte, oder aber, so der Verdacht, er gehörte einer Verschwörergruppe an, ja vielleicht steckte sogar ein jakobinisches Komplott dahinter. Und während er dies aussprach, bekreuzigte sich der Großvater schnell, und die Großmutter ahmte ihn nach.

Der Soldat war an Stelle seines Bruders in das Heer eingetreten, also hatte er von vornherein die böse Absicht gehegt, den König umzubringen, sagte der Großvater erschüttert, ihn wie ein Tier abzuschlachten. Während er sich in Rage redete und ihm dabei vor Erregung die Stimme versagte, fing die Großmutter vor Kummer an, um den König zu jammern: »... der Ärmste ... der Ärmste.«

Dann hatte er eine Weile betroffen geschwiegen und angefangen, ruhiger über den Angriff auf seinen Herrscher zu reden, den er für eine wahre Infamie hielt.

»Einen infamen Kerl«, nannte er den Attentäter, bekreuzigte sich aber dann wieder, als er der Großmutter berichtete, daß Agesilao Milano hingerichtet worden war. Sie hatten ihn am Namenstag der heiligen Lucia vor der Porta Capuana aufgehängt ... er war sechsundzwanzig Jahre alt gewesen und hatte darum gebeten, das Kruzifix küssen zu dürfen ... und er hatte herzzerreißend geweint ...

Aber der Henker soll sich aus Trotz erbarmungslos geweigert haben, das Seil einzuseifen ... und es sei ein furchtbarer, langer Todeskampf gewesen ... Worauf die Großmutter wieder zu weinen anfing: »Der Ärmste ... der Ärmste ...«

Obwohl todmüde, lag Francesca noch immer mit offenen Augen da und fand keinen Schlaf. Im rötlichen Widerschein des Kaminfeuers pendelten über ihr die langen Schatten der neuerdings von den Deckenbalken hängenden frischen Salamiwürste. In der aufsteigenden warmen Luft baumelten die schaurigen, ebenfalls traurig dahängenden Gebilde hin und her, und beim Geprassel der Holzscheite schien es, als röchelten sie.

DER ARBEITSRHYTHMUS OBEN am Wasserfall hatte sich inzwischen gründlich verändert. Jetzt stellten sie ihre Nudeln nicht mehr nur in der schönen Jahreszeit her, sondern das ganze Jahr über, und das brachte manche Schwierigkeit mit sich.

Vor allem die Transporte waren in der kalten Jahreszeit bei den noch schlechteren Straßenverhältnissen beschwerlich. Der Großvater hatte immer Angst, daß seine Fusilli-Löckchen und schaumleichten Bandnudeln vom Regen naß und schlaff werden könnten: Er durfte sich doch nicht blamieren. Aber gerade diese Angst, ja, diese quälende Sorge verlieh ihm auch die Kraft, kühne Pläne zu schmieden.

Einer seiner Kunden aus der Hauptstadt, sein wertvollster und einflußreichster Berater, war ein hoher Staatsbeamter, der im Namen der »Kriegsdruckerei« regelmäßig nach Amalfi kam, um hochwertiges Papier zu beschaffen und sich bei dieser Gelegenheit auch mit Teigwaren zu versorgen. Dieser Mann nährte die Hoffnungen des Großvaters.

Er hatte ihm schon seit längerem angedeutet, daß er ihn hinunter in die Ebene in die Nähe von Neapel bringen wolle, wo man bequemer arbeiten könne, wo Meer und Hauptstraßen schneller erreichbar wären und man das ganze Jahr über leicht verkaufen und Handel treiben könne. Diese Pläne nahmen immer genauere Umrisse an.

Je länger der Großvater über diese Idee nachdachte, und dabei dem bourbonischen Beamten gleichzeitig mit wahren Füllhörnern voll Teigwaren seinen Dank erwies, desto mehr setzte sie sich in ihm fest. Aber angesichts seiner bescheidenen Finanzen und auch aus Aberglauben verwies er eine Verwirklichung doch ins Reich der Träume.

Eines schönen Morgens aber fügte sich alles, ein Grundstück wurde gekauft, und der Umzug nahm greifbare Gestalt an. Plötzlich, und früher als gedacht, paßte alles zusammen, und das veranlaßte die Großmutter zu dem Ausspruch:

»Schicksal und Tod lauern immer an der Pfort.«

Die Lage der neuen Mühle war ideal: Sie befand sich in der Ebene unterm Vesuv auf der anderen Seite der amalfitanischen Halbinsel direkt am Salernokanal, ja, sie war fast an dessen Mündung gelegen. Von dort konnte man Neapel und die kalabrische Landstraße leicht erreichen; es war ein paradiesischer Ort, wo man die Sonne im Gesicht und den Vulkan im Rücken hatte und auch andere Müller schon seit längerer Zeit Nudeln herstellten.

Um nun die nötige Summe zusammenzubekommen, machte Salvatore de Crescenzo seinem Schwiegervater das unverhoffte Angebot, sein eigenes Geld beizusteuern und als Hilfskraft einzusteigen. Eine paritätische Geschäftsführung vorzuschlagen wäre Salvatore nicht einmal in den Sinn gekommen.

Die Entscheidung, den Großvater zu unterstützen, kam ihm, als sich etwas Trauriges ereignete: Sechs Monate zuvor war Rituccia, die jüngste seiner sieben Töchter, gestorben.

Der Arzt hatte auf Cholera getippt, obwohl die Seuche in Neapel schon besiegt war. Irgendwie war der gute Mann überzeugt, daß sich die Krankheit bei dem lebhaften Hin- und Hertransport der Körbe, wenn auch in abgeschwächter Form, bis in diese abgelegene Gegend geschlichen hatte.

Salvatore war weit weg gewesen und erst zwanzig Tage, nachdem das kleine Mädchen unter den Steinplatten der Kirche bestattet worden war, zurückgekehrt. Natürlich hatte er nichts gewußt, erst in Amalfi erwartete ihn die Nachricht.

Völlig verzweifelt stieg er zur Mühle hinauf, und der Großvater sah erstaunt, wie tief dieser kecke Bursche von dem ersten Schicksalsschlag seines Lebens getroffen worden war.

Auch Francescas Mutter war von der Infektion angesteckt

worden; so lief Salvatore noch am Tag seiner Ankunft bei Regen und Sturm hocherzürnt mit dem Klappmesser los, um den Arzt zu holen, der dem Ruf des Großvaters nicht gefolgt war.

Wahrscheinlich waren es aber weniger die Behandlungsmethoden dieses barschen Mannes, der mit seinen struppigen Haaren wie ein Räuber aussah und Francesca große Angst einjagte, als die ausgepreßten Zitronen und die von den Mönchen zusammengerührten Pasten aus Knoblauch und Kräutern, die die Frau von der Cholera heilten. Wenn es überhaupt Cholera gewesen war ... Dies galt nämlich keineswegs als erwiesen. Die kräuterkundigen Mönche lächelten, danach befragt, nur breit, steckten ihre Hände in die Ärmel der gekreuzten Arme und beschwichtigten die Ängste mit sanfter Stimme.

Salvatore blieb nur kurze Zeit am Wasserfall, aber in jenen Tagen nahm er Abschied von seinem Leben als Seemann und verwandelte sich in einen »Seßhaften«.

Als er zu seiner letzten Reise aufbrach, war seine Frau noch nicht ganz wiederhergestellt, sie war blaß und fühlte ein Ziehen in der Brust und den Hüften, die in ihrer Beziehung so wichtig waren; aber er empfand ein neues Solidaritäts- und Pflichtgefühl, das ihn an die Seite seiner Frau und seiner Familie zwang.

Diese Schiffsreise sollte große Früchte tragen. War es seine Entschlossenheit, ein günstiger Stern oder, wie Salvatore behauptete, das Gebet eines kleinen Engels, man erfuhr es nie.

Sicher ist nur, daß ihn in Algerien irgend jemand oder irgend etwas bei seiner Kühnheit beschützte, als er den Türken betrunken machte und in Damaskus Seidentücher erstand, die er zum dreifachen Preis wieder verkaufte.

Bei seiner Rückkehr ließ er sich nach dem Aufstieg nicht einmal Zeit, Atem zu schöpfen, sondern packte sein Kapital auf dem Tisch aus, schickte seine Frau los, um aus dem Versteck (das nur sie kannte) die Spargroschen zu holen und bewarb sich beim Großvater. Seine baren Münzen dienten als Bürgschaft.

Ehrerbietig zählte er sie auf den Tisch und unterstrich sein aufrichtiges Angebot mit einer schwungvollen Handbewegung: »Bedient Euch, Vater Pe'.«

So hatten sie mit vereinten Kräften und durch den Verkauf ihrer Habe das Besitztum unter dem Vesuv erstanden.

Dort gab es außer der Mühle auch ein Haus und zwei Nebengebäude: zwei riesige Räume, die zwar alt waren, aber solide Grundstrukturen hatten. Der verlangte Preis war vernünftig, und die Schwierigkeiten ließen sich »wie durch ein Wunder«, so meinte der Großvater, schnell aus dem Weg räumen.

In Wirklichkeit war den hochdiplomatischen Verhandlungen durch gezielte Lieferungen von Fusilli, Orecchiette, Paccari und Lasagne wirkungsvoll nachgeholfen worden.

Der Großvater hatte keine einflußreichen Beziehungen, er war nur ein armer Müller; einzig die »heiligen Makkaroni« hatten das Wunder bewirkt.

Jener hochgestellte bourbonische Verwaltungsbeamte, der sich um die Angelegenheit gekümmert und den Boden bereitet hatte, war ein unglaublicher Schlemmer und persönlich daran interessiert, daß der Großvater an einen von der Hauptstadt aus leichter erreichbaren Ort umzog. Also hatte er alles darangesetzt, den Vertragsabschluß herbeizuführen, was gar nicht so einfach gewesen war, weil das Grundstück an ein Arsenal angrenzte und es daher gewisse Rechtsverbindlichkeiten gab.

Der Beamte erwirkte die königliche Erlaubnis, unternahm alle nötigen bürokratischen Schritte, auf die er ja Einfluß hatte, und erreichte für die Inbetriebnahme der neuen Mühlsteine sogar die finanzielle Unterstützung des Förderinstituts.

Außerdem gewann er das Wohlwollen des Fürsten Filangieri und des Obersten Antonio Ulloa, die das Königliche Arsenal ausgebaut und vervollkommnet hatten.

Der Herzogin Ravaschieri, der Herzogin Di Bovino und der Herzogin Cardinale – den drei Töchtern Don Carlo Filangieris, die man in Neapel die »drei Herzoginnen« nannte – zeigte der Großvater seine Ehrerbietung in Gestalt von drei Körben mit Teigwaren.

Der Beamte hingegen, der zum glücklichen Vertragsabschluß verholfen hatte, besaß sozusagen bis in alle Ewigkeit moralischen Anspruch auf Fusilli, Orecchiette und Bandnudeln …

AN DEM TAG, an dem Francesca und ihre Angehörigen vom Wasserfall wegzogen, strahlte die Sonne ungewöhnlich heiß für die schon beginnende Herbstzeit auf die bergige Küste nieder.

Das war im Jahr 1857, zwei Monate vor dem großen Erdbeben am 16. Dezember.

Francesca war jetzt acht Jahre alt, der Großvater neunundvierzig, Großmutter Trofimena fünfzig.

Dort wo sie hinzogen, wurden die Mühlräder ebenfalls von Wasser angetrieben, aber nicht mehr von der Kraft des Wasserfalls, sondern von der Strömung des Kanals in Richtung Meer. Als Nachbarn hatten sie einfache, aber gastfreundliche Landleute, die auf schattigen Gehöften lebten, und am Ufer gab es noch weitere Mühlen.

Obwohl noch von dem Todesfall gezeichnet, hatten sie in ihrer engen Arbeitswelt keine Zeit für Traurigkeit und Melancholie; auch nach der schrecklichen Erdbebennacht durften sie sich keine Pause erlauben, obwohl die Erde im Abstand von Tagen und manchmal auch nur von Stunden immer neu erbebte und sich erst im Frühjahr wieder beruhigte. Sie gewöhnten sich an die Angst und das ständige Schwanken. Nur drehten sie sich bei jedem Erdstoß instinktiv zum Vesuv um, um selbst in der Dunkelheit seine Umrisse mit den Augen abzusuchen und sich zu vergewissern, daß er friedlich blieb.

Dabei war der Berg mit seiner Rauchsäule diesmal nicht schuld, das Epizentrum lag weiter entfernt. Dennoch hatten sie die Gewohnheit der Kinder dieser Gegend angenommen und blickten wie ihre Nachbarn ihr Leben lang bei jedem Krachen, bei jedem dumpfen Grollen, sogar bei jedem stärkeren Donner mit angehaltenem Atem und fragend hochgezogenen Brauen gebannt in Richtung des Berges, selbst wenn sie sich in einem geschlossenen Raum befanden.

Gleichzeitig hatten sie aber auch ihre Liebe zu diesem schönen, violett schimmernden Vulkan entdeckt. Es war eine vertrauensvolle Liebe, in der auch Hoffnung und ein Flehen um Gnade lag.

In der leichter zugänglichen Ebene, die die Beförderung der Waren und die Lieferungen um vieles vereinfachte, arbeiteten sie bis zum Umfallen, aber das war andererseits auch ein Glück, denn es stumpfte sie ab, so daß sie nur selten mit Sehnsucht an die amalfitanische Küste zurückdachten.

Manchmal bemerkte der Großvater Tränen, die in den Teig tropften oder vom Mehl eingepudert wurden. Dann schrie er vor Wut wie besessen herum und schalt vor allem die Großmutter, die am meisten unter Heimweh zu leiden schien.

»Dem lieben Gott sollt ihr danken«, schrie er, »hier habt ihr euer täglich Brot und auch noch was dazu. Eine Sünde ist das, hier rumzuheulen. Wollt ihr etwa den Zorn Gottes heraufbeschwören ...?«

Sicher, auch er war tief bewegt gewesen, als der ganze Hausrat schon auf die Maultiere geladen war und er selbst mit dem Stock in der Hand und den Schuhen an den Füßen bereit war, die Felsen zu verlassen, die er von Geburt an kannte. Damals hatte er die ganze Familie in dem einzigen Raum versammelt, der ihnen bisher als Unterkunft gedient hatte. Schweigend hatte die Großmutter etwas Kalk von der Wand gekratzt und eine Handvoll Asche aus dem Herd genommen, beides vermischt und, ohne etwas zu verschütten, in ein Stoffsäckchen gefüllt, das sie sich an einer Schnur um den Hals hängte. Dann ahmten alle den Großvater nach, der sich bekreuzigte und dabei murmelte:

»Die heilige Muttergottes und der Herrgott mögen uns begleiten.«

Sie hatten ihn vorgehen lassen, und er war als erster mit Tränen in den Augen aufgebrochen, die ihm seine geliebte Gegend noch azurblauer und blendender erscheinen ließen.

Aber nachdem die Großmutter dann die Türscharniere des neuen Hauses am Fluß neben dem Nußbaum mit Schweinefett eingeschmiert, den Knoblauchzopf und das Säckchen mit dem Staub über die Tür gehängt hatte, verlangte er, daß sie der Vergangenheit nicht mehr nachtrauerten, sondern mit der Hilfe Gottes und ohne Trübsinn nur noch an die Arbeit dachten.

Sein Haar hatte sich vor allem an den lockigen Koteletten schon deutlich weiß gefärbt. Seine Frauen tuschelten, daß dies aus Trauer über den Tod Rituccias fast über Nacht geschehen sei, aber er schien in jenem ersten Sommer in der Ebene eher jünger geworden zu sein.

Er wirkte kräftiger, als er sich im Pechrauch aufrichtete und – der Oberkörper, das Gesicht und die Schultern nackt und gebräunt – das Dach des Hauses und der Nebenräume ausbesserte. Dabei halfen ihm die Mädchen von der Leiter aus mit flinken Händen.

Damals stürzte eine von ihnen so unglücklich, daß sie danach ein wenig hinkte, und zwar für immer.

Großvater Giuseppe richtete auch liebevoll die antike Nische in der dem Vesuv zugewandten Nordwand des kleineren Nebengebäudes wieder her, in der von nun an die Büste des heiligen Gennaro streng auf den Vulkan starrte und mit der erhobenen Hand jede Bedrohung abwehrte. Eine solche Nische mit dem Heiligen, der mit Blick und Geste die Gefahr bannte, gab es in dieser mit Lapilli und Lava übersäten Gegend an vielen Hauswänden.

Viel Sonne bekam der Großvater aber auch ab, wenn er einmal in der Woche nach Ablieferung der Körbe an die Kundschaft mit Francescas Vater mittags aus Neapel über das Meer zurückkehrte. Aufgeregt aber nicht ungeschickt, bediente er mit Salvatore die Taue, um den Wind einzufangen, und beim Segeln gingen ihm Herz und Seele auf.

Obwohl auf einem Gipfel geboren, war er kein Gebirgler, denn in seiner Heimat, die dem Himmel so nah war, dienten die

Berge nur dazu, daß man von oben aufs Meer schauen konnte. Daher war er jetzt glücklich, wenn sie an der Küste entlangkreuzten; diese Harmonie stimmte ihn euphorisch, optimistisch. Vor Begeisterung wurde er fast ein wenig draufgängerisch und selbstgefällig.

Das Schiff mieteten sie von einem Fischer, der an Schwindsucht erkrankt war und es ihnen in seiner Not am liebsten verkauft hätte; aber sie, die bereits durch den Kauf von Korn und den Erwerb eines Karrens finanziell belastet waren, blieben taub auf diesem Ohr. Sie überlegten vielmehr, sich ein dringender benötigtes Gerät anzuschaffen, nämlich einen mechanischen Teigkneter.

Das Teigmischen bereitete ihnen keine besonderen Probleme: Ihrem alten Trog, der das Küstengebirge auf unwegsamen Pfaden wie ein Elefant Hannibals passiert hatte, hatten sie die Füße abgesägt und ihn auf zwei eigens dafür erbaute Stützmäuerchen gesetzt, so daß er jetzt bei der ständigen Belastung besser standhielt. Beim Formen der Nudeln halfen zwei fleißige Bäuerinnen aus der Nachbarschaft, die mit Mehl abgegolten wurden, und verschiedene lärmende Tagelöhnerinnen, sogenannte Fusillare; im ersten Sommer waren es schon sieben Frauen.

Aber das Kneten nur mit den Handflächen und mit Muskelkraft und dem Stock als einziges Hilfsmittel belastete nicht nur die Handgelenke, sondern verlangsamte auch den ganzen Herstellungsprozeß. Und das konnte fatale Folgen haben, denn es hätte leicht zur Übersäuerung und Fermentation des Teigs führen können.

Also brauchten sie dringend ein Hilfsmittel für den Knetvorgang.

Das Knetgerät, das sie sich wünschten, war eine Konstruktion mit einer langen Stange, die auf den Teig einschlug: eine rudimentäre und typisch neapolitanische Maschine.

Eines Tages, nachdem sich die beiden Männer im Morgengrauen ein Frühstück aus Brot und frisch gepflückten Feigen zubereitet hatten, bestiegen sie das Fuhrwerk, das sie einem Nachbarn, dem Vicienzo aus Sorrent (das war ein Bauer, der am andern Kanalufer einen kleinen Orangenhain besaß), abgekauft hatten, und machten sich auf, um dieses Wundergerät zu besorgen.

Sie trugen saubere Hemden und Hosen und waren in Hochstimmung, als gingen sie auf Brautschau.

Erst in der Nacht kehrten sie mit kreischenden Rädern zurück.

Francesca saß im Dunkeln still auf dem Mäuerchen vor dem Haus und wartete auf sie. Die Grillen zirpten unaufhörlich, und Sternschnuppen, die sie ängstigten, schossen über den dunklen Himmel, als der knarrende Karren im Lichtschein der Laterne entladen wurde.

Am nächsten Morgen machten sich Schwiegervater und Schwiegersohn im großen Werkraum schwitzend und mit vor Anstrengung gerunzelten Brauen an die Montage der Knetmaschine.

Meister Antonio, 'Ntuono, der Hufschmied von der Straßenkreuzung, ein Ortsansässiger, der schnell ein Freund der Familie geworden war, half ihnen.

Um die drei Hochbeschäftigten versammelten sich nicht nur die unverschämt neugierigen, mehlbestäubten Tagelöhnerinnen, sondern auch die ganze Frauenschar des Hauses, einschließlich der Großmutter, die sich gewöhnlich vornehm zurückhielt.

Der Müller verjagte sie immer wieder mit lauter Stimme, und sie schwirrten auch ab; aber bald darauf kehrten sie eine nach der anderen wie Tauben zu einer Handvoll Korn wieder zurück.

Die Männer hatten mit ernsten Mienen einen etwa fünfzig Zentimeter großen Holzkeil, der die rechte Ecke genau ausfüllte, als Unterbau der Konstruktion angebracht.

Etwas höher schlugen sie eine lange, kräftige Stange ein, deren Drehpunkt sich genau in der Ecke befand. Der Hebel ließ sich nicht nur auf und ab, sondern auch horizontal bewegen, so daß er über den gesamten Bereich der Holzoberfläche geführt werden konnte, auf die man die Teigmischung legen würde.

Die Stange ragte fast zwei Meter über die Holzplatte hinaus, und auf diesen herausragenden Teil mußte man sich setzen, um die Stange sei es fürs Schlagen, sei es fürs Rühren in Bewegung zu bringen.

Lange probierten der Großvater und Salvatore auf diesem Teil der Stange sitzend diese zwei Bewegungen aus, während Meister 'Ntuono Talg in die Ritzen pinselte: So beseitigten sie mit geduldiger Hingabe, viel Stirnrunzeln und fettverschmierten Händen jeden Schwachpunkt.

Genau in der Mitte der Stange wurde ein Bündel von Seilen angebracht, die alle oben mit der Spitze eines Balkens aus starkem und flexiblem Buchenholz verbunden wurden. Dieser war in die Wand eingerammt worden und ragte wie eine Angelrute daraus hervor.

Diese Anordnung von Seilen sollte die niederhagelnden Schläge elastisch abfedern.

Wie diese Maschine funktionieren sollte, war den Frauen des Hauses alles andere als klar. Immer wieder versuchten sie, es herauszufinden, aber nach einem letzten, besonders heftigen Wutanfall des Großvaters wagte sich dann keine mehr von den Nudelbrettern fort. Von nun an schielten sie auch nicht mehr in diese Richtung, und selbst die Tagelöhnerinnen verloren das Interesse daran. Sie arbeiteten im Akkord und mußten in den zwölf Arbeitsstunden mit flinken Fingern soviel verdienen, daß sie über die Runden kamen.

Aber eine von ihnen, die diese Erfindung schon kannte, rief ihren Kolleginnen in gewissen Zeitabständen immer wieder halb scherzhaft, halb verdrossen zu:

»He Kinder, jetzt könnt ihr bald euer Bündel schnüren!«

Die Maschine, ihre Feindin, würde sie bald alle arbeitslos machen.

Als die drei Männer am Abend den Schuppen verließen, um nach der Arbeit die einzige warme Mahlzeit des Tages einzunehmen, erwartete sie der frische Geruch der trocknenden Nudeln und der Schein einer Laterne.

Die Knetstange ersetzte die Muskelkraft der Fäuste und Arme, aber es blieb doch alles von Menschenkraft betrieben. Das Abenteuer, aus Hartweizengrieß Nudeln herzustellen, begann damals damit, daß man den Grieß und warmes Wasser zusammen in den Mischtrog füllte. Das warme Wasser wirkte auf die Oberfläche der Körnchen und machte diese weich. Durch den zarten und beständigen Druck der Füße stellte man eine Verbindung her, und die Knetmaschine verwandelte die Mischung dann in eine homogene Masse. Dies geschah mit Kraft, aber gleichzeitig auf sanfte Weise, damit den neapolitanischen Teigwaren auch bei Benutzung dieser Maschine alle Eigenschaften erhalten blieben, die sie bei der manuellen Herstellung auszeichneten: Sie hatten eine körnige Konsistenz, Transparenz, eine goldgelbe Farbe und waren innen glänzend und glasig, wenn man sie durchbrach.

Der folgende Tag war ein Freudentag: Die Männer mit ihren nackten Oberkörpern unter den abgenutzten Westen strotzten mit ihren muskulösen Armen vor Kraft. Drei Krüge mit leichtem reinem Rotwein standen auf einem Holzbrett wie ein Trankopfer bereit.

Als das »Guten Morgen die Herrschaften« der Tagelöhnerinnen in dem leeren Raum mit seiner schlechten Akustik widerhallte, war der Großvater gerade dabei, mit dem Sorgobesen, der unendlich viel Staub aufwirbelte, rings um die jetzt einsatzbereite Maschine aufzukehren. Zufrieden betrachtete er sie und trällerte:

Gold und Diamanten hat der Sultan,
ich hab' deine Zöpfe,
bin ein reicher Mann.

Während die Tagelöhnerinnen das Ungetüm ostentativ unbeachtet ließen, blieben die Frauen des Hauses gern davor stehen, und die Mädchen wollten damit spielen. Francesca und Lenuccia, die vierte Schwester, hängten sich an den Hebel, der ihre leichten Körper dank der ausgleichenden Seile ein wenig in die Höhe fliegen ließ.

Um diese Stange aber richtig zu bedienen, mußte man sie schon mit anderen Gewichten belasten; drei Personen mußten sich auf ihr herausragendes Teil setzen und die Schläge auf die weiche Teigmasse mit rhythmischen Bewegungen begleiten, indem sie aufstanden und sich dann kraftvoll wieder hinsetzten und dabei auch noch kleine Schritte vorwärts oder rückwärts machten.

Als die zwei Männer aus der Mühle anfingen, mit der Knetmaschine zu arbeiten, beschlossen sie, daß sich die Großmutter neben sie setzen sollte, und zwar ganz ans äußerste Ende. Auf diese Weise mußte sie ihre althergebrachten und für eine Frau gewiß passenderen Arbeiten aufgeben und sich dank ihrer Körperfülle dem Kneten widmen; deswegen war ihr Platz auch ausgerechnet ganz außen auf der Stange.

So wurde sie also zur Spitzenabschleiferin. Abends massierte sie sich mit der flachen Hand den schmerzenden Hintern, der gewiß der fleißigste und gewichtigste bei dieser Aktion war. Und obwohl sie normalerweise ihre Privatsphäre stets verteidigte, kamen inzwischen sogar den Tagelöhnerinnen Informationen über gewisse blaue Flecken zu Ohren, die angeblich ihre kugelförmigen Hinterbacken zierten wie Kontinente.

Aber trotz dieser körperlichen Qualen war die Großmutter nicht unzufrieden mit ihrer neuen Aufgabe. Es mißfiel ihr nicht, abseits der für ihr Gefühl allzu schamlosen Arbeiterinnen Seite an Seite mit ihrem Mann zu arbeiten, ja sie hatte sogar Spaß daran, weil er singend den Takt zu ihrer gemeinsamen Bewegung angab; dabei sang er so manches Loblied auf sie, weshalb sie rot bis über beide Ohren wurde.

Auch die Arbeiterinnen hatten immer schon gern Liebes-Stornelli gesungen und machten dabei manchmal Salvatore De Crescenzo schöne Augen, den sie gutaussehend und sinnlich fanden. Aber seit jetzt die Teigknetmaschine da war, legten sie sich manchmal sogar mit dem Seemann an. Doch vor allem auf den Großvater waren sie wütend.

An einem Septembernachmittag, als es ein wenig geregnet hatte und frischer Erdgeruch vom Boden aufstieg, stimmten sie Gesänge an, die als höhnische Antwort auf diejenigen des Großvaters gedacht waren.

Da Salvatore nicht da war, hielt der Müller mit seiner Frau und der jüngsten Tochter Prudenza, genannt Tenza, die Stange der Knetmaschine in Bewegung.

Großvater Giuseppe war an jenem Tag sehr gutgelaunt und gab mit Lobgesängen auf seine Frau den Rhythmus für die Schläge an. Sie wehrte ab und errötete wie immer.

Geliebte, du goldnes Märzblümchen, du,
du hast mich geliebt,
und ich hab's nicht gewußt,
hab' es erraten. Weil das so ist,
sing' ich dir morgens früh hier dies Liedchen
Liebchen, die du im Leben meine Königin bist …

Sie hatten schon eine ganze Weile geknetet, wobei er den galanten Kehrreim auf seine Angebetete x-mal wiederholt hatte, da kam von den unter den großen Fenstern aufgereihten Tischen die kecke Erwiderung. Die Anführerin der Arbeiterinnen nahm, während sie einen Teig ausrollte, die kurzen Strophen auf und veränderte sie am Schluß boshaft, während die anderen mit dem Nudelholz den Takt dazu schlugen.

Geliebte, du goldnes Märzblümchen, du,
du hast mich geliebt,
und ich hab's nicht gewußt,
hab' es erraten. Weil das so ist,
schlag' ich dir morgens den Hintern blau
du mein Leben, du meine Königin-Frau …

Der Großvater erhob sich mit seltsamem Ingrimm, der nichts mit seinen üblichen selbstherrlichen familiären Wutausbrüchen zu tun hatte, plusterte sich auf wie ein Gockel und fragte, wen sie denn da gemeint hätten; und sie antworteten unverschämt herausfordernd:

»Gar keinen … Ihr singt und wir singen auch. Du lieber Gott … das ist doch nur ein Liedchen … Ist das vielleicht verboten?«

Und ihre ganze Dreistigkeit drückte sich in ihren frechen Gesichtern, den in die Hüften gestemmten Armen und den kämpferisch nach vorn gestreckten robusten Körpern aus.

Der Großvater, der an der Küste als Onkel Peppe bekannt war und jetzt oft schon Don Peppe genannt wurde, mußte zum ersten Mal wie vom Blitz getroffen den Rückzug vor »Weibern« antreten.

Von jenem Tag an sang er bei der Arbeit auf der Stange nicht mehr, sondern gab den Takt nur noch mit Zahlen an:

»Und eins, und zwei, und drei ... und vier, und fünf, und sechs ...«

Auch die Arbeiterinnen sangen nicht mehr, sondern zählten bei der Arbeit höhnisch:

»Und eins, und zwei, und drei ... und vier, und fünf, und sechs ...«

Aber wenn die Männer nicht da waren, stimmten sie gewisse plumpe und einfältig unzüchtige Liedchen an.

Francesca lernte eine dieser kleinen Strophen auswendig, ohne deren Bedeutung zu verstehen. Hinter den boshaften Sinn kam sie erst sehr viel später. Nachdem die Großmutter sie ermahnt hatte, sie nicht mehr in den Mund zu nehmen, diese üblen Worte, wiederholte sie sie nur noch im stillen:

Cicerenella die hatte, die hatte
und keiner wußte es
Cicerenella, die hatte einen Hahn,
der ritt immer auf dem Pferd
er war sehr groß, er war sehr schön
er hatte viele Gevatterinnen, alte und junge
dieser Hahn der Cicerenella ...

Viele Jahre später fiel ihr das Liedchen immer wieder ein, wenn sie allein in ihrem großen weißen Ehebett lag. Dann murmelte sie es vor sich hin wie ein Gebet, wiederholte es in der kühlen Morgendämmerung, wenn sie vor Warten nicht schlafen konnte und bestimmte Vorstellungen ihr einen Stich ins Herz versetzten.

Denn allzu deutlich konnte sie im Ankleidezimmer ihres Mannes erkennen, daß er zum Ausgehen die edelsten schwarzen Strümpfe, die tadelloseste Unterwäsche, die steifsten Krägen und die blendend weißen Manschetten ausgesucht hatte.

Die Unordnung, das wollene Unterhemd, das auf dem Puff lag und durch das seidene, hellblau-weiß gestreifte ersetzt worden war, das in der Schublade fehlte, die Wolke von Duftwasser, das alles ließ deutlich auf die Absichten schließen, die der Mann für diese Nacht gehabt hatte und für die der Club und das Spiel nur als Vorwand dienten.

Er war sehr groß, er war sehr schön
er hatte viele Gevatterinnen, alte und junge
dieser Hahn der Cicerenella …

IM HAUS WURDEN immer deutlichere Anzeichen von Wohlstand erkennbar. Großmutter Trofimena, die Salvatore „Frau Schwiegermama« nannte, schrieb sie der »Vorsehung« zu.

Der erste Luxus bestand aus eisernen Bettgestellen für die drei großen Schlafzimmer, mit blaugestreiften Säcken darauf, die, mit knisternden Maisblättern gefüllt, ganz beulig waren.

Bescheidene, spartanische Betten, aber für alle, die nun darin schliefen, äußerst bequem. Francesca wußte kaum mehr, wie in dieser erstaunlichen Zeit alles der Reihe nach geschehen war.

Welches Wunderding war zuerst gekommen: die Betten oder die leuchtenden Ohrgehänge aus Koralle, die ihre Mutter plötzlich trug? Oder waren doch die glänzenden Lackstiefelchen, die sie am liebsten auch nachts im Bett anbehalten wollte, zuerst dagewesen?

Jedenfalls erschien ihr nichts so herrlich wie diese funkelnden Schuhe, in denen man sich spiegeln konnte; sie versuchte, damit die Sonne einzufangen, indem sie gebeugt wie ein Krüppel ging.

Und weder die Ohrgehänge, die später kamen, noch die kirschgroßen Brillanten, die wertvollsten Stücke ihrer Aussteuer, mit denen sie das größte Aufsehen erregte, versetzten sie danach in solche Begeisterung.

Sie war sich dessen nie bewußt, aber diese Ohrgehänge, die durch ihr Hin- und Herschaukeln das Gesicht ihrer Mutter zum Leuchten brachten, erinnerten sie an all die rosa Farben der Küste: an die Felsen, Strände, Geranien und Häuser, die bis weit hinunter zu den heiteren kleinen Buchten reichten.

Diese Zeichen des Wohlstands folgten natürlich auf eine Zunahme der Arbeit und der Arbeiterinnen.

Den von der Maschine gekneteten Teig konnten die Finger immer schneller ausrollen, und die Körbe füllten sich rasch. Es gab jetzt zwölf Tagelöhnerinnen, eine ganze Schar lebhafter und streitsüchtiger Frauen aus dem Volk, die ihr ganzes unverdientes Elend mit Frechheit und Kampfgeist wettmachten.

Tatsächlich gab es in der Brigade nur wenige sanfte und friedliche Frauen. Die meisten waren gescheit und stolz. Durch ein ungnädiges Schicksal arm geboren, vergalten sie, wenn sie verletzt wurden, Beleidigung mit Beleidigung. Sie waren aggressiv und geschwätzig, Klatsch war der einzige Spaß, mit dem sie etwas Licht in ihr dunkles Leben brachten.

Der Winter jenes Jahres 1858 war streng und trübe, auf dem Vesuv lag viel Schnee, und der Nordwind heulte.

Abends, wenn Francesca im engen Kreis der Schwestern und der anderen Frauen der Familie zusammensaß, konnte sie nur am Feuer etwas Erleichterung für ihre kalten Hände und Füße finden.

Die Männer hingegen saßen am Tisch und wärmten sich bei einem Glas Wein. Dabei führten sie an jenen Abenden mit ihren Freunden, dem Hufschmied 'Ntuono und dessen Gehilfen Domenico – Minicuccio – verdächtige Gespräche. Der kräftige junge Mann, der äußerst schüchtern war, hatte ohne ein einziges Wort, nur mit Blicken, schon zarte und feste Liebesbande mit der strahlenden, junonischen Tante Tenza geknüpft.

Großmutter Trofimena und die älteste Tochter Tante Rusinella wußten aber genau, worüber die Männer tuschelten: Sie planten für den Großvater noch eine Maschine, die bald, vielleicht schon zu Karneval fertig sein sollte. Darauf bauten die beiden Frauen. Sie hofften, daß die neue Einrichtung, eine Presse, die kurze Nudeln und Suppennudeln formte und stanzte, sie von einigen Arbeiterinnen befreien würde.

Daher schenkte die Großmutter dem Schmied eifrig Wein nach, denn sie wußte, daß er es gewesen war, der den Großvater beraten und alles in die Wege geleitet hatte. Und als sie am Abend seines Namenstages, am 17. Januar, zu ihm auf den Platz gingen, um das rituelle Freudenfeuer zu entzünden, brachte ihm die Großmutter einen selbstgebackenen, mit Grieben verzierten Brotfladen mit.

Der Hufschmied Antonio war nicht nach dem Heiligen von Padua, sondern nach dem heiligen Abt Antonio benannt, dem Schutzheiligen der Tiere und der Bäcker, Schmiede, Pizzabäcker, kurz, all jener, die mit dem Feuer umgingen.

Dieser Heilige wurde in jener Gegend hochverehrt, vielleicht weil sie vulkanisch war, vielleicht aber auch, weil ihre Bewohner großes menschliches Verständnis für den keuschen Asketen hatten, den der »Böse« mit unzüchtigsten Versuchungen schwer gepeinigt und auf eine harte Probe gestellt hatte.

Was für ein armer Heiliger, den dieser abscheuliche Teufel gequält und mit unanständigen Visionen und Trugbildern zur Unzucht angetrieben hatte, und das Ganze auch noch in der einsamen Wüste.

Wollüstig wurden alle Obszönitäten und Anstößigkeiten genau ausgemalt:

»Der arme heilige Antonio … drei Jungfrauen, alle nackig … und mit prachtvollen Titten …«

An jenem Winterabend zündete der Hufschmied auf dem freien Platz vor Haus und Werkstatt in Anwesenheit aller Nachbarn wie in der Gegend üblich zu Ehren dieses Heiligen ein großes Feuer an, in dem Reisig, altes Holz und aller Hausrat, der nicht mehr brauchbar war, verbrannt wurden.

Am großen Feuer, das der Gefeierte überwachte, hatten sich neben ihm der Müller, Salvatore und Domenico versammelt, und alle machten Verschwörermienen.

Meister Antonio, der der Anführer des Komplotts zu sein schien, gestikulierte viel herum, während er seinen Plan erklärte. Dabei wirbelte er immer wieder mit dem Arm kreisförmig herum und malte vor dem Feuer stehend ein sich drehendes imaginäres großes Rad in die Luft.

Anfang Februar traf das neue Gerät ein. Es kam aus Gragnano, einem Dorf in der Nähe, dessen Name aus dem Wort für Korn, *grano,* abgeleitet wurde und das abgeschieden zwischen den mit Kastanienpfosten befestigten Rebenzeilen auf der ersten Anhöhe jener Berge lag, die das Vesuvtal gegen Südosten abgrenzen. Einzige Vertragsgrundlage für das Geschäft war ein Händedruck, der nach wenigen Fragen und langen Pausen bei einem prickelnden, dunklen und schweren Wein getauscht wurde.

Die Maschine war eine horizontale Presse. Eine Konstruktion aus Holz und Eisen, die ganz einfach funktionierte: Ein großes Rad wurde dadurch in Bewegung gesetzt, daß Kinder an seinen Speichen hochkletterten. Erleichtert wurde die Rotation dadurch, daß außerdem ein Mann, an den Radkranz geklammert, hinaufstieg und der Reihe nach die symmetrisch an den Radseiten eingetriebenen Pflöcke umfaßte.

Als die Tagelöhnerinnen an jenem Montag frierend und mit nassen Rocksäumen eintrafen – und das Wasser kräftig von den Kleidern schüttelten –, war die Maschine noch nicht in Funktion, da noch einige Verschraubungen fehlten. Aber sie stand bereits imposant mitten im Raum, während die Arbeitstische der Frauen unter die Fensterbögen geschoben worden waren, wo ihnen jetzt noch weniger Bewegungsfreiheit blieb.

Dort versammelten sie sich in dem ohnehin trüben Licht, das durch die schmutzigen Fenster noch schwächer hereinschien. Sie standen in schweigenden Grüppchen zusammen und machten keine Anstalten, ihre Tücher abzunehmen und die Ärmel hochzukrempeln, um mit der Arbeit zu beginnen.

Sie ließen ein paar scherzhafte Anspielungen fallen auf die Bedrohung, die von diesem Ungeheuer ausging, und lachten gezwungen; schließlich löste sich die eine oder andere Frau aus der Gruppe und näherte sich der neuen Maschine.

Kerzengerade an den Stützen des Radkranzes hängend, probierte Salvatore die Drehbewegung des Rades aus und prüfte seine Stabilität. Mit den Füßen krallte er sich an die unteren Pflöcke und umfaßte zwei weitere in Brusthöhe mit den Händen. Wie stolz und traumverloren blickte der ehemalige Seemann, als wären die Zapfen, die er festhielt, Griffe eines Steuerruders und als ob das Rad, an dem er hing und das leicht schwankte, einem seiner Schiffe gehörte, das er in einen fernen Hafen lenken sollte.

Der Großvater hingegen befand sich hoch oben auf der Vorderseite der ganzen Einrichtung vor der Preßform. Mit Hilfe von Meister 'Ntuono, der auf der anderen Seite stand, schraubte er die Bolzen ein. Bei der Anstrengung schwollen seine Muskeln an, und so dehnten sich auf dem Arm des Schmiedes die beiden eintätowierten Herzen.

Die rote Sisina, die von allen Arbeiterinnen die keckste war, wedelte wieder mit dem Rock herum, um das restliche Wasser abzuschütteln, und näherte sich dabei dem Gerüst. Als sie dann den Rock endlich glattgestrichen und die Hände in die Taschen der schwarzen Schürze gesteckt hatte, hob sie, wozu ihr das familiäre Arbeitsverhältnis Anlaß gab, das Gesicht und fragte ihren Brotherrn unverschämt und mit bitterem Hohn:

»He, Don Giusè, was soll 'n das sein? Der Königspalast von Caserta?«

»Nein, nein ... Das ist das San-Carlo-Theater«, antwortete der Großvater schlagfertig von oben, ohne auch nur den Blick von seinen Schrauben abzuwenden. Und auch Meister Antonio drehte sich nicht um.

»Ach, ein Theater ist das ...? Und seid Ihr etwa der Pulcinella ...?«

Der Großvater setze mit gesenktem Kopf die schwierige Schraubarbeit fort, dabei verbarg sein nackter Arm sein Gesicht und sein Schweigen.

Von Sisinas Frechheit ermutigt, kam nun auch Rafilina näher, die aus Nola stammte. Andere Frauen folgten ihr:

»He 'tschuldigung, eine Frage ... Wird das vielleicht eine Weihnachtskrippe? So eine, die sich bewegt? So wie die von den Mönchen von San Pasquale ...? Und Ihr seid dann ein Hirte ...? Seid Ihr der heilige Josef ...?«

Die beiden Männer ließen sich auch diesmal nicht provozieren. Der Großvater antwortete sogar ganz ruhig:

»Freilich bin ich der heilige Josef ... Aber du bist nicht die Madonna ...«

»Mag sein, daß ich nicht die Madonna bin, aber Ihr seid auch nicht der heilige Josef ... Ihr habt ja nicht mal einen Bart ... Wie kann einer ohne Bart der heilige Josef sein?«

Daraufhin schob die älteste der Arbeiterinnen, Assuntina, zwei andere, die zugesehen und bestimmt nicht Partei für den Großvater ergriffen hätten, grob beiseite und warf mit strenger dramatischer Stimme ein:

»Ja, und wir, Herr? Was sind wir denn in dieser schönen Krippe? Waschweiber vielleicht und Hirtenmädchen?«

»Ihr seid die Gänse auf dem Fluß ...«, rief, ganz grün im Gesicht, Salvatore, sprang rückwärts vom Rad herunter, knurrte sie an wie ein Bluthund und scheuchte sie wütend an die Arbeit zurück.

»Quak ... quak ... quak ...«, erwiderten sie und zogen schreiend ab.

Es dauerte noch drei Tage, bis die Maschine einsatzbereit war, aber als sie dann lief, merkten die Arbeiterinnen, die ihre Funktionsweise nicht kannten, daß die Drehung weniger durch Salvatore bewirkt wurde, der unermüdlich an den Pflöcken des Rades hochkletterte und es dadurch antrieb, als durch die Anstrengung Francescas und ihrer Schwestern Concettina und Vincenzina, die, an die Speichen geklammert, eine nach der anderen hinaufstiegen und damit dem Rad Schwung gaben und es beschleunigten.

Also ließen die Tagelöhnerinnen ihre Wut auf die Presse an ihnen aus und täuschten Verwunderung und übertriebene Besorgtheit vor, indem sie maßlos dramatisch unaufhörlich jammerten:

»Du lieber Gott, du lieber Gott ... Diese armen Kinderchen ... Und wenn sie da von oben runterplumpsen?«

Und das Rad drehte sich und drehte sich, und der Großvater paßte, vor der Matrize aufgepflanzt, die gestanzten Nudeln ab, die unter dem Druck neugierig wie Augen waagerecht aus den Löchern heraustraten. Aufmerksam drehte er die Kurbel des

Abstreifmessers und machte einen sauberen Schnitt. Dabei bewegte er den Arm in einem ganz genauen Rhythmus, damit er die zarten Röhren in gleichlange Zylinder durchschneiden konnte.

So regneten die kleinen Nudeln regelmäßig in den großen Korb darunter, und das Rad ächzte dabei in seinen hölzernen Gelenken wie ein Mensch.

Immer wenn einer dieser mit Sackleinen gefütterten Körbe voll war, rief der Großvater. Dann holte ihn jemand ab, trug ihn hinaus auf den Vorplatz und verteilte die kleinen Nudelformen auf die ausgebreiteten Planen.

Dort wurden sie getrocknet. Dazu gehörte häufiges geduldiges Wenden, sorgfältiges Ausrichten der Planen nach dem wechselnden Sonnenstand oder, wenn die Wetterverhältnisse ungünstig waren, der Transport unter das schützende Dach des kleinen Schuppens. Dort war ja die Nische mit San Gennaro, die sie gleich bei ihrer Ankunft von der Küste gebaut hatten.

Es war ausgerechnet damals passiert, daß Vincenzina, die die Kessel mit Mörtel heranschleppte, beim Besteigen der wackligen Holzleiter heruntergefallen war und sich eine Hüftverletzung zugezogen hatte.

Donna Mariella, die sich auf das Schienen von Knochen verstand, hatte sie mit Holzstäbchen und Binden fest bandagiert; als das Mädchen aber wieder anfing zugehen, merkten alle bestürzt, daß es hinkte. Sie trösteten sich allerdings bald wieder, weil sie sahen, daß sie zwar ein wenig humpelnd, aber doch flink hinter ihren Schwestern herlief und sich abends genau wie diese auf dem Bett ausstreckte.

Manchmal stieg sie auch mit Francesca und Concettina an den Speichen der Maschine hoch, eine Anstrengung, von der sie und ihre Schwestern zwar Muskelkater bekamen, die aber trotzdem Spaß machte. Und außerdem waren sie ja auch kräftig gebaut, sie bekamen bestimmt nicht zuwenig Nudeln zu essen …

Bevor sie aufs Rad stiegen, rief sie die Großmutter, band ihnen eine Schnur um den Bauch, zog die Rückseite ihrer Röcke nach vorn und steckte sie durch die Schnur, damit ihre Kunstsprünge auch schön züchtig blieben.

Das große Rad, das sie mit der Kraft ihrer kleinen Körper in Schwung setzten, wurde für Francesca zum Emblem dieser ganz außergewöhnlichen Zeit.

Viele Jahre später, als sie noch immer die Arbeit machte, die sie liebte, hätte sie, um diese zu adeln, dieses große Rad als Wappenzeichen gewählt – es hätte in buntem Emaille auf einem korngoldenen Feld geprangt, und darüber hätten lauter Ährenbündelchen gestanden.

Das Rad war für Francesca aber auch ein Symbol der universellen Harmonie und der Ausdruck ihrer unbeschwertesten Tage. Die ganze Familie, an Opfer gewohnt, hatte sich zwar immer freudig und fleißig zur Arbeit versammelt und sich auch an den kleinsten Dingen erfreut, aber diese Zeit war einfach die glücklichste für sie. Und auch ihre Mutter, die an der Küste oft traurig und stumm gewesen war, sang jetzt alle ihre Lieder, und ihr Mann zwinkerte ihr zu, und der Großvater klopfte dem Schwiegersohn zufrieden auf die Schulter.

Der Seemann, der sich zum Nudelhersteller gemausert hatte, fühlte sich nun auch zum Matrizenentwickler berufen und machte sich abends mit seinen Holzmodellen, mit den feuerfesten Tonformen, den Schmelztiegeln und Ahlen in jener Höhe zu schaffen, in der sein Freund, der Hufschmied, seine Esse hatte. Dort versuchte er eine Matrize zu erschaffen, die – mit verschiedenen Löchern versehen – anstelle der bisherigen beweglichen Platte des Preßkopfs ein neues Format hervorbringen sollte.

Eines Tages bekam Francesca, die neugierig um ihren Vater herumtanzte und seine Bemühungen verfolgte, eine der Scheiben in die Hand. Als sie diese mit beiden Armen gegen das Licht hob, sah sie geblendet ganz viele leuchtende Ringe und dunkle Kerne: dies war ein Modell für kurze Röhrennudeln, sogenannte Anelloni.

Als diese Matrize zum ersten Mal in die Maschine eingelegt wurde, war es kurz vor Ostern, und durch die großen offenen Fenster drang der Duft der Orangenblüten herein. Es war Abend und der Schuppen leer und still. Salvatore rief ungeduldig die Töchter, um seine neue Matrize auszuprobieren. Concettina, die größte, mußte an den Zapfen des Rades hinaufklettern, Francesca, Vincenzina und Lenuccia das Rad drehen. So probierte er sein neues Modell aus.

Er versuchte, den Schneidevorgang so einzustellen, daß weniger Ringe als vielmehr Röhrchen dabei herauskamen. Aber der vorbereitete Teig erwies sich als zu weich.

Genau in dem Augenblick, als die Produkte im Korb in sich zusammensackten, trat der Großvater ein. Er wurde sehr wütend und zog schimpfend ab.

Aber Salvatore De Crescenzo leerte den Preßkopf gutgelaunt pfeifend, reinigte geduldig die Matrize, kochte sie aus, mischte einen festeren Teig, knetete ihn und erreichte bei einem neuen Versuch sogar ein noch längeres Format, als er anfangs überhaupt beabsichtigt hatte.

Einem schlauen Einfall folgend hatte er allerdings die beiden kleinsten Mädchen, ’Ndreina und Sabella, bis zur Matrize hinaufsteigen lassen. Von dort aus sollten sie mit den kurzen Fächern, die sonst zum Anfachen des Herdfeuers dienten, die Nudeln gleich beim Herausquellen kräftig bewedeln, so daß sie schnell trockneten und nicht aneinanderklebten.

Dieses Ventilieren wurde von da an Teil des normalen Arbeitsablaufs, wann immer ein rasches Trocknen an der Oberfläche nötig war. Aus diesem Grund wurden auf dem Markt noch weitere fünf dieser aus Stroh und Holz gefertigten Fächer gekauft.

Die im Korb liegenden fertigen Nudeln besänftigten den Großvater, der zurückgekehrt war und jetzt lächelte. Er kletterte nun selber bis zur Matrize hinauf. Auch Salvatore, der das Messer bediente, lächelte.

Sie tauschten solidarisch glückliche Blicke. Dies waren ihre ersten kurzen Röhrennudeln, die vielleicht noch nicht ganz perfekt waren, aber das nächste Mal würden sie besser.

Als sie am Abend dieses Feiertags, es war nämlich Palmsonntag, die Röhrchen mit einer Soße aus Speck, Knoblauch, scharfem Paprika, Schwartenstückchen und mit geriebenem Schafskäse bestreut aßen, wandte sich Großvater Giuseppe noch einmal an seinen Schwiegersohn, aber diesmal voll freudiger Anerkennung: »Verfluchter Salvatò, wirklich gut, diese Dinger ...«

Und der Schwiegersohn am anderen Ende des Tisches antwortete nur mit einer Kopfbewegung und zwinkerte zufrieden mit den schlauen Augen.

Salvatore bewahrte den Geschmack dieser Nudeln im Gaumen, und auch später, als sie andere Formate erfunden hatten und sich seine Matrizen nicht mehr zählen ließen, wurden sie immer am Geschmack jener allerersten, mythischen Nudeln gemessen.

Im Laufe der Jahre stellte er auch fest, daß die rauhe Oberfläche, die die Formate erhielten, wenn sie durch die grobe Folie und die bronzene Scheibe gepreßt wurden, ebenfalls Einfluß auf den Geschmack der kurzen Röhrennudeln hatten; denn je mehr die rauhe Oberfläche das Aroma der Gewürze und Zutaten aufsog, desto schmackhafter wurde auch ihre körnige Konsistenz.

Beim Abendessen tranken alle, auch die Mädchen, Wein vom Vulkan, ein Geschenk Meister 'Ntuonos, der zusammen mit Minicuccio zu dem Festessen eingeladen worden war.

Es gab auch noch eine andere Leckerei zu der Mahlzeit, nämlich gewisse Röllchen aus Zitronenblättern, die mit allerlei Köstlichkeiten des vergangenen Herbstes gefüllt waren: mit duftenden Rosinen, Pinienkernen und Stückchen getrockneter Feigen.

Die Form der kleinen Bündel mit dem zarten Stiel, der über dem Knoten in die Höhe ragte und wie ein Schwänzchen aussah, erinnerte sehr an ein Mäuschen, und entsprechend wurden sie in ihrem Dialekt »Surecilli« genannt.

Schnell wurden die Bezeichnungen noch genauer und die Mäuschen jeweils nach dem Bauern benannt, der sie hergestellt hatte: die Surecilli von Tore ... von Vastiana ... von Vicienzo, und dann wurden Vergleiche angestellt.

Diese duftende Spende war von einem neuen Gast gekommen: von Nicola, dem Sohn Vincenzos aus Sorrent. Dieser Nicola, ein gutaussehender junger Bauer, der aber immer etwas verschlafen wirkte, war der Verlobte von 'Ngiulina, der vierten Tochter des Großvaters.

Dem Großvater war der junge Mann nicht besonders sympathisch, er nannte ihn in seinem Dialekt einen »'Ndilone«, eine Schlafmütze.

Dabei wußte er natürlich nicht, daß dieser Ausdruck vom antiken Namen Endymion abgeleitet war und an den antiken griechischen Mythos des Geliebten der Mondgöttin anknüpfte. In ihrer eifersüchtigen Leidenschaft für den bildschönen Schäfer versenkte sie ihn, bevor sie ihren Kreislauf am Himmel begann, in ihrer Grotte in tiefen Schlaf, ließ seine Augen jedoch offen: So fand sie ihn immer bereit vor, wenn sie zurückkehrte.

Was hingegen Nicola betraf, so war schon bald klar, daß er sich, obwohl fünf Jahre jünger als 'Ngiulina, gleich bei der ersten Begegnung auf der kleine Brücke, die über den Kanal führte, hoffnungslos in die üppigen Rundungen der jungen Frau verguckt hatte. Zi' Vicienzo hatte in seinem Namen bei dem Großvater für ihn geworben, und seither kam der Verlobte jeden Sonntag in die Mühle, um seine Liebste zu treffen.

Dann saßen sich die beiden Verlobten auf zwei weit voneinander entfernten Stühlen gegenüber, und zwischen ihnen thronte die Großmutter.

Am Abend des Festessens war der Balsam in der Luft fast mit Händen zu greifen. In großen Zügen tranken sie spritzigen Wein, um das Feuer der Pfefferschoten zu löschen; und der Großvater erzählte gutgelaunt seine Geschichten.

Am Ende jagten alle ein wenig betrunken und rot im Gesicht den Katzen nach, die ein Stück Speck gestohlen hatten.

Aber sie erwischten nur die keine Stelluccia, die wie verrückt miaute und Arme und Hände zerkratzte, und den verblüfft schielenden alten Guaglione.

Bei all dem Hin- und Hergerenne im Dunkeln zwischen dem Haus und den Schuppen stieß 'Ngiulina an einer Mauerecke frontal mit ihrem Bauernburschen zusammen, und dabei gerieten ihre Röcke ganz schön in Unordnung.

Atemlos ließ sie einen wilden, leidenschaftlichen Ansturm über sich ergehen, der sie mit blauen Flecken und ungestilltem Verlangen zurückließ.

Die dritte Wundermaschine traf kurz nach den beiden ersten ein. Es war eine Presse mit einem vertikal nach unten gerichteten Preßkopf, eine wirklich grundlegende Neuerung, denn endlich konnten sie nun lange Fadennudeln und vor allem die mythischen Spaghetti maschinell herstellen.

Es war der 30. Mai 1859, als die Presse in der Mühle eingerichtet wurde. Ihr solider Aufbau war ein tröstlicher Anblick für den armen Großvater, der in jenen Tagen traurig und gereizt war, weil nämlich am 22. Mai sein König gestorben war.

Als er aber dann am Ende dieses Sommers, da Feigen und Trauben reif und die große Hitze vorbei war, aufbrach, um die Maschine vollends abzuzahlen, sprühten seine Augen vor Zufriedenheit.

Er fuhr im Morgengrauen ab und nahm im schaukelnden Karren drei Dinge mit: die Dukaten in dem zusammengebundenen Taschentuch, den üblichen Spankorb mit Teigwaren als Weihgeschenk und Francesca, die er neben sich auf den Sitz gehoben hatte.

Während sie langsam und glücklich über die ruhigen Straßen holperten, sang er ihr vor: »O Mündchen so klein, wie eine Rose im Mai, so ist deine Farbe, und dein Duft …«, und dann verblüffte er sie wieder, indem er den Gesang der Amsel und der Meise nachahmte, wobei er seine Zunge ganz merkwürdig verrenkte: Er drehte sich zu ihr um, damit sie es sah. Und Francesca lachte … lachte …

Dann allerdings stimmte er sie mit der traurigen Geschichte seines Königs Ferdinand wehmütig, der nach monatelangem Leiden gestorben war. »Er ist bei lebendigem Leib von den Würmern aufgefressen worden«, sagte er.

Damit meinte er jene peinvolle Krankheit, die, durch eine schwere Infektion verursacht, am ganzen Körper eitrige Abszesse auslöst und der Ferdinand II. von Bourbon leider erlegen war.

Wie dieses Übel genau hieß, wußte der Großvater eigentlich nicht, und auch nicht, wie der Infektionsprozeß verlief, aber über den langen Todeskampf des Herrschers wurde im Königreich viel erzählt und auch über die grauenhafte Tatsache, daß er Eiter ausschwitzte wie eine Leiche. Dieses Gemunkel war auch dem Großvater zu Ohren gekommen.

Er vertraute Francesca an jenem Tag auch an, was er insgeheim dachte, also seine Vermutungen, die er aber für Gewißheiten hielt: Dieses Leiden, das den König hatte verfaulen lassen, noch bevor er ins Grab kam, war durch einen bösen Zauber ausgelöst worden. Da war er ganz sicher, das Bajonett jenes Soldaten, jenes Agesilao Milano, der »meinen Herrn« vor Jahren hatte töten wollen, ihn aber nur gestreift hatte, war an seiner scharfen Klinge, an der tückischen Spitze »verhext und hat ihm den Tod gebracht, einen ganz langsamen, aber unaufhaltsamen Tod«.

Als er aber sah, daß sie bei seinen ernsten Worten ganz bleich geworden war, gab er ihr zur Aufheiterung einen zärtlichen Klaps in den Nacken. Dann trieb er das Pferd mit der Peitsche an und sagte mit sehr lauter Stimme, weil die Räder gerade über Pflastersteine ratterten:

»O Francesca, mein König heißt jetzt Francesco, gerade so wie du.«

Bei ihrer Rückkehr hatten sich die Temperaturen bereits abgekühlt. Sie fuhren in flottem Tempo, und der Karren hüpfte nur so hin und her, so daß das Mädchen immer höher emporgeworfen wurde: Sie schluckte Staub und klammerte sich vergnügt und zugleich ängstlich an das Sitzbrett.

Unter ihren Beinen stand nun nicht mehr der Nudelkorb, sondern ein anderer Korb mit verlockenden Weintrauben darin, die fest und goldgelb leuchteten und an langen Stielen hingen, mit Weinblättern daran.

Mit dieser Gabe hatte sich der Handwerker, der die Maschine gebaut hatte, für ihr Geschenk revanchiert. Der überquellende Korb mit den noch taubenetzten, prallen Trauben, sah so herrlich aus, daß sie ihn unberührt lassen wollten, um ihn der Großmutter in seiner ganzen Pracht zu zeigen.

Gegen den trockenen Mund hielten sie am Brunnen der Madonna der Geißelung und bekamen beim Trinken eiskalte Lippen.

Die Maschine, die der Großvater jetzt gerade erst vollends abbezahlt hatte, die aber schon seit Monaten in vollem Betrieb war, machte ihn endgültig zu einem angesehenen Teigwarenproduzenten.

Die Presse war im großen Schuppen installiert worden.

Dafür hatten sie zunächst eine tiefe Grube ausgehoben, die dem Großvater bis zum Gürtel reichte und so breit war, daß er sich bequem darin bewegen konnte. Über der Öffnung hatten sie auf Podeste einen Eichenbalken gelegt, auf dem wiederum die Presse montiert war, so daß die Spaghetti genau über der Grube aus der Maschine kamen.

Francesca hatte die lockeren, langen Würmer, die aus der Matrize herausquollen, noch nie zuvor gesehen. Die dünnen Fäden, die eine so große Rolle in ihrem ganzen Leben spielen sollten, fielen in rascher Folge auf den Großvater herab, der sie mit den Armen auffing und dann ihre Länge durch einen Schnitt mit seinem alten Messer bestimmte. Dann drehte er sich zur Seite und hängte sie sorgfältig über Rohrstöcke, die über die Grube gelegt waren.

Paarweise trugen dann die Leute aus der Mühle die mit Nudeln behängten elastischen Rohre auf der Schulter hinaus. Bei den ersten Malen drehte sich Francesca immer wieder begeistert zu den Nudeln um, die auf dem Rohrstock, den sie gemeinsam mit der hinkenden Vincenzina trug, besonders lustig tanzten.

Von kindlichem Lachen geschüttelt, mußten sie bei dieser neuen Aufgabe immer wieder stehenbleiben, damit die Fäden nicht herunterrutschten, aber niemand von den anderen, die bei dem Transport geschäftig hin- und herliefen, schimpfte sie aus oder trieb sie an; sie lächelten ihnen höchstens zu oder foppten sie ein wenig. Die Rohrstöcke wurden vom Schuppen hinaus auf die neuen Gestelle getragen, die strahlenförmig wie ein Spinngewebe um den Brunnen herum errichtet worden waren.

Für Francesca hatten diese ersten Maschinen etwas Magisches, als wären sie in dieser so erlebnisreichen, spannenden Zeit wie durch Zauberkraft entstanden; diese Zeit blendete sie genauso wie jene Kalkgrube auf dem Vorplatz, die sie benutzten, um die Wände von Mühle und Haus frisch zu tünchen. Diese leuchtendweiße Aushöhlung, die sie fast einen Monat lang magisch anzog und blendete, reflektierte eines Tages die ersten Sonnenstrahlen des Jahres 1860. »Achtzehnhundertsechzig«, schrieb Francesca in eine Ecke der frisch geweißten Küchenwand, die schönen runden Ziffern gelangen ihr ohne Schwierigkeiten, aber was dieses Jahr an Ereignissen bringen würde, konnte sie noch nicht wissen.

Es war der 30. Januar, als Oberst Ulloa, der Kommandant des angrenzenden Arsenals, morgens zu ihnen kam. Er hatte seinen Besuch schon vorher angekündigt, und sie fühlten sich geehrt und eingeschüchtert; um ihn würdig zu empfangen, hatten sie ja gerade die Wände getüncht.

Oberstleutnant Antonio Calà Ulloa stand auf vertrautem Fuß mit dem Großvater und war ihm wohlgesinnt.

Vor Jahren war ihm der Großvater von verschiedenen Persönlichkeiten empfohlen worden, und er hatte deswegen beim Kauf der Mühle am Kanal seinen ganzen Einfluß geltend gemacht (auch deshalb, weil er genau wußte, daß Don Carlo Filangieri die Sache gern sah).

Dann bekam der Oberstleutnant auch noch von weiblicher Seite Gutes über den Großvater zu hören. Die »drei Herzoginnen«, die drei Töchter Don Carlos, legten ihm eines Morgens, als er sie besuchte, das Wohl des Müllers ans Herz.

Dieser war erst seit kurzem am Kanal, der Dezember, in dem sich das Erdbeben ereignet hatte, neigte sich seinem Ende zu, und die Herzoginnen hatten Weihnachten in ihrer kleinen befestigten Burg unter dem Vesuv verbracht. Die war zwar etwas spartanisch eingerichtet, aber bei einem weiteren Erdbeben sicherer, da sie sich inmitten der freien Landschaft befand.

Don Antonio hatte sie an einem warmen, sonnigen Tag, der für einen Dezember im Süden nichts Ungewöhnliches war, beim Spaziergang unter den Pinien angetroffen. Ihre Sonnenschirmchen waren von der Sorte, die man knicken und nach der Sonne richten konnte …

Sie hatten ihn umringt, mit ihrer Grazie aufgehalten und –

hochvornehm in ihre großen Kaschmirschals gehüllt – munter auf ihn eingeplaudert. Sie hatten ihm in ihrer Mischung aus perfektem Französisch und bildhaftem Neapolitanisch nachdrücklich Empfehlungen gegeben.

»*Il est un bon homme* ... ein wackerer Mann ...«

»*Mais oui ... mais oui ... il est tambien un artisan de valeur* ... Was der für Fusilli hinkriegt.«

»*Ah bon dieu ... ce sont magnifiques ... très très bon* ... Schon der Geschmack ...«

Später lernte Oberst Ulloa durch engere Kontakte außer den Teigwaren auch die charakterlichen Vorzüge des Müllers schätzen, so daß sein anfängliches herablassendes Wohlwollen sich bald in Achtung und menschliche Sympathie verwandelte. Zunächst war er an den neuen Einrichtungen in der Mühle nur mäßig interessiert, doch im Laufe der Jahre wurde er immer neugieriger und kündigte daher Don Peppino seine Visite an.

Er hatte ihn im Hof der Fabrik beim Abladen der Nudeln getroffen, die für das Abendessen der Offiziere gedacht waren.

Der Großvater hatte den Hut gezogen, ehrerbietig, aber würdevoll, und der Oberst hatte mit einem perfekten militärischen Gruß geantwortet und war dann freundlich lächelnd bei ihm stehengeblieben, um ihm für gewisse Spaghetti-Gaben zu danken. Dann hatte er hinzugesetzt:

»Peppi', Eure Produktion interessiert mich sehr ... Ich werde Euch bald mal besuchen ... Ich würde gern eine sorgfältige Prüfung Eurer Einrichtungen vornehmen. Auf bald dann, Peppino ... Ich werde mich am Abend vorher anmelden.«

Und zackig wie ein junger Mann war er den beiden Offizieren, die ihn begleiteten, voranmarschiert.

Auf diese Weise war dem Großvater der anstehende Besuch angekündigt worden, und der konnte in Wirklichkeit auch eine Inspektion werden.

Und davor fürchtete er sich, denn er hatte erfahren, daß der verstorbene König Ferdinand vor seiner Krankheit einem Müller aus Resina die Herstellung von Teigwaren verboten hatte, weil in seinen Produktionsräumen mangelnde Hygiene festgestellt worden war. Also versetzte er das ganze Haus in Aufregung und bereitete Menschen und Dinge auf das Ereignis vor.

Zum Glück waren ihm fast dreißig Tage geblieben, um alles in Ordnung zu bringen, und so war er bereit, als ihm die Nachricht vom genauen Besuchsdatum überbracht wurde.

Als der Oberst mit seinem Gefolge ganz konkret und farbenprächtig vor den weißen Wänden der Mühle stand, war dies ein ganz besonderer Morgen, der sich so gründlich von ihrem sonstigen Alltag unterschied, daß er ihren normalen Lebensrhythmus völlig durcheinanderbrachte.

Auch für Francesca, die ihre Erinnerungen stets heilig hielt, blieb dieses Ereignis fremd und wunderlich, als habe es nur in der Vorstellung stattgefunden, und wenn sie in späteren Jahren davon erzählte, wußte sie selber nicht genau, ob sie es erfunden oder ob es wirklich stattgefunden hatte.

Oberst Ulloa blieb fast zwei Stunden in der Mühle, und die meisten seiner so erbaulichen Worte wurden überliefert:

»Peppino und Trofimena, erlaubt mir zu sagen, das blühende Leben ging aus Eurer Verbindung hervor … Das ist keine Familie, sondern ein Bouquet …«

»Peppi', Eure Werkstatt hat den großen Vorzug, daß sie sauber ist … Der arme Ingenieur Spadaccini hätte seine Freude an Euch gehabt.«

»Diese mechanischen Instrumente sind Prototypen und … Ihr seid ein Bahnbrecher der Zukunft …«

»Sehr gut, Peppe … sehr gut …«

Und als er sah, daß der Großvater abwehrte, meinte er tadelnd:

»Laßt Euch das Lob ruhig gefallen, denn es gebührt Euch …«

Und dann sagte er noch einen Satz, der allen ins Gedächtnis gemeißelt blieb:

»Wenn Ihr Eure Nudeln macht, da seid Ihr ein wahrer Künstler … Eure Nudeln sind die besten im ganzen Königreich.«

Als er mit seiner eng geschnürten Taille, die ihn in den Schultern breiter erscheinen ließ, und dem Säbel, der ihm gegen die Seite schlug, in all seinem Glitzer keck lächelnd abzog, standen alle stumm versammelt da und sahen ihm nach.

Aber kaum war er weg, redeten alle durcheinander drauflos; jeder erzählte seine Eindrücke, Einzelheiten, Anekdoten – und so entstand die Legende.

Die Vorbereitungen für den Empfang dieser so hochstehenden Persönlichkeit hatten gleich nach der schicksalhaften Begegnung auf dem Hof begonnen. Dabei beschränkte sich der Großvater nicht darauf, die Arbeitsstätten zu weißeln, auch das Haus wurde hergerichtet und dabei gleichzeitig etwas bequemer ausgestattet.

So waren, um die Zimmer zu verschönern, zwei große Kommoden, ein Schrank, eine Vitrine und zwölf Stühle mit strohgeflochtenem Sitz eingetroffen – Francesca hatte sie alle gezählt. Die Räume offenbarten, jetzt wo sie so frisch gestrichen waren, den ganzen Reiz ihres Kuppelgewölbes.

Von dem Karren, der aus Neapel, vom Markt an der Piazza del Carmine, kam, wurden auch zwei Sitztruhen abgeladen, die zwar grobgezimmert und spartanisch, aber so groß waren, daß Sabella und Vincenzina sich am nächsten Tag in einer von ihnen versteckten und die Großmutter und ihre drittälteste Tochter Catarina – die scheueste und schamhafteste von allen – erschreckten, als diese ins Zimmer kamen und eben diese Truhen abstaubten.

Als besondere Überraschung wurden auch noch zwei Ehebetten aus lackiertem Eisen abgeladen.

Während die zum Schutz in Lappen gehüllten Kopf- und Fußteile heruntergehievt wurden, versammelte sich die ganze Familie davor. Die Luft knisterte förmlich, so aufgeregt waren alle.

Als die von ihrer Hülle befreiten Betten dann auf dem Vorplatz standen, zeigte sich erst ihre ganze farbige Pracht. Beide Betten waren in lebhaften Farben bemalt; das für Francescas Eltern war aber mit seinem leuchtenden Grün das auffallendere.

Auf dem Kopfteil, der aus einem einzigen Stück bestand, war eine ländliche Ernteszene dargestellt: ein Kornfeld zwischen einer Kirche und einem Fluß. Am Fußteil gab es nur Ähren und Garben.

Die Szene mit dem brillanten Blau des Himmels und des Wassers, den bunten Röcken der Mäherinnen, der grünen Wiese und dem gelben Korn war etwas zu grell in den Farben; aber die Naivität, mit der das Ganze gemalt war, entzog es jedem Kunstmaßstab und ließ es um so heiterer und fröhlicher wirken.

Das andere Bett, für Großmutter und Großvater bestimmt, war schwarz lackiert und mit großen Feldblumensträußen bemalt, die auf vier Medaillons prangten.

Giuseppe und Trofimena hatten allerdings seit undenklichen Zeiten nicht mehr das Bett geteilt, und da sie sich schämten, wollten sie es auch dabei belassen, denn sie fanden es für ihr Alter unschicklich.

Zeit, es sich doch noch einmal anders zu überlegen, blieb ihnen nicht. Schon im Frühjahr erkrankte die Großmutter nämlich an einer Lungenentzündung.

Der März war warm und feucht. Vom bedeckten Himmel schien nur ein trübes Licht hinunter. Die schwüle Luft, die sich am Fluß staute, trieb den Schweiß aus den Poren. Die Großmutter suchte Kühle unter dem Nußbaum, denn dort wehte ein angenehmes Lüftchen, das ihr Erfrischung brachte – und den Tod.

Wenn sich Francesca in späteren Jahren diese Augenblicke ins Gedächtnis rief, die mit der Einrichtung der ersten Maschinen zusammenfielen, sah sie alles in leuchtenden Farben, so wie Feuerwerke über dem Meer.

Solch spannende Tage waren ihr in ihrem ganzen Dasein nicht mehr vergönnt.

In ihrem fast frenetischen Ablauf hatten sie nicht den verzauberten Rhythmus der Tage an der Küste, aber wie diese waren sie von farbigen Bildern geprägt, voller Blüten, Sonne und Wind.

In jenen Tagen hatte Francesca einen unersättlichen Appetit, der erst viel später, als sie in Gaeta belagert waren und unter Kanonenbeschuß standen, abnahm und schließlich in den Internatsjahren völlig versiegte. Der Vater hatte sie in das ferne Mädchenpensionat nach Nola gesteckt, wo sie in ihrer traurigen, aber eigensinnig gewünschten Isolierung, die ja so herrschaftlich und schicklich war, meist einen leeren Magen hatte.

Fünf lange Jahre waren es, in denen sie langsam zu sich fand, indem sie sich bemühte, sich durch Selbstbetrachtung kennenzulernen, und versuchte, ihre heimliche Befangenheit und die komplizierten Schamgefühle, die sie knebelten, zu überwinden. Dabei beobachtete sie auch die anderen aufmerksam und eiferte ihnen auf der Suche nach besseren Umgangsformen nach: im Sprechen, in den Bewegungen, in der Gestik und auch im Denken. Denn auch ihre Gedanken sollten die Ausgeglichenheit und die Schicklichkeit ihres neuen sozialen Status widerspiegeln.

Nicht einmal beim Spielen im Garten oder beim Tuscheln im Schlafsaal legte sie ihre strenge Zurückhaltung ab. Und wenn die anderen bei den Stickübungen die Köpfe zusammensteckten, ließ sie sich, während sie auf Vorhangstoffe oder spanische Wände Blumen und Vögel im »Petit-point«-Stich einstickte, nie von den munter plappernden Mitzöglingen aus ihrem schwermütigen Schweigen reißen. Und auch im Herzen wappnete sie sich gegen die heftige Sehnsucht nach vergangenen Zeiten und versuchte, der verlorenen Freiheit nicht nachzutrauern.

Die Zeit der ersten Maschinen, die für Francesca all dies Glück gebracht hatte, endete aber mit einem sehr traurigen Ereignis, das wie ein grauer Meilenstein ihrem weiteren Lebensweg ein Zeichen setzte und sie nachhaltig prägte.

Alles Schöne war geschehen, bevor die Großmutter starb.

Sechsmal hatte die Kalesche des Militärarztes unter dem Nußbaum gestanden.

Francesca hatte genau gezählt.

Von Oberst Ulloa entsandt, war der Chirurg im Offiziersrang aus dem Arsenal gekommen, um die Großmutter zu untersuchen, und seine Diagnose hatte schon bei der ersten Visite auf »Lungenentzündung« gelautet.

Von dann an war das Haus von Wohlgerüchen erfüllt.

Das kampferhaltige Aroma der Eukalyptusblätter, die man aufkochte und deren Dämpfe inhaliert werden mußten, die ölige Essenz der Leinsamen, die, zu einem Brei verkocht, auf die Brust aufgetragen wurde, der herbe Duft des auf dem glühendheißen Eisen des Herdes mit Zucker und Zimt erhitzten Weins schwebten balsamisch durchs Haus.

Alle Zimmer waren schwanger vom Duft der Äpfel, der getrockneten Feigen, des Honigs und der Mandelschalen sowie der Lorbeer- und Zitronenblätter, die langsam auf der Glut verköchelten und blubbernde, dicke Sirups ergaben.

Tante Papele, die zweitälteste Tochter des Großvaters, war eine Freundin von Aufgüssen und Tees; Sie braute sie ohne Destillierkolben in rudimentären Gefäßen und hatte schon viele Leiden damit bekämpft. Jetzt destillierte sie zur Beruhigung des rasselnden Atems ihrer Mutter aus Minze, Thymian, Rosmarin, Flechten und anderen Kräutern und Moosen aus ihren im Schatten gehaltenen Blumentöpfen Extrakte, denen sie mit der Macht der Verzweiflung Zauberwirkung zuschrieb.

Francescas Vater stieg auf die Berge, die die Küste säumten, und holte aus einer Grube zwei Säckchen mit Tonerde, um mit diesem Pulver, das seit Jahrhunderten Abszesse heilte, einen kochendheißen Brei herzustellen, der abwechselnd mit den ableitenden Leinsamenpackungen aufgetragen werden sollte.

Carmela, die Milchfrau aus der Nachbarschaft, überquerte zweimal täglich die kleine Brücke zwischen ihrem Bauernhof und der Mühle. Sie brachte frisch gemolkene Milch für die vorgeschriebene Diät, aber die Großmutter nippte nur daran, und es war sofort klar, daß sich ihre Krankheit verschlimmerte.

Der Militärarzt brachte eigenhändig Brechwurzel, denn ein Heiltrank aus dem kleinen Strauch sollte die Atemwege der Kranken etwas freier machen, und verordnete ergänzend zu den Brustumschlägen den täglichen Aderlaß durch acht Blutegel, um die Lungen zu entlasten. Mehr konnte man nicht tun, nur warten und auf einen natürlichen Heilprozeß hoffen.

Francesca hatte abwechselnd mit ihren Schwestern die Aufgabe, mit dem Fliegenwedel, einem kleinen Bündel aus bunten und durchsichtigen Papierstreifen, die lästigen Insekten von der kraftlos und passiv daliegenden Großmutter fernzuhalten. Vor allem dann, wenn ihr Oberkörper frei gemacht wurde (wobei der geblümte Wollschal die großen welken Brüste nur dürftig verhüllte), um die Blutegel darauf anzusetzen, aus deren breiten saugenden Mäulern Blut tropfte.

Francesca ekelte sich sehr vor den schleimigen Ringelwürmern, die sich mit ihren widerlichen Saugnäpfen in den Körper der Großmutter festsaugten. Während sie tranken, lief ein widerlicher leichter Schauder über all ihre Ringel, ihre Haut spannte sich, und unersättlich schwollen sie auf dem so weißen Fleisch maßlos an, schwarz und glitschig, rotgesprenkelt, als wären sie schon blutbefleckt geboren.

Meister Umberto, der Barbier, führte das Auflegen und Abnehmen durch, eine Operation, für die diese Berufsgruppe zuständig und auf die sie äußerst stolz war, da diese Übung sie nicht nur in die Nähe der Schüler des Hippokrates rückte, sondern sie auch in den Besitz großer Massen dieser Blutsauger brachte, die sie in weithalsigen Flaschen hielten, für die sie beneidet wurden.

Der Arzt kennzeichnete mit einem Bleistift bestimmte Stellen, die behandelt werden sollten, und dann ging Meister Umberto seiner Arbeit nach und wob das gräßliche Netz.

Eines Tages mußte Francesca während dieses abstoßenden Geschäftes den raschelnden Fliegenwedel schwingen; dabei übergab sie sich wiederholt.

Um ihr die Angst vor diesen kleinen Parasiten zu nehmen, mit denen er so wohlvertraut war, wollte der Barbier ihr zeigen, wie er die gefräßigen Sauger in dem Becken tötete. Er schnitt sie mit der scharfen Schere durch, wobei die Nahrung, mit der sie sich so vollgefressen hatten, herausspritzte und seine Hände befleckte.

Und dann drehte er ihr, noch blutverschmiert, zum Spaß grob den Arm um und setzte ihr einen aufs Handgelenk. Da fing sie an zu schreien, und keiner von denen, die herbeigelaufen kamen, konnte sie beruhigen; sie kreischte unaufhörlich mit aufgerissenen Augen und streckte den Arm weit von sich. Sie erschauderte selbst dann noch davor, als ihr Handgelenk wieder frei war. Diese abstoßenden kleinen Lebewesen wurden für sie stets bittere Vorboten der Agonie, des bevorstehenden Todes, jedesmal wenn sie sie auf dem Fleisch ihrer Lieben sah.

Als man ihr viele Jahre später die glatten Würmer hinter die Ohren setzte, schrie sie mit doppelter Verzweiflung, weil ihre Kehle wie zugeschnürt war. Trotz der Betäubung, die ihr die Krankheit verursachte, spürte sie dennoch den Biß der Tierchen und damit den nahenden Tod.

GROSSMUTTER TROFIMENAS KRANKHEIT dauerte achtundzwanzig Tage, und im Morgengrauen des dem heiligen Georg geweihten Apriltages besiegte sie den Drachen nicht, sondern ergab sich abgezehrt und müde in aller Stille, während rings um sie vielstimmige Klagelaute und Schmerzensschreie erklangen.

Der Großvater verteilte grimmige Blicke, fluchte auf die Madonna und riß seine Töchter grob vom Bett fort, damit sie die Dahinscheidende mit ihren Klagen nicht störten; so versuchte er die Ängste der anderen zu zügeln, um seine eigenen nicht zu spüren, wobei ihm in seiner schmerzlichen Ohnmacht seine Rolle des starken Mannes zu Hilfe kam.

Als alles vorbei war, machten sie die Großmutter und das Haus bereit; dann wuschen sie sich der Reihe nach Gesicht und Hals in dem großen Becken, das mit einer Efeuranke verziert war, und Füße und Beine in dem Holzzuber: Sie taten es draußen, in der lauen Luft des vorrückenden Tages.

Sie zogen sich ihre besten Kleider an, die ohne Flicken, doch die Zöpfe wurden nicht frisch geflochten, und auch keine Rasierklinge wurde angefaßt: Mit diesem Brauch bekundeten sie ihre tiefe Trauer.

Als sie fertig waren, schlugen die Männer den Rockkragen hoch und stellten sich in einer Reihe neben der Tür an die Wand. Die Frauen bedeckten sich das Haupt, setzten sich rings um das Bett, in dem sie die Tote aufgebahrt hatten – es war das Bett mit den Blumenmedaillons –, und begannen die Totenwache.

Leise weinend wechselten sie sich darin ab, das reglose Gesicht der Großmutter weiter zu schützen, indem sie ihr mit dem Fliegenwedel langsam Luft zufächerten, und diese Geste war zugleich liebevoll besorgt und tief religiös.

Das Rascheln der langen Papierstreifen bestimmte gleichsam durch seinen Rhythmus die Pausen der Stille, als würden Zauberformeln hergesagt.

Dann kamen die Milchfrau Carmela und ihr Mann, Michelina und ihre Schwester 'Gnese mit der Schwiegermutter 'Nastasia, Vicienzo aus Sorrent mit seinen sechs Kindern und der Frau, Tore mit seinem Bruder Alisando und den Schwestern Lalina und 'Ndreana, Donna Cenzina mit ihrem Schwiegersohn und den Schwägerinnen, Meister 'Ntuono mit seiner Frau und Vastiana, die Mutter Domenicos, den sein Wehrdienst fernhielt.

Auch der Müller Don Totonno, dessen Mühle hinter der Flußbiegung lag, kam mit seiner Frau Maruzella, der die Großmutter bei ihrer letzten Niederkunft beigestanden hatte und die heftig weinte.

Die männlichen Gäste stellten sich ebenfalls ringsum an den Wänden auf, sie blieben aus Ehrerbietung stehen, aber auch, weil es nur wenige Stühle gab; die Frauen hingegen hatten sich die ihren von zu Hause mitgebracht. In der zweiten Reihe sitzend schlossen sie voll warmherzigen Mitgefühls einen Kreis um die weinenden Töchter und antworteten auf deren Trauergesänge fast wie Bänkelsänger mit blumigen Darstellungen der Tugenden der Verstorbenen. Dabei sangen sie makellos im Takt, mit richtigen Einsätzen und Pausen, als hätten sie den Chor lange geübt.

Nach dem Angelus um zwölf Uhr begab sich der Großvater bis zum Arsenal, um den Militärarzt vom Tod der Großmutter unterrichten zu lassen.

Als er zurückkam, bot ihm jemand einen Stuhl in der Mitte des Zimmers an. Er setzte sich und blieb da sitzen, dabei drehte und wendete er seinen Hut in den Händen. Mit gesenktem Kopf vornübergebeugt, die Arme auf die Knie gestützt, schien er nur mit seinem verschossenen Hut beschäftigt.

Er drehte ihn herum, glättete ihn, betrachtete ihn, überprüfte sorgfältig seine Nähte, beulte ihn mit der Faust aus, legte ihn einen Augenblick lang auf die Knie, um ihn gleich darauf wieder genauestens zu untersuchen und alle seine Gesten zu wiederholen. Der Blick auf seine Frau war ihm durch das Fußteil des Ehebettes verstellt, daher stand er hin und wieder auf, um zu ihr hinüberzusehen, so als zweifelte er an dem Ereignis und müsse sich durch konkrete Überprüfung versichern. Dabei warf er wütende Blicke auf die so Ferne, Fremde, zum ersten Mal in ihrem Leben so Untätige, die auf dem bis zuletzt verschmähten Ehebett lag, dessen Margeriten und Verbenen im Kerzenschein noch lebhafter leuchteten.

Er sah sie an, als hätte die Großmutter ihm einen Streich gespielt, ihm etwas ganz Böses angetan, und dabei erinnerte sich Francesca an einen lange zurückliegenden furchtbaren Wutanfall des Großvaters in der Mühle, bei dem sämtliches Geschirr zu Bruch gegangen war, so daß sie bis zum Eintreffen des Straßenhändlers, der Krüge und Teller verkaufte, aus der Schöpfkelle trinken mußten.

An diesem Tag der Totenwache wurde nicht gearbeitet, und Francesca kam er fast wie ein Feiertag vor. Als sie Hunger bekam, brachten ihr die rührigen Bekannten etwas zu essen, und deren Kinder spielten mit ihr und ihren Schwestern ein ruhiges Spiel, bei dem sie Haselnüsse in die Luft warfen und mit dem Handrücken auffingen.

Am Abend kam der Priester von der San-Gennaro-Kirche, die zum Arsenal gehörte. Dieser feiste Kirchenmann mit dem so gleichgültigen Gesichtsausdruck war von Oberst Ulloa geschickt worden.

Sie beteten gemeinsam den Rosenkranz und antworteten alle im Chor, nur der Großvater blieb die ganze Zeit stumm und erhob sich am Schluß nicht, um den Priester zu verabschieden.

Es war gegen elf, als die Frau von Vicienzo – und Tante 'Ngilinas Schwiegermutter – mit den würdevollen, feierlichen Gesten einer Priesterin ein Leinentuch aus ihrer Aussteuer, das nur selten aus der Schublade geholt worden war, auf der Kommode ausbreitete, und zwar so, daß die langen Fransen bis zum Boden reichten. Sie baute einen kleinen Altar auf mit zwei geraden Kerzen in den funkelnden Messingleuchtern und einem hölzernen Kruzifix in der Mitte; auf die rechte Seite legte sie eine dicke Scheibe Brot auf das Tuch, links stellte sie ein randvoll mit Wasser gefülltes weißes Schüsselchen neben einen Olivenzweig und vorne ein Tellerchen mit einer runden Scheibe einer großen Zitrone.

Unterdessen traten Vastiana und Donna Cenzina mit hochgebundenen Schürzen ein, in denen sie lauter Zitronenblätter trugen, welche sie nun rings um das Bett der Toten verstreuten. Danach öffnete Vastiana das Fenster und befestigte die beiden weit aufstehenden Flügel mit dem Riegel.

Dies war für alle das Zeichen hinauszugehen. Man mußte das Zimmer verlassen, die Großmutter sollte bei offenem Fenster und geschlossener Tür alleingelassen werden. Sie brauchte ihren Frieden, um sich auf die Begegnung mit dem Engel vorzubereiten, auf die Verabredung, die sie mit ihm um Punkt Mitternacht hatte.

Ihrem Glauben nach löste sich die Seele nämlich in dem Augenblick vom Körper, und der himmlische Geist stieg zu der Toten herab, um ihr bei ihrem großen Verzicht beizustehen, ihr beim Abschied von der Erde zu helfen, sie tröstend zu stützen und sie bei den ersten widerstrebenden Schritten der Loslösung zu begleiten.

Eindeutig waren bei dieser Abschiedszeremonie die archaischen Symbole der großen Mutter Erde; auch die Zitrone hatte eine genaue Bedeutung, sie bezog sich gewiß nicht auf das saure Leben, denn für diese Leute war die Zitrone ein Zeichen des Glücks.

Diese Frucht wurde in das Ritual einbezogen, weil ihr eine große Zauberkraft innewohnte. Allein schon das strahlenförmige Muster der Scheibe war ein Symbol der Wonnen des Sonnenlichts und des Lebens: Das schmerzliche Scheiden von diesem Mikrokosmos war auch ein Abschied vom Land, wo die Zitronen blühten. Die Zitronenblätter wurden als Teppich für die Abschiedszeremonie gestreut.

Das Zimmer leerte sich, das Leinentuch wurde geglättet und

gespannt, alle Stühle wurden an die Wände gestellt, nur der Stuhl des Großvaters fehlte noch, denn er war sitzen geblieben.

Vastiana, die unterdessen mit einem Besen den Blätterteppich näher an das Bett kehrte, forderte ihn unfreundlich und derb mit ein paar Schlägen ihres Sorgobesens gegen seine Schuhe wortlos auf, sich zu erheben.

Das Zimmer war nun aufgeräumt, die Zeit drängte, die Stunde war fast gekommen, und die Luft, die zum Fenster hereinwehte – oder war es vielleicht das Flügelschlagen des ungeduldigen Engels? –, brachte alle Kerzen zum Flackern.

Aber der Großvater machte keine Anstalten aufzustehen.

Jemand streckte den Kopf zur Tür herein und rief:

»Don Peppi', wenn Ihr jetzt da nicht rausgeht, kommt der Engel nicht rein.« Und Tante Papele ging geduldig auf ihn zu, um ihn ebenfalls zu drängen, aber wortlos, einfach nur, indem sie sich neben ihn stellte; aber er sah nicht einmal auf.

Auch Tante Catarina kam noch einmal herein, von der Mitte des Zimmers aus warf sie einen Blick auf die Großmutter und rief ihn dann leise:

»Papa ... Papa ...«

Nach ihr kam Tante Mimela, zögernd und stumm; und bald darauf kam Tante Rusinella energisch herein, um die Schwestern zu unterstützen. Sie appellierte an den Vater mit der Autorität der ältesten Tochter:

»Papa ... was seid Ihr bloß für ein Dickkopf. Seid Ihr denn ein kleines Kind, daß Ihr nicht versteht ...? Kommt jetzt ...«, forderte sie ihn barsch auf, denn sie war die gebieterischste und strengste von allen und lachte fast nie. Unterdessen waren mit flehenden Blicken Francescas Mutter und Tante 'Nigulina im Türrahmen aufgetaucht, und hinter ihnen, schon halb im Dunkeln, war Tante Tenza mit ihrem leuchtendroten Kopf zu erkennen.

Aber der Großvater verharrte in seiner geistesabwesenden störrischen Haltung.

Erst auf das Rufen von Vicienzo hörte er, denn dessen laute Stimme und böser Blick waren unmißverständlich:

»Peppi', jetzt steh endlich auf und komme raus … Willst du deiner Frau vielleicht schaden?«

Als Antwort auf diese Frage erhob sich der Großvater, und alle gingen hinaus. Vicienzo schloß die Tür, und alle versammelten sich in der großen Küche mit den zwei Fenstern und dem gekachelten Herd dazwischen, dem großen Tisch und den sechs Betten an der Wand.

Während sie warteten, erzählte Tore eine Geschichte, die einige schon mehrmals gehört hatten. Als seinem Vater die Schwester gestorben war, hatte der sie auch nicht verlassen wollen. Und um Mitternacht, als alle gegangen waren, hatte er ganz allein bei ihr Wache gehalten und sie ganz fest im Blick behalten. Und da waren aus den Augen der Frau langsam zwei Tränen gequollen. Da war er aus dem Zimmer gestürzt, wobei er den Stuhl umwarf, und als er die Treppe hinunterlief, wurde oben heftig an der Tür gerüttelt.

Jeder hatte etwas zu dem Thema beizutragen – eigene Erfahrungen oder die anderer:

»Als, Gott beschütz uns, der Enkel vom Fährmann Gennaro gestorben ist …«

»Die Schwester von der Mariella …«

»Der Neffe vom Peppe, der Bohnenstange …«

Jede dieser Geschichten jagte ihnen Angst ein, und die Frauen bekreuzigten sich schnell.

Als sie in das Zimmer zurückkehrten, war alles unverändert, die Großmutter lag noch da, aber eine Kerze auf dem kleinen Altar war ausgegangen, und alle anderen flackerten und rauchten. Francesca erstarrte und fing heftig zu schluchzen an, und die Frauen aus dem Chor trösteten sie mit Worten und Zärtlichkeiten:

»Armes kleines Mädchen … sie hat sie so gern gehabt … sie hat ihre Großmutter so sehr gern gehabt …!«

Und Vastiana schneuzte ihr die Nase und schloß dann das Fenster.

Das Armenbegräbnis war ehrenhaft und so schön mit den zu kleinen Sträußen gebundenen duftenden Orangenblüten als letztem Gruß der Nachbarn. Ein großzügiges Geschenk, das ihre Ehrerbietung bezeigte, denn Bauern schneiden nie gern Blüten ab, und schon gar nicht solche, aus denen Früchte entstehen.

Aber vor allem waren es der Kummer und das heftige Weinen der Leute, die mit der Toten gar nicht verwandt, sondern nur freundschaftlich verbunden gewesen waren, die bewiesen, wie beliebt die Großmutter gewesen war. Sie alle teilten den Schmerz der Familienangehörigen. Dies war gewiß eine positive Bilanz am Lebensende der Trofimena.

Als der Sarg aus frischem Holz geschlossen wurde und sie sich darüberbeugten, um ihn zu küssen, strömte ihnen Pinienduft entgegen, und dies tröstete sie unbewußt.

Zu viert trugen sie sie auf den Schultern bis zum Friedhof am Abhang des Vulkans, zu der geweihten Erde, die, so wollte es die vom verstorbenen König Ferdinand erlassene Friedhofsordnung, zu ihrer Gemeinde gehörte.

Der nackte Sarg war nicht wie bei den Reichen in eine lange Sargdecke gehüllt, und er wurde auch nicht wie jener Rituccias, im Boden einer Kirche versenkt, aber er war auch nicht für das Massengrab bestimmt, sondern erhielt ein eigenes Grab mit einem schmiedeeisernen Kreuz darauf und einer Handvoll Erde ganz für sich allein. Zwei Pfarrer folgten ihm: der Kaplan des Arsenals und der Pfarrer von Annunziata, ihrer Kirche.

Hinter ihnen gingen alle anderen mit gesenktem Haupt, jeweils zu zweit und gemessenen Schritts.

Als sie die Abkürzung über den Feldweg nahmen, lockerte sich der Zug auf, und Tante 'Ngiulina, die Schwägerinnen, Tante Rusinella und Tante Papele blieben stehen, um Ginster zu schneiden, den sie aufs Grab legen wollten.

Die vier Männer, die den Sarg trugen, waren: der Großvater, der Vater Francescas, der Verlobte Tante 'Ngiulinas und der Unteroffizier D'Ambrosio von der Artilleriekompanie des Arsenals. Der Unteroffizier war der frischgebackene Verlobte Tante Papeles, die tiefbetrübt und ernst, den Kopf mit dem Rosentuch der Großmutter bedeckt, dicht hinter ihm, sozusagen in seinen Fußstapfen ging.

So schön sie war mit ihrem hohen, stattlichen Wuchs, der hellen Haut und den glasklaren blauen Augen ihrer Mutter, dem kastanienbraunen Zopf und den sanften Gebärden und Worten, so galt die noch unverheiratete Tante Papele mit ihren zweiunddreißig Jahren zu jener Zeit doch schon als alte Jungfer.

Daraus machte sie sich aber nichts, und anfangs hatte sie auf die Avancen des Unteroffiziers sogar sehr zurückhaltend reagiert und sich auf keine Verpflichtungen eingelassen.

Aber sie ließ sich doch gern von ihm den Hof machen, obwohl sie ihn und seinen kahlen Kopf, den nur noch ein Kranz übriggebliebener Nackenhaare (»Löckchen, Löckchen«, sagte sie zärtlich) zierte, sogar um eine Spanne überragte. Dieser Nacken war ganz schön feist, und mehrfache Falten quollen aus dem steifen und hohen Kragen seines Uniformrocks, der so überaus eindrucksvoll war.

Daß Tante Papele ihm ihr Jawort gegeben hatte, war wahrscheinlich dem bedeutendsten Vorzug des Unteroffiziers D'Ambrosio zu verdanken: seinem hohen Rang und dem martialischen Charakter seiner Uniform, die selbst dem traurigen Begräbnis Glanz zu verleihen vermochte.

Salvatore De Crescenzo hatte, nachdem der Sarg der Großmutter geschlossen worden war, mit vier Nägeln eine schneeweiße, üppige Girlande darauf befestigt. Seine Frau hatte mit den drei ältesten Töchtern, Concettina, Francesca und Vincenzina, von den fünf weißen Jasminsträuchern, die ihr Haus vom Gemüsegarten abgrenzten, lange Blütenzweige abgeschnitten und sie zu einem Kranz geflochten, der die Großmutter an ihr Haus erinnern sollte.

Beim Aufstieg schaukelte der Sarg auf den Schultern der keuchenden und schwitzenden Männer, denn der Unteroffizier brachte sie durch seine kleinere Statur aus dem Gleichgewicht.

Hin und wieder versuchten die Träger, ihre traurige Last auf der Schulter zurechtzurücken und sie besser festzuhalten, indem sie sie auch mit dem freien Arm umfaßten.

Durch dieses ständige Hin- und Herrutschen und weitere ruckartige Bewegungen beim Transport verlor die Girlande immer wieder ein volles Zweiglein, oder es flog eine einzelne kleine Blütenkrone von dem Sarg herab, so daß es aussah, als wolle die Großmutter den Pfad mit Blumen bestreuen, um ihren Heimweg wiederzufinden.

Aber von dem Unterhemd mit dem rosa Bändchen, dem Unterrock mit den zwei Spitzenvolants, dem Rock und der Bluse aus schwarzer Wolle, den neuen weißen Baumwollstrümpfen, dem seidenen Mieder und den Samtpantoffeln, ihren besten Sachen, mit denen man sie beerdigt hatte, sah man nie mehr etwas auf den Trieben der Jasminsträucher ausgebreitet. Dort war nur ihre ärmliche Aussteuer zu sehen, die groben geflickten Röcke, die riesigen Blusen, die Halstücher, das alte Fischbeinmieder, die schwarzen Baumwollschürzen und die bäuerlichen Kopftücher, die sie bei der Arbeit vor Sonne und Kälte geschützt hatten.

All dies hing auf den weißen Blütenzweigen zum Zeugnis dafür, daß sie gelebt und daß diese Kleidungsstücke sie umhüllt hatten. Sie schaukelten auf den Sträuchern und boten, von schwülen Windstößen zerzaust, einen traurigen Anblick.

Was nicht zwischen den anderen Kleidungsstücken im Wind schaukelte, war allerdings die Unterhose der Großmutter Trofimena, jene lange aus Batist mit dem spitzenbesetzten Doppelvolant. Die Töchter hatten sie aus ihrem Versteck in einer Schublade geholt und sie ihr auf dem Totenbett angezogen.

Vorher hatte sie sie noch nie getragen, in weiser Voraussicht aber schon Jahre vorher genäht. Auch in guten Tagen und bei bester Gesundheit hatte sie die anderen errötend und mit leiser Stimme immer wieder ermahnt, ihr im Falle einer plötzlichen Krankheit sofort die Unterhose anzuziehen: Der Tod durfte sie keinesfalls ohne überraschen. »Arrassusia … arrassusia«, keinesfalls, keinesfalls, sagte sie, ohne zu wissen, daß sie Relikte einer ausgestorbenen Sprache aus der Versenkung holte: »Adrasus sit … adrasus sit …«: Es sei ausradiert … ausgelöscht … unmöglich gemacht.

ES WAR NACH dem Tod der Großmutter Trofimena und schon Ende Mai, als Francesca den Unteroffizier D'Ambrosio zum ersten Mal von einem Aufstand auf Sizilien erzählen hörte, von »liberalen Aufwieglern«, einem verräterischen Überfall: Garibaldinische Truppen waren im Schutze zweier englischer Schiffe mit zwei Dampfern, der »Piemonte« und der »Lombardo« auf der Insel gelandet.

Tante Tenza war tief bekümmert, ihr Domenico war bei der Kriegsflotte und auf dem Kreuzer »Capri« vielleicht gerade jetzt auf Kurs nach Sizilien.

Der Unteroffizier schien immer alles genau zu wissen über die Kämpfe, die Niederlagen, das verlorene Palermo, über eine drohende Invasionsgefahr auch für Neapel, über Einlagen, die von der Bank abgehoben wurden, über gottlose Männer in roten Hemden, die die Güter der Priester enteignen wollten und vor allem über einen Mann namens Garibaldi. Die Frauen schlugen schnell das Kreuz, wenn sie ihn nur nennen hörten.

Sie mußten sich sehr oft bekreuzigen, denn der Unteroffizier redete unaufhörlich von dieser Person. Er und der Großvater, der ihm zuhörte, schienen sehr beunruhigt. Und wenn der Erzähler die Stimme senkte, bekamen die Versammelten von dem geheimnisvollen Getuschel noch mehr Angst.

Eines Tages belauschte Francesca ihre Tante 'Ngiulina, die ihren Schwestern anvertraute, was ihr Verlobter ihr erzählt hatte, nämlich daß die Hemden der Soldaten Garibaldis deshalb rot waren, weil sie sie mit dem Blut der Toten tränkten, und daß sie sich mit Salböl die unaussprechlichsten Körperteile beträufelten.

Tante Tenza war in Tränen ausgebrochen, und Tante Rusinella hatte von Gebeten und Bußübungen gesprochen und ihr mit dem Schürzenzipfel die Tränen abgetrocknet.

Aber eine Woche nach dem Sonntag, an dem sie diese Gespräche belauscht hatte, verlor Francesca jede Angst vor Garibaldi.

Und das kam so.

Sie hatte an dem Tag dem Großvater beim Rupfen eines Huhns für die Sonntagssuppe geholfen, und Sabella, die kleinste ihrer fünf Schwestern, hatte mit einem Besen, der größer war als sie selber mit ihren sieben Jahren, die Federn zusammengekehrt. Plötzlich war sie dann mit dem Besenstiel in der Hand stehengeblieben und hatte mit kläglicher Stimme das Schweigen unterbrochen. Sie hatte ihr Gesichtchen, das vor lauter Neugier, und auch weil sie eine Himmelfahrtsnase hatte, ganz spitz zwischen den zerzausten dunklen Locken hervorlugte, dem Großvater zugewandt:

»Hört mal, Großvater ... hört doch mal ...« Und der Großvater hatte den Kopf gehoben und seine Arbeit unterbrochen. Während er sich zu ihr umdrehte, wirbelten kleine Federn in der Luft herum.

»Hört mal, Großvater, der Calibardo ... macht der Calibardo auch Pipi?« Und der Großvater hatte ihre Frage ganz ernsthaft bejaht und ihr sogar noch weitere Beweise für die menschlichen Seiten dieses Mannes geliefert:

»Und wie der Pipi macht ... der macht Pipi und alles andere auch ...« Dies hatte Sabella sehr beruhigt, und Francesca ebenfalls.

Dann kam der Juni mit seinen Früchten und dem unaufhörlichen Vogelgezwitscher auf allen Zweigen. Kirschen schaukelten an den Ohren der Frauen in der Mühle. Leuchtende kleine Aprikosen lockten zwischen grünem Blattwerk jenseits der Mäuerchen aus Vulkansteinen.

Um in die angrenzenden Obstgärten zu gelangen, kletterten die kleinen Mädchen über die porösen Mauern, die zwar viele

Vorsprünge hatten und niedrig waren, aber auf die man doch nicht so leicht klettern konnte, da die schroffen Steine einen zerkratzten oder, wenn sie nicht gut befestigt waren, abbröckelten.

Nach diesen Streifzügen kamen sie immer blutend, aber auch triumphierend in die Mühle zurückgelaufen, mit einem Arm hielten sie die Beute in der übervollen hochgeschlagenen Schürze fest, und den anderen reckten sie in die Höhe, um die Früchte zu zeigen. Schon von weitem schrien sie denen zu Hause zu »'a crisommola ... 'a crisommola«, wie sie die Aprikosen in Anlehnung an das antike griechische Wort *chrysòmelon* nannten.

Die Fenster, die auf der Sonnenseite lagen, waren von frischen Rosen umrankt. Es waren die Rosen der Großmutter. Als diese sie bei ihrer Ankunft ganz verkümmert an der bröckeligen Wand entdeckt hatte, hatte sie sich gleich ihrer angenommen. Sie hatte die knotigen Pflanzen zurückgeschnitten und die Zweige mit Hilfe des Großvaters, der geschickter als sie die Leiter hinaufstieg und sie im Verputz befestigte, an der Hauswand entlanggeführt. Noch im letzten Dezember hatte sie die schwarze Erde mit ihren vor Frostbeulen schmerzenden Händen gedüngt. Und nun zollten sie ihr Dank mit ihrer herrlichen Blüte und entfalteten ihre ganze Pracht mit immer neuen Knospen, als versuchten sie, sie damit zurückzulocken.

Aber dieser fruchtbare Juni zeigte sich nur in der Natur heiter. Nur mühsam entwirrte sich nämlich in diesem unsicheren Jahr 1860 der Knoten aus verstörenden politischen Ereignissen. Die waren mit Gewalt, Unordnung, Ängsten verbunden und entsprangen der schwärmerischen Begeisterung für eine »Einigung« Italiens und dem Versuch, das erwachende Nationalbewußtsein in Realität umzusetzen.

Gerade im Königreich erlebte man merkwürdige Tage. Tage, die von leidenschaftlichen Gegensätzen geprägt waren, denn Wünsche und Hoffnungen der einen bedeuteten Angst und Schrecken für die anderen, auch für einen bescheidenen Müller. Und wenn die Seelen solchen Stürmen ausgesetzt sind, entsteht daraus nicht selten Bruderhaß.

Francesco, der neue milde König des Großvaters, hatte dies

sehr wohl verstanden und fürchtete für sein geprüftes Volk, dessen Wohl er wünschte.

Traurig und allein saß er in den leeren Weiten seines sonnenbeschienenen Palastes am Meer.

Vergebens verletzte er sich an der Brust, um sein reines Herz zu zeigen, denn die einflußreichen Männer wollten es nicht sehen, und die, die es erkannten, hatten keine Macht.

Sie wollten ihm sein Königreich rauben, und er war allein, allein mit seiner Königin, ohne Berater, verwirrt und jung und überdies auch noch anständig. Und der Papst schrieb ihm zum Trost: »Eure Majestät, bedenken Sie, wenn man das irdische Reich verloren hat, bleibt immer noch das himmlische ...«

Dieser Francesco II. hatte gerade Ende Juni die Verfassung ausgerufen, neue Gesetze versprochen und eine liberale Hand bei deren Abfassung. Er hatte außerdem den König Piemonts um einen konkreten Pakt ersucht, der das Schicksal ihrer beiden Völker bestimmen sollte, und er hatte sich zu den großen nationalen und italienischen Prinzipien bekannt und seiner weißgoldnen Fahne die Trikolore hinzugefügt.

Francesco II. hatte zudem eine Amnestie gewährt und alle politischen Gefangenen aus den Gefängnissen entlassen, die Verbannten in ihr Vaterland zurückgerufen und auch für sie eine öffentliche Zeichnung ausgelegt, damit auf diese Weise nicht nur die Strafen aufgehoben, sondern auch der Groll begraben würde.

Doch diesem Akt und diesen Wohltaten gegenüber blieben all jene gleichgültig, die den alten Traum vom »vereinten und unteilbaren« Italien träumten und innerhalb jener sprachlichen und kulturellen Grenzen, die von den Alpen bis zum Meer bereits eine territoriale Einheit bildeten, eine italienische Nation, ein gemeinsames Vaterland schaffen wollten.

Ja, mehr noch, die hartnäckigen Verfechter dieses Ideals, die geblendet auf ihr Ziel zustürmten, berücksichtigten die historische und wirtschaftliche Individualität der Heimat des Großvaters nicht und hatten keine Ahnung, welchen Platz diese Heimat in dem großen italienischen Fresko einnehmen sollte. Also deuteten sie die Konzessionen des Königs von Neapel nicht als Zeichen seines guten Willens, sondern seiner schwachen Regierung. Sie nutzten sie unverzüglich als Schleuder gegen die Dynastie in ihrer schwierigen Regierungsphase, denn es war bequemer, denjenigen niederzuschmettern, der sein Volk und seine Grenzen verteidigte und so das gesteckte Ziel der »Einheit« behinderte.

Der kluge Minister eines schneereichen Landes hingegen, das räumlich und kulturell so weit entfernt von Neapel lag, bewegte sich in diesem Labyrinth von Hoffnungen auf eine Vereinigung sehr geschickt und drang beherzt bis zum Kern des Verwirrspiels vor. Inzwischen zog Garibaldi, der Kämpe, mit dem Banner jenes nördlichen Staates herum und begeisterte alle mit seinem Heer der tausend Soldaten, das ohne jegliche Schwierigkeiten auf Sizilien gelandet war.

Und da traten allen Gefahren zum Trotz auch die neapolitanischen Patrioten aus ihren Verstecken an die Öffentlichkeit und machten sich die Ideale von Gerechtigkeit, Brüderlichkeit und erneuerter Menschlichkeit zu eigen. So wuchsen die Hoffnungen der Reinen und Enterbten, so waren die Schurken und Ausbeuter auf der Hut, während die Heuchler und Treulosen vorsichtig wurden. Und der König des Großvaters versuchte, um nicht strafen zu müssen, auf dunkeln Wegen tolerant zu sein.

Die Unruhen begannen gleich nach der Verkündung der Verfassung.

Eines Morgens hörte man in der Mühle dumpfe Schüsse, die vom Dorf und vom Meer kamen.

In der Nacht zuvor hatte es Wolken und ferne Blitze gegeben, die aber lange vor der Morgendämmerung abgezogen waren, so daß der junge Tag sich wolkenfrei und ruhig und nur mit ein paar rosa Zirren zeigte, die wie ein barockes Proszenium vor dem endlosen blauen Hintergrund schwebten.

Es war der 27. Juni, und die Schüsse hallten von der natürlichen Barriere des Vulkans zurück und erschreckten die Frauen, die allein im Haus weilten und wußten, daß Salvatore und der Großvater schon in der Nacht aufgebrochen waren. Einige Leute kehrten vorzeitig vom Markt zurück und berichteten von Unruhen, von lauten Hurraschreien auf Garibaldi, von Zusammenstößen in der Gefängnisgasse, bei denen die Polizei die Menge mit Warnschüssen vertrieben hatte.

Die Brigade der Nudelmacherinnen war nicht zur Arbeit angetreten, ebensowenig Pitruccio, der Enkel Meister 'Ntuonos. Gabriele, der andere Mühlenarbeiter, war zum Militär eingezogen worden und fehlte schon seit ein paar Tagen.

Wer hingegen im blendenden Sonnenlicht der Mittagsstunde vor dem Tor erschien, war eine Gruppe drohender und dreister Frauen aus dem Volk. Unter ihnen befanden sich auch einige, die in der Mühle gearbeitet hatten und die der Großvater nicht hatte entlassen wollen.

Die zerzausten einfachen Frauen hatten zahllose auffallende weißrotgrüne Kokarden an die schwarzen Schals gesteckt, die sie um ihre großen Brüste geschlungen hatten.

Aus der Ferne schrien sie Sätze, die von der Mühle aus zuerst schwer zu verstehen waren. Sie riefen gemeine Beleidigungen und warfen Lapilli auf die Fensterscheiben des Hauses: Tante Papele wurde sogar von einem Stein am Kopf gestreift.

Daraufhin schlossen sich die Belagerten im Haus ein und lugten nur vorsichtig durch die Scheiben, um die Versammelten zu beobachten, die Steine warfen, freche Tarantellas anstimmten und mit harten Knöchelschlägen auf die schellenden Tamburins den Takt zu ihren Ritornellen schlugen.

»Aus mit dem Fest ... Aus mit dem Fest ... Jetzt kommt der Bardo ... Jetzt kommt der Calibardo ... Jetzt kommt der Calibardo.«

Aber während andere aus der Familie vor Angst verzweifelt ihr »Jesus ... Jesus ... Jesus ...« ausstießen, zitterte Francesca nicht.

Sie trieb sich die Angst aus, indem sie dem Chor, der die Ankunft Garibaldis wie eine böse Drohung ankündigte, lautlos antwortete:

»Kann mir doch wurscht sein ... Kann mir doch wurscht sein ...«

Und den Rhythmus gab ihr dabei ihr dumpfer Herzschlag an, den sie bis in die Ohren spürte.

Von dem Geschrei angelockt, aber auch von ein paar Freiwilligen herbeigerufen, kamen Vicienzo und seine Söhne mit Mistgabeln und Onkel Tore mit der Hacke; da ließen sich die Rasenden von den Männern vertreiben, die ihnen noch eine Weile nachliefen.

Mitten auf dem Weg stehend drohte ihnen Tore noch mit erhobener Hacke, als sie schon verschwunden waren, und beschimpfte sie als »Janare ... Janare«. An dem Ausdruck, den er da in den Mund nahm und mit dem er sie als Hexen und ordinäre Weibsbilder bezeichnete, war vor allem der Tonfall beleidigend, denn ohne es zu wissen, beschimpfte er sie mit dem lateinischen Fluch *Dianariae,* mit dem die neue christliche Religion einst die noch heidnischen Frauen benannte, die Anhängerinnen der Göttin Diana waren, der geheimnisvollen Herrin über die dunklen Zaubermächte der Nacht.

Der Mann hielt noch eine Weile Wache, dann machte er kehrt, wobei sein Blick auf eine Kokarde fiel, die auf dem Boden lag. Er hob sie mit der Hackenspitze auf und schleuderte sie ärgerlich und voller Verachtung weg.

Die Farben der neuen Fahnen, die Farben der neuen Hoffnung rotierten einen Augenblick im strahlenden Sonnenschein, bevor sie zu Boden fielen. Mit ihnen hatten sich die armen Frauen geschmückt, wie Schiffe, die Kurs auf neue Länder nehmen, und neue Eroberungen vorhaben; als wären diese Farben Medaillen oder Heiligenfigürchen hatten sie damit ihre ewig schwarzen Schals verziert, weil sie sich von dem Weißrotgrün wundertätige Kraft zur Heilung ihrer Wunden versprachen.

AN JENEM MORGEN des Steinhagels und der revolutionären Tarantella waren die Männer also nicht in der Mühle gewesen. Sie waren in der Nacht zuvor wegen einer dringenden großen Warenlieferung mit dem Boot nach Neapel aufgebrochen.

Sie brachten diesmal ihre Nudeln in das Haus Craven am Chiatamone, in die Küchen der »drei Herzoginnen«, zur Festung Sant'Elmo, ins Castel dell'Ovo und zu den Klosterbrüdern von Sant'Antonio am Posillipo.

Aber sie hatten auch Lieferungen für gewisse Gaststätten und Lokale, die große Festessen vorbereiteten, und die größte Lieferung, auch ihre letzte, sollte an Donna Teresina, die Capreserin, gehen, die am Largo della Carità ihre »Schänke zum Frohsinn« besaß.

In jener Zeit gab es in der Hauptstadt des Königreichs beider Sizilien viel Angst, aber auch eine Menge zu feiern. Jeder feierte irgend etwas, auch um seine eigene Unruhe zu überspielen: die Bourbonen die Verfassung, die Verschwörer die Amnestie, die Familien der Verbannten die bevorstehende Rückkehr ihrer Lieben, die Cavourschen Unitarier das Wanken des bourbonischen Thrones, die Anhänger Garibaldis und der Mazzinischen Republik die Zeichen der Revolution und die Übelgesinnten die ganzen Wirren, bei denen sie sich voll in ihrem Element fühlten.

Hochbeglückt war auch die Camorra, weil sich die Gefängnistüren auch für viele ihrer Söhne, für die »camorristischen Verschwörer«, geöffnet hatten; die hatten nämlich ihre gemeinsame Gefängniszeit mit den politischen Häftlingen dazu genutzt, sich die Ideale der Patrioten zu eigen zu machen, um damit den Straferlaß zu erwirken. Aber so mancher von ihnen (wie man insgeheim erfuhr) verbarg in seinem Hutfutter das Bild des Königs.

Die Capreserin Donna Teresina hatte jedenfalls beim Großvater ganze Körbe voll Ware bestellt, die sie ihren hochangesehenen Gästen, wie sie sagte, bei fröhlichen Tischrunden servieren wollte. In Wirklichkeit wurden solche Versammlungen zur Feier »ehrenwerter« Camorristen abgehalten (die zu den höchsten Rängen der »Ehrenwerten Gesellschaft« gehörten), die auf freien Fuß gesetzt worden waren.

Aber die Wirtin mußte ihre Festmenüs abändern, denn Salvatore und der Großvater luden keinen einzigen Korb vor der »Schänke zum Frohsinn« ab, denn sie kamen gar nicht an; sie waren nicht einmal nach Hause zurückgekehrt an jenem Abend.

Sie trafen, ungeduldig erwartet, erst sehr spät ein, mit übel zugerichteten Gesichtern und Kleidern und mit zerrissenem Trauerflor.

Sie waren erst nach Mitternacht im flackernden Licht der Laternen, die die Frauen für sie angezündet hatten, auf der Landstraße aufgetaucht. Ohne große Begrüßung hatten sie gleich auf dem Weg erregt durcheinanderredend von ihren Erlebnissen erzählt, und die Frauen waren wie Leuchtkäfer um sie herumgeschwirrt. Während die laut Entsetzensrufe von sich gaben, »Heilige Muttergottes … heilige Muttergottes …«, traten die Männer durch das Tor, durch das sie fast zwanzig Stunden zuvor arglos hinausgegangen waren. Jetzt kehrten sie heim – körperlich und seelisch geprüft, denn sie hatten Dinge miterlebt, die nichts Gutes verhießen.

Sie erzählten, daß sie ganz in der Nähe der »Schänke zum Frohsinn« überraschend von schreienden Leuten, Straßenkindern, unverschämten Weibern und gewalttätigen Männern umringt worden und in einen Tumult geraten waren.

Die Demonstranten waren von ihrem Ansturm auf das Kommissariat am Monte Calvario zurückgekehrt und schrien:

»Freiheit und Unabhängigkeit!« und »Tod der Polizei!«, und

sie erwarteten auch von den Zuschauern und Passanten Zustimmung. Und wenn einer nicht in ihr Geschrei einstimmte, wurde er beschimpft und verprügelt.

Salvatore hatte sich mit Fußtritten und Fausthieben gegen die Angriffe gewehrt, weil er sich der Übermacht nicht beugen wollte. Der Großvater hingegen hatte sich in einer Gasse versteckt, denn er war instinktiv dem Träger vom Hafen gefolgt, der sie begleitete und kurz vor der Rangelei den Handwagen mit den Körben voller Nudeln einfach an der Mauer hatte stehen lassen. Als er seinen Schwiegersohn jedoch in Schwierigkeiten gesehen hatte, war der Großvater selbstverständlich zurückgekehrt.

So waren sie beide in die Falle geraten und mußten den Aufrührern folgen, die ihnen die Arme auf den Rücken drehten und eine Messerspitze in die Rippen bohrten.

Das nahm erst ein Ende, als die Sonne langsam unterging und die hitzigen Gemüter der Aufrührer sich allmählich beruhigten. Sie blieben an einem Brunnen stehen, um ihre Brotstücke einzutunken und entließen die beiden schließlich mit Fußtritten in den Hintern. Aber die Hitzköpfe machten sich weiter über sie lustig und setzten, während Schwiegervater und Schwiegersohn sich noch ungläubig unter dauerndem Umdrehen entfernten, immer wieder lachend zum Laufen an, als wollten sie sie noch einmal schnappen, und als die beiden Männer endgültig lange Beine machten und davonrannten, pfiffen sie ihnen noch nach und rissen Witze.

So waren die Dinge gelaufen, und ihre Körbe mit den Nudeln hatten sie auch eingebüßt; sie erzählten alles bis in alle Einzelheiten, auch welche Grimassen sie ihnen geschnitten hatten, und Tante Rusinella zog schließlich seufzend die Schlußfolgerung: »Beschimpfungen und Prügel.«

Der Großvater hatte einen großen blauen Fleck am Nacken und einen sehr schmerzenden Arm, Salvatore eine Schnittwunde an der Schulter, die aber zum Glück nur oberflächlich war, aber er blutete aus einer Wunde an der Lippe, und ein Zahn wackelte.

Seine Frau, die ihn mit essiggetränkten kühlen Lappen behandelte, konnte sich nicht vorstellen, daß er danach noch Kraft für eine nächtliche Liebesumarmung haben würde.

Daher unterließ sie es, ihre intimsten Körperstellen wie gewöhnlich mit dem Orangenblütenhonig einzureiben, den die Milchfrau Carmela ihr schenkte, während sie ihn der Hure Menechella teuer verkaufte, wenn sie auf den Markt ging.

Aber Salvatore De Crescenzo war in jener Nacht rasend vor Wut auf die »camorristischen Schufte«, von denen er am liebsten einen umgebracht hätte, wenn er ihn zu fassen bekommen hätte, und so entlud er seine ganze unterdrückte Energie in einem kurzen, aber heftigen Liebesakt.

Nach der Umarmung blieben diesmal keine klebrigen Spuren auf seiner Haut zurück, dafür hatte er seine Frau geschwängert. Sie, die ohne ihren süßen Schutz gewesen war, an den sie wie an ein Zaubermittel glaubte, war sich dessen gleich sicher.

Salvatore war, kaum hatte er sie geschwängert, schon eingeschlafen, aber sie blieb wach und hörte, wie der Großvater hinausging, sich am Schuppen zu schaffen machte, wo die Nudeln trockneten, und geräuschvoll gewisse Fenster schloß und andere aufmachte.

Ein wohltuendes Windchen wehte vom Vulkan, diesem entfernten Planeten, von seinen geheimen Rauchzonen und seinem Gipfel herab. Frisch und mit leisem Rauschen strömte es entlang der erstarrten Magmapfade über die holprige Mondlandschaft, über die versteinerten Wellen des ungestüm aufgerauhten, regungslosen Lavameers in die Stille herunter.

Aber dieser junge Wind war leichtsinnig: Nichts hatte er aus dem Drama gelernt, er schweifte ziellos umher, tummelte sich an Ginsterbüschen, Orangenblättern und aufgehängten Wäschestücken und verführte Palmwedel in ruhig schlafenden Gärten. Ans Meer gelangt, verharrte er noch eine Weile, bevor er sich verflüchtigte, und spielte in den Dorfgassen Versteck mit den in der lauen Nacht arglos offengelassenen Fenstern, schlich sich in Häuser und Gedanken ein, strich über Möbel und Hausrat und brachte noch brennende Laternenlichter zum Flackern.

Durch die angelehnten Fensterläden stahl er sich in das Dunkel eines nüchternen Arbeitszimmers, stöberte in abgegriffenen Papieren, fuhr in den Federschopf eines ausgestopften Vogels und unter den Zipfel einer zerknitterten Zeitung auf dem großen wurmstichigen Schreibtisch voller Schubladen.

Die Zeitung war vom 25. Juni 1860. Auf der Titelseite war der Hoheitsakt des Königs Francesco II. veröffentlicht worden:

»Im Wunsche, Unseren geliebten Untertanen ein Zeugnis Unseres höchsten Wohlwollens zu geben, haben Wir beschlossen, in Einklang mit den italienischen und nationalen Prinzipien, die verfassungsmäßigen und repräsentativen Ordnungen im Königreich zu gewähren ... Hierzu werden folgende Bestimmungen erlassen ...«

Das bedruckte Blatt zitterte im Wind, und die Zeilen und Worte schienen zu vibrieren ...

Obwohl die »Sieben Weisen« sich gegen die Verfassung ausgesprochen hatten – »Majestät, die Verfassung wird das Grab der bourbonischen Monarchie schaufeln ... sie wird die Revolution beschleunigen« –, war das, im übrigen reichlich späte Dokument, das gewisse Verbindlichkeiten auf gefährliche Weise aufhob, nunmehr ein Fakt.

Bei aller feierlichen Hoffnung, die in den Hoheitsakt gesetzt worden war – er trug dem König keine Früchte ein. Im Gegenteil, da Garibaldi vor der Tür stand, bedeutete er nur eine weitere Schwächung der ohnehin von allen Seiten bedrängten Dynastie.

Damit aber eine Tragödie ihren traurigen Lauf nimmt, müssen auch alle Illusionen begraben werden.

Weiß und siegreich waren die dem König von Piemont zugeteilten Spielsteine, schwarz die des Königs im Süden, der doch von beiden, zumindest was die Reinheit seines Gefühls betraf, womöglich der »unitarischere« gewesen war.

Aber was konnte er schon in diesem ausweglosen Spiel gegen den hohen weißen Turm des politischen Genies Cavours ausrichten?

Und gegen den Läufer im roten Hemd?

Und gegen den so unzuverlässigen Bauern Napoleon III., der dem Opfer Freundschaft versprach, während er es in die Falle lockte?

Der König des Großvaters war in seiner jugendlichen Unerfahrenheit nur mit seinen schwarzen Springern gewappnet: Er baute auf seine Frömmigkeit, seine Abstammung von einer »Heiligen«, seinen offen bekundeten Respekt vor dem Gegner, seine bedingungslose Loyalität und auf seine unglückseligen Minister, von denen vertrackterweise die klugen, die ihn hätten gut beraten können, nicht loyal und die Loyalen tragische Versager waren.

Und der Schachzug, bei dem er Königin und König opferte, indem er sich während der Belagerung nach Gaeta zurückzog, führte nur zu einer gloriosen Niederlage, nicht zum Sieg.

Mit der Verfassung hatte der Aufruhr begonnen. Und die törichten Männer, die den Großvater und Salvatore verprügelt hatten, trugen ebenfalls geflickte Hemden und gingen barfuß, aber sie hatten voller Zuversicht Kokarden mit der Trikolore angesteckt.

VON DER KLEINEN Kirche der Madonna del Principio schlug es um zwölf zum *Angelus,* als der Mann mit seiner Trommel, die größer war als er selbst, atemlos in die Mühle gelaufen kam, um mit einem Gläschen Wein seinen Durst zu löschen und dann nach einem Trommelwirbel von der kleinen Brücke her »Leute … Leute … Bevölkerung!« zu rufen und den Belagerungszustand zu verkünden.

Salvatore und der Großvater blieben, ganz betäubt von dem Getrommel und bestürzt von dieser schlimmen Nachricht, mit den noch erhobenen Krügen in der Hand stehen. Mechanisch setzte Salvatore den seinen an den Mund, er hatte seine Wunde vergessen und zog jetzt eine Grimasse, da ihm seine Lippe, die tags zuvor bei der Schlägerei einen Fausthieb abbekommen hatte, stark brannte.

Der Großvater ging dann hinunter bis zur Straßenecke, um das Manifest zu lesen, mit dem der brandneue Polizeipräfekt namens Liborio Romano nach den Unruhen »Ansammlungen und Geschrei jeder Art, die zu Tumulten führen können« verbot.

Die Bekanntmachung begann so:

Die neuen Institutionen [das heißt, all die schönen in der »Verfassung« festgelegten Neuheiten, wie dem Großvater und Tore, der nichts verstanden hatte und auch weiterhin nichts verstand, erklärt wurde], die unserem schönen Land eine glückliche und gedeihliche Zukunft versprechen und garantieren, können nicht Wurzeln schlagen und ihre süßen Früchte tragen, wenn das Volk nicht den Beweis dafür ablegt, sie auch verdient zu haben, indem es geduldig auf die neuen Gesetze und deren Wirkung wartet und dabei die öffentliche Ordnung, Personen und Eigentum achtet …

Der Großvater buchstabierte sich den Text mehrfach ganz langsam zusammen und versuchte, den Sinn dieses Appells zu verstehen, wobei er sich vor allem bei den »süßen Früchten« aufhielt, unter denen er sich nichts Genaues vorstellen konnte und die der Bekanntmachung dieses Präfekten irgendwie etwas Ländliches gaben, was ihn noch mehr verwirrte.

Der Belagerungszustand legte die Arbeit in der Mühle praktisch lahm. Francesca und ihre Schwestern nutzten die erzwungene Muße an den heißen Nachmittagen für ein Bad im Kanal. Dabei klebten bei den jüngeren die Kattunröcke rührend an deren schmächtigen Körpern und bei den älteren an deren üppigeren Formen.

Um ihre Taille schlangen sie ein Seil und tauchten so der Reihe nach in das rauschende und klare Wasser, während die anderen kichernd und ununterbrochen schnatternd am Ufer warteten.

Das andere Ende des Seils hielt der Vater, der immer wieder scherzhaft drohte, sie der Strömung zu überlassen. Er wirkte heiter und gutgelaunt.

Der Großvater hingegen blickte finster und bitterböse drein. Er machte sich pausenlos an seinen Geräten und Maschinen zu schaffen und hantierte wie eine zornige Gottheit inmitten von Dampfwolken, während er die stillgelegten Matrizen auskochte, um sie sauberzuhalten.

Er heiterte sich auch nicht auf oder jubilierte gar, als Feldwebel Cutrufiano kaum eine Woche später am 2. Juli den Belagerungszustand aufhob und Unteroffizier D'Ambrosio von der Festung Sant'Elmo glückstrahlend mit der frohen Botschaft zurückkehrte: Anscheinend entwickelte sich alles zum besten, vielleicht war der Bund mit den Piemontesern schon geschlossen.

Der Großvater blieb düster, weil er mit einer bitteren Zukunft rechnete und auch mit der Gegenwart, die er nicht verstehen konnte, unzufrieden war. Auch lief bei der Arbeit in der

Mühle nichts mehr wie früher, die Arbeiterinnen kehrten nicht zurück, und sein Vertrauensmann, Unteroffizier D'Ambrosio, wurde wieder abkommandiert, und zwar in das Zeughaus von Gaeta.

Aber dann wurde die gespannte Atmosphäre, die sich in diesen abgelegenen Flecken unter dem Vulkan eingeschlichen hatte, durch den Besuch einer dem Großvater sehr lieben Person gelockert.

Unerwartet traf mit einer über und über mit Schleifchen geschmückten und von einem Traber gezogenen kleinen Kalesche Donna Teresina, die Capreserin, ein: die Wirtin jener »Schänke zum Frohsinn«, zu der sie am Tag des Aufstandes unterwegs gewesen waren.

Sie kam, weil sie zur Feier der Heiligen Jungfrau vom Berge Karmel am 16. Juli Nudelgerichte auftischen wollte.

Um ihren Lieferanten für die Verluste und Aufregungen und bitteren Erfahrungen jenes Unglückstages zu entschädigen, von denen sie nachträglich gehört hatte, brachte sie ihm einen Korb mit Fischen als Geschenk.

Als sie ihn dem Großvater voll Stolz überreichte, hob sie mit ihren kleinen fleischigen Händen die Algenbüschel hoch, die einen aromatischen Meeresgeruch ausströmten, und zeigte ihre Gaben: frische Seebarsche und rosige Meerbarben, deren noch lebhaften Augenausdruck sie begeistert rühmte.

»Don Giuse', die sind heut' nacht gefischt worden ... Sie leuchten noch.«

Der Mann mittleren Alters, der Donna Teresina mit dem herrlichen Schecken herbegleitet hatte, schielte ganz fürchterlich. Er wirkte in seiner schillernden braunen Samtjacke und mit dem auffallenden funkelnden Ring sehr eingebildet. Der Großvater erinnerte sich, diesen Ring schon einmal gesehen zu haben. Dieser aufgeblasene Geck trieb sich am Hafen herum, um die Einsätze für das illegale Lottospiel einzusammeln.

Er lehnte es ab, ins Haus zu kommen und kümmerte sich nur um das Pferd, das er nun zu striegeln begann.

Die Capreserin hingegen war sehr affektiert. Sie war eine

kleine, kugelrunde, etwa vierzigjährige Person. Als sie aus der Kalesche stieg, neigte die sich völlig auf eine Seite.

Ihr Gesicht war pausbackig, die Haut rosig, die in den Nacken geschlungenen Haare rabenschwarz, der Mittelscheitel ließ einen hellen, fast leuchtenden Hautstreifen frei. Ihr schön geschnittener Mund wurde von einem dunklen Flaum beschattet, und beim Lächeln, das sie ständig aufsetzte, zeigte sie starke, intakte Zähne.

Ihr Kleid hatte enge Ärmel, die unterhalb der Ellbogen in drei gekräuselte Falbeln aufsprangen, der Kragen bestand aus dreifach gestufter Ekrüspitze, und auf ihrer Brust baumelte ein Goldkettchen mit einem Kreuz.

Eine winzige Ausgehhaube aus duftigen schwarzen Spitzen thronte auf ihrem Haupt.

An den Fingern trug sie sechs Ringe, Francesca hatte sie alle gezählt.

In die prächtig changierende dunkle Seide gezwängt, hob sie, während sie auf den Großvater zuging, ohne Anmut den Rock, um freier gehen oder vielmehr hin und her wackeln zu können. »Sie watschelt wie eine Ente«, meinten später die Frauen des Hauses.

Ihre freundlichen Gesichtszüge wirkten gutmütig, aber ihre wahre Natur verriet sie durch ihren wachsamen kalten Blick, allerdings nur, wenn dieser sich mit dem der mißtrauischen Frauen traf, die waren ihr nämlich unsympathisch. Sah die Capreserin hingegen den Großvater an, blickte ihr Auge zärtlich und kullerte nur so und versuchte, ihn zu umgarnen.

Und während der Großvater ihr Stuhl, Wein und selbstgebackene Kekse anbot, rötete sich sein Gesicht, die Vene an seinem Hals schwoll an wie bei seinen Wutanfällen. Die Frau redete und redete, die Liebenswürdigkeit in Person. Mit einschmeichelnder Stimme überzeugte sie ihn in einer endlosen Litanei, wie sehr es sie geschmerzt habe, daß ausgerechnet ihm all dies geschehen sei, ihm, dem edlen und guten Menschen, der wirklich keine Schmach verdient habe.

Und der Großvater wurde auf seinem Stuhl immer steifer und dehnte mit zwei rauhen rissigen Fingern den Ausschnitt seines

Wolltrikots und ließ den Kopf kreisen. Donna Teresina flötete, und der Großvater reckte sich wie eine Schlange …

Sie sprach ihm gut zu:

»Macht Euch keine Sorgen … der ganze Krach ist jetzt vorbei, es herrscht wieder Ordnung.« Und sie forderte ihn auf, ihr wieder Nudeln zu liefern: »Ich erwarte Euch«, und ermutigte ihn immer weiter, er habe nichts mehr zu befürchten: »Habt keine Angst mehr, jetzt ist alles ruhig … Wir warten nur noch darauf, daß der Calibardo kommt.«

Aber als sie dann den Schmerz im stummen Gesicht des Großvaters las, schlug sie ihm mit der dicklichen Hand auf den Schenkel:

»Don Giuse', jetzt kriegt bloß keine Wut, alles ist im Fluß … Soviel ist schon an uns vorbeigegangen, da wird auch noch der Calibardo vorbeigehen …«

Aber der Großvater lehnte sich auf. Verstört wie er war, hatte er ihre Worte nicht im heraklitischen Sinn aufgefaßt, sondern als Ausdruck dafür, daß eine grundsätzliche Wende, eine Eroberung bevorstand. Er fuhr so heftig vom Stuhl hoch, daß dieser umfiel und die Hand der Dame keinen Halt mehr hatte.

»O nein, Donna Teresina, dieser Calibardo, der geht nicht vorüber … verflucht noch mal, der geht nicht vorüber …«

Aber wie er nun so dastand, war ihm sein Ausbruch schon wieder peinlich, denn die Wirtin hatte ihn eingeschüchtert. Mit rotem Kopf setzte er sich wieder auf den Stuhl, den jemand inzwischen aufgehoben hatte.

Die Frau lächelte und neigte dabei den Kopf, so daß ihr Doppelkinn noch stärker hervortrat. Sie lächelte ihm zu, wiegte das Haupt hin und her und wartete, bis er sich etwas beruhigt hatte. Dann versuchte sie, ihn mit Worten zu trösten und die Situation zu entschärfen:

»Also, Don Giuse' …, das kann Euch doch alles ganz wurscht sein. Was nimmt er Euch denn weg, der Calibardo … und was gibt er Euch dafür? Hauptsache, man ist gesund … Trinken wir drauf …«

Noch breiter wurde ihr Lächeln, als sie sich vorbeugte und das

Glas vom Tisch nahm, es hob, ihm entgegenschwenkte und dann in einem Zug leerte.

Sie stellte es wieder ab und wischte sich den Mund mit einem Taschentüchlein, das sie dem kleinen Samtbeutel, der an ihrem Arm hing, entnahm.

Wie aus einem einzigen Auge verfolgten die Frauen mit argwöhnischem Blick jede ihrer Gesten. Aber Donna Teresina faltete ihr Taschentüchlein zusammen und stecke es langsam wieder in ihren Beutel, ohne sie zu beachten; für sie schien die Wand, an der sie sich zusammendrängten, nicht vorhanden zu sein. Seelenruhig wandte sie sich weiter an den Großvater:

»Don Giuse', um den Calibardo würde ich mich einfach gar nicht kümmern … Warum macht Ihr Euch wegen dem das Leben schwer? Der Schuft soll ja sowieso noch in Sizilien sein … Und vielleicht kriegt er dort noch eine schöne Kugel in den Kopf … Wißt Ihr überhaupt, wieviel Kerzlein die Nonnen und die Priester angesteckt haben? Gerade die will er fertigmachen. In der Kirche vom Jesus liegen die Jesuiten mit dem Gesicht auf dem Boden … und warten auf die Gnade … Soll Jesus Christus ausgerechnet sie nicht erhören …?«

Der Großvater ging seiner guten Freundin nicht auf den Leim, aber um ihr zu gefallen, zeigte er sich etwas erleichterter und lächelte ihr zu.

Das Gespräch wurde nur vom Großvater und der Capreserin geführt, die als einzige auf einem Stuhl saßen. Alle anderen standen schweigend da und hörten zu.

Die Frau brachte Neuigkeiten aus der Hauptstadt mit, die nicht gerade, wie es eigentlich ihre Absicht gewesen war, die Hoffnungen des Großvaters nährten. Sie teilte sie ihm mit vielen vorsichtigen Einschränkungen wie »so habe ich gehört«, »so heißt es« mit.

Sie erzählte, daß während des Machtkampfes in Neapel vor allem ein Name bekannt geworden sei, nämlich der des neuen Polizeipräfekten Liborio Romano, dessen Name der Großvater schon an der Straßenecke auf der Bekanntmachung mit den »süßen Früchten« gelesen hatte. Ihm jubelte vor allem die Camorra zu, die ihn »Papa« nannte. Dank der kühnen Entscheidungen dieses Präfekten war die Camorra gar zur Hüterin der »öffentlichen Ordnung« aufgestiegen.

Dieser mysteriöse und allmächtige Mann des Augenblicks hatte die alte Polizei abgeschafft und eine Bürgerwehr zur Einhaltung der öffentlichen Ordnung aufgestellt. Die neuen Polizisten, die in Zivil und nur mit einem Stock bewaffnet auftraten, hatte Don Liborio aus den Reihen der »Ehrenwerten Gesellschaft« rekrutiert. Und es schien ihm dank wer weiß welcher Versprechungen gelungen zu sein, sich ihrer bedingungslosen Treue zu versichern, und zwar nicht nur bei dem Erhalt der »alten Befehlsgewalt«; denn er konnte nach geheimen Absprachen auch auf ihre Unterstützung bei »künftigen Herrschaften« rechnen.

Kurz, die Meinungen über diesen neuen und hohen bourbonischen Staatsbeamten waren geteilt, sagte Donna Teresina, da keiner genau wußte, auf wessen Seite er stand. Einer ihrer angesehensten Gäste allerdings, ein vornehmer Herr, so erzählte sie mit schmerzlicher Miene, habe Don Liborio in vertraulichem Gespräch einen »verfluchten Scheißkerl« genannt.

Und dies, fuhr die Capreserin fort, sei auch ihre Meinung. Irgendwie erleichtert fuhr sie dann mit ihrem Bericht fort.

Für die Aufrechterhaltung der Ordnung war in jedem Stadtteil ein camorristischer Anführer zuständig; seitdem war in allen Vierteln jetzt wieder Ruhe eingekehrt. Unter der strengen Überwachung kuschten nicht nur die Aufrührer, die gewöhnlich Unruhen nutzen oder schüren, sondern auch die Gegner Garibaldis, die sich als treue Anhänger der Dynastie zu wehren versuchten. Ihr Ungestüm war durch die wohlbekannte Gewalttätigkeit der Camorristen gebremst worden, und die fürchteten sie mehr als jede Entfaltung von Streitkräften.

»In Neapel, da kommandieren in den Vierteln jetzt der Schreihals Michele, der Sklave, der Perzinaro, Tore 'e Crescenzo ... Tore, das ist der, der im Hafen alles unter sich hat ... Das ist der größte Camorrist ... De Crescenzo Salvatore, ... der Bruder von Donna Mariannina ...«, das war ebenfalls eine Wirtin.

Dann senkte sie die Stimme, während sie mit ihrem Stuhl näher an den des Großvaters heranrückte und sich vorbeugte, um ihm ins Ohr zu flüstern, daß auch ein Inspektor der alten Polizei umgebracht worden sei, der sich dem neuen camorristischen Einfluß am kühnsten entgegengesetzt habe, und daß man die Namen der Mörder kenne, ja, daß sich die Schuldigen sogar ihrer Tat gerühmt hätten. So hieß es.

»Aber die heilige Wahrheit kommt nicht ans Licht ... man erfährt sie nicht. Tatsache ist jedenfalls, daß sie den Inspektor ermordet haben, und keiner zahlt dafür.«

Immer leiser kommentierte sie mit ihrem Wortschwall die seltsamen und bösen Zeiten, die sie jetzt durchmachten, prangerte den Triumph der Illoyalität und der Gerissenheit an und riet noch einmal dringlich, sich nicht in Dinge einzumischen, die andere angezettelt hatten:

»Wir sind die Angeschmierten ... alle Schlangen sind herausgekrochen ... am besten wir kümmern uns nur um unsere eigenen Angelegenheiten ...«

Dann richtete sich die Wirtin wieder auf, seufzte ernst, strich sich über die Brust, nahm das Kreuz in die Hand und sah zu den Frauen hinüber, die sie eifersüchtig und feindselig anstarrten. Ja, als die Capreserin dann ging, warfen sie ihr hinter dem Rücken des Großvaters drei Handvoll Salz hinterher und kehrten energisch den Hauseingang, um den Hexenzauber mit dem Besen zu vertreiben.

Später, bei ihren abendlichen Verrichtungen, redeten sie nur über Donna Teresina und senkten nicht einmal die Stimme, als sie in Anwesenheit der Kinder überzeugt ihr abschließendes Urteil über sie fällten und sie zur Vertreterin des ältesten Gewerbes machten:

»Eine alte Schlampe ist die.«

Aber vorerst standen sie noch zusammen und starrten Donna Teresina, die mit ihrem Kreuz spielte und den Anhänger an der Kette hin- und herstreifte, stumm und mit eisiger Miene an.

Die Frau sprach jetzt in normaler Lautstärke weiter, so daß alle mithören konnten:

»Aber wie gesagt, Ordnung herrscht jetzt, und man kann auf die Straße … Es ist alles sicher …«

»Donna Teresi', sicher ist es vor allem für Calibardo, das hat er endlich geschafft. Der ist doch selber ein Großmaul: Pack schlägt sich, Pack verträgt sich.« Betrübt nickte der Großvater zu seiner eigenen Feststellung.

Draußen im Schatten des Nußbaums stampfte der Schecke. Die ganze Kinderschar machte ihn unruhig. Der Mann in der Samtjacke streichelte ihn und versuchte, ihn zu besänftigen. Herrisch rief er ins Haus hinein, daß jemand den Gast zum Aufbruch drängen sollte.

Aber niemand wagte, das Gespräch des Großvaters und der Wirtin zu unterbrechen.

»Und mein Herrscher, Donna Teresina …, der König … der König, was macht der? Warum rührt der sich nicht …? Was sagt der König …? Was sagt mein König …?«

Diese flehentlichen Fragen lagen im Blick des Großvaters, als ob Donna Teresina bei Hofe ein und aus gegangen wäre und ihm tatsächlich die neuesten Nachrichten hätte mitteilen können:

»Was hat der König schon zu sagen, Don Giuse' … Was soll der Ärmste sagen … Er hat doch nichts zu melden … Wer befiehlt denn inzwischen, der König vielleicht!!?«

Es war nicht klar, ob ihre rhetorischen Fragen, die sie bekümmert und mit energischem Faustschütteln unterstrich, dem enthronten Herrscher, dem Monarchen, der nur noch dem Namen nach existierte, oder der menschlichen Ohnmacht eines Königs angesichts unabwendbarer Geschehnisse galten.

»Großvater, bitte erzählt uns eine Geschichte.«

Sabella bedrängte den Großvater mit ihrem kläglichen Stimmchen und trommelte auf seinen Arm.

An der Hauswand verblaßte das letzte Tageslicht, hinter den Umrissen des Daches war noch ein heller Schein zu sehen, aber die ersten Sterne blinkten schon am Himmel. Im Norden hoben sich die sanften Linien des Vulkans ab, der sich kobaltblau verfinsterte und in sein Geheimnis hüllte.

»Großvater, bitte erzählt uns eine Geschichte … eine Geschichte.« Der Großvater, der auf dem Mäuerchen saß, hob das Gesicht und schien mit seinem traurigen Blick und der grollenden Stimme von sehr weither zu kommen.

Es war einmal ein Königreich,
dem erging es wie einer Hure,
viel Meer und viele Sterne,
kein Königreich war so schön
wie das Königreich von Cicerenella.

Er senkte den Kopf und schaukelte auf der Mauer hin und her, als wollte er sich in den Schlaf wiegen.

»Aber Großvater, soll das eine Geschichte sein?«

»Ja freilich …«, antwortete er betrübt, »das ist eine Geschichte … eine böse Geschichte.«

Der Sommer, der in jenem Jahr glühendheiß war, schritt voran, und je farbiger die durstlöschenden Früchte leuchteten, desto schöner und gewaltiger wurde das Violett des Vulkans, aber die Tage blieben traurig und unsicher. Trotzdem, und vielleicht gerade deshalb, heiratete Tante 'Ngiulina am letzten Julisonntag. Der Großvater wollte keinesfalls den schon vor dem Tod der Großmutter festgelegten Zeitpunkt für die Zeremonie verschieben.

Tags zuvor, am Samstag, war das Brautpaar zur standesamtlichen Trauung ins Rathaus eskortiert worden: Anwesend waren Tante Papele, die Schwiegermutter Tante 'Ngiulinas, Unteroffizier D'Ambrosio, der aus dem Arsenal zurückgekommen war, Meister 'Ntuono mit neuer Mütze, Onkel Vicienzo mit Schuhen, die ihn drückten, und der Großvater mit einem Korb Nudeln für die Bemühungen des »höchsten Vertreters der Gemeinde«, der die Trauung vollzog.

Die gleiche kleine Gesellschaft begleitete das Paar am nächsten Morgen zur kirchlichen Trauung in der Kirche der Madonna vom Schnee. Natürlich fehlte nicht der Korb Nudeln für den Priester.

Ohne diese seine Visitenkarte hätte der Großvater keine Sache unternommen, überall benutzte er die leckere Opfergabe als Passierschein.

Sehr viele Gäste hingegen kamen zu dem feierlichen Hochzeitsmahl. Es versammelten sich alle Nachbarn vom Kanal, und auf den blütenweißen Tischtüchern war bald das gesamte Geschirr der kleinen Gemeinde ausgebreitet: hohe und niedere, große und kleine Gläser, bunt zusammengewürfelte Teller, große Servietten, die aus den Schubladen geholt und verzinnte Blechbestecke, die mit Hilfe von Zitrone, Sand und viel Armschmalz poliert worden waren.

Von den anderen Mühlen waren ansehnliche Geschenke eingetroffen; von der großen Corsea-Mühle, die näher am Meer lag, kam ein luxuriöser, mit Blumen und Vögeln bestickter Seidenschal, von den anderen Häusern zwei Spitzenkrägen, ein Spiegel, zwei eierschalenfarbene Tücher, vier Stühle, eine große Suppenschüssel, ein Spucknapf aus Majolika und drei Tabletts mit Kleingebäck und den länglichen Dragees mit dem Korianderkorn. Dies alles waren Zeichen der Hochachtung der anderen Müller für den Großvater.

Unteroffizier D'Ambrosio hatte dem Brautpaar zwölf Teller geschenkt, Oberst Ulloa eine Waschschüssel mit passendem Krug. Richtig froh war der Großvater gewesen, als der Oberst ihn einige Tage vor der Hochzeit gerufen hatte, um ihm sein großzügiges Geschenk persönlich zu übergeben. Zumindest vermutete der Großvater, daß er ihn deshalb zu sich bestellt hatte.

Als Unteroffizier D'Ambrosio ihm sein eigenes Präsent überreichte, erzählte er dem Großvater gleich von dem anstehenden Geschenk des Obersten Ulloa. Nicht nur, welcher Art es war, verriet er ihm, sondern er erklärte ihm auch gravitätisch, daß die Teller und das Waschservice des Obersten aus allerwertvollster Faenzer Keramik waren.

Dann hatte er mit lebhaften Worten geschildert, wie sehr der Pächter der Kasernenausrüstung Don Agostino Ciaramella beim Erwerb beider Geschenke behilflich gewesen war. Dieser hatte sich persönlich um die Sache bemüht und herzlichen Dank verdient. Er erklärte weiter, daß Don Agostino in so gutem Kontakt mit den berühmten Keramikherstellern von Faenza stand, weil er bei ihnen laufend Nachtgeschirre bezog.

Der Unteroffizier unterrichtete den Großvater darüber, daß die strenge Ordnung des bourbonischen Heeres bis in die kleinsten Einzelheiten festlegte, was den Offizieren je nach Rang zustand. Es gab genaue Vorschriften, nicht nur, was das Quartier, die Anzahl der Zimmer, die der Kommoden, Stühle, Nachtstühle, Tische und Leuchter betraf, sondern auch was den Typ der Einrichtungsgegenstände anging, sogar solcher, die sie zusätzlich besitzen mußten, um gegebenenfalls einen Ersatz zu haben.

Was nun die Wohnung eines hochrangigen Offiziers in einem Militärkrankenhaus betraf, so durften die vorschriftsmäßigen Silberbestecke, Kristallgläser und Karaffen keinesfalls durch ein Nachtgeschirr ergänzt werden, das nicht aus künstlerisch wertvoller Faenza-Keramik bestand. Allen Ernstes verteidigte der Unteroffizier den Anspruch eines Generals auf solch einen edlen Nachttopf, und der Großvater nickte aus Höflichkeit zustimmend, obwohl er nicht sonderlich überzeugt war.

Jedenfalls erhielt er bei seiner Begegnung mit Oberst Ulloa das schöne Geschenk, aber auch einige erschütternde Nachrichten …

Zu Tante Rusinella, die ihn bei seiner Rückkehr fragte, ob er sich nicht wohl fühle, da er so blaß sei, sagte er, daß sich die Dinge keineswegs zum Besten wendeten, jedenfalls habe er das den aufgeregten Reden des Obersten entnommen, und er fügte hinzu:

»Ich will aber den Calibardo nicht sehen … Wenn der König nach Gaeta geht, dann geh' ich da auch hin, Rusinè, wir gehen da hin und machen die Nudeln für den König.«

Und am gleichen Tag noch machte er eine Runde durchs Haus und holte die Münzen, die er unter bestimmten Ziegelsteinen versteckt hielt, hervor, und Tante Rusinella ließ sie in die Rocksäume und Mieder einnähen und füllte eine Kiste mit Decken und Kleidern.

Zu den Hochzeitsgeschenken waren übrigens außer den genannten noch viele andere dazugekommen. Tante 'Ngiulina und ihr Mann, die in der Mitte des Tisches saßen, nahmen sie verlegen entgegen. Auch zwei Säckchen Bohnen waren darunter, ein randvoll mit Schmalz gefüllter Krug, drei Kaninchenfelle, ein Faß Öl, Girlanden von getrockneten Feigen und Kastanien und vier Laibe Käse.

Natürlich fehlten auch nicht die Scherzgeschenke, die mit ländlicher Derbheit auf den Ehevollzug anspielten. Als erstes wurde den Frischvermählten auf einem Nudelbrett eine dicke Salami präsentiert, die, zur Hälfte geschält, ihr rötliches Fleisch offenbarte; dann kam ein Bündel schärfste Peperoni, die an die Spitze eines kleinen Zweiges gebunden waren, und ein ausgestopftes Püppchen. Dieses Püppchen sollte ein Glücksbringer für die Geburt eines Sohnes sein und war ziemlich unförmig mit seinen zwei kugelförmigen Auswüchsen, die so gewaltig waren, daß der Stoff den Wulst kaum faßte – eine deutliche Anspielung auf den Fruchtbarkeitsgott Priapus.

Ebenso anzüglich war das Geschenk, das Meister 'Ntuono den künftigen Eltern feierlich überreichte. Es war ein großer runder Bauernteller, auf dessen weißem Rand eine gelbe Griechin skizziert war; mehrmals ging der Schmied mit dem Teller, den er auf seinen starken Armen hochhob, um den ganzen langen Tisch herum. Ein schöner, in allen Grüntönen schattierter Kopfsalat lag platt darauf und füllte die ganze kreisrunde Oberfläche aus. Verschrumpelt und vielfach gefältelt bot sich die Blätterrose den Blicken dar. Genau in ihrer Mitte steckte ein steifer dicker Zucchino, er tat ihr Gewalt an und bohrte sich rüde in das krause Herz, dessen hellere Partie er aufbrach.

Diese unzüchtigen Darbietungen und lose Witze sorgten für ausgelassene Stimmung und komplizenhafte Rippenstöße, aber keiner wagte, den Großvater auch mit hineinzuziehen, denn der blieb ernst und lachte nicht mit.

Den langen Tisch hatten sie so gut es ging mit Brettern und Böcken genau unter dem Nußbaum aufgebaut und gedeckt.

Es gab mehr Frauen als Männer, ein Bruder und ein Schwager des Bräutigams und ein Sohn von Tore hatten nicht kommen können, denn sie dienten alle drei als Sappeure in demselben Pionierkorps des bourbonischen Heeres.

Das Festessen zog sich sehr lange hin. Es gab sechs Suppenhühner – die fettesten, die auf Vicienzos Besitz gescharrt hatten –, Bandnudeln und Orecchiette des Großvaters und Fusilli mit Specksoße und Käse, Gemüsesuppe mit Speckschwarten, lecker mit Zwiebeln, Lorbeer und scharfem Paprika angebratene Innereien, drei mit Weißwein zubereitete junge Gänse, die vom Geflügelhof Tores stammten, drei gefüllte Kapaunen und dann Auberginenaufläufe, fritierte Peperoni sowie im Backofen mit Kartoffeln gebratene Hähnchen und Kaninchen.

Bis zum Tagesende saßen sie, die normalerweise vor lauter Arbeit kaum Zeit für eine ordentliche Mahlzeit hatten, beim Essen zusammen. Und bei ihrer Armut und ihren beschränkten Verhältnissen gab es erst recht nicht viele Gelegenheiten, gleich mehrere verschiedene Speisen zu genießen.

Auf einen Pfiff hin warf eine Gruppe Männer mit Salvatore an der Spitze den Soldaten, die jenseits der Umfassungsmauer des Arsenals Wache schoben, Gebäck und Hühnerschenkel hinüber.

Das Kommando der Pulverkammer hatte schon seit einiger Zeit die Wachen verstärkt und mehr Posten und Schilderhäuser aufgestellt.

Als das Mahl beendet war, küßte und umarmte Tante 'Ngiulina alle Frauen der Familie und zog in ihr neues Haus ein, das sie mit den Schwiegereltern teilte. Dort hatten die Nachbarinnen mit den Leintüchern von der Aussteuer ihr Hochzeitslager vorbereitet. Mitten auf das Bett hatten sie zwischen die beiden Kopfkissen einen Teller mit einem schönen Laib Hefe als Symbol für das »Wachstum« gestellt und unter die Matratze ein rotes Bündelchen scharfer Pfefferschoten gesteckt, das seine Funktion wirklich bestens erfüllte, denn in der zweiten Nacht brach das Bett unter den Neuvermählten zusammen, und der Krach weckte das ganze Haus auf.

Tante 'Ngiulina trennte nur die kleine Brücke von ihrem Elternhaus, trotzdem war es an jenem milden Abend eine schmerzliche Trennung für sie alle, die ihr ganzes Leben gemeinsam verbracht hatten und, wie der Großvater sagte, »wie die Finger einer Hand« gewesen waren.

Sie begleiteten die Braut bis zur Brücke, und die Frauen trockneten sich die Tränen mit den Zipfeln ihrer neuen Schürzen ab: gerade so, als wäre Tante 'Ngiulina jenseits dieses kleinen Übergangs in eine unbekannte, vollkommen unerforschte Gegend verschwunden.

Der Großvater schimpfte, Tante 'Ngiulina habe sich schließlich verheiratet und werde nicht hingerichtet, aber sie ließen keine Gelegenheit zum Weinen aus, geradeso wie es an Märztagen auch bei strahlender Sonne von einem Augenblick auf den anderen regnen konnte.

Aber er war selber auch beunruhigt und gab Vicienzo, der jetzt 'Ngiulinas Schwiegervater war, mit finsterer Miene ein paar Ratschläge, nachdem er eine Weile um ihn herumgestrichen war:

»Daß ihr sie mir bloß gut behandelt ...« Und seinem Schwiegersohn hatte er mit harter Miene und ziemlich grob zugerufen:

»Und du, paß nur auf, daß du dich nicht um Kopf und Kragen bringst.«

Er war mit dieser Ehe nicht gerade einverstanden und fühlte sich verpflichtet, den frischgebackenen Ehemann zu warnen, damit er seine Tochter ja gut behandelte.

Es war gar nicht so ungewöhnlich, daß Großvaters König wortwörtlich den gleichen Satz im gleichen halb warnenden, halb drohenden Ton und etwa zur gleichen Zeit aussprach, denn der König verkehrte ziemlich unverblümt mit seinen Untertanen:

Francesco II. sagte diesen Satz zu seinem ehemaligen Polizeipräfekten, der bis zum Posten des Innenministers aufgestiegen war und dem er offen mißtraute, wenn er ihn auch aus Staatsräson dulden mußte. Er sagte ihn zu jenem wetterwendischen Don Liborio Romano, der in der traurigen Geschichte des Königreichs mit seinen Taschenspielertricks die klassische Rolle des Großwesirs in den orientalischen Märchen spielte: die des eitlen und verräterischen Untertanen.

Der König sagte den Satz am 6. September zum Abschied, als

er sich aus Neapel zurückzog, um der Stadt den Belagerungszustand und die Toten zu ersparen und die letzten Getreuen in Gaeta zu versammeln. Herausfordernd und in der Hoffnung auf seine Rückkehr, sagte er dem zwielichtigen Don Liborio diesen Satz als Mahnung und Drohung in dem Moment, in dem er ihm »die Perle seiner Krone« anvertraute:

»Und du, Don Libò, paß nur auf, daß du dich nicht um Kopf und Kragen bringst!!!«

DER HIMMEL WAR mondlos, aber von den verwirrend vielen nahen und fernen Sternen hell erleuchtet. Die Sommernacht war voller Grillen und Blütenduft und voller Taufeuchte, die die Erde zwischen den Schilfrohren gegen Morgen zum Dampfen brachte, kurz: Es war eine typische Augustnacht. Aber plötzlich wurde sie von Kanonendonner zerrissen.

Die Fensterscheiben klirrten heftig in den Rahmen und drohten zu zerspringen. Die Hausbewohner fuhren aus dem Schlaf.

Nur die kleinen Mädchen schliefen so fest, daß der Krach sie nicht störte und der Großvater sie wecken mußte. Er ging von Bett zu Bett und rief:

»Kinderchen, Kinderchen ... wacht auf ... Cuncettì ... Francé ... Vicenzì ... wacht auf ... Lenuccia ... 'Ndreina ... Sabella ... er kommt ... der Calibardo!!! Los, los, wir müssen fliehen ...« Dabei schüttelte er sie, aber sanft und ruhig, ohne seine Erregung zu zeigen. Die Dramatik lag nur in seinen Worten: »Wir müssen fliehen, wir müssen fliehen ...«

Francesca erwachte, hörte das dumpfe Donnern, das sie aber nicht erschreckte; es weckte in ihr nur so etwas wie eine Vorahnung der Erschütterungen, die sie später bei der Belagerung von Gaeta erleben sollte. In jenen Tagen, die ihnen damals noch bevorstanden, lernte sie die Geschosse und ihr tödliches Pfeifen kennen und verfolgte tagsüber ihre Bahn anhand der kleinen Rauchschwaden und nachts, indem sie am Himmel die Flämmchen verfolgte und betete, daß sie im Meer erlöschen mochten.

Jetzt, noch halb im Schlaf, erschrak sie nicht, aber sie begriff, daß eine schwere und gefährliche Zeit vor ihnen lag. Kanonenangriffe kannte sie bis jetzt nur vom Hörensagen, aber später, in den Tagen von Gaeta, sah sie mit eigenen Augen, was sie anrichteten und wie sie Menschen und Tiere rücksichtslos niedermähten. Und auch die armen Fische töteten, die mit aufgerissenen Bäuchen trostlos auf dem Rücken im Wasser trieben und die sie mit ihren Schwestern von den Klippen aus mit ihren Netzen auffischte, wobei ihre Hände in jenem kalten Winter zu Eis erstarrten.

»Steht auf ... der Calibardo kommt ... Steht auf ... steht auf ... wir müssen fliehen ... wir müssen fliehen.«

So hatte die Flucht nach Gaeta begonnen, eine Flucht, die schließlich drei Tage dauerte und für sie und ihre Schwestern, deren kindliches Herz noch nicht von Ängsten vor der dunklen Zukunft bedrückt wurde, spannend war, weil unvorhergesehen mit all den gefährlichen Straßen und den feierlichen Kontrollen ihrer Passierscheine.

»Der Calibardo kommt ... Der Calibardo kommt ...«

Sie war nicht vor Angst erstarrt, und merkwürdigerweise blieben auch ihre kleinen Schwestern ruhig.

Aufmerksam zog sie sich an, wortlos, und als sie bereit waren, steckte ihre Mutter jeder von ihnen ein Bündelchen mit Wäsche und Brot unter den Arm.

Draußen im Dunkeln hörte man vor dem Hintergrund der feuernden Schiffe vom Arsenal her Alarmsirenen und in den kleinen Pausen ein wildes Rufen, und Francesca erkannte die aufgeregte Stimme des Großvaters.

Salvatore war als erster nach draußen gestürzt und hinter dem Großvater hergelaufen.

Dort draußen im Freien hatten sie auch geortet, wo im Golf geschossen wurde, in Vico Equense oder Castellammare, jedenfalls nahe, sehr nahe, und das hatten von der Türschwelle aus auch die zitternden Frauen begriffen.

Dann kehrte der Großvater ins Haus zurück, und die Töchter mit ihm. Salvatore hingegen rannte die Grenzmauer zum Arsenal entlang, begegnete Vicienzo und seinen Söhnen, auch Tore und sein Bruder Alisando kamen keuchend an, und gemeinsam liefen sie die einzelnen Schilderhäuschen ab, um den Wachen jenseits der Mauer ihre Fragen zuzurufen.

»Ciccìii ... Ciccìii ... Ist da Ciccillo?«

»Nein, hier ist Carminuccio.«

»Carminù, was ist da los?«

»Wer zum Teufel soll das wissen!!!«

»Funzì ... Funzì ... Weißt du was?«

»Nichts weiß ich.«

So sehr sie sich auch erregten, von den Wachen erfuhren sie nichts; nur der letzte, ein gewisser Eustachio, gab genaue Auskünfte, die aber nichts Neues sagten.

»Salvatòoo ... Salvatòoo ... sie schießen ... sie schießen ... und hier schlagen sie Alarm.«

Immer noch im Laufschritt, aber nun in umgekehrter Richtung, rannte die Gruppe ins Mühlenhaus zurück, drängte über die Schwelle und bestürmte den Großvater mit ihren Vermutungen und Fragen.

Er bremste sie mit kaltem Blick, um die Frauen nicht noch mehr zu beunruhigen. Er gab den Frauen vielmehr genaue Anweisungen, was zu tun sei. Und die machten sich flink und ohne Panik an die Arbeit. Nur Tante Mimela saß wie gelähmt auf einer Bank, und Tante Catarina mußte ihr fürsorglich den Schal umlegen.

Jetzt plauderte sie nicht mehr munter drauflos, Tante Mimela. Diese Tochter des Großvaters hatte einen rosigen Teint und kürbisgroße Brüste, und später, in Gaeta, heiratete Andrea Ammirati, jener kopflose, blonde Korporal, sie mit einem eisernen Ehering. Und das nur, weil sie sich zu einer ungestümen Liebesumarmung hatte hinreißen lassen.

Als Salvatore nach all den anderen eintrat, war der Großvater gerade dabei, seiner erschreckten Tochter aus einem dunklen Fläschchen Mohnaufguß einzuflößen und mit lauter Stimme, so daß es auch die Schwestern hören konnten, beruhigend auf sie einzureden.

Als sie Salvatore erblickten, unterbrachen sie ihr emsiges Hin und Her und scharten sich um ihn. Aber der Großvater bremste den Ansturm ihrer Fragen und verkündete, daß es keinen Sinn habe, weitere Vermutungen anzustellen, man wisse ja ohnehin, was geschehen sei, sicher sei Garibaldi gelandet (inzwischen hörte man trabende Pferde und Karren, die die Hauptstraße hinunterfuhren).

Denn so stellte sich der Müller das Ereignis vor, so hatte er es immer kommen sehen: Garibaldi wäre, begleitet von Kanonendonner und endlosen Schießereien, ins Dorf eingezogen. Er wußte noch nicht, daß Garibaldi in jener Nacht vom 13. auf den 14. August zwar tatsächlich im Golf war, aber nur, um mit einer verdunkelten und geräuschlosen Fregatte namens »Tuckery« ein Piratenstück zu vollbringen: nämlich die Anker eines der größten Schiffe der bourbonischen Marine, der »Monarca«, zu lichten und es zu entführen. Dieses mit vierundsechzig Haubitzen und Kanonen ausgerüstete Schiff mit zwei Kommandobrücken hatte im Hafen von Castellammare gelegen, wo einige technische Mängel repariert wurden, die daher kamen, daß die »Monarca« von einem reinen Segelschiff zu einem Schiff mit Hilfsmotor umgerüstet worden war.

Deshalb war Garibaldi dort, der Held, nur um das Schiff zu kapern.

Als Eroberer hingegen kam er nicht in jener Augustnacht, sondern bald darauf im September, und zwar nicht gerade kühn entschlossen.

Am 7. September – König Francesco hatte sich am Nachmittag des 6. September auf der »Messaggero« nach Gaeta eingeschifft – traf er Punkt zwölf, gerade rechtzeitig zu einem neapolitanischen Mittagessen, friedlich mit dem Zug aus Vietri in der Hauptstadt des Königreichs ein ... Der Nizzaer stieg in Neapel wie an einem ganz gewöhnlichen Bahnhof aus und wurde dort von laubgeschmückten Wagen und ihm unbekannten, daher verwirrenden, dumpfen Schlägen und Klingellauten empfangen, die von den Tamburinen und den Triccaballacche stammten, jenen mit Hämmerchen und Blechscheiben versehenen Instrumenten, die anläßlich des Piedigrotta-Festes, das an diesem Tag groß gefeiert wurde, geschlagen wurden.

Bei dieser alles andere als heroischen Ankunft gab es auch noch eine Episode, die Sabellas Ängste hätte lindern können.

Es ist eine historisch belegte Tatsache, die Isabella allerdings nie erfuhr, daß der arme Garibaldi, sobald der Zug hielt, ohne auf die Warnungen und Einwände seiner Begleiter Rendina und De Sauget zu hören, die als erste aussteigen wollten, um sich zu vergewissern, daß die Neapolitaner sie friedlich empfingen, sich vordrängte und auf der anderen Wagenseite herauskletterte.

Er hatte solch große Eile wegen eines dringenden Bedürfnisses, zu dessen Befriedigung er sich zwischen zwei Waggons versteckte.

Der 7. September, an dem all dies geschah und an dem General Garibaldi Neapel eroberte, war ein Freitag, eine Tatsache, auf die der Großvater immer wieder hinwies.

Ein Freitag, sagte er, das bringt Unglück für alle, für den Diktator wie für die Neapolitaner.

Doch dies alles sollte erst noch geschehen, vorerst war Garibaldi noch mit seinem waghalsigen und dreisten Raubzug beschäftigt. Der freche Coup gelang ihm aber nicht, weil auf einige Komplizen kein Verlaß gewesen war, gewisse Trossen nicht losgeworfen worden waren und die Seeleute der »Monarca« tapfer und treu gekämpft hatten. Nur mit Mühe entkam die »Tuckery« aus dem Hafen.

Auch die Artillerie duldete die feindliche Fregatte nicht, sondern nahm sie von der Feste Pozzano aus unter Beschuß.

Gegen sieben Uhr morgens trafen in der Mühle aus dem Arsenal die beruhigenden Nachrichten über den mißlungenen Coup ein.

Alle jubilierten. Garibaldi war gescheitert. »Er hat's nicht geschafft.«

Aber der Großvater war nun einmal zum Aufbruch bereit und ließ sich nicht umstimmen. Als die Sonne schon hoch stand und er zwei Begegnungen mit Oberst Ulloa gehabt hatte, der ihm die nötigen Passierscheine und Geleitbriefe verschafft hatte (der

Belagerungszustand war aufs neue ausgerufen worden), machte er sich mit zwei Karren auf, mit seinem eigenen und dem, den er noch in derselben Nacht Tore gegen klingende Münze abgekauft hatte.

Die Wagen wurden von ihm und von Tores Bruder Alisando gelenkt. Dieser war ein kinderloser Witwer ohne familiäre Verpflichtungen, ein Bauer aus der Nachbarschaft, verläßlich und sehr gutmütig, »ein treuer Hund«, wie Meister 'Ntuono ihn nannte. Dem Schmied zufolge wollte der Mann gern wieder heiraten und hatte schon ein Auge auf Tante Rusinella geworfen, und die machte sich Hoffnungen.

Zurück blieben nur Tante 'Ngiulina, die nun zu einer anderen Familie gehörte, und Salvatore, der die Mühle und alle Einrichtungen bewachte.

Der Großvater verabschiedete sich heiter und voller Zuversicht, bald zurückkehren zu können. Dann löst er hoch oben auf dem Wagen die Bremse und brach auf: mit seiner Truhe, seinen Frauen, dem Kater Guaglione, seinen Passierscheinen und Geleitbriefen, den Körben mit Nudeln für den Kommandanten der Festung von Gaeta, für Padre Borrelli und den Priester der San-Francesco-Kirche.

Er fuhr ab, doch war dies weniger eine Flucht, sondern eher Widerstand gegen die Ereignisse, der Treueakt eines loyalen Untertanen.

Über neun Millionen Menschen lebten innerhalb der Grenzen »diesseits und jenseits des Leuchtturms« mit ihren Traditionen, Gebräuchen und ihrer Sprache wie eine Nation zusammen. Wer wollte dem Großvater da etwas von einem anderen Vaterland erzählen? Er hatte das seine und wollte kein anderes.

Aber das Schicksal seines Landes, des alten Königreichs, war schon besiegelt. Um den Zauber zu bannen, brauchte es mehr als ein reines Herz, eine entschlossene Lanze und eine Obsidianspitze. Es wurde nicht von einem hundertköpfigen Drachen bedroht, sondern von einer Idee, und Soldaten, Heldenmut, Kanonen und selbst der arme Großvater konnten gegen die Macht dieser Idee nichts ausrichten.

Obgleich nur eine »unüberprüfte Hypothese«, kam sie erhaben im Mantel der Vollkommenheit daher, verkleidet als heiliger Entwurf zur Verwirklichung einer Vereinigung aller Brüder. Welche Rolle spielte es da schon, wenn bei dieser Umarmung der Großvater und sein König zermalmt, ein Volk geopfert und die Zukunft der Leute umgewälzt wurden.

SALVATORE EILTE DURCH die schon von den alten Griechen angelegten engen Gassen Neapels. Von Schlupfwinkel zu Schlupfwinkel stahl er sich heimlich hinab in die Ebene am Meer und zum Hafen.

Überall in den Gassen hingen Trikolore-Fähnchen und Banner, die in jenen Tagen großzügig verteilt wurden und in vielen Souterrainwohnungen Vorhänge und Sonnenblenden ersetzten.

Es war der 11. September, vier Tage nach der Ankunft Garibaldis, fünf nach der Abreise des Königs. Das blendende Morgenlicht eroberte allmählich die dunklen Gassen, die Farben gewannen ihre Leuchtkraft zurück, und die lebhaften Leute, die im Freien kochten, Gemüse putzten, Möbel polierten, Schuhe besohlten, Pfannkuchen, gekochte Kraken oder Obst kauften und verkauften, waren heiter, redeten laut und schienen glücklich.

Hinter einer Ecke, wo sich die Straße kurz verbreiterte, beobachteten ein paar Zuschauer zwei Männer, die keuchend vor Anstrengung versuchten, mit zwei schweren Hämmern die bourbonischen Lilien aus einem marmornen Basrelief herauszuhauen. Der Fries hatte einen Brunnen vor einem herrschaftlichen Haus geziert.

Gerade als Salvatore vorbeiging, traf ein Hammerschlag den Mund des Maskarons, so daß das Wasser ungebremst in alle Richtungen spritzte; aber er konnte ihm gerade noch ausweichen. Naß wurden hingegen die aufgeregten Neugierigen und all die Verkündungen und Anschläge an der Wand. In jenen Tagen klebten nämlich überall in der Stadt Plakate an den Wänden.

Die Mauern waren tapeziert mit unzähligen Manifesten, die ein Verbot, einen Aufruf, einen Rat oder eine Proklamation enthielten und mit ihrem Schwarzweißdruck jener Zeit ihr Profil gaben.

Auch einige Exemplare der königlichen Proklamation waren noch erhalten geblieben. Sie waren aufgetaucht, als Francesco II. aus seinem Neapel abgereist war:

»Die größten und heiligsten Pflichten obliegen einem König an Unglückstagen ... ich wende mich noch einmal an das Volk dieser Hauptstadt, die ich schmerzerfüllt verlassen muß ... Ein ungerechter und gegen die Vernunft der Menschen gerichteter Krieg ist über meine Staaten hereingebrochen, obwohl ich mit allen europäischen Mächten im Frieden stand. Die veränderten Regierungsverordnungen, meine Zustimmung zu den großen nationalen und italienischen Prinzipien, haben ihn nicht verhindern können ... Auch kann ich an meine geliebten Völker nur Abschiedsworte des tiefsten Bedauerns richten. Welches Schicksal mir auch immer bevorsteht, sei es glücklich oder widrig, ich werde sie stets in lebendiger und guter Erinnerung behalten ... Ich lege ihnen Eintracht, Frieden und die heiligen Bürgerpflichten an Herz ... Ob der Ausgang des gegenwärtigen Krieges es mir erlaubt, schon bald zu euch zurückzukehren oder ob es Gott in Seiner Gerechtigkeit gefällt, daß dies erst später der Fall sein wird, schon jetzt flehe ich darum, meine Völker einträchtig, stark und glücklich wiedersehen zu dürfen ...«

Viele dieser Blätter waren heruntergerissen worden, aber wo der Leim etwas besser hielt, konnte man noch Auszüge lesen:

»... Der Krieg nähert sich den Mauern der Stadt, und ich ziehe mich voll unsäglichem Schmerz mit einem Teil des Heeres an einen Ort zurück, an den die Pflicht mich ruft, um meine Rechte zu verteidigen. Der andere Teil des Heeres bleibt hier, um in gemeinsamer Anstrengung mit der ehrenwerten Nationalgarde zur Unantastbarkeit und Unversehrtheit der Hauptstadt beizutragen ... sie vor Gewalt und vor dem Krieg zu schützen, ihre

Bewohner und deren Hab und Gut, die heiligen Kirchen, die Denkmäler und öffentlichen Gebäude, die Kunstsammlungen und all das zu retten, was ihr Kulturgut und ihre Größe ausmacht und, da es auch den künftigen Generationen gehört, mehr wert ist als die Leidenschaften einer begrenzten Zeit ...«

Salvatore streifte die gedruckten Worte an der Mauer mit der Schulter, für ihn waren diese Fragmente von Zeitgeschichte praktisch unentzifferbar.

Plötzlich erschallte am anderen Ende der Straße Stimmengewirr von Passanten und lebhafter Beifall für eine vorüberziehende Schar Garibaldiner, so daß er langsamer ging, um im Schutz des Sträßchens zu verweilen.

Er blieb stehen und tat so, als würde er eines der Manifeste lesen, die der neue Innenminister Don Liborio Romano gleich nach der Abreise des Königs Francesco hatte ankleben lassen:

AN DAS NEAPOLITANISCHE VOLK

»Der Mann, der euch in diesen feierlichen Augenblicken Ruhe und Ordnung befiehlt, ist der Befreier Italiens, es ist General Garibaldi. Wer sollte wagen, dieser Stimme den Gehorsam zu verweigern, auf die schon seit geraumer Zeit alle italienischen Völker hören? Bestimmt keiner. Er wird in wenigen Stunden in unserer Mitte weilen, und jeder, der zu dem hehren Ziel beiträgt, das allen italienischen Bürgern zu höchstem Ruhm gereicht, wird mit Beifall belohnt. Also erwarte ich von euch als meine guten Mitbürger, das zu tun, was der Diktator Garibaldi euch empfiehlt und von euch erwartet.«

Eine einfache alte Frau mit einem Kind an der Hand blieb neben Salvatore stehen:

»Ach, junger Mann ... was steht denn da ...? Was steht da?« Und da er nicht antwortete, gab sie, während sie dem Kind die Hosen hochzog, mißbilligend ihrem Zweifel Ausdruck:

»Ja, könnt Ihr denn nicht lesen?«

Genau in diesem Augenblick sah sich Salvatore den garibaldinischen Truppen gegenüber. Er kreuzte ihren Weg, stieß mit ihnen zusammen und sah diesen anderen Italienern auf diese Weise zum ersten Mal in die Augen.

Nachdem er die Straße überquert hatte, fand er wieder Schutz in einer Gasse.

Tatsache war, daß Salvatore kaum lesen konnte, und schreiben schon gar nicht, aber aus einem brennenden Labyrinth hätte er sich jederzeit retten können.

Auch was er jetzt vorhatte, war nicht gerade eine einfache Sache, einer ohne Mumm in den Knochen und ohne Abenteuergeist hätte ein solches Unternehmen nie gewagt.

Er hatte vor, mit dem Boot die Blockade der piemontesischen Schiffe zu durchbrechen und nach Gaeta zu fahren, und zwar aus übermächtiger Liebe zu seiner Familie, zu der er jeden Kontakt verloren hatte.

Von seiner quälenden Sorge umgetrieben, hatte er erfahren, daß Fischer aus Castellammare und Sorrent nachts schon wieder wagten, zwischen den Schiffen, die Gaeta belagerten, hinauszufahren, und ihrem mutigen Beispiel wollte er nun folgen.

Allerdings wollte er auch wieder zurückkehren können, damit die Mühle und ihre ganze Habe nicht unbeaufsichtigt blieben. Er mußte also hin- und herfahren können, und das ging nicht ohne Ratgeber und Beschützer.

So hatte er sich an den Besuch erinnert, den die Wirtin von der »Schänke zum Frohsinn« der Mühle abgestattet hatte. Während dieses Besuchs hatte sie dem Großvater über den Camorraboß Salvatore De Crescenzo, genannt Tore 'e Criscienzo, den Bruder Donna Marianninas, erzählt; und der, wie Donna Teresina meinte, hatte am Hafen »sehr viel« zu sagen.

Salvatore hatte überlegt, daß es schon einen Versuch wert wäre, mit diesem Camorristen Kontakt aufzunehmen und ihn um Hilfe zu bitten, denn festsitzen wollte er in Gaeta nicht.

Deswegen war er auch Oberst Ulloa nicht gefolgt, der wenige Stunden nach der Abreise des Königs bei Nacht das Arsenal verlassen hatte, um mit seinen Soldaten zu versuchen, Capua und Gaeta zu erreichen, und zwar in höchster Eile, um nicht auf Garibaldi zu stoßen.

Salvatore hatte sie bis zum Bahnhof ihres Ortes begleitet und auch den Zorn des armen Obersten miterlebt, weil die Manöver einiger Revolutionäre und der Widerstand eines gewissen Carabelli verhindert hatten, daß er Geleitschutz für die Kompanien und die Waffen bekam, die er in Sicherheit bringen wollte.

Als der Oberst beschlossen hatte, Capua mit seinen Leuten in einem Gewaltmarsch zu Fuß zu erreichen, hatte Salvatore zugesehen, wie sie ihre Kolonne zum Abmarsch gebildet hatten.

Er hatte auch bemerkt, wie einzelne Soldaten sich von der Truppe entfernten. Zwei von ihnen versteckten sich hinter einer Ladung Kohlen auf einem toten Gleis am Ende des Bahnhofs, aber er verriet sie nicht, als der Korporal angelaufen kam, um die Deserteure zu schnappen, sondern schickte ihn mit einer Fehlinformation auch noch in die falsche Richtung.

Als sich die Leute dann in Reih und Glied in Marsch setzten, konnte er sich immer noch nicht von ihnen trennen und begleitete sie bis Santa Maria la Bruna. Dort blieb er stehen, während er sie im Takt eines alten Schmachtfetzens vorbeiziehen sah. Es war ein damals vielgesungenes Lied, und nun schmetterten sie es im Marschrhythmus: »Ich hab' dich so schrecklich geern, aber du denkst nicht mal an miich ... Ich hab' dich so schrecklich geern ...«

Er war tief bewegt, nicht nur, weil sie nach Gaeta zogen, sie hatten ihn im Innersten berührt.

Also war Salvatore dageblieben, aber inzwischen schlief er keine Nacht mehr, er überlegte pausenlos hin und her. Im Morgengrauen jenes 11. September aber stand sein Entschluß fest, und er machte sich kühn auf, die Freundschaft und den Schutz einzufordern, die man ihm zugesagt hatte.

Vor Sonnenaufgang war er noch verzweifelt gewesen; jetzt am hellichten Tag hatte er schon einen genauen Plan im Kopf und stieg zum Hafen hinab, um mit dem Stellvertreter des Tore 'e Criscienzo zu reden.

Die Zauberformel, die ihm bei den Camorristen Tür und Tor öffnen sollte, kannte er. »Es geht um Onkel Peppe.« Dies sollte er sagen, dies war die Losung. Und mit Peppe war natürlich Garibaldi gemeint.

Es war alles ganz einfach gewesen. Er war in die »Schänke zum Frohsinn« gegangen, die Capreserin hatte ihn zu Donna Mariannina und die wiederum zu ihrem Bruder Tore begleitet.

»Er sagt, er sei ein Verwandter ... er bräuchte eine enorme Gefälligkeit.«

»Ach ja? Und wer bist du denn ...?«

»Ich heiße Salvatore De Crescenzo, genau wie Ihr.«

»Na, sehr gut ... sehr gut.« Der Mann mit dem dichten weißen Haar sah ihn aus zusammengekniffenen hellen Augen aufmerksam und spöttisch an.

»Und was willst du denn für eine Gefälligkeit?«

»Ich will durch ... Meine Familie ist jetzt in Gaeta.«

Später, als Salvatore ein reicher und angesehener Mann geworden war, erzählten die wenigen, die von seiner kühnen Tat wußten, daß er bei diesen ständigen Bootsfahrten, bei denen er jede Art von Waren in die belagerte Stadt brachte, unverschämt viel Geld verdient hatte.

Dies war aber nicht sein eigentlicher Beweggrund gewesen. Darüber konnte er im Lauf der Jahre ein ruhiges Gewissen haben. Er wollte nur die Seinen beschützen und ihr Überleben sichern; daraus schöpfte er die Kraft, immer wieder die Blockade zu durchbrechen. Alles andere hatte sich nur so ergeben, und es war auch klar, warum: Er stammte von Leuten ab, die seit Jahrhunderten gelernt hatten, ihr hartes Leben in einem Drahtseilakt mit ihrem moralischen Anspruch in Einklang zu bringen.

Deshalb sammelte er selbst an jenem schrecklichsten Tag der Belagerung von Gaeta, an dem der Zwischenwall Sant' Antonio in die Luft flog und vierzig Pulverfässer und vierzigtausend Patronen explodierten, seine Münzen auf. Und gleichzeitig weinte er um sein kleines Mädchen.

Er war an jenem Tag, dem 5. Februar des unheilvollen Jahres 1861, mit seiner zweitjüngsten Tochter 'Ndreina mit dem Karren unterwegs gewesen, um Nudeln abzuliefern, unter anderem auch beim französischen Wachtturm und beim Krankenhaus. Als sie auf dem Heimweg nachmittags gegen vier an der Kasematte vorbeikamen, rief ihn vom hinteren Tor ein Zahlmeister herein, um noch etwas mit ihm abzurechnen. Kaum hatte dieser Mann die Geldkasse aufgemacht, geschah das furchtbare Unglück. Nach der heftigen Detonation kam Salvatore in einer Ecke stöhnend und völlig allein wieder zu sich und kroch, vom Rauch betäubt in die staubige, glühende Luft, wo er wie ein Besessener mit bloßen Händen den Schutt wegräumte, der die Mauerecke und die Stufen bedeckte, auf denen das Kind gesessen hatte. Er gönnte sich keinen Augenblick Pause und grub wütend und mit Bärenkräften, aber er sah trotz seiner Tränen auch die Goldmünzen blinken, steckte sie ein und grub weiter. Und dann fand er seine Tochter, und zwar weiter entfernt von dem Treppchen, näher an der Kasematte, wohin sie vielleicht der Luftdruck geschleudert hatte, oder vielleicht war sie auch einen Augenblick vor der Explosion aufgestanden, um zu ihm zu kommen. Und als er dann kniend ihr entstelltes, lebloses Gesicht mit einem Hemdzipfel säuberte und ihre Augen schloß und die kleinen Hände mit den noch teigverklebten Fingern küßte, selbst dann schaute er immer wieder prüfend in die Trümmer und klaubte ringsum die ebenfalls blut- und erdverschmierten Münzen auf.

Durch das gemeinsame Schicksal verbunden, eilten auch der König und die Königin an den Ort des entsetzlichen Unglücks, bei dem es Opfer unter den Soldaten und der Zivilbevölkerung gegeben hatte, und stiegen über die Trümmer.

In tiefstem Schmerz und mit gebeugtem Haupt blieb Salvatore neben dem Kind vor ihnen knien, aber seine geballten Fäuste tasteten in den prallen Taschen nach dem beruhigenden Metall und umklammerten es fest.

Salvatore bedauerte, daß er kaum lesen konnte, und schreiben schon gar nicht.

Früher in Marokko und Algerien hatte er mit natürlicher Begabung die Landessprache erlernt und sich mit den Einheimischen verständigen können, und auch in seinem Dialekt drückte er sich sehr zungenfertig und sogar gewitzt aus, aber das Italienische, das nach der Vereinigung das Neapolitanische allmählich verdrängte, beherrschte er fast gar nicht. Und je reicher er wurde und je mehr sein Ansehen als »Ehrenmann« wuchs, desto mehr machte ihm dieses Manko zu schaffen.

Nach der Annexion navigierte er als der alte Seemann, der er war, furchtlos und waghalsig mit mutigen Wendemanövern zwischen den zusammenbrechenden Zollgrenzen, durch die Wogen des neuen Steuersystems, das eine Unmenge Abgaben für die Kriegskasse des Piemonts mit einbezog sowie unvorhergesehene und unvorhersehbare Tribute, für deren Eintreibung die Regierung auch das Militär einsetzte. Bei all dem hatte er das Steuer ganz allein in der Hand und entschied selbständig über Kredite und Haushaltung, denn der Großvater, der nach der Kapitulation schon in Gaeta auf die landenden Piemonteser hatte spucken wollen, war völlig aus der Kontrolle geraten und ließ sich starrköpfig zu ungezügelten, ja gefährlichen Wutausbrüchen hinreißen.

Vielleicht kam seine Unvernunft von den Nerven oder von seinem Schmerz oder von beidem, oder vielleicht war sein Blut schon vom Diabetes angegriffen, jedenfalls funktionierte sein Kopf nicht mehr richtig, er war verstört und unverständig, völlig handlungsunfähig und voller Haß und Wut.

Und Salvatore, der ihm immer gehorcht und auf sein Urteil gehört hatte, mußte jetzt die ganze Verantwortung allein tragen, auch wenn er glaubte, daß dies nur vorläufig so sein würde, denn er war davon überzeugt, daß es gegen die Naturgesetze verstieß, wenn ein Junger einem Alten Vorschriften machte. Aber der Großvater hatte seine Krone schon lange verloren. Der Schwiegersohn konnte sich nicht wie früher auf seine Entscheidungen verlassen und ihm das Ruder des Schiffes anvertrauen, in dem so viele Schiffbrüchige saßen. Er glaubte, die Notwendigkeiten ihrer Arbeit klarer und mit kühlerem Kopf zu erkennen und nahm die Fäden in die Hand, die der Großvater ihm geistesabwesend überließ.

Salvatore kaufte Korn, verkaufte Korn und Teigwaren, kaufte wieder Korn und Land, verkaufte wieder Teigwaren und ließ heimlich Matrizen herstellen, die er an verschiedene Orte brachte, um damit seine Makkaroni herstellen zu lassen. Und in der Zwischenzeit wuchs sein Vermögen immer mehr.

Aber er konnte kaum lesen, und schreiben schon gar nicht.

Unermüdlich rege, verläßlich und einfallsreich beim Verhandeln, kühn und erfolgreich bei den Wagnissen, richtete er zwei Nudelfabriken in Gragnano und im Dorf Trecase sowie eine größere in Crotone ein.

Dafür nutzte er alte Gebäude auf konfiszierten Grundstücken: Kirchengüter, die er fast umsonst bekam.

Neu entwerfen und erbauen hingegen ließ er, ohne bei den Baukosten zu knausern, eine Mühle mit Nudelfabrik in San Severo sowie eine weitere Mühlen- und Fabrikanlage im Dorf unter dem Vulkan – die war für Francesca bestimmt.

Vor allem dieses Gebäude, das er auf einem von der Familie Montorsi, der ältesten und stolzesten der Gegend, gekauften Grundstück errichtete, sollte prachtvoll und feudal werden.

Wie damals üblich, erbaute er also eine herrschaftliche Villa mit Steinbögen über den Balkonen und schönen schmiedeeisernen Geländern. Sie sah nach außen hin nicht wie eine Fabrik aus, aber sie war so unzerstörbar massiv gebaut, daß sie Neid erwecken sollte und auch Attacken abwehren konnte.

Den Angriffen der amerikanischen fliegenden Festungen, den schrecklichen Bombardierungen Anfang September 1943 hielt sie inmitten all der Ruinen leicht beschädigt stand – nur die Bossenquader der Fassade waren von zahllosen Splittern aufgeschürft. Das Erdbeben im Jahre 1980 überstand sie ohne einen einzigen Riß.

Im Jahre 1868 ging der einflußreichste Müller unter dem Vulkan, der sich in jenen schwierigen Zeiten bis über beide Ohren verschuldet hatte und Salvatore die gestundeten 21 152 Lire nicht zahlen konnte, in Konkurs und wurde von diesem enteignet.

Nachdem er die übrigen Forderungen abgegolten hatte, war Salvatore also Eigentümer der Mühle. Mitspracherecht hatten zwei im übrigen nur mit einer unbeträchtlichen Minderheit beteiligte Gesellschafter, Don Matteo Galdo und Don Annibale Fienga, beide hochangesehene Herren, die er im Geschäft behielt, weil er den Umgang mit ihnen als höchst ehrenwert einschätzte.

Um die politische Restauration kümmerte er sich nicht oder wollte er sich von Anfang an nicht kümmern. Ja, als er, und zwar noch vor der Polizei, im Jahr 1863 erfuhr, daß sich in Carmine Bravos Wirtshaus »Zum Schneebogen«, Freiwillige für die Sache des Königs Francesco versammelten, lieferte er Carmine unter einem Vorwand keine Nudeln mehr.

Als ganz Neapel und seine Umgebung in jenen Jahren mit Plakaten vollgepflastert war, auf denen die bourbonische Monarchie gepriesen wurde, hinderte Salvatore den Großvater gewaltsam daran, die Mühle zu verlassen und sie zu lesen.

Als der Obergefreite Federico Fiore verhaftet wurde, der in Gaeta ihr Freund und Beschützer gewesen war, erlaubte er seinem Schwiegervater nicht, ihn zu besuchen, und dies, obwohl er selber am liebsten dem alten Freund Trost gespendet hätte. Dessen Lage als Verschwörer wurde noch zusätzlich dadurch verschlimmert, daß er seinerzeit einer der Militärrichter von Agesilao Milano gewesen war.

Salvatore behielt alle Trauer jener Zeit für sich, er sprach mit niemandem darüber und hielt sich erst recht von den bourbonenfreundlichen Kreisen fern, in denen gefährliche Pläne für eine Rückkehr König Francescos ausgeheckt wurden.

Er kannte den Offizier, der sich nach dem Fall Gaetas mit einigen seiner Soldaten in den Wäldern Kalabriens versteckt hatte, aber er wollte sich nie mit ihm treffen. Er finanzierte ihn nur bei einer einzigen Gelegenheit, und zwar in klingender Münze und nicht mit dem Papiergeld, das inzwischen als Zwangskurs eingeführt worden war.

Auch mit Antonio Cozzolino, genannt der Pfeiler, jenem Steinmetz aus den Lavasteinbrüchen in Boscotrecase, der als königstreu verfolgt wurde und sich mit den Seinen in den Wäldern des Vesuvs versteckt hatte und Räuber geworden war, wollte er nichts zu tun haben.

Trotz seiner dringlichen Botschaften mied er jeden Umgang mit diesem Verfolgten; eines Abends aber war er gezwungen, mit dem Steinmetz zu reden, als dieser sich seiner Kalesche in den Weg stellte, zwar respektvoll und als Freund, aber doch aus dem Hinterhalt.

Auf diese Weise wurde Salvatore gezwungen, ihm sogar zweimal erhebliche Summen zu schicken, und er war sehr froh, als er dann erfuhr, daß man ihn getötet hatte, obwohl er dem Überbringer der Nachricht gegenüber Bedauern heucheln mußte.

Er wollte nur, daß man ihn in Ruhe arbeiten ließ. Deshalb gab er das Geld, und nicht um die Anhänger untergegangener Macht in ihren Hoffnungen zu unterstützen. Denen wurde im übrigen durch ein soeben erlassenes Gesetz erst recht zugesetzt – es rief im Süden den »Notstand wegen Banditentums« aus und stellte Delikte dieser Art nicht mehr vor gewöhnliche Gerichte, sondern vors Militärgericht, wobei schwere Repression nicht wie früher in Ausnahmefällen, sondern regelmäßig praktiziert wurde.

Vor Enttäuschung und Schmerz erhob sich in seinem Land überall Klagegeschrei, aber Salvatore wollte nichts davon hören und sich auch nicht auflehnen. Er war absolut überzeugt, daß die Vergangenheit nicht zurückkehren konnte: Die Einheit war vollzogen, im Guten und im Schlechten, und sie hatte Glück und Schäden mit sich gebracht. Er spürte über alle Leidenschaft hinaus die Bindung zu seinem Land, wenn er die Italienkarte anguckte, die ihm sein erster Schreiber in der gerade renovierten alten Mühle an die Wand genagelt hatte.

Er hatte sich ausbedungen, daß in seiner Gegenwart weder über Politik noch über die Regierung gesprochen werden durfte. Nur ein einziges Mal mußte er den Bericht von einer Versammlung des piemontesischen Parlaments mit anhören, aber das war, weil der Großvater ihn mit seinem Geschrei bei Don Gioacchino Tota, einem Spion und Profiteur, in große Schwierigkeiten gebracht hatte.

Und zwar war folgendes geschehen: Nach der Proklamation des Königreichs Italien am 17. März 1861 (die siebzehn ist eine Zahl, die Unglück bringt, meinte der Großvater) und der Anerkennung der Königskrone Vittorio Emanueles und seiner Nachkommen, erhielt Premierminister Cavour den Auftrag, die neue Regierung zu bilden. Schon bei seinem ersten Auftritt kam es zu einem lautstarken Zwischenfall, weil Garibaldi als neapolitanischer Abgeordneter in rotem Hemd und Poncho mit einem gewaltigen Wortschwall zur Bestürzung aller, auch seiner eigenen Leute, gegen die Regierung schimpfte, die in Neapel einen »Bruderkrieg« angezettelt habe.

Auch das wilde Protestgeschrei, das sich gegen ihn erhob, ließ ihn nicht verstummen, so daß selbst Cavour laut schreien mußte: »Es ist nicht erlaubt, uns zu beleidigen«, und daraufhin die Sitzung aufhob.

Jemand erzählte dem Großvater diese Episode in Anwesenheit Don Gioacchinos, worauf der alte Müller ungestüm aufbrauste:

»Ich hab' gedacht, der Calibardo ist bloß ein Verrückter ... dagegen ist der Ärmste auch noch ein Trottel ... Jetzt tun ihm plötzlich die Neapolitaner leid ...? Ja hat er nicht früher dran denken können ...? Wenn wieder ein anderer Wind pfeift, dann kriegen alle Verräter, die ich kenne, einen Tritt in den Hintern ...« Dabei sah er unbesonnen zu Don Gioacchino hinüber, der später, als er der Familie grollend von Don Peppes Ausbruch berichtete, erpresserisch zu ermitteln versuchte, was denn das heiße, daß »ein anderer Wind pfeift« und wem der Großvater »einen Tritt in den Hintern« verpassen wolle und wer die »Verräter« seien.

Es kostete Salvatore De Crescenzo nicht nur gute Worte, diesen potentiellen Denunzianten zu besänftigen. Die Gefahr, auch wegen einer Kleinigkeit ein Gerichtsverfahren an den Hals zu bekommen, war in jenen Zeiten sehr groß.

Leider verlor der Großvater immer mehr an Maß und Verstand, und der Schwiegersohn, der auf die Zukunft baute und jeden belastenden oder auch nur peinlichen Fehler vermeiden wollte, achtete sehr darauf, daß der alte Peppe ihn nicht ins Verderben stürzte. Er ließ ihn ständig von einem zuverlässigen Arbeiter überwachen und hielt ihn auch mit Geld kurz, was ihm allerdings schwerfiel, denn er fand das ungerecht.

Er mußte dem Schwiegervater auch seine Liedchen verwehren,

die meist in wütende politische Spottlieder ausarteten. Er ließ nur ein einziges ziemlich scharfes auf Garibaldi zu, aber erst, nachdem es Gewohnheit geworden war, den Helden, der nun auch von einem nicht gerade dankbaren piemontesischen König verleugnet wurde, mit Gewalt auf die Insel Caprera zu verbannen, von wo er dann regelmäßig wieder ausriß.

Als der bourbonische Müller aber dann eines Nachts einem Schwächeanfall erlag, empfand der trotz allem getreue Seemann, der die ganze Familie in ihrem Kummer tröstete und ihr Mut zusprach, instinktiv Erleichterung – und bedauerte dies zugleich.

Woran ihm am meisten lag, war in Sicherheit arbeiten zu können, daher übte er klug Distanz. Nur so konnte man sich von den Unruhen jener Zeit fernhalten.

Bei allem Gram über die Vereinigung, die sich immer mehr als Vereinnahmung entpuppte, war Salvatore nicht dem Beispiel seines Schwiegervaters gefolgt, der nur noch stöhnend auf dem Boden saß und die kurze Lebensfrist, die ihm noch geblieben war, mit Jammern und Wehklagen verbrachte; er kümmerte sich nur darum, seine Nudeln herzustellen und hatte seinen Schwiegervater schon lange vor jenem regnerischen 4. April begraben, als sie ihn auf den Friedhof trugen.

Der neue italienische Staat hatte durch die Verbrüderung Pflichten gebracht, aber gab er ihnen nicht auch Rechte?

Er scherte sich nicht darum. Da er sich nie Illusionen gemacht hatte, konnte er auch nicht enttäuscht werden. Wie viele blendende Versprechungen hatte man seinem Land gemacht – keine einzige war eingehalten worden. Er verglich sie in seinem einfachen Gemüt mit jenen Tonkörbchen, den wunderschönen »Körben der Fülle«, die in den klassischen neapolitanischen Weihnachtskrippen dem Christkind in der Grotte von den Hirtenfiguren dargeboten werden. Diese bunten, von prächtigen Früchten, Gemüsearten und glänzenden Fischen überquellenden Körbchen hatten ihn mit ihrem Inhalt und weil sie die Natur so perfekt nachahmten, immer begeistert, aber diese ansehnlichen grellbunten Gaben waren eben nur aus Ton, die opulenten Geschenke waren Steine.

All dies war ihm von Anfang an klar gewesen, und er verschwendete weder Worte noch Gedanken darauf.

Sein altes Volk hatte im Laufe seiner Geschichte schon so manche fremde Herrschaft ertragen und so manche »Befreiung« erlebt, und es hatte sich geduldig gefügt und gelernt, auf dem Wasser zu gehen – was sonst nur Gauner und manchmal Heilige schaffen.

Also blieb Salvatore nur der Mut der Verzweiflung, um zu überleben.

Er hatte mehr Glück gehabt als andere aus seiner Gegend, denen nach 1860 nur der traurige Weg in die Emigration blieb. Was Salvatore half, war das Geld, das er beim Durchbrechen der Blockade und bei der Ausübung seines Gewerbes verdient hatte, sowie die erd- und blutverschmierten Münzen, die im übrigen billiges Geld waren, wenn man bedenkt, daß ein blutjunges Leben damit bezahlt worden war.

Die neue Regierung »piemontisierte« alles (dieser Ausdruck wurde damals in einem parlamentarischen Untersuchungsantrag geprägt) und entsandte aus ihrer Hauptstadt nicht nur Beamte, sondern Leute für jede Art von Anstellung. Aus Turin wurden sogar Briefkästen und das Papier für die Ministerien und die Verwaltung bezogen. Salvatore indes versuchte nur, möglichst gute Teigwaren herzustellen und sie auch den Piemontesen schmackhaft zu machen.

Denn er war der festen Meinung, daß neben einem meisterhaft zubereiteten Nudelgericht kein Reis und keine Polenta bestehen konnten.

Sogar die Ammen, die die Kinder in den Waisenhäusern stillen sollten, waren aus dem Piemont geholt worden. Und als dann seine Ware immer häufiger bestellt wurde und seine ausgezeichneten Nudeln den Norden zu erobern begannen, hatte er das Gefühl, auf eine politische Eroberung mit einer kulinarischen geantwortet zu haben. Sicher, es ging hier nur um den Bauch, aber der war auch wichtig. Und so meinte er, diese Piemontesen auf seine Weise ausgetrickst zu haben.

Auf seine Art war er ein Gigant. Aber er konnte kaum lesen, und schreiben schon gar nicht.

Als er sich zum reichen Industriellen emporgearbeitet hatte, der sich auch den Luxus einer Makkaronifabrik in Marseille leisten konnte, wurde Francesca sein rechter Arm. Auch während sie das Internat in Nola besuchte, hatte er sie bei der Arbeit an seiner Seite, und zwar nicht nur in den langen Ferien, es gelang dem Vater immer wieder, sie mit tausend Vorwänden – kranke oder sterbende Angehörige waren die Regel – hinter den Mauern des Pensionats hervorzuholen: Draußen im Wagen lächelten sie sich dann, nachdem sie zuvor vor der Schulleiterin ernste Mienen hatten machen müssen, komplizenhaft zu.

Seine größten Anstrengungen galten aber Vincenzina. Sie bekam die wasserreichsten Grundstücke. Vincenzina wurde Lehrerin und war mit ihrem Titel der ganze Stolz ihres Vaters. Außerdem erteilte sie ihm mit großer Geduld ordentlichen Unterricht und brachte ihm stets freundlich die Grundlagen des Wissens bei. Bei dieser Aufgabe stand ihr oft auch ihr Verlobter und künftiger Ehemann bei, ein Rechtsanwalt aus Crotone, der später Abgeordneter im Parlament wurde. Und Salvatore war sehr erpicht auf diesen Unterricht, vor allem abends, wenn er mehr Zeit hatte, wobei er die beiden jungen Menschen manchmal bis spät in die Nacht beanspruchte.

Sein neuer sozialer Stand brachte ihn immer häufiger in Kontakt mit bedeutenden Persönlichkeiten und Beamten, denen er in seiner Ausdrucksweise gewachsen sein wollte.

Aber das gelang ihm nicht immer, es unterlief ihm so mancher Schnitzer, und es wurde viel über ihn gelacht. Natürlich hinter seinem Rücken. Was die Selbstbeherrschung betraf, so war Salvatore immer noch der alte, und so ließ er sich schnell zu Tätlichkeiten hinreißen. Darin blieb er sich bis ans Ende seiner Tage gleich, noch ein paar Monate vor seinem Tod schlug er einen Mann mit einem Fausthieb nieder, und der betrügerische Makler kam erst nach ein paar Minuten wieder zu sich.

Viele Episoden waren erfunden und dann Don Salvatore De Crescenzo zugeschrieben worden, bezeugt ist aber die Antwort, die er dem Präfekten, der bei einem Empfang im Rathaus zu

Besuch war und ihn gefragt hatte, warum Francesca und ihr Mann nicht auch da seien.

»Exzellenz, meine Tochter hat einen Wurf gehabt, und mein Schwiegersohn Don Giordano wacht an ihrer Legestatt.«

Einmal war er gemeinsam mit Don Pierino Prota, Graf und Gräfin Vecchi, Ingenieur Carbone und vielen anderen hochrangigen Persönlichkeiten bei der Gräfin Guarracino, der neuen Herrin des zu einer Villa umgebauten Forts der Filangieri, eingeladen.

Die Gesellschaft hatte sich in den zum Meer hin offenen Laubengang begeben, von dem aus sie hingerissen den Sonnenuntergang betrachten konnte, der Capri und Sorrent in rotes Licht tauchte. Dabei wurden sie von der Dunkelheit überrascht.

Keiner, nicht einmal die Gräfin, wagte es, sich ohne Leuchter durch die mit Möbeln vollgestellten Zimmer zu tasten. Man konnte und wollte auch nicht nach der Dienerschaft läuten, sondern wartete lieber freundlich plaudernd, bis jemand kommen würde.

Als der Diener mit dem Leuchter kam, erhob sich Salvatore und sprach mit einer weitausholenden Armbewegung, mit der er auf die nahende Lichtquelle deutete, den Satz aus, der künftig bei Freund und Feind seinen Eingang und Ausgang begleitete:

»Meine Damen und Herren ... hier kommt der Funzler ...!«

Als er jedoch bei klarem Verstand an einer heftigen Blutung seines alten Magengeschwürs starb, sprach er unverfälschtes Neapolitanisch und fluchte, während er mit den Fäusten auf die Wand einschlug und sie mit Blut befleckte. Er fluchte in seiner wohlvertrauten Sprache, denn er hatte sehr wohl verstanden, daß dies sein Ende war, aber er wollte absolut nicht gehen.

DER LANGE SCHMALE Raum mit den vierzehn aufgereihten weißen Betten lag im Mondschein, der durch die sehr hohen nackten Fenster hereinfiel. Im Hintergrund des Schlafsaals schirmte ein Leinenvorhang, der um ein Bett und ein Nachtkästchen gezogen war, die Intimsphäre Schwester Maria Addoloratas ab. Eine Kerze erleuchtete diesen Bereich von innen und warf Lichtkegel an die Decke.

Nunziata konnte nicht einschlafen, ihre Erregung war zu groß. Sie starrte auf die Schatten, die die Schwester beim Auskleiden auf den weißen Musselin warf und verfolgte das stumme Schauspiel mit ihren leuchtenden haselnußbraunen Augen.

Am nächsten Morgen würde eine von ihnen ausgesucht werden, um das Waisenhaus zu verlassen und in ein sonnbeschienenes Haus zu ziehen mit zarten Vorhängen an den Fenstern, Blumen in den Vasen und Kletterpflanzen in den Gärten: In eines jener Häuser, auf die sie bei den Spaziergängen am Donnerstag und am Sonntagnachmittag immer nur einen Blick werfen konnte.

Manchmal, wenn es auf dem Heimweg schon ein wenig dunkel wurde, strömte aus dem Erdgeschoß dieser Villen mit Steinfriesen über den Portalen schon warmes Licht heraus. Dann blieb sie zurück, während ihre Kameradinnen in Reih und Glied weitergingen, und versuchte verstohlen, in die Zimmer hineinzuspähen, wo sie immer, wie beim ersten Mal, Kinder mit Spitzenkrägelchen vor karminroten Tapeten zu erkennen vermeinte. Kinder vor einem Hintergrund dieser Farbe mußten einfach glücklich sein, da war sie sich sicher, und ihr ganzes Leben lang war dieser besondere Farbton für sie der Inbegriff von Glück und Wohlstand: Wer weiß, ob sie je erfahren hat, daß das Halsband der Kongregation des Allerheiligsten, das man ihr viele Jahre später, als sie im freskenbemalten Salon der Villa aufgebahrt lag, zur Ehrung auf die Brust legte, genau in diesem Rotton war.

Wenn Schwester Benedetta merkte, daß Nunziata wieder einmal stehengeblieben war, ging sie zurück, um sie zu holen, und tadelte sie. Dann tat Nunziata, als seien ihre Stiefelknöpfe aufgegangen, und die Nonne, die sich bückte, um ihr zu helfen, kitzelte sie mit den Möwenflügeln der großen gestärkten Haube des San-Vincenzo-Ordens am Kinn.

Traurig, mit gesenktem Kopf und rührend mit ihren weizenblonden dünnen Zöpfchen trottete das Kind dann hinter der Schwester her, den Blick starr auf deren dunklen Rock gerichtet, um nicht hinter der bewußten Ecke auf dem engen Platz das an den Berg geschmiegte düstere Gebäude sehen zu müssen, das ihr mit seinen finsteren Fensterhöhlen und dem Portal mit den sieben Stufen, gleichsam ein höhnisch die Zähne bleckendes, zornig aufgerissenes Maul, immer Angst einjagte.

Unterdessen gingen die Schattenspiele auf dem Vorhang weiter. Schwester Maria Addolorata zog sich in ihrer geschützten Ecke immer noch aus und legte die Kleider ordentlich auf den Stuhl. Im Nachthemd schlug sie auf ihrer Stirn das Kreuz, eine ausholende Bewegung, die, durch den Schatten vergrößert, auf dem weißen Vorhang fast theatralisch wirkte. Dann blies sie die Flamme aus.

Nunziata schloß die Augen, aber nur kurz. Die Nonne wälzte sich herum, so daß das eiserne Bettgestell quietschte und die mit Maisblättern gefüllte Matratze raschelte.

Plötzlich war ein eindeutiges Geräusch zu hören, das wie das Crescendo eines Blasinstruments anschwoll. Das Mädchen versteckte den Kopf unter dem Leintuch. »Die Schwester hat es knallen lassen«, dachte sie und erstickte ihr Lachen unter dem Kopfkissen, aber sie mußte so sehr lachen, daß ihr die Tränen kamen und ihre Nase lief.

Als sie sich wieder beruhigt hatte, nahm sie nur noch das Mondlicht und die säuerliche Geruchsmischung aus Moder, spärlicher Hygiene und den menschlichen Ausdünstungen in dem ungelüfteten Raum wahr. Dieser Geruch war allgegenwärtig, und Nunziata hatte ihn immer in der Nase, so daß sie sich manchmal sogar übergeben mußte.

Dann hörte sie, die auf alles in ihrer Umgebung horchte, das leise Schnarchen Schwester Maria Addoloratas. Normalerweise schlief das Mädchen bei diesem beruhigenden Geräusch selig ein, aber an diesem Abend konnte sie einfach nicht ... Am nächsten Morgen würde die Dame kommen. Sie würde kommen, hatte die Oberin gesagt, um ein Gelübde einzulösen.

»Diese vornehme Dame«, hatte Schwester Clementina erklärt, »besitzt eine Mühle so groß wie ein ganzes Dorf. Sie hat die heilige Muttergottes um eine Gnade angefleht und ist erhört worden: Eines ihrer neun Kinder, eines der jüngsten ... ein schönes kleines Mädchen, das im Sterben lag, das Ärmste, wurde geheilt ... Die Dame hat der Heiligen Jungfrau versprochen, daß sie, wenn ihr Kind gesund würde, ein Waisenkind adoptieren würde ... Und morgen kommt diese gütige Dame, um hier ein kleines Mädchen auszusuchen, und ein paar Tage später holt sie es dann zu sich nach Hause.«

Nunziata hatte mit der ganzen Klugheit ihrer acht Jahre begriffen, daß sich am nächsten Tag für sie oder eine ihrer dreizehn Kameradinnen, sie waren die jüngsten im Waisenhaus, wie durch Zauberkraft alles ändern konnte.

Aber nur für eine einzige von ihnen.

Die Dame, die erwartet wurde, glich einer der Gestalten aus Schwester Bernardinas Geschichten, die die alte Nonne mit ihrer von brodelnden Kochtöpfen und Stapeln seifiger Teller gedämpften Stimme bei der Küchenarbeit erzählte.

Die Dame war wie das Ungeheuer und der König, die je nach Laune über Leben und Tod entschieden. Und den Tod kannte Nunziata gut, dem hatte sie oft genug ins Gesicht gestarrt. Denn es gab ja fast keine Leiche im Dorf, bei der die kleinen Waisenmädchen nicht Totenwache halten und deren Beerdigung sie begleiten mußten. Gerade die kleinsten mußten mitziehen, denn sie erregten das meiste Mitleid, was sich günstig auf die Höhe des Obolus auswirkte.

Das letzte Mal, als Maria Rosa auserwählt worden war, mußten fünf Mädchen, darunter auch Nunziata, im Schlafsaal bleiben.

Die Nonnen hatten sie versteckt, weil auf Anordnung der Oberin aus hygienischen Gründen (»Die Ärmsten haben Läuse«) allen fünf die Haare abrasiert und ihre armen Köpfchen abends mit dem Petroleum für die Lampen eingerieben worden waren.

Ein grober Mann mit schwammigen Händen hatte ihnen die Haare zunächst mit einer blinkenden Schere verstümmelt und dann eine nach der andern allein in einer Abstellkammer geschoren. Als nur noch ein paar mitleiderregende Stoppeln übriggeblieben waren, fuhr er ihnen mit einem Rasiermesser, das in der Stille des Raums kratzte und knirschte, über den Kopf, den er ihnen mit harter Hand nach unten drückte, und schor sie ratzekahl.

Als sie nach vollendeter Schur alle fünf mit bläulichen Schädeln im Flur standen, ließ der Barbier vor ihnen sein Handtuch knallen und sagte mit gespielter Artigkeit: »War mir eine Ehre, die Damen.«

Von der Auswahl an jenem ungewöhnlich kalten 7. April waren alle fünf ausgeschlossen und mit Schwester Crocifissa in den Schlafsaal gesperrt worden. Sie hatten sich die Näschen an den Fensterscheiben plattgedrückt und an jenem traurigen Tag im trüben Morgenlicht auf den regengepeitschten Platz hinausgesehen, auf dem die schwarze, vom Wasser glänzende Kutsche ankam, deren Kutscher einen riesigen grünen Schirm über sich aufgespannt hielt.

Abends bei Tisch im Speisesaal waren Nunziata dicke Tränen über die hohen Backenknochen ihres so außergewöhnlichen dreieckigen Gesichtchens gelaufen und hatten Streifen auf ihren Wangen hinterlassen.

Die Auserwählte war Maria Rosa gewesen, ihre Banknachbarin und Bettnachbarin, mit der sie auch immer zu zweit in Reih und Glied antrat, ihre Maria Rosa, die immer so munter drauflos plapperte. Nunziatas verzweifeltes Weinen hatte der scheidenden Freundin gegolten, aber auch der grausamen Art, mit der sie selber ausgeschlossen worden war, und der Demütigung, jetzt als »Glatzkopf« wie die gemeinsten Kameradinnen, die keine Läuse hatten, sie nannten, herumlaufen zu müssen – es war ein Gefühl, als krabbelte ständig eine Spinne auf ihrem armen Kopf herum.

Die Schmach währte lange, auch wenn sie dann mit einem Wollkäppchen bedeckt wurde, das die Oberin sie alle fünf hatte häkeln lassen.

»Die armen Kinderchen, die erfrieren ja mit ihrem kahlen Kopf.«

Das bittere Gefühl der Demütigung hielt eine ihr endlos erscheinende Zeit an, bis die Haare nachgewachsen waren. Und auch als der Kummer überwunden war, bedeutete die Erinnerung an ihr kahlgeschorenes Haupt für sie ihr Leben lang die schlimmste Verletzung ihres Schamgefühls. Es war schlimmer als jedes Nacktsein und schlimmer als die Tribute, die begierige Männer ihr in Zukunft abverlangen würden und die sie später willig leistete.

Im Sommer, der auf die Rasur folgte, genoß sie noch nicht einmal die Wonnen des Salzwassers auf ihrer Haut. An der sorrentinischen Küste, in der algenbewachsenen Bucht der Nonnen vom Jesuskind, die sie jeden Sommer beherbergten (»Diese Gottesgeschöpfe brauchen Sonne, sonst bekommen sie noch die Schwindsucht«), schämte sich Nunziata im glasklaren Wasser ihres kahlen Kürbisses. Wenn eine der gastgebenden Nonnen auf der kleinen Anhöhe auftauchte und zwischen den Pinien und jenem rosa Turm, der wie ein Minarett aussah, in Wirklichkeit aber ein Taubenschlag war, stehenblieb, glaubte sie, die Blicke der Schwester würden von allen anderen Köpfen nur auf ihren fünf kahlen Rüben verweilen. Sie wußte nicht, daß der grobe Stoff ihrer weiten weißen Hemden, wenn er naß wurde, nach oben trieb und sich um ihre Körper auf dem Wasser ausbreitete. So sahen die Kleinen in dem glitzernden Wasser, in dem sich das

Grün der Pinien und das Rosa des Taubenschlags spiegelte, von oben wie lauter Nymphchen aus.

Seither war nun aber ein Jahr vergangen, die Haare waren nachgewachsen. Das Frühjahr war zurückgekehrt, die Läuse nicht.

Lächelnd griff Nunziata zum tröstlichen Beweis in ihren strohblonden Haarschopf.

Morgen würde auch sie dabeisein.

Und nun schlief sie endlich ein.

Das alterslose, wimpernlose Gesicht der Oberin Schwester Clementina glühte in ungewohnter Röte. Fröhlich und schmuck in ihrem frisch gewaschenen alten Gewand sorgte sie im Hausflur für Ruhe und Ordnung unter den Wartenden.

Um die Mädchen in Reih und Glied zu halten, lief sie geschäftig hin und her und klatschte dabei in die Hände, und bei ihrem eifrigen Auf und Ab wippte ihre große blütenweiße Haube in der Luft. »Ruhe, Ruhe … seid still … schnell, schnell, alle in eine Reihe, eine neben die andere … wie die Ameisen …« Dabei legte sie unentwegt ihre Fingerkuppen aneinander und brachte aufgeregt und ein wenig geziert fistelnd das Stimmengewirr schließlich zum Verstummen.

Sie hatte alle an der Wand aufgereiht, und während sie von einem Ende zum andern huschte, unterbrach sie das Fingerklopfen da und dort, um mit raschen Handgriffen Schleifen und Krägen zurechtzurücken.

»Los, los, Kinder. Erminia, putz die Nase, Silvia halt still … schön geradehalten, Maria … Olghina, kannst du denn nicht Ruhe geben …!! Ja, so ist es recht, so ist es recht … brave Kinder.«

Von der Haustür aus blickte Don Gioacchino, der Priester des Internats, mit schiefem Kopf zum Himmel, und weil der so klar war, rieb er sich zufrieden die Hände, als wollte er sie einseifen, das war so seine Gewohnheit; dann nickte er lächelnd zu einigen der größeren Waisenmädchen hinüber, die aus dem Findelhaus herausschauten.

An diesem Frühlingstag des Jahres 1886 schien die Sonne hell, aber es wehte ein scharfer Nordwind. Der arme Priester, an dem der Talar wie von einem Kleiderbügel herunterhing, stampfte unaufhörlich mit den Füßen, um sie warm zu halten, aber seinen Beobachtungsposten auf der obersten Stufe verließ er nicht: Er wollte bereit sein, die Persönlichkeiten gleich bei der Ankunft zu begrüßen.

Schließlich ertönte sein »Sie kommen ... sie kommen ...«, das sich unter den Wartenden von Gruppe zu Gruppe weiterverbreitete: »Sie kommen ... sie kommen ...«

Von der Straße, die auf den Platz mündete, kam eine herrschaftliche Kutsche näher, die er an ihren Farben erkannte. Er stürzte den Besuchern übereifrig entgegen. Schon auf der kurzen Treppe verbeugte er sich wiederholt und gefährlich tief, um seinen Respekt auszudrücken, und hob dabei den Priesterrock mit beiden Händen hoch, was sein Hinuntereilen noch abenteuerlicher machte.

Wieder sichtbar für die kleinen Mädchen wurde er, als er, immer einen Schritt vor den Gästen, mit einer weitausholenden einladenden Geste die Treppe wieder heraufkam.

Langsam tauchte hinter ihm im hellen Türrahmen eine üppige, große Frauengestalt auf. Aus grauem Moiré waren Kleid und Mantel, am Mantelausschnitt und an den weiten Ärmelschlitzen waren weiße Spitzenbesätze erkennbar, die Hals und Handgelenke umsäumten. Auf ihrem Kopf trug sie, leicht in die Stirn gedrückt, einen wunderschönen Hut mit blassen Seidenrosen, die mit ihren weitgeöffneten Blütenblättern kraftlos und matt wirkten. Ein mit Perlen verzierter kleiner Schleier beschattete das fleischige und weiche olivbraune Gesicht und die zwei tiefschwarzen, ernsten mandelförmigen Augen.

Die Dame war gekommen.

Sie blieb einen Augenblick an der Türschwelle stehen, während neben ihr eine männliche Gestalt erschien. Dann wandte sie sich, ohne die einladende Geste des Priesters zu beachten, der sie in den Nebenraum zu einer Erfrischung einladen wollte (Kaffee- und Kuchenduft drangen bis vor die Tür und überdeckten den ewigen Geruch der kochenden Gemüsebrühe), auf die andere Seite, wo die aufgereihten Mädchen standen. Sie schritt die ganze Reihe ab, blieb vor jeder einzelnen stehen und sah sie sich an, ohne auch nur ein einziges Mal zu lächeln.

Als sie vor Nunziata stand, flehte sie das Kind mit erhobenem Gesichtchen und intensivem Blick tief im Innersten an: »Nehmt mich … nehmt mich …«, und hielt dem Blick der Frau einen langen Moment stand, bevor sie ihn mit rotem Kopf senkte.

Und während sie auf die Spitzen ihrer alten Schuhe blickte, die sie mit soviel Sorgfalt poliert hatte, wiederholte sie stumm:

»Mich … mich … nehmt mich …«

Die Dame ging weiter, und als sie an das Ende der Reihe gelangt war, kehrte sie langsam und würdevoll zurück und defilierte noch einmal an allen vorbei, ohne sie noch einmal zu prüfen; der Priester und der schöne Mann mit der Brokatweste, der hinter der Dame eingetreten war, folgten ihr dabei.

Dann durchquerte sie beherzt den großen eisigen Raum, der sie vom Salon trennte: Die Nonnen umringten sie und geleiteten sie liebenswürdig zu dem in der Ferne lockenden weißgedeckten Tisch, und die breiten Krempen ihrer Hauben wippten dabei sanft auf und ab.

Eifrig bemüht, sie zu geleiten und ihr zugleich den Vortritt zu lassen, trippelten die eingeschüchterten Nonnen mit wie zum Gebet zusammengelegten Händen bald vor ihr, bald hinter ihr her und umschwirrten sie mit ihrem höflichen »Bitte … bitte …«, als führten sie einen Tanz auf.

In der Kutsche saß Nunziata der Dame mit der Marder-Pelerine und ihrem Gefährten mit dem rotblonden Schnurrbart auf dem samtbezogenen Klappsitz gegenüber.

Staunend starrte das kleine Mädchen, das sich mit der einen Hand an den Sitz und mit der anderen an den Ledergriff klammerte, die Dame an, ohne auch nur einen einzigen Moment den Blick von ihr zu wenden, aber die Frau hatte ihr Gesicht dem Fenster zugedreht und schien sich nur für die vorüberziehende Landschaft zu interessieren.

Die Kutsche knarrte. Der Mann mit dem glänzenden Gilet beugte sich vor, machte zwischen seinen Beinen eine Klappe mit Federzug auf und holte eine silberne Feldflasche heraus.

Wortlos bot er Nunziata Wasser an; sie trank, ohne aber dabei die Dame aus den Augen zu lassen, die immer noch zur Fensterscheibe hinaussah und sie nicht beachtete.

Das Mädchen starrte weniger auf ihr Gesicht, als auf den Hut, der sie wegen des seltsamen Vogels, der darauf befestigt war, faszinierte: Das dunkle Tier saß mit ausgebreiteten Flügeln und hochgerecktem Schwanz reglos da und schien jeden Moment abheben zu wollen, ohne es zu schaffen.

Nunziata konnte nur die schillernden Flügelspitzen und die gespreizten regenbogenfarbigen Steuerfedern sehen. Aber wenn die Kutsche heftig ruckte und sie, das Federgewicht, von dem Samtpolster etwas in die Höhe geschleudert wurde, klammerte sie sich nicht etwa fester an den Klappsitz, sondern hopste möglichst hoch, um diesen merkwürdigen Vogel besser sehen zu können, vor allem die grüne Federhaube auf dem so lebendig wirkenden Kopf, den hellen Schnabel und die leuchtenden, aber starren Augen.

Unbewußt suchte das erst achtjährige Kind in seiner Einsamkeit bei diesem gefiederten Gesellen, der zwischen den braunseidenen Drapierungen des Hutes kauerte, Trost, während es sich etwas verwirrt von der Vergangenheit verabschiedete. Die Stütze, die er ihr bot, war nicht gering. Denn mit ihrer Begeisterung für ihn bezwang sie die Unruhe und die merkwürdige Beklommenheit, die gar nicht mit der freudigen Erwartung und der glückseligen Hoffnung übereinstimmten, mit der sie der Zukunft entgegensah. Durch ihn wurde sie in eine andere Welt versetzt und damit von sich selbst abgelenkt, und das gab ihr Kraft.

Ihr spitzes Gesichtchen unter der grauen Haube war starr auf den Vogel gerichtet, und in ihren leuchtenden länglichen Augen, die an die der Etrusker erinnerten, lag jene Verwunderung und Verzauberung, die sie sich ihr ganzes Leben lang bewahrte: Es war, als ob jedes auch noch so kleine Ding eine erregende Entdeckung wäre, und selbst die Schale Milch mit dem frischen Brot am Morgen ein Geschenk und ein besonderes Erlebnis bedeutete. Dieses Gefühl war bei ihr echt, es war so offensichtlich und fast mit Händen zu greifen, als hätte man es an seinen Zipfeln fassen und zu einer schönen Schleife binden können.

Die Kutsche rollte die sorrentinische Landstraße entlang. Dichte Orangenhaine und Pinien gaben immer wieder die Sicht auf die Landschaft frei. Düster, da die Sonne verschleiert war, aber immer wieder zwischen den Wolken sichtbar, bot sich in der Mitte des Golfes die unverwechselbare, imposante Silhouette des Vesuvs dar, der dieser Landschaft seinen Stempel aufdrückte. Und zu seinen Füßen ließ sich der Ort, zu dem sie fuhren, an den Bögen der bourbonischen Eisenbahnlinie und den zum Meer ausgerichteten dichtgedrängten Häusern erkennen, und an der schönen Kuppel, die sich zwischen ihnen erhob.

Aus der Nähe betrachtet, hatten die Umrisse des Vulkans zartere Farben. Seine beiden Ausläufer, die sich klar vom Meer abhoben, dehnten sich bis in weite Ferne, wo sie in einem sanften Bogen endeten, gerade so, als wollte der Vulkan seine Küste und ihr Leben schützend umarmen.

Immer wenn die phantasiebegabte Nunziata auf ihren fröhlichen Sonntagsspaziergängen den Verlauf der Abhänge mit den Augen verfolgte, wurde sie an eine Schleppe erinnert: Der rauchgekrönte Vesuv schien auf seinem Weg hinab zum azurblauen Wasser wie ein König einen weiten Mantel hinter sich herzuschleppen.

Es war eine ähnliche Schleppe, wie sie die Bräute hatten, für die sie und die anderen Waisenkinder hinter den Gittern um die Orgel geschart gesungen hatten, und zwar aufmerksam auf die Einsätze Schwester Remigias achtend, denn diese war streng und wollte bei dem Arzt des Klosters, der seine Tochter verheiratete oder beim Bischof, der seine Nichte unter die Haube brachte, einen guten Eindruck machen.

Nunziata kannte diesen rauchenden Gipfel jenseits des Meeres genau. Sie hatte ihn jedesmal neugierig und fasziniert betrachtet, wenn sie auf den von den Nonnen gewählten Pfaden zu den Terrassen über der Küste von Sorrent hinaufstiegen.

Ein paar Wochen nach ihrer Ankunft an dem neuen Wohnort, der sich auf der anderen Seite der Bucht bei der Familie Montorsi, die nun ihre eigene geworden war, befand, verreiste sie mit den neuerworbenen Geschwistern zu der schönen Villa aus dem achtzehnten Jahrhundert, die die Familie genau unter dem Vulkan besaß. Dort wollten sie nämlich das Osterfest verbringen. Aber diesmal erkannte sie den Vesuv nicht. Ja, sie war sogar bestürzt über seine bedrohliche Nähe und das kräftige Indigoblau am späten Nachmittag.

Also wandte sie sich an die starke und reife Frau, die neben ihr in der Kutsche saß, Mariuccia, eine Art bäuerliche Gouvernante, deutete mit dem Finger auf den Berg und fragte nur mit den Augen.

Die Kinder der Montorsis, die im dritten und letzten Wagen fuhren, in dem es laut und lustig zuging, lachten sie, den Neuling, aus, während Mariuccia sich beeilte, sie aufzuklären:

»Dummerchen, weißt du das denn nicht … das ist der Berg.«

Von einer ihrer neuen Schwestern, der hochmütigen, unansehnlichen Paolina, die dreizehn oder vielmehr fast vierzehn Jahre alt war, wie sie kurz zuvor beim Einsteigen in die Kutsche betont hatte, weil sie damit einen Platz bei den Erwachsenen beanspruchen konnte, erhielt sie dann, zwar in unfreundlichem Tonfall, eine erschöpfendere Auskunft:

»Mariù, du hast keine Ahnung, und reden kannst du auch nicht. Man sagt nicht ›das ist der Berg‹; das ist ein Vulkan, und der heißt Vesuv.«

Nach dieser Bemerkung verhielt sich Paolina die ganze Fahrt über steif und affektiert, obwohl sie gleichzeitig sehr familiär tat. Dieses Gehabe hatte sie aus dem Internat mitgebracht, und es entsprach auch ihrem Charakter, denn sie legte es ihr Leben lang nicht ab, vor allem der Schwester aus dem Waisenhaus gegenüber.

Aber die Fäden dieses Lebens mußten erst noch gesponnen werden. Vorerst wußte die in der Kutsche hin und her geschüttelte Nunziata noch nichts von einer Hausangestellten namens Mariuccia und einer hochmütigen Schwester und erst recht nichts von einer neuen Perspektive auf den Vesuv; sie interessierte sich auch gar nicht für das Panorama des Golfs, sondern einzig und allein für den Hut der Dame.

Die beiden in der Kutsche schwiegen noch immer, das Klackklack der Pferdehufe wirkte einschläfernd, das doppelt gefederte Fahrzeug fuhr weich, nur manchmal holperte es über die schlechte Straße, wobei die Fahrgäste und deren Gedanken durcheinandergeschüttelt wurden.

Schließlich brach der Mann das lange Schweigen:

»Ich habe dir doch gesagt, daß wir noch Zeit gehabt hätten.«

Er zog die Taschenuhr an der Kette heraus und sah darauf; er machte eine leichte Handbewegung zur Seite, zeigte sie seiner Frau und sagte dann, allerdings schmollend aus dem Fenster blickend:

»Siehst du, daß ich recht gehabt habe ...? Wir hätten haltmachen können ... wenigstens auf einen Sprung ... Giovanni Maria und Gian Piero empfangen dich immer so herzlich ... aber natürlich, die Contillos sind meine Vettern, und du hattest es eilig. Jetzt kommen wir mindestens zwei Stunden zu früh an. Keine Sorge, du bekommst deine Partie Taganrog-Weizen.«

Die Dame sah noch immer zum Fenster hinaus, sie drehte sich weder um noch antwortete sie. Er nahm seinen Arm zurück, zog die Uhr auf und redete weiter:

»In die Mühle und Nudelfabrik Francesca Montorsi und Söhne« – den Namen Francesca betonte er ganz besonders, wobei sich sein schönes Gesicht bitter verzog – »kommt nur die beste Ware, die der Getreidemarkt bietet ... Da ist die Besitzerin Montorsi ganz streng ... Nur Hartweizen vom Asowschen Meer ... darunter macht sie es nicht ... Sie stellt keine Teigwaren her ohne ihren mythischen Taganrog ...« Sein Tonfall war immer emphatischer geworden.

Während er die Uhr wieder in die Tasche steckte und seine Weste glättete, zog er seine Frau weiterhin in hämischem Ton auf:

»Nur Weizen allererster Wahl wird von Donna Francesca ausgemahlen, und zwar nicht nur für ihre Teigwaren allerfeinster Qualität, sondern auch für die normalen Sorten. Allenfalls könnte sie vielleicht noch auf den Theiß-Weizen zurückgreifen oder auf den algerischen, auf den Mentana oder den Ardito und Saragolla aus Apulien ... denn für den Massengo und den Gentilrosso hat Donna Francesca nur Verachtung übrig ... Das wäre ja noch schöner ...« Nicht nur in seinem Ton, auch in seinen warmen braunen Augen lag Spott.

»Aber da ist jedes Wort zuviel ... Wir fahren auf dem schnellsten Weg in die Mühle zurück ... Wir wissen ja, daß Donna Francesca nur an eines denkt, etwas anderes interessiert sie nicht, sie hat nur eines im Kopf ... ihre Nudeln.«

Aber diesen letzten Satz bereute er gleich wieder und wandte sich seiner Frau zu, die ihm aber nur den Nacken mit dem geknoteten Hutschleier bot und anscheinend mit dem Zählen der Bäume draußen beschäftigt war. Klar und deutlich schien aus diesem duftigen Tüll an ihrem Hinterkopf die an ihn gerichtete Antwort zu kommen:

»Und du denkst nur an zwei Dinge: ans Spiel und an die Frauen ...« Der Mann ging jedenfalls in Deckung.

Aber die Frau ließ sich nicht provozieren und zwar nicht nur, um ihrem zurückhaltenden Charakter treu zu bleiben; sie hatte nicht einmal mehr zugehört und sich um den Sarkasmus ihres Mannes, den sie genau kannte, nicht gekümmert. Sie wußte, wie verdrossen er darüber war, daß die Mühle nach dem Willen ihres Vaters nur auf Francesca Montorsi eingetragen war und nicht auch auf den Ehemann. Sein beißender Spott über ihren Arbeitseifer hatte sie nicht getroffen. Zu oft hatte sie ihn schon zu spüren bekommen, denn meist beendete er ihre Zänkereien, indem er sie als »Nudelmacherin« definierte, wobei der Streit allerdings meist in Monologform ablief, da sie sich in solchen Momenten mit halbgeschlossenen Lidern und zusammengekniffenen Lippen hinter ihrem Hochmut verschanzte und nur wenig sagte.

Die Worte ihres Mannes waren an ihr vorbeigerauscht, dafür war ihr aber die Aufzählung der Weizensorten hängengeblieben. Verblüfft von der Schönheit dieser Namen, hatte sie nur darauf gehört. Von seiner so angenehmen Stimme ausgesprochen, bekamen sie einen ganz neuen Klang für sie, und sie sprach sie im stillen nach:

»Ardito, Theiß, Mentana, Saragolla, Taganrog, Gentilrosso ... du lieber Gott, daran habe ich noch nie gedacht ... der Weizen hat schönere Namen als so mancher Mensch ... Warum ist Giordano noch nie auf die Idee gekommen, einem seiner Pferde einen Weizennamen zu geben? Ardito, Gentilrosso, das wären doch schöne Pferdenamen ...«, überlegte sie.

Da keine ungnädige Reaktion kam, entspannte sich Don Giordano wieder. Bald waren die Zornesfalten von seiner Stirn verschwunden, und da er oberflächlich veranlagt war, hatte er den Grund seines Mißvergnügens schon bald wieder vergessen. Über das ganze Gesicht lächelnd und funkelnden Auges beugte er sich vor und zog seine Uhr mit dem eingravierten Monogramm auf dem Gehäuse wieder heraus, hielt sie Nunziata ans Ohr und ließ das Spielwerk laufen.

Das Mädchen fuhr impulsiv zurück und duckte sich in die Wagenecke. Sie schien weniger überrascht als belästigt von der Melodie des *Schlittschuhläuferwalzers,* die die klimpernden Blättchen deutlich vibrierend erzeugten. Sie blieb in ihrer Ecke und sah ihn entsetzt an.

Nachdem er die Musik abgestellt und die Uhr wieder eingesteckt hatte, versuchte er sie mit einem großen Bonbon zu gewinnen, aber er mußte sein Angebot zweimal wiederholen und sie mit Worten auffordern, bis sie es annahm.

Nunziata aß es nicht, sondern behielt es in der Hand, die sie – sie war jetzt wieder etwas nach vorne gerutscht – auf den Sitz abstützte. Dann starrte sie wieder unverwandt die Dame und deren kastanienbraunen Hut an, der ihre Stirn beschattete, so daß ihre abwesend blickenden samtenen Augen noch dunkler wirkten.

Nachdem sie am Golf von Castellammare vorbeigefahren und

in immer ebeneres Gelände gelangt waren, führte ihr Weg nun sehr nahe am Strand an Gemüsegärten, Erbsen- und Ackerbohnenfeldern vorbei.

Das leergefegte Meer zu ihrer Linken bannte die stürmischen kurzen Wellen in grüne Fluoreszenzen, in spannungsgeladene, kalt glänzende Flecken, aber die Kraft der frühlingshaften Windstöße vibrierte in den kleinen Schaumkronen, die sich endlos im Kreis drehten wie kleine Flämmchen. Und das dem Ufer so nahe gelegene Inselchen Rovigliano mit seiner hochragenden, fest auf den Klippen hockenden Burg wurde von den sich brechenden Sturzwellen mit gleißend weißer Gischt bedeckt.

Starke, heulende Böen machten die Stille, die jetzt wieder im Wageninnern herrschte, besonders spürbar; Staubwirbel erschwerten die Fahrt, aber schließlich tauchten am Rand der einsamen Straße die ersten Häuser auf.

Der Wagen fuhr an einer Barockkirche mit breiter Freitreppe und einem großen Vorplatz vorbei und überquerte einen weiteren Platz. Gleich danach begannen die armen Pferde schneller zu traben, denn sie rochen ihren Stall.

Sie gelangten zu einem grauen Haus, das mit seinen Bossenquadern aus Lavagestein stabil wie eine Festung wirkte. Über den Säulentrommeln an den Balkonen des ersten Stockwerks prangte zwischen den Steinblöcken die handgemeißelte große Aufschrift »Mühle und Teigwarenfabrik Francesca Montorsi und Söhne«.

Die Pferde zogen im rechten Winkel um das Gebäude und landeten in der Sackgasse, die es flankierte. Dann bogen sie noch einmal nach links ab. So gelangten sie durch das schmiedeeiserne Tor, das zwei mehlbestäubte barfüßige Arbeiter in abgewetzten Hosen und alten wollenen Unterhemden aufgemacht hatten, schließlich in den Innenhof. Hier befand sich der Wohnbereich, in dem streng und fast feudal alles gehütet wurde, was zum Haus gehörte: die Kinder, die Kleider, das Geld, das Silber, die Möbel, die Aussteuern, der Überfluß und die Keller. Durch Mauern sorgfältig abgegrenzt, aber mit zahlreichen Durchgängen, Höfen und Treppchen zu einer familiären Einheit verbunden, lag auf dem gleichen Grundstück auch das Arbeitsgelände.

Alles war in diesem Bollwerk vereint; Gefühle und Interessen, der Gewinn und die Arbeiter, die beaufsichtigt, die Wächter, die ertappt, das Korn, das äußerst sorgfältig gelagert werden mußte. Vor allem aber fand hier der heikle Herstellungsprozeß statt, der Schritt für Schritt überwacht werden mußte, angefangen bei der Alchimie der perfekten Dosierung für die Teigmischung bis hin zum besorgt verfolgten Trocknen der Nudeln an Luft und Sonne.

So war das damals bei den herrschaftlichen Nudelherstellern, und so hatte es auch Donna Francescas Vater, Don Salvatore De Crescenzo, gewollt, denn er hatte den großen Besitz auf einem Grundstück aufgebaut, das er direkt von Don Giordano Montorsi gekauft hatte. Bei jener Gelegenheit lernten die beiden sich kennen, und ein paar Jahre später knüpften sie auch verwandtschaftliche Bande.

Böse Zungen behaupteten damals, Don Salvatore habe das Stück Land zu einem hohen Preis gekauft. Und zwar ohne zu handeln, sozusagen freiwillig, denn er wollte sich bei der Familie Montorsi beliebt machen und gute Beziehungen zu ihr pflegen: Sie war die erste Familie am Ort, wenn auch nur aus Prestigegründen und nicht wegen ihres Vermögens, denn von dem alten Reichtum der Montorsis war außer jenem Grundstück an der Hauptstraße und der Villa aus dem achtzehnten Jahrhundert unter dem Vesuv, auf der im übrigen eine Hypothek lastete, fast nichts mehr übriggeblieben.

Im Hof wurde die Kutsche unterdessen ein letztes Mal durchgerüttelt, als die Pferde schnaubend und Schaum verspritzend stehenblieben. Der Schlag wurde aufgerissen, und die erste Person, die Nunziata zu Gesicht bekam, war Mariuccia:

»Sie ist da ... sie ist da ... kommt her ... kommt alle her ...«, rief die Hausangestellte freudig erregt. Dann half sie ihr beim Aussteigen und hob sie mit ihren beiden ellenlangen Armen auf Gesichtshöhe, um sie genau anzusehen.

»Ja, was für ein hübsches kleines Fräulein ... was für ein hübsches kleines Fräulein ...«, und sie drückte sie an die Brust, die breit wie ein Schrank war. Während sie das Mädchen lächelnd absetzte, wandte sie sich an Don Giordano:

»Sie ist ein bißchen zart ... aber eine richtige Schönheit.« Dann nahm sie Nunziata bei der Hand und führte sie in den Hausflur und zur Treppe. Dabei mußte sie das Kind fast hinter sich herziehen, denn es drehte sich immer noch nach Donna Francesca um, die mit eiligen Schritten die andere Seite des Hofes erreicht hatte und jetzt ein Treppchen hinabeilte. Und während sie allmählich in der Tiefe verschwand, konnte Nunziata endlich den vollen Anblick des Vogels bei seinem vergeblichen Flugversuch genießen.

Mariuccias Stimme hallte vom Gewölbe des Treppenhauses wider:

»Kommt her ... kommt alle her ... Sie ist blond ... sie ist ganz blond ...«

Auf dem Treppenabsatz tauchten die beiden Dienstmädchen Naneve und Ninella auf:

»Kommt her ...«, forderte Mariuccia sie auf. »Carolina, Eleonora ... Maria Vittoria, Giovanni Antonio, Nanà, Amme, Amme ... Kommt alle her ...«

Nur die jüngsten Montorsi-Kinder befanden sich im Haus. Enrico, der fast achtzehn war, und der sechzehnjährige Federico besuchten die Schule in Neapel; Paolina, die drittälteste Tochter, war in einem Internat in Capua. Alle drei sollten in wenigen Tagen über Ostern nach Hause kommen. Aber sechs Geschwister waren da, es gab viele Füße im Haus. Ihr Getrampel und ein fröhliches Stimmengewirr waren jetzt auf der Treppe zu hören.

»Hier kommt Giovanni Antonio.« Ein zehnjähriger Knabe kam als erster die Treppe heruntergestürmt und ließ dabei seine Handfläche den ganzen Handlauf entlanggleiten. Er bremste erst an der Lampe, die das Treppengeländer unten abschloß, umfaßte deren Fuß und drehte geschickt eine blitzschnelle Pirouette um sie, so daß ihre Glasscheiben heftig klirrten.

Nach einem Sprung zur Seite, wandte er sich Nunziata zu. Er

blieb erhitzt neben ihr stehen und sah sie lebhaft und freundschaftlich an. Seine glatten roten Haare bildeten auf dem Scheitel einen Wirbel.

»Und sie heißt Eleonora …« Das Mädchen kam federnd und schnell, aber doch würdevoll, wie es sich für eine Zwölfjährige in knöchellangem, beigekariertem, seidengesäumtem Rock geziemte, heruntergehüpft.

»Weißt du, die Eleonora, die kann Klavier spielen …«, erklärte Mariuccia. »Und wie gut … das sollst du später auch lernen.« Zur Bekräftigung des feierlichen Versprechens drückte sie komplizenhaft Nunziatas Hand.

»Und da kommt auch Carulinella …« Ein Mädchen mit einem großen Spitzenkragen erschien. Sie trug eine breite rosa Schleife im bis auf die Schultern fallenden dunklen Haar, und rosig schimmerten auch ihre bernsteinfarbenen Wangen. Sie war so alt wie Nunziata.

Auf halbem Weg blieb sie plötzlich auf der Treppe stehen, drehte sich zur Wand und verbarg den Kopf in der Armbeuge.

»Sie schämt sich, unsere Carolina …«, entschuldigte sie Mariuccia. Sie rief nach dem Kind, aber es rührte sich nicht. Also kehrte Eleonora, die schon vor Nunziata gestanden hatte, noch einmal um und redete der kleinen Schwester gut zu. Dann kamen sie gemeinsam herunter.

Unterdessen nahm eine weitere Montorsi, eine etwa fünfjährige Pausbäckige, mit äußerster Vorsicht den Abstieg der steilen Stufen in Angriff.

»Maria Vittò, siehst du deine Schwester? Dies ist die neue Schwester …« Nunziata betrachtete die dicklichen Fesseln, um die kreuzweise glänzende Bänder geschlungen waren, und den Sankt Galler Spitzenbesatz ihrer langen Unterhosen. Maria Vittoria blieb auf jeder Stufe stehen und suchte bei ihrem vorsichtigen Abstieg mit der Hand Halt an den Geländersäulchen. Hinter ihr, um das vorsichtige Hinunterklettern sozusagen zu überwachen, ging gemächlich eine junge Bäuerin in Tracht. Sie trug einen achtmonatigen Säugling auf dem Arm, der mit seinen lebhaften Augen munter Anteil nahm, aber vom Hals bis zu den Zehen fest gewickelt war. Die dreijährige Nanà klammerte sich mit einer Hand an den gekräuselten Rock der Amme. Der Rock mit seinem eingearbeiteten gelben Atlasstreifen wogte beim Gehen hin und her.

Die zarte, sehr blasse Kleine hatte ein grünes Filzkäppchen auf dem Kopf und versuchte, sich hinter dem Rock der Amme zu verstecken. Die andere Hand Nanàs wurde von der vollbusigen Naneve, einem der Dienstmädchen, fest umklammert. Sie war von Küchendunst umnebelt und hatte die Schürze hochgekrempelt.

Mariuccia stellte weiter vor:

»Ja, sehr brav ... da kommt auch die Amme mit unserem Engelchen Leopoldo ... Und da ist auch Nanà. Du süße Nanà ... Sie ist ja so krank gewesen ... Und du, heißt du Nunziata?« Nunziata nickte. »Nunzià, sie kommen alle herunter, um dich kennenzulernen ... sogar Don Paoluccio.«

Behende kam Don Paolo, der magere ältere Bruder Don Giordanos, lächelnd von ganz oben herunter. Der Fünfundvierzigjährige war mit einem Hausrock aus karminrotem Samt, Nunziatas Lieblingsfarbe, fein herausgeputzt.

Ninella, ein weiteres Dienstmädchen mit einem geschlechtslosen Körper und einem blöden Lächeln, war mit ihren klackenden Holzpantinen schon auf dem Weg nach unten, blieb aber bescheiden und achtungsvoll stehen, um Don Paoluccio, der neben ihr aufgetaucht war, vorbeizulassen.

»Alle wollen dich sehen, Nunzià«, sagte Mariuccia, die das Mädchen noch immer an der Hand hielt. Sie beugte sich vor, um ihr mit der freien Linken das Häubchen ein wenig zurechtzurücken. »Alle wollen dich sehen, sogar Signorina Luigina, das ist eine Cousine von Don Giordano, und Donna Rusinella, eine Tante Donna Francescas.«

Vom Treppenabsatz blickten zwei alte Damen herab, die beide großgewachsen waren: Die eine war sehr mager mit dunklem Haar und dunklen Kleidern, die andere dick, mit blütenweißem Schal, weißem Haarknoten und weißer weiter Schürze, an deren Latz Sticknadeln mit bunten Fäden sowie eine goldene Brosche steckten, mit der das Kettchen, an dem eine kleine Schere hing, befestigt war.

»Signorina Luigì, Donna Rusinè«, rief Mariuccia. »Sie ist da, wir kommen jetzt hinauf, dann könnt Ihr sie aus der Nähe sehen ... ein sehr hübsches Mädchen.« Damit beugte sie sich wieder zu Nunziata, um ihr zu erzählen: »Donna Luigina kann vielleicht Kuchen backen!!! Und Donna Rusinella macht Stickereien, daß man meinen könnte, das seien Gemälde ... Wirst sehen, sie stickt auch dir ein schönes Kleidchen.« Und zur Bekräftigung ihres Versprechens, drückte sie ihr, als sie sich wieder aufrichtete, noch einmal die Hand.

Die Amme und Ninella waren inzwischen fast unten angekommen, hinter ihren Röcken versteckte sich Nanà. Mariuccia rief sie und streckte ihr die Arme entgegen:

»Komm her, Nanà ... komm.« Auf diese Aufforderung hin ließ Nanà die Hand Naneves los.

Mariuccia kürzte den Weg des kleinen Mädchens ab, indem sie sie unter den Achseln packte und in die Höhe hob. Sie stellte sie neben Nunziata auf die Füße.

»Gebt euch ein Küßchen ... gebt euch ein Küßchen.« Nanà, die jetzt neben Mariuccia ihre Scheu verloren hatte, hob sich auf die Zehenspitzen und drückte ihre Lippen auf Nunziatas Wange, dabei lugte die ganze Pracht ihrer spitzenbesetzten Unterhose unter dem Rock hervor. Nunziata beugte sich ein wenig herunter und küßte sie auf die Stirn.

Bei dieser Gelegenheit sah sie, daß die Kleine unter ihrem grünen Käppchen kaum Haare hatte. »Vielleicht hat sie auch Läuse gehabt«, dachte sie.

»Sie war so schwer krank, unsere Nanà ... so schwer krank.« Mariuccia umarmte sie beide und drückte ihre Gesichtchen aneinander.

Die beiden Kinder küßten sich noch einmal ganz zart. Sie ahnten nicht, daß ein feierliches Gelübde sie jetzt miteinander verband und daß sie in einem Handel mit Gott eingesetzt worden waren und die Rechnung jetzt aufgegangen war.

Donna Francesca hatte vor der Ankunft Nunziatas mit Mariuccia heftig über die Unterbringung des Kindes gestritten. Sie war eines Morgens darauf zu sprechen gekommen, als die Hausangestellte sie wie stets im Ankleidezimmer kämmte: Sie tat dies nicht im Schlafzimmer, um Don Giordano nicht zu stören, der immer spät aus seinem Club nach Hause kam und morgens um sechs meist im ersten Schlaf lag.

Eigentlich hatte Francesca ihrer Bediensteten nur Anweisungen geben wollen. Sie hatte nicht mit Widerspruch gerechnet, obwohl die gutmütige, aber stolze Mariuccia, die schon seit ihrem zwölften Lebensjahr im Hause der Familie Montorsi diente, bei aller Vertraulichkeit Befehle, die sie nicht billigte, zwar immer ausführte, aber erst, nachdem sie ihre Meinung dazu gesagt hatte.

»Wenn jetzt das Kind kommt, geben wir ihm das Zimmer von Tante Luigina, und die zieht nach oben in das Zimmer neben dem Don Paolos – dasjenige, in dem er seine Bücher und seinen ganzen Krempel hat.«

Mariuccia, die zwei Haarnadeln zwischen den Lippen hatte, hätte fast eine davon verschluckt.

»Ach du heilige Muttergottes ... und wohin sollen die ganzen Sachen von Don Paoluccio?«

»Die kommen in das große Zimmer. Das hat ein schönes Fenster und an der Wand sogar Regale, da kann man sie gut einordnen, und außerdem ist es luftig.«

»Ach ... das Zimmer hat ein schönes Fenster ...? Ach, man kann sie gut einordnen und es ist luftig ...? Was erzählt Ihr da? Und was wird Don Paoluccio sagen, wenn man ihm sein kleines Reich wegnimmt ...? Du lieber Gott ... der geht doch auch in das Zimmer, um an dem Schreibtisch zu arbeiten.«

»Dann wird Don Paolo seinen Schreibtisch eben in sein Schlafzimmer transportieren ... Da war er ja schließlich vorher auch. Mach mir doch nicht immer solche Schwierigkeiten, Mariù ...«

»Ach so? Ich mache Euch Schwierigkeiten? Ja hier wird doch die Hölle los sein ... Wo Signorina Luigina schon wegen der kleinsten Kleinigkeit beleidigt ist ... schon jetzt sagt sie, daß sie als Cousine Don Giordanos in diesem Haus nichts zu melden hat ... Jetzt stellt Euch doch bloß mal vor, wenn Ihr sie nach oben zu den Männern steckt ... Mit all den Treppen, die sie rauf und runter muß in ihrem Alter.«

»Ja, ist Tante Luigina vielleicht gelähmt?« fragte Francesca heftig und riß ruckartig den Kopf hoch.

Mariuccia schwenkte den Kamm in der Hand und sprach mit wütendem Blick auf das Spiegelbild ein.

»Habt Ihr denn nicht bemerkt, wie froh sie war, als Eure Tante Rusinella kam? Sie stecken immer zusammen. Donna Rusinella färbt ihr sogar heimlich die Haare ... Und nachts unterhalten sie sich immer mit Klopfzeichen ...«

Die betagte Hausangestellte war aufrichtig besorgt, aber die stolze Art, mit der sich Donna Francesca aufrichtete, war ein deutliches Zeichen für deren Mißstimmung. Gereizt antwortete sie:

»Tatsächlich ... Dann wird sich Tante Luigina eben nicht mehr heimlich die Haare färben, und ihre Klopfzeichen kann sie Don Paolo geben. Du kannst mich wirklich ärgern, eine richtige Nervensäge bist du.«

»Ich eine Nervensäge ...? Don Paolo hat so viele Sachen in dem Zimmer ... vor allem auch die Bücher, die er als Anwalt braucht ...«

Donna Francesca sprang fast aus dem Stuhl, als sie das hörte, und brach in Gelächter aus. Es war ein offenes Lachen, bei dem ihre Augen fröhlich blitzten und plötzlich ganz verändert aussahen. Ihr Spiegelbild erinnerte Mariuccia jetzt an das allererste Mal, als sie die blutjunge Frau, die gerade erst vom Internat gekommen war, neben Don Giordano in der Allee der Villa gesehen hatte – wie schön waren sie alle beide gewesen.

»Mariù ... was hat denn Don Paolo ...« Wieder mußte sie lachen. »Was hat Don Paolo gesagt, was er macht? Anwalt ist er? Oder vielleicht doch nur ein Tagedieb, der ißt, trinkt und spazierengeht ...? Willst du wissen, was er da drin für Sachen hat? Er schließt immer mit dem großen Schlüssel ab und versteckt ihn ...

aber ich weiß, wo er ihn hintut ... Dreckzeug hat er da drin ... Ausgestopfte Vögel, die Briefe seiner Verlobten, das Schwert des Großvaters, die Puppe Tante Edwiges und alle Unterlagen der Hypotheken und Schulden, die sie hatten. Alles nur Dreckzeug ... Du hast keine Ahnung, wieviel Schaben du da drin findest, wenn du putzen willst!! Die Perlen und den Ring mit dem fünfkarätigen Taubenblut-Rubin und den ganzen anderen Schmuck seiner Mutter findest du bestimmt nicht in dem Zimmer. Die hat er beim Notar Di Liegro im Panzerschrank deponiert ...«

»Na ja, gut ... Den Schmuck Donna Romildas hat er bekommen, weil er der älteste Sohn ist, aber die Sachen gehen trotzdem irgendwann an Euch: der heiratet ja doch nicht.« Mariuccia versuchte sie mit einnehmenden Blicken auf ihr Spiegelbild milder zu stimmen und steckte dabei mechanisch weitere Strähnen fest: »Donna Francé, hört mal ... Jetzt haben wir hier schlecht über Don Paolo und Signorina Luigina gesprochen ... aber lassen wir das ... Nur, warum soll das arme kleine Mädchen, das jetzt kommt, mutterseelenallein ganz am Ende dieses Korridors schlafen, der wie ein Tunnel ist ... Kann ich sie nicht mit in mein Zimmerchen nehmen?«

»Da paßt du doch schon alleine kaum rein. Wo willst du da noch ein Bett aufstellen?«

»Und warum soll sie dann nicht bei der Amme schlafen ...? Wir stellen ihr Bettchen neben die von Nanà und Maria Vittoria oder neben die Wiege Leopoldos ... Das Zimmer ist doch so groß!!« Und hoffnungsvoll schob sie ihrem Vorschlag noch ein ausgesprochen freundliches »Was sagt Ihr dazu?« hinterher.

»Ich sage nein. Nein und nochmals nein ... Wir wissen doch gar nicht, ob sie noch die Masern oder Keuchhusten kriegt ... Ich muß an meine Kinder denken ... Sie muß allein schlafen, und je schneller sie sich dran gewöhnt, desto besser.«

Jetzt kam Mariuccia wieder in Fahrt, weil sie diese harten Worte schmerzten:

»Was sagt Ihr da? Sie ist doch gewöhnt, mit den Schwestern und den andern Waisenkindern zu schlafen ...«

»Ja, sollen wir vielleicht noch das ganze Waisenhaus aufnehmen …? Schluß jetzt, ich will nichts mehr hören.« Donna Francesca stand auf, riß den Frisierumhang herunter, nahm zwei Haarnadeln und steckte sie achtlos in den Haarknoten, um der ganzen Kämmerei ein rasches Ende zu machen.

Das Gespräch war beendet, Mariuccia schwieg, sie sprach kein Wort mehr, aber innerlich fühlte sie sich so wütend und rebellisch, daß sie, die bei der Arbeit sonst immer freudig und umsichtig war, das Zimmer im zweiten Stock an den folgenden Tagen nur murrend in Ordnung brachte und mit Möbeln und Einrichtungsgegenständen rumorte.

Ihre deutlich zur Schau gestellte Mißbilligung wurde durch die Proteste Don Paolos unterstützt. Gekränkt und pedantisch wie er war, drohte er, da er nun des Raumes beraubt werden sollte, in dem er seinen ganzen Plunder und seine geheiligten Äschylos- und Cicero-Ausgaben angesammelt hatte, damit, seinem Bruder Giordano all die Schikanen zu erzählen, die ihm von Donna Francesca in den Ehejahren zugefügt worden waren. Seine Aufzählungen gipfelten in dem lateinischen Satz: *»Rustica progenies semper villana fuit.«* Und bei diesen Worten zitterte die Hand, mit der er den Schalkragen seines Hausrocks zerknautschte.

Natürlich wurde der lautstarke Protest Mariuccias auch von den Ohnmachtsanfällen und hysterischen Weinkrämpfen Tante Luiginas begleitet, die ihre Verwünschungen gegen Donna Francesca mit dramatisch zum Himmel gereckten mageren Armen unterstrich. Als Nunziata dann kam, beruhigte sich die Hausbedienstete. Das kleine Mädchen war angespannt, aber seine Augen leuchteten vertrauensvoll; verständig und aufmerksam verfolgte sie, während sie ausgezogen und gewaschen wurde, alles mit sanften Blicken.

Als Mariuccia sie in Tante Luiginas Zimmer zu Bett brachte und ihr die Decke glattstrich, versuchte sie beruhigend auf sie einzureden:

»Du brauchst keine Angst zu haben … Neben dir schlafen hier im ersten Stock noch viele andere … Ich … die Amme … Nanà, der kleine Leopoldo ... Maria Vittoria ... Carolina ... Eleonora ... Donna Rusinella ... Donna Francesca und Don Giordano ... und auch noch Naneve und Ninella ... Du hast doch nicht geglaubt, daß du hier alleine bist? Wir sind hier eine Menge Leute ... Und oben bei den Männern ist Don Paolo ... Giovanni Antonio, Tanino und jetzt auch Signorina Luigina. Unten in der Mühle schlafen die Wächter, und an Ostern kommen Paolina, Enrico, Federico aus dem Internat, ebenso Giuliano, der Sohn Donna Sabellas, einer Schwester Donna Francescas. Der junge Herr Giuliano besucht dieses Jahr in Neapel die Schule, aber seine Eltern wohnen in Marseille, einer Stadt in Frankreich ... Siehst du, wie viele wir sind? Da kannst du seelenruhig schlafen ...« Sie machte die verglaste Tür zum Balkon auf und lehnte die Jalousien so an, daß noch ein Ausschnitt vom friedlichen Sternenhimmel zu erkennen war. Beim Schließen der Türflügel hantierte sie mit den defekten Griffen, so daß die Scheiben in den Rahmen zitterten. Dann ging sie, ohne das Licht zu löschen, nachdenklich hinaus und ließ die Tür offen.

Nunziata, die Mariuccia bis zu ihrem Verschwinden mit den Blicken verfolgt hatte, starrte weiterhin auf die Türhöhle, die sie verschluckt hatte. Nach ein paar Augenblicken tauchte Mariuccia wieder auf und ermahnte sie:

»Bekreuzige dich und schlaf ein.«

Aber kaum hatten sich ihre schlurfenden Schritte entfernt, stand die Kleine wieder auf. Fasziniert näherte sie sich der Kommode, auf der in einer Glasglocke ein rosiges pummeliges Jesuskind aufrecht dastand. Es war fast nackt, kräftig und fröhlich, ohne die geringste Vorahnung seines künftigen Leidens am Kreuz.

Auf Zehenspitzen fuhr sie mit der ganzen Handfläche vorsichtig an der funkelnden, durchsichtigen Wölbung des Glases entlang, das aber an der Einfügung in seinen Holzfuß plötzlich zitterte und klirrte, so daß sie die Hand schnell zurückzog.

Dann wurde ihr Interesse von einem Bronzerahmen mit Girlanden geweckt, in dem eine Daguerreotypie steckte: das sepiafarbene Bild einer ihr unbekannten Frau, die vor dem Hintergrund einer Gartenkulisse stand.

Dann ging sie zum Toilettentisch neben der Balkontür, hob eine Porzellandose hoch, auf die Edelfräulein und Ritter aufgemalt waren und schob das herzförmige Nadelkissen aus rotem Atlas hin und her, das sich darin befand. Als sie den Blick hob, sah sie ihr eigenes Gesicht in dem ovalen Spiegel und streckte die Hand aus, um ihn zu berühren, aber sie streifte ihn nur mit den Fingerspitzen, so daß er in seinen Zapfen schwankte. Dann ging sie um den Toilettentisch herum, um die Rückseite der Spiegelscheibe zu untersuchen, aber diese war durch ein dunkles und glänzendes Holzfurnier unsichtbar gemacht.

Die baumelnden Seidenschnüre der Samtvorhänge, die sie im Vorübergehen gestreift hatte, wurden nun ebenfalls einer genauen Prüfung unterzogen. Das hereinscheinende Licht ließ die moosgrüne Draperie noch wärmer und dunkler erscheinen. Sie begann, die weichen Falten zu glätten, was ihr ein angenehmes Kitzeln an der Hand bereitete, und bekam eine Gänsehaut, als sie an dem dicken Stoff gegen den Strich entlangfuhr.

Dann fiel ihr Blick auf den mit Rosen bestickten Fußschemel vor dem Sessel in der Mitte des Zimmers. Das Polster war mit hervorstehenden goldenen Ziernägeln befestigt: Um sie aus der Nähe zu betrachten, kniete sich Nunziata auf den Boden.

Als sie mit den Beinen im dichten weichen Teppich versank, war es ein so angenehmes Gefühl, daß sie es unbedingt steigern wollte, indem sie zuerst die Arme, dann eine Seite, dann ganz langsam die Schultern hineinversenkte und sich schließlich mit ausgebreiteten Armen und Beinen auf dem Rücken ausstreckte.

Als plötzlich eine Tür unangenehm und lange quietschte, sprang sie mit einem Satz auf und ins Bett. Bäuchlings und mit angezogenen Beinen versteckte sie sich und zog die Decke sogar über den Kopf. Noch immer verdeckt, damit niemand sie hörte, fing sie, aus einem erregenden uralten Spieltrieb heraus, an zu lachen.

Als sie den Kopf wieder hervorstreckte und die Ohren spitzte, hörte sie in der Ferne Stimmen und Getrampel.

Dann waren immer deutlicher die schweren Schritte Mariuccias zu vernehmen, die zurückkehrte und in der Tür erschien.

Nunziata stellte sich schlafend, während die Frau ihr noch einmal die Decke glattstrich und wieder hinausging, nachdem sie die Lampe heruntergedreht hatte.

Das schummrige Flackerlicht lud das Kind zum Schlafen ein, aber es war so aufgeregt, daß es noch lange wach blieb. Es wälzte sich in dem bequemen Bett hin und her; das quietschte überhaupt nicht, sondern war gut gefedert und warm und gleichzeitig durch die wunderbar frisch duftenden Leintücher auch kühl. Außerdem hatte es ein riesiges Kopfkissen. Nunziata warf sich von einer Seite auf die andere, und erst kurz vor dem Morgengrauen wurde sie von der Müdigkeit überwältigt und schlummerte schweißgebadet ein.

In diesen Halbschlaf drang aus dem Sternendunkel ein trauriges Lied an ihr Ohr, das seltsam und ungewohnt klang. Von draußen kam ein eintöniger Gesang, eine Litanei, die, obwohl noch in der Ferne, schon schaurig durch die Straßen hallte. Eine unheimliche Psalmodie, eine Art Ruf, den jemand an der Straßenecke immer wieder klagend ausstieß, und der in einem Schrei wie von einem heulenden Tier endete.

Im Schlaf gestört, aber noch nicht ganz bei Bewußtsein, drehte sich Nunziata noch einmal um. Dann fand sie Ruhe, weil wieder Stille herrschte.

Aber nicht lange. Mit einem Schlag gellte ihr die Stimme noch lauter in den Ohren.

Sie schlug die Augen auf, sprang aus ihrer Rückenlage hoch und stützte sich auf die Arme. Ängstlich lauschend sah sie in Richtung des Balkons. Diese hocherregte Stimme, die immer näher kam, diese Intensität, dieses melancholische Modulieren einzelner Silben in traurig schleppendem Tonfall ließ sie zu Eis erstarren.

Dann trat wieder eine längere Pause ein, ihr Zittern hatte schon ein wenig nachgelassen, aber da drang der schaurige Singsang noch durchdringender von der dunklen Straße herauf.

Wem gehörte diese Stimme, die so urplötzlich die Stille zerriß?

Wer stieß diesen herzzerreißenden langen Schrei aus, der auf seinem Höhepunkt verstummte? Wem gehörte diese Stimme?

Sie suchte Schutz unter dem Kopfkissen, drückte es sich auf die Ohren, aber das Wehgeschrei, das immer neu und immer lauter wurde, war allzu durchdringend und ließ jedesmal ihre ungeschützten zarten Schultern zusammenzucken, als hätte sie ein Schlag getroffen.

Dieser Nachtvogel, der im Dunkeln seinen traurigen Gesang anstimmte, weckte alte Ängste. Alle abergläubischen Vorstellungen kamen wieder in ihr hoch, die ihr die Schwestern beigebracht hatten. Sie erinnerte sich an die ausholenden theatralischen Bekreuzigungen Schwester Genoveffas zur Beschwörung des »Bösen« und an die von Schwester Maria Addolorata, die aus dem Heulen des Windes Klagen der Toten heraushörte; sie erinnerte sich an die schaurigen *Requiem aeternam* und an die Erzählungen Schwester Bernardinas, die beim Kartoffelschälen oder beim Gemüsewaschen von Menschenfressern und von den Erscheinungen des »Mönchleins« am Brunnen im Garten sprach.

Entsetzen paarte sich mit ihrer Erschöpfung und mit ihrer aufsteigenden Sehnsucht nach Schwester Maria della Speranza, nach den Kameradinnen, vor allem nach Pinarella und Mafalda, und gipfelte in ihrer Angst vor dem unbekannten Morgen. Es war zuviel für ein achtjähriges Kind, selbst für sie, die trotz der bösen Fee an ihrer Wiege mit einer starken Natur ausgestattet worden war.

Von Panik ergriffen sprang sie aus dem Bett und floh in den Korridor. Die Mauer von Dunkelheit erschreckte sie noch mehr, und so fing sie außer sich vor Angst so laut wie möglich zu schreien an, wobei sie sich die Ohren zuhielt und nicht einmal dann aufhörte, als ihr die ersten zu Hilfe eilten.

Nun wurde sie von ganz vielen Personen aufgemuntert, zahllose Lichter zerstreuten die Dunkelheit, lebhaftes Treiben herrschte rings um sie. Sie hörte auf zu schreien und begann heftig zu schluchzen.

»Die vier Sirups … die vier Sirups …«, forderte Tante Luigina, und Mariuccia tat es ihr nach.

Donna Francesca schickte jemanden los, um schnell aus dem Küchenschrank die Flasche mit dem vom Apotheker hergestellten Gemisch aus vier beruhigenden Sirups zu holen.

Nunziata konnte sich lange nicht beruhigen und weinte noch immer in den Armen Mariuccias, die sich auf das Bett gesetzt hatte und sie sanft hin und her wiegte.

Sie vergrub das Gesicht in dem Spalt, den das aufgeknöpfte Nachthemd zwischen den großen Brüsten der Frau freiließ. Mariuccia roch nach frischer Wäsche und Küche, und diese Empfindung, die sie in ihrer Betäubung wahrnahm, beruhigte das Kind mehr als alle Worte.

Als sie den Kopf hob und die verquollenen Lider öffnete, hielt ihr Donna Francesca in ihrem schneeweißen Négligé ein Gläschen an die Lippen, das zwei Fingerbreit mit einer dunkelroten Flüssigkeit gefüllt war, und zwang sie, es auszutrinken.

Nunziata wandte vergebens den Kopf ab, um die Medizin nicht schlucken zu müssen, und da nahm sie erst all die Personen wahr, die sich in dem Zimmer versammelt hatten.

Auf dem Hocker vor dem Toilettentisch saß, in eine weiße Pikeedecke gehüllt, die Amme und drückte Nanà an die Brust, die gerade wieder einschlief. Maria Vittoria, die an den Knien der Frau stand, lehnte sich an deren Schenkel und beobachtete daumenlutschend mit weitaufgerissenen Augen alles ganz aufmerksam.

Carolina umklammerte am Fußende des Bettes die Messingstangen des Bettgestells und zog verschlafen mit geschürzten Lippen einen Schmollmund. Eleonora legte beschützend den Arm um ihre Schultern und sah dabei zärtlich und intensiv Nunziata an.

Giovanni Antonio, der mit seinem weiß-rot gestreiften, langen Nachthemd wie ein Nachtgespenst aussah, spielte mit dem drehbaren Spiegel auf dem Toilettentisch und ließ ihn, von den andern unbeachtet, voller Begeisterung gefährlich um seine Achse kreisen.

Die weiße Frau und die schwarze Frau, Tante Luigina und Tante Rosinella mit ihren zerknitterten Nachthauben, tauchten an der Türschwelle auf und verschwanden mit pathetischem Gezeter wieder im Korridor. »Das arme Kind ... das arme Kind«, riefen sie, und es war klar, gegen wen diese Worte gerichtet waren.

In der Nähe der offenen Tür stand verwundert Tanino, jener alte Mann, den Nunziata schon auf dem Kutschbock gesehen hatte.

Klein und komisch mit der herunterhängenden zerrupften Quaste seiner Nachtmütze krümmte er sich wie eine Spinne in seiner karierten Wolldecke. Mit übereinandergeschlagenen Händen zog er unablässig an der Decke, um einen strategischen Punkt an seiner engen Hose zu bedecken, an dem der abgenutzte Stoff sich über einer gehörigen Schwellung pathetisch spannte.

Zu Salzsäulen erstarrt standen Naneve und Ninella mit billigen Gobelins bedeckt, die sie im Vorübergehen von den Wäschetruhen in dem langen Korridor genommen hatten, neben der Kommode.

Am Fußende des Bettes saß Don Paolo, ein wenig zerzaust in seiner prachtvollen roten Samtjacke, auf dem mit geflammten Stoff bezogenen kleinen Sessel und lächelte als einziger:

»Ja wovor hat denn mein kleiner Wildfang Angst gehabt ...? Vor den Rufen unseres Masino vielleicht?«

»Haben Sie gesehen, Don Paulù, was für ein Dummerchen«, sagte Mariuccia und wischte ihr mit der harten Hand über den sirupverschmierten Mund.

»Sie hat sich vor der Stimme Masinos gefürchtet. Das ist der Rufer ... unser Rufer ...!! Dummerchen, das ist doch so ein schöner Gesang ... da könnte man fast weinen, wenn er den anstimmt ...«

»Jetzt meine Kleine«, fuhr Don Paolo manieriert fort und legte Daumen und Zeigefinger der erhobenen Hand zusammen, um seinen Worten Nachdruck zu verleihen, »jetzt werden wir dir einmal erklären, was dich da so durcheinandergebracht hat. Du brauchst keine Angst zu haben. Die Stimme, die du vorhin gehört hast, ist die Masinos, eines Arbeiters in der Mühle, der genau wie alle anderen seinen Lohn erhält ... Darüber hinaus waltet er, aus Berufung und freiem Willen, auch noch des Amtes ...«

»Du lieber Gott, Don Paulù, wie soll das arme Kind das verstehen?« mischte sich Mariuccia ein.

»Natürlich kann sie es nicht verstehen, wenn du mich unterbrichst und mich nicht alles genau erklären läßt. Sie wird es nie begreifen, und dann können wir jede Nacht aufstehen ... Also Kind«, fuhr er fort und fragte dann: »Wie heißt sie noch mal? Nunziata?«

»Also Nunziata«, nahm der Mann unerschütterlich seine Ausführung wieder auf, »wie ich sagte, waltet Masino neben seiner Arbeit des Amtes, seine Kollegen mit seinem Gesang dem Schlafe zu entreißen ... denn sie wissen nicht, wieviel Uhr es geschlagen hat, und so stehen sie nicht auf und gehen nicht zur Arbeit ... Also zieht er von Haus zu Haus und ruft mit seinem Gesang alle zur unverzüglichen Pflichterfüllung ...! Aus ebendiesem Grunde«, fuhr er fort, während er die Beine übereinanderschlug und ein mit Monogramm besticktes Taschentuch zerknüllte, »wird er, da seine Aufgabe im Rufen besteht, der Rufer genannt!«

»Heilige Muttergottes ... als ob das nötig gewesen wäre ...«, platzte Mariuccia heraus.

»Aber man muß die Dinge doch einmal klarstellen, oder Kleine ...? Hast du das jetzt alles verstanden?« fragte der Mann, und Nunziata sah ihn von Mariuccias Busen aus wie betäubt an.

»Also Don Paulù, ich habe es Euch doch gesagt, wie soll das Dingelchen so etwas verstehen ...? Und dann redet Ihr auch noch so hochgestochen. Was haltet Ihr denn auch diese Vorträge mitten in der Nacht ... Gute Nacht jetzt allerseits, legen wir uns aufs Ohr.«

Die alte Dienstmagd hatte versucht, die kurze Atempause, die sich Don Paolo gegönnt hatte, zu nutzen. Sie wußte aus Erfahrung, daß der Advokat vor einem so zahlreichen Publikum endlos weiterdoziert hätte, und außer ihr hätte niemand gewagt, ihn zu bremsen. Nicht einmal Donna Francesca, die immer noch mit dem Gläschen in der Hand dastand und ihn kalt und verstimmt ansah. Aber Mariuccias Einwände nützten leider nichts, denn der Advokat fuhr unbeirrbar fort:

»Ja eben gerade, weil das Kind es nicht weiß, will ich es ihm doch erklären … Laßt mich jetzt schnell zum Ende kommen …, und dann können wir uns alle zur Ruhe begeben. Also, um auf meine Erklärungen zurückzukommen, du mußt wissen, meine Kleine, daß dieser Rufer auch dann alle alarmiert, wenn sich etwa am Himmelszelt eine Wetterveränderung anzeigt …«

»Du lieber Gott, Don Paulù … jetzt fangt Ihr auch noch damit an?«

»Ruhe, Mariù … Ich komme jetzt zum Schluß … Sei still, und unterbrich mich nicht immer …«, sagte der Mann in der roten Jacke mit einer gebieterischen Handbewegung, wie um sie zu verscheuchen. »Also«, sagte er dann, »auch in einem solchen Fall ruft er zu jeder Tages- und Nachtzeit seine Kollegen zusammen, weil man die langsam trocknenden Teigwaren bei veränderten Wetterverhältnissen nötigenfalls entweder in Sicherheit bringen oder unverzüglich belüften muß … sonst zerbrechen sie nämlich oder werden schimmelig. Verstehst du das?«

»Heilige Jungfrau«, seufzte Mariuccia wieder, und Nunziata, die noch immer an ihrer Brust lag, starrte Don Paolo von der Seite an.

»Alle Teigwarenhersteller haben ihren Rufer, und jeder Rufer hat seinen besonderen Ruf, den er durch ein Motto ergänzt, das er oft erneuert, es ist aber immer ein Ausdruck seiner menschlichen Empfindungen, ein Vers, der auch etwas von seiner Lebensphilosophie enthält. Denn die Ausübung des Rufer-Amtes verlangt einen *modus vivendi* mit philosophischer Grundhaltung … Heute nacht hat Masino unter anderem gesungen: ›Die Arbeit ist eine Strafe … aber sie wartet auf uns‹, was bedeutet, daß der Mensch ihr nicht entrinnen kann, weil …«

»Das kann man ja nicht mehr mit anhören, Don Paulù«, unterbrach ihn Maruccia aufgebracht, »die Arbeit ist eine Strafe, und der König hat sie Euch erlassen … Bei allem, was recht ist … Ihr habt ja eine ganze Messe heruntergebetet … Als ob das arme Kind nicht schon genug Angst gehabt hätte, jetzt muß es sich auch noch Eure Ergüsse anhören ... Arme Kleine. Ich habe ja gleich gesagt, daß man sie nicht mutterseelenallein schlafen lassen darf.« Und mit einem schiefen Blick auf Donna Francesca begann sie Nunziata wieder sanft hin und her zu wiegen.

Nach all den vielen Worten herrschte plötzlich Stille im Zimmer, man hörte nur das Ticken der Pendeluhr im Korridor.

Da gab Don Paolo mit einem geräuschvollen Zurückschieben seines Sessels das Zeichen, daß die Versammlung beendet war. Sein edler Gesichtsausdruck verriet keinen Ärger über Mariuccias Ungestüm: Zwischen den beiden gab es vertrauliche Bande, die bis in die Kindheit zurückreichten, als sie noch gemeinsam spielten.

Im Stehen ordnete er den Schalkragen seines Schlafrocks, glättete ihn und schloß ihn am Hals, dabei funkelte vor den faszinierten Augen Nunziatas, die sich schon beruhigt hatte, der große Brillant, den er am rechten Ringfinger trug. Während er an ihr vorbei zur Tür ging, strich er ihr besänftigend über die Schulter und sagte dann, allerdings mehr zu sich:

»Aber manchmal übertreibt Masino wirklich, wenn er so schreit ... er heult ja wie ein Wolf ...«

Nunmehr aus der Ferne, vom anderen Ende des Ortes und nicht wie von einer Straße, sondern wie aus einem trockenen Flußbett, erschallte nun wieder der Ruf bis ins offene Land:

He ihr Burschen
Die Stuuunde schlägt
Die Stuuunde ...

He ihr Burschen
's ist schon viiiere
's ist schon viiiere ...

Auf geht's, auf geht's
Wir müssen los ... Wir müssen los ...
Die Arbeit ... ist eine Strafe
Aber sie wartet auf uns.

Die Arbeeeit …
Die Arbeeeit ist eine Straaafe …
Aber sie wartet … sie wartet auf uns.

Nunziata konnte mit diesem Masino auch später nie warm werden; schon als Person war er störrisch und grob. Hinter seinem behaarten Rücken mit den eintätowierten Herzen und Schlangen bekreuzigte sie sich immer. Einmal fand sie eines der Lederarmbänder voller Nieten, die Masino am Handgelenk trug, und verbrannte es im Feuer unter dem Waschkessel. Als er dann unten am Hafen unter einer Last begraben wurde und starb und sie ihr erzählten, daß er mit starren Augen auf dem Rücken liegend aus dem Mund geblutet hatte, mußte sie sich übergeben, weil sie den klebrigen Faden, der den rohen Schotter näßte und dunkle Lachen bildete, in denen Stimmen rumorten, lebendig vor sich sah.

Die Amsel war zurückgekehrt, sie sang in den Büschen der Villa Montorsi und hüpfte fröhlich auf dem wiedergefundenen Buchs herum. Ihr Hin und Her wurde immer kühner: vom Versteck in der Hecke flog sie zum Rand der Allee und vom Rand der Allee bis zum Portal, von dort schließlich bis fast in die Mitte der verlassenen Allee und allmählich, von den Geräuschen angelockt und neugierig geworden, immer näher an das Haus heran.

Im Hintergrund erhob sich das Gebäude, das mit seiner harmonischen barocken Architektur und den Stuckverzierungen am großen, völlig leeren Gesims, das die Mitte der Fassade dekorierte und auch den Blick auf ein Stück Himmel gewährte, geradezu musikalisch wirkte.

Allerdings hatte das Haus mit seinem abbröckelnden Putz, den kahlen Friesen, den losgelösten Steinen, die man unbekümmert hatte herunterfallen lassen, und dem Tiefblau des Himmels, den das durchbrochene Gesims sichtbar machte, den traurigen Charme der Baufälligkeit. Und die Pinien, die ringsherum standen, schienen ihre Wipfel herabzuneigen, um dieses so fragile Gebilde zusammenzuhalten.

Vom ersten Stock mit den aufgestoßenen Fensterläden und dem behäbigen mittleren Balkon drang eine Stimme nach unten. Sie war dialektal gefärbt und ertönte vom großen, mit Fresken verzierten Gewölbe des Ehrensaals, des »bemalten Saals«, wie ihn die Montorsis nannten.

»Donna Francé, gleich morgen fange ich mit den Arbeiten in der Allee an und richte sie wieder her. Für diese besondere Arbeit sind meine Leute mehr als geeignet ... Aber in der Villa hier, da ist viel Feinarbeit zu machen, überall dieser Stuck, die Bildergalerien und antiken Malereien ... Du meine Güte, wieviel haben die früher gemalt!«

Es war die Stimme Don Giovannis, des Maurermeisters und Bauunternehmers, dem die Reparaturarbeiten in der Villa aus dem achtzehnten Jahrhundert anvertraut werden sollten und der sich jetzt mitten in dem großen Raum an Francesca und ihre beiden ältesten Söhne Enrico und Federico wandte.

»Sagt selber, Donna Francé, wen soll ich denn hier dranlassen? Ihr habt gesagt, fangen wir mit dem Salon an ... Aber dies ist ja gerade die allerheikelste Arbeit ... Das wird schon sehr schwierig.« Staunend hob Don Giovanni den Blick zur freskenbemalten Decke, zu jenem mit rosigen Zirren bedeckten Himmel, auf dem eine mythologische Szene dargestellt war.

»Vor zwölf Jahren hat der selige Don Michele, ein wahrer Künstler, gute Arbeit geleistet. Aber Gott sei's geklagt, er ist nun tot ... Und seine Söhne sind Maurer in Amerika, habt Ihr das gewußt? Der Maler, den ich jetzt habe«, fuhr der Maurermeister belustigt fort, »der kann höchstens eine Loggia oder eine Küche tünchen, aber diese schamlosen Damen da, die kann er bestimmt nicht auffrischen ... da sind ja lauter nackige Weiber und Männer am Himmel Eures Salons«, schloß er mit genüßlichem Grinsen.

»Warum sollen die denn schamlos sein?« fragte Federico, der sich einen Moment über die Balustrade gelehnt hatte und jetzt mit jugendlichem Elan wieder hereinkam.

»Don Federì«, erwiderte der Bauunternehmer lachend, »die zeigen doch alles her, sogar die Weiber ...« Und er zwinkerte ihm komplizenhaft zu.

»Don Giovà, diese schamlosen Herrschaften, wie Ihr sie nennt, die können sich alles erlauben … Das sind nämlich Götter, und die Götter kennen kein Schamgefühl … Aber Scherz beiseite, die Schäden an der Decke sind leider schlimm. Was sollen wir machen? Wen sollen wir rufen?«

Immer noch zum Lachen aufgelegt, sich aber des Ernstes der Lage bewußt, nickte Don Giovanni bei den letzten Sätzen Federicos und sah wieder an die Decke. Dann kam ihm eine Idee.

»Vielleicht wüßte ich doch jemanden für diese Arbeit«, meinte er listig. »Ich bin nämlich eng befreundet mit einem Mönch vom Monte Vergine … der kann wirklich malen wie ein großer Meister … Er heißt Padre Eligio; was meint Ihr, Don Federì, Don Errì, sollen wir den herrufen …? Jawohl, den rufen wir her und hören, was er sagt. Aber wir müssen natürlich wissen, wieviel er verlangt … Wer weiß, wieviel der verlangt!!«

»Wer weiß, wieviel der verlangt!« dachte auch Francesca. Ihre Miene verfinsterte sich, was Don Giovanni nicht entging.

»Na wieviel kann er schon verlangen, Donna Francé. Ich rede mit ihm und spreche alles vorher mit ihm ab. Keine Sorge! Wenn nichts draus wird, ist's auch kein Schaden … Die Frage ist vor allem, wann er Zeit hat! Er müßte auf jeden Fall Anfang Juni kommen, weil Ihr im September hier ja niemandem mehr im Haus haben wollt, stimmt's …? Zu San Gennaro muß alles fertig sein. Das weiß ich, weil Ihr da immer drei oder vier Tage mit Euren Freunden herkommt.«

Don Giovanni bestritt die Unterhaltung ganz allein, er stellte die Fragen, gab die Antworten, gab Meinungen von sich, äußerte Zweifel und ging dabei, mit dem Blick zur Decke, immer im Kreis herum, wobei er wegen seiner alten Verletzung, die er sich bei einem Sturz von einer Mauer zugezogen hatte, hinkte oder vielmehr mit dem kürzeren Bein hüpfte und damit Schwung für den Schritt mit dem gesunden Bein nahm.

Federico unterbrach den Maurermeister beim Kreiseziehen und versuchte so, ihn aus seiner Versunkenheit zu reißen:

»Don Giovà, aber Vorsicht, wir brauchen hier einen genialen, einen erfahrenen Künstler …«

»Keine Sorge ...«, erwiderte der Bauunternehmer mit schlauer Miene.

»Ich mache mir ja auch keine Sorgen ... Nur soll diese Person, dieser Mönch, zuerst einmal eine Probe machen ... Das müßt Ihr schon verstehen, es wäre ein Verbrechen, diese Fresken noch mehr zu beschädigen. Wir müssen uns zuerst versichern, daß Euer Mann wirklich ein Könner ist ... nichts für ungut.«

Federico hatte in freundlichem Ton gesprochen, und im nachsichtigen Blick seiner grünen Augen lag nichts Verletzendes.

Enrico hingegen, der kämpferischer veranlagt war als sein Bruder, mischte sich überheblich ein:

»Was heißt hier eine? Hundert Arbeitsproben müssen gemacht werden, bevor hier was angerührt wird ... Wir wollen doch nicht so vorgehen wie die Amodios in Camaldoli. Damit das von vornherein klar ist und nachher keine Mißverständnisse aufkommen, diese Versuche müssen in meiner Gegenwart stattfinden. Wohlgemerkt ... In meiner Gegenwart.«

»Nichts für ungut«, warf Federico vermittelnd ein.

»Warum soll er das denn übelnehmen, Federì, das fällt doch nur auf uns zurück, wenn hier Pfusch gemacht wird«, erhitzte sich Enrico. Er war fast so groß wie Federico, aber gedrungener, mit niedrigerer Stirn und härteren Gesichtszügen. Das jugendliche Alter drückte sich bei ihm vor allem durch Kraft und Keckheit aus, während die blauen Augen des Großvaters Giuseppe dreist aus dem bernsteinfarbenen Gesicht blickten, das er von der Mutter hatte.

»Wenn hier etwas gemacht wird, dann muß es gut gemacht werden, das ist ja wohl klar ... Und das gleiche gilt für die Terrasse ... Ich bin nämlich sehr beunruhigt wegen der Risse in den Bögen des Portikus darunter, auf den sich die Terrasse ja stützt ... Ihr behauptet, das sei nur im Putz, aber ich mache mir große Sorgen wegen der Statik der Loggia ... Ich weiß nicht, was ich davon halten soll ...«

»Ihr habt gesagt, Don Errì, daß Ihr ab nächstem Jahr Ingenieurwissenschaften studiert, da kann ich Euch natürlich nicht das Wasser reichen, aber glaubt mir, diese Loggia bricht nicht einmal zusammen wenn es ein Erdbeben gibt.«

»Warum lassen wir nicht den Ingenieur Iacono kommen?« schlug Federico vor.

»Ich bin meiner Sache sicher, aber ruft ihn nur, schließlich ist es Euer Haus.«

»Nein, den Iacono nicht.« Laut und entschlossen mischte sich Francesca aus einiger Entfernung ein. Sie hatte sich auf einen der vergoldeten Diwane gesetzt, mit denen in symmetrischer Anordnung der große Salon und je zwei kleinere Salons rechts und links davon möbliert waren. Von dort aus hatte sie die Diskussionen über die Schäden an den Fresken und deren mögliche Behebung verfolgt.

Alle drehten sich zu ihr um, und Federico fragte schnell zurück:

»Warum denn nicht, Mama, braucht Ihr ihn nicht auch für die Arbeiten an der Mühle? Er sollte Euch doch einen Entwurf für die neuen Trockenräume im Garten machen.«

»Nein ... Ich brauche keine Entwürfe ... Soll man jetzt vielleicht wegen jeder Kleinigkeit auch noch einen Ingenieur rufen ...? Und außerdem ist mir Don Luigi Iacono unsympathisch ... furchtbar pingelig ist der. Bei jeder kleinsten Kleinigkeit, die man aus dem Boden holt, sagt er gleich, daß das ›antik‹ ist, auch wenn es sich nur um ein Mäuerchen oder ein paar Scherben handelt.«

»Aber so ein Mäuerchen oder Scherben, wie Ihr sagt, sind doch Zeugnisse der Vergangenheit, eines früheren Lebens ... vielleicht sogar Beweise für das mythische Oplontis ...«

»Federì«, platzte Francesca heraus, »jetzt fang bloß nicht wieder mit deiner alten Leier über all die Ausgrabungen und die zusammengekrachten Häuser an ...«

»Wir brauchen tatsächlich keinen Ingenieur«, lenkte der Bauunternehmer willfährig ein. »Ihr könnt mir vertrauen, Donna Francé ... ganz bestimmt. Und Euch, Don Errì, will ich auch beruhigen. Wir gehen jetzt zuerst auf die Terrasse und dann in den Portikus hinunter. Dort haue ich mit einem Stock den Stuck von den Gewölben und dann werdet Ihr sehen, daß drunter alles heil ist, unberührt wie eine Jungfrau, Don Errì.« Und er lachte stolz über sein Späßchen. Er machte sich als erster auf den Weg nach unten, hinkend, aber schneller als die anderen, die er antrieb:

»Los, los, gehen wir.« Sie durchquerten die Zimmerfluchten. Aus dem Raum mit der Spiegeldecke traten sie auf die sonnige Südterrasse hinaus, die genau auf der dem Balkon entgegengesetzten Seite vor dem großen Salon lag. Der Balkon war nach Norden gerichtet, mit Blick auf die Allee, das Portal zur Hauptstraße und den Vulkan. Die Loggia mit der Terrasse dagegen ging auf den Hof und den Pinienhain hinaus, und zwar auf der Seite des Meeres, das man allerdings wegen der Bäume nicht sehen konnte.

Aber wenn man, wie es Federico gleich nach seiner Ankunft getan hatte, den Portikus durchquert hatte und auf den Hof getreten war und von dort die Treppe des kleinen Aussichtsturms bis zu der runden Terrasse hinaufstieg, bot sich einem ein Rundblick an, der den Vulkan und den ganzen Küstenbogen mit einschloß. Die Halbinsel Sorrent lag gegenüber, das glückliche Capri erstreckte sich am Horizont, und am anderen Arm des Golfes hob sich etwas verschwommener in der Ferne Ischia ab.

Von der Loggia aus konnte man dagegen nur Pinien sehen und ihren Geruch einatmen. Der Fußboden war mit hellgrünen Majoliken gekachelt, die mit handgemalten Blättern verziert waren: Das heruntergefallene Herbstlaub war so täuschend echt nachgemacht, daß man dauernd versucht war, es mit dem Fuß wegzuschieben. In einer Ecke befand sich eine rechteckige kleine Pergola, die mit Jasmin so zugewachsen war, daß die breite Bank dahinter, die wie der Boden hellgrün gekachelt war, allerdings ohne Blätter, wie ein Alkoven wirkte.

Die Terrasse ruhte auf den mittleren Archivolten des Portikus und wirkte wie ein Korb aus Mauerwerk. Dieser Eindruck entstand, weil die durchbrochene Balustrade und das Flechtwerk aus Stuck an der Brüstung an den oberen Rand eines Korbes erinnerten.

Mischkrüge aus Terrakotta mit leuchtend rosafarbenen Hängegeranien schmückten die Mäuerchen. Die Blütenpracht verdeckte die Spuren, die die Feuchtigkeit auf dem weißen Stein hinterlassen hatte.

Als die drei Männer hinaustraten, schlug ihnen blendende Helligkeit, heiße Luft und lautes Vogelgezwitscher entgegen. Einen Augenblick lang blieben sie wie betäubt stehen.

Als die Männer den Salon verlassen hatten, war Francesca noch sitzen geblieben. Sie fühlte sich müde. Daß ihr Haus, das, wie Federico verzweifelt meinte, am Zusammenbrechen war, ihrer Meinung nach davon aber weit entfernt war, gründlich untersucht wurde, hatte sie mißmutig gestimmt.

Ihr Sohn hatte so lange gedrängt und auch noch seinen Bruder zur Verstärkung herbeigeholt, bis er sie von der Notwendigkeit der Restaurierungsarbeiten in der Villa überzeugt hatte und sie schließlich nachgeben mußte.

Aber jetzt bereute sie das. Dies Haus wurde von ihnen doch nur ganz selten bewohnt.

Sie hatte sich natürlich lange dagegen gesträubt, weil sie ganz genau wußte, was für ein Faß ohne Boden dieses Haus war – es gab ständig etwas herzurichten. Aber jetzt war die Entscheidung gefallen, und dieser Gauner Don Giovanni rieb sich schon die Hände. In ihrem Haus endete immer alles so, daß sie das Geld aus der Tasche ziehen mußte ... Immer nur sie.

»Jetzt fehlt nur noch«, dachte sie, »daß es auch Risse im Portikus gibt, ach du liebe Zeit ...« Wutschnaubend stand sie auf.

Rasch durchquerte sie den »kleinen chinesischen Salon«, der unmöbliert war, in dem aber Fresken mit Mandelblüten und lebensgroßen orientalisch gekleideten Figuren die Wände dekorierten. Sie betrat die beiden Zimmer mit den gemalten bukolischen Szenen über den Türen, zuerst jenes mit dem Eßtisch, den Anrichten und der Vitrine, das sie das Hirtenjungenzimmer nannten, dann das andere, das Hirtenmädchenzimmer mit dem Flügel und der Harfe in der Ecke, die einst ihrer Schwiegermutter Donna Romilda gehört hatte. Dann gelangte sie in das Zimmer mit dem Empire-Sofa, dem großen gelben, verblichenen Puff in der Mitte, dem Spieltisch und der Spiegeldecke, das sie das Zimmer der Brautleute nannten, und trat von dort direkt auf die Loggia hinaus.

Als sie die Terrasse betrat, waren die Männer gerade dabei, die Brüstung und den Stuck an bestimmten Kreuzungspunkten zu überprüfen, und Don Giovanni schüttelte den Kopf.

»Sollen wir jetzt vielleicht auch noch diese Lappalien erneuern?« dachte Francesca. »Ich lasse da einfach eine glatte Mauer ziehen ... Was soll all das Zeug ... Was haben die damals beim Bauen nur für einen Firlefanz gemacht.«

Nach einer Weile kehrten sie alle gemeinsam in das Zimmer der Brautleute zurück. Don Giovanni, der schon ganz verzagt ob all der anstehenden Arbeiten war, sah beglückt, daß dieser Raum in Ordnung war und betrachtete die Decke, lächelte über die Spiegel und schien zufrieden.

»Dies hier ist wirklich eine Pracht, da müssen wir überhaupt nichts machen ... Wer lackiert einem heute noch die Türen so schön ... Und diese vergoldeten Ornamente ... ein einziges Meisterwerk!«

Sie gingen den ganzen Weg zurück durch das Hirtenmädchenzimmer, durchschritten das Hirtenjungenzimmer und den kleinen chinesischen Salon und gelangten schließlich vom großen Salon auf den Balkon. Francesca wollte gerade die Treppe hinuntergehen, als Don Giovanni, der vor dem großen, in die weiße Wand eingelassenen Spiegel stand, sie herbeirief.

Die Putten auf dem vorkragenden Gipsrahmen zeigten Risse. Irgend etwas an den bedeutenden Skulpturen war nicht in Ordnung und beunruhigte Don Giovanni. Er nahm die Leiter, und während alle schweigend zusahen, betrachtete er den Schmuckrahmen des Wandspiegels mit den Putten und Blumen aus der Nähe. Um sie vom Staub zu befreien, blies er auf den blendend weißen Gips der beiden zeremoniösen Engel. Sie waren symmetrisch angeordnet, neigten die Ränder eines mit Rosen gefüllten Tuches und schütteten, von ihren vor endloser Zeit in Stuck gebannten Flügen träumend, auf jeden, der sich im Spiegel betrachtete, eine Fülle von Maienröschen aus.

Um sie genauer zu untersuchen, tastete der Maurermeister mit liebevoller Hand Blumen und Figuren ab und verharrte dabei vor allem auf den nackten Rundungen der beiden Putten. Bei der lüsternen Berührung ergötzte er sich an ihrer perfekten Ausführung:

»Reizend … ganz reizend.«

Dann prüfte er vorsichtig mit der Kuppe des Zeigefingers eine Verletzung am Flügel des rechten Amors und einen üblen Spalt an der Fessel des anderen beschädigten Engels.

»Der Ärmste … sein Fuß hier ist ganz abgebrochen!«

Die offene Kutsche in der Allee wartete lange. Im Erdgeschoß des Hauses saß Enrico mit Don Giovanni am Küchentisch und handelte mit Hilfe von Papier, Tintenfaß und Feder die anfallenden Arbeiten sowie Preise und Arbeitstage aus, die der Maurermeister bis ins letzte Detail mit der notwendigen Einbeziehung von Steinmetzen und eines Tischlers für einige Fensterläden rechtfertigte.

Am Ende ergaben die einzelnen Posten eine bedeutende Summe.

Francesca, die schweigend zugehört und sich in die Verhandlungen nicht eingemischt hatte, zeigte sich über den veranschlagten Preis nicht verwundert, zumindest schien es so.

Aber Enrico fand den Preis zu hoch, und so mußten sie die Berechnungen noch einmal von vorne angehen und dabei nur die dringendsten Arbeiten sowie die Reparatur der Allee berücksichtigen.

Federico versuchte anfangs, seinen Bruder zu bremsen, dessen rabiater Verhandlungsstil ihm richtig peinlich war.

Und schließlich verließ er den Verhandlungstisch beschämt.

Er ging im Portikus auf und ab und trat auch auf die Allee hinaus, um einen Blick auf den Vulkan zu werfen und dabei ein neues Liedchen vor sich hin zu singen:

In Marechiare, da gibt's ein Fenster …

Nachdem der Vertrag geschlossen war und sie sich von Don Giovanni verabschiedet hatten, der noch bleiben wollte, um Maße zu nehmen, setzten sich die drei in den Wagen. Enrico neben die Mutter, wie es ihm zustand, und Federico ihnen gegenüber. Dann fuhr der Wagen los, in Richtung Dorf und zu ihrem Haus über der Mühle.

Als sie am Ende der Allee ans Portal gelangten, ließ sich das Schloß der großen Holztür nicht öffnen. Tanino mußte absteigen. Während er und der Wächter Prospero an dem verklemmten Riegel hantierten, stand die Kutsche still.

Francesca war in gereizter Stimmung. Es war Sonntag, das große Mittagessen mußte vorbereitet und so viele Dinge überwacht werden. Sie erwarteten mehrere Gäste, und wer weiß, ob Mariuccia daran gedacht hatte, für Nunziata das grüne Kleidchen Carolinas zu ändern, auch war sie sich nicht sicher, ob Mariuccia es geschafft hatte, Maria Vittoria, die ein wenig Fieber hatte, den Abführtee einzuflößen.

Mit der behandschuhten Hand trommelte sie auf die große Schatulle aus eingelegtem Holz, die auf ihren Knien lag. Sie wollte darin Proben von gewissen Kornsorten aufbewahren. Plötzlich hörte sie unvermittelt mit dem Getrommel auf und drehte sich zur Villa um.

Würdevoll und unaufdringlich wirkte sie und dank ihrer wundervollen Proportionen kleiner als sie war, und die Patina des Verfalls und der verstrichenen Zeit ließ sie irgendwie menschlich und romantisch erscheinen, als wäre sie nicht ein Gebäude aus Kalk und Steinen, sondern eine im Stich gelassene Person. Die muschelförmigen Stuckdekorationen über den Seitenfenstern sahen sogar aus wie Wimpern an verzagt und flehentlich blickenden Augen.

Obwohl Francesca, die recht praktisch veranlagt war, der Phantasie wenig Raum ließ, nahm sie bei diesem Anblick so etwas wie einen Hilferuf wahr. Aber sie richtete sich mit einem nervösen Ruck auf und wandte ihr den Rücken zu.

»Du kannst mich nicht behexen …« Während ihres stummen Zwiegesprächs mit dem Haus strich sie mechanisch die Falten ihrer Handschuhe zwischen den Fingern glatt und setzte eine finstere Miene auf.

»Du kannst mich nicht behexen ... Mit dem, was du mich jedesmal kostest, könnte man eine Tochter unter die Haube bringen. Ich hätte einfach die Hypothek nicht tilgen sollen ... versteigern hätte ich dich lassen sollen ... versteigern ...«

Dann setzte sich die Kutsche in Bewegung, und sie fuhren unter dem verfallenen, aber majestätischen Portal hindurch.

Es war am späten Nachmittag des Karsamstags. Bei strahlendem Sonnenschein hielten die Kutschen auf der Straße. Fröhlich lärmend stiegen alle aus, und es war sofort ein lustiges Stimmengewirr zu hören.

Nunziata blieb zögernd auf dem Trittbrett stehen, Giovanni Antonio streckte ihr die Hand entgegen und half ihr beim Absteigen. Der Kutscher reichte endlos viele Bündel herunter, die Mariuccia entgegennahm.

Es war jenes Jahr, in dem Nunziata gekommen und die Pflasterung der Allee in Angriff genommen worden war. Diese befand sich in einem so katastrophalen Zustand, daß sie für die Kutschen unbefahrbar war. Das Gepäck mußte man zu Fuß hinauftragen.

Nunziata war ganz durcheinander von dem Lärm, dem Gerüttel und diesem neuen Erlebnis.

Sie durchquerte das Portal mit einer großen Tasche in den Armen.

Dies war ihre erste bewußte Begegnung mit der Villa.

Ohne zu ahnen, daß dieser Eindruck von dem luftigen Bau aus dem achtzehnten Jahrhundert herrührte, schien ihr in diesem verwirrenden, verzauberten Moment ihres Lebens, als ob die Villa am Ende der Allee Flügel hätte und ein wenig vom Boden abhöbe. Und vielleicht versuchte die Villa ja tatsächlich, mit ihren schwungvollen Voluten und der ganzen, so lebendigen, phantasievollen Architektur für sie ein wenig in die Höhe zu schweben. Womöglich gelang es dem Gebäude wirklich, im rötlichen Licht des zur Neige gehenden Tages in die räumliche und zeitliche

Dimension des Traumes und des Märchens einzutreten, die ihm eigentlich mehr entsprach.

So begann die besondere Beziehung Nunziatas zu der Villa.

Obwohl gerade erst der Morgen graute, war die Arbeit in der Mühle und Teigwarenfabrik »Francesca Montorsi und Söhne« schon in vollem Gange. Genau in der Mitte der großen Vorhalle stand Nunziata unter dem Bogen wie jeden Morgen auf ihrem Schemel, während rings um sie her die Wogen des geschäftigen Treibens brandeten.

Tore, der Tischler der Mühle, hatte auf Anordnung Donna Francescas das rechteckige Bänkchen in der richtigen Höhe angefertigt, damit das für seine zehn Jahre eher kleine Mädchen an die Gewichte der Waage herankam, die seit eh und je mitten in der Vorhalle genau vor Donna Francescas Kontor stand.

Dieses Kontor war eigentlich nur eine kleine Glaskabine, die etwas großspurig »Büro« genannt wurde.

Diese provisorische Konstruktion war an einer Seite an die Wand angelehnt, während die drei anderen Seiten aus Holz und Glasscheiben bestanden.

Das Arbeitszimmer, kaum mehr als ein großer Käfig, war durchsichtig, damit man von dort die Fabrikarbeit besser kontrollieren konnte, und nur mit dem Nötigsten möbliert: vier Stühle, ein Schreibtisch, mit seinen sorrentinischen Einlegearbeiten fast zu edel, ein wackliger Tisch für den Schreiber, eine genau gehende dunkle Pendeluhr und an der Wand ein niedriges Bord aus Mahagoni für die Rechnungsbücher und Lohnregister, mehr nicht.

Neben dem Bord wurde ein geheimnisvoller kleiner Hohlraum in der Wand von einem schwarzen Vorhang verhüllt: Gehütet wie die Bundeslade im Tempel stand in der Vertiefung ein Sekretär.

Hin und wieder verkroch sich Francesca hinter dem Tuch. In diesem Möbelstück lag in einer großen Schublade, die man nicht öffnen konnte, wenn man nicht vorher eine andere aufgemacht und das dritte Säulchen nach links gedreht und auf den Löwenkopf gedrückt hatte, das gesamte Bargeld für die Firma und für die Familie.

Das Büro war nicht bequem, aber Donna Francesca konnte durch die Glasscheiben den ganzen Betrieb im Auge behalten: Das Auf- und Abladen und vor allem den Hin- und Hertransport der Stangen mit den trocknenden Teigwaren zwischen den Höfen und den Souterrains.

An diesem Morgen verfolgte ihr wachsamer Blick aber nicht die geschäftigen Arbeiter, sondern ausnahmsweise Nunziata, die fast auf Zehenspitzen mit Feuereifer das Laufgewicht der Waage auf der eingekerbten Stange hin- und herschob. Nachdem sie das Gewicht abgelesen und ein schwarzes Büchlein aus der Tasche gezogen hatte, trug sie die Maße mit dem Bleistift ein, den sie hinter dem Ohr stecken hatte, und streckte dabei die Zungenspitze heraus.

Die Nudeln und das Mehl, die die Mühle verließen, sowie das Korn, das hereinkam, alles wurde von ihr genau abgewogen, und sie hatte auch schon sehr gut gelernt, das jeweilige Verpackungsgewicht abzuziehen.

Diese kleine schmächtige Gestalt, die unter dem großen Gewölbe, das finster wie ein Ofenloch und ungastlich wie eine Höhle war, auf ihrem Schemel stand, war mit ihrer grauen Baumwollschürze allen, die geschäftig um sie herumwirtschafteten, inzwischen ein vertrauter Anblick: den Lastträgern, Arbeitern, Maklern, Käufern und auch den Spediteuren, und den Börsen- und Schiffahrtsagenten, die Donna Francesca besuchen kamen, denn sie ging nie persönlich auf die Bank, den Markt oder zur Börse.

Auch an diesem Morgen stand Nunziata in ihrer mehlbestäubten Schürze aufrecht auf ihrem kleinen Podest, während der Nordwind durch die Vorhalle pfiff und immer wieder weißlichen Staub aufwirbelte.

Gegen den Wind trug sie an jenem Morgen ein Wollcape, das über der Brust gekreuzt und hinten zugebunden war, und einen sehr lustig wirkenden knallbunten kleinen Schal, den Mariuccia aus Wollresten für sie gehäkelt hatte.

Die Uhr schlug sieben. Donna Francesca kontrollierte ihre eigene Uhr, die am Brustlatz ihrer schwarzen Schürze von der goldenen Anstecknadel mit Blattmotiven herunterhing.

»Um diese Uhrzeit schlafen meine nichtsnutzigen Kinder noch, Giordano war bis zum frühen Morgen im Klub und liegt jetzt gerade im ersten Schlaf, und dieses kleine Ding da ist schon munter bei der Sache und verdient sich ihr Brot.«

Sie war wirklich froh, nicht auf ihren Mann gehört und die Adoption vollzogen zu haben.

»Die Heilige Jungfrau hat mich für meine gute Tat belohnt.«

Sie erinnerte sich noch genau an den intensiven Gesichtsausdruck Nunziatas, als sie an jenem Tag in der Kanzlei des Notars mit ihr gesprochen hatte.

»Jetzt heißt du Nunziata Montorsi ... Du bist schon zu groß, um uns Mama und Papa zu nennen, also nenn uns weiter so wie bisher, aber hier sind die ganzen Dokumente, du bist eine Tochter von Francesca und Giordano Montorsi.« Das Mädchen hatte auf dem hohen mit Intarsien geschmückten Stuhl, von dem aus sie mit den Füßen nicht einmal bis auf den Boden reichte, winzig ausgesehen, aber sie hatte ihr hellwach und verständig zugehört.

Unterdessen rief Nunziata in der Vorhalle einen Lastenträger zurück und kontrollierte das Gewicht noch einmal. Als sie dann in ihr Büchlein blickte, lächelte sie, vielleicht aus Stolz, weil sie keinen Fehler gemacht hatte. Dann spürte sie instinktiv, daß sie beobachtet wurde, und hob den Blick zu der Glasscheibe. Donna Francesca senkte den Kopf.

»Sie war wirklich eine gute Wahl«, dachte sie, während sie mechanisch Zahlen überprüfte. »Gewachsen ist sie nicht sehr, sie ist immer noch ein Winzling, aber sie hat eine eiserne Gesundheit ... und wie gut sie arbeitet ... Sie ist so wie ich ...«

Dann betrachtete sie die goldbestickten Samtpantoffeln, die unter ihrem Rocksaum hervorlugten, und erinnerte sich, wie sie vor langer Zeit, als sie zwar schon größer als Nunziata, aber noch jünger war, mit ihren Füßen zentnerweise Weizengrieß mit heißem Wasser vermischt hatte. Beinah fühlte sie die Wärme der klebrigen weichen Masse, die ihre Beine im Mischtrog umgab, und hörte das Gekicher ihrer Schwester Lenuccia. Bei der Anstrengung, die Knie zu heben, um kräftig auf die pappige Mischung zu treten, klammerten sie sich aneinander und an das schwankende Seil, das von zwei an der Decke eingemauerten Ringen herunterhing. In dieser wackligen Haltung lachten sie, und der Großvater klatschte ihnen liebevoll auf ihre vom Dampf feuchten Pos und schüttete weiteren Grieß in den Trog, wobei er große Staubwolken aufwirbelte.

Donna Francesca wurde aus diesen, für sie vor allem während der Arbeitszeit nicht gerade typischen, Tagträumen durch die Ankunft des Weizenmaklers Don Antonio Pennasilico gerissen, der gekommen war, um ihr ein Geschäft anzubieten: »Eine Partie ganz hervorragender Ware«, wie er meinte.

Ihre Miene verfinsterte sich beim Anblick dieses Mannes, der ihr unangenehm war, aber nicht etwa, weil er nicht anständig und ehrenhaft gewesen wäre. Er tat ihr sogar leid wegen all des familiären Unglücks, das über ihn hereingebrochen war. Den armen Glatzkopf hatte ein wahrer Hagel von Schicksalsschlägen getroffen, der auch einen Stein hätte erweichen können. Die Sache war nur die, daß Don Antonio zu Lebzeiten seines Vaters, vor all diesen Unglücksfällen, begeistert Naturwissenschaften studiert hatte und als verkrachter Naturforscher nach dem abgebrochenen Studium alle Getreidesorten immer mit ihrem wissenschaftlichen Namen nannte.

Vielleicht versuchte er, indem er seine Bildung herauskehrte, instinktiv einen würdevollen Zugang zu diesem Verlegenheitsberuf zu finden, vor allem jenen gegenüber, die kaum lesen und schreiben konnten und doch viel mehr Gewinn damit scheffelten.

Aber die Fabrikbesitzerin Montorsi fand seine gelehrten Begriffe verwirrend, und deshalb war er ihr unsympathisch.

Das aufgequollene rundliche Korn, das sie allein durch Berührung als weich und halbhart identifizierte, war für Pennasilico *Triticum turgidum,* und das stärkereiche hieß *Triticum amyleum;* eine Weizenkrankheit, ein Pilz, den Donna Francesca als gelben Rost bezeichnete, hieß in der Sprache Don Antonios *Uredo rubica,* und die Mehlmilbe, die das Weizenkorn zerfressen kann, war für ihn *Tyraglyphus farinae.* All diese Wissenschaft beeindruckte Donna Francesca aber nicht besonders, denn in der Praxis wußte sie mehr als er. Sie fühlte sich nur von seiner Geschwätzigkeit belästigt, die für sie einzig Zeitverlust bedeutete.

Daher war sie mißgestimmt. Hinter ihrem Rücken wurde ihre Abneigung allerdings auch noch anders gedeutet:

»Das ist ein armer Teufel … Aber Donna Francesca hat sich darauf versteift, ihn als Unglücksrabe anzusehen.«

An jenem Morgen versuchte Donna Francesca ihren Unmut zu unterdrücken und empfing den Makler nicht unfreundlich. Sie bot ihm höflich einen Stuhl an, erkundigte sich nach seiner schwerkranken Frau und ließ sogar eine Tasse Kaffee für ihn holen: alles jedoch in ernstem Ton, der kein unnötiges Gerede duldete. Sie war auch nicht gerade so überzeugt, daß er ihr wirklich ein großartiges Geschäft anzubieten hatte, aber sie war bereit, mit ihm zu verhandeln, und um den eventuellen Ankauf sorgfältig abzuwägen, machte sie auf ihrem Schreibtisch Platz und holte ein Vergrößerungsglas, eine kleine Waage und ein zylinderförmiges Maß aus einer Schublade. Dies waren die einzigen Instrumente, derer sie sich zur Prüfung des Korns bediente: Ihre Urteilskraft beruhte im wesentlichen auf Erfahrung. Das mit Körnern gefüllte und abgewogene kleine Maß gab ihr einen Hinweis auf das Verhältnis zwischen Volumen und Gewicht und gab ihr Aufschluß über das spezifische Gewicht des einzelnen Korns.

Während sie die Proben, die Don Antonio mitgebracht hatte, ausbreitete und die Tüten auf dem griechischen Muster der Schreibtischplatte aufreihte, fing der Händler an, über die wichtigste Charakteristik seiner ausgezeichneten Ware zu sprechen: Ihr Grad von Unreinheit lag bei zwei Prozent.

Diese Klassifizierung war wichtig, denn sie bedeutete einen geringen Anteil von fremden Samen. Einige davon waren zwar harmlos, andere aber sehr schädlich und konnten bei der Ernte und beim Dreschen zu den Weizenkörnern geraten.

Diese Beobachtung nahm Don Antonio gleich zum Anlaß, um pedantisch einige der schädlichen Samen aufzuzählen, es war die reinste Litanei:

»Rhinantus augustifalius … Melapyrum arvense … Loleum temulentum … Claviceps purpurea … Agrostemina githago …«

Donna Francesca bremste seinen Redeschwall nur deshalb nicht, weil sie sich für die Ware zu interessieren begann und jetzt die Körner begutachtete. Sie schienen erster Qualität zu sein.

Aber das absurde Geplapper hämmerte auf sie ein, und die unverständliche Sprache war ihr lästig, obwohl sie genau wußte, was ihr unbequemer Verhandlungspartner da aufzählte.

Sie kannte den Lolch genau, das Mutterkorn, die Kornrade, die schädlichen Samen, die das Mehl vergifteten und oft zwischen den Ähren auf ein und demselben Acker wuchsen.

Sie hatte gelernt, sie in den großen, mit Körnern gefüllten Händen des Großvaters zu beobachten und sie von den unschädlichen Samen der Gerste, des Hafers, des Senfs und der Luzerne zu unterscheiden; und sie hatte gelernt, sie zu fürchten …

Was konnte dieser Langweiler ihr schon erzählen?

Sie wurde immer nervöser und begann mit einem Fuß auf den Boden zu hämmern.

»Der raubt mir noch den Verstand …« Ihr rauchte schon der Kopf, und dabei fiel ihr ein, daß Pennasilico sie an den blöden Sohn der Bügelfrau Lalina erinnerte, der in der Kirche mit lauter Stimme pausenlos »Los … los … los … los … los …« sagte und am Schluß ein rasches »Amen« hinzufügte.

Da unterbrach sie ihn unfreundlich:

»Don Antò … still jetzt. Ich bekomme ja schon Kopfweh.« Sie rief ihren alten Schreiber Don Ernesto, der an dem kleinen Tisch gegenüber einige Rechnungen kontrollierte, und bat ihn, seine Arbeit zu unterbrechen, um sich an die Waage zu stellen, die Gewichte zu kontrollieren und Nunziata zu ihr ins Büro zu schicken. Auf diese Weise bei seinen Berechnungen und Übertragungen gestört, ärgerte sich Don Ernesto, der schon sehr alt war und einen reizbaren Charakter hatte, über die Anweisung seiner Prinzipalin und ging wütend hinaus. Francesca beobachtete, wie er Nunziata unfreundlich über den Platzwechsel informierte.

Aber das Mädchen lächelte ihm zu, während sie von dem

Podest heruntersprang und ihm das Büchlein und den Bleistift entgegenstreckte.

Francesca winkte ihr hinter der Glasscheibe zu.

»Komm herein ...«

Als Nunziata an der Tür erschien, forderte sie sie nochmals auf, einzutreten und Don Antonio zu begrüßen:

»Mach die Tür zu und komm her ... du mußt lernen, wie man Korn kauft.«

Nunziata näherte sich dem Schreibtisch, setzte sich aber nicht, denn der Zylinder und die groben Papiertüten, in denen sich die Körner befanden, fesselten ihre Aufmerksamkeit.

Das Ritual interessierte sie sehr. Von ihrem Platz an der Waage hatte sie es mit verstohlenen Blicken durch die Glasscheibe schon öfters verfolgt, und es war ihr immer ein wenig geheimnisvoll erschienen.

Jetzt machte sich Donna Francesca vor ihren Augen an die sorgfältige Prüfung. Als erstes nahm sie aus einer der spitzen Papiertüten eine Handvoll Körner, ließ sie dann in die Mitte ihrer Handfläche rollen, schloß die Finger und schüttelte ihre Faust am Ohr Nunziatas: Sie hörte die Körner rascheln.

Danach hielt sich Donna Francesca die Hand unter die Nase, öffnete langsam die Finger und atmete den Geruch des Getreides in tiefen Zügen ein: mit zusammengekniffenen Augen, abgekehrt und wie in Trance, um die Essenz besser aufnehmen zu können.

Sie wiederholte die Aktion, dann gab sie die Körner an Nunziata weiter, die ihre Geste nachahmte, und zwar so angestrengt bemüht, ihre Lehrmeisterin auch im Gesichtsausdruck zu imitieren, daß sie fast ein wenig verstört aussah, wie sie so die Luft tief einatmete und mit einem kräftigen »Ahhhhh ...« wieder herauspreßte.

Nunziata sah bei dieser Prozedur rührend und komisch aus. Don Antonio verfolgte die Szene kichernd, seine Schultern wurden von kurzen Stößen geschüttelt, und sein hervorstehender Adamsapfel hüpfte auf und nieder. Aber Donna Francesca blieb ernst und fragte ihre Schülerin:

»Riechst du es ...? Riechst du das gute Aroma ...? So riecht das Korn, wenn es gesund ist und keinen Schimmel hat … Merke dir diesen Duft … Behalte ihn in der Nase …«

Der Makler nickte zufrieden: Die Prinzipalin Montorsi war anspruchsvoll und schwierig, aber sein *Triticum durum* war diesmal wirklich ausgezeichnet, und seine Kundin hatte es gemerkt. Doch die Untersuchung ging noch weiter, Donna Francesca prüfte jetzt die Festigkeit des Korns, indem sie es mit ihren gesunden Zähnen zerbiß und auch Nunziata dazu aufforderte:

»Du mußt seine Stärke fühlen … aber paß auf, daß dir kein Zahn abbricht … langsam … langsam … gut, aber schluck es nicht runter, spuck es aus. Jetzt machen wir ein paar Körner mit dem Messerchen auf … Hier, so … und dann schauen wir uns die Furchen an. Hier, guck durch das Vergrößerungsglas … mach das andere Auge zu …«

Die gebogenen Linien der aufgeschnittenen Körner verliefen präzise, sahen gesund aus und ein wenig durchscheinend.

»Die sind sauber … wie ein Spiegel. Du mußt immer genau hinsehen, denn hier darf es nie Flecken geben.« Dann hob sie ruckartig den Kopf, weil sie spürte, was jetzt kommen würde, und bremste Pennasilicos Wortflut rechtzeitig mit einem bösen Blick:

»Um Himmels willen kein Wort, Don Antò.« Freundliche und exotische Wörter erstarben auf seinen Lippen, er kam nicht dazu, den Namen des so weitverbreiteten Pilzes *Penicillum glaucum* auszusprechen, der sich im Korn, wenn man es aufschneidet, entlang der Furche und am Keimling als grauer und grünlicher Befall zeigt.

Don Antonio fühlte sich aber wegen der Unterbrechung nicht beleidigt, er sah Donna Francesca alles nach, und außerdem kam das Geschäft in Gang.

Natürlich würden sich die Prüfungen und Verhandlungen noch lange hinziehen, und die Zahlungen der Ware würden auch nach Lieferung der Säcke noch ein paar Tage auf sich warten lassen.

Das wußte er von vornherein.

Es fehlte noch die letzte Prüfung, der Francesca jede Art von Korn unterzog – auch das beste, dessen Unreinheitsfaktor nur zwei Prozent betrug. Sie tat dies im verborgenen und mit allen Vorsichtsmaßnahmen, bevor sie Speicher und Säcke damit füllen ließ.

Hinter dem Garten, außerhalb eines verfallenen Durchgangs, lag auf einem ungepflegten Grundstück ein einfacher niederer Schuppen mit einer groben Tür. Den Schlüssel dazu besaßen nur Francesca und Gaspare, der ihr als eine Art Leibwache diente und sich besonders wichtig vorkam, weil ihm die Kontrolle über diese »Stallungen« seiner Herrin übertragen worden war.

In dem dunklen Gelaß waren in einem großen Käfig aus Holz und Maschendraht zwölf muntere Tierchen eingepfercht. »Die persönlichen Kanalratten Donna Francescas«, wie ihr getreuer Diener sie nannte.

Erst wenn diese fetten Kanalratten die Körner, die Gaspare mit vollen Händen aus den vorläufig hier abgestellten Säcken verteilte, ohne Schaden gern gefressen und gut verdaut hatten, erst dann konnte das Geschäft als abgeschlossen gelten und die Zahlung erfolgen.

Für den Karneval hatte Francesca entschieden nichts übrig.

Als ihre Kinder sie vom Hof aus riefen, beugte sie sich vom Balkon ihres Schlafzimmers herunter, um die ein wenig ungeordnete Familienprozession zu verfolgen, die der Karnevalspuppe zu ihrem Scheiterhaufen folgte.

Sie hatten sich so gut es ging mit Stoffen, Bändern und alten Hüten verkleidet, und Nanà, die als Räuber ging, trug einen mit einem verkohlten Flaschenkorken aufgemalten Schnurrbart.

Tanino hatte sich mit zwei auffälligen und verschieden großen Brüsten als Frau verkleidet, während Ninella mit einem alten Gehrock Don Giordanos und einem Zylinder als Mann ging.

Francesca fand, daß die Dienstmagd eigentlich am besten immer als Mann verkleidet gehen sollte.

Enrico als perfekter buckliger Rigoletto und Federico als rüstiger federgeschmückter Herzog von Mantova in den Kostümen, die sie für den Maskenball beim Bürgermeister Don Ciro Ilardi geliehen hatten, führten den Zug an.

Giovanni Antonio war Masaniello, halb Fischer, halb oder ganz Schurke bei all dem Lärm, den er veranstaltete und mit dem er den ganzen Zug durcheinanderbrachte. Eleonora war eine Spanierin, Carolina ein Engel, Paolina eine Dame aus dem achtzehnten Jahrhundert, Maria Vittoria eine Puppe. Nunziata war im letzten Moment als Bäuerin ausstaffiert worden; Mariuccia war noch schnell zur Mühle hinuntergelaufen, um sie von ihrem Bänkchen zu holen, weil bei dem ganzen Tohuwabohu keiner an sie gedacht hatte. Fast mit Gewalt mußte sie sie in das große Zimmer zerren, wo ihre Schwestern inmitten von Schals, Röcken und Schärpen ihre Umkleideaktion schon beendet hatten. Dann hatte sie Paolina um Rat gefragt, wie man die Zuspätgekommene noch herrichten könne.

»Paolì, was meinst du, wie können wir Nunziata verkleiden?« Und Paolina hatte ihr, während sie sich zwei Leberflecken auf die Wange malte, eine gemeine Antwort gegeben:

»Zieh sie doch als Waisenkind an.«

Von den Balkons aus warfen Don Paolo, Tante Luigina, Naneve und die Waschfrau Cannetella Papierschlangen und buntes Konfetti herunter.

Francesca nicht. Sie hatte weder Konfetti noch Papierbällchen, sie sah nur hinab, um sie zufriedenzustellen.

Für den Karneval hatte sie nichts übrig.

Er hatte ihr schon in der Mühle nicht gefallen, wenn die Arbeiterinnen sich als Männer verkleideten, und erst recht nicht im Internat mit der Creme aus Schokolade und Schweineblut, die die Nonnen kochten, und mit den eitlen Schülerinnen, die Kostüme und Perücken zur Schau trugen.

Und außerdem hatte sie noch die traurige Erinnerung an jenen Karneval in Gaeta, als sich die Soldaten verkleidet hatten und eine wilde Tarantella tanzten, um den König und die Königin aus der Kasematte zu locken. Maria Sofia hing mit beiden

Händen am Arm ihres Mannes. Sie lächelte melancholisch, und bei der Eiseskälte war ihr der Kaschmirschal von der Schulter gerutscht …

Das war an den letzten Tagen der Belagerung gewesen, als alles verloren war, Gaeta und Andreina.

Für den Karneval hatte sie nichts übrig.

Der Zug drehte noch eine Runde durch den Hof. Die Amme war nicht verkleidet und bildete mit dem kleinen Leopoldo im Pierrot-Kostümchen an der Hand, das ihm Enrico aus Neapel mitgebracht hatte, den Abschluß der Prozession. Ihr Rock, der unter dem enganliegenden Mieder in üppigem Faltenwurf herabfiel, wogte durch ihren betont wiegenden Gang hin und her, was ein schöner Anblick war.

Mariuccia, die es schon von Anfang an gestört hatte, wie sich Teresella beim Laufen in die Hüften warf, war aufgefallen, daß sie in letzter Zeit noch mehr übertrieb, und so zischte sie ihr zwischen den Zähnen nach:

»Wie das Weib mit dem Hintern wackelt …« Bei jeder Gelegenheit schimpfte sie der Amme hinterher, sobald diese außer Hörweite war.

Denn Mariuccia deutete diese dreisten Hüftschwünge der jungen Frau als ostentative Bekundung einer ganz bestimmten Bereitwilligkeit und war auf der Hut. Francesca hatte die wachsamen Blicke ihrer Hausangestellten bemerkt, sie überraschte sie oft dabei, wie sie Teresella kontrollierte und ihr Hüftenwackeln mißtrauisch beäugte. Das machte sie richtig nervös.

»Jetzt kommt sie mir auch noch damit … als ob ich nicht schon genug Sorgen hätte.«

Es war ihr auch schon der Verdacht gekommen, Mariuccia könnte auf Teresella eifersüchtig sein, denn die Kinder, vor allem Nanà, hingen sehr an ihr. Die Amme war ständig mit ihnen zusammen, und eine so gesunde und kräftige Person in der Nähe ihrer Kinder zu wissen, war für sie und auch für Giordano sehr beruhigend. Es war ein Vergnügen zuzusehen, wenn sie Leopoldo die von bläulichen Adern durchzogene pralle Brust gab. Das Kind entwickelte sich prächtig dank dieser Milch, die seine Mahlzeiten ergänzte und es gegen Krankheiten feite. Jede Mutter versuchte, die vollständige Entwöhnung so lange wie möglich hinauszuzögern, da war sie nicht anders. Alle ihre Kinder waren mindestens drei Jahre lang gestillt worden.

Für Enrico, ihren Ältesten, war damals eine Kinderfrau eingestellt worden. Die stillte ihn aber nicht, denn das Kind nahm nur die Milch seiner Mutter an. Aber wegen ihrer starken Beanspruchung durch die Mühle und auch weil Francesca nur wenig Milch hatte, kamen bei den anderen Kindern nach ein paar Tagen, an denen sie sie selber gestillt hatte, junge Bäuerinnen ins Haus, die gerade selber vor kurzem ein Kind geboren hatten.

Manchmal waren sogar zwei Ammen gleichzeitig da gewesen, und Mariuccia hatte zu all diesen Frauen die friedfertigsten Beziehungen gehabt. Mit Teresella dagegen verstand sie sich von Anfang an nicht gut, und jetzt hatte sie diese fixe Idee. Nicht daß sie etwas gesagt oder einen Verdacht geäußert hätte, sie murmelte nur hinter ihrem Rücken:

»Wie das Weib mit dem Hintern wackelt ...«

Aber ob Mariuccia nun wollte oder nicht, die Amme mußte mindestens noch vier, fünf Monate bleiben. Leopoldo war noch keine drei Jahre alt und genoß es sehr, noch an der Brust saugen zu dürfen, ja, da er schon ganz gut sprechen konnte, verlangte er sogar, wenn er die eine Brust geleert hatte, mit unwiderstehlichem Charme, an die andere angelegt zu werden.

All dies ging Francesca durch den Kopf, als sie mit ernster Miene vom Balkon ihres Schlafzimmers hinuntersah.

Die Maskierten standen unterdessen im Kreis um die brennende Puppe herum, klatschten in die Hände oder schlugen das Tamburin. Unerwartet zeigte sich nun Don Giordano am Fenster des türkischen Salons, das sein Arbeitszimmer, sein Heiligtum und sein Versteck war, und gab Witze zum besten.

Die Amme, die die Hüften im Takt wiegte, drehte sich in seine Richtung und lächelte ihm zu. Dann wandte sie ihm wieder den Rücken zu und ließ ihr Becken noch viel herausfordernder kreisen.

»Morgen«, beschloß Francesca, »morgen schreibe ich an

Teresellas Mann, daß er sie Ende des Monats abholen kann. Leopoldo ist lange genug gestillt worden.«

Es war der 13. Dezember 1889, der Namenstag der heiligen Lucia. Wie immer kamen Nunziata und Francesca kurz vor zwölf von der Mühle herauf; erstere gesellte sich zu ihren Geschwistern, die in dem großen Zimmer schon seit halb zehn von Don Pasqualino unterrichtet wurden; letztere hingegen wandte sich zur Küche, von wo aus der Duft des starken Kaffees, den ihr Mariuccia um diese Tageszeit zubereitete und mit dem man einen Toten hätten erwecken können, das ganze Haus erfüllte.

Dies war der Augenblick, in dem Tanino Papier, Tintenfaß und Feder holen mußte und als Belohnung auch ein dampfendes Täßchen Kaffee bekam. Jeden Mittwoch setzte sich Francesca mit ihrem alten Diener – der auch ihr Kutscher war – an den Marmortisch und stellte die wöchentliche Einkaufsliste auf.

Nachdem sie ihn zunächst mit einem Stoffpüppchen für seine kleine Nichte Lucia – er selber war Junggeselle – überrascht hatte, beauftragte sie ihn an diesem Morgen auch damit, mit dem Karren bei ihren Pächtern vorzufahren und schrieb dazu das ganze karierte Blatt voll:

»Morgen gehst du zur Luisella nach Boscotrecase, da holst du die acht Dutzend Eier, den Wein und die vier Kaninchen. Aber die will ich lebendig, wir schlachten sie selber. Und vergiß nicht, du mußt sie selber aussuchen … Am Samstag kannst du nach Sorrent zu Carminuccio wegen der Orangen, aber ich will keine Vainiglias, die mag hier keiner … Und paß auf die Waage auf … Bring auch ein paar Kilo grüne Mandarinen mit … ich will Likör machen. Und in dem Sack mit Nüssen sollen nicht die guten oben und unten nur schlechte sein … Gib acht … Außerdem sollst du Carminuccio sagen, daß er mir diesmal an Weihnachten zehn fette und große Kapaune geben soll; die die mir der Schuft letztes Jahr geschickt hat, waren ja zum Gotterbarmen … alle kurz vor dem Abkratzen.«

Die regelmäßigen Besuche Taninos bei den Pächtern, die

Donna Francescas Boden bearbeiteten, dienten dazu, deren Abgaben an Eiern, Hühnern, Enten, Kaninchen, Obst und frischem Gemüse einzusammeln, aber das Gemüse reichte nie.

Donna Francesca konnte sich nie genug wundern über die Unmengen an Brokkoli, Kohl, Artischocken und Salat, die in ihrem Haus verzehrt wurden.

»Die fressen mir die Haare vom Kopf«, seufzte sie, wenn sie am Jahresende mit ihren Halbpächtern abrechnete.

Bei der täglichen Begegnung von Francesca mit Tanino, den Don Paolo »Versorgungsminister« nannte, gab es eine Besonderheit. Tanino konnte weder lesen noch schreiben, also machte Donna Francesca auf den Einkaufs- und Besorgungszetteln Skizzen von den einzelnen Waren. Auf der gleichen Zeile folgten dann nach einem Abstand Striche für die jeweilige Anzahl an Kilogrammen von Obst, Salatköpfen, Brokkolistrünken, Eiern im Dutzend. Drei Striche neben einem Flügel bedeuteten drei Hühner, neben zwei spitzen Ohren drei Kaninchen, neben den Umrissen eines Fisches drei Seebarsche.

Das Symbol für Fisch zum Fritieren waren vier Wellenlinien und eine Art Netz gefolgt von den üblichen Strichen für die Anzahl der Kilos. Wenn kein Netz dabei war, sondern nur die Wellenlinien, dann sollte Fisch für die Suppe beschafft werden.

Die Bedeutung dieser phantasievollen Zeichen waren Tanino allerdings nicht immer ganz klar. Die mit großem Ernst aufgestellten Listen boten nicht selten Anlaß zu heftigem Streit zwischen den beiden oder wurden Grund zu liebevollem Gelächter in der ganzen Familie, vor allem dann, wenn Tanino sie beim Einkauf falsch gedeutet und ganz andere Dinge in ganz anderen Mengen nach Hause gebracht hatte.

Eine dieser Listen, die schon ganz verblaßt und an den Falzen brüchig war, wurde viele Jahre später, als Federico 1921 starb, zwischen seinen persönlichsten Sachen gefunden.

Paolina hatte im Arbeitszimmer des Bruders, nachdem dieser im danebengelegenen Schlafzimmer gerade erst entschlafen war, eine Schublade seines Schreibtischs aufgebrochen und in seinen Papieren gewühlt. Unter diesen befand sich auch die Liste; die gab sie an Maria Vittoria weiter, die neben ihr stand und das Aufbrechen verhindern wollte. Weitere Papiere, Gedichte und auch die Noten zu einem Lied, hatte Paolina mit Alkohol übergossen und in dem Becken verbrannt, das zur Behandlung des Bruders benutzt worden war.

Maria Vittoria bewahrte den Zettel auf und zeigte ihn erst nach dem Tod Francescas in liebevollem Gedenken an sie den andern. Die sensible ledige Klavierlehrerin, eine Künstlerin und Komponistin, hütete bis fast ins Jahr Zweitausend die Geschichte der Familie Montorsi und ihrer Teigwaren und beschwor mit ihrer leidenschaftlichen Stimme bis ins hohe Alter von zweiundneunzig Jahren Essenzen und Düfte des neunzehnten Jahrhunderts herauf, in dem sie geboren war: Auf diese Weise erfuhren auch die Ururenkel Francescas noch etwas über ihre Wurzeln.

An jenem Morgen des 13. Dezembers nun, der für Francesca ein Tag wie jeder andere und dennoch außergewöhnlich und unwiederholbar war, stieg sie, nachdem sie ihre üblichen Zeichnungen gemacht, den Streit mit Tanino beendet, Feder und Tintenfaß beiseite geräumt und den zweiten Kaffee getrunken hatte, gemeinsam mit Mariuccia und Naneve mit einem leeren Spankorb zur täglichen Verpflegung in den Keller hinab, der ihr ein und alles war.

Er war dunkel, groß, kühl, mit vergitterten Fensterchen voller Spinnweben und knarrenden Schlössern, die mit einem großen Schlüssel zugesperrt wurden, und quoll über von Korbflaschen voller Wein und Öl, von Weckgläsern mit konservierten Tomaten, zahllosen Gläsern mit Schmalz und Marmelade, Zucker, Honig und reihenweise aufgehängten Salamis, Speckseiten und Hartkäsen, die ihr Herz erfreuten wie das Lichtermeer bei einem Kirchweihfest. Dieser überquellende Keller gab ihr mehr Sicherheit als alle Wertpapiere auf der Bank, das Geld in ihrem Sekretär und die Grundbucheintragungen ihrer Besitzungen. Es tat ihr immer leid, diesen Schatz angreifen und die Körbe mit all den Dingen füllen zu müssen, die Mariuccia ihr abverlangte: Nur sie allein durfte sie entnehmen, kein Mensch durfte hier ohne ihre Erlaubnis etwas anrühren.

»Ich brauche sechs Flaschen Tomatenkonserve … Das Öl ist aus … nehmt gleich zwei Korbflaschen …«

»Was für eine Unmenge …«, meinte Francesca an jenem Tag lautstark. Insgeheim kam ihr der Verdacht, daß so manche Flasche in die Häuser der Nichten und Neffen Mariuccias und Taninos wanderte.

Als sie dann wieder im Haus war und sich die Hände wusch und sich mit Bergamottöl erfrischte, traf sie eine Entscheidung, über die sie schon lange nachgedacht hatte: Sie mußte die großen Taschentücher, die an den Zipfeln zusammengebunden am Arm ihrer Leute hingen, wenn sie damit den Innenhof durchquerten, auf ihren Inhalt kontrollieren, bevor sie die überwachten Tore wie eine Zugbrücke passierten.

Dann trocknete sie sich Finger für Finger die Hände ab, zog die Schürze aus und legte eine frische an – eine schwarze wie immer, mit dem eingestickten Monogramm auf den Taschen –, in die sie alle Schlüssel hineinsteckte. Und als sie sich dann in das Schrankzimmer begab, um die getrocknete Wäsche einzuräumen, hatte sie ihre Meinung schon geändert und sich ausgerechnet, daß es sehr viel vorteilhafter und diplomatischer wäre, ihre Angestellten nicht zu durchsuchen.

Sie hätte vielleicht Öl, Tomaten, wohl auch Kaffee zurückgewonnen, dafür aber den Frieden eingebüßt, denn wenn sie die Diebe einmal entlarvt hätte, hätte sie keine Wahl mehr gehabt: Sie hätte sie verjagen müssen und damit das ganze Gleichgewicht der Aufgabenteilung zerstört; und eigentlich wurden die Arbeiten ja alle fleißig und mit Hingabe erfüllt. Sie beschloß, so zu tun, als wäre nichts geschehen, und diese Entscheidung heiterte sie wieder auf. Sie hatte schon genug Sorgen im Kopf. Also machte sie die großen Schränke auf, zählte den Inhalt wieder und wieder und räumte die frisch gewaschenen Wäschestücke ein, die Ninella und Naneve auf ihren starken Armen anschleppten.

Sie waren mit den glühendheißen Kohlebügeleisen perfekt gebügelt und an den bestickten Stellen leicht gestärkt und dufteten nach Lavendel.

Während Francesca die Wäsche einräumte, ließ sie ihre Finger über die blendend weißen, seidigen oder rauhen Stoffe gleiten: Damast, Leinen, flämisches Leinen, Bramtuch, Batist. Stolz lächelte sie beim Anblick dieser Aussteuer, die damals bei ihrer Heirat von jedem als eine übertriebene Zurschaustellung ihres Reichtums betrachtet worden war. Eine Aussteuer, in der alles hundertfach vorhanden war: hundert Leintücher, hundert Kopfkissenbezüge, hundert Handtücher, hundert Tischtücher, hundert Hemden – von allem hundert Stück. Unglaublich, wenn man bedachte, daß es bei ihrer Geburt auf den Bergen an der Küste gerade ein paar Windeln zum Wechseln gegeben hatte.

Meterhoch türmte sich Bettwäsche, Tischwäsche, Küchenwäsche, Leibwäsche und füllte die haushohen Schränke. Als sie sie dann mit zweifacher Umdrehung der Schlüssel peinlichst verschlossen hatte, bemerkte sie, daß noch hier und da undisziplinierte Fransen, Borten und zarte Spitzen durch die Ritzen quollen. Um auch sie unter Verschluß zu bringen, mußte Francesca die hohen Schranktüren noch zweimal aufschließen und wieder zuschließen, wobei sie versuchte, mit der einen Hand die Borten und Spitzen zurückzuschieben und gleichzeitig noch einen habsüchtigen Blick bis in die dunklen Tiefen der Kästen zu werfen. Durch das wiederholte, von Quietschen begleitete Öffnen und schnelle Schließen verbreitete sich ein angenehmer Holzgeruch.

Nachdem die Wäscheaktion beendet war, begaben sich die drei Frauen, prustend vor Lachen über einen Zwischenfall mit einer Katze, den die Dienstmädchen Francesca mit lebhafter Mimik geschildert hatten, in die Küche.

Es ging um Francescas Liebling, die jüngste und verspielteste Katze des Hauses.

Diese war am Vortag vom ersten Stock heruntergefallen, oder vielmehr, sie hatte sich vom Küchenbalkon direkt auf den wohlriechenden Korb voller Fische gestürzt, den Tanino unten im Hof auf dem Kopf trug. Der Mann, der gerade von der Küste zurückgekehrt war, wo er bei den Fischern Seebarsche und Seebarben gekauft hatte, war stehengeblieben, um sich von Gaspare einen Zigarrenstummel anzünden zu lassen und mit ihm über das

Rheuma zu reden, an dem sie beide litten. Das Tierchen hatte genau über ihren Köpfen vom Balkon heruntergeäugt: Der Korb verströmte einen kräftigen Geruch. Die mit Algen bedeckten Fische zuckten noch, und die Katze schnupperte gierig. Da sich Tanino nicht von der Stelle rührte, hatte sich das berauschte Tierchen auf den Fisch gestürzt.

Zu Tode erschrocken, weil er nicht wußte, was ihm da auf den Kopf geplumpst war, hatte Tanino den Korb fallen lassen und war, weil er an ein Erdbeben dachte, wie besessen davongerannt, ebenso Gaspare. Als sie dann begriffen hatten, was geschehen war, und ihre Angst sich verflüchtigt hatte, rannten sie der Diebin hinterher, die eine Seebarbe im Maul hatte. Unterdessen war aus dem herrenlosen Korb der größte Seebarsch verschwunden. Man beschuldigte die anderen Katzen der Mühle, aber Tanino meinte, der Fisch sei zu groß für das Maul einer Katze gewesen, eine Katze hätte ihn nie und nimmer wegschleppen können, und er schimpfte auf die unbekannten, aber jedenfalls menschlichen Diebe. Wohin der Fisch verschwunden war, blieb ein ungelöstes Rätsel.

Noch jetzt, einen Tag danach, amüsierte sich Francesca königlich über den Streich der Katze.

In der Küche trennten sich die drei Frauen. Francesca ging mit vom ungewohnten sorglosen Lachen entspannter Miene allein ins Speisezimmer.

Dort befanden sich Tante Luigina und Tante Rusinella, die auf dem großen massiven Tisch eine riesige Decke ausbreiteten.

Beim Tischdecken gehörte es zu Francescas Aufgaben, Teller, Geschirr und Bestecke auf ihren Glanz zu überprüfen. Selber auf peinlichste Sauberkeit bedacht, vor allem aber, um zu vermeiden, daß Don Giordano angeekelt das Gesicht verzog, was sie zutiefst demütigte, galt ihre besondere Aufmerksamkeit immer den Gläsern, die sie mit zusammengekniffenen Augen gegen das Licht hob und auf Flecken oder Trübungen untersuchte.

Dies tat sie auch an jenem Tag. Wenn sie an einem Glas irgend etwas entdeckte, das noch mit einem feinen Tuch weggerieben werden mußte, reichte sie es Tante Luigina, dem Tantchen, wie die Montorsi-Kinder sie nannten. Tante Luigina, die wieder unpäßlich und an jenem Tag besonders blaß war, mußte sich auf Wunsch Francescas dazu an den Tisch setzen.

Das schamhafte und zimperliche alte Fräulein empfand für sie, diese angeheiratete Cousine, eine Art Haßliebe, und zwar von Anfang an, seit die junge Frau den Hochmut der Schwiegermutter hatte erdulden müssen.

Von ihren Gefühlen hin- und hergerissen, hatte die alte Jungfer an jenem 13. Dezember schließlich einer aufwallenden Zuneigung nachgegeben und auch noch Opferbereitschaft bewiesen:

»Gott im Himmel, strafe mich, aber verschone Francesca.«

Getuschel hatte es schon lange gegeben, aber Gewißheit hatte sie erst erlangt, als sie der Frau eines Wärters ein Korallenkettchen zusteckte: Francesca war wieder einmal betrogen worden. Sie selber wußte noch nichts von diesem letzten Untreueakt, aber früher oder später würde sie es schon erfahren.

Voller Mitgefühl bewies Tante Luigina ihren ganzen Eifer und guten Willen und erhob sich, um die polierten Gläser besser abstellen zu können, wieder vom Stuhl, was Donna Francescas Protest auslöste:

»Setzt Euch hin, sonst bekommt Ihr wieder Rückenschmerzen ... Und wenn Ihr noch mal krank werdet, stecke ich Euch ins Hospital ... ins Armenspital San Gennaro stecke ich Euch«, drohte sie lächelnd.

Als hätte der Satz sie tatsächlich getroffen, sank Tante Luigina matt an die Stuhllehne. Dann hob sie den Kopf zum Himmel, damit ihr mit einer Kamee geschlossenes Spitzenkrägelchen gut zur Wirkung kam, verdrehte die Augen und jammerte immer wieder:

»O Gott ... o Gott ...«, wobei sie mit der Rechten nach der Brosche und den Spitzen tastete.

Diese Kopfbewegung, die Geste mit der Hand, die verdrehten Augen und das Jammern waren ihre ureigene Art, lebhafteste Zustimmung, entschiedene Ablehnung, Ergriffenheit, Unzufriedenheit, Schmerz, Freude, Reue, kurz alle ihre starken Gefühle auszudrücken.

Die Kinder äfften sie hinter ihrem Rücken nach, besonders Giovanni Antonio konnte ihre zu einem Herz zusammengezogenen Lippen, die verdrehten Augen und die Neigung des Kopfes gut nachmachen, und alle seine Geschwister lachten darüber wie verrückt.

Noch viele Jahre später, als sie selber alt geworden waren, sagten sie, wenn jemand sich affektiert benahm, mit rollenden Augen wie aus einem Munde: »O Gott ... Wie Tante Luigina ...«

Man lachte und lächelte immer über diese pathetische alte Jungfer, die nur eine einzige Woche lang verlobt gewesen war und ihr ganzes Leben lang von diesem Mann erzählte. Sie starb schließlich mit geschlossenen Augen, am Abend hatte sie sie zugemacht und am Morgen nicht mehr aufgeschlagen. Mariuccia hatte ihr noch den Kaffee ans Bett gebracht, da sie nicht in der Küche erschienen war.

Herzversagen, schrieb der Arzt auf den Totenschein, aber in Wirklichkeit war sie, was kein Mensch je erfuhr, an dem Feuer gestorben, das in ihren Eingeweiden wütete, und von dem sie nicht einmal Mariuccia etwas erzählt hatte.

Tatsächlich niedergestreckt hatte sie aber nicht dieser Gebärmutterkrebs, der zwar schon ihren ganzen Unterleib verseucht hatte, ihr aber doch noch eine kleine Frist vergönnt hätte: Woran sie wirklich starb, war an ihrer furchtbaren Angst vor einer gynäkologischen Untersuchung.

Tante Rusinella hingegen trippelte an jenem Dezembertag, obwohl älter als sie, leichtfüßig auf dem widerhallenden Kachelboden um den Tisch herum. Und während sie die Arme ausstreckte, um Salzfäßchen und Ölkännchen in der Mitte des Tisches aufzureihen, sah unter ihrem weißen Schal der blendende Perkal-Brusteinsatz mit dem Kettchen und der Stickschere hervor.

Tante Rusinellas welke Wangen waren auch im Alter noch rosig, sie hatte sich den von Großmutter Trofimena geerbten schönen Teint erhalten. Die älteste Tochter des Großvaters hatte erst spät, vier Jahre nach der Rückkehr aus Gaeta, geheiratet und war kinderlos geblieben. Als ihr Mann Alisando starb, fing sie nicht wie andere Erben des Großvaters Giuseppe einen langen Rechtsstreit mit Francesca an und verkaufte ihr auch nicht wie andere ihren Anteil, sondern vermachte ihn ihr ganz legal mit der Auflage, bis zum Tod bei ihr leben zu dürfen.

Wenn man bedachte, daß sie solch eine kluge Entscheidung gefällt hatte, war es um so verwunderlicher, als der Arzt bei ihr, die im übrigen noch geistig rege war, wegen plötzlicher, wenn auch kurzer Gedächtnisausfälle eine fortgeschrittene Arteriosklerose, wenn nicht gar Dementia senilis diagnostizierte.

Sie war bei klarem Verstand und ganz und gar bei sich, wenn sie mit ihren schlauen Augen um sich blickte; nur gelegentlich, im Abstand von Monaten, geriet sie in einen vorübergehenden Verwirrungszustand, der der Nichte gar nicht mißfiel, denn in solchen Momenten versetzte sich Tante Rusinella in die Zeiten der Mühle an der Küste zurück. Und Francesca folgte ihr gern dorthin.

Als sie einmal auf diese Weise in die Vergangenheit geschlittert war, hatte sie den Tisch auch für Großvater Giuseppe und Großmutter Trofimena gedeckt und durch nachdrückliches Hinhalten der Teller auch für die beiden eine Portion Schweinswurst und Brokkoli verlangt.

Und Donna Francesca hatte sie bedienen lassen.

FRANCESCA VERLIESS IHR Büro, und Nunziata begleitete sie. Es war Mittag und wie immer begann sie mit Gaspare den zweiten Kontrollgang durch den Betrieb. Wortlos und ernst ging sie an ihren stets eingeschüchterten Arbeitern vorbei.

Francesca hatte eine paternalistische Einstellung zu ihnen, wobei sie sich selbst aber für extrem nachsichtig hielt. Sie kannte jeden einzelnen und wußte auch um seine Bedürfnisse, die sie gelegentlich sogar befriedigte. So mancher von ihnen bekam abgetragene Kleider, leicht ranziges Öl, etwas angeschimmelte Marmeladen sowie defekte Nudeln, die bei dem vielen Hin- und Hertragen aus den Körben oder von den Stangen gefallen waren. Aber niemals empfand sie für sie die Solidarität einer ebenfalls arm Geborenen: Obschon sie einst auch hatte schwer arbeiten müssen, so waren ihr Großvater und ihr Vater doch immerhin die Besitzer der Mühle gewesen.

Während des Aufstandes, der sich elf Jahre zuvor zugetragen hatte – der so denkwürdigen furchtbaren Revolte von 1878 –, als die Arbeiter der anderen Betriebe wegen der sogenannten »Marseiller Maschinen« gewaltsam in ihre Fabrik eingedrungen und verrückt gespielt hatten, hatten einige ihrer Leute mit gekreuzten Armen zugesehen, wie die Hitzköpfe auch bei ihr die neuen Mehlsortiermaschinen zerschlugen. Ihre Arbeiter boten nicht geschlossen Widerstand, aber Francesca trug es ihnen nicht nach und zog es vor, sich nur an die verschwollenen Gesichter der Wohlgesinnten zu erinnern, die ohne Waffen mit bloßen Armen versucht hatten, die Zerstörung zu verhindern.

Jene intelligenten, in Marseille gebauten neuen Maschinen waren in fast allen Mühlen aufgestellt worden. Die Arbeiter haßten sie, sie fürchteten, ihretwegen bald am Hungertuch nagen zu müssen.

Jede einzelne dieser Teufelsmaschinen konnte durch mechanisches Rütteln der seidenen Siebe und mit Heißluftströmen, die von unten auf die Ausmahlung trafen und diese nach ihrem Gewicht schichteten, so daß nur der reine Hartweizengrieß durch die Öffnungen rieselte, sechs Arbeiter ersetzen.

Nicht ihre Leute hatten die Unruhen angeführt. Die Aufwiegler, die die Arbeiter in allen Fabriken sammelten und so lange aufhetzten, bis sie in blinder Wut einen regelrechten Aufstand machten, kamen aus anderen Mühlen.

Aber nicht alle ihre Arbeiter hatten sie und die Maschinen verteidigt. Diejenigen, die keinen Finger gerührt hatten, als die Tore aus den Angeln gehoben und die Marseiller Maschinen zerstört worden waren, wurden allerdings nicht entlassen, und Francesca zeigte sie nicht einmal an: Keiner von ihnen landete im Gefängnis.

Fünf Schwarzarbeiter gingen von sich aus und verabschiedeten sich nicht einmal von ihr; vierzehn hingegen blieben und bildeten gemeinsam mit ihren anderen Leuten ihr kleines Heer: Ihre gemeinsame Uniform waren geflickte Unterhemden, nackte Füße und zerrissene, bis zu den Waden aufgekrempelte Hosen. Sie wurden mit ihr alt und bildeten während des zwölf- bis vierzehnstündigen Arbeitstages ihr treues Gefolge.

Die anderen Müller billigten ihre tolerante Haltung nicht, aber sie war dem Rat ihres Vaters gefolgt, der immer auf der Seite der Arbeiter gestanden und sie zur Milde angehalten hatte.

Der Aufstand gegen die Marseiller Maschinen war sehr gefährlich gewesen und konnte nur von der ganzen Arbeitertruppe niedergeworfen werden, und das dauerte ganze fünf Tage. In allen Betrieben hatte es erhebliche Schäden gegeben, einige Mühlen waren in Brand gesteckt worden, diejenige Don Ciccios wurde vollkommen zerstört und er selber totgeschlagen.

Es hatte sehr viele Verletzte gegeben, auch unter den Wärtern, und Francesca, die mit Carolina im siebten Monat schwanger war, hatte sich selbst in großer Gefahr befunden.

Peppe hatte sich wie ein Schutzschild vor sie gestellt und dafür schlimme Stockschläge auf den Kopf abbekommen: Sie pflegte ihn in ihrem eigenen Haus und hielt Wache an seinem Bett. Erst als er einigermaßen wiederhergestellt war, schickte sie ihn mit Decken, einer Wollmatratze und Vorräten an Teigwaren und Mehl versehen nach Hause. Sie behielt ihn auch weiter in der Mühle, wo er praktisch nicht mehr zu gebrauchen war, und zahlte ihm seinen Wochenlohn, obwohl er mit seinen Gleichgewichtsstörungen keine große Hilfe war. Allerdings hatte sie den starken Verdacht, und Gerüchte bestätigten ihn, daß Peppes Schwächeanfälle immer nur in der Mühle auftraten.

Auch Giordano hatte sich an einer Hand verletzt, als er versuchte, sie zu verteidigen, und dabei wie ein Wahnsinniger um sich schlug; und ihr Vater hatte seine eigene Mühle am Kanal in der Obhut der Soldaten des Arsenals gelassen und war ihr zu Hilfe geeilt.

Danach wurden die Marseiller Maschinen überall wiederaufgestellt.

Die Repression war nicht weniger gewaltsam gewesen als der Aufstand. Die Arbeiter wurden mit exemplarischen Strafen und Verurteilungen eingeschüchtert: Als Francesca als erste, und nach ihr auch alle anderen Teigwarenhersteller, die hydraulischen Pattison-Pressen und die mechanischen Teigknetmaschinen einführte, durch die die bisherige Knetarbeit mit den Füßen überflüssig wurde und die Hälfte der Arbeiter ihre Anstellung verloren, wagte keiner mehr aufzumucken.

Ebensowenig wehrten sie sich gegen die neue Knetmaschine, die mit Messern und nicht mehr mit der herkömmlichen Stange arbeitete und viele Abschleifer ins Elend stürzte.

Die Teigwarenfabrik »Pantanella« hatte damals einen Wettbewerb für den Bau einer Maschine ausgeschrieben, die die Funktion der Stange ersetzen sollte, und die Pattison hatte ihn gewonnen. Diese Knetmaschine bestand aus einer großen Holzplatte und zwei Holzmessern, die auf das darauf ausgebreitete Teiggemisch einschlugen. Von einem einzigen Arbeiter bedient, rückte die Platte mechanisch weiter und drehte sich bei jedem Einschlag der Messer um einen Grad.

Francesca, die bei der Gelegenheit ohne mit der Wimper zu zucken eine ganze Reihe von Leuten entließ, war später doppelt froh, wenn sie zu bestimmten Zeiten ihre Arbeiter für eine befristete Zeit zurückrufen konnte. Das war meist vor Weihnachten oder Ostern, wenn riesige Bestellungen von norditalienischen Firmen (die in ihren Lieferungsbüchern immer noch unter »Firmen außerhalb des Königreichs« liefen) und von ihren hochrangigen englischen und amerikanischen Kunden eintrafen. Um rechtzeitig liefern zu können, mußte sie dann alle Maschinen, auch die technisch überholten, laufen lassen und konnte ihre Leute, die nichts anderes gelernt hatten, als mit den Füßen zu kneten und die Pressen zu drehen, an die veralteten Maschinen zurückrufen.

Ihre wohlwollende Einstellung ihren Arbeitern gegenüber hatte sehr wohl etwas Gönnerhaftes, aber für sie waren sie eben irgendwie Zurückgebliebene, die eine führende Hand brauchten, weil sie außerdem auch noch zu Lastern neigten, die nicht unterstützt werden durften. Daher zahlte sie auch Jahre später, als der Lohn nicht mehr täglich, sondern wöchentlich fällig war, das Geld immer Sonntagmorgens aus: Dann waren die Geschäfte nämlich geschlossen, und den Leuten blieb ein wenig Zeit zum Nachdenken, bevor sie gleich wieder alles ausgaben.

Aber sie empfand durchaus eine gewisse Achtung vor der Arbeit jedes einzelnen: Da sie fast jede dieser Tätigkeiten schon selber ausgeübt hatte, wußte sie sehr wohl, wie mühsam sie waren.

Wirkliche Liebe und Mitleid für sie fühlte sie aber erst viele Jahre später, als sie unter dem Schuldenberg Don Giordanos begraben wurde. Der hatte eine Tätigkeit als Bankier begonnen, für die sie die nötigen Garantien geliefert hatte, aber die Spekulationen liefen schief, und die Mühle samt Nudelfabrik wurde amtlich versiegelt und geschlossen.

Francesca, auf diese Weise selber ins Elend geraten, mußte die Arbeiter ihrer Existenzgrundlage berauben und im Stich lassen.

Stumm vor Entsetzen hatten sie sich vor dem Tor versammelt, ihre Frauen wischten sich mit den Schürzenzipfeln die Tränen ab, und zwischen ihren dunklen Rockfalten kamen lockige Kinderköpfe zum Vorschein. Da spürte Francesca, daß sie alle ihre Kinder waren, Leute ihres Schlages, und dieser so einschneidende, schmerzhaft empfundene Gesinnungswandel wurde ihr gewiß im Himmel hoch angerechnet.

Damals liebte sie sie und erkannte, daß sie »wie die Finger ihrer Hände« ein Teil ihrer selbst waren. Daher wußte sie auch ganz genau, was sie an diesem trostlosen Tag schrie, als sie wie eine Wahnsinnige zwischen den stillstehenden Maschinen hin- und herlief. Ihre Welt war wie im Märchen plötzlich stehengeblieben, nur gab es keine Hoffnung, daß sie mit einem Kuß irgendwann wieder zum Leben erweckt werden würde.

»Sie haben mir die Finger abgehackt«, schrie sie immer wieder, ohne zu weinen oder zu schluchzen, laut und dramatisch. »Die Finger … sie haben mir die Finger abgehackt …« Sie konnte sich mit ihrer Niederlage nicht abfinden und raste wütend die Treppen hinauf und hinab, riß die Türen auf und stürmte in die säuerlich nach Teigresten riechenden, wie in einem Spiegelkabinett ineinander übergehenden Trockenräume, durchquerte sie alle und wirbelte viel Mehlstaub auf, als sie, diese tragische, abgemagerte Gestalt, den Bann zu brechen versuchte und in die weiß übertünchten stillen Räume hineinschrie:

»Sie haben mir die Finger abgehackt … die Finger … sie haben mir die Finger abgehackt …«

Doch all dies geschah erst später, vorerst verlief jeder Tag nach Programm, und an jedem neuen Tag wurden die altgewohnten Gesten wiederholt.

Also ging Francesca auch an diesem Morgen des 20. Dezember nach der Inspektion der Fabrikräume wie gewohnt nach draußen, um das »Wetter zu erfühlen« und die trocknenden Teigwaren zu prüfen. Ihre Gesichtszüge hatten sich im ständigen Lebenskampf verhärtet, und die Ringe unter ihren Augen waren so schwarz, daß sie wie geschminkt wirkten.

Sie litt ganz offensichtlich Qualen, aber die Liebe und die Achtung, die sie ihrer Arbeit entgegenbrachte, verlangten ihr strenge Disziplin ab. Daher schritt sie auch an diesem Tag langsam die Bahnen der trocknenden Nudeln ab, warf einen Blick in die Höfe, durchquerte das Portal und betrat den breiten Gehsteig, um prüfend zum Himmel und zum Vesuv hinaufzusehen. Sie rief Nunziata herbei, die gerade unaufmerksam war, und ließ sie aus der Richtung der Rauchfahne des Vulkans den Wind bestimmen.

Um diese Uhrzeit baumelte ein Teil der schon im Morgengrauen begonnenen Tagesproduktion an den dichtgedrängten Bambusstangen. Auf doppelstufige Gestelle gestützt, boten diese zwei Meter langen biegsamen Stangen ihren goldenen Schmuck dar.

Wahre Labyrinthe solcher Gerüste füllten die tiefen Flure, die Höfe und breiteten sich auch spinnennetzartig auf der Straße rings um das Gebäude aus. So verbargen sie dieses zwar den Blicken, gaben aber andererseits seine Bestimmung zu erkennen. Die frischen, in der ersten kurzen »Schwitzperiode« zart gefärbten Makkaroni und Spaghetti, waren zwar fest, konnten beim ersten Kontakt mit der frischen Luft aber auch zerbrechen.

Wie Biagio, der für das Ausbreiten im Freien zuständige Vorarbeiter, sagte, mußte man die trocknenden Nudeln so besorgt im Auge behalten wie eine jungfräuliche Tochter.

Es war damals schwierig, ohne technische Hilfsmittel, allein durch die Nutzung des Wechsels von Licht und Schatten, die richtigen chemischen und enzymatischen Prozesse beim natürlichen Trocknungsvorgang der Teigwaren zu gewährleisten. Die korrekte Trocknung gab ihnen dann ihre durchscheinende Farbe, ihren Wohlgeschmack, ihre Robustheit, ein intaktes Gluten und Festigkeit beim Kochen.

Das natürliche Abtrocknen war der mühsamste und komplexeste Vorgang bei der Nudelherstellung. Er erforderte viel Instinkt und Feingefühl, Präzision und Anpassungsfähigkeit, Umsicht und gleichzeitig Wagemut.

Seine Überwachung erforderte ungeteilte Aufmerksamkeit. Und auch rasches Eingreifen, denn wenn sich das Wetter verschlechterte, mußten die frischen Nudeln schnellstens unter ein Schutzdach gebracht und mit Stoffbahnen oder Brettern abgeschirmt werden, und zwar manchmal sogar bei klarem Himmel, wenn nur ein Lüftchen wehte, das als ungünstig eingeschätzt wurde.

Aber wer oder was bestimmte diese geheimnisvollen Abläufe? Allein die Intuition. Francesca versuchte an jenem 20. Dezember, Nunziatas praktischen Instinkt zu wecken. Es war ein heiterer, sonniger Tag, aber Francesca ließ sich nicht täuschen, der Wind war dabei, seine Richtung zu ändern, und das bedeutete eine Wetterverschlechterung.

Doch Nunziata war an jenem Tag unkonzentriert. Giovanni Antonio versuchte, ihr auf ihrem Rundgang zu folgen, indem er sich auf allen Balkonen und an allen Fenstern zeigte, an denen sie vorbeiging, und sie mit dem vertrauten Pfeifsignal daran erinnerte, daß Fräulein Izzo, die Klavierlehrerin, gekommen war: Sie solle schnell heraufkommen. Und tatsächlich hörte man schon die zögerliche Melodie des *Piccolo montanaro,* an der die Kinder übten.

Francesca beruhigte Nunziata, sie würde die Klavierstunde schon nicht versäumen, der Rundgang sei gleich beendet, dann könne sie nach oben gehen.

Danach stieg sie mit ihrer gehorsamen Schülerin noch in die Souterrainräume hinab. Dort wurden die Teigwaren nach der ersten Trocknung für die zweite Phase gelagert, damit sie hier einsam und allein »ausruhen« konnten.

Die Temperatur in diesen kühlen, feuchten Räumen, in denen es keinen Luftzug gab und wo auch zwischen den einzelnen Lagerräumen kein Luftaustausch stattfand, mußte niedriger sein als in dem Raum oder an dem Ort der ersten Trocknung.

An diesem abgeschiedenen, fast versteckten Ruheort blieben die Teigwaren etwa zwölf Stunden oder jedenfalls so lange, bis die innere Feuchtigkeit an die Oberfläche getreten und gleichmäßig in der ganzen Nudelmasse verteilt war, so daß sie so frisch aussah, als wäre sie gerade erst hergestellt worden. Wann nach dieser »Quellung« der dritte und letzte Trocknungsprozeß in

Angriff genommen wurde, hing letzten Endes immer von der Intuition und der Erfahrung ab.

Zum endgültigen Trocknen wurden die Teigwaren in den oberen Stockwerken in einer Reihe von Räumen ausgebreitet, wo sie dank natürlicher Ventilation langsam ihre endgültige Konsistenz gewannen.

Für diese wohldosierte, ständig überwachte Ventilation nutzte man die günstigen Winde, um die Trockenräume zu belüften. Gegen die ungünstigen feuchten Winde hingegen, die die Teigwaren wieder weich machten, sowie gegen die allzu trockenen, die sie rissig machten, schützte man sich, indem man eilig Fenster und Türen zumachte.

Außerdem wurden die Stangen auf ihren Gestellen ständig in andere Positionen und Richtungen gedreht, bis die vollkommene Trockenheit erreicht war.

Ein Teigwarenhersteller mußte damals zugleich auch ein Astronom und ein Meteorologe sein, und dies war er auch tatsächlich. Er mußte heiteres Wetter und Stürme vorhersagen, sich mit den Sternen und den Mondphasen auskennen, den Luftdruck auch ohne Barometer und die Luftfeuchtigkeit auch ohne Feuchtigkeitsmesser bestimmen können.

Francesca erkannte die Wetterlage durch bloßes Einatmen, sie konnte eine Veränderung praktisch wittern. Sie kannte die Anzeichen, die Momente, die Stunden, die Abfolgen, die chronologischen und die jahreszeitlichen Phasen. Das tat die lange Übung und ihre angeborene, fast schon ein wenig übersinnliche Gabe, die tiefverwurzelt war und sie noch nie getäuscht hatte.

Es war kaum vorgekommen, daß ein trügerischer feuchter Schirokko, der Schimmel und Säure für ihre Nudelreihen bedeutet hätte, sie überrascht hätte oder daß sie veränderliches Wetter oder gar einen allzu frischen Nordwind nicht vorhergesagt hätte, vor dem die Teigwaren geschützt werden mußten, damit sie nicht rissig wurden.

»Beim Trocknen der Nudeln«, wiederholte sie stets, »darf man keinen Fehler machen. Man muß unentwegt aufpassen, denn die Teigwaren sind wie Lebewesen.«

Dieses Konzept bekräftigte sie häufig: zwei Sonntage zuvor hatte sie beim Mittagessen dem Antiquitätenhändler Don Michelangelo Romano, der sich so leidenschaftlich für die alten Möbel in der Villa interessierte und der bei ihnen zu Gast war, einige Herstellungsprozesse erklärt und dann wieder mit dieser Aussage geschlossen:

»Deshalb, Don Michè, fühlt Ihr Euch auch so gekräftigt, nachdem Ihr sie gegessen habt.«

Don Giordano, der am unteren Tischende andere Gespräche verfolgt hatte, schnappte den Kommentar seiner Frau auf und lächelte ihr zustimmend zu. Das machte Francesca sehr glücklich.

Aber Don Giordano hatte seine eigenen Gründe, ihr beizupflichten; er hatte nämlich gemerkt, daß ihm seine Liebesspiele mit jener drallen kraushaarigen Arbeiterin, die die Säcke für die Teigwarenfabrik nähte und die er in Coccumellas Wirtschaft in Sorrent traf, sehr viel lustvoller gelangen, wenn er vorher einen schönen Teller voll Makkaroni oder Spaghetti gegessen hatte.

In der vertrauten Abgeschiedenheit ihres ehelichen Schlafzimmers, dessen Tür sie doppelt verschlossen hatte, war Francesca dabei, in einsamer Wut die heimliche Schande und die uneingestandene wilde Eifersucht herunterzuwürgen, die ihr Stolz nicht zulassen wollte. Dennoch verschaffte sie sich mit langgezogenen kehligen Klagelauten Luft.

Im verborgenen ihrer eigenen vier Wände marterte sie in Gedanken den unsäglichen Ehebrecher, den gemeinen Schuft mit eiskalter Wut. Sie zerstückelte ihn mit abscheulichen Klingen, drehte ihm den Hals um, riß ihm mit stahlhartem Griff die Eingeweide aus dem Leib, verbiß sich in sein Herz, bis von ihm nur noch Fetzen übrigblieben, die keiner mehr je würde zusammenflicken können. Als sie ihm dann doch leibhaftig wiederbegegnete, meinte sie, ein Gespenst vor sich zu sehen.

An jenem Abend klopfte Mariuccia. Freudig erregt wollte sie ihr Leopoldo bringen, der endlich fieberfrei war.

Francesca machte nicht auf und schrie nur böse, sie solle sich verziehen.

Mariuccia war sofort klar, daß Francesca alles erfahren hatte. Irgend jemand hatte ihr von Don Giordano und dieser unsäglichen Sacknäherin erzählt.

Vor dem Morgengrauen kam der Wärter mit einer dringenden Nachricht für Francesca: Bei der Ware, die zum Trocknen auslag, stimmte etwas nicht, man mußte sofort Abhilfe schaffen.

Mariuccia war wieder zur Stelle und reichte der Hausherrin zuvorkommend ein Täßchen aufgewärmten Kaffee. Francesca blies hinein, um ihn abzukühlen und trank ihn im Stehen. Sie hatte einen bitteren, klebrigen Geschmack im Mund, und als Mariuccia sie wie immer ansah und fragte: »Wie ist er?« antwortete sie aufgebracht: »Scheußlich.«

Dann ging sie, in ihren Schal gehüllt und vom Wärter gefolgt, zur Treppe und wollte gerade hinabsteigen.

Genau in diesem Augenblick kehrte ihr Mann aus seinem Klub oder von wer weiß woher zurück und kam die Treppe herauf.

Als sie ihn auf sich zukommen sah, blieb sie wie vom Donner gerührt stehen und drückte sich flach an die Wand. Am liebsten hätte sie sich hineinverkrochen.

Als ihr Mann sie so aufgewühlt und feindselig dastehen sah, ritt ihn der Teufel. Mit einer wie immer spöttischen Verbeugung beruhigte er sie:

»Keine Angst, Donna Francé ... Es gibt nicht den geringsten Anlaß zur Sorge ... Wir sind bereits bestens bedient worden ...«

Und dann ging er, das Liedchen vom *Piccolo montanaro* pfeifend, das die Kinder den ganzen Nachmittag auf dem Klavier geklimpert hatten, an ihr vorbei.

ES WAR AN einem Montag Ende Januar in jenem Jahr, in dem die Bäume im Obstgarten zum letzten Mal eine Überfülle leuchtender Orangen trugen: Der kleine Hain sollte geopfert werden, um für neue Fabrikgebäude und Trockenräume Platz zu schaffen.

Francesca unterbrach ihre Arbeit kurz vor ein Uhr. Sie hatte zwei große Lieferungen nach Amerika abgeschickt, sich unter dem Torbogen höflich von ihrem Spediteur Don Ciro Autore verabschiedet und stieg jetzt gemeinsam mit Nunziata zum Haus hinauf. Es war das Jahr 1890. Das Mädchen, jetzt zwölfjährig, war zäh wie eine Katze – so sagte Mariuccia –, denn man sah sie immer nur unermüdlich an der Arbeit. Auch jetzt lief sie, obwohl noch atemlos vom Heraufstürmen der Treppe, unverzüglich in das »große Zimmer« – so hieß in der Familie der Raum, in dem der Unterricht erteilt wurde – und gesellte sich zu ihren Geschwistern.

Enrico und Federico waren beide im Pensionat in Neapel, der eine studierte im vierten Jahr Ingenieurwissenschaften, der andere im zweiten Jahr Jura. Im Sommer, zu den Feiertagen und kurz vor den Prüfungen kamen sie immer nach Hause, um, gestärkt von Mariuccias Marsala-Eierlikör, ihren Stoff zu repetieren. Paolina würde im Frühjahr vom Internat abgehen, gerade rechtzeitig, um von Carolina abgelöst zu werden, Eleonora blieb noch zwei Jahre dort.

Die kleinsten Montorsis hingegen lernten alle gemeinsam ab neun Uhr morgens bei ihrem Lehrer Don Pasqualino, bis sie Viertel nach zwei zum Mittagessen gerufen wurden. Um sieben

Uhr hatte der Priester schon in der kleinen Kapelle der Villa Filangieri die Messe gelesen und anschließend der alten Gräfin Guarracino die Kommunion ausgeteilt, was ihm von dieser mit Milch und Keksen vergolten wurde.

Die Kinder saßen in dem großen Zimmer an verschiedenen Tischen, die über den ganzen Raum verteilt waren, und der gelehrte Geistliche wandelte mit im Rücken verschränkten Armen und in einer leicht nach hinten geneigten Körperhaltung, mit der er wohl instinktiv ein Gegengewicht zu seinem hervorstehenden Bauch zu schaffen versuchte, zwischen ihnen hin und her.

Dieser Priester ohne Kirche und ohne Haushälterin, ein Latinist und Gräzist, der sich auch leidenschaftlich für Archäologie interessierte, schlug sich als Hauslehrer für Donna Francescas Kinder durch. Er war Mariuccias Liebling. Heimlich und mit der gehörigen Ehrerbietung wusch und flickte sie seine Wäsche und versuchte bei Tisch immer, ihm eines der dicksten Koteletts und den gewaltigsten Berg Spaghetti zukommen zu lassen.

Don Giordano machte sich einmal einen großen Spaß daraus, einen dieser für Don Pasqualino bestimmten Teller an sich zu reißen, worauf die ganze Tischgesellschaft über Mariuccias Verärgerung lachte.

Täglich außer sonntags erteilte der Priester Unterricht in dem großen Zimmer; er nahm sich seiner Schüler mit nie erlahmendem Eifer verantwortungsbewußt an und ging in seinem raschelnden Priestergewand unermüdlich zwischen den Tischen umher.

Das große Zimmer, das eine Verbindungstür zu den zwei Salons hatte, war ursprünglich als Erweiterungsraum bei großen Empfängen gedacht gewesen. Aber da man zu den festlichen Anlässen immer zur Villa hinauffuhr und es so viele Kinder im Haus gab, hatte Donna Francesca diesen Raum für sie bestimmt, und zwar nicht nur zu Unterrichtszwecken.

In diesem Zimmer wurde an den seltenen Sonn- oder Feiertagen, an denen sie nicht in die Karmeliterkirche gingen oder zur kleinen Kapelle der Villa unter dem Vesuv hinauffuhren, auch die

Messe gelesen, nachdem man die Tische beiseite geräumt und die Stühle in Reihen aufgestellt hatte.

Dafür gab es an der Rückwand einen gewaltigen Nußbaumschrank, den Don Salvatore De Crescenzo eigens hatte anfertigen lassen und der, wenn man ihn aufmachte, auf verschiedene Ebenen aufgeteilt und wie ein richtiger Altar ausgestattet war. Gekrönt und geadelt wurde er durch eine schön gedrechselte, von Messingstrahlen umkränzte Taube, die Nanà als kleines Kind »Gackgack« genannt hatte; aber natürlich war dies kein Huhn, sondern der Heilige Geist.

An der Längswand stand außerdem Donna Francescas Klavier, das für den Unterricht der Kinder und zum Begleiten einiger Lieder während der Messe diente.

Die Anordnung, es vom Speisesaal hierher zu transportieren, hatte sie schon vor Jahren erteilt, und zwar genau an einem Montagmorgen, nachdem Don Paolo am Nachmittag zuvor, während sie sich an einem Chopin-Walzer versuchte, die Karten auf dem Tisch hatte liegenlassen, ohne seine Patience zu beenden, und sichtlich gereizt hinausgegangen war, während Don Giordano hinter seiner Zeitung gelacht hatte.

Seither hatte Francesca keine Taste mehr angerührt.

Das große Zimmer war also das Reich der Montorsi-Kinder geworden. Aus den Zeiten, als es noch zu Repräsentationszwecken diente, war nur die mit Adlern und Lorbeerkränzen bemalte Decke geblieben und ein heiterer, wunderschöner gelber Majolikaboden mit einem Muster aus zarten, ineinander verflochtenen Schalmeienrohren.

Auf dieser spiegelnden Oberfläche bewegte sich der Priester, während er seine Schüler bei den Aufgaben beaufsichtigte; dabei fegte sein schwarzer Priesterrock wie der Schatten einer Sonnenfinsternis über die glänzende Fläche.

»Nanà, Nanà ... wie schreibt man denn Bett ...? Mit zwei T, mit zwei T ... und genauso auch nett, mein Herzblättchen, wie oft soll ich dir das noch sagen ...!! Sehr schön, Leopoldo ... ein kugelrundes O ... Kugelrund ... Maria Vittoria ... Maria Vittò ... Wenn die Säcke zwei Zentner Mehl enthalten, wieviel

Kilo sind das dann? Schon gestern hast du das falsch ausgerechnet ... Zuerst mußt du malnehmen und dann erst teilen ... *Sic et simpliciter.* Sehr gut, Carolina, die frühesten Kulturen kamen aus diesem östlichen Land zwischen den zwei Flüssen: Meso-potamien, aus dem mythischen Mesopotamien ... zwischen Euphrat und Tigris. Du hast wirklich eine schöne Zeichnung gemacht, was für eine hübsche Karte ... sehr gut. Und nun zu uns beiden, Giovanni Antò ... *lupus in fabula* ... Du bist wirklich ein Esel. *Dies* ... *diei* ... wie wird das dekliniert ...? Und *animal* ... *animalis* ...? Das Tier, gerade so, wie du eins bist?«

Und schon sauste die Backpfeife herunter, auf die der Junge schon gefaßt gewesen war, so daß er schon vorher den Kopf eingezogen und »Aua« geschrien hatte.

Nunziata hatte sich unterdessen mit ihren Büchern, die so ordentlich waren, daß sie wie neu aussahen, neben Leopoldo an den kleinen Tisch vor einem der beiden Balkone gesetzt und eine Schönschriftübung angefangen.

Als der Priester bei ihr ankam, streichelte er ihr über den Kopf und griff nach ihrem Heft. Er blätterte es durch und setzte eine zufriedene Miene auf, weil es für seine Augen immer eine Freude war, diese sichere und ordentliche Handschrift zu sehen.

Ansonsten ließen Nunziatas Fortschritte allerdings zu wünschen übrig; er hatte sich schon bei Tisch mit Don Giordano und in einem privaten Gespräch auch mit Donna Francesca darüber unterhalten, die allerdings lächelnd abgewehrt hatte:

»Aber rechnen, Don Pasqualì, rechnen kann Nunziata gut, sehr gut sogar.«

Das stimmte auch: Arithmetik war ihre Stärke. Der Lehrer hatte den Eindruck, daß Nunziata hochintelligent und gleichzeitig dumm und in gewisser Hinsicht, vor allem im Vergleich mit der gleichaltrigen Carolina, irgendwie zurückgeblieben war.

Aber der Vergleich hinkte, denn Carolina konnte schließlich die ganze nötige Zeit mit Lernen verbringen, während Nunziata schon viel arbeiten mußte.

Auch der Aufsatz, den er ihr am Vortag aufgegeben hatte und der »Ehrfurchtsvolles Gedenken unserer lieben Toten« hieß, war schändlich schlecht ausgefallen, und der Priester schüttelte beim Lesen den Kopf.

»Nunzià, du hast einen viel zu kurzen Aufsatz geschrieben, da ist dir ja wirklich nicht viel eingefallen«, sagte er ganz freundlich, denn er wußte genau, daß ein etwas härterer Ton eine stille Flut von Tränen aus diesen erstaunt blickenden großen Augen ausgelöst hätte.

»Dieses Kind darf man nicht mal schief ansehen«, beklagte er sich manchmal bei Mariuccia.

Daher blieb sein Ton auch liebenswürdig, als er sie weiter tadelte:

»Warum hast du denn nicht gemacht, was ich dir gesagt habe, und statt dessen nur so einen kurzen Aufsatz geschrieben ...? Hör mal, was du hier geschrieben hast: ›Wenn ich an die Toten denke, bin ich nicht traurig. Schwester Veneranda, die gestorben ist, ist nicht traurig. Ich habe keine Angst vor den Toten, ich habe Angst vor den Schaben, vor allem vor der großen, die im Waisenhaus war. Unsere lieben Toten kommen ins Paradies. Wenn man die Gebete sagt, die die Sündenablässe drin haben, kommen sie früher als alle die Stufen zum Parradies rauf. Amen.‹ Was hast du dir denn dabei gedacht, Nunziata, warum hast du nicht über die Seelen im Fegefeuer und über die Sühnopfer geschrieben, wie ich es dir erklärt habe? Und dann mußt du auch aufpassen, schreibt man Paradies vielleicht mit zwei R ...? Und was soll das denn heißen, ›die Gebete, die die Sündenablässe drin haben‹? Vielleicht so was wie Brötchen, die Salami drin haben?«

Der Priester hob den Blick von dem Blatt und erschrak. Dann wurde er ganz weich.

Nunziata mit ihrer Schleife, die so straff um ihr Haar gebunden war, daß sie wie eine Antenne hochstand, war rot im Gesicht, und ihre Augen standen schon voll Tränen, die jeden Augenblick herunterlaufen konnten.

»Mein Herzchen, ich will dich doch nicht tadeln, sag mir nur, warum du so wenig geschrieben hast. Komm sei ruhig ... vor mir brauchst du keine Angst zu haben ... aber antworte mir.«

»Ich war müde …«, sagte Nunziata und senkte den Kopf.

Don Pasqualino wußte nicht, was er darauf antworten sollte und zuckte mit den Achseln … Er hatte verstanden. »Sie war müde, die Ärmste …« Und dann dachte er: »Es war ein Fehler, ihr dieses Thema zu stellen … Wenn du keine Familie hast, hast du auch keine Toten.«

Genau in diesem Augenblick tauchte jemand an der Tür auf und fragte nach Nunziata: Donna Francesca brauchte sie dringend für eine Kontrolle der kurzen Röhrennudeln, die für die letzte Trocknungsphase auf den Terrassen ausgebreitet waren … Nunziata sollte sich beeilen und ihr im Zweifelsfall ein paar Proben bringen. Aber das kleine Mädchen blieb mit gesenktem Kopf sitzen und rührte sich nicht, bis der Priester sie zum Gehen aufforderte.

Sobald Nunziata draußen war, verschwand auch Giovanni Antonio.

»Ja, wo läuft denn dieser Lümmel hin …? Giovannii … Giovannii … Giovanni Antonioo …«, rief der Geistliche von der Türschwelle des großen Zimmers aus, weil er sich nicht traute, über den Flur zu laufen und sich in dieses Haus voller Türen, Zimmerfluchten, Korridore und Balkone vorzuwagen.

Er hatte eine geradezu ehrfürchtige Angst, plötzlich Donna Francesca zu begegnen und sie zu stören oder gar zu verärgern und sich so die Tafelfreuden zu verscherzen, nach denen er regelrecht lechzte, wie ein Schiffbrüchiger sich nach dem rettenden Ufer sehnt.

»Giovanni Antonio … Giovanni … komm her, du mußt deine Übersetzung fertigmachen …«, rief er und traute sich noch immer nicht bis zur Treppe.

Der Junge war Nunziata bis auf die Dachterrasse gefolgt. Er war an der trocknenden Wäsche und an der Waschküche mit den großen Waschtrögen vorbeigehuscht, hatte die Kessel hinter sich gelassen, in denen die Wäsche gekocht und im August die Tomaten in Flaschen eingeweckt wurden, und war bis auf das sonnige Flachdach des Betriebes gelangt.

Dicht an dicht lagen wie Opfer, die dem Vulkan und dem Meer

dargebracht wurden, von niederen Mauern eingefaßt und von Sackleinwänden geschützt, die schon fast verpackungsbereiten kurzen Röhrennudeln ausgebreitet und saugten die Wärme der dunstverschleierten Sonne auf.

Die Terrassen waren still und heiß; zwischen den Kaminen versteckt, beobachtete der Ausreißer die Bewegungen des Mädchens.

Nunziata sammelte Proben der verschiedenen Sorten ein und versuchte, deren Trockenheitsgrad festzustellen, indem sie sie zerbiß.

In eine Mauervertiefung gedrückt, spürte Giovanni Antonio leichten Rauchgeruch, der ihm in der Nase biß und seine Augen mit Tränen füllte. Unablässig beobachtete er, wie Nunziata sich mehrmals tief bückte und Nudeln aufhob. Jedesmal wurden dabei ihre Waden und ihre weißen Strümpfe sichtbar, und davon bekam er ein Kribbeln im Bauch.

Als er sah, daß Nunziata sich mit der hochgerafften Schürze voller Proben für Donna Francesca unverzüglich auf den Rückweg machte, lehnte er sich noch weiter zurück und schoß, als sie an ihm vorbeiging, aus seinem Versteck hervor, um sie zu erschrecken.

Sie spielten Fangen zwischen den wehenden, duftenden Wäschestücken, bis er, da er sich frei bewegen konnte und längere Beine hatte, sie schnappte und sie fest in seine starken Arme nahm. Dann fing er an, sie zu kitzeln, aus Nunziatas Schürze fielen Röhrchen heraus, und sie rief glucksend und kichernd: »Nicht … nicht … nicht …«

Am Schluß setzten sie sich nebeneinander auf den Boden hinter einem Holzstapel und lehnten sich mit dem Rücken an den kühlen Stein des Waschtrogs.

Er hatte einen Arm um ihre Schultern gelegt, und seine herunterhängenden Finger berührten ihre kleine Brust.

Er schüttelte sich noch ein paarmal vor Lachen, weil seine baumelnden Finger dabei ungezwungener mit den Rundungen des Mädchens spielen konnten.

Dann legte er ohne weiteres Zögern kühn die ganze Handfläche auf die kleine Brust und umschloß sie fest. Nunziata rührte sich nicht.

Der Priester schrie sich heiser. Er hatte sich bis zum Treppenhaus vorgewagt, und seine Stimme drang deutlich bis zur Terrasse herauf. »Giovanni Antoniooo ... Giovanniiii ... Giovanni Antoniooo ... Giovanni Antoniooo«, schallte sein Doppelname vernehmlich herauf.

EINE SEHR AUFGEREGTE Nunziata und eine fröhliche Mariuccia, deren wogender geschäftiger Gang durch die Hausflure ihre gute Laune verriet, gaben zur Essenszeit ihr streng gehütetes Geheimnis preis: Sie hatten eine große Familienfeier zu Francescas dreiundvierzigstem Geburtstag vorbereitet.

Schon am Morgen jenes Sonntags im Jahre 1892 war allen, sogar Don Paolo, verboten worden, den Saal zu betreten, der, wie man später zu sehen bekam, bis hinauf zum Murano-Lüster mit bunten Papierblumen geschmückt worden war.

»Nicht hineingehen«, flehte Nunziata und stellte sich allen in den Weg, während sie die Türflügel schloß, damit man den großen Blumenkorb in der Ecke neben der Anrichte nicht sehen konnte.

»Niemand darf hier rein ins Refektorium«, sagte sie lachend.

Sie hatte diese alte Gewohnheit aus dem Waisenhaus auch nach sechs Jahren im Hause Montorsi noch immer nicht abgelegt: Für sie war das streng eingerichtete Zimmer im Haus an der Mühle, wo sich alle zu den Mahlzeiten versammelten, das Refektorium.

Alle lachten, wenn sie etwa sagte:

»Ich geh' jetzt ins Refektorium ... Wir haben das Tafelsilber des Refektoriums geputzt ...«

Nur Francesca lachte nicht, denn für sie wirkte dieser breite, über drei Meter lange Tisch mit all den versammelten Menschen tatsächlich wie die Tafel einer Gemeinschaft.

»Das ist doch keine Familie, das ist ein ganzes Heer. Es ist auch kein Haus, sondern ein Betrieb in den roten Zahlen, in dem sich alle bedienen und keiner was leistet.«

Bei diesem Gedanken überraschte sie sich oft. Und an jenem Tag, als die Kelche zu ihren Ehren erhoben wurden, fühlte sie, als sie am anderen Tischende ihren Mann ansah, der mit rotem Gesicht gierig über die im Ofen überbackenen Nudeln herfiel, plötzlich einen schmerzhaften Druck im Magen und mußte die Hand auf die Brust legen und einen Schluck Wasser trinken:

»Gott im Himmel hilf du mir und verschone mich …«

Seit Monaten betete sie schon so. Don Giordano war nämlich vor knapp einem Jahr von der Bank von Neapel und der Bank von Italien zu Diskontgeschäften autorisiert worden und hatte sich zum Bankier gemausert.

Wie lange hatte ihr Mann auf sie eingeredet, um sie herumzukriegen …! Gott allein wußte es.

»Francé, es reicht mir jetzt mit den Pferden und den müßigen Abenden im Club … Du weißt genau, daß ich mich für die Mühle nicht interessiere, die gehört dir, und ich bin auch nicht zum Nudelmacher geschaffen; diese Tätigkeit hingegen bringt mir Prestige und befreit mich aus meiner immer demütigenderen Rolle eines Prinzgemahls … Weißt du, was Ottavio Palmieri neulich abends zu mir gesagt hat? Ich war guter Laune, hatte ihn gerade beim Kartenspiel besiegt und nahm ihn hoch … Ich spielte ein wenig verrückt … Verneige dich, forderte ich ihn auf, verneige dich vor meiner Eminenz … ich bin ein König … nein mehr, ein Kaiser … und du bist nur ein einfacher Untertan. Weißt du, was dieser Schuft sich erlaubt hat, mir zu antworten? ›Schon gut, Giordà, ich anerkenne deinen hohen Rang, du bist ein Kaiser … und ich bin nur ein Mann aus dem Volke … aber dafür habe ich auch keine Kaiserin zu Hause …‹ Verstehst du? Ich sprach über die Karten, und er macht so eine gemeine Bemerkung … Aber das spielt keine Rolle, der ist einfach neidisch … Entscheidend ist, daß wir an die Zukunft denken müssen. Wir haben neun Kinder. Für die müssen wir vorsorgen.«

»Wir haben zehn Kinder ... Nunziata ist auch noch da.«

»Aber Nunziata ist nicht unsere Tochter, die ist nicht unser Fleisch und Blut.«

»Sie ist nicht unser Fleisch und Blut, aber sie ist unser zehntes Kind«, hatte sie klargestellt.

»Ob neun oder zehn, jedenfalls sind es viele, obwohl unser Besitz ja nicht klein ist ... Jetzt hör mir mal gut zu«, bat er. »Vertraue mir ein einziges Mal bedingungslos ... Hör, Chicchì«, umgarnte er sie, indem er ihren Kosenamen benutzte, »Chicchì, wenn du mich unterstützt und mir hilfst, dann beweise ich dir, daß ich zu etwas fähig bin.«

Tagelang, monatelang hatte er sie bedrängt. Sie war alles andere als glücklich über sein Vorhaben und sträubte sich dagegen. Aber er bestürmte sie so heftig und auch aufrichtig, ohne jegliche Hintergedanken, einfach nur mit seinem sicheren Jagdinstinkt. Er ging auch auf ihre so disziplinierte und ernsthafte Art ein, den Tatsachen ins Auge zu blicken und überzeugte sie mit äußerst vernünftigen Überlegungen und ausgewogenen und sicheren Plänen, bei deren Verwirklichung ganz bestimmt nichts schiefgehen konnte.

Er hatte sie überredet, indem er sie zu seiner Komplizin machte und sie voller Geduld und ohne mit seiner Zeit zu geizen in alles einweihte und sich in dieser Sache, die nur sie beide allein betraf, solidarisch mit ihr verschwor.

Zum ersten Mal seit ihrer Verlobungszeit küßte er ihr die Hand, zum ersten Mal seit damals sprachen sie ruhig miteinander; und das ließ auf innere Gelassenheit schließen, ja, es setzte sie voraus.

»Du wirst sehen, Chicchì, sie werden alle zu mir kommen, und zwar mit dem Hut in der Hand, alle deine Mühlenbesitzer, deine Nudelfabrikanten, die sich soviel einbilden ... Doch ich arbeite nur mit denen, die mir sichere Garantien bieten ... Aber mit dem Hut in der Hand müssen sie ankommen, all deine Freunde mit ihren Jachten am Meer und ihren Rennpferden, die Farros, Fiengas, Montellas, die Arpaias und Monsurròs ... Das wird alles glattlaufen ... aber ich brauche deine Hilfe ... allerdings nur am

Anfang … dann wirst du schon sehen …« Gar zu gern hatte ihm Francesca glauben wollen …

Es gibt Momente im Leben einer Frau, in denen ein Mann sie zur Königin krönt. Manchmal reicht dazu eine Regung des Herzens, manchmal muß man ihm hingegen den Gesamtbetrag der bescheidenen Wochenlöhne dafür aushändigen. Francesca bekam jedenfalls ihre Krone.

Aber kaum hatte sie sie auf dem Kopf, merkte sie, daß sie voller Dornen war.

Von nun an unterschrieb sie mit ihrer hohen, geraden, damals so ungewöhnlich schnörkellosen Schrift Bürgschaften. Sie nahm Kontakt zu einflußreichen Personen auf, stellte Menüs zusammen, backte Rosinenkuchen, lud wichtige Leute zum Mittag- oder Abendessen in die Villa ein und bekam hinterher riesige Blumenkörbe mit gezierten Dankesbilletts:

»Die zauberhafte sonnige Stätte, wo wir in so wonnevoller Atmosphäre weilten, haben wir noch lebendig vor Augen …«

Wenn die großen Körbe aus dem Blumenladen kamen, war sie keineswegs begeistert, sondern nahm sie mürrisch auf:

»Ja, halten die mich vielleicht für eine Tingeltangelsängerin?«

Dann begann Don Giordano mit der »Feinarbeit«.

Aber er hatte keine glückliche Hand.

Seiner Spielernatur gefiel an der ganzen Tätigkeit vor allem das Hasardieren.

Er spielte seine Partien jetzt nicht mehr im Club, sondern in seinem Büro, das in den Räumen der Mühle eingerichtet worden war. Francesca hatte eine Mauer einreißen und eine Tür zur Straße einbauen lassen. Durch diese Tür traten die Bankkunden ein.

Wenn sie anfangs auf ihren Rundgängen den Raum neben dem Büro ihres Mannes betrat, hörte sie durch die Innentür, bevor sie diese zumauern ließ, fast immer Gelächter: derbes Männergelächter, das sie unangenehm berührte.

»Was die frisch und lustig sind«, seufzte sie, »mir dagegen ist ganz schwindlig …« Es war ihr tatsächlich übel.

Sie war schwanger und schwor sich, daß ihr dies nie mehr

passieren würde. Sie trieb ab, heimlich und auf gefährliche Weise.

Jetzt ließ ihr auch ihr Ehemann Blumenkörbe schicken, er hatte sogar an ihren Geburtstag gedacht.

»Gott im Himmel, hilf mir.«

Vom anderen Tischende sah Don Giordano, der sich beobachtet fühlte, zu ihr herüber und prostete ihr zu.

»Gott im Himmel, verschone mich«, betete Francesca weiter.

Der Sommer hatte begonnen, und um ein wenig kühlere Luft hereinzulassen, hatte man alle Balkontüren zu den Innenhöfen der Mühle aufgemacht. Zum sonntäglichen Abendessen saß die ganze Familie Montorsi mit willkommenen Gästen, den beiden Getreidemaklern aus Apulien und Don Giordanos Cousin, Notar Don Diego Panarello aus Sorrent, am Tisch.

Appetitanregend dufteten auf den Tellern dicke Portionen Reisauflauf, den sich die Tischgenossen in den Mund schoben und den sie vorher genau auf seine Füllung hin untersuchten. Don Paolo entdeckte voller Genuß die Hühnerleberchen, Don Giordano die Pilze, Giovanni Antonio pulte die Erbsen heraus, und Enrico wählte ein paar Fleischbällchen für Nunziatas Teller aus.

Federico aß nur langsam. Statt sich dem Reisauflauf zu widmen, erörterte er mit Don Diego die politische Lage. Es fielen die Namen Turati, Crispi und Giolitti, und Mariuccia, die an der Tür stand, rollte mit den Augen, weil ihr Liebling immer nur redete und sein Essen kalt werden ließ.

Francesca hatte sogar beobachtet, wie Mariuccia schließlich die Soßenschüssel ergriff, um sie in der Küche mit kochendheißer Soße aufzufüllen und ein wenig davon über den Teller des Redseligen zu gießen.

Als sie schon beim Obst waren, redete Federico immer noch und versuchte, Don Pasqualino ins Gespräch zu ziehen, denn der Notar, der mit dem Essen beschäftigt war, antwortete ihm nur einsilbig, und Enrico war nur damit beschäftigt, Nunziata zu necken.

Das Thema, dem sich der künftige Rechtsanwalt so leidenschaftlich widmete, war die Bedeutung der letzten päpstlichen Enzyklika, der *Rerum novarum*, mit der Leo XIII. gerade vor einem Jahr, als Turati seine Arbeiterpartei gründete, sein rätselhaftes Schweigen gebrochen hatte. Mit ernsten Worten hatte der Papst darin konkrete Forderungen zugunsten der Arbeiterklasse erhoben und Katholiken, Liberale sowie die extreme Linke aufgefordert, an einem Strang zu ziehen.

Leo XIII. gemahnte die Arbeitgeber an ihre moralischen Pflichten. Ein bekennender Katholik dürfe sich nicht die Schwäche der Ärmsten zunutze machen und den Klassenkampf außer acht lassen. Seine Aufgabe bestehe vielmehr darin, diesen zu unterstützen, ihn zu seiner eigenen Sache zu machen, ihn im Geiste des Evangeliums mit klugen Maßnahmen anzuführen und die Durchsetzung der gerechten Ansprüche nicht den Unbesonnenen zu überlassen.

Francesca wußte nicht viel über die Enzykliken, diese »apostolischen Briefe« des Kirchenoberhaupts an die Bischöfe, in denen er sich mit religiösen und sozialen Problemen befaßte. Und von dieser *Rerum novarum* hörte sie zum ersten Mal. Sie hatte dem Dialog anfangs nur mit halbem Ohr zugehört, aber dann merkte sie, worauf ihr Sohn mit seinen Reden (die er im übrigen sehr deutlich formulierte) hinauswollte; sie verstand den tieferen und für sie provokatorischen Sinn der Botschaft, die Federico so begeisterte und bewegte, und begriff, was hinter den immerhin vorsichtigen Worten der Kirche steckte.

Federico führte einen regelrechten Monolog, hatte sich aber den armen Priester als den richtigen Gesprächspartner ausgesucht, denn dieser mußte wohl oder übel gewissen Wahrheiten über die Gerechtigkeit und das soziale Gewissen beipflichten, aber er tat dies nur, indem er gleichzeitig flehentliche Blicke in Richtung der Hausherrin warf.

Don Diego verharrte geistesabwesend in klugem Schweigen und starrte nur auf seinen Teller; die beiden Makler, die ebenfalls stumm dasaßen, sahen bei besonders gewagten Aussagen des jungen Mannes hin und wieder etwas bestürzt zu Donna Francesca hinüber, als ob alles, was Federico äußerte, auf sie gemünzt gewesen wäre, die ja eigentlich eine Vertreterin des Gegenpols der Arbeiterschaft war.

Francesca bemerkte die Verlegenheit der beiden Makler und mußte insgeheim lächeln. Was wußten die schon über ihren prachtvollen Sohn, den sie mehr liebte, als alle anderen. Er war schön wie Giordano und von der gleichen jugendlichen Begeisterungsfähigkeit entflammt wie ihr Mann damals, als sie sich kennenlernten und mit ihm noch alles möglich war. Dieser Sohn war groß und aufrecht wie sie beide und dennoch von beiden so verschieden.

Die noblen Ideale Federicos waren der geheime Stolz Francescas, auch wenn sie sie nicht teilte, ja sie sogar beharrlich ablehnte. Zwischen ihnen gab es ständig Streit, wobei Federico immer innerhalb der Grenzen des damals gebotenen Respekts blieb und ihr stets seine sehr große Zuneigung zeigte und sie liebevolle, wohlwollende Nachsicht übte, als ob dieser Sohn nicht lebenstüchtig und ohne ihre Führung völlig verloren wäre.

Aber Streit gab es immer zwischen ihnen, und der Sohn mußte jedesmal zurückstecken, auch wenn Francesca hin und wieder versuchte, ihm entgegenzukommen. Wie zum Beispiel damals, als er sich so leidenschaftlich für den Sohn des armen Catello eingesetzt hatte.

Der siebenjährige Ciruzzo war das älteste der vier Waisenkinder des Arbeiters Catello, der ein paar Monate zuvor, als er sich gerade das Gesicht wusch, wie vom Blitz getroffen tot umgefallen war.

Intra res actas war er gestorben, so hatte Don Paolo verkündet, der immer gern sein Latein hervorkehrte, vor allem in Francescas Gegenwart, aber sie hatte ihm nicht die Genugtuung gegeben, ihn zu fragen, ob dies der Name der Krankheit sei, an der der Ärmste gestorben war.

Ein paar Tage nach Catellos Tod hatte sie eigentlich aus Solidarität mit der nun mittellosen Familie Ciruzzo als Nudelaufklauber in der Mühle angestellt.

Als Federico, der nach Neapel zurückwollte, sie eines frühen

Morgens in der ganzen Mühle suchte, um sich von ihr zu verabschieden, war er auf das Kind gestoßen und ganz entsetzt gewesen. Er hatte den schmächtigen mageren Jungen mit einem um die Taille gebundenen Säckchen dabei angetroffen, wie er tief gebeugt mit einem kleinen Besen und der bloßen Hand den Bruch aufklaubte. Er war der kleinste und schmächtigste in der Gruppe kleiner Jungen, die hinter den Trägern der Rohrstöcke und Weidenkörbe herschwärmten, um alle Teigwaren aufzusammeln, die beim Transport herunterfielen. Daraufhin hatte Federico seine Mutter noch dringender gesucht und sie, nachdem er sie gefunden hatte, zu einem Gespräch in ihr Büro geführt. Dann hatte er sie voller Leidenschaft nicht nur gebeten, Ciruzzo nach Hause zu schicken, sondern ihm davor auch noch seinen Wochenlohn zu zahlen.

Francesca hatte ihren Sohn beruhigt und schließlich nachgegeben, auch wenn sie sich zuerst mit einem Ausbruch Erleichterung verschaffte:

»Eine mehr oder weniger ... das kommt ja gar nicht mehr drauf an ... gute Taten sind für uns doch eine Lappalie ...«

In Federicos Reden am Tisch wollte sich Francesca an jenem Tag nicht einmischen. Sie sprach schon normalerweise nicht viel, und diese fremden Gäste schüchterten sie ein, außerdem redete ihr Sohn so gelehrt daher und gebrauchte viele schwierige Ausdrücke. Und dann war da auch noch Giordano, der sich nicht in das Gespräch verwickeln ließ, sondern sie duckmäuserisch anlächelte und sie damit praktisch provozierte, sich aufs Schlachtfeld zu begeben. Deshalb sagte sie kein Wort, aber ihre Hände begannen schon zu jucken, und ihr Bein unter dem Tisch zuckte leicht. Schließlich konnte sie sich nicht mehr zurückhalten und schoß mit bösen Blicken ihre gemeine Frage ins feindliche Lager ab:

»Jetzt sag mir bloß mal, Federì ... Diese Piemontesen ... der Herr behüte uns vor ihnen ... Ja, was sagen denn diese Piemontesen zu den schönen Reden, die der Papst da hält? Und der König vom Piemont, was sagt der?« Wie beabsichtigt und wie erwartet hatten ihre Worte den Sohn gekränkt.

»Mit Verlaub, Mama, Ihr müßt fragen, was die Italiener dazu

sagen … Das vergeßt Ihr immer. Dabei müßtet Ihr wissen, daß die Vereinigung Italiens nun mal stattgefunden hat und die Piemontesen unsere Brüder sind … und der König ist der König … Er ist nicht nur der König von Piemont … Entschuldigt, daß ich das immer wiederhole …«

»Genau … daran brauchst du mich gar nicht zu erinnern. Mein König irrt jetzt irgendwo in der Welt herum, die Heilige Jungfrau möge ihm beistehen … Und ich bin keine Schwester der Piemontesen, und daher bist du auch nicht mit ihnen verwandt.«

»Entschuldigt, Mama, ich muß immer wieder das gleiche sagen … Die Grenzen, die Ihr in unserem schönen Land seht, die gibt es schon seit dreißig Jahren nicht mehr … die sind verschwunden … Stimmt doch, Don Achille?« wandte er sich an einen der Makler, der entsetzt war, in den Streit mit hineingezogen zu werden. »Sagt Ihr doch meiner Mutter, daß die verschwunden sind … und dafür danken wir dem Herrgott …«

»Ach tatsächlich? Wenn der Herrgott uns Neapolitanern vor dreißig Jahren diese Gnade nicht erwiesen hätte, wäre es viel besser gewesen … wir hätten gern darauf verzichtet …«

»Warum redet Ihr immer so, Mama?« Er sah ihr in die Augen … Sein Ärger traf Francesca, denn in sein schönes Gesicht stand tiefes Bedauern geschrieben … »Seht mal, Mama …«

»Ich sehe nur eines«, unterbrach sie ihn hart, »daß du glaubst, daß ein Esel fliegen kann, daß Italien vereint ist und wir alle Brüder sind …«

»Hört doch, Mama …«

»Sei still und iß und Schluß jetzt mit diesen Schweinereien.«

Nun hatte sie ihn wirklich bis zur Weißglut gereizt, und er wagte einen respektlosen Ausbruch:

»Ihr sprecht hier über eine heilige Sache, Mama. Warum benutzt Ihr solche Ausdrücke? In Neapel hat es damals eine Volksabstimmung gegeben …«

»Ach tatsächlich? Wunderbar …, das haben wir ja noch gar nicht gewußt.«

»Und ob Ihr das gewußt habt, und die Neapolitaner wurden aufgerufen, über eine ganz präzise Formel abzustimmen, die ich genau kenne und Ihr anscheinend nicht ... Es war eine klare Frage: ›Will das Volk das eine unteilbare Italien mit Vittorio Emanuele als konstitutionellen König und ebenso seine legitimen Nachfolger?‹ Es wurde einstimmig mit Ja abgestimmt.«

»Einstimmig, wie? Danke für die Information.«

»Warum seht Ihr die Ereignisse immer in so einem schlechten Licht ...? Es tut mir leid, daß ich Euch das sagen muß, aber Ihr seid unredlich. Ich weiß, daß Ihr in Gaeta eine Schwester verloren habt, aber die ist nicht von den Piemontesen umgebracht worden, sondern durch den Starrsinn des Bourbonenkönigs, der sich absurderweise einer heiligen Sache widersetzt hat.«

Federico hatte rote Ohren, die wie steil aufgerichtet wirkten, und seine glühenden Augen starrten sie traurig an.

Ohne ein weiteres Wort sprang sie zornig auf, so daß der schwere Stuhl umfiel, und schlug mit verzerrten, ungewöhnlich entstellten Gesichtszügen, in denen kaum mehr eine Spur ihrer Selbstkontrolle und ihrer hochmütigen Unbeirrbarkeit zu erkennen war, mit dem Handrücken so heftig in das Gesicht ihres Sohnes, daß das Besteckgeklapper in den Nachtischschalen abrupt aufhörte.

Ungestüm verließ sie dann – während Mariuccia und Nunziata sie entgeistert anguckten und die übrigen Tischgenossen verlegen ihre Löffel in der Schwebe über der leckeren Schokoladencreme hielten – das Speisezimmer.

Hinter dem Paravent in ihrer Umkleideecke versuchte sich Donna Francesca mit nervösen Fingern von ihrem Korsett zu befreien.

Beim Lösen zweier Schnürbänder brach ihr ein Fingernagel ab, mit dem sie dann auch noch in der Stickerei ihres Unterhemdes hängenblieb, das sie unter dem Korsett trug. Da stieß sie aus tiefster Seele ein herzhaftes »Leck mich am Arsch« aus, eine Aufforderung, die früher oft durch die Mühle geschallt war.

Während sie, um das Fischbeinmieder herunterzuziehen, zuerst den rechten, dann den linken Fuß hob, wobei die am Saum der Unterhose verstärkten Schlaufen sie behinderten, spürte sie eine Ader an ihren Hals pochen und ihr Herz so schnell schlagen, daß sie kaum mehr Luft bekam.

Dieses Herzklopfen kannte sie nun schon seit einigen Jahren, es war nicht mehr das gutartige Pochen, mit dem der jugendliche, gesunde Körper auf das Leben reagiert, sondern ein alles übertönendes wildes Schlagen, das sie bei Wutanfällen oder Angstzuständen überfiel und sie dieses Organ deutlich spüren ließ.

»Federico ist ein Idiot ...«, murmelte sie kurzatmig vor sich hin, während sie den steifen Schnürleib, von dem sie sich endlich befreit hatte, wie einen Fächer zusammenklappte und auf den kleinen Sessel in der Ecke warf.

»Bei all dem Geld, das ich für ihn ausgegeben habe ... und dafür haben sie ihm diese seltsamen Ideen in den Kopf gesetzt.« Sie ließ sich auf das gepolsterte Bänkchen nieder.

»Der hat doch keine Ahnung ... Nichts hat der begriffen und spuckt große Töne ...« Sie streifte einen Strumpf ab. »So ein Esel«, sagte sie und zog auch den anderen Strumpf aus.

Dann stand sie gereizt auf und zog vom Paravent ihr verschwenderisch mit Spitzen besetztes Nachthemd herunter. Sie knöpfte es vor dem Überstreifen nicht bis unten auf, sondern versuchte, mit dem Kopf durch die zu enge bestickte Halsöffnung zu kommen.

Dabei sprang ein Knopf ab, und als ihr Kopf zwischen den Spitzen wieder auftauchte, wiederholte sie ihre Beschimpfung.

Sie fuhr in die Ärmel, schloß die Perlmuttknöpfe an den Manschetten und ließ sich auf das Samtpolster des Drehstuhls vor ihrem Toilettentisch fallen, so daß dieser einen Augenblick unter ihrem Gewicht wankte.

Mit blau angelaufenem Gesicht, schiefem Haarknoten und schiefem Nachthemd starrte sie auf ihr Spiegelbild, ohne es zu sehen und fing mechanisch an, mit tastenden Händen ein paar Haarnadeln zu lösen. Dann hielt sie ein und besah sich ihren Fingernagel, mit dem sie in den Haaren hängengeblieben war. Sie nahm die silberne Nagelschere mit den blattverzierten ringförmigen Griffen aus dem gelben Samtetui und begradigte den abgebrochenen Nagel. Dann stützte sie die Finger auf die Holzeinfassung der Tischplatte und schnitt auch alle anderen Nägel kürzer.

Ihre Gedanken kehrten zu dem Streit zurück, der mit der Ohrfeige geendet hatte. Sie warf das Scherchen wütend in das Etui, erhob sich und legte sich auf ihr Bett, das sie weich empfing.

»Heilige Muttergottes, was für ein ungezogener Bengel ... Jesus Maria, hast du das gehört, jetzt sollen wir auch noch Gott danken ...«

Sie genoß ihren Zorn in vollen Zügen. Er war ihr von der Magengrube bis zu den Ohren hochgestiegen, in denen ihr Herzschlag dumpf dröhnte.

Dieses Gefühl war ihr in letzter Zeit ganz angenehm. Heute verrauchte ihr Zorn nicht wie früher in kurzer Zeit. Sie kostete ihn aus, langsam und zungenschnalzend wie einen guten Wein.

Aber daß sie ihrem Sohn eine Ohrfeige gegeben hatte, schmerzte sie doch sehr.

Federico war Francescas Augapfel. Ihr Schwager hatte recht, wenn er sie in gelöster Stimmung wegen ihrer Begünstigung mit seinem ausschweifenden Latein hochnahm, wobei dann die ganze Familie im Chor beipflichtete:

»Federicus, dominae Franciscae, brillocus est!«

Bei der Erinnerung an einen Aufguß, den sie einmal gegen den Husten ihres Sohnes zubereitet hatte und mit dem die anderen sie aufgezogen hatten, wurde Francesca weich ums Herz. Während sie mechanisch die Bänder an ihrem Ausschnitt schloß, hielt sie ein stilles Zwiegespräch mit ihm ab. Dabei benutzte sie Worte, die sie in seiner Gegenwart nie herausgebracht hätte:

»Federico, du mein heißgeliebter Sohn, mein bildschöner Sohn, du hast edle Gefühle, du bist wohltätig und glaubst alles, was sie dir erzählen, aber die Piemontesen haben nur an ihren eigenen Vorteil gedacht, das sind keine Brüder von uns armen Neapolitanern, das sind Ausbeuter.«

Sie hatte noch den Aufruf von Francesco II. in Gaeta vor Augen, der an der zerfallenen Mauer eines durch Kanonenschüsse zerstörten Hauses klebte. Deutlich erinnerte sie sich an das rechteckige lange Plakat und auch daran, daß oben rechts »Gaeta, den 8. Dezember 1860« und ganz unten, etwas einsam, die Unterschrift des Königs Francesco stand.

Der Großvater hatte den Arm um ihre Schulter gelegt, während sie es langsam las, und sein Arm lastete so schwer auf ihr, daß es schien, als sei er ohnmächtig geworden, und als sie den Kopf hob, hatte sie seine Tränen gesehen.

Die bittere Bedeutung der langen Verkündung hatte sie erst viel später verstanden.

Jetzt bewahrte sie das in den Falzen durchgewetzte Plakat mit den abgerissenen Ecken und den verkrusteten Leimresten in ihrer geheimsten Schublade auf.

Sie hatte es unter den Hinterlassenschaften des Großvaters gefunden und hatte es, zusammen mit seinem Messer mit dem Horngriff, einem Stückchen Putz und Großmutters Kopftuch mit dem Rosenmuster an sich genommen.

Sie erinnerte sich noch im Schlaf an Worte und ganze Sätze dieser Verkündung, die sie immer wieder gelesen hatte …

»Von diesem Ort, von wo aus ich mehr noch als meine Krone die Unabhängigkeit des gemeinsamen Vaterlandes verteidige, erhebt sich die Stimme eures Herrschers … Obschon verraten, obschon ausgeplündert, werden wir aus unserem Unglück auferstehen; denn nie haben sich Freveltaten ausgezahlt und konnten sich Usurpatoren lange halten …

Ich bin Neapolitaner, ich bin unter euch geboren, ich habe nie andere Luft geatmet, nie andere Länder gesehen, ich kenne nur meine Heimat. Meine ganze Liebe gilt dem Königreich, eure Bräuche sind auch meine Bräuche, eure Sprache ist auch meine Sprache, euer Trachten ist auch mein Trachten … Ich bin euer Herrscher, der alles seinem Wunsche geopfert hat, Frieden und Eintracht zwischen seinen Untertanen zu erhalten …

Die ganze Welt hat es gesehen: Um Blutvergießen zu vermeiden, habe ich lieber meine Krone aufs Spiel gesetzt. Die vom ausländischen Feind bezahlten Verräter saßen neben den Getreuen in meinem Rat; aber mit meinem aufrichtigen Herzen konnte ich nicht an Verrat glauben; es fiel mir allzu schwer zu strafen; es schmerzte mich, nach all dem Unheil eine Ära der Verfolgungen zu beginnen; und so haben die Unredlichkeit einzelner und meine eigene Milde der piemontesischen Invasion Vorschub geleistet …

Ausländische Abenteurer … Männer, die diesen Teil Italiens noch nie gesehen haben oder dessen Bedürfnisse in ihrer langen Abwesenheit vergessen haben, bilden jetzt eure Regierung … Die beiden Sizilien sind zu Provinzen eines fernen Königreichs erklärt worden … Ich glaube an die Gerechtigkeit der göttlichen Vorsehung und werde, welches auch immer mein Schicksal sein wird, meinen Völkern treu bleiben … jenen Völkern, die den größten und teuersten Teil meiner Familie bilden …«

»Was für schöne Worte … Armer König … Er irrt in der Welt herum und ist außerdem auch noch krank … Er hat Diabetes, genau wie der Großvater …« Francesca seufzte.

Die Ohrfeige hatte dieser unvernünftige Sohn doch wirklich verdient. Natürlich hätte sie ihm ihre Gründe lieber in aller Ruhe erklärt, allein schon deshalb, weil ihr jetzt dieser Knoten auf der Brust lastete. Aber es war nicht ihre Gewohnheit, ihren Kindern etwas zu erklären, sie ließ sich auf keine Diskussionen mit ihnen ein. Und außerdem, was hätte sie ihm schon erzählen sollen? Sie konnte sich nicht gut ausdrücken. Der Großvater, ja, der hätte es vielleicht gekonnt.

Sie sah ihn noch vor sich, wie er die harten Worte mit strenger Miene langsam zwischen den Lippen hervorzischen ließ wie Messer und dabei einige Akzente ganz besonders betonte.

»Ich kenne bloß meinen König … Wenn der da aus Piemont auch einer ist, dann soll er gefälligst bei sich daheim den König spielen, statt den übrigen Christenmenschen auf den Geist zu gehen.«

Francesca erinnerte sich auch noch genau an den boshaften metallischen Glanz im Blick des Großvaters, als wären in seinen blauen Augen scharfe Klingen aufgeblitzt.

Aber dann waren seine Augen wieder meerblau und lachend,

als er sie glücklich herbeirief, um ihr den König zu zeigen, der gerade vorüberging, und sie fröhlich auf die Kaimauer hob.

Die Trompeten spielten, und er rief ihr zu:

»Francé … Francé … der König ist jetzt in Gaeta, der ist ganz nah bei uns.«

Und wie sie so stand, an jenem windigen Septembertag, schien ihr die goldene, runde Untergangssonne ins Gesicht und blendete sie.

Francesca schnellte plötzlich recht gelenkig von der weichen Wollmatratze hoch, in die sie versunken war.

Diese Erinnerungen an frühere Zeiten, an eine andere Lebensweise, hatten ihr einen Stich ins Herz gegeben, in dieses Herz, das sich wie in ahnungsvoller Übereinstimmung mit ihren Gedanken ausdehnte und zusammenzog.

Sie trat an ihr Betpult und hoffte, im Gebet Frieden zu finden. Oft betete sie ganz mechanisch, manchmal aus alter Internatsgewohnheit, andere Male bei Angstzuständen oder bei Gefahr, denn sie sah darin ein Allheilmittel; niemals betete sie aber aus einem mystischen Bedürfnis heraus.

Kniend schlug sie ihre kleine Bibel an der mit dem roten Samtbändchen gekennzeichneten Stelle auf. Dort stand der Psalm, den sie für den Wirkungsvollsten hielt.

»Herr, höre meine Worte … Vernimm mein Schreien …«

Ihre ins Leere blickende Pupille verstand die Worte nicht:

»Jesus Christus, die Piemontesen sollen meine Brüder sein? Wenn die reden, verstehe ich kein Wort … Die Piemontesen meine Brüder … dabei habe ich doch nur Schwestern gehabt … Jesus Christus …« Sie rückte das kleine Kissen unter ihren Knien zurecht … »Was hat dieser Dummkopf Federico gesagt? Der Bourbone durfte sich der heiligen Sache der Einheit nicht widersetzen … Na klar, der Bourbone hätte auf der Stelle dem König von Piemont den Platz räumen müssen, und zwar nicht nur ihm, sondern auch allen seinen legitimen Nachfolgern …«

Dies hatte Federico gesagt, und er hatte auch noch betont, daß seither über dreißig Jahre vergangen waren … das stimmte zwar, obwohl sie nie mitgezählt hatte … Wie jung der König doch damals gewesen war, als er nach der Explosion der Batteria Sant'Antonio auf den Trümmern stand und der staubbedeckten Königin Maria Sofia der Schal herunterrutschte und sie so sehr weinte und doch erst neunzehn Jahre alt war.

»Was hat Federico schon begriffen … gar nichts hat er begriffen … Was will der schon über richtige Könige und Königinnen wissen … Königin Sufia … die Königin aller Königinnen … Sufia, die Königin aller Königinnen.«

Diese Lobesworte, die sie immer wieder vor sich hinsagte, waren damals in Gaeta zirkuliert. Die Frauen aus dem Volk sagten sie, wenn Maria Sofia vorbeikam und ihre Häuser betrat, obwohl Typhus herrschte.

»Sufia … die Königin aller Königinnen …«

Dieser Ausruf floß häufig in Francescas Reden ein und wurde durch die ständige Wiederholung Teil der Familiensprache. Mit ihm wurde scherzhaft und manchmal ironisch jede weibliche Vortrefflichkeit, jede besondere Fähigkeit, und sei es nur bei der Herstellung von Hefeküchlein oder Fleischsoßen, gelobt.

Und dieser Ausdruck, den noch die Urenkel Francescas im Mund führten, ließ der bourbonischen Königin die größte Gerechtigkeit widerfahren. Denn die auf diese Weise in die Familiensprache aufgenommene Bezeichnung weckte die Neugier vieler Nachkommen Francescas für diese Persönlichkeit. Und so wurde ihnen ein Bild jener jungen Frau überliefert, das über jegliche trockene Berichterstattung oder Lüge und über jeden langweiligen Lobgesang hinaus ein detailliertes Porträt dieser weit zurückliegenden Ereignisse und der mutigen und leidenschaftlichen Menschlichkeit dieser Frau erlaubte, die nur durch ein unglückliches Geschick Königin geworden war.

Francesca versuchte, sich auf das Gebet zu konzentrieren: »Herr, höre meine Worte … Vernimm mein Schreien.« Aber ihre Gedanken irrten immer wieder ab von dem was sie las.

Was für ein Mundwerk ihr Sohn doch hatte!

»Mama, vergeßt doch nicht, daß es einen Volksentscheid gegeben hat … Ihr wollt die Ereignisse einfach nicht einsehen!«

Die einzig richtigen Worte hatte damals der selige Tore 'e Crescienzo gesagt.

Der Camorraboß hatte klar und deutlich seine Meinung über das Geschehen geäußert, als er ihrem Vater Salvatore das große Paket Kerzen aushändigte, von denen es in Gaeta keine mehr gab.

»Die da«, sagte er, »mußt du Seiner Majestät persönlich übergeben und folgendes von mir ausrichten: ›Majestät, Tore 'e Crescienzo schickt Euch dieses bescheidene Geschenk und läßt Euch sagen, daß die hier noch größere Schweine sind als die dort.‹«

Diese Botschaft hatte ihr Vater nur seiner Familie überbracht, aber die Kerzen lieferte er in der Kasematte des Königs ab und übergab sie jemandem aus seinem Gefolge. Später erfuhr man, daß sie ins Krankenhaus geschickt worden waren. Als sie von Gaeta wegzogen und Tore 'e Crescienzo wieder im Gefängnis saß, fuhr der Großvater in Gesellschaft Vicienzos mit dem zweirädrigen Wagen zu ihm hin und brachte ihm Orangen und Zigarren.

Francesca hatte inzwischen den Faden ihrer Lektüre vollends verloren. Sie rückte noch einmal das Kissen unter ihren Knien zurecht und versuchte, sich bequemer abzustützen. Dann las sie mit lauter Stimme:

»Herr, höre meine Worte, lausche meiner Rede! Vernimm mein Schreien, mein König und mein Gott; denn ich will vor dir beten …«

Aber sie brachte nur hohle Töne hervor, während ihr Herz die wahren Worte sprach, und so schloß sie plötzlich die Augen und legte die Stirn auf das Betpult:

»Die Volksabstimmung … ach wie schön …! Einstimmige Einwilligung … Was für ein Quatsch!«

In der Nacht nach der Volksabstimmung – es war genau die Nacht gewesen, in der er das Paket mit den Kerzen und Decken abgeliefert hatte – spielte ihr Vater, während er die nassen Kleider wechselte, der ganzen Familie, die sich im schwachen Licht des Kerzenstummels wie Blütenblätter um ihn geschart hatte, das ganze Ritual der Abstimmung vor.

Im traulichen Flackerschein des Flämmchens stellte er die ganze Aktion dar. Zuerst mußte er die vom Bürgermeister ausgestellte Bescheinigung vorweisen. Dieses Dokument wies ihn als Besitzer des Bodens und der Mühle aus, bezeugte seine Identität und gab ihm das Recht, mehr noch, die Pflicht, seinen Willen konkret auszudrücken. Dies versicherten ihm die Honoratioren mit den dreifarbigen Kokarden, die sich hinter dem Tisch groß aufspielten, mit strenger Miene.

Dann hatte der Ärmste in Unterhosen, von der entsetzten Familie umringt, nachgemacht, wie er zuerst an dem Tisch der Respektspersonen vorbeidefilieren und dann steile Treppchen zu einer langgestreckten Rampe hinaufsteigen mußte, die so hoch war wie eine Theaterbühne und wo sich die Urnen befanden. Er tänzelte in seinem kleinen Zimmertheater von einer Seite zur anderen und durchbrach den Kreis der ihn umzingelnden Angehörigen, um zu zeigen, wie weit die beiden Kästen voneinander entfernt standen, auf denen deutlich ein Ja beziehungsweise ein Nein zu lesen war. In der Mitte zwischen diesen beiden stand ein dritter Kasten, der nicht gekennzeichnet war.

Um abzustimmen, mußte er entweder aus dem Kasten mit »Ja« oder aus dem mit »Nein« seinen Stimmzettel entnehmen und ihn in die mittlere Urne stecken.

Was bedeutete bei einer solchen Abstimmung, die zwar ohne Zwang, aber doch in aller Öffentlichkeit stattfand, die eigene Wahl, das eigene Gefühl oder der eigene Wunsch?

»Was sollte ich denn machen ...?« fragte er, während er mit der Hand herumfuchtelte, die er, um seine Frage zu unterstreichen, zur Faust geballt hatte.

»Was sollte ich machen, ich und alle anderen armen Teufel ...? Vielleicht mit ›Nein‹ stimmen, nachdem ich zuerst über die ganze Bühne gehen mußte? ›Nein‹ mit Vor- und Zunamen und all dem, was da über mich geschrieben stand ...? Ich habe mit ›Ja‹ gestimmt ...« Als er beendet und dem Großvater in die Augen gesehen hatte, ohne den Blick zu senken, hatte sich der Kreis der Angehörigen enger um ihn geschlossen.

Dies war die Wahrheit. Und da behauptete dieser Dummkopf Federico:

»Alle waren einstimmig dafür ... Es hat eine Volksabstimmung gegeben ...«

Hatten sie vielleicht den Großvater gefragt, ob er diesen anderen König wollte? Und all die Soldaten, die noch in Gaeta kämpften, waren die vielleicht keine Neapolitaner? Hatten die vielleicht kein Recht, abzustimmen ...? Was war schon eine Volksabstimmung Monate vor der Kapitulation?

Ein einziger Betrug war das gewesen. Wir kriegen alles und die anderen nichts ... So hatten es die Piemontesen gehalten. Verzagt schlug Francesca die Bibel zu, stand auf, legte das Buch in das Fach des Betpults und ging auf ihr Bett zu.

»Denen würde ich auch mal eine schöne Volksabstimmung gönnen, diesen Piemontesen ... die hätten sie verdient.«

Dieser Fluch, den sie beim Aufschlagen der Decken noch einmal wiederholte, war einfach so dahingesagt; sie ahnte nicht, daß er eines Tages in Erfüllung gehen würde und daß sechsundachtzig Jahre nach der Volksabstimmung von 1860 auch die Piemontesen zu den Urnen gezwungen werden würden und dabei noch viel größere Ungerechtigkeit erleiden würden als damals die Neapolitaner. Wer anderen eine Grube gräbt, fällt selbst hinein.

Francesca hatte zum Mittagessen Wein getrunken. Dies kam nur selten vor, doch der feuchtglänzende Krug mit den Eisstückchen und Pfirsichscheiben, die in dem *Lacrimae Christi* schwammen, hatte sie in Versuchung geführt. Erhitzt und mit roten Flecken im Gesicht durcheilte sie den langen Korridor, denn sie konnte es kaum erwarten, sich in ihr Zimmer zurückzuziehen, um ihr Korsett zu lockern und sich eine kurze Ruhepause zu gönnen.

Als sie die Tür öffnete, lag das große, nach Süden gerichtete Zimmer im blendenden Sonnenlicht der schwülen Mittagsstunde. Es schmerzte in den Augen und verzerrte sogar die Spiegelbilder.

In der Hoffnung auf Erleichterung lehnte Francesca die Fensterläden an. Dadurch wurde es etwas kühler und dunkler, so daß auch die glänzenden Spiegelflächen milderes Licht reflektierten.

Noch im Gehen ließ sie ihren Rock fallen. Dann legte sie die Bluse ab und zog ein paar Haarnadeln aus ihrer Frisur, und nachdem sie sich auf diese Weise etwas Erleichterung verschafft hatte, nahm sie den Flakon mit Rosenwasser, der auf ihrer Kommode stand und zog sich damit hinter die spanische Wand zurück, wo sie mit Wasserkrug, Waschschüssel und Handtüchern hantierte. Als sie aus der Verschanzung wieder auftauchte, waren ihre Züge entspannter. Sie fühlte sich von der kleinen Waschung erfrischt und hatte ein Negligé mit Spitzenvolants übergestreift.

Sie setzte sich an ihren Toilettentisch und zog einen Bleistift und das Heft mit dem Verzeichnis ihres gesamten Geschirrbestands aus der Schublade. Sie blätterte darin und ging die Listen durch, um aus der Aufstellung der vierundzwanzig Suppenschüsseln jene mit dem Täubchendekor zu streichen, denn die war in der Küche soeben zu Bruch gegangen.

Gerade als sie diese in der Liste gefunden und mit Bedauern aus dem häuslichen Inventar gestrichen hatte, hörte sie Mariuccia anklopfen, die kurz darauf quer zur Tür eintrat, da sie zwei Hutschachteln aus geflochtenem Stroh hereintrug.

»Die hat der Kutscher von Don Mariano Bignardi abgegeben. Er ist schon heute früh gekommen und wollte auf eine Antwort warten ... Ich hatte Euch sogar rufen lassen, Ciccio ist bis zum Hafen hinabgelaufen ... Aber wie Ihr dann zurückgekommen seid, hab' ich es glatt vergessen. Bei dieser Hitze hab' ich ein Gedächtnis wie ein Sieb ... Wo sollen denn die Hutschachteln hin?«

»Stell sie hinter die spanische Wand.«

Nachdem sie ihre Last in der Ecke verstaut hatte, trat Mariuccia ans Bett, schüttelte die Kissen auf, glättete nicht vorhandene Falten in der Decke, rüttelte an bereits fest verschlossenen Schubladen und rückte schön aufgereihte Nippes zurecht. Kurz, sie versuchte, Zeit zu gewinnen.

Francesca, die noch immer über das schwarze Büchlein gebeugt war, hatte die Seite mit den Suppenschüsseln umgeblättert und ging jetzt die Aufstellung der Gläser durch, denn auch einer der Kelche mit dem goldenen Monogramm war zerschlagen worden.

Vom zweiten Stock war gedämpfte, stockende Klaviermusik zu hören. Francesca wandte sich, ohne den Kopf zu heben, an Mariuccia.

»Ich höre jemand Klavier spielen. Ist Federico zurück?«

»Ja, er ist wieder da.«

»Ist er allein?«

»Nein, er zeigt Nunziata gerade Noten. Er hat sich in Neapel ein neues Liedchen gekauft. So ein Notenblatt mit einem schlafenden Fräulein drauf.«

»Hat er immer noch Husten?«

»Ja, ich hab' ihm schon den Aufguß gebracht. Heute abend mach' ich ihm wieder frischen.« Mariuccia seufzte besorgt, weil dieser Husten einfach nicht verging.

In der Pause, die auf ihren Bericht folgte, setzte sie sich, ohne um Erlaubnis zu fragen, hinter ihrer Herrin auf die prachtvolle Empire-Dormeuse am Fußende des Bettes.

»Donna Francé, wann darf denn Federico endlich wieder mit am Tisch sitzen? Ihr könnt ihn doch nicht so strafen.«

Francesca gab ihr keine Antwort.

»Der arme Junge schämt sich so, und das ist nicht gut. Es hat ihm schrecklich leid getan, und außerdem hat er den Husten.« Sie rutschte mit ihren breiten Hinterbacken lebhaft auf dem Damast hin und her und brachte die zarten Beine des Diwans bedenklich ins Wanken.

»Donna Francé, er ist doch kein Kind mehr ...!«

»Kümmere dich um deinen eigenen Kram.«

Francesca hatte beim Sprechen ihren Kopf von dem Heft gehoben, so daß Mariuccia jetzt nicht mehr auf ihren Nacken und Haarknoten einreden mußte, sondern beide sich, wie oft bei ihren Gesprächen, durch den Spiegel ansahen.

»Das tue ich ja ... Aber was sein muß, muß sein ... Federico ist ein so guter Junge, und Ihr quält ihn zu sehr.«

»Mariù, bist du übergeschnappt? Was erlaubst du dir eigentlich?«

»Ich erlaube es mir eben. Schließlich muß er mit den Piemontesen zurechtkommen. Und Ihr könnt Gott danken, daß er sie nicht haßt, sondern daß er diese Fremden irgendwie schätzt. Und Ihr braucht auch nicht immer mit Eurer alten Leier zu kommen. Wenn einer immer das gleiche sagt, kann es keiner mehr hören, und man ödet alle an.«

»Was erlaubst du dir? Wer ödet alle an? Ich vielleicht?«

»Das habe ich nicht gesagt. Ich habe gesagt ›man‹.«

»›Man‹, du hast ›man‹ gesagt. Du bist heute wirklich von allen guten Geistern verlassen, Mariù ...« Aber immer noch lag kein Zorn in Francescas Stimme und Blick.

»Hört auf mich, Donna Francé ... Federico ist jung ... der hat sein Leben noch vor sich ... laßt ihn in Ruhe ... Wir müssen abtreten, und was wir denken, zählt nicht mehr und ändert auch nichts an den Tatsachen ...«

»Wer muß abtreten?« unterbrach sie Francesca. »Du vielleicht? Also jetzt ärgerst du mich wirklich.«

Mariuccia erhob sich gekränkt:

»Schon gut ... ich gehe.« Aber sie blieb mit finsterer Miene stehen. »Bei all den Sorgen, die wir in diesem Haus haben, sollen wir jetzt auch noch an die Piemontesen denken?«

Dann drehte sie sich um und ging auf die Tür zu, aber als sie die Hand schon am Knauf hatte, wandte sie sich noch einmal um:

»Wenn ich eines sagen darf ...«

Rasant, so daß sich ihr Hocker im Kreis drehte, fuhr jetzt auch ihre Herrin herum.

»Da fragst du, ob du eines sagen darfst, dabei hast du schon fünfzig Sachen gesagt!« Ihr Ton war barsch, aber der Blick blieb gutmütig.

»Na gut ...«

»Nein schlecht, du bist die reinste Nervensäge.«

»Mag sein, aber Ihr solltet Euch das anhören ...«

»Also dann rede, und zwar schnell.«

»Donna Francesca, Ihr müßt ein für allemal Amen sagen. Was

vorbei ist, ist vorbei. Wenn Federico mit seinen piemontesischen Brüdern so glücklich ist, das kann Euch doch völlig gleich sein.«

»Also deiner Meinung nach soll ich Amen sagen. Von mir aus: Amen ... Ich habe es gesagt. Ist jetzt alles in Ordnung?«

Mariuccia seufzte erleichtert auf, wandte sich zur Tür, machte sie auf und verschwand. Doch im nächsten Augenblick erschien sie wieder und verkündete die frohe Botschaft:

»Ich bring' Euch gleich ein Täßchen Kaffee. Ich hab' den Filter ganz vollgemacht, da läuft jetzt ein Kaffeechen durch, das eines Königs würdig wäre.«

Aber sie ließ offen, ob sie den König von Neapel oder den König von Piemont gemeint hatte.

Als Mariuccia draußen war, mußte Francesca breit grinsen. Dieses Eintreten für ihren Sohn hatte ihr sehr gut gefallen. Zufrieden trug sie mit kratzendem Bleistift die zwölf Bestecke in ihr Verzeichnis ein, die ihr der Goldschmied Don Angelo Romano geliefert hatte und die genau zu den übrigen paßten, von denen es ja nie genug gab.

Dann hörte sie plötzlich Don Giordanos Schritte im Korridor und richtete sich steif auf. Instinktiv schloß sie den Kragen ihres Negligés und kontrollierte ihre Frisur im Spiegel.

Aber Don Giordano blieb nicht stehen, sondern ging weiter in Richtung seines Büros, das sie den »türkischen Salon« nannten wegen eines Diwans im türkischen Stil und gewissen Puffs, die vorher das Zimmer mit den arabischen Dekorationen oben in der Villa geschmückt hatten.

Diesen türkischen Salon, in dem er sich manchmal auch ausruhte, hatte Don Giordano zu seinem Büro und Allerheiligsten gekürt. Er hatte ihn mit einem Wust von Büchern und Papieren vollgestopft und in einem bunten Stilmischmasch mit einem gewaltigen Schreibtisch im Empire-Stil und einem aufsehenerregenden hohen Sekretär aus Palisander eingerichtet, der vor allem deshalb geheimnisumwittert war, weil er ihn mit soliden Schlössern hatte versehen lassen.

Francesca horchte aufmerksam auf die Schritte ihres Mannes,

dann hörte sie, wie er die Tür des türkischen Salons hinter sich schloß. Als wieder Ruhe herrschte, entspannte sie sich. Sie legte Heft und Bleistift an ihren Platz zurück. Dann erinnerte sie sich an die Hutschachteln und trat hinter den Paravent. Sie hob die beiden noch mit einer seidenen Schutzhülle umgebenen Hüte vorsichtig aus den Körben und legte sie auf den Diwan.

Dann wickelte sie einen nach dem anderen sorgfältig aus, hob sie mit einer fast rituellen Geste hoch und probierte sie vor dem Spiegel des Kleiderschranks.

Zuerst setzte sie den Hut aus schwarzem Tüll auf, der duftig und weich war. Auf der einen Seite war die Krempe etwas herabgezogen und auf der anderen, hochgeklappten Seite mit einem Büschel kobaltblauer Straußenfedern verziert.

Sie bewegte den Kopf, neigte und drehte ihn hin und her, um die perfekte Ausführung des hohen Aufbaus aus allen Blickwinkeln zu überprüfen, und bei jeder ihrer Bewegungen wippte und wogte die ganze Federpracht mit.

Dann setzte sie den schlichteren auf, den aus dichtem Strohgeflecht mit der runden Kalotte und der breiten, steifen Krempe. Der Hutkopf war mit einem schwarzrosa karierten Band umgeben, und von der ausladenden Krempe fiel ein fleischfarbener Schleier herab, der, vor Stirn und Augen in die Höhe gerafft, eng an ihrem Kinn anlag, ihre Lippen mit seiner matten und glänzenden Stickerei umschmeichelte und im Nacken zu einer Schleife gebunden war.

Francesca sah sich ernst und ohne zu lächeln, aber völlig selbstvergessen im Spiegel an. Fasziniert streckte sie die Hand aus und berührte ihr Spiegelbild, als erkenne sie sich selber nicht wieder.

Sie war eine ernsthafte Frau mit strengem Charakter, die bei ihrer stattlichen Erscheinung stets schlichte Kleider trug: Jene für festliche Anlässe wählte sie mit sicherem Geschmack, aber stets äußerst zurückhaltend; die für den Alltag hingegen waren bescheiden. Im Betrieb trug sie darüber eine schwarze Schürze, die als einziges Zeichen von Koketterie ein eingesticktes goldenes Monogramm auf der Tasche hatte.

Aber für Hüte hatte sie eine Schwäche. Sie waren ihre Leidenschaft, und oft ließ sie sich von ihrer Sammelwut hinreißen.

Solange sie reich war, waren sie das prunkvolle Aushängeschild ihrer Macht, beim trostlosen Niedergang waren sie dagegen – in ärmlicherer Ausführung – Ausdruck ihrer Trauer. Aber ohne Hut verließ sie ihr Haus nur als Tote.

Einst in Gaeta hatte sie die Hüte auf den Häuptern der Königin und ihrer Hofdamen im Seewind wippen sehen. Sofort hatte sie erkannt, wieviel Würde sie ihren Trägerinnen verliehen, und war auf Anhieb von dieser gebieterischen Prachtentfaltung fasziniert gewesen. Und als sie später den Aufstieg geschafft hatte, wurden sie auf ihrem eigenen Kopf zum eindrucksvollen Symbol ihres neuen sozialen Status.

Merkwürdig, daß sie, die so ernst und praktisch veranlagt war, durch diese duftigen Gebilde auf ihrem Kopf erregt und geradezu keck wurde, als ob diese aufgebauschten Bänder sie über alle anderen erhöben.

Im Laufe der Jahre fühlte sie bei der Berührung der knisternden, samtweichen, so griffigen Atlasstoffe und Seiden manchmal eine merkwürdige Schwäche und ein Ziehen in den Handflächen.

Es gab Zeiten, da beim Aufsetzen und Zurechtrücken der ausladenden Krempen und kühnen Federn, beim elastischen Erzittern der Schleifen oder wenn die zarten Gesichtsschleier ihr fast den Atem raubten, sie eine solche Mattigkeit in ihren Muskeln und Nerven befiel, daß sie Schmerzen im Kreuz und in der Brust empfand.

Dies waren die Pfade, auf denen ihre verdrängte wahre Natur, die durchaus sinnenfreudig war, versuchte, sich von den tausend Fesseln der Züchtigkeit und der hysterischen blinden Scheinheiligkeit zu befreien und aus den Labyrinthen des Unbewußten herauszufinden.

Aber ihre fleischliche Natur blieb im verborgenen und spielte in ihrem täglichen Leben keine Rolle; ihr war keine Entfaltung vergönnt. Die unterdrückten Seufzer vernahm keiner, und keiner hätte sie bei ihr erwartet. Aber es gab dies Zusammenzucken und die merkwürdigen Zustände, die sie sich selber nicht erklären konnte, weil sie ihren konkreten Grund nicht wahrhaben wollte. Sie hätte sie sich selbst nie eingestanden oder gar Don Giordano offenbart. Dieser wäre im übrigen nie auf den Gedanken gekommen, solche Anwandlungen in ihr zu suchen; er hätte nicht einmal gewagt, sie in ihr zu vermuten, wogegen er bei allen anderen Frauen sein Leben lang die seiner Triebhaftigkeit entsprechende Wollust sofort aufspürte.

Ihre unterdrückte Sinnlichkeit brachte sie dazu, daß sie sich nachts im Traum mit gewaltigen altmodischen und grotesken Hüten sah, die sie niederdrückten, ja am Boden zerstörten, während sie doch in Wirklichkeit immer nur perfekte Hüte trug, was im übrigen auch für die einfacheren Modelle galt, mit denen sie zum Hafen ging.

Sie trug sie herrisch stolz und mit würdevoller Grazie, was zur Legendenbildung beitrug, so daß die Großeltern später den Enkeln erzählen konnten: »Donna Francesca und ihre Hüte ... Einzigartig ...!« Dabei ließen die Alten die Witze, Anekdoten und scherzhaften Bemerkungen aus, die damals über diese Kopfbedeckungen voller Früchte, Blumen und Vögel kursierten, denn sie wollten die Erinnerung an die Schönheit nicht trüben und das harmonische Bild einer vollkommen positiven Vergangenheit nicht zerstören.

Francescas bescheidene Arbeiter waren, wenn sie sie aus der Nähe sahen, oft verwirrt von ihren Hüten und senkten den Blick, um das respektlose Aufleuchten in ihren Augen hinter den Lidern zu verbergen. Sie versuchten dann, Spuren ihrer vertrauten Arbeitswelt an ihrer Herrin wiederzufinden, etwa am ewig mehlbestäubten Rocksaum oder an den weiß gewordenen Schuhen.

Die einfache ländliche Bevölkerung dieser Gegend kannte keine Prachtentfaltung und war von ihrem Kopfputz zugleich begeistert und eingeschüchtert, was sich in lapidaren Sätzen ausdrückte:

»Was hat denn Donna Francesca auf dem Kopf? Das ist ja ein ganzer Wald ...«

Keine andere Dame weit und breit trug so luxuriöse Hüte, nicht einmal Donna Adriana Carlone oder Donna Irene Ricciardi, und erst recht nicht die anderen Nudelfabrikantinnen, die tatkräftigen Frauen, die teils Francescas Beispiel folgend, teils aus eigenem Antrieb ihre Männer unterstützten oder eigenständig arbeiteten und selber »Fabrikantinnen« geworden waren. Der Einstieg der Frauen in dieses Gewerbe war im übrigen ein historisch bedeutsamer Schritt in der Geschichte der Nudelherstellung.

Wenn diese Damen Hüte aufsetzten, prunkte keine mit solchen Kostbarkeiten wie die »Fabrikantin Montorsi«.

Francesca ließ sie vom Hutmacher Don Mariano Bignardi kommen. Oder vielmehr, Don Mariano nahm drei- bis viermal jährlich gemeinsam mit seiner Tochter Anna die Reise von Salerno auf sich, wo sich seine Werkstätten befanden, um ihr die schönsten Modelle seiner Kollektion zu zeigen, bevor er sie in Neapels Via Toledo in seinem Atelier ausstellte. Und als die Firma dann auch eine Niederlassung in Paris hatte und Paolina heiratete, wurde Donna Francesca direkt aus der französischen Hauptstadt das aufsehenerregende Flechtwerk aus Weinblättern aus grünem Taft geliefert, deren Äderung mit kleinen Jettsteinchen bestickt war und das mit einer frappierend echt wirkenden rosa Weintraube aus Wattebällchen – drei Beeren waren sogar aus Bernstein – geschmückt war.

Dieser besonders ausgefallene Hut erinnerte Don Paolo an eine Weinlaube und reizte ihn zu einem bissigen und geistreichen Kommentar.

Als er ihn an Paolinas Hochzeitstag zum ersten Mal sah, meinte er an einen Freund gewandt:

»Francesca hat sich all das auf den Kopf gesetzt, was ihr vom Weinberg in Terzigno noch übriggeblieben ist.«

Damit spielte er auf eine allen zur Genüge bekannte Mitgiftgeschichte an, die die Heirat seiner Nichte ernsthaft gefährdet hatte. Die Eltern des Bräutigams hatten tatsächlich im letzten Moment gefordert, daß die Mitgift um einen schönen Weinberg vergrößert würde, den Francesca in Terzigno besaß. Sie hatte wie eine Löwin um ihren Weinberg gekämpft, auch um den Preis, daß ihre Tochter unverheiratet blieb. Aber schließlich hatte sie den

Tränen Paolinas, dem Geschrei Don Giordanos und den flehentlichen Bitten der ganzen Familie nachgegeben und nur einen kleinen Teil dieses Weinbergs für sich gerettet.

Der Hut war prachtvoll, aber eben so aufgedonnert, daß er ihr ganzes Gesicht verbarg und den Kopf in Wolken hüllte, als wäre dieser der Olymp, und das reizte die einfachen Gemüter und Witzbolde zum Spott.

Ebenso erging es ihr mit einem schönen Strohhut, der mit Kirschen und kleinen Birnen aus Papiermaché überladen war und den sie an einem Ostertag im März einweihte. Jemand fing an, das uralte und sehr bekannte Weihnachtslied *Stille Nacht* zu summen.

Die Umstehenden kapierten sofort, worauf der Spaßvogel anspielte und ulkten weiter:

»Ja richtig, jetzt ist gar nicht Ostern, es ist Weihnachten … Sie hat sich den ›Korb des Überflusses‹ auf den Kopf gesetzt … Donna Francesca wird jetzt in den Stall gehen und dem Christkind ihre Gaben bringen.«

Eine weitere spitze Bemerkung über den ausladenden Tand kam von einem anderen Teigwarenhersteller, der einfach nur neidisch auf die erheblich bedeutendere Produktion Francescas war:

»Und dann sagt sie, daß sie nie genug Platz zum Trocknen der Nudeln hat … Warum breitet sie die nicht auf ihrem Hut aus … Dann können die trocknen, während sie spazierengeht.«

Aber es gab einen Punkt, in dem sich nach solchen spöttischen Bemerkungen alle immer wieder einig waren:

»Donna Francesca hat ja viel Platz auf ihren Hüten, da paßt so manches drauf … nur nicht all die Hörner, die man ihr aufgesetzt hat, das sind einfach zu viele.«

Jedenfalls blieb später dieser ganze Kopfputz als Ausdruck der Schönheit vergangener Zeiten und einer außergewöhnlichen Persönlichkeit in Erinnerung. Einer Persönlichkeit, die es so nie mehr geben würde.

Und wahrscheinlich hat in dieser Gegend niemand mehr mit so sicherer Eleganz auf dem beim Gehen schön geradegehaltenen Kopf Hüte getragen.

Dieser Gang war königlich und stammte von der früh angenommenen Gewohnheit, auf langen Wegen Kopfpolster und Körbe auf dem Kopf zu balancieren.

Francesca hörte, wie die Tür des türkischen Salons wieder aufging. Sie unterbrach ihre Selbstbetrachtung im Spiegel und flüchtete mit dem Strohhut auf dem Kopf hinter die spanische Wand, wo sie hastig den Tüllknoten löste, den Hut absetzte und an den hinter einem bestickten Vorhang versteckten Kleiderhaken hängte. Dann eilte sie zu der Dormeuse, wo der andere Hut noch lag und versteckte auch ihn schnell im Schrank.

Sie hörte die Schritte im Korridor, aber auch diesmal ging Giordano an der Tür des ehelichen Schlafzimmers vorbei. Allerdings überlegte er es sich gleich darauf anders und trat, als sie sich wieder an den Toilettentisch gesetzt hatte, ein, ohne anzuklopfen oder zu fragen, ob er störte. Er schob die seidenen Kissen auf dem Diwan beiseite, setzte sich hin und kam gleich zur Sache:

»Francé, ich muß dir zweierlei sagen ... Für Sonntag habe ich Rechtsanwalt De Martino mit Frau, Rechtsanwalt Zampella und Don Peppe Viola, der mir seine neuesten Gedichte vorlesen will, zum Mittagessen eingeladen. Du weißt, wieviel mir daran liegt ... Laß Tanino Meeresfrüchte besorgen ... Alles übrige überlasse ich dir. Aber eine Fischsuppe wäre nicht schlecht und ein Obstsalat ebenfalls nicht, außerdem weißt du, daß Donna Filomena De Martino ganz verrückt nach deinem Hefekranz ist.«

Seine Frau nickte und tat, als sei sie vollauf damit beschäftigt, ihren Haarknoten wieder mit Nadeln festzustecken. Er fuhr fort:

»Das zweite ist ... Du mußt Federico wieder an den Tisch holen. Hör doch damit auf ... du machst ja eine Staatsaffäre daraus ... Wozu das alles? Was hat dein Vater immer gesagt? Auch die Piemontesen essen Nudeln ... Was willst du denn ...? Du mußt Federico verstehen. Die Verbrüderung, die Fahne, die Einheit Italiens, das hört sich doch alles sehr schön an, da geht einem Herz und Seele auf ... Und die Schlauen haben sogar was in den

Bauch gekriegt ... Das sind Ideale, gegen die du nichts machen kannst. Schon damals nicht, und heute schon gar nicht. Italien mußte vereinigt werden, das war unumgänglich. Und jemand mußte dafür bezahlen. Es hat uns getroffen ... Aber es hätte auch sie treffen können ... Das Leben besteht aus lauter Wenns. Wenn Cavour in Neapel geboren wäre ..., wenn die Neapolitaner nicht so unvernünftig gewesen wären ..., wenn der kleine Francesco mehr Glück gehabt hätte, Francé, dann wäre er König von Italien geworden ... Dein armer Sohn Federico handelt in gutem Glauben, er verwechselt die Wirklichkeit mit der Illusion des Gedankens ... Das ist ein Träumer ... Und er ist auch in dem richtigen Alter dafür ... Das geht vorbei, und ob das vorbeigeht ... Aber du solltest ihn in Ruhe lassen und ihn nicht immer heruntermachen.«

Er schwieg und stand auf. Er trat hinter seine Frau, neigte sich herunter, um sich im Spiegel zu betrachten, teilte eine widerspenstige Strähne mit den Fingern und glättete sie entlang des Mittelscheitels. Dann fuhr er fort:

»Du weißt doch, daß du mit ihm machen kannst, was du willst, aber in dieser Frage gibt es Krach, und du wirst ihn nie überzeugen. Wenn er will, ist er ein ebenso großer Dickkopf wie du ...!!« Seine Augen im Spiegel lächelten fröhlich und spöttisch.

»Gut, ich gehe jetzt«, sagte er und richtete sich auf. »Um fünf bin ich mit Don Alfonso Ciniglio verabredet. Doch vorher muß ich Pupusetté ein wenig bewegen, ich fahre mit der kleinen Kutsche ... Ende des Montas ist ja das Rennen. Aber ich bin bald zurück, der Tierarzt kommt noch.«

Dann neigte er sich noch einmal herunter und küßte sie auf die Schläfe. Obwohl ihr physisch so nah, war er schon in weiter Ferne. Sein Hauch war warm, sie atmete den durch das Leinenhemd dringenden Geruch seiner Brust ein. Zur Bekräftigung drückte er die offene Handfläche herrisch auf ihre Schulter. Francesca machte instinktiv eine Bewegung, um die Hand ihres Mannes mit der eigenen festzuhalten, hielt in der ungewohnten Geste aber ein.

Er bemerkte dies, deutete es jedoch als Abwehr und reagierte verärgert:

»Macht's gut, Donna Francé ... wir wollen nicht länger stören.«

Francesca beschäftigte sich weiter mit ihren Haarnadeln und behandelte ihn wie Luft, obwohl er noch nicht hinausgegangen war.

Er hingegen, der von ihrer starren Haltung verletzt war, drehte sich an der Tür noch einmal um, allerdings nur, um ihr einen letzten Schlag zu versetzen. Wie er so dastand, hob sich im Spiegelbild seine mächtige Gestalt von der weißen Tür ab:

»Donna Chicchì«, sagte er und heuchelte Zärtlichkeit, während er zu seinem Hieb ansetzte, »Ihr müßt Euren Frieden machen. Eure Königin kehrt nie nach Neapel zurück ... Ihr wißt ja, wie es in dem Liedchen heißt: ›Wenn die Hasen Jäger schießen, wenn Maria Sofia in den Palast zurückkehrt und der Papst in Rom mit der Kutsche spazierenfährt ...‹«

Er ging hinaus, und sie blieb mit erhobenen Armen sitzen, während sich ihre Miene verfinsterte. Er hatte sie mit diesen Worten aus dem Volksmund getroffen. Es waren Worte, die die Erfüllung eines Traums zur Absurdität erklärten: daß Hasen Jäger schießen, daß sich das unausweichliche Schicksal einer Königin und ihres Volkes noch ändern könnte, daß der Papst ganz unzeremoniell und zum Greifen nah durch Rom fahren könnte.

Im Flur traf Don Giordano Mariuccia, die das Tablett mit dem Kaffeetäßchen brachte:

»Tu ein halbes Kilo Zucker rein ...«, sagte er, »deine Herrin hat gerade eine bittere Pille geschluckt ...« Und beim Weitergehen unterdrückte er sein heimliches Frohlocken mit einem kehligen Glucksen.

Vom oberen Stockwerk war gedämpft, aber jetzt nicht mehr stockend, sondern sehr flüssig gespielt, die Klavierbegleitung zu einem neuen Lied zu hören, das wie eine Totenklage klang:

Schlaf ein Carmé ... Was gibt's Schöneres im Leben als schlafen ...
Träum mich, Carmé ... Ins Paradies will ich Dich führen.

IM JAHRE 1893 legte Enrico sein Ingenieurdiplom ab. Dies war für seine Mutter ein schwieriges Jahr gewesen: Die ersten Streiks und Arbeiterversammlungen hatten vielerorts das Arbeitsklima verschlechtert.

In ihren eigenen Betrieben hatte Donna Francesca allerdings keine Arbeitsniederlegungen zu beklagen, doch mußte sie für den störungsfreien Arbeitsablauf fremde Personen einstellen, die das Unternehmen, mit knotigen Stöcken bewaffnet, Tag und Nacht forsch gegen Einmischungen von außen sicherten.

Dies war ein schlauer Schachzug gewesen, denn es schien, als habe sie nur im Interesse ihrer Arbeiter dafür gesorgt, daß die Produktion weiterging.

Als Enrico nach Hause kam, konnte seine Mutter, die allein durch ihre einschüchternde Präsenz die ganze Mühle in Gang hielt, sich nicht gleich von ihrem Posten entfernen und ihn umarmen und beglückwünschen, wie sie es gern getan hätte.

Aber Nunziata sauste ihm entgegen wie ein frischer Wirbelwind, er fing sie auf, hob sie hoch und drehte sich mit ihr so lange im Kreis, bis ihm das Leichtgewicht fast aus den Armen geglitten wäre.

Unverzüglich wurden für den folgenden Sonntag die engsten Freunde eingeladen und dank Mariuccias Einsatz eine Fülle von Lieblingsspeisen für den frischgebackenen Ingenieur vorbereitet: Spaghetti mit Zwiebelsoße à la Genovese, im Karton gebackene Seebarben, rumgetränktes Biskuit mit Creme.

Bei dem Festmahl wurden zahllose Trinksprüche ausgebracht.

Mit zum Anstoßen erhobenen Gläsern standen Don Idomeneo Russo und Notar Di Liegro auf und fingen an, zu wetteifern, wer die besseren Tischlieder aus dem Stegreif hervorbringe:

Diesen funkelnden Kelch
erhebe ich zu Enricos Ehren.
Da Freundschaft mich beseelt,
kann er sich nicht
dagegen wehren.

Freut euch, künftige Brücken,
Paläste, Viadukte und Straßen
an seinem Talent über alle Maßen.

Ein Prosit auf den frischgebackenen Ingenieur,
seine ganze Familie lebe hoch!

Diese und weitere dichterische Meisterwerke nahm Don Giordano mit gutmütigem Spott auf, bis er schließlich selber das funkelnde Glas erhob und sich mit einem ebenfalls naiven Verschen produzierte, das aber recht sarkastisch klang:

Herzlich danken wir
unseren Dichterfreunden,
dem Notar und Don Idomeneo Russo
für das Füllhorn, das sie über uns ausschütteten,
aber wenn sie jetzt nicht still sind
nähen wir ihnen den Schnabel zu.

Dann folgte auch noch ein Gedicht, das Federico für diese wichtige Etappe im Leben seines Bruders verfaßt hatte und das so begann:

Nun da eine frische Brise die Segel bläht,
soll dein ruhmreiches Schiff
furchtlos günstige Meere befahren ...

Strahlend soll am Horizont
die Sonne aufgehen
und dir Glück bringen …

Nunziata und Enrico saßen nebeneinander, weil Enrico darauf bestanden hatte. Und während sie sich all die Dichtungen anhörten, hielt Enrico unter dem Tisch Nunziatas Hand fest umfaßt. Der Abdruck von seinem Ring war noch lange auf ihrem zarten Handrücken zu sehen.

Mariuccia bekam von der Türschwelle aus nicht besonders viel von den Allegorien der Lyrik mit, die ihr geliebter Federico deklamierte, ließ sich aber von den Mysterien der Segel und günstigen Meere in ihrem Glauben nicht erschüttern und sah ihn bewundernd an, während sie ihre dicken Tränen mit der flachen Hand abwischte. Und auch nachher in der Küche weinte sie weiter, während sie Naneve, Ninella und Tanino auf ihre Art Bericht erstattete:

»Was für schöne Worte … was für schöne Worte.«

Die offizielle Feier dieses so bedeutenden Ereignisses wurde allerdings auf den 19. September verlegt, bis zu jenem ländlichen Tanzfest am Namenstag des heiligen Gennaro. Das war traditionsgemäß der letzte Tag des viertägigen Aufenthalts der Montorsis in der Villa und fiel mit der vorzeitigen kleinen Weinernte zusammen, die sie jedes Jahr abhielten. Dies war ein antiker Ritus, der rings um den Vesuv zu Ehren des Heiligen abgehalten wurde.

In den Tagen vor diesem Gedenktag ging man (und manch einer tut dies auch heute noch) durch die Reihen der frühreifen Rebsorten Olivella und Grotticella, um die schönsten und reifsten Trauben auszusuchen und damit kleine Tonbottiche, die Bütten des heiligen Gennaro, zu füllen, die allesamt dem Heiligen geweiht wurden.

Nach dieser Zeremonie folgte das Keltern. Man ließ die erste Auspressung nur drei oder vier Tage gären und trank dann dieses süße Weinchen genau am 19. September. Der erste Kelch mußte zu Ehren des heiligen Gennaro erhoben werden, allerdings nach einem genauen Ritus: Man mußte sich nämlich respektvoll seinem Gegner – dem Vesuv – zuwenden, um ihm mit diplomatischer Ehrenbezeigung ins Auge zu blicken und dieser Naturgewalt furchtsam Achtung zu zollen.

Wegen dieser vorzeitigen und geradezu heiligen Weinlese zogen die Montorsis immer in die Villa unter dem Vesuv und luden dazu Gäste und viele Kinder ein. Auf den Majolikakacheln unter den Bögen des Portikus fanden lebhafte Himmel-und-Hölle-Spiele statt, bei denen viel gehüpft und geschrien wurde, während der Duft des harzigen Holzes, das in einer Ecke des Gartens unter dem Kessel mit den Maiskolben brannte, die Luft schwängerte.

Die Jungen wurden zum Schlafen in das kleine Gästehaus unterhalb des Pinienhains geschickt, wo es am unbequemsten war. Für die übrigen Gäste stellte man in allen Räumen der Villa, auch in den Durchgangszimmern, Betten auf.

Die kleinen Kinder und die jungen Mädchen wurden im Erdgeschoß in den drei nebeneinanderliegenden, von Fischetti mit Fresken bemalten Zimmern untergebracht, wo Mariuccia unzählige Klappbetten aufstellte. Diese standen in Reih und Glied vor den gemalten offenen Landschaften, die die Wände mit blumengefüllten Vasen, täuschend echten Pfeilern und Balustraden, Säulenreihen, sonnigen Gärten und schattigen Glorietten mit Kletterpflanzen zwischen den grünen Gittern optisch vergrößerten.

Wenn der Abend kam, wurde in diesen drei Zimmern unter den Portalen mit ihren Darstellungen überquellender Fruchtkörbe voller Weintrauben, Feigen, Granatäpfel und bekränzten Faunen am lebhaftesten geplappert.

Dieser Ritus vollzog sich seit undenklichen Zeiten jeden September. Auch wenn es Trauerfälle, Heimsuchungen und Vulkanausbrüche zu beklagen gab und nur wenige Gäste kamen, hatten die Montorsis nie darauf verzichtet. In glücklichen Jahren gab es am letzten Abend einen Ball, zu dem auch alle Honoratioren des gesamten Gebietes zwischen Vulkan und Meer eingeladen wurden.

Da der Gedenktag in jenem Jahr mit dem Fest zu Enricos Promotion zusammenfiel, wurde zu Ehren der Gäste noch mehr Sorgfalt auf die Ausschmückung verwendet, und Don Giordano engagierte zusätzlich zu den üblichen Musikanten noch zwei weitere Mandolinenspieler, die er aus Sorrent kommen ließ.

Die ganze Allee, die große Eingangshalle, der Portikus, der zum Innenhof führte, und der kleine Belvedere-Turm wurden mit Girlanden aus Weinlaub, Trauben und Wachslichtern in bunten Papierbechern geschmückt.

Die vier kleinen Balkons des rosa Turms waren von innen erleuchtet und hoben sich plastisch von der Mauer ab. Ihre harmonische Anordnung erinnerte an eine Notenschrift.

Man tanzte in der Vorhalle, im Portikus und, wenn viele Paare da waren, auch im Hof auf dem rauhen Pflaster aus Lavagestein.

Donna Francesca, die in jenem Jahr vierundvierzig Jahre alt geworden war, eröffnete den Ball mit Enrico. Sie wirkte stattlicher denn je in ihrem dekolletierten Ekrükreppkleid mit den von winzigen, sehr sorgfältig abgesteppten Falten stark aufgebauschten Ärmeln.

Das enggeschnürte Korsett ließ ihre Taille mit dem Spitzeneinsatz nach all den Schwangerschaften noch immer schlank erscheinen. Dieser Spitzeneinsatz setzte sich im Glockenrock fort, was wunderschön aussah, so daß noch lange Zeit danach darüber gesprochen wurde.

Die Musikanten hatten sich in der Vorhalle auf den ersten drei Stufen der zu den Repräsentationsräumen hinaufführenden Treppe gruppiert. An der Stelle war diese noch breit und prunkvoll, bevor sie sich unter dem Bogen verengte und nur noch als schmale Treppe weiterging.

Nach dem ersten Tanz blieb Enrico stehen, um die nächsten Musikstücke auszusuchen. Und so fing er, der sich insgeheim mit seiner untersetzten Gestalt linkisch vorkam und kaum tanzte, beim Klang der Mandolinen an, fröhlich mit der Hand den Takt zu schlagen. Dabei stand ihm Giovanni Antonio solidarisch zur

Seite, der sich ebenfalls unbeholfen fühlte und sich mit seinen siebzehn Jahren in dem neuen Anzug mit der seidenbestickten Weste wie ein langer Lulatsch vorkam.

Der leichte und sehr eingängige Walzer, den Federico komponiert hatte, wurde sehr oft verlangt.

Den Höhepunkt des Abends boten aber Don Paolo und Nunziata. Letztere, die inzwischen sechzehn Jahre alt war, erntete viel Zustimmung und begeisterten Applaus für die Mazurkas, die sie mit ihrem Onkel tanzte. Sie und der Advokat hatten die Darbietung zu Ehren Enricos vorbereitet. Don Paoluccio, der ein hervorragender Tänzer war und für sein Alter noch eine perfekte, jugendlich schlanke Figur besaß, hatte ihr wochenlang Lektionen in diesem lebhaften Tanz erteilt. Keiner der Erwachsenen aber wußte davon, die kleinsten unter den Montorsis und der finster dreinblickende Giovanni Antonio hatten den Unterricht eifrig verfolgt. Und jetzt beherrschte Nunziata den Tanz meisterhaft. Paolina begleitete sie auf dem Klavier. Denn seit ihrer kürzlichen Verlobung, die von einem ungefaßten großen Aquamarin bezeugt wurde, der hellblau an ihrer Hand blitzte, war sie Nunziata gegenüber wesentlich freundlicher geworden.

Und auf diese Weise lieferten Nunziata und Don Paolo an jenem Abend einen Beweis ihrer Geschicklichkeit und Eleganz. Das Paar harmonierte in den Schritten, den Drehungen, der Contrer-Figur und den lebhaften lustigen Kopf- und Armbewegungen, während die Füße kräftig den Takt stampften.

Er war groß und aufrecht, sie klein und biegsam, und so drehten sie glücklich und mühelos ihre Kreise und füllten den ganzen Raum mit ihrer Anmut.

Am Schluß legte er ihr als Prämie ein goldenes Armband mit einer Kamee an, das seiner Mutter Donna Romilda gehört hatte, und Nunziata umarmte ihn in spontaner Freude und küßte ihm ehrerbietig die Hand, wie es damals älteren Personen gegenüber Brauch war.

Von da an herrschte ein ganz besonderes Einvernehmen zwischen dem jungen Mädchen und dem älteren Herrn, und zwar so offenkundig, daß es in all den künftigen Jahren endloses Getuschel und auch gemeines Gerede gab. Ihre zärtliche Beziehung hatte genau damals angefangen und wurde seitdem ganz unverhüllt durch Parteilichkeit und besondere Geschenke bestätigt. Was im häuslichen Kreis noch als eine unschuldige Beziehung zwischen Onkel und Nichte gesehen wurde, führte außerhalb aber oft auch zu boshaftem Klatsch.

Don Paolo blieb Nunziata sein Leben lang eng verbunden, auch dann noch, als die Arteriosklerose ihn verwirrt und launisch gemacht hatte und er alle anderen Menschen ablehnte. Auch dann bat er nämlich immer noch:

»Ich will Nunziata … Ich will Nunziata …«

Und Nunziata erwiderte seine Gefühle auch nachdem sie ihn »ausgeraubt« hatte, wie böse Stimmen behaupteten, und den Taubenblut-Rubin und die Perlen Donna Romildas gegen einen schönen Bauernhof eingetauscht hatte.

Aber auch als es für sie keinen Gewinn mehr brachte, da Don Paolo in den Ruin seines Bruders Don Giordano mit hineingezogen worden war, ließ sie ihn nie im Stich, vor allem dann nicht, als der körperliche Verfall des armen und einsamen Advokaten unaufhaltsam geworden war.

Sie kümmerte sich treu und geduldig um ihn und übernahm auch die traurige und zuweilen unangenehme Pflege des Schwerkranken, der noch so verzweifelt am Leben hing.

Sie war immer einsatzbereit und wachte oft an seinem Bett, was für sie gewiß anstrengend war, da sie die verlorene Nachtruhe bei all ihrer Hausarbeit, den Kindern, ihrer großen Teigwarenfabrik ja tagsüber nicht nachholen konnte und noch nicht einmal auf Trost und Hilfe eines Ehemanns bauen konnte, da sie schon so früh verwitwet war.

Sie scheute für Don Paolo weder Mühen noch Ausgaben, sondern bewies auch dann noch ein großes Herz und verging fast vor Zärtlichkeit, als der verwirrte Don Paolo ihr selbst in seiner geistigen Umnachtung noch treu blieb und an ihrer glücklichen Beziehung festhielt. Wenn sie kam, streckte er ihr selig die Arme entgegen und nannte sie Mama.

Besonderen Glanz verlieh dem Weinlesefest stets ein glorreiches Büfett, das in einer Pause des Balls eröffnet wurde. Enrico zu Ehren wurde beim diesjährigen Empfang noch reichlicher aufgetischt als sonst. Die lange Tafel mit dem blendend weißen Tischtuch aus flandrischem Leinen mit den Sackstichverzierungen war unten im Hof am Rande des Pinienhains und neben dem Turm aufgestellt worden. Sie leuchtete in allen Farben und lockte mit allen Düften des Paradieses.

Die sechs hohen paarweise angeordneten Opalglasleuchter, die das Licht spendeten – ein Hochzeitsgeschenk für Don Giordanos Mutter –, trugen mit ihrem intensiven Türkisblau zur Farbenpracht bei.

Es war ein kultiviertes, in mancher Hinsicht raffiniertes Büfett, das aber der Gesellschaftsschicht von Handwerkern und Bauern, für die es ausgerichtet war, genau entsprach.

Es war zwar in vieler Hinsicht herrschaftlich mit der feinen Tischwäsche, dem edlen Geschirr, dem luxuriösen Tafelsilber, den appetitanregenden, raffinierten Gemüsetörtchen, dem überreichen Reisauflauf des Hauses Montorsi, den gedämpften Seebarben und einem feinen Rollbraten mit Kartoffelpüree; aber in manchen Details und nicht nur, was die Aufwartung betraf, war das Büfett eher anspruchslos und sogar ländlich.

Genau in der Mitte der Tafel standen nämlich auf großen ovalen und runden Platten aus englischem Porzellan rote und grüne Peperoni, Paprikaschoten, Auberginen und Zucchini zum Verzehr bereit. Alles Gerichte, die stets begeisterten Anklang fanden. Sie entstammten einer einfachen Küche und waren diesen Menschen von Geburt an vertraut und wurden mit angenehmen Erinnerungen verbunden. Gegrillte runde Auberginenscheiben, die nach Rauch dufteten, Auberginen »alla Parmigiana«, bei denen der Käse golden aus der Tomatensoße hervorleuchtete, Auberginenschiffchen mit Segeln aus gedörrten Tomaten, die sich dunkel von dem Origano abhoben, fritierte gelbe Zucchiniblüten, von denen einige Blütenblätter, die der Tropfteig nicht umhüllt hatte, emporragten. Zartgrüne gefüllte Zucchini mit zerflossenem Mozzarella, geröstete geschälte Paprikaschoten, in der Pfanne mit Kapern und Oliven zubereitete Paprikaschoten, gefüllte

Paprikaschoten, in Öl gedünstete geschnittene Auberginen, in Scheiben geschnittene fritierte, in Essig, Minze und Knoblauch eingelegte Zucchini, fritierte Peperoni und kugelrunde Auberginenklößchen.

Alles ländliche Leckerbissen, der Jahreszeit entsprechende Gemüse, deren Fasern den Geschmack eines fruchtbaren Bodens aufgenommen hatten; einfache Gerichte, die aber gerade wegen des Ehrenplatzes, den sie einnahmen, dieser Festtafel ihren bäuerlichen Charakter verliehen und vor allem deren geographische Herkunft kennzeichneten.

Wie mit Federico abgesprochen, dudelten die Musikanten um Punkt neun Uhr die Champagner-Arie aus der Traviata.

Dies sollte der Auftakt zum Essen sein.

Aber nur wenige wußten von dieser Absprache und begriffen nicht gleich, daß dies das Signal zum Sturm auf das Büfett war.

Es gab ein allgemeines Augenzwinkern, als Donna Francesca höflich, aber mit der ihr eigenen distanzierten Haltung auf Ingenieur Annunziata und seine schöne Gemahlin zuging und beide einlud, sich zum Büfett zu begeben. Diese Zuvorkommenheit entging vielen Gästen nicht, die startbereit dastanden, und mitten im wilden Angriff auf die Speisen fiel mit vollem Mund so manche boshafte Bemerkung über den schlauen Schachzug. Denn uneigennützige, zwanglose Freundlichkeit paßte einfach nicht zu Donna Francescas störrischem Charakter. Wenn sie ihre vergrämte Zurückhaltung aufgab, stand immer Berechnung dahinter. Und in der Tat hatte Enrico soeben sein Diplom abgelegt, und Don Giuseppe Annunziata war der leitende Ingenieur der Eisenbahngesellschaft des Südens, die gerade dabei war, immer längere Abschnitte der Eisenbahnlinie rings um den Vesuv fertigzustellen.

Federico hingegen folgte dem Beispiel seiner Mutter und geleitete eine hochangesehene Persönlichkeit aus der Vorhalle zu den Erfrischungen: Don Costantino Palumbo war ein berühmter Konzertpianist und unterrichtete am San-Pietro-Konservatorium in Majella. Er ließ keine Gelegenheit aus, die Ausbildung zu preisen, die er bei dem »vortrefflichen«, »großartigen« Marcadante genossen hatte.

Im Hause Montorsi nannte man den hervorragenden Musiker Pate Maestro, weil er Leopoldos und Giovanni Antonios Taufpate gewesen war.

Don Costantino war dabei, Federico, der ein großer Musikliebhaber und ebenfalls ein leidlicher Komponist war, die Partitur zu erklären, an der er gerade arbeitete, und ließ daraus ein paar Arien kurz anklingen: Es war eine impressionistische Oper, zu der ihn seine heimatlichen Gefilde am Vesuv inspiriert hatten und die er *Dorffest* nennen wollte.

Hin und wieder blieben die beiden, in ihr von gesummten Melodien untermaltes Gespräch vertieft, stehen, dann wurden sie von anderen Gästen mitgezogen und auseinandergerissen, so daß sie sich wieder suchen mußten.

Der richtige Zugang zum Büfett war am oberen Tischende, wo Graziella, die junge Frau Benedettos, der ein Sohn von Prospero war, ein wenig verlegen in ihrer Hochzeitsschürze Silberbestecke von den Haufen nahm, Stöße von Servietten mit eingesticktem Monogramm verteilte und den Gästen freundlich lächelnd Teller vom gleichen Service reichte. Bevor sie den Teller aus den Händen gab, fuhr sie noch mit einem Leinentuch über den Dekor, der kleine Putten bei ihren Wasserspielen zeigte.

Inmitten des lebhaften Gedränges an dem langen Tisch befand sich als weiterer gewichtiger Gast Don Camillo Tarassi, der traurige Notar jener Familie aus Boscoreale, in die Paolina einheiraten sollte.

Auch dieser Ehrengast wurde mitgerissen und verlor in dem Durcheinander seine ehrerbietigen Begleiter, nämlich Paolina und deren Verlobten. Mit diesem pflegte der vortreffliche Notar zu jenem Zeitpunkt fast täglich Kontakt, denn es ging darum, die Mitgift der jungen Montorsi zu überprüfen und zu ordnen.

Der arme Don Camillo folgte etwas verlegen den Schritten seiner Frau, die ihn jedoch geistesabwesend, was für eine wahre Künstlerseele wie sie nicht untypisch war, in die falsche Richtung ans untere Ende der Tafel zog, wo das Angebot der Speisen nicht begann, sondern mit den Süßigkeiten und Obstkörben endete.

Aber die reizende Frau Tarassi ließ sich durch ihren strategischen Irrtum nicht aus der Fassung bringen. Als erlesener Geist mißachtete sie das Essen, und anstatt sofort zu versuchen, wieder an den oberen Teil des Tisches zu gelangen, verlor sie sich im Anblick der Etageren aus Porzellan, deren Teller mit rosigen Weintrauben und schwarzen Feigen überquollen, aus deren rissiger Haut verlockend Sirup hervortrat.

Die Bewunderung erfolgte nicht, wie es sich für eine Notarsgattin gehört hätte, in zurückhaltender Form, sondern affektiert und beharrlich, ja geradezu vulgär. Sie stieß spitze Schreie aus und gebärdete sich geziert. Das wirkte völlig unecht (nur sie allein wußte, wie sehr sie die Schönheit in jeder Form hinreißen konnte) und brachte den verschlossenen ernsten Notar in große Verlegenheit. Blaß und verstört stand er hinter ihr. Dann stellte er sich neben sie und versuchte, sie mit Rippenstößen und gemurmelten Sätzen, von denen er sich einbildete, daß niemand sie bemerkte und hörte, zur Vernunft zu bringen.

Dem Notar mißfiel an seiner Frau nicht nur, daß sie sich hier so verhielt, denn das löste bei den anderen im bunten Durcheinander letztendlich nur Kichern aus, sondern ihm war vor allem ihre ganze künstlerische Ader zuwider, wegen der sie ihre Pflichten als Hausfrau und Mutter sehr vernachlässigte. So kam es nicht selten vor, daß sie in der Küche vom Anblick des Gemüses auf dem Marmortisch so inspiriert wurde, daß sie dieses, statt es zu waschen und zuzubereiten, als Modell für ihre Stilleben verwendete. Und in ihrem kreativen Elan dachte sie überhaupt nicht an ihre arme Familie, die beim Mittagstisch vor leeren Tellern sitzen würde.

Vor einer Woche hatte sie einen schon abgehäuteten Hasen, den Don Camillo von einem Freund, der Jäger war, geschenkt bekommen hatte und auf den er sehr begierig war, nicht etwa in eine sorgfältig zubereitete Marinade eingelegt, sondern ein Gedicht über ihn geschrieben:

Ach du, du
der du frei herum hüpftest,
was für ein grausames Schicksal
hat dich ereilt,
Ach du, mein Bruder …

Das Schlimmste aber war, daß sie nicht nur riesige Blumensträuße zwischen die unersetzlichen Notariatsakten stellte, sondern letztere auch noch mit ihren farbverschmierten Fingern ordnete.

In solchen Fällen machte ihr der Gemahl fürchterliche Vorhaltungen, bei denen es auch zu schweren Handgreiflichkeiten oder, wie es einige vertraute Witzbolde formulierten, »Fußgreiflichkeiten« kam.

Von diesem Vorfall schon genug verdrossen, wurde der Notar schließlich von der Brandung an das Büfett gespült und strandete dort entmutigt und kraftlos am falschen Ende. Da ihm jemand respektvoll einen Teller und eine Gabel reichte, begann er sein Abendessen mit einer Portion Rumcreme, deren Alkoholduft weithin in die Nase stach.

Diese Süßspeise war durchaus köstlich, aber widerlich, wenn man sie auf leeren Magen aß; also schritt er die ganze Tafel ab und prüfte nervös und schon etwas angeekelt die hellglänzenden Seebarben, den feinen Rollbraten und das noch unangetastete, goldbraun geröstete Spanferkel.

Aber dann brachte ihn eine Geste seiner Frau vollends zur Raserei: Als sie an dem am ganzen Stück gebratenen Spanferkel vorbeiging, konnte sie nicht umhin, diesem über den angesengten Kopf zu streicheln. Da entfuhr es dem Notar in seiner Wut klar und deutlich:

»So eine blöde Kuh …« Und viele hörten es.

Er wandte sich vom Büfett ab, bevor er dessen appetitliche Mitte erreicht hatte, wo Mariuccia das Regiment führte.

Sie stand hinter der Tafel und war so eifrig mit dem Servieren beschäftigt, daß bei ihrem ständigen Vorbeugen die gebräunten Falten zwischen ihren Brüsten zu sehen waren.

Noch immer gesund und stark, verwaltete sie ihren farbenfrohen Bereich munter und regelrecht gestärkt durch die kräftigen Aromen, die sie einatmete.

Feierlich schnitt sie den goldrot gefleckten Auberginenauflauf an und teilte ihn in saubere Portionen, aus denen das große Messer Saft hervorlockte.

Besonders schöne Scheiben reichte sie Donna Teresa Fogliamanzillo, die ihr immer die Zimtdragées brachte, Donna Maria Teresa Cirillo, die ihr das weiße Baumwollgarn zum Strümpfestricken schenkte, und Doktor Barba, der ihre Arthritis behandelte. Der junge Arzt wehrte vergebens ab, als er die ihm zugedachte Portion sah:

»Aber Mariù, das ist doch viel zu viel …«

Dann war Donna Giulia Russo an der Reihe, serviert zu bekommen. Sie war eine Göttin der Wissenschaft und eine besserwisserische, aufgeblasene Matrone, die Don Paolo »Minerva« nannte und die kürzlich bei einer großen Damengesellschaft verkündet hatte: »Der Auberginenauflauf, den die Mariuccia der Donna Francesca macht, ist äußerst unbekömmlich.« Mariuccia gab ihr diesmal eine dürftige Portion. Wie erwartet, las sie im Gesicht der Dame Überraschung und auch Verdruß ab, als sie ihr mit einem korrekten »Bitte sehr« den Teller reichte, also fügte sie rachsüchtig, aber in respektvollem Ton hinzu: »Ich habe Ihnen nur wenig gegeben, damit Sie sich nicht den Magen verderben …«

Wenn es nämlich ein Gericht gab, das Mariuccia wirklich unübertrefflich zuzubereiten verstand, dann war es eben dieser Auberginenauflauf mit Parmesankäse; bei der Herstellung führte sie jeden Arbeitsvorgang sorgfältig aus: Die Scheiben mußten zweimal fritiert und beim zweiten Mal vorher in Mehl und Ei gewendet und dann nach einer festen Reihenfolge geschichtet werden, wobei zwischen jede Schicht abwechselnd Mozzarella und Tomatensoße sowie gleichmäßig und großzügig verteiltes Basilikum kam, das aus einem trockenen Boden stammen mußte.

Im übrigen war alles, was Mariuccias überaus geschickte rissige Hände produzierten, von hervorragender Qualität.

Aus einer ovalen Platte verströmten, eingerahmt von der

schneeweißen Ellipse des Randes, marinierte Zucchini ihren aromatischen Duft; diese kleinen, in Öl gebräunten Taler waren in Essig, Knoblauch und Minze eingelegt worden. Mariuccia bot sie vor allem Paolina und Don Romualdo an, weil sie wußte, wie gut sie dem jungen Mädchen und ihrem Verlobten schmeckten. Die beiden hätten sie am liebsten mit weichem Brot gegessen und dieses wiederholt fest in die Marinade eingetunkt, aber die bedeutenden Gäste und ihre Rolle als Brautpaar verlangten Zurückhaltung, und außerdem hatten sie sich wegen gewisser verschwiegener Absichten vorgenommen, an diesem Abend nur leichte Kost zu sich zu nehmen. Statt dessen nahmen sie sich zwei Portionen von der Rumcreme, die ihren Atem angenehm würzte. Auf diese Weise dufteten später ihre Münder bei ihrem leidenschaftlichen ersten Kuß nach Rum. Es war ein wunderschöner, romantisch zärtlicher Kuß, den sie aber später, in der Bitternis ihres Zusammenlebens, vollkommen vergaßen.

Während sich das Paar zärtlich Hand in Hand vom Tisch entfernte, näherte sich der Priester des Hauses Irlando der Tafel. Mit ihm ging Don Felice, der bei den Sansones Priester war. Von Mariuccia mit lebhaften Worten und Gesten aufgefordert, sich nicht zu genieren und an dem Mahl teilzunehmen, baten sie schamhaft und mehr mit Zeichen als mit Worten, indem sie zögernd mit dem Finger darauf deuteten, um eine Kostprobe jener gefüllten Paprikas, die auf einer unglaublich großen Porzellanplatte prangten.

Vom Feuer angewelkt und leicht verblaßt, glänzten die in Reihen angeordneten roten und gelben gefüllten Paprikaschoten in ihren erschlafften Äderungen und Runzeln ölig; sie waren geradezu sinnlich zusammengesunken und offenbarten das Geheimnis ihrer Füllung aus schwarzen Oliven.

Mit Gebärden und zaghaftem Murmeln erbaten sich beide Priester eine Paprikaschote, nur eine einzige, und zwar eine möglichst kleine. Mariuccia teilte jeden von ihnen zwei Stück zu, die so groß waren, daß sie fast über den Tellerrand ragten, und begoß sie mit reichlich Soße, die irisierend und geradezu lasziv an ihnen herunterfloß.

Die beiden Geistlichen zogen sich zum Essen in den Pinienhain zurück, wo sie die Teller auf die Mäuerchen stellten, die den Brunnenplatz zierten. So konnten im Dunkeln nur die steinernen Augen eines boshaften Herkules ohne Nase und Hände beobachten, wie sie lüstern über ihre Mahlzeit herfielen.

Neben den gefüllten Paprikaschoten stand eine weitere Spezialität Mariuccias. In einer bäuerlichen Salatschüssel von ebenfalls beachtlichen Ausmaßen saugten sich grüne Pfefferschoten mit einer dicken Tomatensoße voll. Sie hatten ihre lebhafte Farbe behalten, obwohl sie fritiert worden waren und ihre dünne Haut etwas abgesengt war.

Auch der bärtige Don Ernesto wußte die Paprikaschoten zu schätzen. Er war eine Leuchte der Wissenschaft und als Dozent für Infinitesimalrechnung Enricos Professor an der Universität von Neapel, eine imponierende Koryphäe also, die mit ihrer Seriosität der Abendgesellschaft erst den rechten Glanz verlieh. Da er hier geboren war, wurde später ein Platz nach ihm benannt, und er ging in die wichtigsten Enzyklopädien als einer der genialsten italienischen Mathematiker ein. Bei Don Ernesto jedenfalls lösten diese Pfefferschoten eine ganz unvernünftige Gier aus, fast einen Raptus: Am liebsten hätte er sie gewaltsam in ein weiches Stück Brot gestopft, den Krater in der Krume damit gefüllt und mit rollenden Augen hemmungslos hineingebissen, um alles bis zum letzten duftenden Krümel zu verschlingen.

Aber die Würde des Wissenschaftlers und der offizielle Charakter des Abendessens forderten Gemessenheit. Und so servierte Enrico ihm zuvorkommend eine Portion auf einem Teller, und er aß sie verdrossen ohne Brot mit Messer und Gabel als Beilage zum Fleisch.

Dieser Verzicht traf den berühmten Mann besonders hart, denn es würde ihm nicht vergönnt sein, sich noch lange an den kleinen Dingen des Lebens zu erfreuen, die einen so befriedigen können: Sein Ende kam kurze Zeit darauf, als er an seinem heimatlichen Strand versuchte, seinen Sohn vor dem Ertrinken zu retten, was ihm im übrigen nicht einmal gelang.

Mariuccia war immer noch von Begeisterten umlagert, als der größte Ansturm der nunmehr satten Gäste sich gelegt hatte und die meisten sich am unteren Ende der Tafel tummelten.

Die immer noch bestehende Nachfrage zeigte deutlich, daß die Geladenen vor allem eine Vorliebe für die Kürbisgewächse und deren Blüten und für die Nachtschattengewächse hatten, die man in jener Gegend nicht nur auf phantasievolle Weise zuzubereiten, sondern auch zu konservieren verstand, um somit auch im Winter einem einfachen Stück Brot Aroma zu verleihen.

Die Fertigkeit im Zubereiten der Gartengemüse war althergebracht und hatte sich wahrscheinlich aus der Notwendigkeit entwickelt, mit ihnen nicht nur den Appetit anregen, sondern beträchtlichen Hunger stillen zu müssen.

Auf solche Weise hatte man sich in der Region um Neapel problemlos über den ständigen Mangel an Rind- und Kalbfleisch hinweggetröstet.

Und auch als dieses schließlich zur Verfügung stand, wurde es meist zu Fleischklößchen verarbeitet, die zu weit größeren Anteilen aus Brot und vor allem aus Pinienkernen und Rosinen bestanden; oder es diente einfach als Hülle für die mit sehr viel Knoblauch und Petersilie gefüllten kleinen Rouladen.

Fleisch galt als Symbol für den sozialen Aufstieg und wurde als gesundheitsfördernd erachtet, vor allem das auf dem Rost gebratene; aber mit weit größerer Lust brutzelten diese Menschen auf glühenden Kohlen ihre Auberginen, Paprikaschoten und an Ostern die Artischocken und ergötzten sich an ihrem Duft.

Daher standen die beiden Rollbraten, zwar aufgeschnitten, aber unangetastet auf der Tafel, während die Platten mit Mariuccias Köstlichkeiten ratzekahl leer gegessen waren.

Unermüdlich bediente die Frau, räumte die leeren Bleche weg und tischte volle auf. Dabei zwinkerte sie Prospero zufrieden zu, der auf der gegenüberliegenden Seite des Hofes gemeinsam mit Don Giordano den prickelnden neuen San-Gennaro-Wein ausschenkte.

Prospero, der ein weißes Tuch um die Hüften geschlungen

hatte, das er unbeholfen und selbstgefällig wie eine Auszeichnung trug, zapfte aus dem Faß, das auf einem Bock stand, Wein ab: Er füllte ihn in kleine Krüge, aus denen es blutrot schimmerte. Mit ausgesuchter Liebenswürdigkeit reichte Don Giordano diese dann an die Gäste weiter.

Mit seiner kraftvoll männlichen Ausstrahlung und den funkelnden Augen, die immer wieder durchdringend in Richtung des kleinen Aussichtsturms blickten, ließ er keinen Zweifel an seinen Absichten, als er der jungen französischen Frau des Direktors der Vesuvischen Eisenwerke zunickte, die kurze, ziemlich aufreizende Pausen an den kleinen Brüstungen machte, während sie die Treppe hinaufstieg. Don Giordano lächelte ihr mit sympathisch-dreister Miene zu, und sein Schnurrbart glänzte dabei kupferrot. Währenddessen schienen an diesem frischen Abend die kleinen erleuchteten Rundbalkons, die die rosa Turmmauer wie eine aufsteigende Tonleiter zierten, mit gedehnten Os eine Melodie anstimmen zu wollen.

»Mater Christi …«
»Ora pro nobis …«
»Mater divinae gratiae …«
»Ora pro nobis …«
»Foederis arca …«
»Ora pro nobis …«

Mariuccia, Ninella, Naneve, Prosperos Frau, seine Schwiegertochter Graziella und die Montorsi-Mädchen knieten in der kleinen Kapelle der Villa und beteten nach der Messe und dem Rosenkranz in jenem marianischen Monat im Wechsel mit Padre Luigi das Bittgebet an die Jungfrau Maria.

»Janua caeli …«
»Ora pro nobis …«
»Stella matutina …«
»Ora pro nobis …«
»Salus infirmorum …«
»Ora pro nobis …«
»Refugium peccatorum …«
»Ora pro nobis …«
»Consolatrix afflictorum …«
»Ora pro nobis …«

Die Stimmen hallten in der noch weihrauchgeschwängerten kleinen Kapelle wider. Der starke Harzgeruch reizte so manche Nase.

»Concede nos famulos tuos, quaesumus, Domine Deus …
Per Christum Dominum nostrum. Amen.«

Ernst und beseelt hob der Pater die Hand, um die Gruppe der Gläubigen zu segnen, blieb einen Augenblick mit geschlossenen Augen stehen und zog sich dann, gefolgt von seinem Ministranten Leopoldo, in die winzige Sakristei zurück.

Die Frauen verharrten noch ein paar Minuten im Gebet. Dann erhoben sie sich der Reihe nach und gingen zum Priester, der noch mit dem Ordnen beschäftigt war, küßten ihm die Hand und verabschiedeten sich.

Nunziata blieb länger, sie mußte noch die Ave Marias beten, die ihr der Pater nach der Beichte zur Buße auferlegt hatte. Es waren nur wenige, aber sie war mit den Gedanken nicht bei der Sache und mußte immer wieder von vorne anfangen.

»Nunzià«, hatte Padre Luigi nach der Absolution gesagt, »du bist ein braves Mädchen, bleib so, wie du bist … und vergiß nicht, das wichtigste ist die Ehrbarkeit.«

»Nein, das wichtigste ist ein Name und ein Haus«, hatte sie gedacht.

Sie hielt sich bei der Beichte nie lange damit auf, all ihre Vergehen, auch die allerkleinsten, aufzuzählen, wie Mariuccia das tat, und zwar mit lauter Stimme, so daß alle es hören konnten. Sie war immer schnell fertig und erzählte auch nicht alles.

Und wenn sie anschließend zur Kommunion ging, kam ihr nicht in den Sinn, daß sie gerade ein Sakrileg beging.

Ihre unbewußte, aber unerschütterliche Lebensphilosophie war eine Zauberkraft, die sie unbeschadet durch alle »sieben Fegefeuer« und »sieben Meere« leitete und ihr Herz rein und unschuldig machte.

Daher begegnete sie Christus stets freudig und hätte sich nie vorstellen können, daß Er sie nicht empfangen würde, nur weil sie Padre Luigi, Don Giacomo oder Don Pasqualino nicht alles erzählt hatte.

»Das wichtigste ist die Ehrbarkeit … Nein, das wichtigste ist ein Name und ein Haus …«

Sie hätte für jedes einzelne Mitglied dieser Familie ihr Leben gegeben.

Sie betete für jeden von ihnen. Für den einen oder anderen erflehte sie die Erfüllung eines besonderen Wunsches:

»Herr, mach, daß Donna Francesca die Nudelbestellung aus Amerika bekommt, mach, daß sie Don Giordano dieses Geld zurückgeben, daß Federico eine gute Prüfung ablegt, daß Paolina nicht mehr mit ihrer Schwiegermutter streitet, daß Tante Luigina das Rückenweh und Giovanni Antonio der Husten vergeht.«

Für sich selber erbat sie nichts, sie hatte schon alles. Und wenn sie dann mit dem bis zu den Augen heruntergezogenen Schleier zu Padre Luigi ging, um sich von ihm zu verabschieden, und den Kopf neigte, um seine rechte Hand zu küssen, legte er ihr die andere Hand auf den Kopf, um sie zu segnen.

»Sehr brav, Nunziata …«, murmelte er.

Und Nunziata richtete sich auf und lächelte ihn an.

AN JENEM JUNINACHMITTAG war die vesuvische Villa am Ende der Allee in gleißendes Sonnenlicht getaucht, und zwischen den Ästen der Pinien, die sie umstanden, flirrten unendliche Stäubchen.

Unaufhörlich fuhren an diesem 22. Juni 1897, dem Namenstag des heiligen Paolino von Nola, Kutschen vor.

Verwandte und Freunde versammelten sich in dem großen Salon hinter dem schmalen Balkon, um den Namenstag Don Paolos und der rundlichen, wachsbleichen Paolina zu feiern, die eine schwierige Schwangerschaft vorantrug.

Don Paolo empfing die Gäste, herausgeputzt und mager wie immer, an der Treppe. Neben ihm stand Donna Francesca in einem weichen rosa Chiffonkleid, von dem sich ihre vierreihige lange Perlenkette silbrig glänzend abhob.

Fröhlich erschallten Komplimente und Glückwünsche. Der altersblinde Spiegel reflektierte die freudigen Ausrufe der heiteren Gruppen und ihre Umarmungen; die höflichen Putti über dem Rahmen schütteten aus ihrem überquellenden Tuch Röschen auf die vor der Spiegelscheibe vorbeiziehenden Gäste herunter.

Aber diese barocke Liebesdienerei, die unermüdliche Huldigung der schmeichlerischen Putti, konnte den Blick der Gäste nicht fesseln. Allzuoft hatten diese sie schon gesehen. Zwei Bauern dagegen, die zu Ehren der Gefeierten zwei Fruchtkörbe brachten und das Haus nicht kannten, also nicht wußten, daß die Küche im Erdgeschoß zum Hof hinaus lag, hatten sich die herrschaftliche Treppe hinaufgewagt und blieben mit offenem Mund stehen, um die zwei anmutigen Amoretten zu bestaunen. Und auch als sie von Mariuccia eilends zur Umkehr gezwungen wurden, drehten sie sich beim Hinuntergehen immer wieder entzückt nach ihnen um.

Zu diesem Zeitpunkt thronten in dem großen Salon mit den Deckenfresken schon zahlreiche Damen steif auf den unbequemen vergoldeten Sitzmöbeln im Louis-XV.-Stil und plauderten.

Auf einem der Sofas saß eine blutjunge Frau neben ihrer Mutter. Ihre Konversation mit Paolina, die ihnen gegenüber auf einem Sesselchen Platz genommen hatte, schleppte sich mühsam dahin.

Vor dem Hintergrund der grünen Brokattapete gewann das etwas fahle Blondhaar des jungen Mädchens ein wenig mehr Glanz, und auch der zarte Teint ihrer anmutigen Gesichtszüge belebte sich.

Der Getreidemakler Don Crescenzo Papa hatte, als er bei seinen Verhandlungen über Preise für apulischen Ardito- und Saragollaweizen nebenbei die Ehe einfädelte, Donna Francesca erzählt:

»Fräulein Gelsomina ist ein Juwel, ein richtiges Porzellanpüppchen … Ihr werdet selber sehen, daß ich nicht übertreibe.«

Das Mädchen trug ein helles Musselinkleid mit Plattstichstickereien. Es waren lauter kleine Vergißmeinnicht, die zu dem Blau ihrer Augen paßten. Ein »verwaschenes« Blau, wie Mariuccia kommentierte, der sie als Verlobte ihres geliebten Federico, dieses so kräftigen jungen Mannes, zu schmächtig erschien.

Mit Sicherheit wirkte das »Porzellanpüppchen« Gelsomina Ruotolo, das viele Freunde der Montorsi an jenem Tag zum ersten Mal zu Gesicht bekamen, neben ihrer Mutter, die neben der Anrichte mit den Gebäcktellern saß, besonders zerbrechlich.

Die Frau war eine füllige Juno, für deren Kleid zahllose Meter Chiffon nötig gewesen waren. Ihr hochgeschnürter Busen ragte wie eine Konsole hervor, auf der eine dreireihige Perlenkette mit Granatverschluß und zwei zueinander passende Diamantbroschen in Schmetterlingsform ruhten.

Nunziata, die liebenswürdig, aber ohne übertriebene Demut den in Gruppen herumstehenden Herren und den sitzenden Damen das duftende, mit reichlich Pinienkernen zubereitete Gebäck angeboten hatte, spürte, nachdem sie ihre Runde beendet hatte und sich vorbeugte, um das Tablett auf der Anrichte abzustellen, eine heftige Versuchung, sich zu Donna Geppina Ruotolo umzudrehen und ihren auf und ab wogenden braunen Vorsprung als Ablage zu benutzen.

Sie bekam einen solchen Lachanfall, daß sie aus dem Zimmer laufen mußte, wobei sie mit Eleonora und Carolina zusammenstieß, die auf Tabletts »Damenmündchen«, ein Mürbegebäck, und gefülltes Schaumgebäck hereintrugen. Tante Luigina folgte ihnen mit der üblichen Etagere aus Muranoglas, auf der ihr Mandelgebäck aufgehäuft war. Obwohl die Zubereitung dieser Raffinesse sehr mühsam gewesen war – das Schälen und endlose Zerstoßen der Mandeln war recht zeitaufwendig –, fand diese Spezialität dennoch keinen großen Anklang, weil sie als zu süß und zu aromatisch galt – sie war nämlich in Blütenaroma getränkt. Außerdem trauten viele seiner rosa und violetten Färbung nicht, die von giftigen Karmin- und Indigo-Körnchen herrührte. Denn diese mußten mit äußerster Sorgfalt, ohne den kleinsten Gedächtnisausfall, dosiert werden.

Tante Luigina machte die Runde und forderte alle auf zu probieren, aber sie erntete meist nur augenzwinkerndes Lächeln. Wenige wagten es, die Hand danach auszustrecken. Eine unvorsichtige Geste, wie Donna Giulia Russo urteilte, und die anderen auf den prächtigen Sesseln thronenden kulinarischen Gottheiten pflichteten ihr bei.

Federico hingegen forderte seinen künftigen Schwiegervater, mit dem er vor dem Balkon in ein höfliches Gespräch vertieft war, dazu auf, gleich zwei zu nehmen. Er empfahl sie ihm wärmstens und lobte ihre Herstellungsweise und Zartheit. Und Tante Luigina verdrehte vor Verlegenheit die Augen und stieß ihr typisches »O Himmel« aus. Da sie aber die Hände nicht frei hatte, konnte sie diesen Ausruf nicht mit dem affektierten Griff nach ihrem kameenbesetzten Spitzenkragen begleiten.

Federico tat sogar noch mehr. Er biß selber in eines der Gebäckstücke und ließ dabei seinen Blick zu Donna Giulia, der sogenannten Minerva, hinüberwandern und verneigte sich, da sie in seine Richtung sah, mit exquisiter Höflichkeit.

Dann setzte er seine Rede fort, was ihn nicht daran hinderte, weiterhin an dem Gebäckstück zu knabbern.

Er erzählte dem Schwiegervater von den Bauarbeiten am Hafen:

»Mama mußte sich endlos verausgaben ... Der Zugang zum Hafen ist für unsere Arbeit von großer Bedeutung ... Mama hat hohe Beträge vorgestreckt ... Enorme Ausgaben ... Ich selber habe mich unzählige Male mit dem königlichen Ingenieur Iacono getroffen ... aber die königliche Kommission ...«

Nanà und Maria Vittoria kamen mit winzigen Schälchen aus Capodimonte-Porzellan vorbei, aus denen feine Liköre dufteten: »Perfekte Liebe«, Pfirsich-, Nuß- und Mokka-Ratafia.

Die jungen Mädchen gingen aufrecht und mit kleinen Schritten, um die farbigen Getränke nicht zu verschütten, die sie mit anmutigen Gesten anboten. Sie waren so jung in ihren leichten Kleidern, und die natürliche Grazie ihrer harmonisch erhobenen Arme wurde von den hohen, goldumrahmten Spiegeln reflektiert, die ihre lebendige Erscheinung kurz einfingen, um sie gleich wieder loszulassen und zu vergessen und andere Bilder aufzunehmen.

Die eingeladenen Gäste waren fast alle eingetroffen. Die schwebende Stunde des Sonnenuntergangs mit ihrem samtenen, goldenen Licht betäubte alle ein wenig und zauberte einen leichten feuchten Schimmer auf ihre Haut. Überall im Saal wurde nun mit den bunten Fächern gewedelt, auf die Gondeln und Lagunen, Blumen und Vögel, Damen und venezianische Karnevalsszenen gemalt waren. Sie waren aus Reispapier oder Seide, Federn oder Spitze, mit einem Gestell aus Elfenbein, Perlmutt oder Rosenholz, und sie wurden in unterschiedlichem Rhythmus bewegt: nervös und schnell oder mit weit ausholender Geste der ruhigen Hand. Manchmal wurden die Fächer von koketten Blicken und

Herzklopfen begleitet, schamhaft zum Gesicht geführt. Die Art wie gefächert wurde sagte viel aus über einen Charakter oder eine Laune. Und sie verriet vor allem die unerträgliche Schwüle, die nunmehr auch die Mienen entstellte.

An der hellen Decke hingegen, an dem von Stuckarbeiten gesäumten Himmel, tummelten sich auf dem Gemälde, das das intensive Licht noch klarer hervortreten ließ, die mythologischen Gestalten in alter Frische und zeigten sich anmutig in ihren durchsichtigen, farbigen Tuniken. Auf rosa Wolken und in ungestümem Flug führten sie, ohne zu keuchen, ohne zu schwitzen, irgendwie gelangweilt, abgehoben und majestätisch in ihrer theatralischen Haltung, ihre ewigen und unglaublichen Geschichten auf.

Bei dieser phantasievollen Darstellung übertrafen die Farben bei weitem die fade Ernsthaftigkeit der Posen. Und selbst wenn sie vom Zahn der Zeit etwas angenagt waren, hielten sie der Zerstörung noch stand und leuchteten festlich – ein Ausdruck der Freude und des barocken Lebensgefühls – an der Decke.

Federico machte seinen Schwiegervater auf die Schönheit der Malereien aufmerksam, aber auch auf Risse und mehr oder minder gelungene Restaurierungsversuche. Er deutete auf die schadhaften Stellen und veranlaßte dadurch auch andere, weiter entfernt stehende Personen dazu, neugierig den Kopf in den Nacken zu legen; auch Donna Francesca sah an die Decke hinauf.

Sie war gerade erst wieder in den Salon zurückgekehrt und hatte höflich einen kleinen Sessel neben die einsam dasitzende Frau von Federicos »Heiratsvermittler« Don Crescenzo Papa gerückt, ihre freundliche Geste aber im nächsten Augenblick bereits bereut, was sofort an ihrer verdrossenen Miene abzulesen war. Die Dame nämlich, die von ihrem Mann seit Jahren betrogen wurde und mit ihm in heftigem Streit lag, bat sie mit hochrotem Gesicht um ein Gespräch unter vier Augen, damit gewisse Provisionen, die ihrem Gemahl zustanden, gesperrt werden könnten. Und während sie so über ihren pflichtvergessenen Ehemann herzog, machte sie gleichzeitig auch boshafte Anspielungen auf angebliche finanzielle Engpässe des Schwiegervaters

Federicos, Dr. Giacomo Ruotolo, der ein berühmter Arzt von Caserta sowie ein Großgrundbesitzer war.

Francesca maß dem Gerede keine große Bedeutung bei. Gelsomina - Mimmina - war die ideale Ehefrau für Federico; wohlerzogen und liebenswürdig, leicht lenkbar und reich. Sie war ihr eine sehr genehme Schwiegertochter ... vor allem auch im Hinblick auf die Mühle, und zwar besonders in diesem schwierigen Moment.

Die stolze Mitgift Mimminas war im übrigen auch durch das Erbe ihrer unverheirateten Tante Adelina gewährleistet, die ihr eine ansehnliche Anzahl von Wertpapieren hinterlassen hatte. Dennoch nahm Francesca sich vor, Vertrauenspersonen für die Sache zu interessieren, um genauere Auskünfte einzuholen. Sie durfte bei diesem Ehevertrag keine Risiken eingehen.

Unterdessen hatten ihr das geheimnistuerische, bösartige Gerede und die Anspielungen der Klatschbase die Stimmung verdorben, sie mußte sich von dieser Frau so schnell wie möglich befreien, ihr den Mund stopfen und sich unter irgendeinem Vorwand entfernen. Sie sah in Richtung ihres Sohnes, der inzwischen auf dem Balkon stand und dem Schwiegervater mit weitausholender Geste die vom Vulkan beherrschte offene Landschaft beschrieb.

Francesca wurde von Stolz beschlichen:

»Was für ein schöner Junge, mein Rechtsanwalt ... Wie ein junger Gott sieht er aus.«

Tatsächlich sah der junge Mann wundervoll aus, wie er so dastand und Don Giacomo irgend etwas in der Ferne zeigte, vielleicht die Villa Leopardis.

»Er ist das schönste meiner Kinder. Nur seine Augen« – zärtlich und grün wie Seegras waren sie – »nur seine Augen blicken nicht so herausfordernd wie die seines Vaters, aber sonst ist er Giordano wie aus dem Gesicht geschnitten.«

Der Gedanke versetzte ihr einen Stich in die Brust.

Federico beschrieb Don Giacomo in diesem Moment anhand der Lava-Abhänge die Vulkanausbrüche der Vergangenheit und nannte auch deren Zeitpunkt und Heftigkeit.

Der Arzt verzog beim Anblick des Vesuvs das Gesicht und schüttelte den Kopf.

Der zerstörerische Berg mit seinen unverwechselbaren Umrissen füllte den ganzen Horizont aus. In der untergehenden Sonne leuchtete der nackte Gipfel des Vulkans in allen seinen Farben: kühles Dunkelviolett in den tiefen Magmafalten, wärmeres Rosa in den Rinnsalen aus geschmolzenen Kristallen, kräftiges Grün weiter unten, an den Flanken, wo auf uralter Lava üppige Ginsterbüsche bis ins Tal hinab wuchsen.

Im Gegensatz zu dem verzückten Federico ließ sich der Arzt nicht vom Zauber dieses Berges hinreißen und konnte sich erst recht nicht für Federicos Definition des Vesuvs als »Lava-Idol«, das seine Rauchfahne »wie eine Krone« trage, begeistern.

Für Don Giacomo gab es am Vesuv wenig, das einen begeistern konnte. Er fühlte sich von seinem Anblick nur verwirrt und unterstrich seinen Eindruck mit eindeutigen Zitaten:

»Vernichter Vesevo ... Vesuvio ... Vae suis ... Wehe den Seinen.«

Federico führte ihn leutselig lächelnd in den Salon zurück. Ihr Gespräch wurde auch im geschlossenen Raum fortgesetzt, nur war es diesmal der Arzt, der das Wort führte und lieblichere Orte, Hügel, Wälder, Landhäuser beschrieb und von seinem Sohn, dem Ingenieur, erzählte.

Federico sah sich beim Zuhören immer wieder um, und Don Giacomo mußte zu ihm aufschauen, da der junge Mann viel größer war als er.

Federico nickte, während sein Blick durch den großen Salon schweifte und dabei nur einen kurzen Augenblick auf der Gestalt in Weiß und Veilchenblau verweilte und gleich weiterwanderte, ohne auch nur in ihr Gesicht gesehen zu haben.

Sein Blick verfolgte Nunziata. Er verlor sie immer wieder aus den Augen, wenn sie von einer großen Grünpflanze, einem aufgebauschten Vorhang, einem Grüppchen von Gästen verdeckt oder von einer der hohen goldumrahmten Türen verschluckt wurde.

Es war so, wie wenn man darauf wartet, daß die Sonne hinter

den Wolken wieder zum Vorschein kommt. »Da kommt sie, da kommt sie, sie ist wieder da ... mein Morgenstern ...« Und er lächelte ihr von ferne zu. Dann kam sie so nahe an ihm vorbei, daß sie ihn fast berührte, aber dann verschwand sie wieder, für lange, allzulange Zeit ...

Wohin war sie verschwunden? Wer hielt sie auf? Wer redete mit ihr?

Das Bedürfnis, sie zu sehen, ihre Stimme zu hören wurde quälend, und so zog er den monologisierenden Arzt hinter sich her und aus dem Salon hinaus, durchquerte den chinesischen Salon, das Hirtenjungenzimmer, blieb an der Schwelle zum Hirtenmädchenzimmer stehen, wo Leopoldo im Samtanzug mit Spitzenkragen ein Nocturne auf dem Klavier spielte und dabei seine blonden Haare schüttelte. Aber unter den Gästen, die sich um das Klavier drängten, war Nunziata nicht.

Also wandte sich Federico Richtung Terrasse und durchquerte dazu das Zimmer der Brautleute. Diese Bezeichnung verdankte der Raum wahrscheinlich den Hochzeitsfeiern, die hier viele, viele Jahre zuvor gefeiert wurden. Doch zahlreiche Männer der Familie waren in diesem Raum in späteren Zeiten, vielleicht wegen der verfänglichen Anspielung des Namens, vielleicht aber auch wegen der Spiegel, die an andere Orte mit anderen, wollüstigen Spiegelbildern erinnerten, von merkwürdiger Erregung befallen worden. Don Giordanos Vater hatte – was nur wenige wußten und die wenigen Zeugen verschwiegen – in schon vorgerücktem Alter, aber noch immer munter und rüstig, an einem glühendheißen Augustnachmittag unter diesen Deckenspiegeln den Verstand verloren. In seiner Verwirrung hatte er eine Weißnäherin in diesen Raum gezerrt, eine schon ältliche, aber üppige Jungfer, die während des stillen Schäferstündchens in der schattigen Laube der Terrasse beim Sticken saß, und hatte sie um jeden Preis zu seiner »Braut« machen wollen, was er ihr in seinem Raptus unzählige Male wiederholte, während sie mit Händen und Füßen um sich schlug, um die Angriffe des kopflosen Grapschers abzuwehren, der sie auf dem großen gelben Puff bedrängte.

Federico vergaß, Don Giacomo beim Betreten des Raumes auf

die Besonderheit der Decke hinzuweisen, und so hob dieser nicht den Blick, was ihm den traurigen Anblick seines kahlen Schädels aus ungewohnter Perspektive ersparte. Während sie vor dem über der Terrasse gelegenen Balkon standen, ließ Federico sein goldenes Zigarettenetui aufschnappen und bot ihm mit freundlicher Verbeugung eine Zigarette an.

Die weißen Leinenvorhänge waren zugezogen, und der seitlich zusammengeraffte Stoff rahmte die herausragende Loggia wie eine Theaterbühne ein. Im Hintergrund war zwischen den Wipfeln der Pinien das durchbrochene Geländer mit den Terrakottavasen und den Hängegeranien zu erkennen. Die langen Triebe wiegten sich in der gerade aufkommenden Brise und streiften dabei die feuchten Flecken an den Mäuerchen. Die bisher unbewegte Luft frischte jetzt, da die Sonne fast im Meer versunken war, auf und ließ die Bäume erschauern. Ein Luftzug erreichte die Terrasse, fuhr in die dichte Kletterpflanze an der Ecke, die Jasminblüten abschüttelte, bauschte die Volants der Vorhänge auf, so daß diese aufgingen, und spielte mit den Prismen der Kristallüster, die klirrend aneinanderstießen.

Die beiden Männer waren die ersten, die auf die Loggia hinaustraten, wo die so täuschend echten Blätter auf dem Majolikaboden den alten Arzt mehr als alle Malereien im Haus beeindruckten.

Federico und Don Giacomo waren allein. Sie standen schweigend da und atmeten die nach Harz duftende Luft ein. Nach Sonnenuntergang würden jedoch viele andere hierherkommen und die frische Kühle der Pflanzen aufsuchen. Hier würden bald die berühmten Sorbetts des Hauses Montorsi aus Milch und Erdbeeren serviert werden, die vorerst noch in einem tiefen Zuber in der Küche zwischen Salz und zerstoßenem Eis und mit einer Wolldecke zugedeckt ihre Festigkeit und Frische bewahrten.

Und vom Hirtenmädchenzimmer würden bis auf den dunklen Vorplatz unter dem Sternenhimmel im Chor gesungene Lieder zu hören sein, und deren Melancholie würde sich im fein verästelten Gebüsch verlieren. Und dort würde Federico später, sehr viel später, auf Nunziata warten … Er würde ihr die Melodie ins Ohr summen, die er für sie komponiert hatte, und seine Achselhöhlen würden nach Lavendelwasser duften.

Lächelnd drehte sich der junge Mann zur Laube in der Ecke der Loggia um.

Durch das dichte Grün der Kletterpflanzen ließ sich die breite Bank, auf der sie sitzen würden, kaum erkennen. Aber er wußte, daß sie mit Jasminblüten bedeckt war.

Marseille, den 28. September 1897

Liebste Mutter, indem ich Euch meiner besten Gesundheit versichere, hoffe ich, daß Ihr mir von der Euren das gleiche bestätigen könnt, und bitte noch einmal um die rasche Übersendung der weiteren Vollmachten, um die ich Euch gebeten hatte, sowie um die fehlenden Dokumente. Diese sind dringend erforderlich für die Übertragung und den Verkauf Eures Besitztums in Marseille und zögern bei Nichteintreffen alle weiteren Amtshandlungen hinaus.

Ich muß auch hinzufügen, daß sie in Frankreich ein wenig streng, ich würde sagen haarspalterisch bei jedem Vertrag vorgehen und insbesondere bei diesem, der durch die erhebliche Anzahl von Miterben ziemlich komplex ist. Ich füge hinzu, daß ich den Verdacht hege, ja, der Überzeugung bin, daß hier auch ein gewisses Mißtrauen bei allen Verhandlungen mit Ausländern und insbesondere mit Italienern vorherrscht.

Daher, liebe Mutter, müssen die Unterlagen, deren Aufstellung ich Euch geschickt habe, genau und ohne jedes Versäumnis vorgelegt werden, und die Vollmachten der übrigen Erben müssen vollständig und umfassend sein.

Onkel Gaspare Gargiulo und Tante Isabella sind perfekte Gastgeber. Sie bedauern den Verkauf, behindern ihn aber nicht. Tante Isabella stört an dieser Veräußerung insbesondere die Tatsache, daß die neuen Eigentümer das Gebäude in Privatwohnungen umwandeln werden. Ich glaube, daß Onkel Gaspare und Tante Isabella, da Giuliano hier bereits seinen Arztberuf ausübt und Andreina noch am Konservatorium studiert, nicht nach Italien zurückkehren werden.

Indem ich Euch nochmals um Eile bitte, verabschiede ich mich jetzt mit Eurer Erlaubnis, aber nicht ohne Euch vorher gebeten zu haben, alle zu grüßen, die sich an mich erinnern. Einen ergebenen Gruß an Onkel Paolo und Papa. Küsse für alle Geschwister, Nunziata und Mariuccia. Eine Liebkosung für Sweet.

Gerade heute habe ich ein Schreiben an Don Giacomo mit einem beiliegenden Grußbillett für Mimmina abgeschickt.

Ich habe vergessen zu erwähnen, daß mich Pelagio Rossi, Agostino La Rana und Giacomo De Simone auf ihrer Paris-Reise hier besucht haben. Sie haben mir die fünfte Nummer der Zeitschrift *Das neue Oplontis* gebracht, die wir gemeinsam gegründet haben.

Tante Isabella hat sie freundlicherweise zum Abendessen eingeladen. Andreina gesellte sich zu uns, und auch Giuliano nach seinem Dienst im Krankenhaus. So haben wir uns auf fremdem Boden um einen prächtigen Louis-quinze-Tisch versammelt, Eure guten Teigwaren genossen und uns in unserem geistvollen Dialekt unterhalten.

Danach habe ich mit Pelagio, Giacomo, Agostino und Giuliano bis tief in die Nacht über das für uns nunmehr gelöste Rätsel diskutiert, das auf der antiken Tabula Peutingeriana mit dem Symbol »Oplontis« dargestellt ist. Mit Sicherheit befand sich dieser *pagus*, vielleicht der reichste Vorort Pompejis, auf unserem Gut.

Bei Sonnenaufgang wandelten wir im Angesicht Eures geliebten Château d'If noch immer auf der Mole und waren in Gespräche vertieft. Um sechs Uhr begleiteten wir Giuliano zu seinem Dienst ins Krankenhaus, und um sieben Uhr zwölf verabschiedete ich mich auf dem Bahnhof von Marseille von den Freunden, die nach Paris abfuhren.

Was die Zeitschrift betrifft, so scheint sie gut zu gehen und viel gelesen zu werden. Ich sage ihr ein gedeihliches und langes Leben voraus. Meine Freunde danken Euch nochmals für Eure großzügige Unterstützung bei der Gründung des Blattes und unseres Oplontis-Komitees, das in seinem ungleichen Kampf um die Verbreitung seiner Wahrheiten Ermutigung braucht.

Indem ich schließe, erlaube ich mir, Euch wieder an Euer Versprechen zu erinnern.

Wenn bei den Ausgrabungsarbeiten, die Ihr an der alten Mühle begonnen habt, während ich dringenden Verpflichtungen in Marseille nachgehe, wenn also bei diesen Arbeiten für das Fundament des neuen Gebäudes irgendein Element auftauchen sollte - alte Mauern, Stückchen von bemaltem Putz oder Säulen –, das die ferne Vergangenheit unseres Ortes bezeugt, so laßt alles unterbrechen und ruft den Ingenieur Iacono. Don Luigi ist nämlich kompetent, bewandert in der griechisch-römischen Welt und ein genauer Kenner der pompejischen Antike.

Mit unserer Zeitschrift und unserem Komitee haben wir uns zum Ziel gesetzt, uns einen präzisen Überblick über das Gebiet zu verschaffen, das einst Oplontis umfaßte. Unbedingte Voraussetzung dafür ist die unverzügliche Verfolgung jeder Spur, die eventuelle Ausgrabungen ans Licht bringen könnten. Jeder Stein, jede Tonscherbe, jedes Fragment und jede Münze, könnte Zeugnis für das ablegen, für das wir kämpfen, denn wir sind gewiß, daß das geheimnisvolle, reiche Oplontis einst dort lag, wo wir heute leben.

Liebste Mutter, wo immer sich ein Anzeichen offenbart, haltet ein und ruft bitte Don Luigi. Dafür werden Euch spätere Generationen und Euer ergebener Sohn, der Euch respektvoll die Hand küßt, ewig dankbar sein.

Federico

Francesca zerknüllte den Brief ärgerlich und knetete ihn zu einem Ball.

»So ein Dummkopf ... Fragmente, Säulen ... die Tafel des Pintaurus ... Laßt alles unterbrechen und ruft den Ingenieur Iacono ... Na großartig ... dann können wir sehen, wo wir bleiben, dann kommt noch die piemontesische Regierung und mischt sich in meine Sache ein und behindert mich auch noch bei der Arbeit ... Und wovon sollen wir und die Arbeiter gefälligst leben? Sollen wir vielleicht Hunger leiden? Das hätte ja was gegeben, wenn der Ingenieur Iacono dagewesen wäre, als wir diese Mühle gebaut haben und das ganze Zimmer dabei zum Vorschein gekommen ist ... Da hätten wir uns anschauen können ... Ruft Ingenieur Iacono ... Aber sicher ... Genau den kann ich bei den Arbeiten nicht gebrauchen ... Wenn man hier gräbt, und sei es mit der bloßen Hand, wie damals, als wir an der alten Mühle einen Brunnen ausgehoben haben, kommt doch immer was Antikes und Zusammengekrachtes raus ... Wenn ich mir das vorstelle ... Hier hätte kein Mensch je etwas bauen können, keine Mühle und keine Nudelfabrik ... Und wovon wären die Leute satt geworden? Von Steinen und Väschen vielleicht? Wunderbar, Federico ... du bist doch wirklich ein Dummkopf ...« Und sie zerknüllte den Brief vor Wut immer noch mehr.

Dann beruhigte sie sich, zog ganz vorsichtig die Ecken des Blattes aus dem Knäuel hervor und begann es zu entfalten. Ganz sachte, um es nicht zu zerreißen.

Sie breitete es auf dem Schreibtisch aus und begann es zu glätten. Dann strich sie mit der Hand darüber, als wollte sie es liebkosen.

Francesca bürstete ihr langes Haar: noch immer mit hundert Strichen wie zu ihrer Jugendzeit im Internat.

Während sie ihr Spiegelbild betrachtete, versuchte sie mit der freien Hand die Spitzen ihres Nachthemds über dem Busen zu schließen, da der Ausschnitt zu großzügig war.

Mit ihren fast fünfzig Jahren sah sie noch immer verführerisch aus. Ihr weicher Brustansatz und ihre olivbraune Gesichtshaut waren noch leuchtend und straff, die schwarzen Haare hatten zwar an den Schläfen, genau wie die des Großvaters, vorzeitige weiße Strähnen, aber dadurch glänzten die schwarzen Augen mit den tiefen Ringen darunter um so intensiver.

In diesem Moment war sie völlig entspannt, und das machte sie viel jünger. Einzig ihre Hände mit den dicken Venen und die schlaffe Linie um Kinn und Hals verrieten ihr Alter.

Nachdem sie Kinder und Sorgen, Maskeraden, Pflichten und Rechnungen vor der Tür gelassen hatte, erholten sich jetzt ihr Herz und ihr Gemüt. Sie versuchte sich innerhalb dieser vier Wände, in diesem sicheren Hafen, zu sammeln. Sie wollte Ruhe, um in Gedanken zu ihrem Großvater, zu den Steilhängen an der Küste und den nur für Ziegen und Engel zugänglichen Pfaden zurückkehren zu können.

Sie wollte die bösen Ahnungen vergessen, von denen sie draußen heimgesucht wurde, die Stimme ihres Mannes aus diesem Raum verbannen, der immer von Zahlungsverzögerungen sprach, von Bürgschaften, die betrügerische Händel verdeckten, von Wechselübertragungen und anderen Dingen, die er als normale Arbeitsschwierigkeiten darstellte. Er sagte zwar immer: »Ich bin von allen Seiten abgesichert«, aber während er diese Worte aussprach wich er stets den besorgten Blicken seiner Frau aus.

Der Hund winselte vergeblich vor der Tür, denn sie hatte ihn noch nie in ihr Schlafzimmer gelassen. Aber sie hatte den Pointer, der als Welpe in ihr Haus gekommen war, sehr liebgewonnen. Enrico, der Englandfreund, hatte ihn aus London mitgebracht und ihn wegen seines sanften Blickes, der besonders dahinschmolz, wenn er Francesca ansah, Sweet genannt. Bei Mariuccia wurde daraus Suvitto, in zärtlichen Momenten Suvittino und, wenn er geschimpft und verjagt wurde, Suvittone … Suvittò.

Der Hund begann jetzt lästig an der Tür zu kratzen, aber Francesca ärgerte sich nicht; sie war ruhig und gelassen, niemand hatte sie an diesem Abend gestört, und gottlob waren auch keine atmosphärischen Störungen zu erwarten. Daher zuckte sie erschrocken mit hocherhobener Haarbürste zusammen, als es plötzlich an der Tür klopfte.

»Hier ist Mariuccia …« Mit diesen Worten war die Hausangestellte schon im Zimmer.

Francesca drehte sich auf ihrem Hocker um und blieb mit dem Rücken zu ihrem Toilettentisch sitzen.

»Was ist denn jetzt los?« fragte sie verärgert. Aber dann sah sie Mariuccias Miene. »Warum machst du denn so ein Gesicht? Ist wieder was Schlimmes passiert?«

»Nein, nichts Schlimmes ... es ist eher ein Segen.«

»Ein Segen?«

»Ja, Kinder sind ein Segen.«

»Kinder? Was für Kinder denn?«

»Ach nichts ... es ist nur, daß Nunziata ein klein bißchen schwanger ist.«

MARIUCCIA WOLLTE AN jenem Abend ein wenig länger als gewöhnlich zum Gebet niederknien, aber ihre schmerzenden Gelenke hinderten sie daran, und auch für die kurze Zeit, die sie so verharrte, mußte sie ihren Schal doppelt gefaltet unter ihre Kniescheiben legen.

Sie erhob sich mühsam und begann, sich auszuziehen. Sie legte ihre Sachen ordentlich zusammen, wobei sie die ganze Unterwäsche unter ihrem weiten Rock versteckte. Man konnte nie wissen, »Gevatter Tod« konnte jederzeit eintreten, und der Arzt, den sie dann sicher eiligst rufen würden, oder der Wächter oder Don Giordano, der gewiß angelaufen käme, um Frau und Töchter zu trösten, kurz, alle diese Mannsbilder brauchten ihre intimsten Wäschestücke nicht zu sehen.

Während sie ihre weiße Bluse über die Lehne des Bauernstuhls hängte, murmelte die Frau weiter ihre Gebete:

»Heilige Muttergottes, Unbefleckte Jungfrau Maria, nimm sie in deinen Schutz.«

Sie betete für Nunziata, die am Nachmittag des folgenden Tages heiraten würde. Die Zeremonie im Rathaus sollte ganz unfeierlich abgehalten werden, da die Familie, wie Donna Francesca sagte, in tiefer Trauer über den Tod Tante Luiginas war, »sie ruhe in Frieden«. Hauptsache, so überlegte Mariuccia, diese Hochzeit fand überhaupt statt. Sicher, der Bräutigam Don Angelo Limieri, der »junge« Schreiber, der in der Mühle die Stelle seines uralten Onkels Don Ernesto übernommen hatte, war fünfzehn Jahre älter als Nunziata. Aber konnte man einen Vierunddreißigjährigen alt nennen? Ein Ehemann muß immer älter sein als seine Frau. Und außerdem war er ein schöner Mann ... tüchtig, zuverlässig, wohlerzogen ... Und er hatte die Gangart und trug den Schnauzbart »eines Herrn«.

Es war nur sehr kurze Zeit vergangen, seit sie Donna Francesca benachrichtigt hatte, und alles war schon bestens geregelt.

Gut, daß sie gleich den Mund aufgemacht hatte, das war eine Gewissensfrage gewesen. Sie hatte von jeher untrüglich auf gewisse Daten und Fälligkeiten geachtet. Die hatte sie alle genau im Kopf. Bei so vielen jungen Frauen im Hause mußte man einfach bestimmte Tatsachen pünktlich im Auge behalten, denn wenn es einmal zu einem Mißgeschick kam, konnte man unverzüglich etwas unternehmen, bevor die Schande bekannt wurde.

Daher war sie Monat für Monat wachsam: Paolina hatte ihre Menstruation am elften, aber sie war jetzt verheiratet und selber verantwortlich, Eleonora am achtzehnten, aber manchmal mit einer kleinen Verzögerung, Carolina am einundzwanzigsten, Maria Vittoria am sechzehnten, Nunziata am siebzehnten, Nanà am vierundzwanzigsten und Donna Francesca am zehnten ...

Jetzt beglückwünschte sie sich zu ihrer buchhalterischen Pedanterie, denn sie war rechtzeitig in Alarm versetzt worden und hatte nachgeforscht. Tatsächlich konnte Nunziata auf ihre eindringlichen Fragen hin ihre Übelkeitsanfälle und den Brechreiz nicht leugnen. Wenn sie nicht so hartnäckig, aber liebevoll und treu nachgefragt hätte, hätte das Mädchen niemandem etwas erzählt, und die Sache wäre erst herausgekommen, wenn es zu spät gewesen wäre.

Und der arme Don Angelo hätte sich bestimmt auch nicht darauf eingelassen, mit so deutlich sichtbaren Hörnern herumzulaufen.

Doch nun würde die Hebamme (auch Krummbein genannt, weil sie hinkte) dank der schönen Diamantbrosche, die sie erhalten hatte, Freund und Feind zu gegebener Zeit erzählen, daß Nunziata eine Frühgeburt gehabt hatte.

Für so etwas reichte ein schönes Schmuckstück wie etwa der wertvolle Ring, den Donna Francesca vor Jahren eben jenem

Krummbein für die gefährliche Abtreibung gegeben hatte, ihrer letzten, als sie schon im vierten Monat gewesen war, und von der Don Giordano nie etwas erfahren hatte.

Natürlich würden die Leute reden, die waren ja nicht blöd, aber sie würden es hinter ihrem Rücken tun müssen, denn die Sache war geregelt, und der Anschein blieb gewahrt …

Während sie sich die einzelnen Ereignisse und die Sorgen, die sie bewegt hatten noch einmal vergegenwärtigte, setzte sich Mariuccia auf ihr Bett und rieb sich, in einer Kampferwolke sitzend, ihre geschwollenen und müden Knie mit der ihr von ihrem angebeteten Dr. Barba verschriebenen Salbe ein.

»Donna Francesca war wirklich ein Schlitzohr, ein großartiges Weibsstück …« Und wie ruhig sie an jenem Abend geblieben war, als sie ihr die Neuigkeit erzählt hatte! Nur ihr Gesicht war wachsbleich geworden.

Sie hatte keine Wutanfälle bekommen. Sie hatte keine Szene gemacht und noch nicht einmal die Frage gestellt:

»Ja und … wer ist denn der Vater des Kindes?« Ja, sie hatte sie sogar angeherrscht, als sie unvorsichtigerweise darauf anspielte:

»Mariù, kümmere dich um deine eigenen Angelegenheiten … von wem das Kind ist, spielt keine Rolle, und ich will es auch gar nicht wissen. Morgen suche ich ihm einen Vater.«

Mariuccia hatte nicht weiter beharrt.

»In diesem Haus«, hatte sie gedacht, »fehlt es ja wirklich nicht an Männern.«

Den Vater für das ungeborene Kind hatte Francesca schnell gefunden. Am nächsten Tag hatte sie morgens um halb acht das kleine gelbe Arbeitszimmer reinigen lassen: Sie hatte ungeduldig an der Tür gewartet, bis Mariuccia fertig war.

Es hatte nicht lange gedauert, weil es in dem Raum, der recht abgelegen war, zwar viele Bilder, aber nur wenige Einrichtungsgegenstände gab: einen Schreibtisch im Maggiolini-Stil mit einem Stuhl und davor zwei Sessel aus dunklem Holz mit eingestickten Monogrammen auf den gelbseidenen Lehnen.

Es war zwanzig vor acht gewesen, als sie Don Angelo ins Zimmer gebeten hatte.

Bis um acht Uhr hatte sie dort mit ihm zusammengesessen, dann waren sie gemeinsam zu ihrer alltäglichen Arbeit in die Glaskabine zurückgekehrt.

Nunziata hatte vor der Laufgewichtswaage gestanden und zu ihnen hinübergeschielt.

Zwei Tage später hatte Donna Francesca auch sie in das kleine gelbe Arbeitszimmer rufen lassen. Nunziata wußte schon bestens Bescheid. Sie war verlegen gewesen und hatte sich vor dem Auftritt gefürchtet, aber Donna Francesca hatte am Schreibtisch gesessen, in einem Hauptbuch mit langen Abrechnungen geblättert und nicht einmal den Blick gehoben, während sie sie zum Sitzen aufforderte:

»Hat Mariuccia es dir schon gesagt? Du heiratest Don Angelo, und ich habe deinem Verlobten 6300 Lire in bar und das Häuschen in der Via Maresca mit dem ganzen Garten versprochen ... Mehr kann ich dir nicht geben, weil die Zeiten schlecht sind, auch für mich ist es eine schwere Zeit, und ich habe noch andere Kinder, die mir näherstehen. Und deshalb mußt du auch beim Notar eine Erklärung für deine Geschwister unterschreiben, daß du bereits ausbezahlt worden bist und keinen Anspruch mehr auf meine Besitzungen, die Mühle und alles übrige erhebst. Aber ich möchte dir über das hinaus noch ein persönliches Geschenk machen, weil du mir immer geholfen hast, mehr als meine eigenen Kinder. Du hast viel gearbeitet, und ich möchte dir das vergelten ... Sag mir, was du willst ... Einen Goldbarren ... Eine Diamantgarnitur ... Tante Luiginas Armbänder ... Was willst du?«

Da hatte Nunziata Mut gefaßt und den Kopf gehoben ... Einen Moment lang waren sich ihre Blicke begegnet:

»Ich will eine kleine Ausrüstung zum Nudelmachen.«

Die Zeremonie bewegte Nunziata nicht, sie stimmte sie auch nicht traurig, und ganz gewiß lag in ihrem ruhigen Blick nichts von der Verzweiflung einer Geopferten. Es geschah eben das, was geschehen mußte.

Weinen würde sie später, sagte sie sich, später, wenn sie das Haus, Donna Francesca, die Nudelfabrik, Mariuccia … und Federico verlassen mußte. Sie fühlte keinen Groll im Herzen und war auch weit davon entfernt, sich als Opferlamm zu betrachten, im Gegenteil, sie war voller Dankbarkeit für die Aussteuertruhen und all das übrige, was Donna Francesca ihr gegeben hatte.

Dann kam der Tag der Hochzeit. Der Bürgermeister, der in dem hellerleuchteten Rathaussaal hinter seinem Schreibtisch mit Perlmuttintarsien saß und rechts und links von zwei großen Sträußen weißer Rosen eingerahmt war, begann in feierlichem Ton vor allen Verwandten, Geladenen, Beamten und Neugierigen, die an der Tür standen, zu fragen:

»Fräulein Annunziata Montorsi …« Aber bevor er die ganze rituelle Formel und die vorgeschriebene Frage: »Wollen Sie ihn als ihren rechtmäßigen Ehemann …« zu Ende brachte, rief Nunziata, glücklich über die öffentliche Nennung ihres Vor- und Familiennamens freudig »Ja!« – wie eine Verliebte.

Unter den Anwesenden, die Verständnis für die Emotion der jungen Frau hatten, breitete sich leises Gekicher aus über dieses so herzliche Jawort der Braut.

Von der Familie Montorsi lächelte Leopoldo, dieser von Natur aus so vornehme Junge, sanft vor sich hin, während er die steife Krempe seines Strohhuts in den Händen drehte; Carolina lächelte verlegen und Eleonora gequält, beide saßen neben ihren Verlobten; Maria Vittoria mit den kräftigen Schultern und den runden Wangen lächelte mit Tränen in den Augen, Nanà mit strahlendem Gesicht, wobei sie mehrfach ihre schiefe große Atlasschleife, die sie im Nacken kitzelte, zurechtzupfte.

Paolina lächelte gar nicht, so wenig wie ihr Ehemann und Don Giordano, der an jenem Tag so bleich war, als hätte er gesundheitliche Probleme. Vielleicht lächelte auch Donna Francesca nicht, was aber nicht so sicher ist, denn ihr Gesicht wurde von ihrem Hut beschattet und von einem dichten amarantroten Schleier verdeckt. Don Paolos düstere Miene hellte sich nicht auf, er schob nur seinen Zylinder unter den anderen Arm, und der einundzwanzigjährige Giovanni Antonio, der grollend und mit gerunzelten Brauen in der dritten Reihe saß – seine roten Haare hatte er mühsam gescheitelt –, schien damit beschäftigt zu sein, den hohen Hut, der ihm nunmehr zustand, mit dem Daumen zu reiben, und zwar gegen den Strich des neuen Velours.

Federico war nicht anwesend. Nur wenige Tage nach seiner Rückkehr aus Marseille hatte er sich nach Odessa eingeschifft, um sich mit Enrico zu treffen. Von dort aus wollten sie gemeinsam nach Taganrog, um eine gerichtliche Entscheidung über eine seit langem strittige Getreidelieferung herbeizuführen.

Mariuccia war, angetan mit ihren neun Goldkettchen (bei jeder Geburt im Hause Montorsi hatte sie eines bekommen) zu Hause geblieben, um die Kellner zu beaufsichtigen, die im bemalten Salon der Villa die Tafel für den Empfang aufbauten.

Nur die engsten Angehörigen waren eingeladen. Donna Francesca hätte am liebsten nicht einmal diese kleine Zusammenkunft zu einem Glas Sekt, einem Stück Hochzeitstorte und der rituellen Verteilung der Hochzeitsdragées gewollt:

»Luigina ist noch nicht einmal ein Jahr tot, wir müssen die Trauerzeit einhalten.« So dämpfte sie mit Strenge Mariuccias Ambitionen, die sich auch für Nunziata ein Festessen und Musikanten wie bei Paolinas Hochzeit gewünscht hätte.

Aber die Haushälterin hatte hartnäckigen Widerstand geboten. Sie erwiderte mit unverständlichem Gemurmel und mit Redewendungen, die man hätte in Stein meißeln können: »Hier wird kein Unterschied gemacht zwischen Kindern und Stiefkindern.« Oder sie ließ spitze Bemerkungen fallen: »Freut mich ja sehr, Donna Francè, daß Ihr Fräulein Luigina, nachdem sie jetzt tot ist, so hoch in Ehren haltet.« Schließlich hatte sie doch erreicht, daß ein kleiner Empfang gegeben wurde und sogar, daß der Fackelzug genehmigt wurde, auf den sie so großen Wert legte, »weil er Glück bringt«.

Nach der Zeremonie und den Umarmungen und Glückwünschen im Rathaus, führte Don Angelo Nunziata am Arm zu der Kutsche. Die beiden sahen sich an, nicht lange, aber es reichte, um einen Pakt zu schließen. Es war ein Solidaritätspakt, mit dem zwei vom Schicksal Geschlagene, denen das Leben eine Chance gegeben hat, sich verbündeten.

Während sie den Hochzeitszug anführten, legte er galant und beschützend seine rechte Hand auf Nunziatas kleine Linke. Und auch in der offenen Kutsche saßen sie noch Hand in Hand, ohne zu reden. Auch später redeten sie nie viel, es gab nie Streit oder Diskussionen. Sie kamen auf diese stille Art und Weise nie ausgesprochenen Verpflichtungen, nie unterschriebenen Versprechungen nach, die sie aber genau kannten und achteten.

Auch was das Geschäftliche betraf teilen sie stets die gleichen Ansichten.

Donna Francesca hatte ihnen mit den Vergünstigungen des Ehevertrages den Hebel geliefert, mit dem sie glaubten, die Welt aus den Angeln heben zu können.

Als sie in die Allee einbogen, funkelte die Fassade der Villa im bengalischen Feuer, das aus allen Fenstern und aus dem mittleren Balkon sprühte, und das verbrennende Antimon-Pulver hinterließ gleißende Spuren am Himmel.

Beim Aussteigen aus der Kutsche mußte Nunziata plötzlich an Federico denken und wäre dabei fast gestolpert, aber ihr Mann fing sie auf.

Vor Federicos Abreise hatte Nunziata mit ihm ein kurzes, intensives Gespräch geführt. So feindselig hatte sie ihn noch nie erlebt. In messerscharfem Ton und mit zusammengekniffenen wilden Augen hatte er sie gefragt:

»Stimmt das, daß du heiratest?« Und sie hatte geantwortet: »Ja, es stimmt«, und dabei hatte sie den Blick gesenkt, aber ihre Stimme war deutlich und fest gewesen. Ebenso sicher war ihre Antwort auf die wütende Nachfrage des jungen Mannes gewesen:

»Aber warum bloß, warum?«

»Das ist ein anständiger Mensch, er wird mir treu zur Seite stehen.«

Federico hatte türenschlagend das Zimmer verlassen.

Von da an hatten sie kein Wort mehr miteinander gesprochen, und bei Tisch hatte sie nie zu seinem Platz zur Rechten von Donna Francesca hinübergesehen.

Dann war Federico abgereist, ohne sich von ihr zu verabschieden.

Der Hochzeitsempfang endete mit der traditionellen Verteilung der Dragées. Nunziata trug ein einfach geschnittenes weißes Kleid mit aufgenähten kleinen Korallen. Der Bräutigam stand neben ihr, und gemeinsam verabschiedeten sie sich von den Gästen und bedankten sich für die Geschenke. Genauso wie es Paolina getan hatte, schöpfte die Braut die duftenden weißen Dragées mit einer silbernen Kelle aus einer Schale aus massivem getriebenem Silber, die zwei Kellner hielten. Dieses Gefäß hatte Donna Francesca von ihrem Vater zur Geburt Enricos geschenkt bekommen: für sein erstes Bad.

Im chinesischen Salon waren die Geschenke aufgebaut. Besonders viele prunkvolle waren nicht darunter, ganz im Gegensatz zu Paolinas Hochzeit, wo der Luxus vorgeherrscht hatte.

Am wertvollsten war Don Paolos Gabe.

Alle staunten über die Diamantkette in der cremefarbenen runden Schatulle.

Trauzeuge war der Rechtsanwalt Prisco, mit dem das Ehepaar später sehr freundschaftlichen Umgang pflegte und sich regelmäßig zum Kartenspiel traf – ein Zeitvertreib, dem sie sich mit unglaublichem Vergnügen hingaben.

Bei diesen freudig erwarteten festlichen Anlässen versammelten sich Nunziata und ihr Mann sowie Rechtsanwalt Prisco und der Getreidemakler Don Vincenzo Pinto.

Keiner von ihnen verzichtete je auf eines dieser Treffen. Und als Don Angelo nach zwölfjähriger Ehe, von Nunziata aufrichtig betrauert, starb, spielten sie unverzüglich heimlich weiter, ohne das Ende der Trauerzeit abzuwarten.

Sie spielten dieses heimliche Spiel zu dritt, bedienten aber auf dem vierten Platz auch den Verstorbenen mit zehn Karten, die sie der Reihe nach ausspielten, doch dies ging nur anderthalb Jahre so, bis der Abwesende durch den Vorarbeiter in Nunziatas Nudelfabrik ersetzt wurde, und zwar, wie böse Stimmen behaupteten, nicht nur am Spieltisch.

Dieser Giorgio Carillo hatte himmelblaue Augen und die

Schüchternheit und Kraft der Jugend, war aber gleichzeitig ein schlauer Kopf und besaß eine leidenschaftliche, geniale Begabung für die Mechanik, die Matrizen und alles, was die Teigwarenherstellung betraf. Seine ruhige, scheue Art wies ihn nicht nur als einen fleißigen, sondern vor allem auch als einen anständigen und diskreten Mann aus, der überall gern gesehen wurde.

Nach dem Tod Don Angelos begleitete Giorgio Nunziata über fünfzehn Jahre lang wie ein Schatten. Auf seine stille Art ließ er sie nie allein, sondern folgte ihr auf Schritt und Tritt, und wie Klatschbasen behaupteten, auch bis ins Schlafzimmer.

Doch all dies lag vorerst noch in der Zukunft; im Augenblick verteilten Nunziata und ihr Bräutigam Arm in Arm Dragées an ihre Hochzeitsgäste und verabschiedeten sich von ihnen.

Noch bevor der Salon sich ganz geleert hatte, bat Nunziata darum, sich zurückziehen zu dürfen.

Sie war müde und entnervt, und die kirchliche Zeremonie, »die richtige Hochzeit«, wie Mariuccia sagte, war für den nächsten Morgen um acht in der Kirche der Franziskaner festgesetzt.

Mariuccia begleitete sie hochbefriedigt und noch immer zum Plaudern aufgelegt in ihr Schlafzimmer und half ihr beim Ausziehen und Glatthängen des Kleides.

Als Nunziata allein war, schlief sie bei den abendlichen Verrichtungen vor Erschöpfung fast im Stehen ein und war froh, daß sie vor lauter Müdigkeit keinen klaren Gedanken mehr fassen konnte. Es hätte ja auch nichts geholfen, sie konnte nicht mit dem Kopf durch die Wand. Damit mußte sie sich nun einmal abfinden. Alles war, wie es sein mußte. Sie folgte einem Weg, dessen Richtung und Verlauf sie nicht selber bestimmt hatte, den sie aber als einfache Frau, die sie war, instinktiv akzeptierte. Und zwar tat sie das schweigend. Wenn sie schwieg, zerriß der Ariadnefaden nicht, der ihr mit seiner seidnen Faser tief in die Hände schnitt, den sie aber dennoch so fest wie möglich hielt, denn wenn sie ihn verlor, würde nur noch die Verzweiflung im Labyrinth bleiben – und aus dem hätte sie nicht mehr herausgefunden.

In jener Nacht hatte sie einen wirren Traum, der sie an ein Ereignis erinnerte, das sich vor langer Zeit abgespielt hatte.

Die Nonnen des Waisenhauses hatten vergebens nach ihr und Margaritella gerufen und sie bis an die Grenzen des Gartens und schließlich auch im Hühnerstall gesucht. Sogar die Oberin Schwester Clementina war in Aufregung geraten. Dabei hatten die beiden sich in dem großen Saal versteckt, wo ein Fest für die größeren Waisenmädchen stattfand, das vor den Kleinen streng geheimgehalten wurde.

Sie hatten sich hinter einer seitlichen Kulisse der improvisierten Theaterbühne versteckt, auf der am nächsten Tag eine kleine Aufführung zu Ehren der Heiligen Jungfrau geplant war.

Es war der 25. März jenes Jahres gewesen, in dem Donna Francesca sie aus dem Waisenhaus geholt hatte.

Von ihrem Versteck aus beobachteten sie und Margherita, was sich im Saal abspielte, und der Lärm dröhnte ihnen in den Ohren. Auf einer langen Bank mitten im Saal saßen unglaublich dicht gedrängt junge Männer aus dem Volk, die ein Heidenspektakel vollführten. An all diesen Männern vorbei defilierten ordentlich in Reih und Glied und von drei alten Nonnen überwacht und begleitet die größeren Waisenmädchen.

Sie waren sittsam in lange weiße Tuniken gekleidet, ihr Gesicht war gerötet und ihr Blick keusch gesenkt. Manchmal blickten sie verstohlen auf, um gleich darauf wieder den Boden anzustarren. Die Hände zum Gebet aneinandergelegt, trugen diese jungen Mädchen, wie ihre Heilige Jungfrau, ein Krönchen auf der Stirn.

Der Zug beschrieb nun einen Kreis im Saal, der sich der Bank bald näherte, bald wieder von ihr entfernte. Die johlenden Burschen versuchten begierig, nach den Mädchen zu grapschen, aber die drei Nonnen, obwohl willfährig und jovial, zückten sehr flink die langen Stöcke, mit denen sie bewaffnet waren, und hieben auf die ausgestreckten Hände und Armgelenke.

Aus der schwitzenden, derb ausgelassenen Horde auf der Bank flog hin und wieder ein rasch vom Hals gerissenes und verknotetes buntes Taschentuch auf eines der Mädchen. Dies war die Art und Weise, mit der die versammelten Männer ihre Wahl kundtaten, und wenn das Mädchen stehenblieb und das Halstuch aufhob, war die Sache abgemacht, und die Hochzeit konnte stattfinden.

Nunziata kniete hinter der Kulisse und beobachtete die Szene durch einen Spalt in dem Brett, auf das blaue Meereswellen gemalt waren. Mit schmerzenden Knien von den unebenen Querhölzern beschloß sie, die doch so wenig Lebenserfahrung hatte, daß sie sich niemals diesem erniedrigenden Ritual unterwerfen würde, um einen Ehemann zu finden.

In ihrem Traum kam sie aber nicht bis zu dieser Stelle. Voller Angstgefühle wachte sie schon vorher auf, als sie gerade verworren das Defilee der Waisenmädchen vor sich sah.

Sie merkte beim Erwachen, daß sie zitterte. Also stand sie auf und trat ans Fenster. Es herrschte Stille, der Vollmond erhellte die Allee und ließ das Eingangsportal weiß erstrahlen. Diese friedliche Stimmung beruhigte und entspannte sie, und sie begann, still vor sich hin zu weinen.

Sie waren unten in Francescas Arbeitszimmer versammelt. Sie saß hinter dem Schreibtisch, während sich ihre Söhne Enrico, Federico und Giovanni Antonio auf der anderen Seite der intarsienverzierten Tischplatte niedergelassen hatten.

Federico erzählte von der Begegnung, die er und andere Industrielle im Rathaus mit Vertretern der Arbeitskammer und der Arbeiterschaft gehabt hatten. Seine Stimme klang rauh, denn er hatte sie im Rathaus nicht geschont.

Alles hatte in der Teigwarenfabrik von Donna Amalia Fabbrocino angefangen. Die Gesellen Donna Amalias hatten eine Lohnerhöhung von einer Lira pro Woche verlangt. Nachdem sie diese nicht erhalten hatten, waren sie in Streik getreten und prompt alle von Donna Amalia entlassen worden. Daraufhin begannen auch weitere fünfundvierzig ihrer Arbeiter zu streiken, da sie zur Arbeitskammer gehörten, und auch Arbeitnehmer anderer Teigwarenfabriken verschränkten die Arme.

Die Industriellen reagierten mit Härte, sämtliche Streikenden wurden entlassen und durch Hilfskräfte aus den Nachbarorten ersetzt.

Federico hatte sich im Rathaus heftig mit dem sozialistischen Abgeordneten herumgeschlagen, der von der Partei geschickt worden war. »Der Streik muß unbedingt beendet werden, Weihnachten steht vor der Tür, die Arbeit muß wiederaufgenommen werden, die Entlassenen werden wieder eingestellt und das künftige Arbeitsverhältnis wird durch einen von der Arbeitsbörse ausgearbeiteten Vertrag geregelt, der außer einer Kündigungsentschädigung in Höhe von drei Monatslöhnen auch finanzielle Unterstützung für Arzneimittel und Eheschließungen vorsieht.« Aber Federico hatte nur seine Stimme verloren. Er konnte den sozialistischen Abgeordneten nicht davon überzeugen, daß die Arbeitsbörse, jene andere, von den Industriellen selber finanzierte Organisation, von ganz normalen Arbeitern gesteuert wurde, und nicht von solchen, die von ihren Arbeitgebern »abgerichtet« worden waren.

»Ich kenne diese Sippschaft gut, Federì ... Deine Freunde sind Ausbeuter ... Ich will deine Verdienste nicht abstreiten ... aber auch du bist ein Arbeitgeber ...« Dies hatte der sozialistische Abgeordnete, ein alter Studienfreund, zu ihm gesagt.

Federico hatte keinen davon überzeugen können, daß das beabsichtigte Manöver der Arbeitsbörse kein versteckter Versuch war, die Front der Arbeiter zu durchbrechen, indem sie der Arbeitskammer einen gemäßigteren Verband gegenüberstellte.

Dies alles erzählte er jetzt mit müder Stimme und bat Giovanni Antonio, der bei den langen Verhandlungen im Rathaus zugegen gewesen war, seinen Bericht zu bestätigen. Mit den Händen im Schoß und mit finsterer Miene hörte seine Mutter wortlos zu.

Die Leute von der Arbeitskammer und der Abgeordnete blieben unbeugsam und riefen die Arbeiter auf, ihr Ziel weiterzuverfolgen. Daher verharrten sie unnachgiebig auf ihrer Position, und die Industriellen andererseits würden um so starrsinniger, meinte Federico. Der Streik würde nicht enden, ja zu den bisherigen Forderungen kam jetzt noch die nach einer Arbeitszeitverkürzung auf zehn Stunden am Tag hinzu. Und er hatte diese Forderung gegenüber den anderen Industriellen offen unterstützt.

»Gut und schön, Federì, aber sie vergiften die Atmosphäre, sie verhalten sich schlecht«, unterbrach ihn Enrico. »Sie haben keine Achtung mehr, sie spucken auf die, die sie ins Brot setzen, sie beleidigen und verachten sie, da schwillt auch den unseren der Kamm.«

»Daran sind nicht sie schuld, Errì. Dies ist eines der ersten industrialisierten Städtchen im Süden, sie kennen ihre Rechte und Pflichten nicht; die Arbeiter kennen ihre wahren Interessen gar nicht, und die Arbeitskammer ist erst vor kurzem entstanden – sie hat noch nicht die richtige Vorgehensweise gefunden. Diese Stadt ist für sie so etwas wie das Übungsfeld, auf dem sie sich versuchen, und dabei machen sie vielleicht auch manchen Fehler.«

»Du willst immer alle rechtfertigen, Federì.«

»Weihnachten steht vor der Tür … und diese Leute haben keine Arbeit.«

»Daran sind sie doch selber schuld …«

Die arme Mariuccia war noch einmal auf ihren kranken Beinen humpelnd heruntergekommen, um sie zur Eile anzutreiben. Beim ersten Mal hatte sie nur Zeichen durch die Glasscheibe gemacht, um zum Aufbruch zu drängen, aber diesmal klopfte sie beherzt und schüttelte ungeduldig die zusammengelegten Hände. Sie mußten sich beeilen und sich in Schale werfen. In diesem Jahr 1903 beendete Maria Vittoria ihre Ausbildung am Konservatorium, und die Prüfungskandidaten gaben an jenem Abend ein Konzert im San-Carlo-Theater.

Bei dem Benefizkonzert, das im übrigen von der Bank von Neapel unterstützt wurde, würden auch der Bürgermeister von Neapel sowie der Präfekt zugegen sein. Es war unerläßlich, daß auch die ganze Familie, insbesondere alle Damen, einschließlich der Frau von Federico und der Frau von Enrico dem Konzert beiwohnten. So hatte Don Giordano am Sonntag zuvor gereizt befohlen, und dann hatte er griesgrämig hinzugefügt, daß alle »reichlich« mit Schmuck behängt sein müßten, um sein Prestige und seine Kreditwürdigkeit aufzupolieren. Und jetzt war er schon bereit und parfümiert und drängte zum Aufbruch.

Francesca erhob sich, ihre Söhne folgten ihr und ließen ihr den Vortritt. Dann trat sie hinaus in die Vorhalle. Die Luft war beißend kalt, und das Kleid, das für sie schon auf dem Bett ausgebreitet lag, war ausgeschnitten, denn es war ja ein Abendkleid ... Sie fror und hatte nicht die geringste Lust, in das Konzert zu gehen, eigentlich durfte sie gar nicht weggehen, denn auf die Hilfskräfte, die sie eingestellt hatte – zum Glück waren es nur wenige – war kein Verlaß; und außerdem war sie erschöpft ... Ihr Alter machte sich langsam bemerkbar ... Es war aber nicht nur das, sie fühlte sich nicht nur wegen der Ereignisse in ihrer Arbeitswelt beunruhigt, sondern auch von einer anderen Sorge, die ihr das Blut gerinnen ließ ... Sie erschauderte und zog den Schal enger um die Schultern ... »Legt viel Schmuck an, da kommen alle die von der Bank«, hatte Giordano gesagt und an sie gewandt noch hinzugefügt: »Du ziehst das Kollier mit der Meduse an ...«

Sie nahm die Treppe in Angriff ... wieder erschauderte sie ... auch beim Gedanken an die auffallende Diamanthalskette, an dieses Metall, das sich mit eiskaltem Griff wie eine böse Ahnung um ihren Hals legen würde ... Sie hatte Mühe, die Treppe hinaufzusteigen ... Leopoldo und Eleonora, die auf dem Treppenabsatz auf sie gewartet hatten, eilten ihr besorgt entgegen und boten ihr den Arm ... Während sie sich auf sie stützte, faßte sie wieder Mut. Weitere Kinder folgten ihr ... wie viele Kinder ... wie viele Pfeile hatte sie noch in ihrem Köcher.

ZU JENER MORGENSTUNDE herrschte reger Betrieb in der von den Bourbonen angelegten Königsstraße, die vor über fünfzig Jahren in Corso Vittorio Emanuele umgetauft worden war und den ganzen Ort wie ein breiter majestätischer Wasserlauf längs durchzog.

Es war der Dezember 1919. Die mit den Jahren leicht aus den Fugen geratene, durch die polierten Messingteile aber noch sehr ansehnliche Kutsche fuhr an den hohen Bordsteinen der ungepflasterten moosgesäumten Gehsteige vorbei. Sie holperte über dicke Basaltbrocken, die die Räder behinderten, so daß das alte Coupé nur langsam und schwankend wie ein Schiff auf bewegter See vorankam.

Dieser Wintertag war kalt, aber die Luft, in die das Pferd seinen Atem hineinschnaubte, war rein. Die alte Dame, die allein im Wagen saß, lehnte sich an den Schlag und sah neugierig hinaus. Als sie an der kleinen Kirche des heiligen Espedito vorbeifuhren, bekreuzigte sie sich flüchtig, und Don Salvatore Farro, der nach der Messe gerade die Tür abschloß, erkannte sie, als er sich umdrehte, hinter der Fensterscheibe.

»Da ist ja Donna Francesca, sie läßt mir immer ausrichten, daß sie nicht da ist, und so beichtet sie auch nie. Seit Monaten schon war sie nicht mehr in der Messe. Ich muß mit Federico reden.«

»Noch so einer …«, dachte Francesca, »noch so einer, der diese fixe Idee mit Oplontis und dieser Tabula hat … Was für Spinner …«

Der Kutscher Sabatino, ein kleiner Mann mit tief in die Stirn gezogener Mütze, der vor Kälte die Schultern einzog und den

Kopf im hochgeschlagenen, ausgebleichten grauen Kragen versteckte, schnalzte auf dem Kutschbock, damit das Pferd schneller trabte.

Der Wagen fuhr an dem geschäftigen Treiben auf der Straße vorbei und passierte die reihenweise vor den Nudelfabriken bereitstehenden Karren. Die Betriebe lagen eng beieinander und unterschieden sich von außen mit ihren schönen Balkonen und Türrahmen aus Peperin kaum von anderen Häusern. Der einzige Unterschied zu Wohnhäusern bestand in den breiten offenen Toren, hinter denen große Vorhallen voller Säcke zu sehen waren, und in den rings um die Gebäude zum Trocknen aufgehängten Nudeln.

Das Coupé folgte der Straßenfurche zwischen den Gebäuden, die den Blick auf den Strand versperrten, aber durch die Lücken, wo steile Treppen zum Hafen hinunterführten, konnte man das tiefblaue Meer, die überaus klar gezeichnete sorrentinische Küste und das zum Greifen nahe, blendende Capri sehen.

Auf der Nordseite Richtung Vesuv standen nur wenige Gebäude, so daß der Blick auf den Vulkan mit seinen weißen Schneefalten und der kerzengerade aufsteigenden perlgrauen Rauchfahne frei war.

Die abgemagerte Francesca saß aufrecht auf dem Polster und blickte angespannt aus dem Fenster. Sie sah alles ein wenig verschwommen. Der dichte Krepp ihres Trauerschleiers hing von ihrer Makramee-Haube bis auf ihre knochigen Schenkel herunter und reichte sogar noch über ihren schwarzen Rock hinaus. Sie war schon seit einiger Zeit daran gewöhnt, täglich diesen schwarzen Flor zu tragen, außer im intimen Rahmen ihres Hauses, denn in ihrem Leben hatte es einen Trauerfall nach dem andern gegeben.

Aber das Morgenlicht wurde nicht nur durch diesen dunklen Schleier getrübt: Ihre Augen waren krank. Schuld waren die allzu vielen Tränen, da war sie sicher. Professor Minervino hingegen sprach von einem grauen Star.

Sie kniff die Augen zusammen, um die am Straßenrand aufgereihten zweistufigen Gestelle, auf denen die Bambusstangen ruhten, genauer in Augenschein zu nehmen. Wo großformatige Sorten trockneten, waren die Gestelle dick und dunkel, zart und hell dagegen bei den dünneren Formaten. So baumelten die Nudeln in diesem fröhlichen Helldunkelkontrast von ihren Stangen.

»Heute haben sie eine schöne Menge ausgebreitet ... dies ist ein guter Tag«, dachte Francesca und fuhr mit der Hand, an der sie einen Halbhandschuh trug, unter den Schleier, um mit dem Zeigefinger ihre Nasenflügel zu reiben, die das trockene und günstige Wetter witterten. Und dann richtete sie sich voller Stolz auf, weil sie sich freute, daß sie immer noch die Fähigkeit besaß, anhand von Zeichen, die für andere gar nicht spürbar waren, jede Wetterveränderung vorhersagen zu können.

Sie preßte ihr Gesicht gegen die Scheibe und verfolgte ganz gebannt das Geschehen dort draußen. Aufmerksam beobachtete sie alles und schüttelte dann den Kopf:

»Wieviel Mühe ... Wieviel Mühe. Es reicht nicht, daß man das beste Korn nimmt, wenn man dann Fehler beim Trocknen macht. Da liegt nämlich der Hase im Pfeffer.«

Sie warf unwillig den Kopf in den Nacken, um jede Verantwortung abzuwehren, in Wirklichkeit aber spürte sie tiefe Bedrückung, denn schon seit Jahren hatte sie keine eigenen Teigwaren mehr zum Trocknen in der Sonne ausgebreitet und würde dies auch nie mehr tun können, nie mehr ...

In diesem Augenblick wurde sie von einem heftigen Rucken der Kutsche so durchgeschüttelt, daß sogar ihre Haube verrutschte, und diese Tatsache lenkte sie gnädig ab von dem schweren Druck, der auf ihrer Seele lastete. Wie eine Schiffbrüchige klammerte sie sich an die Halteschlaufe:

»Was zum Teufel treibt dieser Sabatino?«

Im gleichen Moment drehte sich Sabatino halb zum Wageninnern um und schrie ihr zu:

»Tut mir leid, wir sind in einen Graben reingefahren.«

Während Francesca sich wieder aufrichtete und ihren Spitzenkopfputz, der in Schieflage geraten war, zurechtrückte, machte sie ein wütendes Gesicht und zog die Lippen zusammen, als hätte sie in eine saure Frucht gebissen:

»Er fährt in einen Graben, und dann sagt er, wir sind in einen Graben gefahren. Was hab' ich denn damit zu tun? Ich sitz' doch hier drinnen.« Sie nahm ihren Stock mit dem Hundekopf, der am Sitz lehnte und klopfte damit heftig auf den Wagenboden, um den Kutscher zu tadeln.

Sabatino drehte sich um und schrie:

»Was wünscht Ihr, Herrin?«

»Dieser Idiot nennt mich noch Herrin. Herrin worüber? Über ein Meer von Tränen! Arm wie eine Kirchenmaus, das bin ich … Das ist doch die Wahrheit.«

Francesca hob wütend den Stock auf, der ihr aus der Hand gefallen war, richtete ihren Schleier und rückte auf dem Sitz so nahe wie möglich ans Fenster.

Draußen herrschte zu dieser Tageszeit rings um die Karren das lebhafte Treiben der Lastenträger. Reihenweise wurden die geschäftigen, barfüßigen und gebeugten Gestalten von den dunklen Vorhallen verschluckt und dann wieder ins Sonnenlicht der Straße entlassen. Wie emsige Ameisen liefen die Verladearbeiter hin und her.

Bunte, zu einem Streifen zusammengefaltete Baumwolltaschentücher, die sie am Haaransatz um die Stirn gebunden hatten, hinderten die Schweißtropfen am Herunterlaufen, aber an den Achselhöhlen bildeten sich auf ihren Wollhemden große Schweißflecken. Ihre Gesichter unter der Beuge der erhobenen Arme, die die schwere Last festhielten, sahen aber trotz der Anstrengung vergnügt aus, und sie zwinkerten einander lebhaft zu, wenn sie sich kreuzten. Sie schleppten endlos Säcke, an deren Einschnürung Etiketten baumelten. Dunkel waren die Getreidesäcke, weiß waren die Säcke mit Mehl oder mit langen Nudelformaten zweiter Wahl. Für die Lieferungen, die nicht weit zu reisen hatten, transportierten sie fünfzig Kilo schwere Kisten und übervolle Spankörbe und Weidenkörbe für kleinformatige Sorten. Bei ihrem schwankenden Gang verloren sie oft Wolfsaugen, Ringe und Müschelchen, die von den Kindern, die ihnen in gebeugter Haltung eifrig folgten, sofort aufgelesen wurden. Kein

Krümel entging diesen Kindern, die, in Männerjacken gehüllt, die ihnen vier oder fünf Nummern zu groß waren und mit aus hygienischen Gründen glattrasierten Köpfen, hinter den Arbeitern herliefen.

Um eine Handvoll Müschelchen aufzuklauben, wagten sich einige auch zwischen die Räder der Kutsche und die Beine Menechiellos, der aber ruhig blieb, wogegen Sabatino wütend wurde. Er fluchte, und da ihm die Kinder Grimassen schnitten, drehte er sich um und drohte ihnen mit der Peitsche.

Einige Arbeiter mit Tragkörben voller Ware auf den Schultern lachten. Sie schleppten aus der Verpackungsabteilung Fünfkilo-Rollen mit Fadennudeln, die von Hand in grobes blaues Papier eingeschlagen waren, zu den Karren. Diese mit Reiskleister verschlossenen Verpackungen bestanden, je nachdem, ob sie dicke Makkaroni, Spaghetti oder dünne Fadennudeln enthielten, aus hellerem oder dunklerem blauem Papier. Das Tiefblau der Makkaroni-Rollen war so typisch, daß es in den Sprachgebrauch einging. Hätten die Teigwarenhersteller sich je ein eigenes Banner erwählt – was sie vielleicht wirklich hätten tun sollen –, so hätten sie gewiß diese besondere Farbe ausgesucht, die an die intensiven Abendhimmel erinnerte.

An einem Brunnen bog Sabatino rechts in eine ziemlich lange Straße ein, die als Sackgasse endete und nach Norden, Richtung Vesuv führte. Auch sie war mit Blechen und Stangen verstopft. Nach der Kurve fuhr die Kutsche gefährlich nahe an einem mit Makkaroni-Kisten hochbeladenen Karren vorbei. Diese Kisten bestanden nicht nur aus gerade geschnittenen, kompakten Latten, sondern waren auch noch mit edlen laubumkränzten Fabrikabzeichen versehen. Außerdem prangte das savoyische Wappen auf ihnen sowie Abbildungen von Medaillen, die wie Geldstücke glänzten.

Solche Kisten waren für das Ausland und für Norditalien bestimmt.

Zwischen der Goldbeschriftung und den Medaillen stand auf diesen Holzkisten auf beiden Seiten das farbenfrohe Emblem der jeweiligen Nudelfabrik. Auf diese Weise kennzeichneten die Teigwarenfabrikanten ihre Sonderanfertigungen. Die auffallenden Symbole standen stets vor dem Hintergrund des Golfs von Neapel oder des Vesuvs. So war auf dem Etikett von Don Alfonso Lettieri der auf dem Meer von Neapel schwimmende Höckerschwan abgebildet; auf dem von Donna Rubina Ciniglio bot ein Page auf einem Samtkissen einen Teller Makkaroni an; die Fabbrocinos hatten den funkelnden Stern; die Gebrüder Gargiulo ein römisches Zweigespann; Donna Anna Gallo den selbstbewußten Hahn zwischen Ähren; die Orsinis den stolz aufgerichteten Bären – und all diese Darstellungen waren übertrieben bunt. Vielleicht waren sie als eine Art Glücksbringer auf der langen Reise gedacht. Sie sollten dieses überaus empfindliche Produkt gegen widrige atmosphärische Einflüsse schützen.

Mit Sicherheit jedenfalls wollten diese Verpackungen bekunden, daß die so schmackhaften Teigwaren aus einem farbenfrohen, sonnigen Land kamen.

Die Kisten auf dem Karren, den sie so gefährlich gestreift hatten, trugen Etiketten, auf denen der »Wagen der Aurora« abgebildet war: Feierlich stach dieser mit seinen mythischen Gestalten und Pferden in den rosigen vesuvischen Himmel. Die himmlische Quadriga, die den Tag und das Licht brachte, versinnbildlichte das Aufgehen der Sonne und somit eine Überlegenheit des Produkts gegenüber allen anderen.

Es war die Marke des Nudelfabrikanten Don Giovanni. Sie fuhren gerade an seinem Betrieb vorbei, und Francesca sah neugierig hinaus.

Don Giovanni selber stand breitbeinig und mit den Händen in den Taschen in der großen Toreinfahrt. Über den Schultern trug er zum Schutz gegen den ewigen Luftzug seinen rotgraukarierten Schal, der fast so groß war wie ein Plaid. Unter der graukarierten englischen Schirmmütze kamen weiße Koteletten und ein Schnauzbart zum Vorschein, und über den glücklich leuchtenden Augen waren gerunzelte Brauen zu erkennen.

Mit seinem erloschenen Toskanerstumpen zwischen den Lippen sah er immer noch sehr gut aus; da er seine Hände in die

Hosentaschen gesteckt hatte, trat sein Bauch hervor, wodurch die dicke Goldkette, die seine haselnußbraune Kaschmirweste schmückte, deutlich sichtbar wurde.

Er war von Getreide- und Mehlmaklern und Verkäufern des Endprodukts umringt, die sich ehrfürchtig verhielten, und überragte alle, obwohl er von kleinerer Statur war als die anderen. Mit Ausnahme von Don Giovanni, der nur kurz mit vier Fingern an seine Mütze tippte, verbeugten sich alle und zogen den Hut mit weitausholender Geste, als Francesca an ihnen vorbeifuhr. Sie hatten die Kutsche erkannt. Die verschleierte Gestalt hinter der Fensterscheibe zog sich ruckartig ins Wageninnere zurück, ohne den Gruß zu erwidern. Sie konnte sich vorstellen, welche Kommentare sie nach ihrer Durchfahrt hinter sich ziehen würde:

»Die Ärmste, nun muß sie in ihrem Alter auch noch die Villa verkaufen ... Wie ist so was bloß möglich ... bei der Stellung, die sie gehabt hat ... Jetzt fährt sie zu Donna Nunziata ...«

»Donna Nunziata hat schon ihren ganzen Schmuck gekauft.«

»Und die Wäsche.«

»Jetzt kauft sie vielleicht auch noch die Villa ...«

Obwohl sie sich so schnell zurückgezogen hatte, war Francesca doch genug Zeit geblieben, unter dem Torbogen einen Stapel weiterer Kisten zu erspähen. Sie waren auf dieselbe Weise wie die anderen verpackt, aber da war, deutlich sichtbar, etwas anderes, das sie stutzen ließ.

Sie hatte in dem finsteren Winkel die leuchtend hellblauen Papierstreifen gesehen, mit denen die Ecken und Kanten der kleinen Kisten gegen Licht- und Lufteinfluß verklebt worden waren.

»Er schickt Nudeln nach Amerika.«

Francesca hatte den Bestimmungsort der Ware nicht an den Aufschriften in englischer Sprache erkannt, die neben den Etiketten aufgedruckt waren und auf denen stand, wie man »the pasta of Torre Annunziata« kochen oder »with grated cheese or melted with tomato sauce« zubereiten sollte; vielmehr hatte sie die Papierstreifen erkannt, die die Teigwaren auf der langen Reise gegen Schmutz, Staub und atmosphärische Einwirkungen schützen sollten.

»Er schickt Nudeln nach Amerika ... er hat jetzt viele Kunden dort drüben ... seine eigenen und außerdem auch noch die meinen ... Johnson und Miller in Chicago, Jefferson in New York, Sonnino und Cooper in Boston, Seller in San Francisco ... Was für Kunden ... was für Kunden ...« Sie lehnte sich in die Kissen zurück und kniff vor Eifersucht die Augen zu. Sie dachte daran, wie stolz sie immer darauf gewesen war, daß ihre Ware taufrisch und makellos in den Vereinigten Staaten angekommen war, nachdem sie ein so großes Meer überquert hatte und so lange Zeit im Schiffsraum verstaut gewesen war.

Man mußte in der Verpackung einen gewissen Grad an Feuchtigkeit aufrechterhalten, aber natürlich nicht zuviel. Auch um den zu bestimmen, hatte sie nie irgendein Instrument gebraucht, sondern sich allein auf ihren Blick und ihren Geruchssinn verlassen.

»Kein einziger Kunde hat sich je beschwert. Meine Ware kam immer frisch wie eine Maienrose an. Ich war wirklich eine Künstlerin.«

Sie wußte, daß dies keine Übertreibung war; im übrigen war ihre ganze Produktion immer hervorragend gewesen.

»Allerdings«, fuhr sie in Gedanken fort, »allerdings ... Don Giovanni versteht sein Handwerk auch. Nicht besser als ich ... aber er versteht es.«

Und ohne daß sie es sich selber bewußt machte, übergab sie damit das Zepter, das sie trotz allem immer noch in Händen gehalten hatte, an Don Giovanni.

Sie machte die Augen auf, schloß sie aber sofort wieder, sie wollte nichts mehr sehen.

»Zuviel Licht, es tut mir in den Augen weh.«

Aber was sie in Wirklichkeit schmerzte, war der Anblick des so vertrauten geschäftigen Treibens, das ihr ganzes Leben geprägt hatte und aus dem sie nicht etwa mit Glanz und Gloria ausgeschieden war, sondern mit Schimpf und Schande ausgeschlossen worden war. Sie spürte das ganze Ausmaß ihrer Niederlage.

»Ich möchte lieber tot sein.«

Aber der Schmerz im Rücken ließ sie sehr wohl lebendig fühlen, denn das ständige Rucken der Kutsche, deren Federn ausgeleiert waren, war ziemlich unangenehm. Also seufzte sie, während sie sich abstützte, zweimal hintereinander: »An Schmerzen stirbt man nicht … An Schmerzen stirbt man nicht.«

Sie waren am Ende der leicht ansteigenden Via Maresca und vor Nunziatas Teigwarenfabrik angelangt, einem zweistöckigen Gebäude, das rechts und links durch immer neue Anbauten erweitert worden war.

Aber der Kutscher blieb nicht vor dem Haupteingang stehen, sondern fuhr weiter bis zu einem grünen Tor, das am andern Ende des Baus offenstand. Durch dieses gelangten sie in einen kleinen gepflasterten Hof, neben dem ein schöner Garten lag.

Als das Pferd stillstand, stieg er ab, faßte es am Halfter, drängte es ein wenig zurück und führte es dann in den Schutz einer efeuüberwachsenen Ecke. Er befestigte die Zügel an dem in die Wand eingelassenen Ring, kehrte zurück, öffnete den Schlag und ließ das Trittbrett herunter.

»Zu Diensten, Herrin.« Aber die Frau rührte sich nicht.

»Ich steige nicht aus, Sabatì … Hol mir Nunziata her und sag ihr, daß ich mit ihr reden muß und auf sie warte. Ich steige nicht aus, weil mir die Augen weh tun und mir ein bißchen schwindlig ist … und außerdem geht es um eine vertrauliche Sache … Ach, und noch was, geh rein zu den Sacknäherinnen und zu Lalina und laß mir einen starken Kaffee machen. Sie soll auch einen Schluck Anis hineintun. Ich bin ganz durchgefroren.«

»Aber warum steigt Ihr denn nicht aus, Herrin, in Donna Nunziatas Haus ist es doch viel gemütlicher … und außerdem, was macht das denn für einen Eindruck?«

»Was heißt hier, was macht das für einen Eindruck, hier ist es wärmer, und wir können in Ruhe reden, ohne gestört zu werden … Schick Nunziata her, bring mir den Kaffee, und danach machst du einen schönen Spaziergang. Geh in die Schenke und trink ein Glas Wein … das spendiere ich dir.«

»Nein, nein, laßt nur … Ich bleibe hier und setz' mich auf den Bock.«

»Nein, wenn ich nachher mit Nunziata rede, dann sollst du dich nicht in der Nähe der Kutsche aufhalten.«

»Ja warum denn nicht ... Ich störe doch nicht.«

»Du willst dich nur auf den Kutschbock setzen, damit du uns belauschen kannst.«

»Das glaubt Ihr nur immer. Als ob ich mich für Eure Angelegenheiten interessierte ...«

»Und wie du dich dafür interessierst. Gerade du«, erwiderte Francesca in ihrem Befehlston. »Du platzt doch vor Neugier ... Und dann erzählst du meine Angelegenheiten in der Weltgeschichte herum.«

»Das stimmt doch gar nicht, immer wieder kommt Ihr damit; ich bin Euch doch ergeben, seit achtzehn Jahren, seit Tanino tot ist, bin ich bei Euch.«

»Und seit achtzehn Jahren verfolgst du mich mit deiner Neugier. So bist du schon immer gewesen, immer hast du überall herumerzählt, was bei mir zu Hause los war.«

»Verflucht noch mal ... das stimmt doch gar nicht ...«

»Also gut, Sabatì, es stimmt nicht. Es stimmt nicht, daß du neugierig bist, du bist kein Klatschmaul. Zufrieden? Außerdem, was willst du denn auf dem Kutschbock? Da frierst du doch bloß. Geh lieber spazieren, da wird dir warm ... Einverstanden ...?«

Der Mann klappte das Trittbrett wieder hoch, und während er die Feder einschnappen ließ, sah er seine Herrin schmollend von unten an, und sie starrte durch ihren Schleier irritiert zurück.

»Find dich damit ab, Sabatì, heute kannst du nicht horchen.«

Nachdem er den Schlag unsanft zugeklappt hatte, zog Sabatino grollend Richtung Nudelfabrik ab, aber Nunziata war schon verständigt worden und kam ihm am Eingang entgegen. Sie bewegte sich geschmeidig und leichtfüßig. Ihr graues Jäckchen saß schlecht, ließ sie aber dennoch nicht plump erscheinen; der knöchellange enge Rock umspielte beim raschen Gehen ihre Stiefelchen mit den geknöpften Wildledergamaschen. Ihr langes blondes Haar war nachgedunkelt, aber die kurzen Löckchen, die sich an Stirn und Schläfen kräuselten, glänzten in der Sonne noch golden.

Sabatino kehrte um und begleitete sie zum Coupé, machte den Schlag wieder auf und verkündete:

»Da ist Donna Nunziata.« Nunziata beugte sich in den Wagen, grüßte und küßte die Hand, die Francesca ihr entgegenstreckte:

»Einen guten Tag auch dir, Nunziata«, erwiderte Donna Francesca ohne zu lächeln. »Ich steige nicht aus, komm du herein«, sagte sie und zog an ihrer Hand, die sie noch hielt, um ihr heraufzuhelfen. »Ich muß dringend mit dir reden«, sagte sie und wandte sich dann an den Kutscher, der noch von Nunziata verdeckt wurde.

»Sabatì, beeil dich und hol mir den Kaffee … aber vergiß nicht: mit einem Schuß Anis.«

Inzwischen hatte sich Nunziata aus Versehen auf den schwarzen Schleier gesetzt und damit Francescas Haube und Frisur in Schieflage gebracht.

»Nunzià, bitte, rutsch ein Stück … Ja so ist es gut.« Nachdem der Zipfel frei war, rückte die alte Dame ihre Kopfbedeckung wieder gerade. Dann hob sie den Schleier und steckte ihn mit zwei Nadeln in der Mitte ihres Hutes fest.

Während sie so die Arme hob und ihre Brust sich wölbte, war in dieser für sie so typischen eleganten Haltung ein Abglanz ihrer früheren Schönheit zu erkennen. Vor vielen Jahren waren mindestens drei ihrer Kinder dank dieser unwiderstehlich verführerischen Geste gezeugt worden. In der Intimität ihres Schlafzimmers, im goldenen Licht, das durch die dichten gelbseidenen Vorhänge hereinfiel, hatte sie, während sie Haarnadeln aus ihrer Frisur herauszog oder neu feststeckte, einen sonst immer zerstreuten Don Giordano unbewußt verlockt, gefesselt und entflammt.

Auf dieselbe Art hatte sie viele andere Männer, die in jener längst vergangenen Zeit mit ihr über Geschäfte verhandelten, unbewußt erregt: Schiffsagenten, Börsenmakler, Spediteure oder ungehobelte Vermittler, die nur Zahlen, Daten und Prozentsätze im Kopf hatten … Wenn sie unvermittelt die Arme bogenförmig erhob, um mit gespreizten Fingern die Locken an der Stirn aufzulockern, den Haarknoten oder den Gesichtsschleier zurechtzuzupfen oder den Schleier im Nacken zu lösen, mußten sie alle beim Anblick des gebieterisch sich emporreckenden Busens peinliche männliche Regungen mit dem Hut verdecken.

Nachdem sie ihren Schleier geordnet hatte, herrschte in der geschlossenen Kutsche Schweigen – und der Geruch von feuchtem Leder. Francesca zog aus dem Samtbeutel an ihrem Handgelenk ein schwarzgesäumtes Taschentuch heraus und fuhr sich damit über Stirn und Mund. Nachdem sie sich so erfrischt hatte, steckte sie das Taschentuch wieder ein und fing in ihrem gewohnten Befehlston an:

»Nunzià, ich muß dir was Wichtiges sagen, hör mir gut zu: Die Villa, die mußt du kaufen. Rechtsanwalt Prisco hat mir gesagt, daß du im Augenblick keine Verpflichtungen eingehen willst, du hast die Umbauarbeiten im Betrieb vor dir, um die Anlagen zur künstlichen Trocknung einzurichten, die dir Giorgio macht ... Dennoch ... ich sag' dir eines ... kauf zuerst die Villa, und dann machst du alles andere ... Du hast ja das Geld ... Die Lire fliegen dir doch nur so zu ... Und darüber bin ich sehr froh ... Das Leben ist ein Glücksspiel, und jetzt hast du das Glück auf deiner Seite. Ich habe auch schon gedacht, daß du dich vielleicht aus Respekt nicht vorgewagt hast, und deshalb bin ich jetzt selber gekommen, um dir das zu sagen. Wenn du sie kaufst, ist der Verlust für mich weniger schwer, weil ...«

»Aber ich habe gehört«, unterbrach sie Nunziata, »daß Mimminas Cousin, der Verwalter Varcaccio, sie haben wollte, und so habe ich gedacht, das wäre vielleicht gut für Federico und Mimmina, weil sie dann in der Familie bliebe.«

»Das ist etwas ganz anderes. Du mußt sie kaufen; nur wenn sie dir gehört, ist sie für die Familie nicht ganz verloren. Geh zum Rechtsanwalt, den Preis kennst du, sprich dich mit ihm ab ... aber mach schnell, tu mir diesen Gefallen ...«

Francesca hatte mit der gewohnten Strenge gesprochen und dabei nach draußen auf die Efeutriebe an der Wand gestarrt. Aber als Nunziata sich ein wenig umdrehte, sah sie aus dem

Augenwinkel, daß das Kinn des ansonsten ruhigen Gesichts zitterte, und das versetzte ihr einen Stich.

»Wirklich, Nunzià …«, fuhr Francesca fort, wurde aber von einem heftigen Rucken des Wagens unterbrochen. Der sonst so zahme und ruhige Menechiello hatte einen Satz gemacht, weil eine zerzauste dreiste Katze sich mit respektlosem Miauen von einem Baum auf eine Mauer heruntergelassen hatte und von dort über seinen Kopf hinweggesprungen war, wobei sie den Ärmsten leicht gestreift hatte.

Das Rütteln des Wagens hatte Francesca aus dem Konzept gebracht. Sobald der Landauer wieder ruhig dastand, fuhr sie mit mehr Selbstbeherrschung in ihrer Erklärung fort:

»Es täte mir allzu leid, Nunzià, wenn ein anderer die Villa bekäme … Allerdings … allerdings gibt es da etwas, das ich dir jetzt und dann nie wieder sagen möchte: Ich muß dir eine Bedingung stellen, hör mir gut zu: Giorgio soll die Villa nur als Vorarbeiter betreten und nicht als Herr … Ich will nicht wissen, ob das stimmt, was über dich und ihn erzählt wird, und die Wahrheit spielt jetzt auch gar keine Rolle mehr. Die Milch ist verschüttet, da kann man nichts machen … Es ist nicht einmal mehr von Bedeutung, ob er ist oder nicht ist, ob er gewesen ist oder nicht gewesen ist …«

Nunziata errötete heftig. Sie klammerte sich mit beiden Händen an den Klappsitz, wie an ein rettendes Holz im Meer. Diese Worte hatten sie wie ein Keulenschlag getroffen. Verwirrt sah sie zu Donna Francesca hinüber, aber diese starrte beim Weiterreden immer nur auf den Efeu.

»Ich weiß nicht, ob das mit der Heirat nur Gerede ist, aber falls du so etwas im Sinn hast, schlag es dir aus dem Kopf … Es wäre ein Fehler … ein sehr großer Fehler … Und außerdem ist er ja auch jünger als du, du hast erwachsene Kinder … Es wäre eine Schande … Du würdest zum Schaden auch noch den Spott haben …«

Nunziata dröhnte der Kopf, sie fühlte sich, als hätte sie Watte in den Ohren.

»Und dann will ich dir noch was sagen. Hör nicht auf die Leute. Wenn du Geld brauchst, steckt es dir niemand in die Tasche … Mach jetzt nicht den Fehler, daß du die bösen Zungen zum Schweigen bringen willst, indem du Giorgio entläßt. Schick ihn nicht weg, er ist für dich und deinen Betrieb unersetzlich, und nicht nur was die Nudeln betrifft, die er mit seinen ganzen Erfindungen – den Öfen und Ventilatoren – so schnell zum Trocknen bringt. Giorgio ist deine Stütze. Wenn er dich verläßt, holt ihn Don Giovanni sofort zu sich, dem fehlt zu seinem vollkommenen Glück nämlich nur noch Giorgio … So, jetzt kennst du meine Meinung … Morgen triffst du deine Entscheidung und gehst zu Rechtsanwalt Prisco.«

Sie schwieg. Die Stille wurde nur hin und wieder, wenn sich Menechiello schüttelte, von einer leichten Erschütterung des Wagens unterbrochen.

Schließlich putzte sich Francesca die Nase. Unterdessen war Sabatino mit dem Holztablett aufgetaucht.

Sie öffneten ihm von innen. Donna Francesca erschauderte, als ein frischer Luftzug hereinkam, während Nunziata erleichtert war, etwas Kühle an ihren erhitzten Wangen zu spüren.

Der Kutscher hielt das mit verblaßten Masken bemalte Tablett hoch. Sein erhobenes Gesicht blickte freundlich und offen, während er die ganze Pracht seiner schadhaften Zähne entblößte.

Beide Frauen beugten sich vor, nahmen das Holztablett zwischen sich und stellten es vorsichtig, um die mit Untertassen zugedeckten Täßchen nicht umzustoßen, auf ihre Knie.

»Das mit dem gelben Blümchen ist mit Anis, das ist für Donna Chicchina …« Nicht nur mit seiner strahlenden Miene, sondern mit diesem Kosenamen, der nur den Vertrautesten vorbehalten war, drückte Sabatino aus, daß er nicht mehr beleidigt, sondern fügsam und zu einem Waffenstillstand bereit war.

Es gab ständig Zank zwischen ihm und Donna Chicchina, aber nie blieb in ihm Groll zurück, im Gegenteil, hinterher war er immer glücklich, weil dies ja ein Beweis für den vertrauten Umgang mit seiner Herrin war.

»Mit Donna Chicchina kriege ich mich von morgens bis

abends in die Haare«, erzählte er seinen Freunden in der Schenke gern stolz.

»Sehr gut, Sabatino.« Francesca deckte die Täßchen auf, und der scharfe Geruch von Kaffee und Anis verbreitete sich im Wageninnern.

Sie tranken langsam, mit einem leichten Schlürfen, während sie der Kutscher hochzufrieden von unten beobachtete.

»Er ist ganz heiß, Donna Francesca. Ist er so, wie Ihr ihn mögt? Verflucht heiß?«

Nunziata reichte Sabatino das Tablett mit den leeren Täßchen. Als der Schlag wieder zu war, fühlte sie sich vor Angst der Ohnmacht nahe. Aber die alte Dame schwieg, fuhr sich mit dem Taschentuch über den Mund und tupfte eine Träne aus dem Triefauge. Nachdem sie das Taschentuch wieder eingesteckt hatte, hob sie noch einmal die Arme, um die Hutnadeln herauszuziehen. Der schwarze Schleier fiel wie ein Vorhang herunter und verhüllte ihr Gesicht und ihre Schultern.

Das Gespräch war beendet.

Nunziata entspannte sich, ihre Erleichterung war fast mit Händen zu greifen.

Sie wartete auf die Verabschiedung.

Ihr Atem und der Dampf des wohlriechenden Kaffees hatten die Fensterscheiben des Wagens beschlagen. Das Schweigen zog sich dramatisch in die Länge.

Und dann fing hinter dem schwarzen Kreppschleier Francesca plötzlich noch einmal an zu sprechen. Aber es war ihr nichts mehr von der üblichen Arroganz anzumerken. In der Stimme, die durch den Trauerflor drang, schwang der ganze Ernst der Niederlage und der Kapitulation mit:

»Es ist aus, Nunzià, jetzt sitzen wir buchstäblich auf der Straße … Giordano hätte statt einer Bank lieber einen Marktstand aufmachen sollen … Wenn er Nougat und Zuckerstangen verkauft hätte, wäre das viel besser gewesen … Geld konnte er nur ausgeben oder aber mit einem Streich beim Kartenspiel gewinnen. Immer nur Machenschaften, eine nach der anderen – die eine sollte die vorangehende vertuschen … Aber schuld bin nur ich.

Es war alles mein Eigentum, und ich hätte keine Bürgschaft abgeben dürfen. Ich hätte keine einzige Unterschrift leisten dürfen. Keine einzige. Ich hätte sagen sollen: ›Bist du denn verrückt geworden?‹ Aber weißt du, warum ich unterschrieben habe, Nunzià? Weil ich ihn allzusehr geliebt habe. In meinen Augen war er ein Gott. Ein schöner, ein großer Herr ... Und so arm wie ich geboren war ... Wenn er gestorben wäre, bevor ich kapiert hatte, was das für ein Mann war, wäre ich mit ihm gestorben, Nunzià; aber als er dann wirklich gestorben ist, verachtete ich ihn schon.

Weißt du, warum ich für all seinen Schwindel und seine Angebereien garantiert habe? Weil ich ihn mir verpflichten und ihn an mich binden wollte. Ich wollte ihn nicht verlieren, und deshalb hab' ich ihn mir gekauft ... Es wußten doch alle, daß er mir Hörner aufgesetzt hatte, die bis nach Capri reichten. Er hat eine Menge schlimme Sachen gemacht. Man muß für seine Seele beten, Nunzià, Stoßgebete und Sündenablaß braucht er, der Schuft, viele Messen braucht er, der gemeine Kerl ... Und als dann der schlimme Moment kam und das Unglück seinen Lauf nahm und ich noch nicht kapiert hatte und fassungslos zahlte und verkaufte, zahlte und verkaufte, da fängt der doch nach dem ganzen schönen Lotterleben, das er immer geführt hat, eines schönen Morgens an, mit halb gelähmten Körper und schiefem Mund den Idioten zu spielen. Kannst du dich noch erinnern, wie er aus dem Rollstuhl gefallen ist und sich den Kopf aufgeschlagen hat und dann mit zehn Stichen genäht werden mußte? Es ist nicht wahr, daß wir damals, als die Lava vom Vesuv herunterfloß und wir fliehen mußten, nicht aufgepaßt haben und er die Treppe heruntergefallen ist ... Ich selber habe seinen Sturz verursacht, ich habe seinem Rollstuhl einen Fußtritt versetzt, weil ich an jenem Tag – und das war schlimmer als die Lava und der Vulkanausbruch – erfahren hatte, daß die Bank von Neapel meine Wechsel eingezogen hatte ... Machenschaften über Machenschaften. Er spielte den Invaliden und Verblödeten, und der arme Federico und ich wußten weder ein noch aus. Ein Glück, daß er dann bald gestorben ist, sonst hätte ich ihn noch mit meinen eigenen Händen umgebracht.

Wieviel Unheil ist über uns hereingebrochen! Federico und ich sind seit Jahren nur noch damit beschäftigt, Rechtsanwälte zu finanzieren. Wie viele Nächte haben wir uns wegen all dem Papierkram um die Ohren geschlagen! Mein armer Sohn hat darüber ganz weiße Haare bekommen. Und da heißt es heute noch: ›Wie sympathisch Don Giordano doch war, wie lustig ... ein wahrer Herr.‹ Und seine Freunde haben ihn beweint, als er starb. Meine ganze Familie ist zugrunde gegangen, Nunzià ... aber die größten Sorgen macht mir Federico ... Er hat nichts von all dem gemacht, was er machen wollte ... Das Vaterland, die piemontesischen Brüder, die Statuen und Säulen, die der Menschheit gehören, der Beruf, die Musik, die Gedichte ... Ich habe ihm immer nur mit der Mühle, dem Getreide, der Fabrik, den Wechseln, den Schwierigkeiten in den Ohren gelegen ... und habe ihn stets nur unterdrückt ... Er hat alles gemacht, was ich wollte, er hat die Frau geheiratet, die ich wollte ... Eine große Hochzeit, ein reiches Mädchen, eine gute Partie. Noch so ein Reinfall ... Immer hat er auf mich gehört ... So ein guter, guter Sohn ... viel zu gut, der dumme Junge ... Ein Edelmann, der bis zum letzten Heller alles zurückzahlen wollte. ›Nur keinen Bankrott, Mama!‹ Wäre da der Bankrott nicht besser gewesen? Hundertmal besser wäre der gewesen ... Aber für ihn zählt die Ehre, das gegebene Wort, der Name der Familie ... ›Mama, auf betrügerischen Bankrott steht Gefängnis!‹ Na und, was hätte das schon gemacht ...

An Schmerzen stirbt man nicht, Nunzià, aber ich bin wirklich am Boden zerstört, das ist wie ein grausam bohrendes Schwert ... Es ist schlimmer als bei Leopoldos Tod. Diesen Sohn hatte ich schon vorher verloren. Für mich ist er nicht an der Front an Typhus gestorben. Ich hatte schon früher gespürt, wie er sich von mir entfernte, damals, als er ins Seminar eintrat. Er war nicht mehr mein Sohn ... und so weltfremd wie er war, konnte ich nichts mehr mit ihm anfangen. Und es war auch schlimmer als beim Tod Nanàs. Was für ein schlimmes Los hat dieses Mädchen gehabt ... die spanische Grippe, die schwere Niederkunft, die Blutung, all das war Schicksal. Aber dann war da dieses Neugeborene, das wie durch ein Wunder lebte und im Nebenzimmer weinte … Sie haben es nach mir genannt, und das hat mich getröstet … Doch für diesen Schmerz gibt es keinen Trost. Ich besaß ein Reich: Geld, Land und Häuser; aber der härteste Schlag war der Verlust der Mühle und der Nudelfabrik … Ich spreche mit keinem darüber … Nur mit dir. Nunzià, weil du weißt, wie ich mich abgemüht habe. Du kannst meinen Schmerz verstehen. Und noch etwas möchte ich dir sagen. Du warst die Stütze und der gute Geist meines Hauses … Als du weggegangen bist, hast du auch das Glück, die Gesundheit, den Reichtum mitgenommen, und mein Haus ist verdorrt.

Als ich dich damals aus dem Waisenhaus geholt habe, habe ich damit nur ein Gelübde erfüllt – es war ein Versprechen, das ich einlösen mußte. Du warst für mich wie ein Zaubermittel: Wenn ich dich gut behandelte, ging es meinen Kindern gut … Jahrelang habe ich keine besondere Zuneigung zu dir empfunden, du warst für mich eine Fremde. Aber als du dann fort warst, wußte ich, was ich an dir hatte …«

Francesca verstummte. Sie fuchtelte unter dem Schleier herum, um ihr Taschentuch herauszuziehen. Vielleicht tupfte sie damit Tränen ab, mit Sicherheit schneuzte sie sich geräuschvoll. Dann fuhr sie mit ihrer gewohnten Stimme fort: »Meine Güte, hier drinnen erstickt man ja … Nunzià geh jetzt … geh …, und schick mir Sabatino … Ich will nach Hause zurück. Ich fühle mich nicht wohl. Ich will nicht mehr zum Rechtsanwalt gehen …«

Nunziata stieß den Schlag auf, stieg aus und rief nach Sabatino.

ALS DIE KUTSCHE auf dem Platz wieder anfuhr, zog Nunziata den zarten weißen Chiffonschal fester um den Kopf. Es war eine mechanische Geste, mit der sie ihre Verlegenheit überspielte. Die Leute waren neugierig stehengeblieben, als ihre Söhne Mariano, Alfredo und Carlo die Kutsche mit lauten Rufen mitten auf der Straße anhielten, bevor sie um die Ecke bog, und auf sie zugelaufen kamen.

Es war jedesmal das gleiche. Wenn Nunziata wegfuhr, fühlten sie sich wie verloren. Jedesmal liefen sie der Kutsche hinterher, um eine letzte Frage zu klären oder einen Zweifel auszuräumen.

Sie hatten das Handwerk der Nudelmacher gut erlernt. Schon von Kindesbeinen an hatten sie den hauchdünnen Mehlstaub eingeatmet, der sich in ihren Kleidern festsetzte. Alle drei hatten diese Kunst mit der Muttermilch eingesogen. Wenn sie damals ihre Arbeit unterbrach, um sie zu stillen, war sie stets in großer Eile gewesen.

Später, als Kinder und Heranwachsende, hatte es für sie nur wenige Ausflüge oder Sonntagsspaziergänge gegeben, sondern meist nur Spiele im Hof. Und während der Schulzeit saßen sie nachmittags am Tisch in ihrem Büro und machten Hausaufgaben. Danach hatten sie kaum Freizeit. Sie scharten sich immer um Nunziata, nahmen neugierig an allem teil, was sie tat, und folgten ihr auf Schritt und Tritt wie eine jederzeit einsatzbereite kleine Truppe.

Sie entwickelten eine wahre Leidenschaft für diese Arbeit; sogar Mariano, ihr Erstgeborener, für den sie jedoch ein anderes

Ziel im Auge hatte: Mariano konnte sehr gut zeichnen und war künstlerisch begabt. Daher hatte sie ihn mit zwölf Jahren in der Schule für Korallenschleifer in Torre del Greco angemeldet, wo er an den Abendkursen teilnahm. Er hatte sie ganze sieben Jahre lang mit größtem Erfolg besucht, und jetzt, da er außer dem normalen Schulabschluß auch das Abschlußdiplom dieses Handwerks besaß, wollte Nunziata für ihn eine Werkstatt als Korallenschleifermeister einrichten.

Diese Absicht hatte sie schon lange gehegt, aber es hatte bisher so viele dringendere Dinge zu tun gegeben: Sie hatte Geld für die Anbauten der Teigwarenfabrik gebraucht, und außerdem hatte sie noch die letzte Rate der im Vorjahr gekauften Villa zahlen müssen. Anderes war also vorrangig gewesen. Aber jetzt ließ sich die Sache mit der Werkstatt nicht mehr aufschieben; auch ihr Sohn träumte davon, und sie wollte, daß Mariano ganz andere Interessen pflegte als seine Brüder. Vielleicht war jetzt der Augenblick für Don Mario Tedesco gekommen. Schon lange hatte der Arzt sie gebeten, ihm den Teil jenes Gehöftes in Sorrent zu verkaufen, der sich wie ein Keil in seinen eigenen Besitz zwängte.

Allerdings mußte sie sich beeilen, damit ihre beiden anderen Söhne nichts von ihrer Absicht erfuhren und sich widersetzten.

Mariano war jetzt zweiundzwanzig, Alfredo zwanzig und Carlo neunzehn: erwachsene Männer, die ihr immer noch hinterherliefen ... Jeden Tag das gleiche. Denn zweimal jährlich, im Frühjahr und im Herbst, entfernte sie sich zwanzig Tage lang jeden Morgen für ein paar Stunden vom Betrieb. Sie versuchte, gewisse rheumatische Schmerzen mit dem Mineralwasser einer nahe am Meer gelegenen Quelle zu heilen oder wenigstens zu lindern. So begab sie sich zu den Terme Vesuviane Nunziante. Federico war sicher, daß es sich hierbei um die römischen Thermen handelte, die der bourbonische General Nunziante bei Erdarbeiten bereits ausgemacht hatte. Wenn man da weitergegraben hätte, sagte er, hätte man ganz gewiß Ruinen der vom Vesuv begrabenen Thermen entdeckt, die auf der Tabula Peutingeriana bei Oplontis eingezeichnet waren. Er sprach so oft und seit so undenklich langer Zeit von dieser Karte, daß viele Familienmitglieder und Freunde gelernt hatten, diesen schwierigen Namen zu behalten und auszusprechen.

Egal, ob sie nun römisch waren oder nicht, Nunziata besuchte diese Thermen seit mehreren Jahren. Die Badekur schlug bei ihr gut an, und sie befolgte sie pünktlich und eifrig, weil sie ihr großes Vergnügen bereitete. Und außerdem gefiel ihr die Fahrt zu der Badeanstalt so gut. Man mußte dazu den Ort durchqueren und über einen privaten Feldweg mitten durchs Grüne bis zum Meer hinunterfahren, das in allen Blauschattierungen lockte. Eine wunderschöne Spazierfahrt.

Die Kutsche bog nun in die Hauptstraße ein. Nunziata drehte sich noch einmal nach ihren Söhnen um. Sie standen vor dem Tor und unterhielten sich: Alfredo war der lebhafteste und gestikulierte herum, Mariano stand mit den Händen in den Taschen ruhig daneben; er überragte seine Brüder mit seiner hohen Gestalt.

Der Wagen fuhr um die Ecke, und Nunziata setzte sich wieder gerade und zupfte noch einmal den langen weißen Schal zurecht. Sie befanden sich jetzt auf der Hauptstraße. Zahlreiche Passanten grüßten sie voller Ehrfurcht und machten andere, die nicht auf sie geachtet hatten, auf die Vorüberfahrende aufmerksam, deren weißer Schal sich im Wind aufbauschte.

»Da kommt die Fabrikantin Limieri ... Sie fährt zu den Bädern in die Nunziante-Thermen.«

ES WAR IM Mai 1928. Nunziata war schon auf. Sie hatte in der Villa geschlafen und war schon am Samstag nachmittag angekommen, um das kleine Abendessen für die sonntäglichen Besucher vorzubereiten. Es waren ihre alten Freunde, die zum Kartenspiel kamen.

Sie hatte ihre Fleischklößchen mit äußerster Sorgfalt gebraten. Don Guglielmo D'Arienzo, Major in der Waffenfabrik, der sich seit einigen Jahren zu ihnen an den Spieltisch gesellte, aß sie mit solcher Lust, daß sie ihr Bestes gab, um ihm eine Freude zu machen.

Vor allem aber hatte sie sich um die Vorbereitung des Mittagessens gekümmert: Sie hatte zwei Techniker der Gießerei Fratte aus Salerno eingeladen, die mit ihren Familien einen Ausflug hierher vorhatten, und die sie mit einer erlesenen Mahlzeit bezirzen wollte. Sie hatte sich mit diesen kompetenten Leuten angefreundet, damit sie ihr bei der Wartung oder Reparatur der alten und der neuen Maschinen, die sie im Laufe der Jahre bei ihnen gekauft hatte, stets prompt zur Seite stehen würden; Giorgio, der mit ein paar Schrauben und einem Stück Bindfaden stets Wunder vollbracht hatte, war nicht mehr bei ihr. Er war in einen anderen Ort zu einem anderen Teigwarenhersteller gegangen.

Nunziata hatte schon am Vorabend die Artischocken geröstet, den Kuchen gebacken und ein gutes Ragout für das Makkaroni-Gericht vorbereitet. Sie kochte gern in der Villa. Da konnte sie sich mit ihrer geliebten Graziella frei bewegen. In der Küche ihres Hauses, im Dorf, war dagegen ständig Alfredos Frau Immacolata, Imma, zugange. Sie wohnte im gleichen Haus über der Nudelfabrik. Aber vor allem herrschte dort Donna Cira, Immas Mutter, die sich in den Haushalt ihrer Tochter mächtig einmischte.

Um der lieben Ruhe willen ließ Nunziata sie gewähren. Da Cira gern mit in der Küche herumwirtschaftete, hielt sie sich sehr zurück und beobachtete wortlos Fehler und schwere Versäumnisse. Sie sagte nichts, wenn Aluminiumschöpfer in die Krakenbrühe getaucht wurden, ohne vorher erwärmt worden zu sein, oder wenn den gerösteten Muscheln Knoblauch grob geschnitten und in großen Mengen beigegeben wurde, statt sorgfältig dosiert und zuvor im Marmormörser fein zerstoßen. Und sie enthielt sich jedes Kommentars, wenn Bohnen in einem Meer von wild brodelndem schaumigem Wasser bei starker Hitze gekocht wurden, statt auf niedriger Flamme.

Solche und andere Fehler beobachtete sie passiv, ohne ihre Bestürzung auch nur durch ein Zusammenzucken zu zeigen – kein Kommentar zu diesen und hundert anderen Leichtfertigkeiten und unsachgemäßen Zubereitungsarten kam über ihre Lippen. Diese beiden Frauen machten alles lieblos; was in ihren Töpfen brodelte, war ohne jedes Raffinement, und das Ergebnis all dieser Nachlässigkeit war ein Mischmasch, den Don Giordano zum Fenster hinausgeworfen hätte.

Nunziata mischte sich nie ein, mit Ausnahme allerdings vom vergangenen Dienstag.

Da hatten ihre Schwiegertochter und ihr Sohn hochrangige Gäste erwartet, die Immacolatas Vater, ein faschistischer Parteibonze, eingeladen hatte. Diese Personen, die zu Besuch im Rathaus weilten, standen in hohem Ansehen – auch ein Vize-Präfekt aus Norditalien war unter ihnen. Gerade wegen dieses nicht neapolitanischen Gastes sollte das Menü mit einer Consommé beginnen, und Donna Cira war an jenem Tag schon frühmorgens dabei, die Brühe vorzubereiten, wobei sie auch Tomaten zerquetschte und in den Topf warf.

Um den guten Ruf der Familie besorgt, wollte Nunziata, nachdem sie diesen groben Fehler beobachtet hatte, schnell alles rückgängig machen, denn nach ihrer Erfahrung gehörten in eine Consommé nun einmal keine Tomaten.

Aber die Frage blieb strittig. Da beschloß Nunziata, ohne sich aus der Ruhe bringen zu lassen und in der Hoffnung, Donna Cira zu überzeugen, in einem Kochbuch nachzuschlagen, das ihre Schwiegertochter blind befolgte.

Nachdem sie die Seite mit dem Rezept gefunden hatte, hatte sie befriedigt den Text laut vorgelesen, der jeden Zweifel ausräumte, zumindest hatte sie das gehofft:

»Hauptbestandteil der Consommé«, stand da, »ist die einfache Brühe, wobei man jedoch, um die helle Bernsteinfarbe zu erhalten, die eine Consommé kennzeichnet, auf Tomaten verzichtet.«

Kaum hatte sie zu Ende gelesen, klatschte Donna Cira begeistert in die Hände:

»Was habe ich gesagt? Jetzt haben Sie's selber vorgelesen: ›… auf Tomaten nicht verzichtet.‹ Genau wie ich sagte.«

Immacolata, die ganz konzentriert eine Torte im Backofen kontrollierte, war in ihrer gebückten Haltung wie eine Sphinx verharrt. Als sie sich wieder aufrichtete, gab sie nicht zu erkennen, ob sie den Irrtum ihrer Mutter bemerkt hatte. Und da hatte Nunziata, um sie nicht in Verlegenheit zu bringen, die Küche wortlos verlassen.

Diese beiden hätten gewiß zwei Schläge mit dem Rührlöffel auf die Finger verdient, wie es einst Schwester Bernardina mit den ungehorsamen Waisenmädchen machte, aber sie war ja nicht einmal zu zaghaftem Protest fähig, dachte Nunziata, wie sollte sie da Krach schlagen. Daher kochte sie so gern in der Villa.

Dort war außerdem alles bequemer, und es gab einen wunderschönen Holzofen, in dem sie am Vorabend den Hefekuchen mit Rosinen gebacken hatte, der herrlich aufgegangen war. Auch wenn er sich mit den Prachtstücken, die einst die selige Mariuccia gebacken hatte, nicht vergleichen ließ, thronte er, mit einem Tuch bedeckt, eindrucksvoll auf der Anrichte des Speisezimmers, das im Hirtenjungenzimmer eingerichtet worden war.

Gerade weil sie diesen Kuchen im Ofen überwachte, war Nunziata erst spät in ihr großes, im Erdgeschoß gelegenes, Schlafzimmer gegangen. Von dort führte eine Verbindungstür zu einem Badezimmer, das früher als Ankleideraum gedient hatte. Jetzt waren in den antiken Wandvertiefungen Becken und Wasserkrüge eingelassen.

Dieses Zimmer, das sie gleich nach dem Kauf der Villa in Besitz genommen hatte, wurde von Mariuccia und allen Montorsis das »Schleifchenzimmer« genannt, weil die hellrosa Wände mit täuschend echten länglichen Schleifen in abgestuften Grautönen dekoriert waren, deren Zipfel zu flattern schienen.

Allerdings konnte Nunziata hier über alle Räume frei verfügen, weil ihre Angehörigen nur äußerst selten in dieses Haus kamen. Mariano hielt sich fast immer in der Ferne auf und war noch unverheiratet. Die anderen Söhne ließen sich von ihren Ehefrauen beeinflussen, die diese Villa am Vesuv kalt und unbequem fanden, vor allem für die kleinen Kinder. Sie trafen sich an Feiertagen lieber mit ihren eigenen Verwandten. Zumindest bis jetzt: Immacolata schien neuerdings, angeregt durch die bedeutenden gesellschaftlichen Kontakte, die ihr Vater dank seines Rangs pflegte, den repräsentativen Wert dieses Besitzes erkannt zu haben, und hatte vor, Umbauten durchführen zu lassen, um die Villa einladender zu gestalten. Davor fürchtete sich Nunziata.

Vorerst genoß sie die Villa ganz für sich allein. Sie war schon vor dem Morgengrauen voller Tatendrang aufgestanden. Sie wollte hinausgehen und ihre Pflanzen begutachten, ihren Zauberberg bewundern, seinen wohltuenden Schwefelgeruch einatmen, der am frühen Morgen besonders stark war. Und außerdem war jetzt die Jahreszeit, in der auf den lavabedeckten Wegen des Vulkans die Ginsterbüsche blühten und ihren Duft verbreiteten.

Sie stand auf, als es anfing, heller zu werden und das Tageslicht sich über die Pinien ergoß. Im Nachthemd eilte sie ins Badezimmer, an dessen von Kitt und Schimmel überzogenen Wänden man den abenteuerlichen Weg der Wasserrohre verfolgen konnte, die partout nicht in das Ambiente passen wollten. Also wusch sich Nunziata rasch und verließ den Raum.

Wieder in ihrem Schlafzimmer, zog sie frische Unterwäsche an, lachsrote Strümpfe und richtete dann, in einem kurzen Musselin-Unterrock mit tiefer Taille und breiten Trägern, vor dem Toilettentisch ihr Haar. Nach einem kurzen, zufriedenen Blick in ihr Gesicht flocht sie mit flinker Hand ihren dünnen Zopf, wickelte ihn aber nicht um den Kopf, sondern ließ ihn hängen: Damit würde sie sich später beschäftigen. Sie nahm einen Kleiderbügel aus ihrem Schrank und zog einen weichen Morgenrock aus Samt herunter, der eine schöne rubinrote Farbe hatte. Mit kindlicher Freude streichelte sie über den Stoff und lächelte ein wenig. Dann zog sie ihn über und verließ das Zimmer.

Beim Gehen baumelte ihr Zopf auf dem dunkelroten Stoff hin und her, und das sah irgendwie rührend jungfräulich aus, aber bei dem leicht ergrauten Blond ihrer Haare auch ein wenig traurig.

Den schönen Morgenrock mit dem großen französischen Etikett hatte ihr Mariano 1923, vor fünf Jahren, bei der Rückkehr von seiner ersten Geschäftsreise geschenkt.

Das Modell fiel bis unter die Hüfte gerade herab, dort wurde es von einer Art Gürtel zusammengerafft, und darunter sprang es dann wieder zu wogender Weite auf.

Nunziata hatte der Morgenmantel sehr gefallen, besonders weil er ihre Rundungen zur Geltung brachte, und damit kokettierte sie noch immer gerne, denn obwohl sie beim Älterwerden ein paar Kilo zugenommen hatte, konnte ihr zarter Körper noch eine schlanke Taille und kleine feste Brüste vorweisen. Auch ihre schön gerundeten Hüften erinnerten immer noch an die Zeiten ihrer Jugend, als sie selbst in den plumpen Arbeitsschürzen und der Alltagskleidung die Männer in Wallung gebracht hatte.

Der Morgenrock gefiel ihr aber auch deshalb, weil er eine kleine Schleppe hatte. Als Kind hatten sie die Schleppen, mit denen Donna Francesca in der großen Kutsche nach Neapel ins San-Carlo-Theater fuhr, immer entzückt. Aber im Alltag trug sie lieber bescheidenere und vor allem bequemere Morgenröcke, denn dieser samtene war unbequem. Ihr Sohn hatte, als er ihn ihr schenkte, darauf bestanden, daß sie ihn gleich anzog und somit auch die Trauerkleidung ablegte, die sie zuerst wegen Federico und dann wegen Donna Francesca getragen hatte. Mariano hatte ihr verboten, ihn in irgendeiner Schublade einzumotten, daher hatte sie ihn ihrem Sohn zuliebe eine Weile getragen und dann in einen Schrank der Villa gehängt.

Wenn sie sich im Haus am Vesuv aufhielt, zog sie ihn manchmal an, einfach, um sich Mariano näher zu fühlen. So war es auch an diesem Morgen. Und so folgten ihr jetzt, während sie ging, zwei Spannen seidigen, changierenden Stoffs. Mit ihr verließen sie das Schlafzimmer, bogen in den Korridor mit den runden Fensterchen ab, durchquerten die drei von Fischetti mit Säulen, Kletterpflanzen, Gärten und Fruchtkörben bemalten Zimmer und gelangten in die Vorhalle, wo die große Treppe war. Und von dort glitt die rubinrote Schleppe hinaus in den Garten und überquerte munter das unebene Schachbrett der schwarzweißen Kacheln des Portikus.

Draußen herrschte schon lautes Vogelzwitschern, aber man konnte trotzdem in dem stillen Säulengang das Rascheln des seidenen Futterstoffs hören. Die Bögen unter dem Gewölbe verströmten Ruhe und ignorierten stolz alle Risse und Schäden im Mauerwerk. Sie ließen nur die Schönheit ihrer aufsteigenden und abfallenden Linien gelten, alles andere war bedeutungslos. Und zwischen den Säulen, die die schwungvollen Bögen in ihre gelassene Ordnung zwangen, vibrierte der Raum, den die Architektur in feste Grenzen gebannt hatte, so daß er spielerische Formen und Dimensionen annahm, als wolle er ein Märchen erzählen.

Während Nunziata weiterging, wurde sie plötzlich von Erinnerungen überfallen. Sie sah sich wieder, wie sie hier lärmend und außer Atem Versteck gespielt hatte. An diesem Ort, der so gut zum Verstecken und zum plötzlichen Hervorpreschen geeignet war, hatte sie mit der Hand gegen die Säulen geschlagen und gerufen: »Eins … zwei … drei … alle frei …«

Sie hatten viel zu erzählen, diese guten alten Mauern, und sie gaben einem die Lebenskraft zurück, die sich in den Steinen gesammelt zu haben schien – all die lebendigen Bilder und Gefühle …

Dann wurde sie plötzlich aus ihren Träumereien gerissen, weil die Naht ihrer Schleppe an einer zerbrochenen Fliese hängengeblieben war. Als sie sich bückte, um sie wieder freizubekommen, platzte sie heraus:

»Du blödes Ding aber auch!«

Aber sie bereute ihre Worte sofort, als hätte sie damit Mariano unrecht getan, ihrem geliebten Sohn, der wie alle Montorsis rotblond war und jetzt als Künstler die ganze Welt bereiste und den sie so selten zu Gesicht bekam. Immer hielt er sich irgendwo in der Ferne auf, zur Zeit in Japan, am anderen Ende der Welt.

Aber sie hatte es ja selber so gewollt ... und es war auch gut so. Jetzt pflegte Mariano wirklich andere Interessen als seine beiden Brüder.

Mit Freuden erinnerte sie sich an jenen längst vergangenen Morgen, an dem sie gemeinsam mit Mariano den Vertrag für die kleine Fabrik und das Korallenlager abgeschlossen hatte. Sie waren mit der kleinen Kutsche den Steilhang hinauf in jenes andere Dorf am Fuße des Vesuvs gefahren, das ebenfalls rings um einen Turm gebaut worden war und ganz in der Nähe auf einer Erhebung an der Küste lag. Das Dorf war zwar mit dem ihren benachbart, aber es lebte von einer völlig anderen Tradition: In einsamer, mühevoller Arbeit und mit unbeugsamen Mut fischten die Leute dort Korallen. Dazu benutzten sie runde Senknetze und auf Fischerboote montierte Kreuze aus schweren Balken. Die Korallen verkauften sie entweder roh, oder sie verarbeiteten sie mit kunstfertiger Hand zu den phantasievollsten Gebilden. Überall sah man auf der Straße Körbe voller Korallengerüste, die noch Meeresgeruch verströmten, und vor den Haustüren saßen Männer und Frauen an Bänkchen und machten sich unter dem freien Himmel, vor den Augen aller, da sie ja nichts zu verbergen hatten, geschickt mit kleinen Zangen und Grabsticheln an die Verarbeitung.

An jenem Tag waren Nunziata und ihr Sohn mit Don Vincenzo Piscopo verabredet gewesen, einem Freund und Korallenschneidermeister. Don Vincenzo war der Sohn von Don Raffaele Piscopo, der ebenfalls Korallenschleifer und ein sehr enger Freund Don Giordanos war. Bei jeder Niederkunft Donna Francescas hatte er ihr eine im Porphyrmörser zerstoßene rote

Koralle geschickt, damit die Wöchnerin diese, aufgelöst in Schnaps, zu sich nahm und damit ihre Milch kräftigte – dies hatte wenigstens Mariuccia erzählt.

Don Vincenzo war ein gescheiter und lebhafter Mensch. Gutmütig prahlte er mit seinem schon damals florierenden Handel. Und der lief tatsächlich gut.

Er schwärmte für die japanischen Korallen. Er hatte sie, von deren zartrosa Farbe hingerissen, gekauft, mit ihnen gehandelt und sie erfolgreich auf dem Markt durchgesetzt, der noch von den tiefroten Korallen aus dem Mittelmeerraum beherrscht gewesen war. Nunziata erinnerte sich noch, wie Don Vincenzino, während sie gemeinsam Kaffee mit einem Schluck Schnaps tranken, ganz berauscht von den Blumen aus Koralle erzählte, die er kreiert hatte, oder von den Rosen mit den überaus zarten Blütenblättern, die bei den berühmtesten Schmuckhändlern so begehrt waren und den Busen von Königinnen und Prinzessinnen schmückten …

Nach dem Kaffee hatte er sie zu einem älteren Ehepaar begleitet, das seinen kleinen Betrieb aufgeben wollte; den hatte er nämlich für Nunziatas Sohn ins Auge gefaßt. Davor hatte er sie allerdings auf einem kleinen Umweg zu einer Baustelle geführt und ihnen mit besonderem Stolz erzählt, daß das Gebäude, das hier gerade errichtet wurde, seine neue Fabrik sein würde. Außerdem wollte er auch eine Dauerausstellung seiner Manufaktur dort unterbringen. Die bei ihm geschliffenen Korallen wurden, abgesehen von denen, die er ins Ausland exportierte, in Florenz, Venedig, Rom und Neapel verkauft, nicht aber am Ort ihrer Herstellung. Dabei gerieten doch all die reichen Ausländer, die nach Pompeji, Sorrent und Amalfi reisten, genau hier, in diese liebliche Gegend.

Warum sollte man sie also nicht mit einer *Permanent Exhibition* hierherlotsen und diesen Lustreisenden die Gelegenheit bieten, ihr Korallen-Souvenir direkt in Torre del Greco zu erstehen, wo es schließlich hergestellt wurde? Gleichzeitig konnten ihnen auf diese Weise der ganze Arbeitsprozeß und die besondere Geschicklichkeit der Kunsthandwerker vorgeführt werden.

Das war seine Idee gewesen, und jetzt wollte er den Versuch wagen und hoffte auf den Beistand der heiligen Muttergottes, daß es gelingen würde. Dabei lächelte er verschmitzt, denn er glaubte an das Unternehmen, und später vertraute er seinen Gästen, bevor er sich von ihnen verabschiedete, unter dem Siegel der Verschwiegenheit sogar noch an, daß er eine weitere dieser *Factories* plane und schon wegen des Grundstücks verhandle; das befinde sich zwar außerhalb des Ortes, dafür aber gleich an der Trasse, die zur Autobahn Neapel–Pompeji ausgebaut werden sollte.

Von diesen streng vertraulichen Plänen hatte er ihnen mit leuchtenden Augen erzählt.

Don Vincenzo genoß es, sich ihnen anzuvertrauen, aber Nunziata vergalt es ihm nicht mit ebensolcher Offenheit. Sie verriet ihm nicht, daß die Autobahngesellschaft wegen einer Finanzierung mit ihr Kontakt aufgenommen und sie für den Autobahnbau gewonnen hatte. Andere Honoratioren aus der Gegend hatten dagegen abgewunken und gemeint: »Wer soll denn auf der Autobahn nach Neapel fahren und dafür Maut bezahlen, wenn es eine schöne breite Landstraße gibt, die kostenlos ist?« Don Vincenzos *Permanent Exhibition* war Wirklichkeit geworden, aber auch das bedeutende Autobahnprojekt war realisiert worden (die Inbetriebnahme sollte in Kürze stattfinden), und Nunziatas Aktien ruhten sicher, da konnte sie frohlockend lächeln, in der obersten Schublade ihrer Kommode neben jenen aus einer anderen sehr vorteilhaften Investition in eine kleine Bank, die »Kreditgenossenschaft« oder »das Bänkchen«, wie man sie in den turmbewehrten Orten unter dem Vulkan nannte, weil ihre Anfänge so bescheiden waren. Aber sie und ihr Mann hatten an diese Initiative geglaubt und von den 6300 Lire ihrer Mitgift gleich viertausend in die Kreditgenossenschaft gesteckt … Gott sei Lob und Dank …

Nunziata hatte in der Nacht Marianos Brief neben sich auf dem Nachttisch liegen gehabt. Er kam aus der japanischen Stadt Osaka, und Nunziata trug ihn nun schon eine ganze Woche in der

Handtasche mit sich herum. Ihr Sohn berichtete zufrieden über die rohen Korallen, die er dort kaufte, über weitere Verhandlungen, die gut liefen, über seine neue Freundschaft mit Korallenschneidern aus Torre, die sich in Kobe angesiedelt hatten, und mit einem Lieferanten, dessen Frau Italienerin ligurischer Abstammung war. Dieser japanische Freund hatte einen schwer aussprechbaren Namen, den man sich kaum merken konnte, daher nannte ihn Mariano, wie er ihr schrieb, der Einfachheit halber Sangosan, ein Name, der zu dem bedeutenden Korallenhändler genau paßte, denn *sango* hieß auf japanisch Koralle und *san* bedeutete Herr, also »Herr der Korallen«.

Mariano berichtete außerdem, daß ihm bei all seinen Einkäufen der neue Wechselkurs für das Pfund Sterling sehr zustatten gekommen sei, denn auf Druck Mussolinis sei er in den letzten Monaten von 154 Lire auf 96,44 Lire gefallen. Kurz, seine Geschäfte liefen wirklich gut.

»Heilige Muttergottes, beschütze ihn auf allen Wegen«, betete Nunziata, die sich jetzt im Garten gerade an diesen Passus im Brief ihres Sohnes erinnerte.

Und um weiteren Schutz für ihn zu erwirken, nahm sie, während sie in die kleine Brunnenallee einbog, ihren Ring zwischen die Finger und streichelte die runde Korallenscheibe in dessen Mitte.

Denn sie glaubte an die Zauberkräfte der Korallen. Diese roten Bäumchen aus Stein besaßen Macht über Leben und Tod. Mariano hatte ihr zwar erklärt, daß sie nicht aus Stein waren und daß die Ästchen unter Wasser lebendig hin und her wogten und blühten und daß die Sterne an den Verästelungen keine Blüten waren, sondern kleine sich öffnende Polypen.

So hatte es ihr ihr Sohn erklärt, der alles wußte, und sie hatte ihm mit offenem Mund aufmerksam zugehört, aber ihren Glauben an ihre Wunderkraft hatte er dadurch nicht zerstört, im Gegenteil, sie fand alles nur noch geheimnisvoller.

»Großmächtiger Gott ...«

Unterdessen hatten sich in ihrer Schleppe ein paar Blätter gesammelt. Nunziata war so mit ihren Gedanken und ihren Blumen beschäftigt, daß sie es erst bemerkte, als sich ein ganzes Häufchen von Blättern und kleinen Zweigen in dem Stoff verfangen hatte: Sie mußte ihn mehrmals ausschütteln, bis alles herausgefallen war, und dabei lachte sie von ganzem Herzen:

»Ich müßte ihn im Betrieb anziehen, diesen fabelhaften Morgenrock, dann könnte ich damit mit jedem Schritt die ganzen Nudeln aufkehren.«

Dann ging sie mit hochgehobener Schleppe schnell ins Haus und zog sich um.

Als dieser Morgenrock noch nagelneu war, hatte er für sehr großen Klatsch gesorgt.

Zu dem Zeitpunkt, da Nunziata ihn geschenkt bekommen hatte, fing sie gerade mit ihrer Thermalkur an. Auf ausdrücklichen Wunsch ihres Sohnes hatte sie den Morgenrock zum ersten Mal in den Bädern getragen. Dort gab es einen schönen runden Ruhesaal für die Gäste erster Klasse, der in pompejischem Rot gehalten und mit Rohrsesseln und Tischen möbliert war und wo sich die Herrschaften auf ärztliche Anweisung hin nach dem Bad ein paar Stunden im Warmen ausruhten.

Als Nunziata in jenem Jahr ihre Kur begann, war der Bürgermeister eines auf der anderen Seite des Golfes gelegenen Ortes gerade dabei, die seine zu beenden. Doch als er diesen verführerischen weichen Samt erblickte, begann er, gegen den Rat des Arztes, noch einmal von vorn. Jedenfalls wurde so gemunkelt.

Und es wurde auch erzählt, daß dieser Bürgermeister, Don Egidio Palomba, dermaßen fasziniert war von diesem Farbfleck und von der Schleppe, die zu Füßen der schönen Dame auf dem hellen Marmorboden lag, daß er ständig vor ihr auf und ab spazierte.

Auch wie Don Egidio um den Sessel herumstreifte, wurde in allen Einzelheiten beschrieben. Der gutaussehende, aber ein wenig feiste Mann stolzierte in seinem beige und braun gestreiften, langen wollenen Morgenmantel mit Kapuze, um dessen Taille eine Kordel geschlungen war, mit eingezogenem Bauch steif und kerzengerade hin und her.

Daß er eine Gelegenheit oder einen gemeinsamen Freund suchte, um sich Nunziata vorstellen zu können, war ganz offensichtlich, aber dann lieferte sie ihm selber diese Möglichkeit, indem sie ihn schüchtern um eine Auskunft bat, während sie beide in einer gewissen Entfernung voneinander in den Korbsesseln saßen.

Danach bot er ihr seine Zeitung an und sie ihm einen Kaffee, den sie ein wenig verlegen aus der Thermosflasche in den ausziehbaren Becher goß.

Sie wurden bei ihren Begegnungen im Thermalbad sofort unzertrennlich. Während sie auf ihr Bad warteten, gingen sie bis zum Strand, und Nunziata stützte sich zur Sicherheit auf Don Egidios Arm.

Nach dem Bad spielten sie in dem roten Salon Karten, oder sie häkelte, während er redete und redete und sie ihm immer wieder freundlich nickend zustimmte.

Oder aber sie legten zu zweit eine Patience und versuchten dann gemeinsam, diese aufzulösen ... wie Verschwörer bei einem Komplott.

Neugierige Leute, die in den Häusern über dem Strand wohnten, spähten hinter halbgeschlossenen Fensterläden mit starken Ferngläsern nach ihnen und beobachteten sie auf ihren Spaziergängen am Meer. Sie registrierten und interpretierten dabei jede ihrer Gesten. Nur während der Fahrten, die die beiden zu der immerhin über fünfzig Kilometer entfernten Gießerei Fratte nach Salerno unternahmen, waren diese Menschen auf ihre Phantasie angewiesen. In dieser renommierten Fabrik wollte Nunziata Maschinerien für ihre Nudelfabrik erwerben, und der Bürgermeister konnte seine freundschaftlichen Beziehungen bei der Aushandlung besonderer Preisnachlässe spielen lassen.

Die Phantasie der Leute trieb Blüten.

Besonders boshaft äußerten sich gewisse Nudelfabrikanten, die nicht nur eifersüchtig auf diese leidenschaftliche Beziehung waren, sondern auch noch neidisch wurden, als sie von den durch Don Egidio vermittelten Neuanschaffungen Nunziatas bei der Firma Fratte erfuhren.

Sie hatte noch eine Presse und eine Knetmaschine mit drei Zylindern erworben, so daß die langsamer arbeitenden Produzenten nicht mit ihr Schritt halten konnten; und das zu einer Zeit, da man für jede Menge Teigwaren reißenden Absatz fand, auch im Ausland.

Vielleicht war es gerade diese Mißgunst, die die Lästerzungen lockerte und die zügellosesten Anschuldigungen auslöste. Jene Leute wurden gewiß nicht von übertriebenen Schamgefühlen gequält, wenn sie über andere herzogen.

Ganz unverhohlen fragte man sich mit schiefem Grinsen, auf welche Seite der Bürgermeister wohl im entscheidenden Augenblick seinen hinderlichen Bauch schieben würde, nach rechts oder nach links.

Denn ein Techtelmechtel zwischen den beiden galt als sicher, und den ganzen Sommer nach ihrer Begegnung erzählten sich die Menschen auf den Terrassen, während sie auf die leichte Meeresbrise warteten, pikante Geschichten über sie. Mit wahrer Wollust klatschten sie unter gestreiften Markisen oder einfachen Rohrdächern oder auf gekachelten weißen Terrassen im maurischen Stil über das Paar.

Bei einer Kaffee-Granita oder einem Schluck verdünntem Anis war dies in jenem glühendheißen Sommer bei Sonnenuntergang das Thema des Abends. Allein schon die Hitze erregte die Sinne, die Kleider klebten einem am Leibe fest, der Schweiß schlängelte sich in Rinnsalen über die behaarte Brust, zwischen den Brüsten hindurch, in die Vertiefung des Rückens und von dort mit noch größeren Tropfen in geheimere Gegenden.

Wie aufregend war es, über die zahllosen heftigen Szenen zu reden, die sich im Haus des armen Don Egidio abspielten, und die von einem ganzen Netz von Informanten berichtet wurden, deren Meldungen so schnell eintrafen, daß sie ihre Nachrichten aus dem gegenüberliegenden Ort nur durch Rauchzeichen erhalten haben konnten.

Die Nachbarn des Bürgermeisters hielten sogar den Atem an, um besser horchen zu können, die Leute, die gegenüber wohnten, löschten alle Lichter und lehnten die Fensterläden an, um ungenierter spionieren zu können, und sie hörten oder sahen immer irgend etwas, bevor die Magd die Fenster schloß. Auf diese Weise wußten sie auch zu berichten, daß der arme Mann am Namenstag der heiligen Rosa abends um den Küchentisch gelaufen war und ihn zwar ein Kupferdeckel verfehlt, aber ein Wecker getroffen hatte, der bei dem Aufprall auch noch zu läuten anfing.

Voller Mitgefühl wurde auch von den Ausbrüchen des Mannes erzählt. Er verteidigte sich gegen die Vorwürfe seiner Gemahlin, die ihn beschuldigte, gewisse schändliche Begegnungen und Kontakte zu pflegen, indem er sich auf Gewinne, auf einträgliche Provisionen berief, die er von der Firma Fratte für die verkauften Maschinen bekommen habe. Und stets tadelte er in seinen leidenschaftlichen Reden die unvernünftige Eifersucht seiner Frau, die an allem schuld war.

Aber am 7. November jenes Jahres rannte Frau Palomba um 21 Uhr 30, kurz nach der Heimkehr des Bürgermeisters, dürftig bekleidet aus den schützenden Wänden ihres Schlafzimmers und warf mit Toilettengegenständen im Jugendstil nach ihrem Mann, wobei das schwere Kristall furchterregend am Boden zerschellte. Bei der dramatischen Verfolgung schleuderte sie ihm mit wachsender Lautstärke frische Informationen ins Gesicht, die ihr eifrige Freunde und Verwandte mit genauen Angaben über Ort, Zeitpunkt und Lauerposten zugetragen hatten. Ihre erregte Stimme schloß jede Versöhnung aus und beschimpfte mit den abgeschmacktesten Worten eine gewisse Frau und ihren Morgenrock, die beide in den vier Wänden ganz spezieller Häuser besser aufgehoben gewesen wären.

Der französische Samtmorgenrock war im ersten Jahr, als er noch neu und besonders auffallend aussah, nicht nur beschimpft worden, sondern hatte auf glücklichste Weise auch über Schicksale entschieden.

An einem anderen Schauplatz und mit anderen Personen machte er eine sehr gute Figur und wurde am Ende der Vorstellung sogar mit Beifall bedacht.

Die besonderen Umstände hatten sich durch frühere Ereignisse ergeben.

Federico hatte, um seine Familie vor dem schmerzlichen Konkurs zu bewahren, sämtliche Besitzungen veräußert. Um die letzten Gläubiger zu befriedigen, hatte er von einer Bank in Crotone eine gewisse Summe erhalten und dafür die »kleine Villa«, seinen letzten und liebsten Besitz, mit einer Hypothek belastet.

Er hatte die Villa vor Jahren genau über dem Strändchen mit der Turmruine voller Hingabe erbaut. Das Geld stammte aus der glücklichen Rechtsberatung genuesischer Schiffahrtsgesellschaften und den berühmten Wertpapieren Tante Adelinas, die seine Frau pünktlich, allerdings in einer erheblich geringeren Höhe geerbt hatte, als einst erzählt worden war.

Nachdem ihn der Tod hinweggerafft hatte und die Rückzahlungstermine abgelaufen waren, die mehrmals mit der Auflage weiterer Zinsen verlängert worden waren, wurde der Wechsel fällig. Da er nicht eingelöst werden konnte, ging er zu Protest, und auf ihn folgte ein Schuldwechsel. Nachdem auch dieser nicht beglichen wurde, sollte das mit der Hypothek belastete Haus nun versteigert werden. Allerdings gab es für die Bank eine Schwierigkeit: Mimmina war als Nutznießerin des Gebäudes in den Akten verzeichnet, und das Kreditinstitut mußte, um es verkaufen und das Geld kassieren zu können, Mimminas Tod abwarten oder eine Verzichtserklärung von ihr erwirken.

Zu dem Zeitpunkt schalteten sich Nunziata und Rechtsanwalt Prisco ein, die mühsame Reisen nach Crotone unternahmen, um mit den strengen Bankbeamten eine gütliche Einigung zu erzielen.

Diese erklärten sich zu einem Treffen mit Mimmina bereit, und Nunziata setzte alles daran, damit dieses Treffen nicht in Crotone, sondern im Haus Mimminas stattfand, die sich angeblich wegen einer verstauchten Fessel nicht bewegen konnte.

Und so reisten drei erlauchte Herren mit bläßlicher Miene wie Unheilsboten aus Kalabrien an.

Sie kamen bereits mit dem festen Vorsatz, eine Einigung zu verweigern, aber Nunziata hatte sich den ganzen Tag damit abgemüht, die arme Mimmina herauszuputzen, ihre Wangen mit allerlei Kunstgriffen zu röten, und sie so auszustaffieren, daß sie sehr weit von jenem Tag entfernt zu sein schien, den die Bank herbeisehnte. Und das war ihr bestens gelungen. Überdies hatte sie Mimmina auch noch überredet, den samtenen Morgenrock anzulegen.

Der vortreffliche Bankdirektor und seine beiden finsteren Trabanten, die sich von dem lose wallenden roten Morgenrock verwirren ließen, gewannen den Eindruck, daß Mimmina noch ewig leben würde. Also verbargen sie ihre ursprüngliche Absicht mit gesenkten Lidern und versuchten, eine Einigung zu erzielen.

Diese Einigung sah so aus, daß Mimmina auf die Nutznießung aller fünf Wohneinheiten verzichtete; aber zwei davon sollten ihr, von der Hypothek befreit, bleiben; allerdings wurden sie mit einer gewissen Abgabe belastet. Die übrigen drei sollten, nun nicht mehr an ihren Nießbrauch gebunden, an die Bank gehen.

Dies war alles, was von Federicos Vermögen übrigblieb, aber die Rettungsaktion kurz vor Torschluß hatte seinen Erben wenigstens das Vaterhaus erhalten. Denn dort am Ende des engen und schmalen Sträßchens, das an duftenden Orangenhainen und an Bauernhäusern vorbeiführte und in die kleine Bucht mit Blick auf Capri und Sorrent mündete, lebten in den zwei Wohnungen nun Mimmina mit den beiden unverheirateten Söhnen und ihr Sohn Ninuccio mit seiner Frau.

Dank des Morgenrocks also konnten Mimmina und ihre Söhne in der weißen Villa auf den Klippen bleiben. Und dort, unter den Bögen der Laubengänge, die über dem Meer und dem Golf ragten, wurden allmählich Sorgen und verletzter Stolz, Erinnerungen und Bitterkeit vergessen und so manches durch den schönen Ausblick kompensiert.

NUNZIATAS TAGE WAREN, auch wenn Sonnenschein und Unruhe, Schmerzen und Gesang einander abwechselten, genau wie die Francescas von rastloser Arbeit und ständiger Aufopferung geprägt.

Aber sie verliefen fröhlicher und glücklicher und letzten Endes auch befriedigender. Und dazu trug auch bei, daß es in ihrem Ablauf regelmäßig einen kleinen Lichtblick gab, ein harmloses Vergnügen, das aber – wie ein Blumentopf mit duftender Minze – ihre Stimmung hob und ihre Lebensfreude steigerte: Es war das Kartenspiel »Siebener fängt«.

Dieses Spiel machte ihr fast soviel Spaß wie Nudeln herzustellen, es war ihre ganze Leidenschaft, obwohl der Einsatz gleich Null war. Sie war sich darüber nicht im klaren, aber jede einzelne Partie bot ihr fast wie im richtigen Leben immer reichlich Chancen auf neue Abenteuer und Hoffnungen.

Schon seit dreißig Jahren spielte sie dieses Spiel. Anfangs hatte sie im Hause Montorsi Don Giordano und Don Paolo über die Schultern gesehen, als sie mit dem Priester Don Pasqualino, Enrico und anderen wechselnden Partnern spielten. Später, als sie verheiratet war, saß sie selber mit an dem Tisch, den ihr Mann an Feiertagen in ihrem Haus einrichtete.

Und als dann dieser gestorben war, hatte sich die Clique nicht aufgelöst. Sie hatte sich immer in Nunziatas Speisezimmer zum Spiel versammelt. Als aber dann ihr zweitältester Sohn Alfredo heiratete und ihre Schwiegertochter Immacolata mit in ihr Haus zog, spielten sie entweder in einem Lagerraum der Nudelfabrik zwischen den Säcken auf einem rohen Holzbrett oder in der Villa. Und dies waren die glücklichsten Abende.

Im Laufe der Jahre hatte sich die Runde der alten Spieler – Rechtsanwalt Prisco und Don Vincenzo Pinto, die dem Kreis treu blieben – um weitere Personen erweitert. Zu ihnen gesellten sich jetzt der Ingenieur der Gemeindeverwaltung Carlo Rossi und Major D'Arienzo, den Nunziata einlud, nachdem Giorgio seiner Wege gegangen war.

Häufig stieß auch der Zahnarzt Guida zu den fünf Freunden, obwohl er nach allgemeiner Ansicht eine ziemliche Flasche im »Siebener fängt« war. Aber Nunziata lud ihn trotzdem ein und schätzte ihn sehr – einige freche Stimmen behaupteten, daß es wegen gewisser Zahnprothesen und Brücken war, die Nunziata hatte anfertigen lassen.

Gewöhnlich spielten sie das klassische »Siebener fängt« zu viert, und zwei von ihnen warteten, bis sie bei der nächsten Runde an die Reihe kamen.

An Sonntagnachmittagen spielten sie, wenn die Gruppe noch nicht vollständig versammelt war oder jemand wegen Krankheit oder dringenden Verpflichtungen nicht kommen konnte, auch zu zweit oder zu dritt, denn sie kannten jede Variante des Spiels.

Wenn sie um den Tisch versammelt waren, wurde es immer laut und lustig, dabei hatte Chitarrella in seinen berühmten Spielregeln Ruhe verlangt und vor allem keine Zeichen zwischen den Partnern erlaubt. Sie hingegen machten sich Zeichen in Hülle und Fülle.

Man hörte sie auch singen und vor allem lachen. Wenn sich Immacolata in ihrer Nähe aufhielt, griff sie sich an den Kopf:

»Die sind ja alle übergeschnappt.«

Aber sie hatten so viele Anlässe, sich zu amüsieren: über die Fehler der Gegner, über die Aufrufe oder über die Zänkereien unter Spielpartnern: »Schussel ... Blödmann ...«

Und sie sangen auch Liedchen oder Romanzen, denn, abgesehen von ihrer Liebe zum Gesang, waren viele Melodien, ebenso wie ein gewisses Hüsteln oder Naseputzen, vorher abgesprochene Zeichen.

Es kam auch vor, daß jemand sich ärgerte, wütend vom Tisch aufsprang und beleidigt tat, ja womöglich das Haus verlassen wollte. Aber die anderen drehten die Sache immer ins Lustige, holten den Spielgefährten zurück und zwangen ihn wieder an den Tisch.

Major Guglielmo D'Arienzo, Ingenieur und Freund des Ingenieurs Rossi, hatte seinerzeit begeistert den Platz von Nunziatas Vorarbeiter Giorgio eingenommen, der in eine andere Nudelfabrik gegangen war: Don Francesco Russo hatte ihn zu sich nach Aversa geholt. Es hieß, daß Giorgio seine alte Arbeit freiwillig und gern aufgegeben habe, seit Nunziata für den Trocknungsvorgang anfing, das von Don Vincenzo Cirillo patentierte Verfahren anzuwenden, und später zu jenem der Gebrüder Ricciardi überging. Als dann sein Arbeitsbereich auch noch durch den Ankauf von Maschinen der Gießerei Fratte geschmälert wurde, stand für ihn fest, daß er gehen mußte.

Dies waren jedenfalls die scheinbaren Gründe für Giorgios Verstimmung.

Es gab aber Stimmen, die behaupteten, daß sich die Beziehungen zwischen den beiden genau zu dem Zeitpunkt verschlechtert hatten, da ein gewisser Morgenrock und ein gewisser Bürgermeister ins Blickfeld getreten waren.

In Wahrheit hatten aber die Söhne von Nunziata dem armen Giorgio das Leben schwer gemacht. Als diese erwachsen geworden waren und ihn dank der neuen Techniken nicht mehr brauchten, zeigten sie ihm ganz offen ihre von Kindheit an bestehende, wenn auch bisher unterdrückte, Antipathie.

Der sanfte Giorgio hatte nicht nur die Nudelfabrik und das Dorf verlassen, sondern gleich darauf eine Witwe geheiratet. Das Häuschen mit der schönen Pergola, von der rosa Weintrauben hingen, habe ihm Nunziata gekauft, hieß es.

Lästerzungen behaupteten, Nunziata habe sich mit diesem großzügigen Geschenk für die Jugendfrische revanchiert, die er ihr in der Vergangenheit freizügig gespendet hatte.

Don Guglielmo D'Arienzo war ein wohlbeleibter, rüstiger, überaus sympathischer Mann aus Foggia, eine wirklich rechtschaffene Person. Er war vierundfünfzig Jahre alt, jovial, ein wenig schüchtern und keiner, der gern Befehle erteilte. Dafür besaß er eine wahre Leidenschaft für die Ballistik, die Mechanik, für gewagte Bemerkungen, die französische Sprache, in Alkohol eingelegte Kirschen, Rosinenkuchen ... und für Nunziata. Außerdem für die Fleischklößchen, wie sie sie zubereitete: mit Hackfleisch vom Schwein und vom Rind, ganz frischen Eiern, reichlich Pinienkernen und Rosinen, einem Gläschen Wermut, einem halben Löffelchen im Mörser zerstoßenem Knoblauch, zwei Löffeln geriebenem Schafskäse, leicht angebraten und dann in der bereits eingedickten Soße lange geschmort.

Die größte Tugend des Majors war aber, daß er unverheiratet, ohne Familienpflichten und jederzeit für Tafelfreuden zu haben war. »Major, darf ich Sie einladen? Am Sonntag bin ich ganz allein ... Haben Sie Lust, ein paar Spaghetti mit Muscheln bei mir zu essen?«

Er war auch ein begeisterter Tischgenosse bei den Abendessen, die Nunziata für ihre Freunde nach dem Kartenspiel improvisierte. Don Guglielmo war ganz verrückt nach diesen einfachen und doch fürstlichen Mahlzeiten, die sie dicht beieinandersitzend am Marmortisch in der Küche oder im Sommer draußen am Steintisch unter der ländlichen Pergola neben dem Backofen einnahmen. Er half beim Tischdecken, und wenn dann alles fertig war und sie sich fröhlich um den Tisch drängten, machte er immer wieder eine Pause beim Essen, um die Speisen in höchsten Tönen zu loben und sie in poetischen Anwandlungen endlos zu preisen. Dann ermahnte ihn Nunziata:

»Major, Sie reden zuviel ... Essen müssen Sie ... essen ...« Dann tunkte er glücklich das Brot ein, und das gartenfrische Basilikum duftete wie eine Blume in dem Tonkrug, und die Tomaten schienen in der mit Dost besprenkelten Soße wie aus Wachs, und in der großen gläsernen Salatschüssel schwammen die frischen Büffelmozzarellen wie in einem Aquarium stumm in ihrer weißlichen Milch.

Die Freunde sagten über Don Guglielmo:

»Er ist so albern geworden bei Donna Nunziata ...«

In Wirklichkeit himmelte der Major die sanfte Dame an. Da er allein in einem fremden Ort lebte, praktisch ohne familiäre Bindungen, waren diese Zusammenkünfte für ihn zu seinem Lebensinhalt geworden.

Und Nunziata ließ sich von den galanten Manieren dieses Mannes rühren und freute sich über seine Komplimente, die er stets auf französisch hervorbrachte.

Wenn sie bei ihren Begegnungen eine neue Bluse oder ein frisch gebügeltes Kleidungsstück trug oder nur eine frischgepflückte Blume angesteckt hatte, wirbelte er begeistert mit den Armen herum, spitzte die Lippen, so daß sein schmaler Schnauzbart ganz komisch wirkte, und schwärmte in seinem geliebten Idiom:

»*Madame, vous êtes très charmante … très très charmante.*«

Nunziata verstand nur intuitiv, daß er sie lobte, denn Französisch konnte sie nicht, ja vielleicht nicht einmal richtig Italienisch, aber das fiel nicht besonders auf, da sie häufig schwieg und anstelle von Worten die Intelligenz des Herzens einsetzte. In solchen Fällen reagierte sie gleich kokett kichernd:

»Sie machen wohl Spaß, Major … Ich und charmant … fürs Charmieren eigne ich mich nicht.« Dabei blitzten ihre Augen aber nur so, denn sie fühlte sich keineswegs alt und unansehnlich und fand das Kompliment sehr schmeichelhaft.

Und bei seinem verdeckten, aber kühnen Füßeln unter dem Tisch, zog sie die Beine nicht zurück …

Zumindest nicht gleich … »Das würde sonst einen schlechten Eindruck machen«, sagte sie sich überzeugt. »Ich könnte Don Guglielmo ja verletzen … das möchte ich dem Ärmsten doch nicht antun.«

Außerdem hatten sie und Don Guglielmo ein Lieblingsthema, da er als gelernter Ingenieur aus Liebe zu Nunziata ein leidenschaftliches Interesse für die Teigwarenherstellung entwickelt hatte und vor allem für den Trocknungsvorgang immer bessere Belüftungsmechanismen erfand, die er ihr aufzeichnete.

Wie oft versuchte er nach dem Abendessen, ihr darzustellen, was er sich ausgedacht hatte; dann zeichnete er auf dem noch gedeckten Tisch ein Blatt nach dem anderen voll. Und dabei steckten sie dann die Köpfe zusammen.

An gewissen Sommerabenden zeichnete er unaufhörlich, um nicht mit den anderen Gästen aufbrechen zu müssen ... Die diskrete Lampe unter der Pergola zog unzählige Nachtfalter an, und Nunziata saß mit hochroten Ohren ganz ganz nah neben ihm und verlor sich in Träumen von ganz großartigen Belüftern für ihre Nudeln, aber auch der Major spielte für gewöhnlich darin eine Rolle.

Alfredos Frau Immacolata war nach ihrer Heirat in Nunziatas Haus gezogen. Sie war eine geborene Russo, Tochter des Ciccio Russo und Enkelin jenes Crescenzo, der als blutjunger Mann in Donna Francescas Betrieb als Spitzenabschleifer die Knetmaschine bedient hatte.

»Unbedeutende Leute«, nannte man sie, aber mit ihrer Sägemühle, der Sackfabrik, der Herstellung von Holzkisten für die Teigwaren und ihrem Beitritt in die Faschistische Partei hatten sie sich Achtung verschafft und wurden sogar gefürchtet.

Imma, wie sie im vertrauten Kreis genannt wurde, hatte von Anfang an sehr sachkundig über Getreide und Teigmischungen geredet und Nunziata damit in Alarmbereitschaft versetzt. Immacolata verstand etwas von der Nudelherstellung, sie hatte sich in der Fabrik ihrer Patentante Donna Sisina Setaro umgesehen, die eine Meisterin ihres Fachs war, und außerdem hatte sie wie fast alle Bewohner der sonnenverwöhnten Gemeinde enge Beziehungen zu diesem Gewerbe. Tatsächlich wiesen die Statistiken diese Gegend als den weltweit bedeutendsten Herstellungsort für Teigwaren aus.

Eines Montags im März des Jahres 1932 erschien auch Immacolata im Betrieb.

Nunziata ließ sich den Mißmut nicht anmerken, empfing ihre Schwiegertochter äußerst freundlich und räumte ihr so viel Platz ein wie sie nur wünschte.

Deswegen brachte ihr Immacolata, die vielleicht eine andere Reaktion erwartet hatte, als sie Anfang November eine Reise nach Rom machte, eine Reihe von Geschenken mit: einen Fächer, auf dessen Perkal-Blatt die Spanische Treppe abgebildet war, ein Paar Spitzenhandschuhe, ein Seidentuch, einen Perlmutt- Rosenkranz in einem Porzellandöschen mit Petersdom-Dekoration und, *dulcis in fundo*, ein Blatt mit einem fettgedruckten Satz Mussolinis, den sie schön in Silber hatte rahmen lassen.

Die Schwiegertochter hatte ihren Vater in die Hauptstadt begleitet. Ihre Autoreise hatte auf der Hinfahrt sechs Stunden, auf der Rückfahrt aber neun Stunden gedauert, weil sie Schwierigkeiten mit dem Getriebe gehabt hatten und außerdem auf der langen, engen Straße bei Terracina viele Fuhrwerke hatten überholen müssen. Aber es war trotzdem beeindruckend gewesen, in einem Balilla mit Chauffeur neben dem Vater zu sitzen, der eine jener düsteren, an Bestattungskleidung erinnernden, faschistischen Uniformen trug. Wenn Don Giordano ihnen so begegnet wäre, hätte er gewiß ausladende Beschwörungsgesten gemacht.

Imma hatte ihren Vater begleiten wollen, der zur feierlichen Einweihung einer neuen Straße im Herzen der Hauptstadt eingeladen worden war. Es war eine Straße mit dem erhabenen Namen »Via dei Trionfi«. Immas Vater nun war als Repräsentant der »Campania felix«, des glorreichen Kampaniens, anwesend und jubelte mit den anderen Mitbürgern dem heldenhaften Mussolini zu.

Immacolata war ganz benommen gewesen von all den Dingen, die sie gesehen und erlebt hatte. Vor allem aber hatte sie der vertrauliche Umgang mit Tante und Cousine begeistert, ihren vielgepriesenen Blutsverwandten, deren Gast sie bei diesem Aufenthalt gewesen war.

Nunziata nickte bei den eingehenden Schilderungen der Schwiegertochter sanft und lächelte nachsichtig, als sie die »heiligen Frauen« in Weihrauchwolken hüllte und das hauptstädtische Leben in einem Haus von Ministerialbeamten als wahrhaft aufregend darstellte: Da gab es den Portier in betreßter Uniform, das Dienstmädchen mit Häubchen, Tee und Gebäck mit den Schirmherrinnen von San Vincenzo, Eintrittskarten für die Paraden, Besuche im zoologischen Garten. Und Francesca Bertini hatte sie in einem glänzenden grauen Artena vorüberfahren und einmal im Zobel das Hotel Excelsior betreten sehen.

Nunziata hörte den Erzählungen mit unverändert liebenswürdiger Miene zu und ließ sich nichts von ihrer Belustigung anmerken. Im Innersten nämlich mußte sie herzlich lachen, weil Immacolata mit ihrem dummen Gerede wenig Intelligenz bewies; sie war einfach ein Gänschen.

Geduldig lauschte Nunziata den abgeschmackten Reden über die beiden armen Frauen, die sich weiß Gott wie abmühen mußten, um mit dem Gehalt aus dem Ministerium über die Runden zu kommen und sich Tees, Wohltätigkeit, einen betreßten Portier und ein Dienstmädchen mit Häubchen leisten zu können.

Da wollte ihr doch tatsächlich die Schwiegertochter weismachen, wer eine große Dame war, gerade ihr, die an der Seite Donna Francescas gelebt hatte …

Und als Immacolata dann auch noch anfing, all die Ehrenbezeigungen anzuführen, die der Vater empfangen hatte – er wurde in der Hauptstadt mit »Exzellenz« angesprochen –, da ging in Nunziata eine Art Spaltung der Persönlichkeit vor sich: Ihre leere Hülle blieb höflich und voller Anstand auf dem Stuhl im Eßzimmer sitzen und strahlte unentwegt Sanftheit aus, aber ihr wahres Ich hüpfte mit hochgerafften Röcken im Zimmer herum und lachte wie verrückt.

»Exzellenz, Exzellenz …«

Von ihrer distanzierten Position aus amüsierte sie sich bei dem Gerede köstlich. Sich auf diese Weise einem Gespräch zu entziehen, war eine alte Gewohnheit von ihr und zugleich ihr geheimer Trick. Wie oft hatte einer schon geglaubt, sie fest in der Hand zu halten, ohne zu wissen, daß sie gar nicht anwesend war. Sie hielt sich anderswo auf, und wenn dann die Falle zuschnappte, wurde sie nicht erfaßt.

Der so überaus edel eingerahmte Propagandazettel von Mussolini, von dem der Papst sagte, daß ihn die Vorsehung geschickt habe, enthielt einen eigenhändig unterschriebenen emphatischen Satz, den Mussolini bei seiner Ansprache zur Einweihung eben jener Via dei Trionfi gesagt hatte: »Italien muß zu Wasser, zu Lande, am Himmel, in der Materie und im Geiste an führende Stelle treten.« Der Text war gedruckt, aber die Unterschrift war seine eigene.

Das kostbare Stück wurde in die Villa gebracht und bekam dort im Salon auf einer der vergoldeten Konsolen einen Ehrenplatz, den es behielt, bis der Faschismus zusammenbrach.

Als der Faschismus zu Ende war, lag das seines Rahmens beraubte Kärtchen schließlich zwischen Krimskrams und Gebetbüchern in einer Schublade, wo es 1946 ein Enkel Nunziatas fand und anderweitig verwertete.

Der Junge brauchte Geld für eine dringende und geheime Sache und verkaufte die Reliquie einem Offizier der alliierten Streitkräfte.

Der Hauptmann, der italienischer Abstammung war, wohnte in jenem größeren Teil der Villa, den die Amerikaner requiriert hatten und den das Militär während seines Aufenthalts übel zurichtete. Am schlimmsten beschädigt wurden der Fußboden des Portikus, wo Feuer angezündet worden war, und die lebensgroßen exotischen Figuren im chinesischen Salon, an denen sich die Soldaten, wenn sie betrunken waren, im Scheibenschießen übten.

Gleich nach dem Verkauf rief Nunziatas Enkel einen Freund herbei. Sie setzten sich in die Vesuvbahn und fuhren stillschweigend und voller Vorfreude bis nach Neapel.

Um vier Uhr liefen sie die Via Nardones im Stadtteil Toledo hinauf, und um Viertel nach vier machten sie von den tausend »Am-Lire«, die der Handel eingebracht hatte, einen ihrem Alter entsprechenden, sehr heilsamen Gebrauch.

Der Traum aller Nudelfabrikanten war eine Endlospresse, eine Art Zaubermaschine mit Werkteilen zur Dosierung von Mehl und Wasser und automatisierten Herstellungsprozessen, einschließlich des Trocknungsvorgangs, die auf engstem Raum und mit wenig Arbeitskräften hygienisch einwandfrei und mit minimaler Unfallgefahr eine regelmäßige Produktion ermöglichte.

Major D'Arienzo war der erste, der Nunziata von einer Maschine erzählte, die dieser Vorstellung schon sehr nahe kam, und zwar wurde sie in der Provence, in Toulouse, von einer Fabrik hergestellt, die auf Maschinen für die Teigwarenherstellung spezialisiert war, die Mécanique Méridionale. Er zeigte ihr die Zeichnung des Prototyps in einer seiner Zeitschriften.

Es handelte sich um eine Endlospresse, allerdings ersetzte sie weder Knetmaschine noch Transportschnecke, und es war immer noch eine Abstimmung der Arbeitsvorgänge nötig.

Es handelte sich also noch nicht um die lange ersehnte, vollkommen selbständig arbeitende Wundermaschine, aber immerhin war sie ein großer Fortschritt in dieser Richtung.

Don Guglielmo war so von ihr begeistert, daß er Nunziata heftig bedrängte:

»Machen wir doch eine Reise nach Frankreich. Gehen wir nach Toulouse und sehen uns das Ding bei der Mécanique Méridionale genau an ... Ich begleite Sie ... Die Haute-Garonne ist so lieblich ... *C'est adorable*, all die Flüsse ... Die Kirche von Saint-Sernin ist die größte romanische Kirche Frankreichs ...« Und er schwärmte von einer Bibliothek mit Büchern, die er schon immer sehen wollte ... antike Bände sagte er, in Langue d'oc, und Nunziata wußte wirklich nicht, was das für eine Sprache sein sollte.

Sie ließ dem Major seine Träume von einer Reise nach Toulouse und einem Besuch bei der Mécanique Méridionale, und manchmal glaubte sie sogar selber daran. Sie war nicht viel gereist, selbst in Neapel war sie nur wenige Male gewesen, aber Donna Francesca war zu ihrer Zeit häufig nach Marseille gefahren und sogar bis nach Rußland, nach Taganrog, gekommen.

Nunziata plante während ihrer Tagträumereien ihre Reise bis in alle Einzelheiten und kümmerte sich auch um würdige Begleitpersonen. Donna Virginia, die seit so vielen Jahren bei ihr als Schneiderin arbeitete, sollte als Anstandsdame mit einem schönen Hut auf dem Kopf neben ihr im Zug nach Frankreich sitzen und ebenso ihr Kutscher Aniello, der Sohn des seligen Gerardo. Aniello durfte seine Schirmmütze aufbehalten, oder vielmehr, sie würde ihm eine neue mit Goldlitzen kaufen; aber seine Koteletten würde er abrasieren müssen, damit er nicht wie ein Mörder aussah.

Einmal war sie in ihrer Phantasie schon so weit gegangen, daß sie den Tag der Abreise sehr nahe gerückt sah und eines Morgens im Betrieb sehr freundlich und mit roten Flecken im Gesicht Immacolata und ihren Söhnen davon erzählte. Daß diese nicht einverstanden sein würden, darauf war sie gefaßt gewesen. Auch, daß sie ihr liebevoll lächelnd sagen würden, daß ihre Gesundheit in letzter Zeit nicht gerade die beste gewesen sei und dies kein günstiger Augenblick für eine Reise sei. Aber es erstaunte sie doch, wie ablehnend und wütend und vor allem höhnisch sie auf die Idee des Majors D'Arienzo reagierten, der ihr angeblich solche Flausen in den Kopf gesetzt hatte. Es war gerade so, als habe er sie zu irgendeiner bösen Tat verleiten wollen.

Diese respektlose Feindseligkeit wunderte sie zwar bei ihrer Schwiegertochter nicht, denn die hatte sie hinter bestimmten Aussprüchen und Haltungen schon vermutet. Daran konnte sie nichts ändern, und es war ihr auch gleichgültig. Aber daß auch ihre Söhne so reagierten, bestürzte sie. Zum ersten Mal konnte sie sich nicht wie früher mit ihnen verständigen. Zum ersten Mal waren sie nur noch Personen und nicht mehr ihre Söhne.

ES WAR ZWEI Uhr nachmittags, als die kleine Kutsche durch die Allee der Villa langsam zum Tor hinausfuhr. Nunziata machte sich zum Gehöft der Hebamme Giuseppina Balzano auf, um bei ihr Paprikaschoten in Flaschen einzulegen. Unter ihren Beinen lagen vier Kisten mit gelben und roten Schoten.

Es war schon Ende September, aber die Sonne schien noch kräftig. Durch den Pinienhain schimmerte golden das gefilterte Licht. Die Allee wirkte mit ihren Bäumen und den luftigen, lichten Stellen wie ein byzantinisches Kirchenschiff.

Die Schönheit der Natur, der zarte Windhauch in ihrem Gesicht, das sanfte Holpern der Kutsche lullten Nunziata ein. Ihre Stimmung hellte sich auf, und ihre Gedanken kamen wieder ins Lot.

Der Familienzwist ließ sich nicht verhehlen, aber er war kein Drama. Er war eben eine Tatsache, und eine Tatsache ließ sich nun einmal nicht aus der Welt schaffen, das stand sogar in der Bibel. Es war also falsch, so zu tun, als wäre nichts, und über das Geschehene nicht einmal zu sprechen. Außerdem wurde doch schon im Dorf gemunkelt, daß Nunziata sich von dem Betrieb und ihrem Haus fernhielt und sich in der Villa ins freiwillige Exil begeben hatte.

Keiner aus der Familie hatte es jemals klar und deutlich ausgesprochen, keiner hatte ihr vorgeschlagen oder ihr befohlen, nicht mehr in die Nudelfabrik zu kommen. Sicher, schon vor ihrer Krankheit in diesem verfluchten Jahr 1937 – von der sie sich aber Gott sei Dank erholt zu haben schien – war es im Alltag bei der

Arbeit immer wieder vorgekommen, daß man ihre Anweisungen nicht befolgte oder diese erst noch von höherer Stelle genehmigt werden mußten.

All dies hatte sie mit Schweigen quittiert, so wie es eben ihrer scheuen und höflichen Art entsprach – heftige Wutanfälle waren nie ihre Sache gewesen. Ihre Hände aber, die hatten rebellisch gezittert.

Dann hatten ihre Söhne, die in ihrem Dünkel alles an sich reißen wollten, ihre Machtgier mit liebevoller Fürsorge bemäntelt. Sie wollten sie nur schonen, sagten sie, weil sie ja gesehen hätten, daß sie die schwere Arbeit nicht mehr wie früher bewältigte, als sie noch unerschöpfliche Kräfte besaß.

Daß sie seit jenem Tag im Januar bei der Arbeit oft blaß und abgespannt aussah, stimmte. Aber sie wußte genau, daß es ihren Kindern nicht nur um ihre Gesundheit ging. Die Fakten sahen ganz simpel aus: Ihre Saison war der Herbst, und ihre Sonne war am Untergehen. Diese Tatsache war so alt wie die Welt, und sie wußte, daß sie sich eines Tages zurückziehen mußte, aber doch nicht so früh – sie spürte ihre neunundfünfzig Jahre kaum, auch wenn sie manchmal ein bißchen außer Atem geriet.

Sie hatte sich möglichst still und unaufdringlich verhalten, in Wirklichkeit verlor sie aber immer mehr an Boden und bewegte sich rückwärts wie ein Krebs, während Immacolata vorwärtsdrängte.

Schon gleich nach der Hochzeit hatte diese Schwiegertochter ihre schwarzen Flügel ausgebreitet und ihren Herrschaftsbereich über Haus, Vorratskammer, Wäsche und Silberzeug erstreckt. Nunziata hatte ihr großzügig immer mehr Raum gewährt, aber dann wollte Immacolata, die schon so viel Macht an sich gerissen hatte, auch noch die letzte Grenze überschreiten, hinter der sich Nunziata sicher gefühlt hatte, und in ihren Zauberkreis eintreten. Und auch aus dem hatte sie sie inzwischen verdrängt. Nach jenem ersten Ohnmachtsanfall kam der Dolchstoß mit den gekoppelten Unterschriften für die Bankkonten. Eine reine Formalität, wie Immacolata dies freundlich ausdrückte, die angesichts ihrer angegriffenen Gesundheit mehr als gerechtfertigt sei.

Das waren alles nur Lügen. Denn Immacolata hatte schon vor Nunziatas Krankheit den berühmten Geldschrank kommen lassen, und sie stellte die Kombination nach ihrem Belieben ein, ohne ihr die neuen Zahlen mitzuteilen. So war auch das Geld, das Nunziata vorher in ihrer Schreibtischschublade aufbewahrt hatte, für sie nicht mehr verfügbar und wurde für irgendwelche Zwecke verwendet, die sie nicht kannte.

Es stimmte wohl, daß sie manches davon den Montorsis zugesteckt hatte, aber doch nie solche Beträge, von denen Immacolata fabelte. Nunziata war sich sogar sicher, daß der unsympathische Tresor angeschafft worden war, nachdem Meister Tore die schöne Grabkapelle der Montorsis, die am Einstürzen gewesen war, auf ihre Kosten wiederhergerichtet hatte.

Das Vermögen lief zwar immer noch auf ihren Namen, aber um des lieben Friedens willen konnte sie keine einzige Lira ausgeben, ohne vorher zu fragen und genau zu erklären, wofür sie das Geld brauchte. Rocco, Rucchetiello, ihr Vorarbeiter, der von Kindesbeinen an bei ihr war, ließ sich, wenn sie zu zweit hinter den zum Trocknen aufgehängten Nudelgirlanden standen, immer wieder zu Wutausbrüchen hinreißen:

»Donna Nunzià, Sie sind hier immer noch die Herrin im Haus … schmeißen Sie doch alle raus … Gutmütig zu sein ist eins, Donna Nunzià … Aber anschmieren lassen dürfen Sie sich nicht.«

Von Januar bis Anfang August hatte sie mit diesen beschämenden Einschränkungen gelebt. Dann hatte sie an einem heißen Donnerstag zwischen aufgereihten Spaghetti, die regelrecht nach Meer und frischen kräftigen Muschelsoßen verlangten, gewagt, Alfredo um 233 Lire zu bitten, die sie dringend brauchte. Dafür hatte sie dann ein Verhör über sich ergehen lassen müssen, auf das eine Ablehnung folgte, was Immacolata vor Wut schnauben ließ.

Von da an hatte sie die Nudelfabrik nie mehr betreten. Sie blieb höflich und versöhnlich und ließ sich ihre Verdrossenheit nicht anmerken, aber ihr Umzug in die Villa kam einer Meuterei gleich.

Als ihre Söhne sie dann dort besuchten, erwartete sie anfangs, daß sie Erklärungen fordern und sie zurückrufen würden, und sie hatte sich schon ausgemalt, wie sie ihnen zuerst ablehnend antworten und dann doch nachgeben würde. Aber dazu hatte ihr keiner je Gelegenheit gegeben. Es kam nie auch nur andeutungsweise zu einer Auseinandersetzung, alle taten so, als wäre nie etwas geschehen, als wäre alles allein ihre Entscheidung gewesen, die sie jederzeit hätte rückgängig machen können.

Auf ihr Schweigen zu dem Thema erntete sie nur ebensolches tiefes Schweigen, das ihr allerdings wie Hohn in den Ohren dröhnte.

Imma gab sich äußerst zuvorkommend und liebenswürdig, besuchte sie häufig, brachte ihr wohlschmeckende Torten, Maronenmarmelade, Zeitschriften mit Stickmustern, bereits gerösteten Kaffee. Und Nunziata nahm diese Gaben, die sie in Wirklichkeit wie Ohrfeigen empfand, freundlich an.

Auf dem Weg von der Villa zum Haus Donna Giuseppina Balzanos fuhr Nunziata an ihrer Fabrik vorbei, wo auch im Freien geschäftiges Treiben zu beobachten war. Aniello hatte diesen anderen Weg auf eigene Initiative gewählt, da es inzwischen eine Verbindungsstraße zwischen der Via Maresca und der weiter oben verlaufenden Straße gab und man über diese Abkürzung schneller zu dem Gehöft gelangte. Und außerdem hatte er gedacht, daß es ihr Freude machen würde. Vor dem Betrieb hatte der Kutscher sich zu Nunziata umgedreht, um auf einen eventuellen Wink von ihr anzuhalten. Aber der Wink war nicht gekommen, und so waren sie an den Arbeitern einfach vorbeigefahren. Die waren gerade dabei, auf den Gehsteigen Nudeln aufzuhängen, und hatten ihre Arbeit unterbrochen, um sie zu begrüßen, und jetzt, da der Wagen nicht anhielt, blieben sie verdutzt stehen und sahen sich ratlos an.

Aber Nunziata wollte nicht bei der Nudelfabrik haltmachen. Wahrscheinlich weinten ihr sowieso nur wenige Arbeiter nach, unter ihnen Rocco.

Rocco hätte sich gefreut, sie hier zu sehen, ihre eigenen Söhne dagegen nicht. Sie sahen es gern, wenn sie zu Besuch kam, aber sie wollten nicht, daß sie sich in den Produktionsalltag einmischte.

Wenn sie angehalten hätte, hätten sie Nunziata gewiß freudig begrüßt und sogar ein paar Ratschläge von ihr eingeholt, um Respekt vorzutäuschen.

Aber wenn sie gewisse Grenzen überschritten hätte, hätten sie sich – wie berührungsempfindliche Pflanzen – feindselig auf ihre Position zurückgezogen.

Früher waren sie traurig gewesen, wenn sie sich auch nur für ein paar Stunden von der Fabrik entfernte, jetzt forderten sie Nunziata regelrecht zum Fernbleiben auf …

Was für eine glückliche Zeit war das damals gewesen, als ihre blutjungen Söhne Schulter an Schulter mit ihr wie Freunde, fast Komplizen, die alltäglichen Aufgaben verrichtet hatten.

Aber bald schon hatten sie geheiratet, und allzu viele Dinge hatten sich verändert und ihr Bündnis zerstört. Und schließlich hatten sie nur noch gedrängt:

»Mama, warum ruhst du dich nicht aus, du hast doch genug gearbeitet … Der Arzt sagt, daß du auf deine Gesundheit achten mußt …«

TRÄGE SCHAUKELND KEHRTE die kleine Kutsche zurück und brachte Nunziata zur Villa. Der Ausflug war kurz gewesen, er hatte kaum mehr als eine Stunde gedauert, und die friedliche Herbstsonne schien noch hell.

Nunziata dachte, daß es eigentlich noch zu früh war für die Heimkehr, aber dann hatte sie trotzdem dem Kutscher befohlen zurückzufahren. Sie war mit der Absicht aufgebrochen, Signora Scassillo zu besuchen und ihr ein wenig Trost zu spenden, aber dann hatte sie es sich doch anders überlegt. Sie fühlte sich dieser Begegnung nicht gewachsen, denn sie hätte tröstende Worte für den furchtbaren Verlust des zwanzigjährigen Sohnes Carminuccio finden müssen, der im Vorjahr bei jenem Feldzug nach Äthiopien mitten unter den Schwarzen gefallen war, »der arme Bub …«. Also hatte sie Aniello gebeten umzukehren:

»Aniè, heute ist Samstag, ich muß noch das Abendessen für morgen vorbereiten, ich muß kochen, fahren wir zurück.«

Es hatte aber nichts mit dem Abendessen zu tun. Im Gegenteil. Seit der Major vor drei Jahren seinen Dienst quittiert hatte und zu seiner Schwester nach Foggia gezogen war, machte es ihr längst nicht mehr so großen Spaß, Mahlzeiten zuzubereiten.

In Wirklichkeit war sie schon seit Tagen traurig und schlechter Laune, weil der Major ihr einen Brief mit einem Zeitungsausschnitt geschickt hatte.

Der Major hatte ihr einen langen Brief geschrieben, in dem eine ganze Seite nur von der Nudelfabrikation handelte. Sie hätte dies gern Alfredo zu lesen gegeben und ihm auch den beiliegenden Ausschnitt aus der Zeitschrift gezeigt.

Major D'Arienzo schrieb wie er sprach, es war wirklich ein Vergnügen, seine Briefe zu lesen, Nunziata empfing sie immer sehr gern, auch wenn sie ihm gesagt hatte:

»Ich werde Ihnen aber nie antworten, Major.«

Der Ausschnitt aus der Zeitschrift zeigte die ziemlich große und sehr deutliche Fotografie einer Serie von Maschinen, und darunter erläuterte die Bildlegende: »Die erste automatische Anlage zur Herstellung von Teigwaren, konstruiert von der Firma Ingenieur Dr. Mario und Giuseppe Braibanti, Mailänder Messe 1937.«

Der Major bat sie inständig, sich mit den Vertretern der Firma Braibanti in Verbindung zu setzen oder ihre Söhne dorthin zu schicken, damit sie die Anlage aus der Nähe betrachten und sie bestellen konnten ... »um technisch nicht hinterherhinken zu müssen«, wie er meinte.

Aber der Major kannte nicht all die Probleme, die Nunziata mit ihren Angehörigen hatte, er wußte nichts von den zerrissenen Familienbanden, von ihrem Verzicht, ihren gesundheitlichen Problemen und ihrem Umzug in die Villa.

Der Major konnte nicht ahnen, daß sie mit ihren Söhnen nicht mehr über Teigwaren sprach. Aber gewiß hatten auch sie von der Präsentation auf der Mailänder Messe gehört und vielleicht sogar die Fotografie gesehen. Man konnte nicht behaupten, daß die Söhne nicht alles aufmerksam verfolgten, auch sie machten diese Arbeit aus Leidenschaft.

Nunziata hatte den Zeitungsausschnitt auf ihren Nachttisch gelegt und betrachtete ihn immer wieder. So weit sie sehen und verstehen konnte, waren alle Vorrichtungen eingebaut: die Mischmaschine, die Teigknetmaschine, die Transportschnecke, der Preßkopf. Alles war so, daß man auf der einen Seite die Ausmahlung einfüllte und auf der anderen die fertigen Nudeln herauskamen. Ganz genau so, wie der Major ihr vorschwärmte ...

»Was für ein Wunderwerk ...«

Aber nachdem sie die Konstruktion genau angesehen und ihre Funktionsweise verstanden hatte, kamen ihr die stolzen Worte Donna Francescas in den Sinn:

»Ich verstehe mein Handwerk ... ich brauche nur Wasser, Mehl und die Sonne ... und die Piemontesen können mir nicht ans Zeug, denn sie haben zwar Wasser und Mehl, aber sie verstehen nichts vom Handwerk und haben auch keine Sonne ...«

Diese Anlagen, mit denen auch das Trocknen automatisch erfolgte, waren jedoch zukunftsweisend – mit ihnen konnte jedermann überall Nudeln herstellen.

Wie oft hatte sie in jenen Tagen den Artikel hervorgeholt und fasziniert das Foto betrachtet. Eines Nachts träumte sie von der automatischen Schneckenpresse in voller Aktion. Rings um die Anlage, die unaufhörlich wie verhext Wasser und Grieß schluckte und endlos Nudeln ausspuckte, drängten sich die Arbeiter in ihren üblichen Lumpen. Aufmerksam verfolgten sie den hektischen Arbeitsrhythmus der geheimnisvollen Zaubermaschine und hoben immer wieder ungläubig den Blick, um sie anzusehen, und aus ihren tiefen Augenhöhlen sprach Bestürzung.

Der November jenes Jahres 1937 war mild, der Dezember ebenfalls. In der Villa blühte Nunziata wieder auf, und sogar ihr Herz verhielt sich ruhig.

Anfangs war das Exil hart für sie gewesen, und in ihren schlaflosen Nächten wurde sie oft von schlimmen Gedanken gequält, die sie wie Turnierreiter mit geschlossenem Visier überfielen.

Sie wehrte die Schläge mit ihrem Instinkt ab und in der Hoffnung, daß alles wieder gut werden würde. In ihrer einfachen Existenz war sie vorher nie auf den Gedanken gekommen, daß sie nicht mehr auf der Sonnenseite des Lebens stehen könnte. Und jetzt hatte sie Angst vor dem Tod, vor Verzweiflung, Melancholie und seelischen Zuständen, die sie zuvor nie gekannt hatte.

Nachdem ihr im Betrieb die Zügel aus der Hand gerissen worden waren, die ihr auch im Leben Halt gegeben hatten, kam sie sich plötzlich nutzlos vor. Monoton zerrannen ihr die Tage zwischen den Fingern wie Glasperlen eines Rosenkranzes. Sie fühlte sich wie gelähmt.

Die Bilanz ihres Lebens erschien ihr völlig negativ, und sie selber fühlte sich wie eine Null.

Aber damit hatte sie nicht recht, denn sie hatte ihr Leben lang vielen Menschen Freude gebracht und sich vieler Personen angenommen.

Doch ihre Unzufriedenheit, von denen die anderen übrigens kaum etwas bemerkt hatten, dauerte nicht ewig. Sie tröstete sich mit allerhand Nebenbeschäftigungen, widmete sich dem Sticken, den Blumen, den Marmeladen, dem Kartenspiel und ihren Enkeln, die sie liebte und zu denen sie eine sehr innige Beziehung hatte. Und ihre besondere Liebe galt Mariano, der oft so weit weg war und ihr vielleicht gerade deshalb als Stütze erschien; sie kümmerte sich um die Bäume in der Allee, den Eukalyptus, die Mimose, den Jasmin, um die Pinien und die Arbeiter, die sie regelmäßig besuchten und dann verlegen schwiegen, ihr aber beim Abschied die Hand küßten.

Am häufigsten kam Rocco, und wenn sie ihn bat, sich nicht die Mühe zu machen, antwortete er:

»Donna Nunzià, ohne Sie ist alles so trostlos.«

Rocco konnte Nunziatas Verzicht wirklich nicht verstehen, und sie versuchte, ihn zu beruhigen:

»Mach dir keine Sorgen, ich komme schon wieder.«

Aber sie hatte sich nie mehr in der Nudelfabrik blicken lassen und nicht einmal mehr ihr Haus im Dorf betreten. Auch nicht zu dem Fest der Heiligen Jungfrau vom Schnee, das am 22. Oktober gefeiert wurde. Diese dunkelhäutige byzantinische Madonnenfigur, ein farbiges Basrelief aus Terrakotta aus dem vierzehnten Jahrhundert, war einst von Christen auf der Flucht aus dem von Invasionen verwüsteten oströmischen Reich ins italienische Asyl mitgeführt worden. Aber dieses heilige Bildnis, das auf einem Schiff mitreiste, versank bei einem türkischen Überfall oder einem Sturm im Mittelmeer. Später hatte man die schiffbrüchige Madonna wieder aus den Tiefen des Meeres geholt.

In der engen Welt des Ortes galt sie als die Madonna der Madonnen.

Sie wirkte heiter mit ihrer edelsteingeschmückten hohen Krone und hatte etwas so Mädchenhaftes an sich, daß das Jesuskind, in Wirklichkeit schon ein ausgewachsener Knabe, gar nicht wie ihr Sohn aussah. »Sie sehen aus wie Bruder und Schwester«, sagten die Gläubigen.

Es war eine farbenfrohe Figur: Das grüne, himmelblaue, goldene Email hatte in all den Jahrhunderten tröstliche Hoffnung gespendet, wenn der Vesuv wieder einmal wütete und der Himmel sich vom Ascheregen verdunkelte und die Prozession unter Psalmengesang zum Berg zog, um ihn zu besänftigen.

Das Madonnenbildnis, das von Erinnerungen an die glühende Lava gezeichnet war, die die Füße des Kindes und die Hand der Mutter angesengt hatte, bevor sie wunderbarerweise zum Stillstand kam, trug das Siegel dieser Gegend, wo Lebensglück immer zugleich auch Lebensgefahr bedeutete und jeder Tag intensiver gelebt wurde als anderswo.

Es war für Nunziata ein schwerer Verzicht und wie ein böses Vorzeichen, an diesem Fest nicht teilnehmen zu können. Sie hätte gerne auf den Balkonen ihres Hauses gestanden, die zu dieser Festlichkeit mit Tüchern aus San-Leucio-Seide und prunkvollen, aber geschmacklos bestickten Tüchern der Schwiegertochter geschmückt waren.

Es gefiel ihr, die Geistlichen in ihren roten Soutanen, den Bischof, die Engel, die Stadtgarde mit dem schwarzen Federbusch auf dem Hut und dem gezogenen Schwert vorbeiziehen zu sehen. Und sie liebte es, wenn Kommandant Balzano unter ihrem Balkon vorbeikam, den Blick hob und die Klinge aufs Herz legte, bevor er unter den blumengeschmückten Bögen hindurchging.

Alle Männer, die etwas zählten, verneigten sich, wenn sie ihr Haus passierten und sie erblickten. Dann zogen sie den Hut, und selbst der Bischof deutete eine Segnung an.

Früher einmal waren ihre eigenen Söhne vor dem Heiligenbild hergegangen. Sie trugen damals die Kleider ihrer Bruderschaft mit den kurzen engen schwarzen Hosen, den roten Kniestrümpfen und dem Lederbeutel um den Hals, der den Druck der hohen Fahnenstangen auf der Brust dämpfte. Dabei guckten sie aufmerksam auf die Stangenspitze und paßten auf, daß der Federbusch auf dessen Spitze nicht zu sehr hin- und herschwankte. Sie erlaubten sich keine Unachtsamkeit, als sie an ihr vorüberzogen, sie blickten nicht auf die herunterschauenden Gäste und Familienmitglieder hinauf, auch nicht auf sie, die aus alter Tradition Blütenblätter und Konfetti in die Luft warf, die sie an Winterabenden beim Rezitieren des Gloria Padre ausgeschnitten hatte. Denn nur wenn man dieses Gebet aufsagte, würden die lustigen Konfetti zur rechten Zeit herunterflattern und die Gebete aufsteigen.

In jenem Jahr hatte sie auf alle ihre Riten verzichtet, nur am frühen Morgen war sie auf einen Sprung in die Kirche gegangen und hatte auch einige der prächtig mit Blumen geschmückten Kutschen gesehen, die aus Neapel kamen und aus denen gleich gekleidete junge Mädchen ausstiegen, die während der Prozession aufreizend das Tamburin schlagen und laut singen würden.

Don Giordano hatte die jungen Frauen einst mit den Augen verschlungen. Hingerissen verfolgte er den Zug von der fahnengeschmückten Loge aus, um mit den anderen Honoratioren zu entscheiden, welche Gruppe die goldbestickte Standarte am meisten verdient hatte. Und dann lud er die Gewinnerinnen zum Bankett in der Casina Rossa ein, dem einsam gelegenen Gasthaus steil über dem Meer.

Aber eines schönen Tages war ihm die Sache teuer zu stehen gekommen. Um sich das Schweigen eines jener Mädchen, das mit einer geschmückten Kutsche aus dem Sanità-Viertel gekommen war, zu erkaufen, mußte er erst dramatische geheime Verhandlungen mit einem Blutsverwandten von ihr durchstehen, der ihm eine Messerstecherei androhte, wenn er seinen finanziellen Forderungen nicht nachkam.

Das war in dem segensreichen Jahr 1883 gewesen, als die neue

Mühle fertig wurde und das Datum in unauslöschlichen schmiedeeisernen Ziffern über dem Bogen des Eingangstors angebracht wurde. Damals war Donna Francesca vierunddreißig und Don Giordano neununddreißig Jahre alt gewesen.

Das war eine weit zurückliegende Geschichte, die damals totgeschwiegen wurde. Mariuccia hatte sie Nunziata kurz vor ihrem Tod erzählt.

ZU DEN FREUDEN ihres Exils zählte für Nunziata, daß sie ungehindert Besuch von den Montorsis, und insbesondere von Mimmina, bekommen konnte. Wann immer diese ihr Haus verließ, kam sie zu ihr herauf, und dann schwelgten sie in Erinnerungen an Federico.

Am 6. Januar, dem Geburtstag Francescas, ging Mimmina zur Gedenkmesse in die Kapelle der Montorsi, und blieb auch zum Mittagessen in der Villa. Nunziata hatte zur Feier des Tages Plätzchen vorbereitet und freute sich wie jedesmal auf ihren Besuch.

Nicht einmal das ständige Gejammer Mimminas, die nie wußte, wie sie das nötige Geld zusammenkratzen sollte, konnte Nunziatas Vergnügen an diesen Begegnungen trüben.

Gewiß konnte Nunziata zu jener Zeit nicht viel für Federicos Witwe tun, dabei war Mimmina gerade jetzt wegen gewisser Schulden in großer Sorge. Sie hatte sich Geld bei dem Wechsler Don Felice geliehen, der ein Wucherer war. Es sei im Laufe der Zeit durch die Wucherzinsen eine ganz schöne Summe zusammengekommen, sagte Mimmina, ohne allerdings den genauen Betrag zu nennen.

Nunziata versuchte, Geld zusammenzubekommen. Über Donna Virginias Neffen Espedito verkaufte sie ein Porträt eines Vorfahren Don Giordanos, ein Damasttischtuch für vierundzwanzig Personen und das Sèvres-Kaffeeservice, das ihr einst Don Paolo geschenkt hatte. Sie händigte Mimmina das ganze Geld aus, aber es schien nur zur Abzahlung bereits fällig gewordener Zinsen auszureichen.

Die Sèvres-Täßchen hatten immer in der großen Vitrine im Hirtenjungenzimmer gestanden, und Nunziata mußte Gläser, Etageren, Tassen und Fruchtschalen im Schrank herumrücken, damit das Verschwinden des Services nicht auffiel.

Aber Immacolata bemerkte es trotzdem.

Donna Virginia kümmerte sich um den Verkauf der Bettücher mit sizilianischer Durchbrucharbeit und der zwölf Handtücher mit Makramee-Borten. Der Erlös war nur gering, um so bedeutender war das Aufsehen, das diese ganzen Geschäfte erregten.

»Donna Nunziata verkauft alle Sachen aus der Villa ...« Auch Donna Cira erfuhr davon und meldete es ihrer Tochter. Doch Immacolata schimpfte diesmal nicht und zeigte keine Wut. Als ihre Mutter zu Ende gesprochen hatte, sagte sie seelenruhig nur acht Worte:

»Ich lasse sie in den nächsten Tagen entmündigen.«

Nunziata ahnte natürlich nichts von den Absichten ihrer Schwiegertochter, sie machte sich nur Sorgen wegen der Schulden Mimminas:

»Wenn ich sterbe«, dachte sie, »landet Mimmina im Schuldturm, die Ärmste.«

Aber Mimmina hatte ein dickes Fell. Nachdem sie ihre Sorgen auf Nunziata abgewälzt hatte, tat sie so, als gehe sie das Ganze nichts mehr an.

Nunziata hingegen überlegte Tag und Nacht, wie sie das Geld herbeischaffen konnte. Schließlich mußte es doch einen Weg geben, an Geld zu kommen, ohne daß ihre Söhne etwas davon erfuhren. Als ihr der rettende Gedanke kam, teilte sie ihn Mimmina sofort mit:

Donna Francesca hatte der wundertätigen Madonna in der Kirche, die zu Don Agostinos Gemeinde gehörte und sich auf der Straße nach Camaldoli befand, für eine empfangene Gnade ihre großen Brillantohrringe gespendet. Das war vor vielen Jahren gewesen, als Don Giordano auf dem Weg nach Vico Equense ganz nah an einem Abgrund aus der Kalesche geschleudert worden und beinah hinabgestürzt wäre.

Das Geschenk war dem damals blutjungen Don Agostino ausgehändigt worden, der jetzt, als Achtzigjähriger, noch immer in der Kirche tätig war. Die Brillanten blinkten noch immer am Bildnis der Madonna.

Warum, sagte sich Nunziata, sollte man sich nicht von den anderen Erben eine Verzichtserklärung verschaffen und sich dann vom Pfarrer die Brillanten zurückgeben lassen?

Mimmina, die sonst immer so schwerblütig war, brach bei diesem Vorschlag in schallendes Gelächter aus und wiederholte, während ihr vor Lachen die Tränen herunterliefen, immer wieder mit erstickter Stimme:

»Nunzià, du bist vollkommen verrückt ... vollkommen verrückt ...«

Nunziata glaubte aber nicht, daß sie den Verstand verloren hätte. Nicht einmal, als Mimmina von einem Sakrileg sprach.

»Warum denn?« fragte Nunziata. »Die Madonna ist wie eine Mutter, und wenn eine Mutter etwas hat – die Madonna hat ja die Brillanten Donna Francescas –, dann gibt sie es gern ihrem Kind, das nichts hat.«

Für sie war alles klar, Donna Francesca hatte eine Schenkung gemacht, weil sie es sich leisten konnte, und Mimmina war jetzt bedürftig und holte sich das Geschenk zurück.

Die Nachkommen Federicos hätten allein von dem Schmuck, den Donna Francesca für sämtliche Heiligen im Umkreis gespendet hatte, in Saus und Braus leben können.

Wie dem auch sei, Nunziata gelang es, Mimmina mit ihrer sanften Hartnäckigkeit zu überzeugen, und eines schönen Tages machten sie eine Fahrt mit der Kutsche, um Don Agostino auf den Zahn zu fühlen. Während sie warteten, bis der rüstige Priester mit der Abnahme einer Beichte fertig war, betrachteten sie die Brillanten Donna Francescas, die an den Ohren der Madonna funkelten. Aber als Don Agostino sie dann empfing, verriet er ihnen, daß die Steine falsch waren und er die echten vor dreißig Jahren verkauft hatte, um die Kirche renovieren zu können.

Bevor sie dann, von dem Priester begleitet, aufbrachen, gingen sie noch einmal in die Kirche, um einen letzten Blick auf die

Madonna zu werfen, und dabei fing Mimmina mit leiser Stimme schon wieder mit ihrem Gejammer an:

»Du bist an allem schuld. Siehst du, was wir jetzt für einen schlechten Eindruck gemacht haben? Immer dein Dickschädel.«

Als der Pfarrer und Mimmina schon auf den Kirchplatz hinausgegangen waren, kniete sich Nunziata noch einmal betend vor die Madonna. Und sie sah, wie die Brillanten im Kerzenschein so prachtvoll funkelten wie die, die Donna Francesca einst an Festtagen getragen hatte.

Es war Donna Virginia, die die gute Nachricht zur Villa brachte. Nunziata hatte sie als Botschafterin und Botin mit 350 Lire zu Mimmina geschickt.

Donna Gelsomina habe, berichtete die Schneiderin, da Don Felice wirklich ganz unverschämte Wucherzinsen gefordert habe, ihrem Sohn von den Schulden erzählt, und ein paar Tage später habe der nach Abschluß irgendwelcher geheimer Geschäfte zum Glück genau die Summe verdient und damit alle Schulden seiner Mutter abgegolten.

Mehr wollte Nunziata nicht wissen, auch nicht, warum Mimmina, nachdem ihre Schulden nun bezahlt waren, den Umschlag mit den 350 Lire behalten hatte. Instinktiv war Nunziata darauf bedacht, ihren Seelenfrieden zu wahren und sich keinesfalls wieder den Sorgen auszusetzen, die ihr den Atem geraubt hatten. In jenem Frühjahr 1938 fühlte sie sich besser. An Ostern war sie bester Stimmung, und auch nach den Feiertagen fühlte sie sich beschwingt, weil sie unverhofft ihre Freiheit genießen konnte.

Immacolata fuhr häufig nach Neapel, wo sie mit Schneiderinnen und Modistinnen beschäftigt war, und begleitete ihren Vater immer wieder nach Rom. Überall herrschte Aufregung wegen des bevorstehenden Besuchs Hitlers – »Itlèr«, wie er in dieser Gegend genannt wurde.

Der Führer sollte auch nach Neapel kommen. Immacolata, Nunziatas andere Schwiegertochter und die gesamte Familie mieden die Villa fast einen Monat lang.

Nur einmal kam Immacolata abends zu ihr, um sich das silberne Handtäschchen auszuleihen, das sie bei der Aida-Aufführung im San-Carlo-Theater tragen wollte, denn es war ein besonderes Ereignis: Der deutsche Ehrengast würde auch anwesend sein.

Imma zeigte ihr auch das elegante Kleid, das sie bei der Parade der Seestreitkräfte im Golf tragen wollte.

Es war ein Kleid aus hellgrauer Krepeline mit eingeflochtenen Verzierungen aus dunkelgrauer Krepeline. Es war sehr schön, aber der gewaltige Silberfuchs, den Imma zur Vervollständigung ihrer Toilette um die Schulter trug, gefiel Nunziata nicht.

»Wie ein Kinderschreck hat sie ausgesehen«, erzählte sie dann der Schneiderin Donna Virginia.

Jedenfalls nutzte Nunziata die Abwesenheit der Schwiegertöchter und Söhne, um in der Villa fünf Spieltische mit rund zwanzig Spielern zu organisieren.

An Frauen waren außer ihr die Hebamme Giuseppina Balzano, die Klavierlehrerin Donna Rita Proto sowie Donna Ilaria Avino eingeladen. Letztere spielte auch die Geige. Die Sache erregte öffentlichen Anstoß, und da bei diesen Versammlungen nicht nur Karten gespielt wurde, sondern auch Musik gemacht und Pastiera und Casatielli genascht wurden, beschimpfte man die mitspielenden Frauen mit Ausdrücken, die gar nicht zu ihrem Alter paßten, denn die meisten waren sechzig Jahre alt wie Nunziata.

Aber daß verwitwete Frauen mit Männern, mit so vielen Männern, Karten spielten, so etwas hatte es hier seit Menschengedenken noch nie gegeben.

DIE BÄUME, DIE die Villa umsäumten, standen so reglos da, als waren sie unwirklich. Federleichte Dunstschleier umwaberten nach der warmen feuchten Nacht die Villa, und so begrüßte das alte Gebäude den Morgen ein wenig verträumt, während es in der fahlen Sonne trocknete.

In der vollkommenen Windstille rührte sich kein Ast, rauschte kein Baumwimpfel. Es war totenstill, nur hin und wieder flatterte ein Blatt herab und verabschiedete sich mit trockenem Knistern.

In der Ferne schlug ein Beil den friedlichen Takt dazu.

Im Innern des Hauses klopfte das dralle Mädchen zart an Nunziatas Tür im Erdgeschoß.

Sie war derb im Aussehen und im Benehmen, und oft wurde sie wegen ihres ungestümen Wesens von Nunziata zurechtgewiesen. Deshalb versuchte sie jetzt, ihr Naturell zu zähmen und klopfte höflich mit den Knöcheln an dem weißen Türpfosten, während sie mit der anderen Hand die Untertasse mit dem Kaffeetäßchen darauf mühsam balancierte.

Als die Schneiderin Donna Virginia sie zwei Wochen zuvor aufgesucht hatte, um ihr einen Posten als Dienstmädchen in der Villa anzubieten und mit ihr darüber zu verhandeln, hatte sie ihr gesagt, daß Nunziata Herzprobleme habe und viel Rücksicht brauche. Und in den ersten Tagen im Dienst von Nunziata, hatte Donna Virginia sie ausgeschimpft, weil sie so stürmisch anklopfte und schrie, statt zu sprechen, als seien alle taub.

»Donna Nunziata? Liebe Donna Nunziata? Ist's erlaubt? Donna Nunzià, schlafen Sie noch, oder sind Sie wach? ... Hier ist

Titina … kann ich reinkommen?« Und schon hatte sie die Klinke heruntergedrückt und trat ein. »Guten Morgen, der Kaffee … der wird schon ganz kalt … und dann beklagen Sie sich hinterher noch, daß ich keinen machen kann …!«

Nunziata hatte an jenem Morgen in tiefem Schlaf gelegen. Im spärlichen Licht, das durch die schlecht schließenden Fensterläden hereindrang, war ihr kleiner abgemagerter Körper unter der leichten Decke kaum zu erkennen, nur ihr Hintern wölbte sich unter der Decke und schmeichelte ihrem Alter sehr.

Ihr hageres, blasses, seitlich gebettetes Gesicht zeigte alle seine Furchen, aber ihr ruhiger Atem verlieh ihren Gesichtszügen eine rührende Harmonie – wie in alten Zeiten. Ihr zierlicher Kopf erschien ganz klein in dem weißen Meer ihres mit einem Monogramm versehenen Kopfkissens.

Auch wenn es für ihre Gewohnheit schon ziemlich spät war, machte Nunziata keine Anstalten, die Augen aufzumachen, also schüttelte das Mädchen sie an der Schulter:

»Donna Nunzià, da ist Besuch für Sie … Don Giordano … Er will mit Ihnen sprechen …«

Nunziata zerknautschte unwillkürlich ein paarmal das Betttuch. Sie lag noch im Schlaf, aber die Stimme drang schon an ihr Ohr.

»Don Giordano hat gesagt, daß er Sie grüßen will und daß er Ihnen etwas sagen muß …« Jetzt schüttelte sie Nunziata schon etwas mutiger: »Don Giordano ist draußen.«

Nunziatas Augenlider begannen zu flattern, ihr Kopf war noch umnebelt, aber die Botschaft hatte sie aufschrecken lassen:

»Was soll das heißen …? Ist Don Giordano denn nicht tot?« Sie war plötzlich hellwach.

»Was erzählst du da, Titì … Wer ist draußen?«

»Draußen ist der Sohn von Donna Mimmina.«

»Ach Titina, Schäfchen, wer weiß denn noch, daß auch er Giordano heißt! Du hast mir solche Angst eingejagt … Weißt du denn nicht, daß wir ihn Ninuccio nennen …?«

»Doch, aber Donna Virgina hat zu mir gesagt, ich soll nicht so vertraulich tun, das ist unhöflich. Wie nennt denn Donna Virginia Ninuccio? Don Giordano nennt sie ihn, und ich nenn' ihn auch so ...« Während sie so in einem fort redete, hielt sie Nunziata lächelnd die Kaffeetasse hin.

»Erst stand er in der Allee, dann hab' ich ihn reingeholt ... Zum Glück, da hat ihn wenigstens Rosetta nicht gesehen ... Die ist gekommen, um Eier zu holen. Das ist eine Spionin, die hätt' es noch Donna Immacolata erzählt ...« Dabei hielt sie die ganze Zeit die Untertasse unter die Tasse, damit der Kaffee nicht auf die Bettlaken tropfte, während Nunziata trank.

Dann stellte Titina das Geschirr auf den Nachttisch und schob die Pantoffeln an den Bettrand.

»Gehen Sie weg, Donna Nunzià? Gehen Sie mit Donna Miminas Sohn? Soll ich das graue Kleid mit dem Spitzenkragen vorbereiten oder lieber das blaue mit all den Knöpfchen? Ja, ziehen Sie das an, damit sehen Sie aus wie eine Ausländerin.«

Nunziata mußte über das geschwätzige Mädchen lächeln, das jetzt im ganzen Zimmer aufräumte und ununterbrochen redete, während sie die Läden öffnete, Wäsche einräumte, Schubladen aufzog und wieder zumachte – flink und zwitschernd wie eine Kohlmeise.

Nunziata saß lächelnd auf dem Bett und angelte mit den nackten Füßen vergebens nach den Pantoffeln. Sie mußte sich bücken, und dabei war auf ihrer sonnenbeschienenen Stirn deutlich die Narbe zu sehen, die sie in ihrer Jugend so gestört hatte, wenn sie sich im Spiegel betrachtete, jetzt im Alter aber zarte Erinnerungen an einen ungestümen Wettlauf weckte, bei dem sie am Ende gestürzt war.

Nunziata hatte eine Schwäche für Federicos Sohn. Der junge Mann erinnerte in seiner Gestalt und dem Schnitt seiner dunklen Augen sehr an Donna Francesca, nicht aber im Charakter, der nichts Sprödes oder Störrisches hatte, sondern offen, lebhaft und sympathisch war; so lebhaft und sympathisch wie sonst keiner in der Familie.

Manch einer sah in diesem jungen Giordano Montorsi seinen wiedergeborenen Großvater Don Salvatore De Crescenzo.

Und er hätte auch Abenteuerlust entwickelt, dieser Ninuccio, wenn ihm nicht die bedrückende familiäre Situation die Flügel gestutzt und ihm seinen Elan genommen hätte.

Nunziata tat er leid; Mimmina wälzte alle Sorgen, auch die kleinsten, auf die Schultern des so intelligenten und lebenstüchtigen jungen Mannes ab, der seiner Mutter ebenso hörig war, wie sein Vater Donna Francesca hörig gewesen war, und ihr nie seinen Respekt und seine Zuneigung verweigerte.

Sie bedrängte und belästigte ihn sogar, wenn die Katze zum Strand gelaufen war, wenn die Fischer ihre Netze einholten oder wenn sich die Wäsche im starken Seewind von der Leine losriß und auf den Klippen landete.

»Er ist der Mann im Haus«, meinte sie, und deshalb waren alle Aufgaben, die außerhalb der vier Wände anfielen, seine Sache. Sie und ihre Töchter verließen ja ohnehin fast nie das Haus.

Ninuccio arbeitete bei jener Bank, die nach Don Giordanos Pleite wiedereröffnet wurde.

Beim Tod seines Vaters war er achtzehn gewesen und hatte sein Studium abbrechen müssen. Er hatte gleich in einem Lagerhaus als Buchhalter angefangen und früh, allzufrüh, ein schönes, stilles Mädchen geheiratet, das aber aus einfachen Verhältnissen kam und ihm zwei Kinder schenkte: Federico und Gelsomina.

Nach vier Jahren hatte er seine Anstellung aufgegeben und war in die Bank eingetreten, bei der er jetzt seit vierzehn Jahren arbeitete. Es war der alte Direktor Don Alfonso gewesen, der ihm den Arbeitsplatz in dem Kreditinstitut verschafft hatte, ein Mann, der sich rühmte, Federicos Freund gewesen zu sein. Denn Federico war trotz der verzweifelten Schlacht, die er hatte kämpfen müssen und die viel Gerede nach sich gezogen hatte, bei allen in sehr guter Erinnerung geblieben. Weil er um jeden Preis mit seinem Namen einstehen und die Schulden bezahlen wollte – sogar wenn er dafür betteln gehen mußte –, galt er in jener kleinen Welt nicht nur als ein ausgemachter Trottel, sondern eben auch als ein Ehrenmann.

Als Nunziata an den runden Fenstern des Korridors vorbeiging, fing sie vor lauter Vorfreude, daß sie ihren Neffen sehen würde, schon zu lächeln an.

Er kam manchmal bei ihr vorbei, wenn er mittwochs nach Leopardi oder Trecase aufs Land fuhr, um von den Bauern, die Wein, Trauben, Blumen oder Aprikosen verkauft hatten, im Namen der Bank das Bargeld einzutreiben.

Wenn er kam, schenkte sie ihm frische Eier und Salat und hörte ihm gern zu, lachte über seine Komplimente und Foppereien und über seine geistreichen Parodien des Geistlichen von der Karmeliterkirche, und sie amüsierte sich köstlich, wenn er Tante Maria Vittoria nachmachte, wenn sie beim Klavierspiel in Ekstase geriet oder Tante Paolina, die fast taub geworden war, aber immer so tat, als verstünde sie alles. Vor allem aber konnte Ninuccio über sich selber lachen, über den Spleen seiner Schwestern spotten, die sich, wie er behauptete, vierzigmal am Tag die Hände wuschen, oder über seine Rolle als unterdrückter Sohn, über die Migräne seiner Mutter, die den Tagesablauf in ihrem eigenen Haus immer wieder durcheinanderbrachte. Er erzählte Nunziata von der »märchenhaften« Küche, die seine Mutter führte, denn von den Versprechungen, die sie ihm freitags für den Feiertag machte – »Am Sonntag gibt es einen Makkaroni-Auflauf« – ging fast keine in Erfüllung; sie blieben statt dessen ein schönes Märchen.

Denn Ninuccio war ein Leckermaul. »Ich kann mir das jetzt erlauben«, sagt er, »da es heutzutage Insulin gibt ... Wenn Papa noch acht oder neun Monate durchgehalten hätte, hätte er nicht sterben müssen ...« Damit spielte er auf die Zuckerkrankheit des Vaters an, die er vielleicht geerbt hatte, und auf das im Jahr 1921 entdeckte Hormon zur Diabetesbekämpfung.

Er trotzte der Krankheit, die Federico nach dem Wespenstich am Hals und dem darauffolgenden Abszeß, der nicht mehr heilen wollte, ins Grab gebracht hatte.

»Jetzt gibt es Insulin ...«, freute sich Ninuccio und stopfte sich bei Nunziata mit Branntweinkirschen, Quitten- und Aprikosenmarmelade voll.

»Du bist ein Narr«, hänselte Nunziata, aber seine Besuche waren für sie wie ein Geschenk.

Als sie aber an jenem Morgen ins Zimmer trat und ihn vor sich sah, erkannte sie sofort, daß etwas Schlimmes passiert war. Ninuccio war bleicher als das Frauengesicht zwischen dem Blattwerk auf dem Wandgemälde, das schon so verblaßt war, daß man es inmitten der grünen Kletterpflanzen kaum mehr erkennen konnte.

Aniello hatte zuvorkommend, mit lächerlichen Dienern dem aus der Stadt angereisten Herrn Rechtsanwalt eine Decke über die Knie gebreitet und auch Nunziatas Beine damit zugedeckt.

Nach einer Weile war das Plaid auf der Seite des jungen Mannes heruntergerutscht, und Nunziata zog es wieder hoch. Aber er wehrte liebenswürdig ab ... Er brauchte es nicht ... Ihm war nicht kalt ... Der Glückliche, er war ja noch so jung.

Nunziata musterte den schönen Rechtsanwalt aus den Augenwinkeln: Don Lelio hatte ihn hergeschickt, Federicos Vetter.

»Ich kann zur Zeit nicht weg aus Neapel, zu viele Verpflichtungen, ich schicke Dir einen jungen Schüler von mir, der ist so tüchtig wie ich ...« So hatte Don Lelio auf ihr Billett geantwortet, das Espedito in seine Kanzlei am Monte di Dio gebracht hatte.

Und so war Rechtsanwalt De Angelis zu ihr in die Villa gekommen.

Sie hatten sich auf Anhieb gut verstanden, nach wenigen Worten hatte er den ganzen Plan begriffen, den sie sich ausgedacht hatte, und ihm umgehend zugestimmt:

»Kompliment, Donna Nunzià, wirklich eine gute Idee ...«

Sie hatte versucht, Ninuccio zu rechtfertigen.

»Wissen Sie, mein Neffe ist ein Goldjunge, er war in einer Notlage ... Die Rückzahlungsforderung war dringlich, ich konnte ihm nicht helfen, denn ich darf über keine Lira mehr frei verfügen. Und da das Geld der Bank durch seine Finger ging, hat er eben mit dem bezahlt ... Aber wegen der 15 000 Lire, die er genommen hat, darf er doch um Himmels willen nicht zum Verbrecher gemacht werden und im Gefängnis landen. Deshalb habe ich ihm vorgeschlagen, was ich auch Ihnen erzählt habe ...«

»Ein erstklassiger Schachzug, Donna Nunziata, erstklassig ... Der Schachzug eines großen Strategen.«

Also waren sie ein erstes Mal zur Bank gegangen und hatten dem Direktor erzählt, was der noch gar nicht wußte, und ihm eine Wiedergutmachung vorgeschlagen.

Als dann der Handel abgeschlossen werden sollte, waren sie an demselben Tag noch einmal zur Bank gefahren und kehrten jetzt siegreich mit der Kutsche in die Villa zurück. Nunziata strahlte über das ganze Gesicht.

Sie wandte sich dem jungen Mann zu und auch dieser drehte sich zu ihr um, und beide lächelten sich triumphierend an. Dann nahm er galant ihre Hand, küßte und drückte sie. Seine Augen unter der grauen Krempe des Borsalino leuchteten vor Freude ...

Er war schön und auch tüchtig, da hatte Lelio recht. Er hatte bei dem Direktor sofort die richtigen Worte gefunden und hatte sich ruhig, distanziert, entschieden wie ein Gauner benommen, aber auch sehr wohlerzogen.

»Meine Klientin, die mit den Montorsis bekanntlich durch Zuneigung und familiäre Beziehungen verbunden ist, wurde von ihm selber über das Geschehen unterrichtet ... eine dramatische Beichte, bevor er das Weite suchte ... In den Abrechnungen der Bank gibt es einen Fehlbetrag von 30 000 Lire, und wenn am 28. dieses Monats die Inspektion durchgeführt wird, wird dies ans Licht kommen.«

Der Direktor hatte die Lippen zusammengekniffen und war blaß geworden, und der Rechtsanwalt hatte seine Krawatte zurechtgerückt und dann weitergesprochen.

»Donna Nunziata Limieri ist unter Aufbietung all ihrer Anstrengungen bereit, unverzüglich die Hälfte dieses Betrags zurückzuzahlen, also genau 15 000 Lire ... Giordano Montorsi wird kündigen und anderswo arbeiten gehen, Sie zeigen ihn nicht an und erhalten genau fünfzig Prozent der entwendeten Summe. Es hätte im übrigen auch gar keinen Sinn, Montorsi ans Kreuz zu schlagen ... Er ist völlig mittellos ... Es gäbe nur einen Skandal, der Schatten auf den guten Namen Ihrer Kreditanstalt werfen würde ... Eine Inspektion der Bank von Italien ... Ich vertraue auf eine weise Entscheidung Ihrerseits, die auch für die Bank das Günstigste wäre ... Beraten Sie sich mit Ihren Vorgesetzten ... Wir warten nur auf einen Wink von Ihnen ...«

Und dann hatte der Bankdirektor sie an dem Morgen nach Unterzeichnung der Übereinkunft sogar bis vor die Tür begleitet.

Ninuccio war gerettet, da war sich Nunziata sicher, es gab keine Probleme mehr. Mariano hatte sie schon seit langem gebeten, eine geeignete Person zu finden, der er seine Fabrik und die Geschäfte anvertrauen konnte, wenn er in der Ferne war.

»Ich muß ihn gut bezahlen, diesen Rechtsanwalt ...«, nahm sie sich vor. »Ich muß ihm geben, was er verlangt. Was könnte ich denn noch verkaufen, um ihn zu bezahlen? Vielleicht das Service mit den goldenen Initialen? Das könnte ich der Signora Maresca anbieten ... es hat ihr immer so gefallen, und zufälligerweise hat sie sogar die gleichen Initialen ...«

Wie hatten Ninuccios Augen an jenem furchtbaren Morgen in der Villa nach dem verzweifelten Geständnis und den verstörten Blicken plötzlich aufgeleuchtet und sie angestarrt, als hätte sie den Verstand verloren, während sie auf ihn einredete:

»Mach dir keine Sorgen, ich bringe das für dich in Ordnung ... Mach dir keine Sorgen ... Aber du mußt tun, was ich dir sage ... Du hast 15 000 Lire genommen? Am 28. ist die Inspektion. Sag keinem Menschen ein Wort, und vor Monatsende nimmst du noch einmal 15 000, es kommt ja gar nicht darauf an, ob fünfzehn oder dreißig fehlen, und die bringst du mir. Dann gehst du nach Sorrent auf Tetellas Hof und versteckst dich, und ich verhandle mit der Bank.«

NUNZIATA HÖRTE SIE vor der Tür ihres Schlafzimmers alle durcheinanderreden und weigerte sich trotz des stürmischen Klopfens, das die Rufe begleitete, aufzumachen.

Die Stimmen waren gereizt, und viele Worte konnte Nunziata gar nicht verstehen, aber Immacolatas Geschrei, das die andern übertönte, schon deshalb weil sie ganz nahe an der Tür stand, war nicht zu überhören:

»Rabenmutter ... Rabenmutter ...«

Nunziata wußte, wie ihre Schwiegertochter aussah, wenn sie wütend war: hochrot im Gesicht, mit dick geschwollenen Adern am Stiernacken. Sie sah sie vor sich, wie sie mit ihren wulstigen Händen herumfuchtelte und sich mit der offenen Handfläche auf die Brust schlug, während sie, wahrscheinlich an ihren Mann gewandt, arrogant feststellte:

»Ich habe es dir ja gesagt, du hättest sie entmündigen lassen sollen ... Die ist doch verrückt, verrückt ... Gott im Himmel, gib ihr den Verstand zurück oder nimm sie gleich zu dir ... Eine, die ihren Kindern die Sachen wegnimmt, um sie Fremden zu geben, die nicht ihr Fleisch und Blut sind ... Da haben ja Hunde mehr Gefühle ... Eine Familie von Halsabschneidern ... von Ausbeutern ... die haben sie verhext ... Jesus Maria, was für ein Dolchstoß, was für ein Verrat.«

Die Sache war offenbar herausgekommen.

Rechtsanwalt De Angelis hatte sicher nicht geredet, ebensowenig der Notar Don Michele Di Liegro, Sohn eines alten Freundes der Montorsi. Auch der treue Espedito und die Schneiderin

Donna Virginia hatten das Geheimnis bestimmt nicht verraten, aber die anderen, die Bediensteten, der Notargehilfe, der Arzt, irgendeiner von ihnen hatte Alfredo oder seinen Bruder oder Imma direkt unterrichtet. Und so hatte die Familie erfahren, daß sie ihr Testament gemacht und die Erbschaftsquote, über die sie frei verfügen konnte, anderen vermacht hatte.

Ihre Angehörigen hatten also entsetzt von Nunziatas Entschluß erfahren: Die Villa sollte nach ihrem Tod an die Montorsis zurückfallen, genauer gesagt, an Federicos Kinder.

Vielleicht hatte Dr. Iovane das Geheimnis verraten. Der andere, Dr. Monti, war nicht von hier, er stammte aus Torre del Greco und war Hausarzt der Piscopos, die eng mit den Montorsis befreundet waren und daher von der Sache unterrichtet waren.

Und dann ließ sie alle Ereignisse jenes Tages wieder Revue passieren. Es war ein Tag gewesen, an dem endlose Reden geführt worden waren, bevor ihr Durst nach Gerechtigkeit befriedigt wurde. Selbst der Notar hatte gesagt:

»Donna Nunzià, diesen Tag werde ich nicht vergessen.«

Dr. Iovane hatte mehr als alle anderen versucht, Nunziata von ihrem Vorhaben abzubringen.

»Was ist Ihnen bloß in den Sinn gekommen, Donna Nunziata?« hatte er in der Notarskanzlei amüsiert und gleichzeitig mißbilligend, aber freundlich wohlwollend gefragt.

»Nichts, Herr Doktor, gar nichts«, hatte auch sie belustigt und sehr freundlich geantwortet. »Sie müssen sich vor dem Notar und den beiden hier anwesenden Zeugen Virginia Esposito und Espedito Cangiano über meinen Gesundheitszustand äußern. Nichts weiter. Sie müssen nur sagen, ob alles in Ordnung ist. Macht Ihnen das so viel aus?«

»Aber liebste Donna Nunziata, Sie wissen doch ganz genau, daß ich Ihnen letzten Donnerstag, als Sie mich mit Ihrem Besuch beehrten, gesagt habe, daß Ihr Herz nur halbwegs funktioniert und Ihr Kreislauf gefährdet ist. Sie müssen sich sehr schonen.«

»Nein, Herr Doktor ... mein Kopf muß funktionieren, und wenn mein Kopf in Ordnung ist, müssen Sie das dem Notar klar und deutlich mitteilen, damit er es schriftlich niederlegen kann.«

»Ja, aber der schlechte Kreislauf kann auch zu Störungen im Gehirn führen und den Verstand zeitweise benebeln ...«

»Also Herr Doktor, jetzt erzählen Sie keinen Quatsch ... Sie sind ein viel zu guter Arzt, um nicht zu wissen, daß dies nicht auf mich zutrifft und daß mein Kopf, auch wenn ich in den letzten Monaten Schwierigkeiten beim Treppensteigen habe, sehr gut funktioniert, und zwar besser als wie ich zwanzig war. Und der hier anwesende Dr. Monti ist auch dieser Meinung, da können Sie nicht das Gegenteil behaupten. Es tut mir natürlich leid, daß ich Sie damit belästigen muß und Sie vielleicht meinen Söhnen gegenüber in Schwierigkeiten geraten, deshalb habe ich auch noch diesen anderen erstklassigen Arzt gerufen, Dr. Monti, der extra aus Torre del Greco hierherkommen mußte, der Ärmste. Ich möchte mich auch bei allen entschuldigen, aber diese Sache ist für mich zu wichtig, und ich muß sie so schnell wie möglich regeln ... Ich habe es eilig ... Man kann nie wissen ...«

»Was haben Sie da vor, Donna Nunzià? ... Was haben Sie ausgeheckt? Die werden Ihnen das Leben zur Hölle machen!« hatte Dr. Iovane immer noch in herzlichem Ton eingeworfen.

»Herr Doktor, ich will nicht in Ruhe leben, sondern in Ruhe sterben, mit einem ganz reinen Gewissen. Ich will es Ihnen jetzt erklären ... Ihnen allen. Ich möchte mein Testament machen, weil ich nicht nur meine Angehörigen, sondern auch andere Personen habe, denen ich etwas zugute kommen lassen muß und die ich mit einem Teil meiner Erbschaftsquote bedenken will. Aber sie dürfen wegen meines Testaments keine Schwierigkeiten von seiten meiner Söhne oder vielmehr meiner Schwiegertöchter bekommen. Marianos Frau ist nicht das Problem, die ist halb japanisch, sie versteht mich nicht richtig, und ich verstehe sie nicht richtig. Aber meine beiden anderen Schwiegertöchter wird der Schlag treffen ... Ich will ihnen nichts Schlechtes nachsagen, ich habe sie gern, aber ich kenne sie ... sie sind ziemlich ... furchtbar ... Vor allem Immacolata. Ich weiß genau, daß sie sich noch mehr als ihre Männer wehren werden, und wenn man Geld hat, und sie haben es ja, dann kann man sich die besten Anwälte leisten: Die drehen einem das Wort im Mund um, machen den armen Richter irre und erklären allen, daß ich eine verrückte Alte war, die nicht mehr wußte, was sie tat.«

Sie sprach leise, mit Würde und Entschiedenheit, aber es war klar erkennbar, daß es sie Mühe kostete, an diese intimen Familienangelegenheiten zu rühren.

Sie hielt ihr silberdurchwirktes Handtäschchen auf den sittsam zusammengepreßten Knien und marterte den Verschluß mit den Fingern. Um ihre bekümmerte Rede zu unterstreichen, hob und senkte sie die ganz dünn gewordenen angewinkelten Arme wie Flügel, was ihr die tragische Verletzlichkeit eines unbefiederten Vögelchens verlieh.

»Sie als ehrenwerter Arzt wissen, ob ich bei klarem Verstand bin, und das müssen Sie nicht nur mir bestätigen, sondern auch dem Notar und den Zeugen ... Ich habe weder den Verstand verloren noch bin ich verrückt, und ich weiß ganz genau, was ich tue, wenn ich die Erbschaftsquote nicht meinen Angehörigen vermache, sondern anderen, die aber auch zu meiner Familie gehören ...« Von ihren Gefühlen übermannt, hielt sie inne und fügte dann kurz darauf ganz schnell und fast scheu hinzu:

»Warum ich das so mache, ist meine Angelegenheit, und darüber brauche ich niemandem Rechenschaft abzulegen ...« Ihre Wangen waren ganz rot geworden. Nunziata errötete auch noch mit ihren sechzig Jahren. Dann hatte sie sich in Schweigen gehüllt und den Kopf, den sie bis jetzt stolz erhoben hatte, gesenkt. Auch die Augen starrten auf den Boden. Ihre Arme verharrten reglos an ihren Seiten, die Hände lagen unbeweglich auf der Handtasche, und sie schien sich in würdevoller Wartehaltung sammeln zu wollen.

Es folgte verlegenes Schweigen. Dann hatte Dr. Iovane das Wort ergriffen, um sie von ihrem Vorhaben abzubringen oder es wenigstens hinauszuschieben.

»Hören Sie auf meinen Rat ...«, fing er freundlich lächelnd an und blickte tief in ihre kurzsichtigen Augen mit der wäßrigen blauen Iris, um ihr Vertrauen zu gewinnen. Er rückte immer näher, umfaßte liebevoll ihre Schultern und nahm ihre Hände zwischen die seinen. Und je länger er sie ansah, desto mehr rührte sie ihn, diese kleine, vom Schicksal gezeichnete, so wehrlose, aber starrsinnige Frau, mit dem weitmaschigen grauen Haarnetz, dessen dünner runder Gummizug ihr in die Haut einschnitt, während das Ripsband mitten auf der Stirn zu einem koketten Schleifchen gebunden war.

Und so mußte sich der Arzt schließlich geschlagen geben. Nunziata hatte ihn weniger mit ihrer hartnäckigen Art als mit ihrer Zerbrechlichkeit entwaffnet.

»Sie sind hart wie Stein, Donna Nunzià, wie ein Stein vom Vesuv ... Aber reizend, ganz reizend, wie Sie aussehen ...«

Nunziata war eben trotz allem immer noch eine faszinierende Frau.

Im weiteren Verlauf hatte dann auch noch der Notar seine Bedenken geäußert, allerdings in ausgesprochen schmeichelhaften Tönen und nur zu dem Zweck, Donna Immacolata Russo später einen Beweis seines Widerstandes liefern zu können. Don Michele dagegen hatte, obwohl er erheblich jünger als Federico war, Nunziatas Bruder noch gut gekannt und stand, von dessen frühem Tod betroffen, auf der Seite seiner unglücklichen Familie.

Jedenfalls ließ sich Nunziata bei aller Sanftmut von ihrem Vorhaben nicht abbringen, und so sprach ihr schöner Anwalt schließlich energisch das Schlußwort:

»Sehr geehrte Doktoren, hochgeschätzte Zeugen, hochverehrter Herr Notar, hier wird versucht, den Willen der Erblasserin zu brechen, die dagegen den ausführlichen Beweis ihrer Willens- und Entscheidungskraft gebracht hat. Hier wird niemand hörig gemacht oder hinters Licht geführt, und wenn einer von Ihnen sich nicht in der Lage fühlt, seine Zustimmung zu erteilen, so entbinde ich ihn hiermit jeder Verantwortung und ersetze ihn durch eine andere Person ... Aber kommen wir jetzt rasch zu einem Schluß, denn ich habe eine Verabredung mit einer schönen Dame und darf mich nicht verspäten.« Bei diesen Worten zwinkerte er Nunziata zu, die ihn zum Essen eingeladen hatte. Und so kapitulierten die Unentschlossenen, der Akt wurde aufgesetzt, vorgelesen und unterzeichnet. All dies war vor zwei Tagen geschehen, und schon jetzt stand frühmorgens Immacolata vor ihrer Tür und schrie:

»Rabenmutter … Was für eine Rabenmutter …«

Nunziata hatte das Ohr an die geschlossene Tür gelegt und lächelte verschmitzt, aber nicht boshaft, während sie ihrer Schwiegertochter in Gedanken antwortete:

»Das ärgert dich jetzt, was? Das ärgert dich … Du hast alles gewollt, was? Aber Geldgier ist ein übler Charakterzug.«

Immacolatas Stimme wurde immer drohender:

»Was hat die nicht alles für diese Familie getan. Immer hat sie uns alles weggenommen, um es denen zu geben … Für die hat sie sogar gegen das Gesetz verstoßen … Als Eleonoras Schwiegervater einen Raub vorgetäuscht hat, weil er am Pleitemachen war, da hat sie ihn versteckt … Dabei hat es sogar einen Haftbefehl gegeben … Und hinterher haben die sich noch nicht mal bei ihr bedankt. Sie haben sie immer nur schlecht behandelt, immer nur schlecht …«

Dann kam Immacolatas Stimme direkt von der Tür, wahrscheinlich, weil sie Nunziata auf der anderen Seite vermutete. Die Lautstärke nahm ab, dafür zischte sie wie eine Schlange …

»Sie haben sie immer nur ausgenutzt, das ist doch die Wahrheit … So ist es gewesen … In dem Haus haben sie sie immer nur wie Dreck behandelt … Sie mußte ihnen Tag und Nacht zu Diensten sein … vor allem bei Nacht …«

So, nun war es raus!

Diese Vorwürfe hingen schon lange in der Luft, Nunziata hatte so oft hinter Worten und Gesten gespürt und geahnt, daß sie eines Tages ausgesprochen würden. Sie richtete sich auf und erwartete, daß ihr Sohn jenseits der Tür beleidigt eingreifen würde, aber er machte nur einen kümmerlichen Versuch, seine Mutter zu verteidigen:

»Das reicht jetzt, Immacolà, sei still, sonst hören es noch die Dienstmädchen.«

»Ach je«, dachte Nunziata ohne Bitterkeit, »er hat nur Angst vor dem Geschwätz der Bediensteten, das ist seine einzige Sorge.«

Sie entfernte sich von der Tür und ging um ihr Bett herum, um die seidene Decke glattzustreichen. Dabei sprach sie zu sich selber:

»Hier hat die *Mater purissima* gesprochen ... Für sie kommt man nur wegen dieser Sünde in die Hölle ... Wer weiß, wie Immacolata sich in Augenblicken der Leidenschaft verhält ... während sie diese Dinge macht ...«

Vielleicht zählte sie dabei die Prismen und Kügelchen am Kronleuchter ... oder vielleicht auch nicht, denn ihre Schwiegertochter mußte dies alles ja im Dunkeln machen, und nicht wie sie im hellen Licht, denn nackt, nackt war sie schöner gewesen als angezogen.

»Sünde ist, wenn man mit keinem Menschen Erbarmen hat, das ist Sünde. Hartherzigkeit und Bösartigkeit sind Sünden, aber nicht diese Sachen ... die geschehen und die macht man, weil sie zum Leben gehören ...«

Der von Immacolata abgeschossene Giftpfeil hätte bei ihrer Schwiegermutter Scham und Schuldgefühle wecken sollen, aber er weckte nur Erinnerungen ... an die überwältigende, nie endende Liebe Federicos, an die schüchterne Liebe Enricos und seinen heißen Atem, an Giovanni Antonios Männlichkeit, weil er immer nur an das eine dachte ... an die Pein Don Paolos, der so brennend gern seinen Mann stehen wollte und todunglücklich war, als es ihm nicht so recht gelang ...

Sie erinnerte sich an Gefühle, an Gesichter von Männern, die sie geliebt hatten, und fühlte Erbarmen mit ihnen und mit sich selbst, weil alle diese Leben schon vergangen waren.

Aber Schuldgefühle hatte sie keine.

In ihrer liberalen Einstellung zur Liebe hatte Nunziata nicht das Gefühl, irgend jemandem etwas Böses angetan zu haben. Sie hatte ein reines Gewissen und vertraute jetzt, da sie sich dem Moment näherte, in dem sie würde Rechenschaft ablegen müssen, demütig auf einen barmherzigen Gott und auf sein gerechtes Urteil.

»Gott im Himmel, hilf mir ... heiliger Josef, Schutzpatron des guten Todes, bitte für mich ... *Ora pronobis* ... Meine Schwiegertochter, die Glückliche ... hat nie gesündigt ... *Mater purissima ...*«

Dann setzte sie sich auf den kleinen Sessel links vom Bett auf der Türseite. Sie stützte seelenruhig ihre Füße auf einen Schemel, zog Wollknäuel und Häkelnadel aus der Tasche und begann bei der Arbeit zu beten:

»O Madonna mit dem Kinde ... Komm, sei mir nahe ... Und ihr Heiligen der Kirche, San Gaetano und San Gennaro, San Domenico und San Ciro, San Pasquale und Sant'Ubaldo, begleitet mich auf dem Weg zum Tode ... Amen ... O Jungfrau Maria ...« Und die Häkelnadel kam Reihe um Reihe voran, während das Knäuel sein Garn entrollte.

Nunziata bemerkte, daß ihre Schwiegertochter ihr Gezeter unterbrochen hatte und die Pause immer länger wurde. Nach einer Weile herrschte vor der Tür sogar völlige Stille, und das bedauerte sie fast, denn es gefiel ihr, wenn sie Immacolata so wüten hörte, denn sie hatte ihr genau das weggenommen, worauf sie am stolzesten war: die Villa.

Aber da waren eben noch andere Personen gewesen, die ältere und schmerzlichere Beziehungen zu diesem Gebäude gehabt hatten:

»Jedes Blatt, Nunzià, jeder Fries und jedes Gemälde erinnert mich an etwas«, hatte Federico gesagt, als sie beide in einem der dunklen, mit Regalen voller Akten vollgestellten Korridore in der Kanzlei des Notars standen, und er hatte dabei ihre Hände zwischen seine genommen. »Jetzt, da die Villa dir gehört, mußt du sie in Ehren halten.«

Was konnte Immacolata von solchen Dingen ahnen? Dachte sie vielleicht, Nunziata habe sie mit ihrer Entscheidung nur kränken, ihr Schaden zufügen wollen? Der Herr war ihr Zeuge ... Racheakte waren nicht ihre Sache.

Sie erhob sich und schob den Sessel leise an die Tür, setzte sich und wartete auf den zweiten Akt. Sie nahm ihre Handarbeit wieder auf und fing an, die Maschen zu zählen. Draußen waren wieder Stimmen zu hören, aber es war ein unverständliches, ruhiges Gemurmel. Wo Immacolata wohl geblieben war …? Vielleicht war sie ins Dorf gegangen? Zu ihrem Rechtsanwalt? Zum Notar? Zu Mimmina, um sie zu beschimpfen? Oder vielleicht, um sie herzubringen, obwohl sie doch gar nichts von der Sache wußte? Sie war so in diese Überlegungen vertieft, daß sie sich bei den Maschen verzählte und noch einmal von vorn beginnen mußte.

Dann war draußen ein Durcheinander zu hören, und schließlich ließ die Stimme ihres Sohnes Carlo sie aufschrecken, so daß sie sofort die Handarbeit sinken ließ. Er rief in freundlichem Ton:

»Nama, da ist Rechtsanwalt Prisco. Er möchte dich grüßen. Machst du auf?« Er wurde aus der Ferne von Immas Stimme übertönt:

»Herr Rechtsanwalt, unser lieber Herr Rechtsanwalt, danke, vielen Dank, daß Sie gekommen sind«, kreischte sie.

Sie hatten also sogar den Rechtsanwalt Prisco gerufen.

»Sie haben ihn aus dem Haus geholt … bei dem Husten, der ihn plagt.« Kaum hatte Nunziata dies gedacht, fing der Mann auch schon zu husten an.

»Herr Rechtsanwalt«, flötete Immacolata höchst liebenswürdig, »Mama ist uns eine Erklärung schuldig, wir müssen mit ihr reden, sie muß aufmachen, sagen Sie es ihr … Sie wissen doch ganz genau, wie sehr wir sie immer geachtet haben …!!«

»Nicht zu fassen.« Nunziata preßte hinter der Tür die Lippen zusammen und verzog den Mund zu einem spöttischen Lächeln. Sie zog wie ein Kind Grimassen und wiegte den Kopf hin und her.

Alles hatten sie ihr weggenommen. Alles hatten sie an sich gerissen. Sogar aus der Küche hatten sie sie vertrieben und aus der Speisekammer, weil sie fürchteten, daß ein paar Flaschen Öl oder eingemachte Tomaten bei Mimmina landeten.

»Das ging ja noch«, dachte Nunziata. »Aber dann haben sie auch noch von der Villa Besitz ergriffen, von meinem Zufluchtsort … Wenn sie hier sind, kann ich nicht einmal in die Küche gehen und Essen kochen.«

»Du kochst zu fett, das ist ungesund, das belastet das Herz ... Dein Essen ist nicht bekömmlich ...« Und das sagten sie ausgerechnet ihr, die bei Donna Francesca und Mariuccia kochen gelernt hatte. Nunziata konnte schon Schweinekoteletts in Fleischsoße wenden, als sie noch so klein war, daß sie auf einen Holzklotz steigen mußte, um an die Pfanne heranzukommen.

Immacolata und ihre Mutter waren so unverschämt gewesen, daß sie nicht einmal mehr ein Spiegelei hatte braten dürfen.

»Mit Butter wird das gemacht, nicht mit Schmalz ... Schmalz ist Gift ...«, pflegte Immacolata zu sagen.

Da mußte Nunziata an all die Schmalzgläser denken, die im Keller Donna Francescas aufgereiht waren. Und in dem Haus war kein Mensch je an Vergiftung gestorben.

Auch vom Makkaroni-Kochen hatten sie sie ferngehalten, weil sie behaupteten, daß sie sie zu früh abgoß. Aber was verstanden die schon von Nudeln? Nudeln mußten noch Biß haben, das war ja gerade die Kunst – sie mußten elastisch bleiben. Die beiden hatten eben keine Ahnung.

Auf diese Weise von allem ausgeschlossen zu werden, war ihr inzwischen unerträglich geworden. Allzuoft in letzter Zeit kam die Familie, mit Imma und Donna Cira an der Spitze, zur Villa herauf. Sie behaupteten, ihr beistehen und sich um sie kümmern zu wollen, weil sie selber nicht genug für ihre Gesundheit tue, und die werde immer schlechter.

Aber gerade diese Verschlechterung und ihre abnehmenden Kräfte hatten sie mutiger gemacht, und so hatte sie, natürlich auf ihre Weise, angefangen, sich gegen die Übergriffe am Herd zu wehren.

Wenn Sonntagnachmittags befreundete Familien zu Besuch kamen und sie etwa fragten: »Donna Nunzià, was haben Sie heute gegessen?«, antwortete sie, wenn ihre Schwiegertochter zugegen war, wie geistesabwesend und zuckerzüß, aber mit gezielter Bosheit:

»Man sagte mir, es seien Makkaroni mit Ragout gewesen.« Oder: »Wir haben so getan, als würden wir Spaghetti mit Tomatensauce essen.« Oder: »Das heute soll eine Fischsuppe gewesen sein …«

Und wenn ihre Schwiegertochter sie, nachdem die Gäste gegangen waren, tadelte und sich bei der Gelegenheit auch noch über andere Dinge beschwerte, blieb Nunziata stumm. Sie gab sich in ihrem Zimmer dem Rhythmus ihrer Häkelarbeit hin, und das Schimpfen störte sie nicht, schon deshalb nicht, weil sie sich auf das lästige Ohrensausen konzentrierte, das sie seit kurzem befallen hatte. Und das distanzierte sie nur noch mehr von der Außenwelt.

Von der Tür her rief jetzt der Rechtsanwalt:

»Wollen Sie mir nicht aufmachen, Donna Nunzià? Hören Sie mich, Donna Nunzià?«

Diese liebe Stimme, die so viele Erinnerungen an Abende in der Pergola weckte … zahllose Nachtfalter hatten die am Pfosten hängende Laterne umschwirrt, und das Holztischchen hatte bei ihrem schwungvollen Kartenspiel gewackelt …

»Flöte …«

»Was hattest du gedrückt?«

»Bediene …«

»Hosen runter!« Die Karten, die auf den Tisch geknallt wurden, kreuzten sich wie Klingen.

Vor der Tür befanden sich inzwischen weitere Personen, und Nunziata hörte ihren Sohn Carlo mit ruhiger und einschmeichelnder Stimme sagen:

»Gehen wir alle weg, Imma, lassen wir den Rechtsanwalt allein … Ihm wird Mama aufmachen … Aber du mußt weggehen.«

»Nein, ich rühre mich nicht von der Stelle, sie muß auch mit mir reden. Das ist eine, die uns in den Rücken fällt … Papa … Papa, hast du das gehört …? Hast du gehört, wozu sie imstande ist?!«

Der Herr Parteibonze war also auch gekommen.

Sie sah sie noch vor sich, Vater und Tochter, wie sie am Hochzeitstag zwischen den Blumen durch das Kirchenschiff gingen und Immacolata fast aus ihrem Atlaskleid geplatzt wäre, das sie bei der Maison Teresa gekauft hatte.

Das weiße Kleid war enganliegend bis unter die Knie und ging in Tüllrüschen über, die steif abstanden wie bei einem Tutu und in mehreren Stufen bis zum Boden reichten, wo sie in der klassischen Schleppe endeten.

Es war ein sehr schönes Hochzeitskleid, aber für eine große schlanke Frau geschaffen, die sich so etwas Enganliegendes leisten konnte, gewiß nicht für die kurzbeinige stämmige Immacolata.

Die Braut machte wegen ihrer eingeengten Knie kleine linkische Schritte, und ihr feierlich in einen Cutaway gekleideter Vater versuchte ungeschickt, sich ihrem Schritt anzupassen, und so fehlte ihrem Gang jede Anmut.

Dieses Modell, das in der berühmten neapolitanischen Schneiderei gekauft worden war, trug den Namen »Flaum« – das hatte ihr Donna Cira am Abend vor der Hochzeit erzählt:

»Sie werden morgen sehen, Donna Nunzià ... Sie werden sehen ...« Und dann schwärmte sie von dem Kleid ihrer Tochter, diesem »Flaum«, in höchsten Tönen.

Als die Braut dann am nächsten Morgen die Kirche betrat, die Musik dröhnend einsetzte und Nunziata sie auf dem roten Teppich näher kommen sah, fielen ihr Donna Francesca und Mariuccia und ihr beißender Sarkasmus ein. Und in Erinnerung an ihre lapidaren Urteile, fiel ihr eine spöttische Bemerkung ein, die sie allerdings nie aussprach. Bei dieser »Erscheinung« mußte sie weder an eine zarte Puderquaste noch an einen Staubwedel denken, sondern eher an eine Bürste, mit der man eine ganz bestimmte Schüssel reinigt.

Immas unangenehme Stimme zeterte noch immer vor der Tür:

»Hab' ich vielleicht nicht recht, Papa? Wieviel Geld hat sie diesen Leuten schon zugesteckt?«

Nunziata ließ ihre Handarbeit ruhen, lehnte sich zurück und dachte: »Diese Leute.«

Auch Donna Francesca gehörte zu »diesen Leuten«. Sie sah sie in dem kleinen gelben Arbeitszimmer noch vor sich stehen, sie erinnerte sich auch noch an ihr Kleid, das mit den grünen Seidenbändern, das sie an Feiertagen trug.

Und sie hörte ihre sachlichen Worte:

»Der Notar und dein Verlobter sind gerade hinuntergegangen, ich habe ihnen 6300 Lire in bar versprochen sowie das kleine Haus in der Via Maresca mit dem ganzen Garten ... Aber ich möchte dir ein persönliches Geschenk machen ... Sag was du willst.«

Und sie hatte ihren ganzen Mut zusammengenommen und die Augen gehoben, und einen Moment lang waren sich ihre Blicke begegnet:

»Ich will eine kleine Ausrüstung zum Nudelmachen.«

Auf diese Weise hatte in der Via Maresca ihr Aufstieg begonnen ...

Warum sollte sie da jetzt nicht den Kindern Federicos ihre Dankbarkeit erweisen? Es war schließlich ihr eigener Anteil, und sie nahm niemandem etwas weg.

Sie hatte dem Notar bei ihrem ersten geheimen Besuch klar und deutlich gesagt, daß sie die Villa Federicos Kindern vererben wollte. Don Michele hatte ziemlich sarkastisch reagiert:

»Nun erklären Sie mir doch einmal, Donna Nunzià, was die mit der Villa anfangen sollen?« Und sie hatte ohne Zögern geantwortet:

»Sie können ja die Zimmer vermieten, es kommen so viele Fremde, die den Vesuv sehen wollen!«

»Aber das Landhaus ist doch schon halb verfallen, und dann gibt es auch noch Steuern zu bezahlen.«

»Wenn sie die Steuern nicht zahlen können und keine Kraft haben, sie herzurichten, dann sollen sie sich daran die Zähne ausbeißen ... und sie aufessen.«

Für sie war die Villa wie eine Votivgabe, ein Weihgeschenk, das sie Donna Francesca zum Dank für eine erwiesene Gnade darbrachte.

Sie war eingeschlafen. Jetzt klopfte niemand mehr an ihre Tür. Sie hatten es aufgegeben und waren weggegangen, vielleicht schon vor einer Weile. Sie hatte nicht einmal die Wagen abfahren gehört. Sie hätte weder im Namen der Autorität Ciccios noch der Freundschaft des Rechtsanwalts aufgemacht. Morgen vielleicht ... morgen ... Diese Nacht konnte sie durchhalten ... Sie hatte sogar einen Vorrat an Brot und Nüssen ...

Sie steckte die auf ihren Knien ruhende Handarbeit in ihre Schürzentasche, erhob sich aus dem Sessel und ging zum Balkon. Sie öffnete die Tür, die sie fest verschlossen hatte, um einen eventuellen Angriff von der Gartenseite abzuwehren. Die Nacht unter dem Sternenhimmel war ruhig ... Sie trat hinaus, machte ein paar Schritte und kehrte schnell wieder zurück. Und während sie ins Haus zurückging, hob sie den Blick zum Dezemberhimmel, und da sah sie den Stern, der heller leuchtete als alle anderen. Er war wieder da.

Nunziata fühlte sich plötzlich um viele Jahre zurückversetzt. Sie erinnerte sich an eine klare Märznacht, in der sie diesen selben Stern über der Villa hatte funkeln sehen. Und Federico, der sich zum ersten Mal heimlich mit ihr zwischen den Kletterpflanzen getroffen hatte, hatte ihr erklärt:

»Dies ist der Morgenstern, er geht vor Tagesanbruch auf, er nähert sich der Sonne und entfernt sich wieder von ihr ... Es ist der Stern, der am stärksten leuchtet ... Es ist die Venus, und sie ist so schön wie du.«

NUNZIATAS ABSCHIED VON der Villa erfolgte in jenem Frühjahr, als der Wind durch die Ritzen pfiff und wütend an der in voller Blüte stehenden Mimose zerrte und dem Arzt den Hut vom Kopf riß, so daß man ihn kaum mehr einfangen konnte; und es war ein langsamer und schmerzlicher Abschied.

Es war ein Frühjahr, das – mit Donnergrollen am finsteren Himmel – eher dem Winter ähnelte. Dann aber brach plötzlich die Sonne durch, und der Frühling gab sich voller Leuchtkraft im Schmuck neuer Blätter zu erkennen. Nunziata saß in ihrem Sessel, schwer atmend und totenblaß, und freute sich dennoch am Duft der Zitronenblüten und bat betrübt, daß man für die verletzte Mimose Stützen herrichte.

Es kam dann auch der alte Dr. Malzoni aus Avellino, und man begann eine neue Art von Behandlung. Aber nach einer ruhigen Abenddämmerung, bei der die Sonne noch lange über dem Meer stand, erschöpfte sich Nunziatas Lebenskraft.

Graziella und Donna Virginia trockneten ihr tief in der Nacht die letzte Träne aus dem Mundwinkel und schlossen ihr die Augen.

Immacolata Russo, die gerade das Zimmer betreten hatte, als Nunziata verschied, rief weinend ihren Mann und ihren Schwager herbei, während die beiden anderen Frauen, ebenfalls weinend, beide Türflügel aufmachten. Und dann gab es ein einziges Gedränge von zutiefst erschütterten Trauernden, die alle gleichzeitig den Sessel ans Bett rücken wollten.

Aber das Durcheinander und die Ergriffenheit dauerten nicht

lange, weil es jetzt darum ging, die Beerdigungsformalien zu erledigen. Also gingen die meisten schon bald. Graziella und Donna Virginia schlossen die Tür und blieben allein mit der auf dem Bett ausgestreckten Nunziata. Bevor die Totenstarre eintrat, nahmen sie ihr den Korallenring sowie den Ehering ab und begannen, sie sorgfältig zu waschen, anzukleiden und ihre kurzen Haare mit den seidig glänzenden Locken zu bürsten.

Um das Schwarz der Bluse etwas aufzulockern, legten sie ihr einen weißen Spitzenschal um den Hals und befestigten ihn mit der halbmondförmigen Brosche mit den Diamantsplittern, die sie immer getragen hatte.

Erst als sie so weit waren, riefen sie Rocco herein, der, seit es Nunziata schlecht ging, jeden Abend nach der Arbeit in seinen guten Kleidern in die Villa gekommen war, um ihr nah zu sein, und manchmal war er dann auch noch ins Dorf hinabgegangen, um aus der Apotheke von Giuseppe Esposito Medikamente zu holen oder eine Sauerstoffflasche auf seinen Schultern heraufzutragen. In jener Nacht war er überhaupt nicht nach Hause zurückgekehrt, weil ihn das Kopfschütteln der Ärzte beunruhigt hatte.

Er war blaß, und auf seiner niedrigen Stirn standen Schweißperlen. Sein graues Haar war kurz geschoren, und sein großer, kräftiger Körper steckte in einem zu engen dunklen Anzug, den er schon zu seiner Hochzeit getragen hatte und der an Armen und Beinen viel zu kurz war. Sein abgespanntes gutmütiges Gesicht mit den traurig blickenden Augen und der zitternden Braue drückte echten Kummer aus.

Graziella hielt ihm die neuen Lackschuhe entgegen, und er streifte sie der Toten mit aufgeregten, ungeschickten Händen über. Dann schloß Rocco die Riemen über dem Spann, breitete den Rock darüber aus und nahm sie auf seine starken Arme, um sie in den Salon hinunterzutragen, wo sie aufgebahrt werden sollte. Dabei liefen ihm pausenlos die Tränen übers Gesicht. Halb blind tastete er nach der Tür, wobei die flatternden Zipfel der gemalten Schleifen an den Wänden wie Arme nach ihm zu greifen schienen, um ihn zurückzuhalten.

Er drückte Nunziata fester an seine Brust und floh geradezu mit seiner leichten Last über den gebogenen Korridor mit den runden Fenstern, die wie versteinert zusahen; er huschte zwischen den abblätternden Trompe-l'œil-Malereien und durch die verschiedenen Zimmer hindurch, deren Wände Säulenreihen und Gärten vortäuschten. Er passierte die halbmondförmigen Bögen, die mit Trauben gefüllten Fruchtkörbe über den Türen, die girlandengeschmückten Faune, die verblaßten Weinblätter und die noch leuchtenden roten Wassermelonen; er durchquerte den Portikus mit den wackligen Fliesen und den staunenden Säulen, stieg die bröckeligen fahlblauen Stufen der großen Treppe hinauf und begegnete auf dem Treppenabsatz dem Spiegel.

Auch über ihn und Nunziata schütteten die gutmütigen Engel aus Gips ihre starren Blumen aus, während der Spiegel ihr Bild zurückwarf.

So erreichte Rocco den Ort, an dem alles für die Aufbahrung und die Totenwache vorbereitet worden war.

Sie hatten dafür voller Stolz den bemalten Salon gewählt, weil hochangesehene Persönlichkeiten aus der Stadt und den umliegenden Ortschaften kommen wollten, um der Verstorbenen die letzte Ehre zu erweisen.

Rocco legte seine Last auf den mit violettem Samt bespannten Katafalk ab.

Sorgfältig bahrte er sie mit Hilfe der beiden Frauen, die ihm gefolgt waren, auf.

So ruhte Nunziata schön zurechtgemacht inmitten der vier hohen Kandelaber. Sie trug das karmesinrote Halsband der Kongregation des Allerheiligsten auf der Brust, und ihre Hände waren über einem Gebetbuch gefaltet. Zwischen ihren Fingern steckte ein Rosenkranz aus Korallen. Im Licht des neuen Tages, der unbekümmert auch ohne sie angebrochen war, lag sie in dem großen Salon, der noch immer seine barocke Pracht entfaltete, wenn auch die schmerzlichen Zeichen der Vergänglichkeit unübersehbar waren. Doch die Götter und Helden auf den Deckenfresken vergossen keine Träne, sie schwebten erhaben über der irdischen Wirklichkeit und ließen sich in keine menschlichen Bedrängnisse hineinziehen, sondern erzählten unerschütterlich von ihren erstaunlichen Abenteuern.

Nunziata lag in ihrer fahlen Blässe unter den leuchtenden Farben, die trotz aller Vernachlässigung die Zeit überstanden hatten. Azurblau strahlte der Freskenhimmel über ihr, und flammend rosa Wolken zogen an ihm vorbei.

Es war ein grenzenloser, Unendlichkeit atmender Himmel, der in luftiger Höhe die Stuckverzierungen zu sprengen drohte, die ihn in Grenzen bannen wollten. Aber wie alle Illusionen, wie alle maßlosen Träume der Menschenkinder, die eben unter diesem Deckengewölbe ihr Leben rezitiert hatten und weiterhin rezitieren würden, wurde auch seine Sehnsucht nach dem Unermeßlichen durch die konkrete Wirklichkeit besiegt. Die weißen Stuckgirlanden wiesen ihn unerbittlich in seine Schranken.

Auf der einen Seite des Salons hatte man einen Diwan beiseite gerückt und mit Brettern einen provisorischen Altar aufgebaut.

Während die Frauen des Hauses ihn schmückten, traten zwei Franziskanermönche ein.

Sie waren dem Hause eng verbunden, hatten regelmäßig Almosen empfangen, gemeinsam den Rosenkranz gebetet und waren so mancher Einladung zu Tische nachgekommen. Sobald sie die Nachricht erhalten hatten, waren sie herbeigeeilt, um mit ihren Gebeten Trost zu spenden. Sie betraten nacheinander den Salon. Der Jüngere sank schwerfällig auf die Knie und sammelte sich unverzüglich mit geschlossenen Augen zum Gebet.

Die Verklärung wollte sich jedoch auf den männlichen, südländischen, frischrasierten Gesichtszügen des in seiner weiten Kutte vornübergeneigten Mönches nicht zeigen. Seine Heiligkeit blieb in seiner Seele verborgen, und die einzig sichtbare Askese waren seine bloßen Füße in den Ledersandalen.

Der andere, sehr viel ältere Mönch kniete sich mühsam neben ihn. Dabei stützte er sich mit den Händen ab, um seine Beine auf dem Majolika-Boden auszustrecken; er schloß nicht die Augen und senkte nicht den Kopf wie der andere, sondern blickte starr auf die aufgebahrte Nunziata; dabei verrieten seine Augen keinerlei Trauer über diesen unbeseelten Körper.

Sein gerötetes Antlitz bekam im Angesicht des Todes einen verzückten Ausdruck, weil sein fester, begeisterter und kindlicher Glaube und seine große Nächstenliebe sich im Universalen verloren und die ganze Menschheit mit einschlossen. Deswegen sah er nicht das Schicksal des einzelnen und blieb selber vom Schmerz verschont.

Als die beiden Geistlichen später auf der bestickten Decke aus Nunziatas Aussteuer ihrem gemeinsamen Gott dienten und ihn während des Gottesdienstes um Erbarmen anflehten, kämpfte ein kleiner Junge im Matrosenanzug und mit im Rücken verschränkten Armen wie ein kleiner Mann mit den Tränen. Er stand zwischen Vater und Mutter in der ersten Reihe und hielt seinen strohblonden Kopf gesenkt.

Aber sein Schmerz überwältigte ihn. Es war der erste seines Lebens, und weil er sich mit nichts vergleichen ließ, was er bisher erlebt hatte, blieb er ihm als der furchtbarste in Erinnerung.

Keine Trauerrede konnte Nunziata gerechter werden als das verzweifelte Schluchzen ihres Enkels, der schließlich nicht mehr an sich halten konnte.

Seine verquollenen Augen, auf die er krampfhaft den Taschentuchzipfel drückte, waren von goldgesprenkelter haselnußbrauner Farbe.

Es war der 4. Mai, ein besonders schöner Sonntag, als sie von der wunderschönen Kutsche mit den hohen Rädern und den silbernen Verzierungen abgeholt wurde.

Sie war prunkvoll mit goldgefirnisten Engeln und spiegelnden Fenstern ausgestattet, aber es war nicht Aschenputtels Kutsche.

Der kerzengerade Kutscher in Frack und Zylinder hielt die Zügel steif in der Hand. Neben ihm saß der »Ersatzkutscher«. Die feierlich in Schwarz und Gold gekleideten Pferdeknechte hielten die vier Rappenpaare im Zaum, aber das prächtige Achtergespann würde Nunziata nicht zum Ball bringen. Der Trauerzug, der das Portal der Villa verließ, wurde von Männern angeführt, die paarweise große Blumengirlanden vor sich her trugen. Es war ein bedeutendes Begräbnis, und die Leute am Straßenrand nahmen beim Vorüberziehen des Trauergeleits den Hut ab und stießen sich gegenseitig in die Rippen, um einander auf die angesehensten Persönlichkeiten aufmerksam zu machen. Als die Waisenmädchen vorbeikamen, ging ein Raunen durch die Reihen.

Der Trauerzug war von der Villa auf die Hauptstraße hinuntergelangt, folgte ihr ein Stück weit, damit alle ihn sehen konnten, und bog dann im rechten Winkel in Richtung Vesuv ab. Der Vulkan beherrschte aus der Ferne den wolkenlosen Horizont. Die Straße, die eher ein Feldweg war, führte zu dem kleinen Friedhof zu Füßen des Vesuvs.

Das prunkvolle Trauergeleit bewegte sich im Schatten der Pinienhaine aufwärts und drang dann immer weiter in die farbenfrohe, eisenreiche Vesuvlandschaft vor. Sie gingen an ginstergesäumten Lapillimäuerchen, an Feigenkakteen und an Bauernhöfen vorbei, auf deren Torpfosten wilde Pflanzen in Blumentöpfen wuchsen.

Würdevoll zogen sie an den fröhlichen, rosa getünchten einfachen Häusern vorbei, deren Dächer hier und da mit Pech geschwärzt waren.

Die im Schritt gehenden Pferde mit ihrem Trauerbehang klapperten mit den Hufen, und das Geräusch hallte in stillen kleinen Höfen, an grün gestrichenen Türen, in kleinen Lauben und zwischen den gegabelten Pfosten der Wäscheständer wider und rief ein wehmütiges Echo hervor.

Es war ein eindrucksvolles Trauergeleit, an dem nicht nur die Arbeiter aus Nunziatas Nudelfabrik teilnahmen, sondern auch Vertreter aller anderen Fabriken: ein endloser Zug.

An jenem so klaren Tag senkten nicht wenige der Älteren besorgt das Haupt, während sie mit im Rücken verschränkten rauhen Händen gemessen dem Zug folgten, denn sie spürten instinktiv das Unheil nahen.

Es war das Jahre 1940, die Weltlage hatte sich verfinstert, und die sanfte Dame, über die es so viel Gerede gegeben hatte, fand jetzt ihre letzte Ruhe zu Füßen des Berges und ließ sie mit ihren

Ängsten um das tägliche Brot allein. Die Herstellung von Teigwaren, einst diesen windreichen, sonnigen Gegenden vorbehalten, hatte sich inzwischen zu einem Industriegewerbe entwickelt und in ganz Norditalien, im Ausland, in unbekannten Städten Englands, Frankreichs und sogar an der Hudson Bay Fuß gefaßt: Aber hier bei Neapel beteuerten alle halsstarrig, daß sie sich von dieser Konkurrenz nicht beeindrucken ließen, und behaupteten, daß außerhalb ihrer heimatlichen Gegend zwischen Vesuv und Meer die Nudeln nicht hergestellt, sondern »gestanzt« würden.

Sie verschanzten sich hinter ihrer Verachtung für eine mechanische Arbeit, die einem Vergleich mit ihrem stolzen Handwerk nicht standhielt.

Sie ahnten nichts von der unglückseligen Zukunft, in der ihnen das Wasser abgegraben und ihre ganze Erfahrung und Qualifikation zunichte gemacht werden würde.

Von den vielen Mühlen, den Dutzenden kleinen und großen Nudelfabriken überlebten so wenige, daß man sie an den Fingern einer einzigen Hand abzählen konnte.

Nicht der furchtbare Krieg und die aus den Fugen geratene Welt vernichteten sie, sondern die Maschinen, die schon immer ihre Feinde gewesen waren.

Dazu kam in der neuen Gesellschaft der Nachkriegszeit ein Übel, das so viele organisch gewachsene Betriebe zerstörte: die Verwaltung durch Manager.

Diese Berufsgattung mit dem ausländischen Namen kannten sie 1940 noch gar nicht, aber sie ahnten, welche Umwälzungen auf sie zukommen würden. Darum war das Verschwinden einer herausragenden Persönlichkeit wie Nunziata, die den alten Führungsstil repräsentiert hatte und schon jetzt zur Legende geworden war, eine Bedrohung.

Auf diese großen Persönlichkeiten folgten andere, die zwar stolz auf die Vergangenheit, aber unfähig in der Unternehmensführung waren: Sie behielten die archaischen Strukturen bei, entwickelten keine zukunftsorientierte Betriebsleitung und besaßen auch nicht den nötigen Mut, dem schlechten Einfluß der

Gewerkschaften zu begegnen, der kurz nach dem Krieg in dieser Gegend besonders negativ war.

Die Männer, die die letzten Reihen des Trauerzuges bildeten, und jene, die ihm voranschritten, hatten eines gemeinsam: ihre Fähigkeit, mit Hingabe und unvergleichlicher Meisterschaft Teigwaren herzustellen, wie sie nach ihnen wohl keiner mehr hergestellt hat.

Sie wußten aber nicht, daß die hervorragende Qualität ihrer Produkte letzten Endes gar nicht zählte. Ihre Kunst ging in jener Gegend fast vollständig verloren, und so waren auch keine Vergleiche mehr möglich.

Sie hielten die Tradition ihres Handwerks nicht hoch, sondern verbargen sie fast. Sie steckten die Niederlage ein, und ihr ganzes Wissen ging verloren. So war in den Händen, die sie ihren Kindern und ihren Enkeln entgegenstreckten, kein Korn mehr und keine Arbeit.

Donna Francesca hatte Nunziata schon viele Jahre zuvor in ihrem letzten Gespräch nach Federicos Tod gewarnt. Sie hatte sie am Tag nach der Bestattung um sechs Uhr früh rufen lassen, und Nunziata war, obwohl sie am Boden zerstört war und Fieber hatte, sofort in das Haus der Montorsis gelaufen, denn es hatte geheißen:

»Schnell, schnell, schon seit vier Uhr früh ist sie ganz außer sich … Sie will Sie unbedingt sprechen, wir konnten sie kaum bis um sechs hinhalten.«

Es war wirklich bei ihrem letzten Gespräch gewesen, dem dramatischsten von allen. Mitten im Zimmer stand neben dem Sessel die leere Bank, die seit vier Uhr auf Nunziata wartete. Donna Francesca saß kreidebleich und steif wie eine Tote neben dieser Bank, und Nunziata war wie vor einer Toten auf die Knie gesunken, bis jemand sie aufgehoben und auf die Bank gesetzt hatte.

»Die Kinder … Federicos Kinder … Du darfst sie nie fallenlassen, Nunzià … Hilf ihnen, du kannst ihnen helfen … Du hast Geld … Aber paß auf, paß auf, Nunzià … Es gibt da eine Gefahr … Halt deine Lire zusammen, denn die Zeiten ändern sich … Du hast jetzt eine mechanische Trockenanlage, so was gibt es bis jetzt nur bei dir und ein paar anderen … Für dich und für sie ist das Trocknen der Nudeln jetzt keine mühsame Geschichte mehr, ihr braucht dazu nicht mehr zehn Tage im Sommer und zwanzig im Winter, und das ist für euch ein großer Vorteil … Aber wenn man die Sonne nicht mehr braucht, das Klima, das der Herrgott uns geschenkt hat, und man Makkaroni in jedem Land machen kann, wenn sogar die Piemontesen sie machen können, dann ist es für uns aus, denn die gehen systematisch an die Sache, die sind ordentlich und gewissenhaft, sie berechnen alles genau und wirtschaften nicht einfach so drauf los wie wir … Früher war das Nudelmachen so etwas wie eine Geheimlehre, man mußte den Mond kennen … den Wind … Man mußte die Wolken und die Sterne befragen, man brauchte Herz und Seele und eine besondere Fähigkeit, das war eine Leidenschaft, eine Kunst … Da konnte man nichts improvisieren, und die Piemontesen besaßen diese Kunst nicht … Aber heute ist alles anders, Nunzià, alles … Es hätte vielleicht nur eine Rettung gegeben … Federico war ganz besessen von der Idee: ›Unsere Betriebe müssen sich zu einer Genossenschaft zusammenschließen‹, sagte er. Noch an seinem letzten Lebenstag hat er davon gesprochen … ›Die Genossenschaft … die Stärke der Genossenschaft …‹ Aber jetzt, da er tot ist, wird keiner mehr darüber reden … Halte das Geld zusammen, Nunzià, hör auf mich, vergeude nichts. Wenn auch die Piemontesen Nudeln machen können, walzen die uns nieder … und hierzulande wird man sich später vielleicht nicht einmal mehr an unsere Arbeit erinnern. Paß bloß auf, Nunzià, paß auf …«

Die lange Prozession zog weiter, und die Arbeiter gingen, von ihren Vorahnungen gequält, noch immer schweigend mit gesenktem Kopf. Es fiel keines der üblichen Worte, die auch bei einer Beerdigung ein Lächeln auslösen können, da der Tod ja nicht die Lebendigkeit der Lebenden auslöscht.

So ging es, bis sie den Friedhof erreichten.

Dort löste sich der Zug auf, und alle versammelten sich um den Sarg. Bevor jedoch die Angehörigen und engsten Freunde die

Tote allein hinter die Mauer des kleinen Friedhofs begleiten konnten, hielt es der Parteisekretär, eine vortreffliche Person, der es aber offensichtlich an Feingefühl für den passenden Augenblick fehlte, für angebracht, Nunziata mit einem faschistischen Gruß zu ehren – schließlich war sie ja Leiterin eines großen Industriebetriebes und überdies eine enge Verwandte Don Ciccios gewesen. Wie im Regime üblich, brüllte er nach dem »Stillgestanden« mit Stentorstimme:

»Kameradin Nunziata Montorsi ...« Von den verblüfften und verlegenen Anwesenden antworteten nur wenige mit dem rituellen »Hier!«

Der Appell mußte der Regel zufolge dreimal wiederholt werden, und dreimal mußte man darauf mit »Hier« antworten. Beim dritten Mal wurde das letzte zögerliche »Hier« des spärlichen Chors von der kräftigen Stimme eines Arbeiters übertönt: »Nicht hier ... sie ist ausgetreten ...«

Jetzt wurde gelacht und heimlich gegrinst, aber niemand schien zu wissen, wer da geschrien hatte.

Als Don Ciccio Russo aber dann drei Tage später in Zivil und ohne Stiefel in die Nudelfabrik seiner Tochter kam und den alten Arbeiter Basilio sah, warnte er ihn gutmütig:

»Willst du in Schwierigkeiten geraten, Basì? Wann nimmst du endlich Vernunft an? Der Schlag soll dich treffen ...«

»Da ist Donna Nunziata beerdigt worden, Don Ci', und Ihre Kameraden haben getan, als wäre nichts ...«

Als die Totengräber erster Klasse in betreßter Uniform, mit Schirmmütze und der Aufschrift »Bestattungsunternehmen Colangelo« den Sarg durch das Friedhofstor trugen, erklangen langsame traurige Glockenschläge. Besonders traurig für Nunziata, wenn sie gewußt hätte, was ihr für ein Schicksal blühte. Denn die Männer, die sie trugen, hielten nicht vor der Grabkapelle der Montorsis.

Diese Kapelle, die sich gleich neben dem Eingang befand, überragte alle anderen. Sie war im gotischen Stil gehalten, mit einem Kreuzgewölbe und Holztüren, die mit Rosetten verziert waren und jetzt offenstanden. So konnte man ins Innere spähen: Auf einem Travertinaltar standen kleine weiße Blumensträuße, und im Hintergrund war das große bunte Fenster mit der Christusdarstellung zu sehen.

Es war ein Christus voller Leuchtkraft mit byzantinischen länglichen Augen und einladend ausgebreiteten Armen.

Die zwei Bankreihen zwischen den hohen Grabnischen rechts und links füllten sich mit verschleierten Frauen, die niederknieten und mit Männern, die stehenblieben. Hier lagen alle Kinder Donna Francescas, ihre Enkel und Angehörigen. Die Montorsi waren nicht zu der Beerdigung gekommen, weil Immacolata ihnen hatte ausrichten lassen, daß sie nicht willkommen seien, aber sie hatten Blumen geschickt. Von Donna Mimmina Ruotolo war ein Kreuz aus Jasmin gekommen, Federico hatte ihr so oft erzählt, daß Nunziata Jasmin besonders liebte.

Francescas Erben hatten Nunziatas Söhnen aber ihren Wunsch ausgedrückt, sie in ihrem Familiengrab bestatten zu dürfen.

Immacolata hatte ihnen im Namen aller gesagt: »Ja, gut ... machen wir es so«, aber sie hatte dabei schon einen Plan im Kopf, wie sie sich öffentlich rächen konnte.

Einer der betenden Männer drehte sich um und verließ die Kapelle, als die Totengräber nicht anhielten, sondern in Richtung eines ihnen genau bezeichneten Ortes weitergingen: zum frisch erbauten Mausoleum der Russos, einem quadratischen Block ganz aus Marmor.

Einer der Montorsi-Getreuen rief die Totengräber zurück, die blieben stehen und wollten umkehren, aber Imma, die direkt hinter dem Sarg ging und am Arm ihres Mannes gerade an der offenen Tür der Montorsi-Kapelle vorbeikam, erteilte den Totengräbern durch den Schleier ihres flachen Hütchens den unmißverständlichen Befehl:

»Weiter, geht weiter.«

Dann drehte sie sich noch einmal zu der Kapelle um und rief laut und deutlich in die absolute Stille des Ortes hinein:

»Überlaßt sie uns wenigstens als Tote ...«

Also gingen die Männer weiter und trugen Nunziata an »ihrer« Kapelle vorbei. Der ihr zugedachte Platz war jetzt neben Crescenzo, dem Vorarbeiter Donna Francescas.

Aber nicht diese Nachbarschaft hätte sie geschmerzt, noch nicht einmal, daß sie nicht neben Federico ruhen durfte. Es war nur so, daß man durch die hellen Scheiben des großen Fensters der Montorsi-Kapelle zwischen den Armen des Christus hindurch den Vesuv sehen konnte.

Die Verwandten und engen Freunde nahmen auf dem Rückweg die Kutschen, die in munterer Fahrt eine nach der anderen den Abhang hinabfuhren.

Es gab auch zwei Fiat 509 und einen Lancia Augusta. Immacolata Russo kehrte im Balilla des Parteisekretärs nach Hause zurück.

In der Villa versammelten sich außer den Familienangehörigen auch die engsten Freunde. Sie trafen sich alle in dem Salon, aus dem bereits die schwarzen Schleier und die Trauerdekorationen entfernt worden waren, so daß er wieder sein altes Aussehen erlangt hatte. Aber es roch noch nach Blumen und dem verzehrten Wachs.

Auf den hohen Konsolen standen silberne Tabletts voller Kondolenzschreiben. Unter diesen befand sich auch ein Telegramm aus Japan. Darin teilte Mariano mit, daß er dabei war, sich mit seiner Frau nach Italien einzuschiffen, um seine kranke Mutter zu besuchen.

Wie der alte Brauch es wollte, trafen von den befreundeten Familien riesige, mit tischtuchgroßen Leinenservietten bedeckte Tabletts in dem Trauerhaus ein: heiße Schokolade, hausgebackener Löffelbiskuit und Mürbegebäck, alles zur Stärkung der Verwandten und ihrer besten Freunde, die ihnen nun tagelang in ihrer Trauer um die Verstorbene beistehen würden.

In auffälligen Verpackungen kamen auch kiloweise Kaffee und Zucker, Anisflaschen, viele Meter schwarzer Stoff für die Trauerkleider und vor allem ganze Körbe mit Fischen an. All diese Gaben sollten den Trauernden Trost spenden.

Alle Diwane waren mit Menschen besetzt, man gedachte in gemäßigter Lautstärke aller Tugenden der Verstorbenen, erzählte Episoden aus ihrem Leben und vergaß dabei nicht, das Gebäck in die dampfende Schokolade zu tauchen. Wurde Nunziatas Name erwähnt – »die gute Seele« –, so erhoben sich die Augen aber pflichtgemäß zum Himmel, und die Gebäckstücke tropften in den halb erhobenen Händen, bis die Blicke sich von den Deckengemälden wieder senkten und sich wieder auf die Speisen konzentrierten.

Der Herd in der Küche war erloschen. Er würde in diesem Haus nach alter Sitte mehrere Tage nicht brennen. Befreundete Familien würden zum Zeichen ihrer Anteilnahme das Essen bringen. Die Küche blieb nach dem Ritual mindestens drei und höchstens acht Tage geschlossen. Die dargebrachten Speisen bestanden überwiegend aus Fisch, Mozzarella und Gemüse. Fleisch galt nicht nur als unziemlich, sondern war streng verboten. Mindestens acht Tage war es aus dem Haus eines Verstorbenen verbannt. In manchen besonders strengen Häusern sogar vierzig Tage. Donna Clorinda Pappalardo und Donna Tatina Iovane hatten, als sie in Trauer waren, ein ganzes Jahr lang kein Fleisch gegessen.

Die beiden Schwiegertöchter Nunziatas hielten in dem großen Salon auf dem gleichen Diwan Hof. Er war jetzt mit einem anderen Stoff bezogen, aber er war immer noch derselbe Diwan, auf dem vor fast fünfzig Jahren Mimmina und ihre Mutter am Namenstag des heiligen Paolino gesessen hatten. Es war derselbe Diwan, von dem aus die beiden Frauen die königliche Gestalt des jungen Mannes verfolgt hatten, der mit allen anderen lebhaft und heiter umging und zu ihnen zwar höflich und freundlich, aber irgendwie teilnahmslos war. Als Donna Geppina Ruotolo in Abwesenheit Mimminas Don Crescenzo Papa darauf angesprochen hatte, hatte dieser sie hell auflachend beruhigt:

»Der ist nur schrecklich eingeschüchtert, mit Signorina Gelsomina kann er sich keine Späßchen erlauben. Sie wird seine Frau und die Mutter seiner Kinder, da muß er ernst bleiben … Er hat sie auf ein Podest gestellt.«

Hin und wieder trat jemand aus Immacolatas Hofstaat hinter den Diwan und beugte sich zu ihr herab, um ihr etwas ins Ohr zu flüstern. Denn sie kümmerte sich jetzt um alles: um die Erneuerung der Matratzenbezüge, um Nunziatas Kleider und um Veränderungen im Schlafzimmer ihrer Schwiegermutter; sie erteilte dem Fotografen Anordnungen für das Foto Nunziatas, das bei der feierlichen Gedenkmesse in dreißig Tagen verteilt werden sollte. Unter dem Foto sollte ein trostspendender Satz stehen und schwarzgedruckt das Geburts- und Sterbedatum ihres nunmehr vollendeten Lebens.

Immacolata legte dem spindeldürren jungen Mann vor allem die sorgfältige Ausführung der kleinen Keramikmedaillons mit Nunziatas Foto ans Herz, die später als Broschen oder Anhänger getragen werden konnten. Es war vielleicht kein Zufall, daß die Montorsis solche Schmuckstücke großzügig verschenkt hatten und Francescas Porträt an Maria Vittorias Brust baumelte und Mimmina einen Ring trug, auf dem ein lächelnder Federico mit prächtiger Mähne zu sehen war.

Unaufhörlich drangen Stimmen an Immacolatas Ohr. Sie forderten, meldeten, unterbreiteten, rieten, machten Vorschläge oder verlangten Anweisungen, und zwar einzig und allein von ihr. Wie von einem Thron aus, auf dem sie allerdings schräg saß, erteilte sie ihre Befehle, rechnete mit den Blumenhändlern ab, beriet sich mit dem Buchhalter des Betriebes über Danksagungen an die Honoratioren, die beim Trauergeleit zugegen gewesen waren, und besprach mit der Schneiderin die Trauerflore für die Anzüge der Männer, die diese am rechten Ärmel und am linken Revers zu tragen hatten.

Dann nahm der Ansturm der Ratsuchenden ab, und Immacolata konnte sich den Damen, die gekommen waren, um sie zu trösten, mit mehr Ruhe widmen.

Als Palmina, die Nunziata immer die Spritzen gegeben hatte, sich von ihr verabschieden wollte, brach Immacolata ehrlich ergriffen in Tränen aus und murmelte schluchzend:

»Wie sehr hat sie leiden müssen, arme Mama ... Das hatte sie nicht verdient ... So ein guter Mensch, und mußte so viel leiden.«

Und als dann, nachdem sie sich beruhigt hatte, jemand indiskret nach dem Testament fragte und die anderen ringsum die Ohren spitzten, antwortete sie betrübt:

»Mama hat nicht mehr gewußt, was sie tat, deshalb hat sie diesen Blödsinn gemacht. Diese Leute haben sie immer dazu gebracht, das zu tun, was sie wollten, als hätten sie sie verhext ... Sie haben ihr sogar geraten, mit zwei Ärzten beim Notar aufzutauchen ... aber jetzt kümmern sich die Rechtsanwälte darum ... das Testament hat keine Gültigkeit ... Es hat hier einen Betrug gegeben ... Aber Mama hat am Schluß begriffen, daß sie zu unserem Nachteil gehandelt hatte, und das hat ihr sehr leid getan, der Ärmsten ... Vorgestern abend hat sie auch gebeichtet und die Kommunion empfangen ... Als ich in ihr Zimmer kam, um ihr die Medikamente zu geben, schien sie mir im letzten Moment, bevor sie ihr Leben aushauchte, noch etwas sagen zu wollen. Als sie mich sah, hat sie die Hände auf die Armlehnen gelegt, als wollte sie aufstehen und mir entgegenkommen, und hat mich wie eine Schmerzensreiche Madonna angesehen, es lag ein so tieftrauriger Ausdruck in ihren Augen, als wollte sie mir sagen, ›Verzeih mir ... verzeih mir, ich war außer mir‹.« Dann rief Immacolata die Schneiderin Donna Virginia, die sich gerade mit einem neuen Tablett näherte, zum Zeugen an:

»Stimmt das nicht, was ich sage, Donna Virgì? Sagen Sie selber, ob ich recht habe. Was für ein Gesicht hatte sie?«

»Ein tieftrauriges Gesicht hatte sie, das ist wohl wahr ...«, bestätigte Donna Virginia betrübt, aber auch verlegen.

Aber Nunziata hatte nichts bereut. Sie hätte auch hundertmal immer wieder so gehandelt, weil es gerecht war; und wenn sie eine bestimmte Tat als ihre Pflicht ansah, dann führte sie sie um jeden Preis aus – auch wenn ihr Leben dadurch eine bittere Wende nahm.

Ihre schmerzliche Miene im Moment des Todes war kein Ausdruck ihrer Reue gewesen, und auch nicht, wie Graziella und Donna Virginia munkelten, ein letzter Beweis ihrer Abneigung gegen die Ehefrau des »jungen Herrn Alfredo«.

»Sie war so irritiert, als sie Immacolata hereinkommen sah. In letzter Zeit konnte sie die Schwiegertochter wirklich nicht mehr ertragen ... Donna Immacolata hat ihr so viel Kummer bereitet ... Auch ihr Herzleiden kam daher ...«

Auch das stimmte nicht. Sie hatte Immacolata gern gehabt, und sie hatte sie immer als gute Mutter, gute Ehefrau, unermüdliche Arbeiterin, aufmerksame Hausfrau und ehrlich gesagt auch als liebevolle Schwiegertochter hochgeschätzt, und daß sie eine tüchtige Nudelfabrikantin war, hatte sie nie bestritten. Sie hegte keinen Groll gegen Immacolata, diese hatte schließlich nur die Rolle übernommen, die ihr vom Leben zugeteilt worden war.

Das hatte alles seine Richtigkeit.

Und auch ihr Herzleiden war von keinem Menschen ausgelöst worden, das war einfach so gekommen, wie es kommen mußte, und ihr Streit mit der Schwiegertochter hatte ihr nur geholfen, zu überleben statt ihren Tod herbeizuführen.

Eifersüchtig war sie auf Immacolata gewesen, neidisch auf die Liebe ihres Sohnes, auf die zärtlichen Gesten und vielsagenden Blicke, die er seiner Frau schenkte, während er für seine Mutter nur flüchtige förmliche Küsse übrig hatte. Sie war eifersüchtig gewesen auf alles, was Imma hatte und was sie selber nie mehr haben würde: Jugend, Gesundheit, einen Mann im Bett, kleine Kinder, Kinder, die sie noch aufziehen konnte und Teigwaren, die sie noch herstellen würde.

Immacolata wiederum war auf die Montorsis eifersüchtig gewesen. Auch das war menschlich.

Es stimmte auch nicht, wie erzählt wurde, daß die jüngsten Streitigkeiten Donna Nunziatas Leben verkürzt hatten.

Sie hatten ihr sogar Vergnügen bereitet, und außerdem konnte sie verstehen, daß ihre Schwiegertochter so erbittert gekämpft hatte. Sie hatte sich ja auch für ihre Kinder geschlagen, und die waren schließlich Nunziatas Enkel.

Nunziata wußte, daß Imma die Villa nie hergeben würde, aber so wie die Dinge aussahen, mußte irgendein Kompromiß gefunden werden, und auf diese Weise würden Federicos Kinder doch noch in den Genuß einer Erbschaft kommen.

Und das war ja ihre Absicht gewesen.

Ihre schmerzliche Miene hatte mit all dem gar nichts zu tun. In Wirklichkeit hatte sie den Ruf gehört.

Die altvertraute Stimme hatte sich aus dem dunklen Tal am Fuße des Vulkans erhoben und hatte sie gerufen. Nunziata hatte sich konzentriert an die Armlehnen geklammert und gehorcht. Da, da war sie, und sie kam immer näher … immer näher … so gedehnt und so traurig …

He Burschen, he Burschen,
Es ist die Stunde …
Es ist die Stuuunde …

Sie hatte sich gegen die Rückenlehne des Sessels sinken lassen und den Kopf zur Seite geneigt.

Und danach hatte sie nichts mehr gehört.

Maria Venturi

Das Labyrinth der Liebe

Roman. 240 Seiten. Geb. Aus dem Italienischen von Monika Zenkteler-Cagliesi.

Die attraktive Linda Parodi ist 38, alleinerziehende Mutter einer aufmüpfigen 13jährigen und eines vierjährigen Pflegesohns. Mit viel Temperament und Humor meistert sie mehr oder weniger erfolgreich das tagtägliche Chaos. Nur auf ihre beste Freundin, die Psychologin Sara, ist Verlaß – auch wenn Sara mit gutgemeinter Kritik nicht gerade hinter dem Busch hält. Als Linda auch noch ihren Job zu verlieren droht, ist das Maß übervoll.

Da tritt Matteo Morelli in ihr Leben: gutaussehend, sensibel und acht Jahre jünger als Linda. Die beiden verbringen gegen viele Widerstände eine intensive und leidenschaftliche Zeit zusammen, doch Linda hat schon zu viel erlebt, um noch an die ganz große Liebe zu glauben. Aber sie hat Matteo unterschätzt …

Ippolita Avalli

Die Perleninsel

Ein Märchen über die Liebe.
128 Seiten. Geb. Aus dem Italienischen von
Viktoria von Schirach.

Gibt es etwas Rätselhafteres als die Liebe? – Niemand, so scheint es, kann Giulia in ihrer Verlassenheit helfen. Bis ein Traum ihr die Kraft gibt, ihr Leben neu zu gestalten: Sie folgt dem jungen Priester Jean auf eine japanische Insel, ohne ihm aber je wieder zu begegnen. Dennoch findet sie auf Amami Erfüllung, seit sie weiß: Liebe zu empfinden ist wichtiger, als Liebe zu empfangen. Ihrem unendlichen Gefühl gibt Giulia Ausdruck, indem sie Steine am Strand mit dem einzigen Wort beschriftet, das je zwischen ihr und Jean gewechselt wurde:
Amami, liebe mich!
Avallis märchenhafter Roman verbindet die Leichtigkeit eines Traums mit der Magie der fernöstlichen Inselwelt. Eine Liebesgeschichte, so geheimnisvoll und schillernd wie eine Perle.

KABEL

Mort Rosenblum

Oliven

Kulturgeschichte einer göttlichen Frucht. 336 Seiten. Geb. Aus dem Amerikanischen von Michael Windgassen.

Als Mort Rosenblum ein Grundstück in der Provence erwarb und damit stolzer Besitzer von zweihundert Olivenbäumen wurde, wußte er, wie wohl die meisten von uns, wenig über Oliven: daß sie sich hervorragend auf dem Grund eines Martini Cocktail machen, auch in Knoblauch eingelegt ganz phantastisch schmecken und sich zu herrlichem goldgrünen Öl verarbeiten lassen.
Er begann, mehr über die göttliche Frucht herauszufinden, und seine Neugier wurde zur Liebhaberei: Rosenblum bereiste die Welt, besuchte Olivenbauern in Griechenland und der Toskana, in Andalusien und Marokko ebenso wie in Tunesien und im Heiligen Land. Er erforschte die Bedeutung der Olive als Nahrungs-, Schönheits- und Heilmittel, als delikate Zutat in Küche und Literatur, Politik und Wirtschaft, vor allem aber im Leben der Menschen, wo sie sich stetig wachsender Beliebtheit erfreut.
Das Ergebnis seiner passionierten Recherchen ist ein gehaltvolles, kurzweiliges und anregendes Lesebuch mit verführerischen Rezepten, ein besonderes Geschenk für Genießer und Liebhaber mediterraner Lebensart, das durch seinen Anekdotenreichtum verblüfft.

KABEL

Penne rigate

Strascinati

Sciviotti zitoni

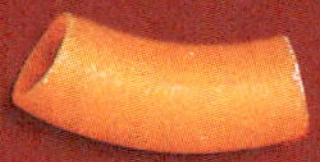

Occi di lupo

Funghetti

Penne

Spaghetti

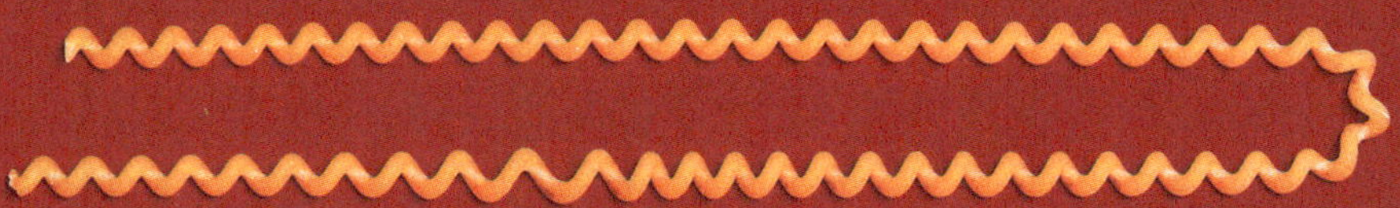

Fusilli lunghi bucati